Herzen aus Stein

Wächterschwingen 1

Inka Loreen Minden

SIEBEN VERLAG

Herzen aus Stein
Wächterschwingen 1
Inka Loreen Minden

Umschlaggestaltung: © Andrea Gunschera
Autorenfoto: Guido Karp/p41d.com
Korrektorat: Susanne Strecker, www.schreibstilratgeber.com
Druck: CPI books GmbH, 25917 Leck
ISBN-Taschenbuch: 978-3-864430-75-6
ISBN-ebook-PDF: 978-3-864430-76-3
ISBN-ebook-epub: 978-3-864430-77-0

www.sieben-verlag.de

Kapitel 1 - Schottland

Wie eine riesige Fledermaus hing Vincent kopfüber an der Mauer der Abtei. Die Krallen tief in den grauen Stein getrieben und seine Schwingen an den Körper gepresst, starrte er durch das Fenster. Dort drin, in dem schmalen Bett, lag Noir. Vince erkannte ein langes, schlankes Bein, das unter der Decke hervorschaute. Stundenlang könnte er es betrachten. Er seufzte leise. Zu seinem Glück war es stockdunkel. Niemand konnte ihn sehen; doch der Wind schob die Wolken unerbittlich weiter. Bald würde der Mond die Klosteranlage erhellen.

Noir bewegte sich, wurde unruhiger. Sie erwachte.

Sein Puls beschleunigte sich. Mit einem Satz stieß er sich von der Wand ab und segelte, die Schwingen ausgebreitet, zum Laubbaum, der sich gegenüber des Zimmerfensters befand. Er schlug seine Nägel in den Stamm, um flink wie ein Eichhörnchen in die Krone zu klettern. Dort verharrte er reglos. Er wusste, was gleich geschehen würde, worauf sein Herzschlag noch einmal an Tempo zulegte. Schon öffnete sich das Fenster und Vince stockte der Atem. Denn als Noir den Kopf herausstreckte, entstand in der Wolkendecke eine Lücke. Mondlicht ergoss sich auf ihr langes Haar und ließ es wie Silber glänzen. Ihr elfengleiches Gesicht zeigte keine Regung. Noirs Blick huschte über den Garten der Abtei, wobei ihre dunklen Augen wie Onyxe wirkten. Für Momente wie diesen lebte Vince. Leider zog sie sich viel zu schnell zurück.

Ein winziges Stück schob er den Kopf vor, um sich nicht zu verraten, und blinzelte gegen das Mondlicht, das durch die Blätter der mächtigen Eiche drang, bis er sich an die Helligkeit gewöhnt hatte. Von seinem Unterschlupf aus besaß er einen hervorragenden Blick in das Zimmer des alten Klosters. Silver Abbey war im 12. Jahrhundert nahe der Hafenstadt Aberdeen errichtet worden. Der graue Granit, der aus den umliegenden Steinbrüchen stammte, war charakteristisch für die schottische Stadt mit den Bauten, die teilweise aus dem Mittelalter stammten. Wenn Sonne oder Mondlicht auf die Gebäude trafen, glitzerte der Glimmeranteil im Stein wie Noirs weißes Haar.

Sie versteckte sich schon viele Wochen in dem Kloster, das von außen alt wirkte, von innen jedoch modernisiert und den Gepflogenheiten des 21. Jahrhunderts angepasst war. Ohne Internetanschluss wollten wohl auch die Mönche von Silver Abbey nicht mehr sein. Dennoch war Noirs Zimmer karg ausgestattet, denn ein Kloster blieb ein Kloster, egal in welchem Jahrhundert. Es war ein perfekter

Unterschlupf für eine Hexe; niemand würde sie in einer kirchlichen Einrichtung vermuten und kein Dämon betrat solch einen Ort freiwillig.

Die Turmuhr schlug zehn Uhr nachts. Das Licht im Raum flammte auf und Vincent kniff abermals die Lider zusammen. Er vernahm das vertraute Summen, als Noir ihr Notebook anschaltete, etwas später die Toilettenspülung, dann das Schaben von Stuhlbeinen, als sich Noir an den Tisch setzte. Vincent bewegte sich nicht; die Nacht bot ihm zusätzlichen Schutz. Er war daran gewöhnt, unentdeckt zu bleiben, denn er war Noirs heimlicher Beschützer. Fast jede Nacht ging die Hexe auf Dämonenjagd, und jedes Mal folgte ihr Vincent wie ein Schatten.

Er seufzte erneut. Warum tat sich Noir das immer noch an? Viel lieber würde er mit ihr im Mondschein einen Spaziergang machen, als ständig hinter ihr herzuhetzen. Das Fenster rahmte ihre große, schmale Gestalt ein. Vincent sah Noir von hinten am Tisch sitzen, vor ihr das Netbook, auf dessen Tastatur sie herumtippte. Wenn er stillhielt, würde sie ihn nicht bemerken, auch wenn er nur vier Meter von ihr entfernt auf einem Ast hockte.

Tagsüber versteckte Noir ihr Haar unter der Kapuze eines Habits, wie ihn die Mönche im Kloster trugen. Jetzt floss es offen, aber ein wenig wirr, über ihre Schultern. In ihrer Schlafkleidung gefiel ihm Noir am besten. Dann hatte sie nicht das weite Gewand an, das ihre wunderschöne Figur kaschierte, sondern ein Shirt. Das verdeckte nicht einmal ihr Gesäß, über das sich ein knapper Slip spannte.

Diese Kurven … Vincent schluckte. Seine Krallen bohrten sich tief ins Holz des dicken Astes, an dem er sich festhielt. Da der Stuhl eine Lehne besaß, die am Rücken offen war, lugten Noirs schmale Taille und darunter ihre strammen Pobacken hervor, die unruhig auf dem Stuhl hin und her rutschten. Wie würden sich ihre Rundungen in seinen Händen anfühlen? Wie würde Noirs Haar sein? Eher störrisch wie seines oder zart wie Samt? Wie es sich jedoch an ihren Rücken schmiegte und sich jeder ihrer Bewegungen anpasste, war es gewiss seidenweich.

Ob ihre Haut auch so glatt war? Bestimmt. Alles an Noir würde sich gut anfühlen. Was gäbe Vince dafür, sie nur ein Mal berühren zu dürfen!

Oft hatte er mit diesem Gedanken gespielt: wie er seine Schwingen ausbreitete und zu ihrem Fenster hinüberschwebte, wenn sie schlief, sich an ihr Bett schlich, ihr die Decke wegzöge und sie streichelte. Nur ein einziges Mal.

Doch Noir war eine Jägerin, eine Killerin. Wenn sie ihn bemerkte, würde sie ihn wahrscheinlich vernichten. Vincent sah auch Furcht einflößend aus, zumindest in seiner nicht-menschlichen Gestalt: seine Eckzähne verlängerten sich und er bekam spitze Ohren; winzige Hörner lugten aus seinem braunen Haar und auf seinem Rücken saßen mächtige fledermausähnliche Schwingen. Er war wirklich keine Augenweide. Noir würde sich fürchterlich erschrecken, wenn plötzlich ein zwei Meter großes Ungeheuer in zerrissenen Jeans vor ihr stünde.

Als der Ast unter seiner Folter knackte, hielt Vincent die Luft an, aber Noir schien es nicht gehört zu haben. Sie saß immer noch über ihren Laptop gebeugt am Tisch. Auch wenn er den kleinen Bildschirm nicht sah, wusste er, dass sie wie jeden Abend den *Magic International*, ein Online-Magazin für Magier, überflog, das sie auf dem Laufenden hielt. Noir wollte wissen, was sich in ihrer Welt tat.

Ein Eichenblatt fiel raschelnd durch die Baumkrone und landete auf seiner Schulter. Langsam zog der Herbst ins Land – bald musste sich Vince ein anderes Versteck suchen. Hätte Noir ihn jetzt entdeckt, würde sie ihn bestimmt für einen Dämon halten. Vincent würde es ihr nicht einmal übel nehmen, sollte sie ihn umbringen wollen. Er war ein Monster, jedenfalls in seiner Gestalt als Gargoyle. Selbst, wenn er sich in einen Menschen verwandelte, würde Noir so etwas wie ihn wohl niemals begehren. Immerhin könnte sie jeden haben. Sie war eine Schönheit, groß und grazil wie eine Elfe, aber gefährlicher als eine Harpyie. Ihr Anblick täuschte jeden, denn unter ihrer zierlichen Schale verbarg sich eine Hexe mit unvorstellbaren Kräften. Sie beherrschte mächtige Zaubersprüche, deren volle Kraft sie selten ausschöpfte, um nicht aufzufallen. Vincent wusste, wozu Noir fähig war, denn er hatte beobachtet, wie sie im Wald trainierte. Sie war die Herrin der Elemente, verwandelte Wasser in Eis, um dieses wie Pfeile auf ihre Gegner zu schleudern. Sie konnte Winde entfachen und unsichtbare Mauern aus purer Energie erschaffen; sogar die Erde konnte sie mithilfe von Magie bewegen und ihren Gegnern nicht nur sprichwörtlich den Boden unter den Füßen wegziehen. Seit Neuestem versuchte Noir, brennende Kerzen zur Explosion zu bringen.

Allein mit ihrem Aussehen blendete sie die Dämonen, die ihr jede Nacht in die Falle gingen. Diese Höllenwesen hatten eine Vorliebe für hübsche Menschenfrauen. Selbst die feine Narbe, die sich senkrecht über ihre Wange zog, entstellte Noir nicht. Sie stammte von dem Angriff in ihrer Kindheit, als ihre Familie ermordet wurde und Noir nur knapp mit dem Leben davonkam.

Eine Bewegung ihres Kopfes brachte ihr Haar abermals zum

Glänzen, weil es das Licht der Deckenleuchte reflektierte. Das fesselte seinen Blick erneut. Ihr Haar war das Erstaunlichste an ihr. Es würde sofort Aufmerksamkeit erregen, deshalb verbarg sie es außerhalb der Klostermauern unter einer Kapuze oder einer Perücke. Zudem wusste von den Mönchen niemand, dass sie eine Frau war. Ihren magischen Fähigkeiten hatte sie es zu verdanken, bisher nicht als Frau oder Hexe entlarvt worden zu sein. Keiner der ohnehin schweigsamen Mönche fragte nach, warum sie nicht zu den täglichen Gebeten und Gottesdiensten, sondern nur zu den Mahlzeiten erschien. Niemand wunderte sich.

Während des Tages ruhte sie meistens, um nachts im Schutze der Dunkelheit Silver Abbey zu verlassen. Im Zentrum der alten Stadt gab es einen Dämonenklub, der wie ein Magnet das Gesindel der Unterwelt anzog. Noir passte jede Nacht solch ein Wesen ab, wenn es den Laden verließ, und nahm es sich zur Brust. Sie horchte die Höllenkreatur aus, ob sie etwas wusste, das ihr bei der Suche nach dem Artefakt oder ihrem verschollenen Bruder helfen konnte. Anschließend vernichtete sie den Unterweltler mehr oder weniger mühelos. Noir war eiskalt. Selbst vor Folter schreckte sie nicht zurück. Manchmal machte sie sogar ihm Angst.

Der kühle Wind von der Ostküste brachte die Blätter im Baum zum Rascheln und wirbelte Vincents Haar noch ein wenig mehr durcheinander. Er roch Salz und Seetang. Zu seinem Leidwesen mischte sich Noirs einzigartiger, weiblicher Duft darunter. Wie ein rosa Band schlängelte er sich aus dem Fenster – ein Hauch von Zimt und Vanille – direkt in Vincents Nase. Er stöhnte unterdrückt, weil es Fluch und Segen zugleich war, nicht in seiner menschlichen Gestalt zu stecken. Als Gargoyle konnte er Noir besser beschützen. Dann reagierten seine Sinne intensiver. Vincent hörte die Maus, die sich im Schutz der Dunkelheit ihren Weg durch das Gras bahnte, auf der Suche nach etwas Essbarem. Etwa fünfzig Meter weiter kauerte eine Katze im Schatten zweier Mülltonnen. Ihre Augen funkelten. Sie hatte das Mäuschen nicht bemerkt, stattdessen starrte sie zu Vince herüber, machte einen Buckel und fauchte. Sie hatte wohl noch nicht entschieden, ob Vincent Freund oder Feind war. Er würde der Katze jedoch nichts tun, weil er Tiere liebte und sich sein Essen nicht unbedingt erjagen musste. Im Gegensatz zu seinen Artgenossen mochte Vincent kein rohes Fleisch. Die einzigen Tiere, um die Vincent einen großen Bogen machte, waren Hunde, weil er als Kind von einem Straßenköter gebissen worden war.

Vincent war seit zehn Jahren, seit Noirs Eltern ermordet worden waren, ihr Schatten, ihr dunkler Schutzengel, obwohl sie längst so mächtig war, dass sie ihn nicht mehr brauchte. Vincent hatte die Londoner Bruderschaft, der er angehörte und die ihm den Auftrag gab, die Hexe zu beschützen, überzeugen können, bei ihr zu bleiben. Er hatte seinen Brüdern und Schwestern erzählt, Noirs Schutz sei ungemein wichtig, denn sollten die Dämonen auch an das zweite Amulett kommen, wären die Folgen katastrophal. Was nicht gelogen war. Beide Artefakte würden den Höllenwesen ungeahnte Mächte verleihen, mit denen sie die Menschheit unterjochen könnten.

Vincent hätte jedoch gelogen, jederzeit, weil er Noir brauchte wie die Luft zum Atmen. Ohne sie konnte er nicht mehr existieren. Vince hatte Angst, ihr könne trotz ihrer Kräfte und der herausragenden Kampfkünste etwas zustoßen. Aber die wahren Gründe durfte niemand aus seinem Klan erfahren, denn es war ihm bei seinem Leben verboten, sich ihr körperlich zu nähern. Die Bruderschaft würde ihn verstoßen und das wäre sein Todesurteil. Er musste sich damit zufriedengeben, die hübsche Frau, die nichts von seiner Existenz wusste, nur heimlich beobachten und beschützen zu dürfen. Das musste ihm reichen, obwohl es das schon lange nicht mehr tat. Vincent wollte sie riechen, spüren, lecken, streicheln und schmecken. Noch nie hatte er eine Frau gehabt, sich hingegen schon unzählige Male vorgestellt, wie es sich anfühlen würde, auf Noir zu liegen, sie unter sich zu spüren, in sie einzudringen. Bei diesen Gedanken zuckte sein Geschlecht und schwoll weiter an. Vince würde sich wie immer selbst Erleichterung verschaffen müssen, wobei er sich jedes Mal wie ein Perverser vorkam, nach so langer Zeit noch. Eigentlich war er nicht besser als ein Spanner. Doch er durfte Noir nicht aus den Augen lassen; ein Moment der Unachtsamkeit könnte ihr Leben gefährden.

Verdammt, Noir konnte gut auf sich aufpassen, aber er wollte sie nicht aus den Augen lassen!

Da das Fenster offenstand, roch er sie nicht nur, sogar ihr Herz hörte er in einem gleichmäßigen Rhythmus schlagen. Bei allen Höllenhunden, er konnte sich kaum zurückhalten, nicht sofort in ihr winziges Zimmer zu segeln, sie vom Stuhl zu reißen, ihr Hemd und Höschen vom Körper zu zerren und … *Hör auf!*, ermahnte er sich. Er musste sich verdammt noch mal etwas anderes vorstellen! Frustriert ließ er den Kopf hängen. Ihm würde schon reichen, sie einfach in den Armen zu halten.

Es wäre wohl besser, sich noch Ruhe zu gönnen, bevor Noir zu ihren Streifzügen aufbrach. Er brauchte seine volle Energie. Vince konnte sich aber nicht entspannen, denn heute Nacht war sein Verlangen nach ihr besonders stark. Wie lange würde er sich noch zügeln können? Er schloss die Augen und versuchte vehement, das Pochen seines Schwanzes zu ignorieren. Allein an Noirs Herzschlag, der bis in seine Träume vordrang, würde er hören, wie es ihr ging: ob sie schlief, aufgeregt oder erregt war. Doch alles, was Noir erregte, war die Jagd auf das verschwundene Amulett und die Mörder ihrer Eltern.

Vincents harter Penis drängte sich gegen die Jeans, die seine Oberschenkel umspannten und ihm nur bis zu den Knien reichten. Ansonsten trug er nichts weiter am Leib. Kleidung beraubte ihn seiner Bewegungsfreiheit. Ihn bekam ohnehin niemand in dieser Gestalt zu Gesicht. Sollte sich Noir tagsüber fortbewegen, was sie nur selten tat, besaß er sein menschliches Äußeres und konnte unauffällig in der Menschenmenge untertauchen. Sicherheitshalber hatte er Kleidung in der Nähe deponiert sowie ein Handy, damit er jederzeit mit seinem Klan in Kontakt treten konnte.

Während sich die Körper anderer Gargoyles bei Sonnenaufgang in eine organische Substanz verwandelten, die Stein ähnelte, wurde er zu einem Menschen; nachts verwandelte er sich zurück. Daher hatte sein Klan ihn damit beauftragt, auf die Hexe aufzupassen. Vince konnte sie Tag und Nacht bewachen. Das machte ihn zu etwas Besonderem; zugleich zu einem Ausgestoßenen. Er war eben anders. Vincent schnaubte. Grimsley, der Klanführer der Londoner Bruderschaft, hatte bestimmt nur deshalb zugestimmt, dass Vince Noir bewachte, um ihn, die Missgeburt, aus der Reichweite der anderen Gargoyles zu schaffen.

Vincent wollte für immer ein Mensch sein, denn dann fand er sich nicht hässlich. Er könnte jedoch einerseits Noir nicht mehr gut genug beschützen, andererseits war das sowieso unmöglich. Der Heiler der Gargoyles hatte Vince mit einem Fluch belegt. Wollte er sich auch nachts in einen Menschen verwandeln, gelang ihm dies nur unter grausamsten Schmerzen. Alles Lebendige, was er dann mit seinen Händen berührte, wurde zu Stein. Damit er nie auf den Gedanken kam, denselben Fehler zu machen wie sein Vater. Menschen und Gargoyles passten einfach nicht zusammen.

Vince musste täglich eine Tablette schlucken, die er in einem Lederbeutel an seinem Gürtel trug, oder er würde sterben. Grimsley hatte ihm das eingebläut.

„Du bist eben anders“, hatte dieser ständig gesagt. Er konnte es nicht mehr hören! Sein verfluchtes Leben hing von der täglichen Einnahme einer winzigen Pille ab! Das war erniedrigend! Entwürdigend!

Anders …

Er knurrte und seine Krallen taten ihm bereits weh, weil er sie unerbittlich in den Baum trieb. So ein Wesen wie ihn gab es nicht noch einmal, deshalb fühlte er sich allein. Er hasste sein Leben. Nur Noir ließ ihn das alles durchstehen.

Seine Erregung verwandelte sich in Wut, als er daran dachte, wie beschränkt sein Dasein war. Es sollte ihn erfüllen, als Gargoyle jemanden zu beschützen; das war es, wofür ein Gargoyle geboren war. Jedoch hatte Vincent Gefühle und Sehnsüchte, die befriedigt werden wollten. Was wohl wiederum damit zusammenhing, dass er eben kein richtiger Gargoyle war.

Schlagartig legte Noirs Herz an Tempo zu. Irgendetwas stimmte nicht! Vincent riss die Lider auf und spannte jeden Muskel an. Noir griff zu ihrem Handy, das neben ihrem Laptop lag, und tippte eilig eine Nummer ein. „Magnus!“, rief sie atemlos in das Gerät und sprang vom Stuhl auf, sodass er polternd nach hinten umkippte. „Ich brauche eine Maschine nach Paris. Sofort!“

Vincents Puls schlug noch schneller, als er konzentriert der Männerstimme am anderen Ende der Leitung lauschte. „Was ist denn passiert?“

„Ich habe im *Magic International* eine verdächtige Anzeige gefunden. Bist du online?“ Noir beugte sich über den Tisch. Ihr süßer Hintern in dem knappen Slip streckte sich Vince entgegen, doch nun war er zu aufgeregt, um den Anblick zu genießen. So aufgelöst hatte er sie noch nie erlebt.

Magnus sagte: „Warte einen Moment, ich muss erst ins Arbeitszimmer.“

Magnus Thorne war einer der mächtigsten Magier weltweit, noch viel stärker als Noir. Er wirkte Zauber, die ihre Künste alt aussehen ließen. Er beherrschte das gesamte Repertoire höchstmagischer Sprüche, konnte Dinge verwandeln, optische Täuschungen heraufbeschwören oder sein Äußeres ändern. Magnus wohnte mit seiner Frau in der Nähe, in dem beschaulichen Ort Westhill. Noir hatte ihm vor zehn Jahren ihr Amulett anvertraut, hinter dem die Dämonen her waren. Diese besaßen das Pendant zu Noirs Medaillon. Allein war es beinahe harmlos, wenn man die Artefakte aber zusammenbrachte, entfesselten sie ungeahnte Kräfte. Beide Schmuckstücke in Dämonenhand … Nicht auszudenken, was dann geschehen könnte.

„Okay, auf welcher Seite?“, drang Magnus’ Stimme aus dem Handy. Er war Noirs einziger Verbündeter im Kampf gegen die Unterweltler.

„Dreizehn. Die Nachricht ist unwichtig. Jemand bietet Kurse für Magie Ersten Grades an, aber in dem Rahmen, der sich um die Anzeige schlängelt … Kannst du es sehen?"

„Das gibt's doch nicht!", rief es aus dem Handy. „Ein Kreis, darin ein Dreieck und darin ein Tor."

Schlagartig richtete sich Noir auf, sodass Vincent beinahe vom Ast gefallen wäre. „Ja", sagte sie, „in dem Ornament ist eine genaue Abbildung des verschwundenen Amuletts. Nur wer es besitzt, kann wissen, wie es aussieht. Ich wüsste nämlich nicht, dass irgendwo Aufzeichnungen darüber existieren."

Angestrengt spitzte Vincent die Ohren. Ein Hinweis auf das Amulett in der Zeitung? Das klang unglaublich. Das konnte nur bedeuten …

„Das ist eine Falle!" Magnus' Stimme drang laut und deutlich bis zu Vincent, sodass sich eine Gänsehaut auf seinem Körper ausbreitete, obwohl er als Gargoyle nicht so schnell fror. Ihm wurde kurz schwarz vor Augen. Soeben hatte er dasselbe gedacht. Sollte Noir diese Adresse in Paris aufsuchen, wäre ihr Leben vielleicht beendet. Er musste sie daran hindern!

Mit einer Hand strich sie sich ihr Haar hinters Ohr, eine Geste, die sie immer machte, wenn sie nervös war. „Ist mir klar, dass die Nachricht von dem Dämon stammt, der meine Eltern umgebracht hat."

„Umso wichtiger, dort erst gar nicht aufzutauchen!", rief Magnus.

Noir schien ihm nicht zuzuhören, denn sie murmelte vor sich hin: „Dieser Dämon, der meine Eltern getötet hat, will mich anlocken, um an das zweite Amulett zu kommen. Das leuchtet mir ein. Ich habe ja immer geahnt, dass sie nach mir suchen. Aber warum sind sie erst jetzt auf die Idee gekommen …"

„Noir!" Magnus klang ungeduldig.

„Moment, ich muss was überprüfen." Noir tippte wieder auf der Tastatur herum. „Hier kann ich alle Anzeigen der letzten Ausgaben abrufen." Plötzlich richtete sie sich kerzengerade auf. „Das gibt es ja nicht!"

Vincents Herz setzte beinahe aus. Diese Hexe war dabei, seinen letzten noch intakten Nerv zu zerstören.

„Was ist denn?", wollte auch Magnus wissen. „Noir!"

„Dieselbe Anzeige … Sie steht in allen Ausgaben der letzten Jahre!"

„Und sie ist dir nie aufgefallen?"

„Ich lese mir sonst nie den Anzeigenteil durch." Noir geriet ins Stottern. „Ich … Es war, weil … Diesmal hab ich nur …"

Die Stimme des Magiers klang sanfter aus dem Handy: „Noir, wenn du Geld brauchst, kannst du mich fragen."

Erneut strich sie sich eine Strähne hinters Ohr. „Mit einem Flug nach Paris wäre mir schon sehr geholfen."

„Bist du dir wirklich sicher?"

Wie ein eingesperrtes Tier lief Noir in ihrem winzigen Zimmer herum, wobei sie einen Rucksack mit den wichtigsten Habseligkeiten packte. Vincent hielt sich nur mit höchster Selbstbeherrschung auf seinem Ast, am liebsten würde er sofort durch Noirs Fenster segeln und sie an ihr Bett binden, damit sie keine Dummheiten machte.

„Vielleicht bekomme ich endlich einen Hinweis auf Jamie." Jamie war Noirs kleiner Bruder, den sie in der Unterwelt zurücklassen musste. Magnus glaubte, er sei längst tot, doch Noir, von Schuldgefühlen zerfressen, wollte die Suche nach ihm nicht eher aufgeben, bevor sie Gewissheit hatte.

Der Magier versuchte, sie zu beschwichtigen; Vincent hingegen wusste längst, dass es aussichtslos war. „Noir, nach so langer Zeit ..."

„Magnus, bitte! Du weißt, wie wichtig mir das ist. Ich werde vorsichtig sein. Ich bin eine verdammt gute Hexe, das weißt du. Ich beherrsche die Grundzauber aus dem Effeff, zudem höhergradige Magie, wie sie nur die wenigsten anwenden können. Und wenn du mir deinen Privatjet nicht leihst, buche ich eben einen herkömmlichen Flug. Aber ich werde nach Paris reisen, so oder so."

„Und allein gegen was weiß ich wie viele Dämonen antreten?" Plötzlich herrschte Ruhe am anderen Ende, Magnus schien zu überlegen. „Ich würde mitkommen, aber ich kann Amalia jetzt nicht allein lassen." Der Magier hatte erst vor Kurzem ein zweites Mal geheiratet und seine Frau war schwanger. „Aber ich werde dir etwas vorbeibringen, das du im Kampf gegen die verdammten Unterweltler einsetzen kannst", sagte er. „Es ist sehr wertvoll und darf niemals in die Hände der Dämonen fallen, und ich will es wiederhaben, hörst du?"

Noir klappte das Notebook zu und ließ ihre Hand darauf liegen. Selbst aus vier Metern Entfernung erkannte Vince, wie sie zitterte. Noir zitterte äußerst selten. Doch jetzt, wo sie die Gelegenheit witterte, nicht nur das zweite Amulett zurückzubekommen, sondern auch Rache am Mord ihrer Familie üben zu können und zu erfahren, was aus ihrem Bruder geworden war, brachte das ihr inneres Gleichgewicht anscheinend aus dem Lot. Das war nicht gut. Es könnte sie dazu verleiten, unüberlegt zu handeln.

„Ich danke dir, Magnus, ich weiß deine Loyalität zu schätzen. Ich würde ohnehin nicht wollen, dass du für meine Sache dein Leben aufs Spiel setzt. Du tust schon so viel für mich."

Noir sprach von ihrem Amulett, das Magnus seit ihrer Flucht an einem sicheren Ort bei sich zu Hause aufbewahrte. Er besaß ein gewaltiges Schloss, das wie eine Festung gesichert war, magisch, selbstverständlich.

„Wir sehen uns in einer Stunde am Aberdeen Airport", beendete Magnus das Gespräch.

Hastig packte Noir das Gerät mit in den Rucksack, steckte ihr Netbook ein und schlüpfte aus ihrem Hemd.

Wie immer, wenn Vincent sie nackt sah, stockte ihm zuerst der Atem. Ob Noir wusste, wie wunderschön sie aussah, wenn ihr langes Haar über ihre apfelgroßen Brüste fiel? Die Brustwarzen standen vor Aufregung spitz ab und lugten durch die Haarsträhnen. Auch in Noirs Gesicht hatten sich Flecken gebildet. Sie war erhitzt. Sie roch jetzt anders, ihre Hormonproduktion lief auf Hochtouren. Adrenalin durchströmte ihren Körper wie ein Aufputschmittel. Vincent konnte es beinahe sehen; ihr Duft visualisierte sich in seinem Gehirn. Aus der rosa Farbe wurde ein helles Blau, das sie wie eine Aura umhüllte. Gott, warum musste ausgerechnet sie die attraktivste Hexe der Welt sein? Noir, fünfundzwanzig Jahre alt, erinnerte ihn an die langbeinigen Models aus den Hochglanzmagazinen. Vincent, der fünf Jahre älter als sie war, hatte erlebt, wie sie vom Mädchen zur Frau herangereift war, wie aus einem Teen eine mächtige Hexe wurde. Er war damals zwanzig gewesen, als er ihr von der Bruderschaft als Beschützer zugeteilt worden war. Schon als er sie zum ersten Mal erblickt hatte, war es um ihn geschehen gewesen. Daher quälte ihn jede weitere Sekunde, die er mit ihr verbrachte. Sie immer nur ansehen zu dürfen, machte ihn schier wahnsinnig. Doch sein Beschützerinstinkt überwog. Er würde Noir auch vor sich selbst retten, wenn es sein musste.

Als sie ihren Motorradanzug aus Leder anzog, wusste er, dass ihm gleich eine Verfolgungsjagd bevorstand. Noir sah so heiß aus in dem engen Material, das sich wie eine zweite Haut an ihren Körper schmiegte, dass Vincents Fantasie Überstunden machte. In diesem Outfit hatte sie etwas Gebieterisches. Etwas teuflisch Attraktives. Ein wenig erinnerte sie an Catwoman. Seine Comic-Sammlung kam ihm in den Sinn. Ob Kara die Hefte immer noch unter ihrem Bett versteckte? War sie überhaupt noch der Wächterengel seiner Bruderschaft? Vincent dachte oft an Kara, die seine wichtigste Bezugsperson gewesen war. Sie war das einzige Geschöpf, das er seit seiner Abreise von „Zuhause" vermisste.

Vincent atmete auf, als Noirs schlanke Gestalt unter dem Habit verschwand. Sie schlüpfte in ihre fast kniehohen Lederstiefel, in denen jeweils ein Dolch steckte, und ging zum Bett. Unter dem Kopfkissen zog sie ein Stoffhäschen hervor, das einmal weiß gewesen war, jetzt allerdings grau und mitgenommen ausschaute. Die Augen schließend, drückte sie das Plüschtier an ihre Brust. Dabei sah sie wie jenes kleine Mädchen aus, als das Vince sie kennengelernt hatte. Danach packte sie den Hasen mit ein. Sie schulterte die Tragetasche und verließ den Raum. Kurze Zeit später kam sie aus dem Nebentrakt, der im Garten des Klosters lag.

Von seinem Baum beobachtete Vincent ihre große Gestalt, die durch die Nacht schlich und um die Hausecke bog. Obwohl der Mond hell schien, verstand es Noir, sich beinahe unsichtbar zu machen. Unsichtbar für Menschen, aber nicht für Vincent. Sofort schnappte er sich den alten Rucksack mit seiner Kleidung, den er in der Krone der Eiche deponiert hatte. Noir hatte ihn einmal weggeschmissen und seitdem war er in Vincents Besitz übergangen. So gehörte ihm wenigstens etwas von ihr.

Vince sprang vom Baum und rannte auf das Kloster zu. Dort schlug er die Krallen in die Mauer und kletterte auf das Dach. Er sah, wie Noir in der Hecke verschwand, die innerhalb der Klostermauern an der Wand wuchs. Durch eine geheime Tür in der Mauer stahl sie sich vom Gelände in den dahinterliegenden Birkenwald. Dort hatte Noir ihr Motorrad versteckt, das sie jede Nacht auf ihren Streifzügen benutzte.

Vince stieß sich vom Dach ab, breitete seine Schwingen aus und segelte über die Klostermauer, um ihr wie ein Schatten zu folgen. So wie immer.

Kapitel 2 – London (wenige Tage in der Zukunft)

Kara haderte mit sich. Ausgerechnet einer Hexe sollte sie die magische Sanduhr übergeben? Warum ausgerechnet sie, Kara? Solche Tätigkeiten fielen schon lange nicht mehr in ihren Zuständigkeitsbereich. Kopfschüttelnd blickte sie auf das winzige Schmuckstück in ihrer Handfläche. Goldener Sand funkelte in dem Glas. Das Artefakt war erst vor Kurzem in den Besitz der Engel geraten und der Hohe Rat der Erzengel hatte sofort beschlossen, was damit zu geschehen hatte.

Karas Aufgabe war es, andere glücklich zu machen, sie zu beschützen oder von langem Leid zu erlösen, doch hatte es eine Hexe überhaupt verdient, von ihrem Leid erlöst zu werden? Der Hohe Rat hatte Kara mitgeteilt, dass dieser Frau ein bisschen Glück zustand, nach allem, was sie durchgemacht hatte und immer noch durchmachte.

Wer erlöste sie von ihrem Leid? Diesem immer stärker werdenden Wunsch nach …

Du liebe Güte, was hatte sie nur für Gedanken? Sie durfte als Engel nicht infrage stellen, wer etwas verdient hatte oder nicht. Das entschieden allein die Mitglieder des Rates. Dass Kara ihre menschliche Vergangenheit, an die sie sich nicht einmal erinnern konnte, sondern nur aus Raphaels Erzählungen kannte, noch nachhing, bemerkte sie erst jetzt. Eigene Bedürfnisse standen einem Engel auch nicht zu; zumindest nicht solche, die sich nicht mit den Grundsätzen des Rates vertrugen. Lust, Eitelkeit, freier Wille … all das war verboten. Es war ungerecht, in einem voll funktionsfähigen menschlichen Körper zu stecken. Er arbeitete weitgehend wie bei den Sterblichen, nur musste Kara weder essen noch schlafen. Wäre sie ein feinstoffliches Wesen wie manch andere Schutzengel, hätte sie sich nicht mit derartigen Schwächen herumplagen müssen. Als Wächterengel der Londoner Gargoyles war es hingegen vorteilhafter, eine richtige Gestalt zu besitzen. Ansonsten würden sie diese geflügelten Wesen auch nicht sehen können und eine Zusammenarbeit wäre schwerer.

Kara fragte sich immer noch, warum daher ausgerechnet sie jemandem ein magisches Artefakt überbringen musste, wo es nicht zu ihren Aufgaben gehörte. Aber Kara hatte Raphael noch nie etwas ausschlagen können. Immerhin hatte er ihr viel beigebracht. Kara schmunzelte bei den Gedanken an ihre ersten Flugversuche.

So ein fester Körper hatte allerdings was. Seufzend schaute sie in das schmutzige Schaufenster eines leeren Ladens, der sich in einer schäbigen Seitenstraße befand, um ihr Spiegelbild zu betrachten. Soeben hatte sie ihre Flügel verschwinden lassen. Ohne ihre Schwingen sah sie anders aus. Kara fühlte sich dann erst recht nicht wie ein richtiger Engel. Bestimmte Sehnsüchte rückten in dieser Gestalt leider auch stärker in den Vordergrund. Sie vermied es, sich in die Augen zu sehen. Jedem Engel wohnte ein Leuchten inne, sein Seelenlicht, das man durch die Pupillen hindurch wahrnehmen konnte. Je reiner die Seele war, desto heller der Glanz. Ihr Licht würde bestimmt nicht mehr als ein goldenes Glimmen sein. Sie wollte es gar nicht so genau wissen. Sie war eben nicht perfekt.

Kara drehte sich vor dem Fenster. Ihre Schwingen waren nicht etwa unsichtbar – sie waren ganz und gar verschwunden. Kara könnte sie aber jederzeit erscheinen lassen. Jetzt musste sie einen Antiquitätenhändler hier in London aufsuchen, mit dem sich die Hexe in Kürze treffen wollte – wie ihr Raphael mitgeteilt hatte –, daher sollte Kara für Menschen sichtbar sein und sterblich aussehen, um einen vertrauenerweckenden Eindruck zu machen. Die Hexe war wohl etwas unberechenbar. Ganz toll.

Kara drehte sich erneut vor dem staubigen Fenster. Was für eine sündhafte Figur sie besaß. Große Brüste und kurvige Hüften. Eigentlich fand sie sich etwas mollig, aber es gefiel ihr, wenn sich Männer wie Frauen nach ihr umdrehten, daher trug sie gern figurbetonte Sachen. Weil sie immer flugbereit sein musste, hatte sie nur ein bauchfreies und trägerloses Bustier an. Ihre Flügel, die an ihren Schulterblättern saßen, brauchten Platz. Dazu trug sie am liebsten Röhrenjeans und bequeme Sneakers. In der Hand hielt sie einen Sommermantel aus einem eleganten, dünnen Stoff. Dunkelgrau, passend zum düsteren Himmel. Sie fror als Engel zwar nicht, aber es würde für die Menschen seltsam aussehen, wenn sie bei diesem widerlichen Spätsommerwetter nur in einem knappen Top herumspazierte.

Sie drehte sich noch einmal. Ja, sie sah aus wie eine junge Frau von der Erde. Es war derselbe Körper wie damals, als sie tatsächlich ein Mensch gewesen war. Hatte ihr Raphael erzählt.

Meine Güte, sie hatte nicht nur Vorurteile Hexen gegenüber, sondern war auch noch eingebildet. Sie zwang sich, den Blick in die schäbige Gasse vor ihr zu richten. Was war sie nur für ein untypischer Engel! Aber man konnte sich seine Bestimmung nicht aussuchen. Sie hätte ansonsten garantiert kein Engel werden wollen. Ungern befolgte sie Anweisungen. Doch einen eigenen Kopf zu haben, konnte einen Engel die Flügel kosten, worauf er tief fiel, sehr tief.

Sie gab sich einen Ruck und schritt durch die verlassene Passage auf das Antiquitätengeschäft zu, das etwa fünfzig Meter vor ihr lag, gut versteckt in einem Hinterhof. Die Umgebung wirkte nicht sehr einladend. Es roch nach Müll; Ratten wühlten sich durch einen Stapel alter Kartons und irgendwo bellte ein Hund. Dicke graue Wolken versperrten die Sicht auf das Blau des Himmels, aber durch die Hausdächer blieb es in der engen Gasse weitgehend trocken.

„Warum muss es in London ständig regnen?", murmelte sie. Kara hasste Regen – Verzeihung: Sie mochte ihn nicht –, weil er widerspiegelte, wie es in ihr aussah. Trist. Kühl. Seufzend zog sie sich den Mantel an.

Wenn du deine Mission erfüllst, wirst du mehr als eine Seele retten, hatte ihr Raphael zwinkernd mit auf den Weg gegeben. Kara wünschte, ihr ehemaliger Mentor, der ebenfalls dem Hohen Rat angehörte, hätte sich präziser ausgedrückt. Er sprach liebend gern in Rätseln. Doch sie spürte, dass er recht hatte. Kara hatte die Gabe, Visionen zu empfangen, seit sie ein Engel war. Sie äußerten sich bei ihr nicht in Bildern, sondern in Gefühlen. Jetzt sagten sie ihr, es würde zwar verdammt hart, aber letztendlich alles gut werden. Für wen? Für die Hexe? Oder auch für sie?, überlegte sie in einem weiteren Anfall von Selbstmitleid.

Als sie im Hinterhof ankam, spürte sie, dass in dem Laden eine finstere Präsenz lauerte. Sie musste sich ihr stellen, auch wenn sie sich großer Gefahr aussetzte. Aber sie war hier ja nur der Engel, ein Handlanger, eine billige Hilfskraft, die … *Ist ja gut, jetzt!*, schalt sie sich. *An die Arbeit!* Ihr Selbstmitleid konnte sie sich für andere Stunden aufheben. Tief durchatmend schritt sie durch den strömenden Regen auf ihr Schicksal zu.

Ash trommelte mit den Fingern auf den abgenutzten Tresen. Er hasste diese Warterei, doch er konnte sein Glück kaum fassen. Die Hexe war auf dem Weg hierher! Jene Hexe, nach der Ceros, sein Boss, seit Jahren suchte. Endlich war sie Ash in die Falle gegangen. Ein Dämon hatte ihm vor ein paar Stunden diese vertrauliche Nachricht mitgeteilt, und seitdem verharrte Ash in dem Antiquitätenladen. Er hatte schon oft hinter dem Ladentisch gestanden, während Mr. Burke, der Inhaber, wie tot zu seinen Füßen lag. So sahen die Kunden ihn nicht und hielten Ash für den Greis. Im Laufe der Jahrhunderte hatten sich seine dunklen Kräfte vervielfacht, sodass er ohne Mühe die Gestalt eines anderen annehmen konnte.

Mr. Burke war ein Mensch, der im Auftrag der Dämonen magische Artefakte ankaufte, wenn ihm welche angeboten wurden. Ash gab sich regelmäßig für den Alten aus, um seinem Herrn die Utensilien zu beschaffen, bevor andere Dämonen sie ergatterten. Der alte Mann würde sich beim Aufwachen an nichts erinnern, weshalb er Ash nicht an die anderen verpfeifen konnte.

Ashs Leben bestand aus Warten, Aufgaben erfüllen, seinem Herrn gefallen und ihm bedingungslosen Gehorsam leisten. Er hasste dieses Sklavendasein. Wenn der Pakt nicht wäre, der ihn an den Dämonenfürsten Ceros band, könnte Ash sein eigenes Leben führen, seinen eigenen schmutzigen Geschäften nachgehen und wäre in der Unterwelt bestimmt schon eine große Nummer. Aber heute spürte er es in seinem schwarzen Blut, heute war sein großer Tag. Alles würde sich ändern. Er würde sich die Hexe schnappen, an das zweite Medaillon kommen und endlich frei sein! Dann brauchte er sich nicht mehr dafür zu verfluchen, dass er die Hexe vor vielen Jahren hatte laufen lassen.

Plötzlich erregte ein goldenes Funkeln außerhalb des Ladens seine Aufmerksamkeit. Angestrengt schaute Ash aus dem kleinen Fenster zu seiner Rechten. Da das Geschäft an keiner Straße lag, musste jeder, der es aufsuchte, zwischen zwei eng beieinanderstehenden Häusern hindurchgehen. Aus dieser düsteren Passage war das Licht gekommen. Ob das die Hexe war?

Er vergewisserte sich, dass Mr. Burke weiterhin schlafend zu seinen Füßen lag und Ash noch wie der Alte aussah: mit Stoppelbart und schütterem Haar, in ein Holzfällerhemd und abgenutzte Jeans gekleidet. Harmlos. Die Hexe würde ihm hoffentlich in die Falle gehen.

Der Blick seiner an die Dunkelheit gewöhnten Augen durchschnitt den Regenschleier. Auf einmal spürte Ash eine uralte Macht, eine göttliche Kraft, die ihm vertraut war. Seine Eingeweide zogen sich zusammen. Er zitterte, eine Gänsehaut bemächtigte sich seines Körpers. Diese Potenz durchdrang jede seiner Zellen und brachte seinen Organismus durcheinander. Danach gab ihn die überirdische Macht frei. Diese Reinheit, diese Perfektion … Das hielt ja kein Dämon aus!

Ash schüttelte sich. Zurück blieb ein Gefühl der Leere sowie ein Ziehen hinter dem Brustbein. Ash verspürte Neid, aber auch eine Sehnsucht, die ihn in seinem dämonischen Dasein schon öfter gequält hatte. Ob er sich jemals damit abfinden könnte, dass er nicht mehr in der oberen Liga mitspielte?

„Engel!“, zischte er und seine Hände ballten sich zu Fäusten. Hatte die Hexe Verstärkung mitgebracht?

Es sah jedoch aus, als käme der weibliche Engel allein. Ash entspannte sich. Mit einem Engel würde er mit Leichtigkeit fertig werden, aber nur, weil er ihre Schwachstelle kannte. „Du bist ja ein selten hübsches Exemplar“, murmelte er, als er durch das Fenster die kleine Gestalt bewunderte, die mit dem Glitzerding in der Hand im Schatten der Häuser stand. Ihr blondes Haar reflektierte die goldenen Strahlen, bevor sie ihre Faust um den Gegenstand schloss und das Licht erlosch. Ihre weißen, ausladenden Schwingen berührten beinahe die Hauswände auf jeder Seite.

Ash seufzte. Flauschige Flügel hatten was, besonders bei einem weiblichen Engel, der so heiß aussah. Ein knappes Bustier verdeckte ihre üppigen Brüste, ihre Beine steckten in einer eng anliegenden Hose. Anerkennend pfiff Ash durch die Zähne. Gute Taktik von denen da oben, solch ein Sahnestück herunterzuschicken. Kam sie, um ihn zu prüfen? Hatte Raphael sie geschickt? Ash fiel es immer schwerer, sein vorgetäuschtes Aussehen aufrechtzuerhalten.

Als der Engel plötzlich seine Flügel verschwinden ließ, keuchte Ash enttäuscht auf. Er spürte aber, dass sie nun für menschliche Augen ebenfalls sichtbar war. Sie sah aus wie eine Sterbliche. Wer genau hinschaute, erkannte allerdings eine schwach leuchtende Aura. Sie verhinderte auch, dass der Regen auf die Haut dieses himmlischen Geschöpfs traf. Das Wasser prallte einfach ab. Was hatte der Engel in dieser mehr als kriminellen Gegend zu suchen? Oder … Nein, sie suchte nichts, sie brachte etwas. Ein Artefakt! Dieses glitzernde Etwas, das sie immer noch in ihrer Hand hielt. Ash sah es wieder aufleuchten.

Bingo! Das gäbe einen Extrabonus zur Hexe. Ein Engel auf Abwegen? Die Kleine gefiel ihm immer besser, wobei Ash ein wenig enttäuscht war. Er hatte gehofft, nach so langer Zeit endlich ein Zeichen von Raphael zu erhalten. Oder handelte es sich um eine Falle? Wollten die da oben seine Geschäfte vereiteln? Hatten sie die Hübsche zum Spionieren geschickt? Ach, verdammt, die Blondine brachte ihn total durcheinander – nicht nur ihn, auch seinen Tagesablauf und seine Pläne. Nun gut, Ash hatte sowieso noch ein Hühnchen mit den Erzengeln zu rupfen. Er hatte die Schnauze voll!

Abermals unterdrückte er einen Laut der Enttäuschung, als sich die hübsche Frau einen langen Mantel anzog, der ihre sündhaften Kurven vor seinen Blicken versteckte. Was vielleicht ganz gut war, denn Ash hatte Gedanken, die ihm nicht gefielen. Die Gedanken an sich schon, aber wollte er sie wirklich mit einem Engel ausleben? Seinem Erzfeind? Er ignorierte das Ziehen in seinen Lenden und machte sich auf alles Mögliche gefasst, als auch schon die Tür aufging.

Das Glöckchen am Rahmen bimmelte. Sie trat ein. Nachdem die Tür hinter ihr zugefallen war, blieb sie wie angewurzelt im Laden stehen. Nun war es nicht ihre göttliche Kraft, die jeden Nerv in Ash zum Vibrieren brachte, sondern ihr Sexappeal. Aus der Nähe betrachtet war das Engelchen noch viel umwerfender. Die Art, wie sie ihre süße Nase kräuselte, ihre makellose Haut, die großen Augen, die hohe Stirn, ihre ganze Ausstrahlung machte sie ungemein anziehend. Verdammt, dieses Grün! Ihre Iriden strahlten wie zwei Smaragde und ihr Seelenlicht, dieses goldene Leuchten hinter ihren Pupillen, ließ sie erst recht funkeln. Ash bekam Herzklopfen, nur weil dieser sexy Engel ihn anstarrte. Leider wurde er sich abermals bewusst, dass er zwar ein Dämon, aber auch nur ein Mann war, der gegen weibliche Reize nicht immun war. Wie gern wollte er ihr herzförmiges Gesicht streicheln, ihr Haar zerwühlen und sie auf diese vollen Lippen küssen. Teufel noch mal, sie war die Fleisch gewordene Sünde! Und sein Erzfeind. Ash sollte niemals vergessen, dass er die Seiten gewechselt hatte.

Ein greller Energieblitz formte sich in ihrer Faust, den sie jedoch nicht auf ihn schleuderte. Er war wohl als Warnung gedacht. Eine Zeit lang maßen sie sich schweigend mit Blicken. Es war offensichtlich, dass sie ihn als Dämon erkannt hatte, denn die andere Seite konnte das Böse ebenso fühlen wie Ash ihre himmlische Macht. Daher verwandelte er sich hinter der Theke in seine wahre Gestalt zurück. Er wollte keine Energie für eine Illusion verschwenden, musste jetzt im Besitz seiner vollen Kräfte sein.

Die Augen der himmlischen Blondine wurden größer. Aus Ash, dem Greis, wurde ein Mann, der optisch etwas über dreißig Menschenjahre alt war. Er besaß rabenschwarzes Haar, himmelblaue Augen, eine vielleicht einen Tick zu große Nase – aber die meisten Frauen wussten, was man sich über große Nasen erzählte – und eine hoch gewachsene Statur mit breiten Schultern. Ash fand, sein Äußeres habe etwas Aristokratisches. Na ja, bei seiner Vergangenheit …

Das Engelchen musterte seine Gestalt von oben bis unten, ihr Gesicht nahm einen arroganten Ausdruck an. Sie wusste, dass er Eindruck schinden wollte. Aber er sah ja auch teuflisch gut aus. Schon viele Menschenfrauen waren, geblendet von seiner Attraktivität, auf ihn hereingefallen. Ash hatte sich mit ihnen vergnügt und ihnen einen unbedeutenden Teil ihrer Seele genommen, denn von irgendwas musste er sich ja ernähren. So war das eben bei den seelenlosen Dämonen. Sie brauchten diese Energie wie Menschen Essen und Trinken. Ohne Seelennahrung würde ein Dämon immer schwächer werden, seine Kräfte nachlassen und schließlich würde er sterben. Doch Ash war nie so weit gegangen, dass er die Seelen ganz ausgesaugt hatte, bis zum bitteren Ende. Ein Fünkchen Anstand besaß er noch.

Oder hatte er besessen, bis heute, weil er immer auf Erlösung gehofft hatte. Er wusste allerdings, dass es vergebene Mühe gewesen war. Raphael, sein allerbester „Freund“ hatte ihn „sauber verarscht“, wie er gern zu sagen pflegte.

So oder so wäre es jedoch eine Verschwendung gewesen, seine Liebchen umzubringen, wo er vernarrt war in hübsche Frauen. Sie hatten ihm alle zu Füßen gelegen, ihm, dem Meister der Verführung. Dem Meister der Gelüste. Nein, er war kein bisschen eingebildet wegen seines Aussehens oder seiner exorbitanten Fähigkeiten auf horizontaler Ebene. Sein Äußeres war das Einzige, was ihm aus seinem früheren Leben geblieben war. Es war eine Waffe, mit der er meisterlich hantieren konnte. Sein Charme war seine größte Schlagkraft. Ob er auch bei einem in ewiger Keuschheit lebenden Engel wirkte? Vielleicht gerade deshalb.

Fast tat sie ihm leid. Ash hatte zuvor gespürt, dass sein Täubchen keine von den ranghöheren Wesen war. Dazu war ihre Aura nicht strahlend genug. Ob sie wusste, dass sich die Erzengel oder die sieben Herrscher der Erde beinahe alles herausnehmen durften, solange sie ihre Pflichten erfüllten, während Schutzengel oder andere niedere Wächter an strenge Konditionen gebunden waren? Sie durften keine Lust, Stolz oder Eitelkeit empfinden und besaßen keinen freien Willen. Entweder sie taten, was der Rat ihnen sagte, oder sie würden fallen. Tja, auch da oben war nicht alles gerecht.

Ein Funkeln drang durch den dünnen Stoff ihrer Manteltasche. Das riss Ash aus seinen Tagträumen. Dort bewahrte sie das Artefakt also auf. Ash versuchte, nicht den Blick darauf zu richten, damit sie nicht misstrauisch wurde. Stattdessen sagte er: „Was verschlägt einen Engel in diese Gegend?“

„Geschäfte“, erwiderte sie kühl.

Ihre Stimme drang wie eine Sommerbrise in sein Ohr und vernebelte sein Gehirn. Das konnte ja heiter werden. Wenn allein schon ihre Stimme ihn aus dem Konzept brachte. Ash verschränkte die Arme vor der Brust, damit sie erkannte, dass er nicht beabsichtigte, sie anzugreifen. Außerdem kamen so seine Muskeln besser zur Geltung.

Das Engelchen ließ ihren Energieblitz jedoch nicht verschwinden. Langsam trat Ash hinter dem Ladentisch hervor, setzte sein betörendstes Lächeln auf und fragte wie beiläufig: „Kann ich dir bei deinen Geschäften irgendwie behilflich sein?“ Es trennten ihn nur drei Schritte von ihr.

„Du könntest verschwinden, Dämon.“

Verdammt, sie war immun gegen seine Verführungskünste. Das

hätte er sich denken können. Daher zögerte er keine Sekunde und machte einen Satz nach vorn. Im selben Augenblick warf sie den Blitz nach ihm. Er duckte sich, rollte zur Seite, erfasste ihre schlanken Fesseln und riss sie von den Füßen.

Sein Engelchen landete undamenhaft auf dem Bauch, während ihr Energiegeschoss in den Ladentisch einschlug. Holz splitterte auf sie beide herab. Ein großes Loch befand sich nun in der Wand des Tresens, durch das man den schlafenden Ladenbesitzer sah, der unversehrt dahinter lag. Als sich Ash auf ihren Rücken setzen wollte, um sie bewegungsunfähig zu machen und das Artefakt an sich zu reißen – und um in den Genuss ihres prallen Hinterteils zu kommen –, erlebte er eine Überraschung. Schlagartig brachen ihre Flügel durch den dünnen Stoff des Mantels und rissen diesen in Fetzen. Das gewaltige Federkleid kam wie eine weiße, weiche Wand auf ihn zugeschnellt. Durch die Wucht wurde Ash zurückgeschleudert. Hart krachte er mit dem Rücken gegen die Tür. Es waren allerdings nicht die kaum beachtenswerten Schmerzen, die ihn daran hinderten, aufzustehen, sondern der Anblick des Engels und der Duft ihrer Federn, der ihm nicht aus der Nase ging. Sie rochen wie eine Wiese im Frühling, wie frisch gebackener Schokoladenkuchen und dieses Zitronenshampoo, das er so gern benutzte. Einfach himmlisch!

Elegant kam sie auf die Beine und wirbelte herum, einen weiteren Energiestrahl in der Hand. Zwei Falten hatten sich zwischen ihren goldenen Brauen gebildet, und wenn Blicke tatsächlich töten könnten …

„Du legst es geradezu drauf an!"

Er lächelte, wobei er in aller Ruhe den Blick über ihre Formen gleiten ließ. Engel und Dämonen lebten im Moment in einer Art Frieden. Ein Pakt hatte das vor tausend Jahren besiegelt. Natürlich gab es immer welche, die sich nicht daran hielten, bevorzugt Mitglieder seiner Seite. Die Engel waren jedoch meist loyal, deswegen durfte Ash relativ entspannt sein. Sie veranstalteten eher ein Kräftemessen und töteten nur, wenn sie sich wirklich bedroht fühlten. Diese überheblichen Wesen. Ash lachte in sich hinein. Wenn die da oben wüssten, dass er ihre Schwachstelle kannte!

Ash musste nur näher an das Engelchen heran. Theatralisch seufzend legte er sich eine Hand auf die Brust. „Durch deinen entzückenden Blitz zu sterben, wäre für mich das wunderb…" Weiter kam er nicht, denn das winzige Glitzerding blitzte nur einen Meter vor ihm auf dem Boden auf. Jetzt erkannte Ash, was es war: eine Sanduhr. Es war der goldene Sand hinter dem Glas, der das Funkeln verursachte. Konnte es die Möglichkeit sein? Ash hielt die Luft an. Er hatte viele Geschichten über dieses Artefakt gehört, mit dem man angeblich durch die Zeit reisen konnte. Er musste es unbedingt haben! Sein Herr würde sich dankbar erweisen, oder … Natürlich! Ash konnte die Uhr benutzen, um in der Zeit zurückzureisen und sein eigenes Schicksal neu zu bestimmen.

Ungezügelte Aufregung ergriff von ihm Besitz. Endlich würde er frei sein! Er könnte alle Geschehnisse rückgängig machen. Doch er zögerte einen Moment zu lange. Schon lag der Engel wieder am Boden und begrub die kleine Uhr unter sich. Ash landete auf ihren Flügeln. Wenn sich der Engel jetzt auflöste – und das würde er –, wäre das Artefakt mit ihm verschwunden.

Pfeilschnell drückte Ash den Daumen in die Kuhle an ihrem Nacken, wo die Wirbelsäule im Schädel verschwand. Der Engel unter ihm versteifte sich und keuchte auf. Damit hatte sie nicht gerechnet.

„Lass deinen Blitz verschwinden, Süße“, sagte Ash so charmant wie möglich, wobei er ein wenig fester zudrückte. Durch diese Stelle im Nacken lief die mentale Erregungsleitung, die ihre Befehle an den Körper weiterleitete. Ash brauchte die Schwachstelle nur abzudrücken, schon konnte sich sein Engelchen weder unsichtbar machen noch verschwinden. Außerdem konnte sie keine neuen Blitze mehr bilden.

„Ich kann nicht“, stieß sie unter ihm hervor.

„Lass ihn fallen, Täubchen.“

Sie öffnete die Hand, worauf der Blitz auf dem Holzboden landete. Knisternd und knackend löste er sich auf und brannte eine gezackte Rille in die Dielen. Der Engel versuchte, sich aus Ashs Griff zu winden, schaffte es allerdings nicht.

„Nenn mich noch einmal Süße oder Täubch… ah!“

„Ich glaube, du befindest dich in der denkbar ungünstigsten Position, um Forderungen zu stellen“, erklärte Ash grinsend. Heute schien tatsächlich sein Glückstag zu sein. Er würde an die Hexe und das Artefakt kommen. Die Zeit war reif, sein Schicksal selbst in die Hand zu nehmen. Tief beugte er sich über sein Engelchen, um an ihren Schwingen zu schnuppern. Dabei kitzelte ihn der Flaum in der Nase. Hmm, er war jetzt schon süchtig nach ihrem Duft. Mit der anderen Hand strich er über das samtig weiche Federkleid. Der Engel erbebte, denn er war an seinen Schwingen genauso empfindlich wie an seiner Haut.

„Kitzlig?“, fragte er, wobei sein Grinsen breiter wurde. Er liebte es, mit ihr zu spielen.

Sie murmelte etwas Unverständliches, das sich wie ein Fluch anhörte. Aber da hatte er sich bestimmt verhört. Ein anständiges Wesen wie sie ... Obwohl, so anständig konnte sie nicht sein, wenn Geschäfte sie in diese düstere Gegend trieben. Das erinnerte Ash wieder an das Artefakt.

„Streck die Hände aus!"

Zu seiner Überraschung folgte sie. Ihr Körper unter ihm bewegte sich und ihr Po drückte sich gegen seine Lenden, als sie ihre Arme hervorzog. Erst jetzt bemerkte Ash, dass sein Schwanz steinhart war. In all der Aufregung hatte er ihm kaum Beachtung geschenkt. Möglichst unauffällig ließ er seine Hüften kreisen, wobei sich sein Penis angenehm an ihrer Pobacke rieb. Nur seine Jeans störten enorm.

„Hör sofort auf damit", knurrte sie.

Ash ging nicht darauf ein. Stattdessen hauchte er: „Handflächen auf den Boden", in ihr Ohr und bemerkte, wie sich an ihrem Nacken die Härchen aufstellten.

Sie öffnete ihre Hände, doch ... Verdammt, da war die Sanduhr nicht!

Trotz des sehr angenehmen Pochens, das von seiner Leibesmitte ausging und sich durch seinen Körper zog, wurde Ash langsam ungeduldig. Immerhin konnte die Hexe jeden Moment erscheinen. „Wo ist es?", fragte er, weniger charmant. Keine Zeit mehr für Spielchen.

„Wovon sprichst du?" Ihre Stimme zitterte leicht, hörte sich hingegen kein bisschen ängstlich an.

Sein Engelchen stellte sich absichtlich dumm. War er wirklich so wenig Furcht einflößend? Leider konnte er ihr nicht mit einem Energieball drohen – ja, er konnte auch knisternde Geschosse erscheinen lassen –, denn er drückte immer noch mit dem Daumen in ihren Nacken, um die Weiterleitung ihrer mentalen Befehle zu blockieren. Die andere Hand brauchte er, damit er den Boden unter ihrem Körper abtasten konnte. Aber er könnte seine mentale Fähigkeit einsetzen, um herauszufinden, wovor sie tatsächlich Angst hatte. Ash horchte in sie hinein und fand in einem regelrechten Gefühlswirrwarr die Antwort: Sie fürchtete sich, zu versagen, ihre Aufgabe nicht zu schaffen.

Was für ein loyales, pflichtbewusstes Engelchen. Er fuhr mit einer Hand unter den warmen Flügel und um ihre Taille, wobei er ihre nackte Haut streifte. Sie war noch zarter als ihre Federn. Ash kam abermals in Versuchung, an ihr zu riechen, sog den Duft ihrer Flügel und der Haut ihres Nackens ein. So berauschend, blumig, himmlisch ... Leider fand er das Artefakt nicht. Sie musste draufliegen.

„Hinstellen. Ganz langsam", flüsterte er in ihr Ohr. Es war ein hübsches Ohr, das durch ihre blonden Haare spitzte. Das würde er gern mit seiner Zunge kitzeln. Später vielleicht. Er sollte sich jetzt nicht ablenken lassen.

Widerwillig folgte sie seinem Befehl, doch sie kam wenigstens auf die Beine. Was nicht einfach war, denn er durfte den Finger nicht von ihrem Nacken nehmen. Daher legte er die freie Hand auf ihren Bauch und hob sie halb mit sich nach oben. Als sie endlich standen, zog er sein Engelchen zwei Schritte zurück. Ash suchte den Boden ab, aber die Sanduhr lag da nicht mehr. Verdammt, sie musste das Artefakt eingesteckt haben!

Ash stand fest an sie geschmiegt hinter ihr, während er ihre Hosentaschen durchsuchte. Nichts. Er fuhr zwischen ihre Beine und grinste, als sie die Schenkel zusammenkniff. Wie heiß ihr Schoß war! Aus den Augenwinkeln bemerkte Ash, dass ihre Flügelspitzen zitterten. Um sein Engelchen zu ärgern, rieb er ein paar Mal kräftig über ihren Schritt. Sie keuchte auf und lehnte sich gegen ihn. Jetzt war es für sie einfacher, zu entkommen, denn sie brauchte sich nur aus seinem Griff zu winden, um seinem Daumen in ihrem Nacken zu entfliehen. Dann könnte sie sich auflösen und verschwinden. Ob sie sich dessen bewusst war? Ash musste sich auf jeden Fall beeilen.

Seine Hand wanderte höher, über ihren nackten Bauch, der sich heftig bewegte, weil sie hastig atmete, zu ihrem eng anliegenden Oberteil. Durch den Stoff tastete er ihren Busen ab. Ash fühlte keine Sanduhr, was nur bedeuten konnte, dass sie diese im Tal zwischen ihren üppigen Brüsten versteckt hatte. Ohne Umschweife fuhr er unter das elastische Top – und ihm stockte der Atem. Ihre Brüste lagen verdammt gut in seiner Hand. Sie waren weich und groß und doch wieder fest. Er wog sie, drückte sie leicht, und als er über ihre Nippel streifte, wunderte er sich, wie hart sie waren.

„Wo hast du das kleine funkelnde Ding?“, fragte er mit rauer Stimme und suchte weiter, obwohl er längst wusste, dass es auch dort nicht war. Sein Unterleib schmiegte sich gegen ihren Rücken, der Hügel einer Pobacke drückte genau in seine Hoden. Verflixt, sein Engelchen war so verdammt heiß! Ash hatte große Lust, sie über den Ladentisch zu legen und von hinten zu nehmen, ihren herrlichen Hintern vor Augen.

Die Hexe … sie würde bald kommen. Ash warf einen Blick aus dem Fenster, aber dort regte sich nichts. Dafür regte sich in seiner Hose gewaltig was. Er rieb seinen Unterleib noch fester an ihr, nahm einen ihrer Nippel zwischen zwei Finger und zwirbelte ihn. Ash stöhnte in ihr Ohr. „Du machst mich unsagbar scharf, Engelchen. Machst du das extra?“

Plötzlich zitterte sie, keuchte auf und stöhnte leise. Sie warf den

Kopf in den Nacken und sein Daumen verrutschte. Ihre Lider waren geschlossen. Dafür stand ihr sinnlicher Mund leicht offen, ihre Lippen glänzten in einem zarten Rosa. Ash hatte noch nie etwas Lieblicheres gesehen. Sie war die reine Sünde und doch so unschuldig. Die goldenen Wimpern flatterten auf ihren hohen Wangen. Ihre Nase war zuckersüß, klein und wohlgeformt, und aus ihrem Mund drangen unentwegt wimmernde Laute, die nach mehr riefen. Ashs Herz trommelte gegen seine Rippen, auch das letzte bisschen Blut schoss in seinen Unterleib. Verdammt, er war so hart! Seine Wange drückte sich gegen ihre; sein Engelchen drehte den Kopf, ihre Lippen kamen seinem Mund immer näher. Nein, unmöglich … Sie war erregt! Ash konnte es kaum glauben.

Sie ist doch nicht immun gegen meine Anmache, dachte er mit einem Anflug von Stolz. Aus einem Impuls heraus zwirbelte er ihre Brustspitze fester, woraufhin ein kehliges Stöhnen aus ihrem Mund drang.

Es war, als würde schlagartig die Zeit stillstehen. Ihr süßer Atem streifte seine Lippen und er holte tief Luft. Ash nahm ihren Duft noch intensiver wahr, fühlte ihr Herz gegen seine Handfläche rattern, hörte seinen Puls in den Ohren. Er atmete schwer, sie atmete schwer.

Nein, das durfte nicht sein, sie waren Feinde! Sie sollten kämpfen und sich nicht in unkeuschen Gelüsten verlieren. Ash hatte gedacht, sein Engelchen ärgern zu können, wenn er sie auf diese Weise berührte, stattdessen genoss sie es. Aber sie sollte es nicht genießen dürfen.

„Wo ist die Sanduhr?“, fragte er ein weiteres Mal und erschrak, wie heiser seine Stimme klang. Er stand tatsächlich kurz davor zu kommen, nur weil er diesem Engel an die Brust fasste. Was war an ihr nur so besonders? Er hatte schon viele attraktive Frauen gehabt und zahlreiche Brüste gestreichelt. Lag es daran, dass sie ein Engel war? Weil es für sie verboten war, was er tat? Weil er sich so an ihrer Art rächen konnte, für all das, was sie ihm angetan hatte? Was für eine zuckersüße Vergeltung! Seine Hand wanderte tiefer, glitt in den Bund ihrer engen Hose. Ash schloss die Augen, um ihre Haut intensiver zu fühlen, ihren Duft noch besser zu riechen. Als seine Fingerspitzen an ihre Scham stießen und dort weiche Härchen ertasteten, stöhnte er.

Engel durften sich keiner sexuellen Lust hingeben oder sie würden fallen. Erinnerungen suchten Ash heim, grausame Gedanken aus seiner weit zurückliegenden Vergangenheit. Abrupt zog er die Hand zurück. Im selben Moment wirbelte sein Engelchen herum und starrte ihn aus großen Augen an. Ihr Atem ging heftig, sie keuchte.

„Du willst die Hexe!"

„Was?" Woher wusste sie davon? „Du kennst die Hexe?" Vor Überraschung vergaß er, sie wieder an sich zu reißen. Augenblicklich löste sich der Engel in eine Säule aus hellem Rauch auf, die sich durch einen Spalt am Türrahmen zwängte.

Sie war verschwunden und mit ihr das magische Artefakt. Zurück blieben lediglich eine Feder und ihr Duft, der Ash daran erinnerte, was er soeben alles verloren hatte. „Verdammte Scheiße!" Mit einem Aufschrei schleuderte er eine bläulich-knisternde Energiekugel gegen die Tür, sodass diese laut krachend zerbarst wie der Tisch zuvor. Ash bemerkte kaum, dass Holzsplitter auf ihn herabregneten, während er ins Freie trat und sich umsah. Aber der Engel war weg. Ash schüttelte über seine Dummheit den Kopf. Diese Sanduhr hätte all seine Probleme lösen können, doch er hatte es vermasselt. Nicht nur, weil er dumm gewesen war, sondern weil ihn unsagbare Geilheit überfallen hatte. Wieder einmal hatte ihn seine verdammte Lust in eine katastrophale Situation katapultiert. Schließlich waren auch noch Gewissensbisse in ihm aufgekeimt. Ge-wis-sens-bis-se! Er war ein Dämon, verdammt!

Woher hatte dieses rassige Blondinen-Engelchen plötzlich gewusst, dass er auf die Hexe wartete? Durch eine Vision vielleicht? Ash dachte scharf nach, zumindest so scharf, wie seine Wut und sein Herzrasen, das wild in seinen Schläfen klopfte, es zuließen. Ja, er wusste, dass jeder Engel seine speziellen Fähigkeiten hatte. Sein Engelchen konnte womöglich Visionen empfangen und Dinge verschwinden lassen. Verdammt noch mal!

Laut fluchend stapfte er in den Laden zurück, wo er die Feder aufhob und zwischen den Fingern drehte. Er hatte es gründlich vermasselt. Jetzt konnte er nur noch hoffen, dass wenigstens die Hexe auftauchte, wenn Raphael sein Versprechen schon nicht hielt.

Kapitel 3 – Aberdeen Airport (Gegenwart)

Vincent beobachtete, wie Noir ihre Kutte überstreifte, Motorrad und Helm auf dem Besucherparkplatz zurückließ und in den Terminal des Flughafens lief. Schimpfend fuhr sich Vince durchs Haar und kratzte sich an den Hörnern. Es gefiel ihm nie, wenn er seine Hexe aus den Augen lassen musste.

Im Schutz der Nacht rannte er um das Areal und sprang an einer Stelle, wo ihn niemand sah, über den Sicherheitszaun, der den Flughafen umgab. Lautlos landete er im Gras und streckte die Nase in die Nachtluft. Als er einen Hauch von Vanille aufnahm, atmete er auf. Noir befand sich anscheinend auf dem Weg zur Rollbahn. Vincents Herz pochte wild, aber nicht, weil er die vielen Meilen hinter ihrem Motorrad hergelaufen war, sondern weil es ihn fast wahnsinnig machte, nicht in ihrer Nähe sein zu können.

Schon von Weitem sah er das Flugzeug des Magiers, das abflugbereit in der Nähe der Startbahn stand, ebenso ein Team von Flughafenangestellten, das die Maschine betankte und letzte Sicherheitsüberprüfungen durchführte. Die Turbinen liefen sich warm. Selbst in dieser Entfernung verursachten sie für Vincents empfindliche Ohren einen Höllenlärm. Es war eine Superjet, eine über zwanzig Meter lange Maschine, die etwa siebzig Personen befördern konnte. Vince war bereits ein paar Mal als blinder Passagier in diesem Flugzeug mitgereist, daher wusste er, wo er sich verstecken konnte.

Er flog förmlich über das Feld, berührte kaum mit seinen nackten Füßen den stoppeligen Boden, bis er sich auf fünfzig Meter genähert hatte. Weiter kroch er über das niedrige Gras, wobei er den Rucksack mit seiner Kleidung neben sich herzog, um nicht bemerkt zu werden. Noch bot ihm die Dunkelheit Schutz, aber die Bereiche rund um die Gates und die Flugbahnen waren hell beleuchtet. Es wimmelte zwar nicht von Personal, aber er erkannte mindestens vier Leute in seiner Nähe, die ihn entdecken könnten, wenn er nicht aufpasste.

Er schlich weiter an die geteerte Bahn heran, wo er so lange hinter dem Tankwagen kauerte, bis sich eine Gelegenheit bot, ungesehen in die Maschine zu kommen. Die Dämpfe des Kerosins brannten in seiner Nase und er unterdrückte ein Niesen. Er musste sich beeilen, musste irgendwie in das Flugzeug kommen. Noir und Magnus waren bereits nah, doch sehen konnte er sie noch nicht. Trotz des Treibstoffes nahm Vince ihren Duft wahr: Noirs Geruch nach Zimt und Vanille, der sich schon lange in sein Gehirn gebrannt hatte, und

Magnus' Duft nach einem leicht rauchigen Aftershave.

Der Pilot und ein Techniker führten letzte Sicherheitschecks durch. Sie drehten Vincent den Rücken zu, worauf er den Moment nutzte, hinter ihnen vorbeizulaufen. Ein Sprung und er landete geräuschlos auf einer Hebebühne, mit der sonst Gepäck eingeladen wurde. Ein weiterer Satz nach oben und er bekam den Rand der Luke zu fassen, in die er sich blitzschnell hineinzog. Der Laderaum der Superjet war klein. Hinter zwei Stahlcontainern fand Vincent allerdings genug Raum, wo er sich während des Fluges verstecken konnte. Dort warf er den Rucksack hinein und kroch auf dem Bauch wieder zur Öffnung, um hinauszuspähen. Als er Noir erblickte, seufzte er erleichtert. Noir und der Mann im edlen Anzug an ihrer Seite, der kaum größer war als sie, waren nur wenige Schritte entfernt. Aus Frustration knurrte Vincent. Er verspürte einen Stich in der Magengegend, weil Magnus den Arm um ihre Schultern gelegt hatte. Wie ihr Beschützer. Aber Vincent war Noirs Aufpasser, und sonst niemand!

Hier meldeten sich seine Gargoyle-Beschützer-Gene. Er wusste sehr wohl, dass Magnus keinerlei sexuelles Interesse an Noir hatte. Sie waren lediglich Freunde. Dennoch krallten sich Vincents Klauen in den Boden des Frachtraums. Hastig zog er sie zurück, konnte sich an Noirs Gestalt hingegen kaum sattsehen. Ihr helles Haar ergoss sich über ihren Umhang und ließ sie wie eine mystische Zauberin aussehen.

Noir … wenn er sie nur einmal berühren könnte, ihr einmal so nah sein könnte wie Magnus. Allein für diesen Moment würde er sein Leben geben. Es zog dumpf in seiner Brust. Natürlich durfte er sein eigenes Interesse nicht über Noirs Schutz stellen. Daher blieb ihm wie immer nichts anderes übrig, als sie aus der Ferne anzuschmachten. Wie robust war so ein Gargoyle-Herz eigentlich?

„Warte einen Moment, ich muss schnell nach meiner Ladung sehen", hörte Vincent den Ruf des Magiers durch den Lärm der Turbinen.

Kurze Zeit später vernahm er das Summen der Hebebühne, worauf er sich hastig hinter eine große Box drängte. Schon wehte das Aftershave des Magiers in Vincents Nase. Was machte der Mann im Frachtraum? Dafür hatte er Personal. Er kam allerdings nicht hinein, sondern blieb vor der Luke hocken.

„Ich hoffe, du passt gut auf sie auf, mein Freund", vernahm Vincent die Worte Zauberers. „Ich verlasse mich auf dich."

Dann ertönte wieder das Summen, Magnus fuhr auf der Plattform nach unten. Vincent lag wie versteinert hinter der Kiste, jeden Muskel angespannt. Adrenalin schoss durch seine Adern. Woher wusste der Magier, dass er sich hier versteckte? Woher wusste Magnus, dass Vincent auf Noir aufpasste, woher wusste ein Mensch überhaupt über ihn Bescheid?

Zwar gab es Menschen, die von der Existenz der Gargoyles Kenntnis besaßen, aber die meisten hatten keinen Kontakt zu den Klans. Magnus hingegen tat, als würde er Vince schon ewig kennen.

Er fand nur eine Erklärung: Magnus Thorne war ein sehr, sehr mächtiger Mann.

Noir fühlte sich wie so oft beobachtet, was wahrscheinlich daran lag, dass sie bereits ihr Leben lang auf der Flucht war. Die Dämonen suchten immer noch nach ihr und dem zweiten Medaillon. Lieber spürte sie die Unterweltler selbst auf und vernichtete diese, um ihrerseits an Informationen zu kommen. Die Gejagte war in Wirklichkeit eine Jägerin. Die Dämonen würden das vielleicht nicht vermuten und darin lag ihr Vorteil. Deswegen verkleidete sich Noir, damit kein Unterweltler sie erkannte, denn gewiss hatte es sich längst herumgesprochen, dass eine verrückte Hexe Jagd auf Höllenwesen machte. Aber so lange niemand ahnte, dass sie dahintersteckte … Noir war im Laufe der Jahre immer wieder auf Menschen gestoßen, die ebenso wie sie hinter Dämonen her waren. Oft hatte es sich um ausgebildete Dämonenjäger gehandelt. Es schien Organisationen zu geben, die Unterweltler bekämpften. Wenn Noir Jamie gefunden und die Medaillons zerstört hatte, würde sie sich intensiver damit befassen.

Sie seufzte. Die Liste mit Dingen, die sie faszinierten, war lang. Sie würde ihre eigenen Interessen allerdings zurückstellen, bis sie Zeit hatte. Dazu zählte auch, zu erforschen, woher diese fremde, männlich klingende Stimme kam, die sich manchmal in ihren Kopf schlich. Sie gehörte zu jemandem, der sich in ihrer Nähe aufhalten musste. Noir konnte Gedanken auffangen, aber nur von Menschen, nicht von anderen Wesen. Leider hatte sie denjenigen, zu dem diese wirklich interessante Stimme gehörte und der sehr viel über sie nachdachte, noch nie gesehen. Die Stimme erzählte ihr, wie hübsch er sie fand, wie sehr er sich nach ihr sehnte, was er alles mit ihr anstellen würde. Lustvolle Dinge, liebevolle Spiele. Das hatte sie erregt. Mittlerweile sehnte sie sich danach, den Mann, der nur als Stimme in ihrem Kopf existierte, zu begegnen. Wie würde er aussehen? Wie alt war er? Würde er wirklich all das mit ihr tun, wenn sie sich gegenüberstanden? Oder wurde sie langsam verrückt, weil sie in die Köpfe anderer eindringen konnte und täglich von vielen Gedanken umgeben war? Weil sie sich nach einer Umarmung sehnte, ebenso nach Trost, Geborgenheit und Zärtlichkeiten, sogar nach Sex? Darum liebte sie die Ruhe und Abgeschiedenheit des Klosters, hier verfiel sie nicht der Versuchung und konnte ihren Geist erholen. Einen Mann brauchte sie nicht, und wenn, dann nur für das einmalige Vergnügen. Sie konnte sich auch selbst Lust verschaffen.

Belüg dich doch nicht, dachte sie. Sie wusste sehr wohl, dass sie sich nicht ihre Sorgen erzählen, sich nicht bei sich selbst anlehnen oder sich einfach fallen lassen konnte.

Magnus kannte ihre Fähigkeit, Gedanken aufzufangen, aber nicht nur deshalb konnte sie kaum etwas von ihm „hören“, denn ihr Freund war ein Meister der Verstellung. Er beherrschte die magischen Künste zur Perfektion und verschloss sein Inneres stets vor der Öffentlichkeit. Dennoch spürte sie seine Sorge.

Für einen Moment betrachtete sie den großen Mann genauer, als er von der Hebebühne heruntterstieg und einen Arm um ihre Schultern legte, während sie zum Bug der Maschine gingen. Magnus war wie immer elegant gekleidet, in dunkle Hosen und ein hellblaues Hemd; nur sein braunes Haar wirbelte wegen der laufenden Turbinen durcheinander. Es zeigte die ersten silbernen Strähnen, obwohl Magnus lediglich elf Jahre älter war als sie. Ein Mann mit Erfahrung. Er besaß ein männliches, markantes Gesicht und strahlte eine gewisse Dominanz aus. Außerdem benutzte er ein angenehmes Aftershave, was eine zarte Sehnsucht nach Nähe zu einem anderen Menschen in ihr auslöste. Die Stimme und ihre Fantasien kamen Noir wieder in den Sinn. Zu lange lebte sie schon allein.

Würde sie ihr Leben nicht der Dämonenjagd und der Suche nach ihrem Bruder widmen, fände sie vielleicht Gefallen an Magnus – wenn er nicht schon glücklich verheiratet wäre, mit seiner zweiten Frau. Möglich, dass Noir sonst längst mit ihm eine schnelle Nummer geschoben hätte. Natürlich nicht hier und jetzt, wo sie es nicht mehr erwarten konnte, endlich zu starten. Aber trotz ihres Lebens, das auf Rache und Jagd ausgerichtet war, steckte eine Frau in ihrem Körper.

„Das wollte ich dir geben“, sagte Magnus, als sie vor der Treppe hielten, die in das Flugzeug führte. Aus seiner Hemdtasche zog er ein flaches Handy.

„Ein Smartphone?“, fragte Noir überrascht. „Ich dachte eher an ein magisches Spielzeug.“

Magnus schmunzelte. „In der heutigen Zeit muss man sich die Technik zunutze machen.“

Er erklärte ihr schnell, wie es funktionierte. In dem Telefon war ein Navigationsgerät eingebaut. Spezielle Satelliten zeigten Noir, wo sich auf der Erde Dämonen aufhielten. Diese strahlten eine andere Energiesignatur ab als Menschen und andere Wesen und wurden auf dem Display als rote Punkte dargestellt.

„So weißt du immer, wen du vor dir hast", bemerkte Magnus, „doch die Satellitenkameras erfassen leider keine Geschöpfe, die kleiner sind als fünfzig Zentimeter, oder was sich in geschlossenen Räumen abspielt. Sie können nur Energiewellen scannen, die für sie im sichtbaren Bereich liegen. Es kann daher passieren, dass es bei starker Bewölkung auch nicht richtig funktioniert, aber daran arbeite ich noch." Magnus drückte ihr das Handy in die Hand.

„Das klingt interessant", murmelte sie. „Das musst du mir genauer erklären."

Magnus lachte. „Okay, wie soll ich dir das ganz einfach verständlich machen?" Er schien einen Moment nachzudenken, bevor er sagte: „Weißt du, was Infrarot-Strahlung ist?"

„So ungefähr."

„An den Satelliten sind thermische Detektoren angebracht, ähnlich Wärmebildkameras, die die verschiedenen Strahlungen vom Weltraum aus messen können. Die Dämonen strahlen andere Wellen ab als Menschen. So können sie unterschieden werden."

Noir kratzte sich am Kopf und brachte nur ein „Wow" heraus. Magnus war nicht nur als Magier ein berühmter Mann. Früher war er ein Unternehmer gewesen, ein Softwareentwickler, hatte vor vielen Jahren eine eigene Firma besessen. Seine Programme verkauften sich auch heute noch weltweit, weshalb er finanziell längst ausgesorgt hatte, aber dass er so etwas herstellen konnte … „Respekt!"

Grinsend erwiderte Magnus: „Eigentlich darf ich dir das Gerät nicht geben, weil ich es für eine Organisation entwickelt habe, die Dämonen jagt. Allerdings ist dieses Smartphone modifiziert. Falls es in die falschen Hände gelangt, zerstört es sich. Das Gerät bekommt diese Infos wiederum über die Satelliten."

„Eine Organisation, die Dämonen bekämpft?" Ob Magnus von den Jägern sprach, denen sie schon einmal über den Weg gelaufen war? „Klingt mega-interessant."

„Da brauchst du gar nicht so die Brauen zu heben." Magnus lachte. „Alles streng geheim."

Noir schmunzelte; ihr Freund steckte voller Überraschungen. „Ich werde gut drauf aufpassen. Vielen Dank, Magnus." Sie umarmte ihn und wunderte sich wie so oft über seine Größe. Es gab nicht viele Männer, die größer waren als sie. Nur ein großer Mann würde zu ihr passen, fand Noir. „Hast du nicht noch etwas vergessen?", fragte sie ihn lächelnd und ließ ihn wieder los. Sie lächelte nicht oft, denn dann spannte die Narbe auf ihrer Wange, was sie wiederum an jene schreckliche Nacht erinnerte. Doch bei Magnus machte sie eine Ausnahme. Grinsend reichte er ihr die Klingen, die sie an ihren angestammten Platz seitlich in ihren Stiefeln steckte, wo kleine Taschen eingearbeitet waren.

„Zwei wirklich schöne Stücke", bemerkte Magnus. „Ich bewundere sie immer wieder."

Er hatte ihre Waffen durch den Sicherheitsbereich geschmuggelt – mit Magie. Noir könnte noch so viel von ihm lernen, wenn sie nicht ständig unterwegs wäre. Sie war zwar einige Jahre auf der Londoner Zauberschule – einer der besten der Welt – gewesen, doch durch den plötzlichen Tod ihrer Familie und ihre Flucht hatte sie den Abschluss nicht gemacht. Magnus hatte ihr vorgeschlagen, ihr Coach zu werden, um ihr noch das eine oder andere beizubringen. Sie hätte sein Angebot beinahe angenommen, aber nach dem Unfalltod seiner ersten Frau hatte er eine Zeit lang zurückgezogen gelebt. Noir hatte sich währenddessen voll und ganz auf die Jagd konzentriert. Sie hatte sich viel selbst beigebracht, worauf sie stolz war. So einen Verbündeten wie Magnus an der Seite zu haben, vereinfachte ihre Situation allerdings enorm. Er war der Einzige gewesen, an den sie sich während ihrer Flucht gewandt hatte. Sie vertraute ihm. Da sie ihn keiner Gefahr aussetzen und die Höllenwesen nicht auf ihn aufmerksam machen wollte, traf sie sich nur äußerst selten mit ihm.

Sie bedankte sich und steckte sein Handy ein. Dann hob sie den Kopf, weil sie geglaubt hatte, dort hätte sich etwas bewegt. Die Luke stand noch immer offen; ein Arbeiter auf der Hebebühne lud die letzte silberfarbene Box in den Bauch der Maschine.

„Was transportierst du eigentlich?"

„Das ist eine Ladung schottischer Whisky, die ich einem Freund, der in Paris lebt, schon vor Urzeiten versprochen habe", erklärte Magnus. „Wenn die Maschine schon startet …"

Noir räusperte sich, denn sie wusste sehr wohl, wie viel Geld Magnus dieser Flug kostete. „Zieh es einfach von meinem Vermögen ab."

Magnus und sie besaßen ähnliche Schicksale. Der Zauberer hatte schon als Kind seine Familie verloren, als es eine Explosion im zentralen Warenlager der Magier gegeben hatte. Er war bei seiner Tante aufgewachsen, die eng mit Noirs Familie befreundet gewesen war. So eng, dass ihr Bruder Jamie „Onkel Magnus" zu ihm gesagt hatte. Daher hatte Noir nach dem Tod ihrer Eltern keine Sekunde gezögert und Magnus ihr Familienvermögen anvertraut, das er seitdem verwaltete. Magnus kannte sich auf dem Aktienmarkt aus, sodass Noir immer ein gutes Polster zur Verfügung stand, was jedoch beständig schwand. Das Leben auf der Flucht und die Jagd hatten sie einiges gekostet. Sie musste darüber nachdenken, wie sie in Zukunft ihr Leben finanzieren sollte. Magnus wollte sie auf keinem Fall auf der Tasche liegen.

„Noir …“ Magnus legte beide Hände auf ihre Schultern. „Wann hörst du endlich auf, deinen inneren Dämonen hinterherzujagen? Es ist offensichtlich eine Falle und wird deine Liebsten nicht lebendig machen.“

„Ich werde erst ruhen, wenn ich meine Dämonen getötet habe“, flüsterte sie und beobachtete, wie der Tankwagen und die Hebebühne davonfuhren, um ihrem Freund nicht in die Augen sehen zu müssen. „Und wenn Jamie noch lebt, muss ich ihn finden.“

„Mach dir keine Hoffnungen. Dein Bruder ist längst tot. Hör auf mit den Schuldgefühlen. Du hast richtig gehandelt.“

Ja und nein. Sie hatte ihren magischen Eid nicht gebrochen. Noir hatte in ihrer Kindheit, als sie die Wächterin eines der beiden Artefakte wurde, schwören müssen, den Schutz des Medaillons über ihr Leben und alles andere zu stellen. Daher war sie mit dem zweiten Amulett geflohen, doch sie hatte ihren Bruder im Stich gelassen. Das zerfraß sie von innen, Stück für Stück.

Noir hatte nur Magnus erzählt, dass Jamie möglicherweise lebte, alle anderen Magier wussten lediglich, dass die gesamte Familie LeMar vor vielen Jahren samt Auto auf mysteriöse Weise verschwunden war. Alle hielten sie für tot, einschließlich Noir.

„Noir …“ Magnus drückte ihren Arm.

Sie wusste, Magnus hatte gehofft, sie würde endlich wieder ein normales Leben beginnen, als sie sich vor ein paar Wochen ins Kloster zurückgezogen hatte. Sie hatte eine Auszeit gebraucht, eine Ruhephase. Die jahrelange Flucht und die Dämonenjagd hatten sie sehr ausgepowert, dennoch hatte sie es sich nicht nehmen lassen, wenigsten einen Dämon alle paar Nächte zu erledigen. Was natürlich auch nicht mühelos möglich war. Aberdeen war jedoch ein ruhiges Pflaster im Gegensatz zu den Großstädten, wo sich die Unterweltler mit Vorliebe aufhielten, wenn sie in der Oberwelt waren. London, New York, Kairo, Tokio oder Paris zählten zu den Lieblingsorten der Höllenwesen, um nur einige zu nennen. In den Ballungsräumen konnten sie das größte Unheil anrichten. Noir hatte in Dublin gejagt, Prag, Amsterdam, Berlin und Brüssel. Nur nach Paris zu kommen, hatte sie bis jetzt vermieden, denn ihre Eltern stammten aus Frankreich, aus einer Ortschaft wenige Kilometer südlich der Hauptstadt.

Leider hatten Noir ihre Reisen bisher nicht weitergebracht. Niemand hatte ihr sagen können, ob Jamie noch lebte, und solange sie nicht sicher wusste, dass er tot war, würde sie weitermachen. Das war sie sich und ihrem Bruder schuldig.

„Roger", sagte Magnus, der per Funk mit dem Piloten verbunden war. Dann wandte er sich an Noir. „Die Maschine ist startbereit."

Sie hielt es ohnehin kaum noch aus. Sie verabschiedete sich von ihrem Freund, dankte ihm noch einmal für alles und stieg hastig die Gangway nach oben in das Flugzeug. Sie konnte es nicht mehr erwarten, den Dämonen in den Arsch zu treten.

Falls sie endlich Gewissheit über Jamies Schicksal hatte und das Medaillon zurückbekam, würde sie sich vielleicht zur Ruhe setzen und sich ein wenig Vergnügen gönnen, auf das sie viel zu lange verzichtet hatte. Doch sich binden oder eine Familie gründen wollte sie niemals. Zu heftig loderte die Flamme des Verlustes in ihrer Brust.

Kapitel 4 – London (einige Tage in der Zukunft)

Kara saß auf der Balustrade des Uhrenturms, der zum *Midland Grand Hotel* gehörte, und ließ ihre Beine über dem Abgrund baumeln. Unter ihr strömten die Einwohner und Besucher Londons in die Halle des Bahnhofs Kings Cross und St. Pancras, der sich dem neogotischen Gebäude anschloss. Die Fassade des spätviktorianischen Backsteinbaus mit den zahlreichen Spitzbögen, Schornsteinköpfen, Türmchen und Erkern ließ viele Touristen nach oben blicken und trotz Nieselregen ihre Kameras zücken. Kara sahen sie nicht. Sie war für menschliche Augen unsichtbar. Sie selbst hatte allerdings keinen Blick für das architektonische Meisterwerk übrig, das sie ohnehin in- und auswendig kannte.

Der Dämon ging ihr nicht aus dem Kopf. Seufzend lehnte sie sich gegen eine Steinfigur. Diese glich einem Hund und zierte die Fassade. „Ach, Molto, er hatte so schöne blaue Augen."

Der Gargoyle namens Molto hörte sie nicht, es war noch Tag. Solange die Sonne nicht untergegangen war, versteinerten die Körper dieser Wesen. Sie bestanden nicht aus echtem Stein, sondern aus einer organischen Substanz, die wie Stein aussah. Kara konnte das Herz des Gargoyles leise gegen ihr Ohr schlagen hören. In diesem Zustand waren sie am verletzlichsten. Zerstörte man die Steinfigur, war der Gargoyle tot. Aus diesem Grund saßen die Gargoyles auf den Pfeilern immer mit dem Rücken zur Hauswand und machten eine hässliche Fratze, um ihre Feinde abzuschrecken.

Vor hunderten von Jahren kannten sich Menschen und Gargoyles. Doch die Menschen fürchteten diese Geschöpfe wegen ihres unheimlichen Aussehens und stellten sich gegen sie, obwohl sie von ihnen beschützt wurden. Es kam zur Ausrottung ganzer Stämme, weshalb sich die Gargoyles zurückzogen, um fortan im Untergrund zu leben. Im Laufe der Zeit gerieten sie immer mehr in Vergessenheit. Später setzten die Menschen Gargoyle-Skulpturen auf Kirchen und Schlösser, weil sie sich vage daran erinnerten, dass diese Geschöpfe einmal ihre Beschützer waren. Die Steinskulpturen sollten böse Geister fernhalten.

Heutzutage glaubte fast niemand mehr an mythische Wesen, worüber die Klans froh waren. Die Menschen hatten sich nicht verändert. Sie würden die Gargoyles bekämpfen, sie einsperren, Versuche mit ihnen durchführen oder sie zu Zirkusattraktionen degradieren.

Da Karas Aufgabenbereich London einschloss, gehörte es auch zu ihren Pflichten, tagsüber nach den Gargoyles zu sehen, da diese Geschöpfe während des Steinschlafes ihren Feinden schutzlos ausgeliefert waren. Nicht, dass Gargoyles viele Feinde hätten. Die meisten wussten nicht einmal von deren Existenz. Ihre einzigen Gegner waren Dämonen, weil diese es nicht guthießen, dass die Gargoyles oft ihre Nahrungssuche störten. Dämonen ernährten sich von menschlichen Seelen. Die Gargoyles wachten über die Menschen, und die Engel wachten über die Gargoyles, damit ihnen am Tag nichts passierte. Dabei handelte es sich um ein unausgesprochenes, gegenseitiges Einvernehmen, denn die Gargoyles nahmen den Engeln eine Menge Arbeit ab. Die nachtaktiven Geschöpfe waren auch so etwas wie Schutzengel.

Kara saß, so oft es ihre Pflichten zuließen, auf dem Sims des Uhrenturms, der an das Hotel gebaut war, um über alles Mögliche nachzudenken. Auch nach Sonnenuntergang verbrachte sie manchmal Zeit dort und beobachtete die Gargoyles, die sich mit ausgebreiteten Schwingen von den Dächern abstießen und in die Dunkelheit segelten, oder sie unterhielt sich mit Molto. Er blieb die halbe Nacht unbeweglich auf dem Gebäude sitzen – damit den Menschen nicht auffiel, dass Figuren auf dem Dach fehlten –, bevor er mit Zyrus den Wachposten tauschte.

Auf dem Turm gefiel es Kara besser als einige Etagen tiefer, in ihrem irdischen Unterschlupf – einem Zimmer des ehemaligen Hotels. Offiziell hieß es, das *Midland Grand Hotel* sei seit dem Jahre 1935 geschlossen, doch im Inneren des riesigen dunkelroten Gebäudes lebte die Bruderschaft der Londoner Gargoyles. Diese Geschöpfe passten nicht nur auf einzelne Menschen auf, sondern auch auf den gesamten Klan, auf ihr Zuhause und auf die Stadt, in der sie lebten.

Hätte Kara doch damals als Mensch einen Gargoyle an ihrer Seite gehabt, bevor eine Hexe sie einem Dämon geopfert hatte … Schon wieder stießen ihre Gedanken auf den attraktiven Unterweltler und seine Berührungen. Dieser Höllenhund hatte gewusst, dass er gut aussah, und versucht, Kara zu manipulieren. Sie hatte das sehr wohl bemerkt. Gedankenverloren rollte sie die winzige Sanduhr zwischen ihren Fingern hin und her. Was sollte sie jetzt machen? Zurückfliegen und hoffen, dass die Hexe noch da war?

Die Augen geschlossenen, lehnte sich Kara gegen das Gebäude und kuschelte sich in ihre Federn. Ihre andere Hand stahl sich in ihr knappes Oberteil, wo sie an ihren Brustspitzen zupfte. Ihre Atmung beschleunigte sich. Der Knubbel fühlte sich hart an. Kara hatte nicht gewusst, dass es lustvoll sein konnte, wenn man ihn sanft malträtierte. Bei jedem Kniff schoss ein Stromschlag in ihren Unterleib und brachte ihn zum Glühen. Der Dämon hatte ihre bereits vorhandenen

Gelüste, die Kara versucht hatte, in Schach zu halten, komplett freigelegt. Was für ein Mist! Sie hatte den Dämon erregt und er sie. Kara sah noch immer seine Augen vor sich. Sie waren so blau wie der Himmel an einem Sommertag. Und erst dieses verschmitzte Lächeln. Sie hatte gespürt, dass der Dämon sich an den Pakt hielt, keinen Engel zu vernichten. Er hatte allerdings mit anderen Mitteln gekämpft, mit ziemlich unfairen. Er hatte seine Macht auf diese Weise demonstriert, und Kara hatte es gefallen, wehrlos und ausgeliefert in seinen starken Armen zu liegen. Der gut aussehende, schwarzhaarige Teufel hätte mit ihr machen können, was er wollte. Beinahe hätte sie es auch zugelassen. Ein Zucken ging durch ihren Unterleib, worauf sie die Augen aufriss und ihre Hand zurückzog. Dieses unerträgliche Pochen in ihrer Leibesmitte war kaum auszuhalten. Wenn es nicht bald aufhörte, würde sie noch zerspringen. Niemals konnte sie zurückfliegen. Der Dämon hätte leichtes Spiel mit ihr. Er hatte die Uhr gewollt, doch die durfte er niemals bekommen. Ein derart mächtiges Artefakt in seinen Händen, du liebe Güte!

Seine Hände, diese geschickten Finger … Kara spürte sie immer noch überall auf sich.

Schlagartig fühlte sie sich von dem Gargoyle, der reglos neben ihr hockte, beobachtet, obwohl das Unsinn war. Lust … Das war für einen Engel verboten.

„Kara mia“, wisperte eine Stimme dicht an ihrem Ohr.

„Molto?“ Kara erschrak so sehr, dass sie beinahe vom Sims gehüpft und die Sanduhr hinuntergefallen wäre, wenn der große Engel vor ihr sie beide nicht aufgefangen hätte. Es war nicht die Steinfigur, die zu ihr gesprochen hatte, sondern ihr Mentor. Wie aus dem Nichts hatte er sich materialisiert, hielt Kara an den Hüften fest und hob sie auf den Mauervorsprung zurück.

„Raphael!“ Wie lange war er schon hier? Was hatte er gesehen?

Der Engel gab ihr das Artefakt zurück. Seine ockerfarbenen Schwingen waren so mächtig, dass er nicht auf den schmalen Sims passte, sondern schräg vor Kara in der Luft stand. Sanft lächelte er sie von der Seite an.

„Wa-was tust du hier?“ Sie ließ die Sanduhr im Tal zwischen ihren Brüsten verschwinden. Dort war sie gut aufgehoben. Der andere Ort, wo sie das magische Artefakt vor dem Dämon versteckt hatte, kribbelte vor Aufregung und kam im Moment nicht als Aufbewahrungsort infrage.

Raphael verschränkte die Arme vor der Brust. Der Regen war stärker geworden, doch weder der Erzengel noch Kara wurden nass. Laut prasselten die dicken Tropfen gegen die Hauswand. Raphael schaute Kara durchdringend an, wobei sie sein Seelenlicht sah, das bei einem Erzengel besonders stark war. Dadurch schien es, als würden die grünen Augen in seinem beinahe androgynen Gesicht von innen leuchten. Gleichmäßig schlug er mit den Flügeln, die kaum einen Laut erzeugten. Die braunen Haare, die ihm bis zu den Hüften reichten, bewegten sich sanft im Wind. Raffi war hübsch und gütig und machte gern Witze. Kara mochte seine unkonventionelle Art. Er war anders als die anderen und ihr von allen Engeln des Rates der liebste. Heute schien er noch etwas vorzuhaben, denn er trug einen edlen Anzug. Der mächtige Erzengel musste sich keine Löcher ins Sakko schneiden, damit seine Schwingen Platz fanden. Kara hatte bis heute nicht herausgefunden, wie er das machte. Ihre Kleider zerrissen jedes Mal, wenn sich ihre Flügel materialisierten. Das würde wohl auf ewig Raphaels Geheimnis bleiben, denn er verriet den Trick nicht. Oder es war ein Privileg der Erzengel.

Es wunderte Kara, was er hier suchte, denn Raphael war viel beschäftigt. Er war nicht nur ein Erzengel und Mitglied des Rates, der wichtige Entscheidungen innerhalb der Engelshierarchie traf, sondern auch einer der sieben Herrscherengel, dem jeweils ein bestimmter Teil der irdischen Welt unterstellt war. Raphael regierte Europa. Von Brüssel aus zog er die Fäden und ließ die Menschen ohne deren Wissen nach seiner Pfeife tanzen.

„Ich habe auf meinem Rundflug bei den Gargoyles vorbeigeschaut und dich hier verträumt sitzen gesehen“, sagte er. „Warum ist die Uhr noch nicht bei der Hexe?“

„Da war ein Dämon“, erwiderte sie kleinlaut.

Raphael hob die Brauen. „Und?“

„Er wollte die Sanduhr. Da bin ich verschwunden.“

Raphael grinste bis über beide Ohren. „Kara mia, seit wann wirst du nicht einmal mit einem einzigen Dämon fertig?“

Er kannte meine Schwäche, wollte sie sagen, urplötzlich fiel ihr jedoch ein: „Er wusste, wie er unsere Fähigkeiten blockieren kann. Er ist gefährlich. Wenn sich das rumspricht, haben die Dämonen leichtes Spiel mit uns.“

Raphael schien ihre Aussage kühl zu lassen, er ging nicht darauf ein, stattdessen verschwand sein Lächeln. Mit zusammengekniffenen Lidern blickte er sie an. Hatte er jemals zuvor so ernst ausgesehen?

„Du musst wieder zurück, Kara. Es ist deine Aufgabe, deine Mission. Nur du bist dazu bestimmt.“

„Warum? Ich verstehe das nicht. Ich bin … fühle mich … schwach.“ Sie schlug die Augen nieder und betrachtete ihre Sneakers, die sie immer noch trug. Lieber war sie barfuß.

Sanft erwiderte er: „Du hast eine Schwäche, das stimmt, deshalb kannst nur du diese Aufgabe erfüllen. Durch deine Schwäche wird alles ein gutes Ende nehmen. Vertraue darauf. Eure Schicksale sind alle miteinander verbunden.“

„Eure?“ Wovon sprach er jetzt schon wieder? Als Kara aufblickte, war Raphael verschwunden.

Sie seufzte. „Oh Raffi, du hast ja keine Ahnung.“ Ihr Mentor schien immer alles zu wissen. Leider hatte er keine Kenntnis davon, welche Schwäche Kara meinte. Raffi hatte sicher geglaubt, dass sie sich zu unsicher fühlte, um dem Dämon gegenüberzutreten. Aber bestimmt nicht, weil sie Angst vor ihm hatte. Wenn sie zurückging, würde sie ihm mit Haut und Haar verfallen. Sie würde ohnehin am liebsten sofort zu ihm eilen, um sich wieder in den herrlich festen Griff seiner Arme zu flüchten.

Gewissensbisse nagten an ihr, denn sie wollte Raffi und besonders den Rat nicht enttäuschen. Aber das würde sie. Sie hätte der Hexe die Sanduhr übergeben müssen. Stattdessen war sie Hals über Kopf verschwunden, nur weil sie einem verteufelt gut aussehenden Dämon über den Weg gelaufen war. Zähneknirschend stellte sie sich auf den Sims und breitete ihre Flügel aus. Sie musste sich zusammenreißen. Sie fühlte ja, dass Raffi recht hatte. Sie musste zurück, musste wissen, ob die Hexe noch da war. Raphael zählte auf sie.

Kräftig stieß sie sich ab und erhob sich in die Lüfte. Sie hätte sich auch in eine Säule aus Rauch auflösen können und in dieser feinstofflichen Erscheinung zum Übergabeort rasen, doch das würde ihr zu schnell gehen. Sie brauchte Zeit zum Nachdenken. Während sie über das regennasse London flog und Dächer, Straßen sowie ameisenkleine Menschen unter ihr vorbeizogen, überschlugen sich ihre Gedanken. Die Hexe war bestimmt längst beim Antiquitätenladen, doch Kara war nicht anwesend, um ihr das Artefakt zu übergeben. Sie würde noch da sein, wenn Kara ankam. Das fühlte sie. Nachdenken! Wie sah die Hexe aus, was hatte Raffi gesagt? Weiße, lange Haare, ein fein geschnittenes Gesicht, dunkle Augen und eine Narbe auf der Wange. Ja, so eine Frau würde ihr auffallen. Was würde die Hexe machen, wenn sie auf den Dämon traf? Was hatte der Dämon von der Hexe gewollt? Er hatte über sie Bescheid gewusst. Er hatte … auf sie gewartet! Das hatte Kara in einer Vision gefühlt. Meine Güte, wenn der Dämon ihr etwas angetan hatte? Sie musste sich beeilen! Jetzt löste sie sich doch auf und schoss wie der Blitz über London hinweg.

Als sich Kara in der düsteren Gasse – die diesmal noch dunkler war, weil es bereits dämmerte und stark regnete – materialisierte, beschlich sie ein ungutes Gefühl. Sie musste die Hexe warnen, oder … allein mit dem Dämon fertig werden. Doch er war ein verdammt gefährlicher Gegner. Woher hatte er gewusst, wie man einen Engel hindern konnte, mentale Befehle auszuführen oder zu verschwinden? Kara spürte jetzt noch den Druck seines Daumens in ihrem Nacken. Sie hatte die Dunkelheit in ihm gefühlt, aber da war noch etwas anderes, ein winziger Funke, und der schenkte ihr Hoffnung. Der Dämon war gefährlich, aber er besaß eine gute Seite. Die galt es herauszukitzeln.

Kara sah die drei Personen vor dem Laden sofort. Die große Frau in dem schwarzen Umhang musste die Hexe sein. Ihr weißes Haar spitzte unter der Kapuze hervor. Als sie den Kopf hob, erkannte Kara ihr zartes Gesicht mit der Narbe auf der Wange sowie ihre dunklen Augen. Kara stutzte, sie hatte sich eine weißhaarige Hexe als altes Weib vorgestellt. Diese Frau hingegen war jung und wunderschön.

Die noch größere Gestalt neben ihr mit den mächtigen Schwingen, die Kara nur von hinten sah, war unverkennbar ein Gargoyle. Vor Nässe klebten ihm die braunen Haare am Kopf. Warum war er nicht versteinert? Es dauerte noch ein wenig bis Sonnenuntergang. Was Kara jedoch beinahe von den Füßen riss, war der Anblick des Mannes, der vor den beiden in einer scharlachroten Pfütze lag: Es war der Dämon.

„Nein!“ Kara rannte, für alle unsichtbar, auf ihn zu. Der Dämon bemerkte sie anhand ihrer Präsenz und drehte ihr den Kopf zu, während Blut aus seinem Mundwinkel lief. Sein Hemd hing in Fetzen, seine Jeans sahen kaum besser aus. Kara machte sich nur für ihn sichtbar.

„Hallo, Täubchen“, sagte er leise, bevor ein Hustenkrampf ihn schüttelte.

Mehr Blut lief über seine Lippen, das der Regen wegwusch. Seine Lider flatterten. Kara ging neben ihm in die Hocke und breitete eine Schwinge über seinem Gesicht aus, sodass der Regen nicht mehr zu ihm durchdrang. Ihr Herz bestand nur noch aus einem verkrampften Klumpen. Das Atmen fiel ihr schwer. Was war passiert? „Mein Name ist Kara“, wisperte sie mit erstickter Stimme und strich ihm über die feuchte Wange.

„Schöner Name“, erwiderte er leise. „Ash.“

Das bedeutete Asche. Sprach er vom Tod? Dämonen wurden zu Asche, wenn sie starben. Aber da verstand Kara. „Dein Name?“

Er nickte leicht, seine himmelblauen Augen suchten ihren Blick, fanden ihn aber nicht gleich. Einige Sekunden starrte er an ihr vorbei. „Froh, dass du hier bist."

Karas Herz machte einen Hüpfer. Allein wenn er sie mit seinen wunderschönen Augen anschaute, brachte das ihr Inneres zum Schmelzen. Leider glänzten sie nicht mehr vor Leidenschaft. Sie wirkten von Sekunde zu Sekunde matter. Da begriff sie, dass Ash fast blind war.

„Oh nein!" Aufschluchzend schlug sie sich die Hand vor den Mund.

Es kostete Ash sichtlich enorme Anstrengung zu sprechen, dennoch presste er ein „Nicht weinen" heraus.

„Mit wem spricht er?", fragte die Hexe. In der Hand hielt sie eine silberne Klinge.

Kara schaute auf. Sie hatte die beiden anderen fast vergessen.

„Ich sehe niemanden", sagte der Gargoyle, während er sich hastig umblickte. „Aber ich spüre die Anwesenheit eines Wesens, ich kann es riechen. Ich kenne den Geruch."

„Engel …", hauchte Ash mit geschlossenen Lidern, worauf alle wieder ihn ansahen.

Kara ergriff seine Hand, ohne weiter auf die anderen zu achten. Die Szenerie wirkte verzerrt, irreal. Im Moment hatte sie ohnehin nur Augen für den Dämon. Ashs Hand war eiskalt, die langen Finger blutverschmiert. Abschürfungen zierten seine Knöchel.

„Was ist passiert?", fragte Kara, aber nur der Dämon konnte sie hören. Er versuchte, die Lider zu öffnen, schaffte es jedoch nicht. Beruhigend strich sie ihm durch das pechschwarze Haar, in dem ebenfalls Blut klebte. Sie hatte geglaubt, es würde sich starr anfühlen, aber es war herrlich weich. „Wer hat dich so schrecklich zugerichtet?"

Lange Zeit sagte er nichts, bevor er wisperte: „Ich wollte doch nur meine …" Aus seiner Kehle kam ein gurgelnder Laut, dann drückte er ihre Hand ein letztes Mal und blieb reglos liegen.

„Nein, Ash!" Hastig wich Kara vor ihm zurück. Schon ging sein Körper in Flammen auf, wie es bei diesen seelenlosen Wesen üblich war. Übrig blieb ein Häuflein Asche, sonst nichts. Keine Seele, die Kara auf ihren weiteren Weg hätte begleiten können.

„Ash …" Sie schloss die Lider und presste die Faust an ihre Brust. Vergangen seine Schönheit, vorbei sein verwegenes Lächeln. Nie wieder würde Kara in diese wundervollen blauen Augen sehen, Ash nicht mehr riechen oder spüren können.

Alles in ihr zog sich zusammen. Wäre sie doch schneller hier gewesen!

Sie starrte auf die Asche, die der Regen hinfortspülte. Das führte jedoch dazu, dass ihr Herz noch schwerer wurde. Als Kara zur Hexe und dem Gargoyle aufblickte, war ihre Sicht verschwommen. Weinte sie etwa wegen eines Dämons, den sie kaum kannte? Kara fühlte sich benommen. Ihr war schwindelig und schlecht. Was war los mit ihr? Was hatte sie für Gedanken? Ihr Gefühl sagte ihr, dass hier etwas nicht stimmte. So hätte das nicht passieren dürfen.

Eifersucht wallte in Kara auf. Hatte der Gargoyle die Hexe vor dem Dämon beschützt? Oder war Kara nur wütend, weil der Hexe ein Beschützer zur Seite stand? Hatten die beiden miteinander gekämpft oder hatte die Hexe ihn verwundet? Ihr Messer, die scharfen Krallen des Gargoyles … Ash hatte mehrere Wunden davongetragen; am übelsten hatte sein Bauch ausgesehen: aufgeschlitzt, als hätte ihn jemand ausweiden wollen. Normalerweise besaßen Dämonen eine ausgezeichnete Wundheilung. So schnell konnte sie nichts töten, auch nicht eine derart üble Wunde, außer … Hier war Magie im Spiel. Das hieß, nur die Hexe konnte ihn so schwer verwundet haben.

Ihr Zorn auf die Frau wuchs. Warum das so war, wusste Kara nicht genau, immerhin war der Dämon ihr Erzfeind. Ein Dämon war es auch gewesen, dem sie als Mensch zum Opfer gefallen war; eine Hexe hatte Kara in seinem Auftrag getötet, indem sie ihr bei lebendigem Leib das Herz herausgeschnitten hatte, während vier weitere Dämonen sie auf dem Opferstein festgehalten hatten. Daraus resultierte ihre Abneigung gegen Hexen. Woraus sich wiederum folgern ließe, dass sie auch eine Abneigung gegen Dämonen haben musste und das nicht nur, weil sie ein Engel war. Was störte sie daran, dass Ash tot war? Ein Dämon weniger, der die Menschheit verdarb. Ein Dämon weniger, der das Gleichgewicht zwischen Gut und Böse aus dem Lot brachte. Kara musste dieser weißhaarigen Hexe nun die Uhr geben, ob sie wollte oder nicht. Raphael hatte ihr mehr als einmal gesagt, dass es ihre Aufgabe sei, doch es fühlte sich falsch an. Abermals schaute sie die beiden an, bis ihr Blick auf dem Gesicht des Gargoyles hängen blieb. Er sah einem Menschen sehr ähnlich. Kara zwinkerte sich die Tränen weg. Irgendwie kam er ihr bekannt vor. Die spitzen Ohren, die verlängerten Eckzähne, die winzigen Hörner … Das hier war ein Gargoyle aus der Londoner Bruderschaft, denn die besaßen alle nur kleine Hörner und keinen Tierschwanz. Es war … „Nein!" Ihr stockte der Atem.

Eure Schicksale sind alle miteinander verbunden, hallte Raphaels Stimme durch ihren Kopf. „Vincent!" Das war der Gargoyle mit der menschlichen Mutter! Die Bruderschaft hatte seinen Vater verstoßen, weil er eine Menschenfrau geliebt und mit ihr ein Kind gezeugt hatte. Als Vincent zur Waise wurde, konnte Kara den Klan überreden, den noch sehr jungen Gargoyle aufzunehmen. Kara hatte sich die erste Zeit viel um ihn gekümmert, oft mit ihm gespielt. Er war ein süßer Fratz. Als er alt genug war, jemanden zu beschützen, hatte sich Kara abermals für ihn eingesetzt. Vincent sollte auf ein Mädchen aufpassen, hinter dem Dämonen her waren: Malou. Kara hatte Malou nie zu Gesicht bekommen, aber das musste sie sein. Diese Frau war also Malou LeMar – eine Hexe – und sie hatte ihren Vincent bekommen. Nein, wie ungerecht! Hatte sich alles gegen sie verschworen? Wenn Kara damals gewusst hätte, dass das Mädchen eine Hexe war, hätte sie Grimsley nie dazu überredet, Vincent den Job zu geben.

Sie schaute sich die beiden genauer an. Ihre Kleidung war an einigen Stellen zerrissen, außerdem waren Vincent und die Hexe ebenfalls verletzt, wenn auch bei Weitem nicht so schlimm wie Ash.

Laut schluchzte Kara auf.

„Kara?“, fragte Vincent plötzlich und suchte die Umgebung mit Blicken ab. Seine Nasenflügel bebten, er roch Kara anscheinend. „Bist du hier?“

Sie antwortete ihm jedoch nicht. Tränenblind zog sie das winzige Artefakt zwischen ihren Brüsten hervor. Was wäre geschehen, wenn es ihr der Dämon zuvor abgenommen hätte? Vielleicht wäre er dann nicht gestorben.

Ihre Hände zitterten, in ihren Schläfen pochte es heftig. Ash. Wieder sah Kara seine blauen Augen, das verwegene Lächeln – ihre Sicht verschwamm; Tränen kullerten über ihre Wangen. Kara konnte nicht begreifen, dass Ash fort war. Für immer. Sie konnte allerdings auch nicht verstehen, warum sie ihn so stark vermisste. Ob das mit ihrer allgemeinen Abneigung gegenüber Hexen zu tun hatte? War sie deswegen so wütend über seinen Tod? Im Moment war sie verwirrt, schien nicht mehr zu wissen, was richtig und was falsch war. Aber alles in ihrem Inneren schrie: Er muss leben, muss, muss!, und ein abstruser Gedanke formte sich: Ich habe die Uhr, ich habe die Macht über die Zeit!

Kara wusste nicht, wie man die Sanduhr benutzte, aber sie machte es instinktiv richtig. Ohne zu überlegen drehte sie am oberen Kolben. Sofort rieselte der goldene Sand durch die Taille in den unteren Glaskörper, dann wünschte sich Kara mehrere Stunden zurück.

Kapitel 5 – Paris (Gegenwart)

Als die Maschine in Paris eine butterweiche Landung hinlegte, schlug Vincent die Lider auf und aktivierte erst einmal seine Sinne, die in völliger Dunkelheit besonders gut funktionierten. Er hatte die Zeit während des Fluges zum Relaxen nutzen wollen, weil er bestimmt gleich seine volle Kondition brauchte, wie er Noir kannte. Aber er hatte sich nicht wirklich ausruhen können, denn es war zu laut im Bauch des Flugzeugs. Es ging ihm auch nicht aus dem Kopf, dass Magnus von ihm wusste. Der Lärm der Turbinen dröhnte in seinen Ohren, sodass er Noirs Herzschlag nicht hören konnte. Aber es gab eine Klappe im Laderaum, die in den Passagierbereich des Flugzeugs führte. Er öffnete sie einen Spalt, worauf grelles Licht seine Augen blendete. Er musste jedoch nichts sehen. Es reichte, Noirs vertrauten Duft zu riechen, um zu wissen, dass es ihr gut ging. Er besaß nur ein etwas schärferes Aroma, weil Noir nervös war. Wäre sie krank oder verletzt, würde sie einen anderen Geruch verströmen. Vincent konnte mittlerweile die feinsten Nuancen ihres Stimmungszustandes unterscheiden.

Er kroch zu seinem Platz zurück, zog sein Handy aus dem Rucksack und schaltete es an, um nachzuschauen, wie spät es war. Kurz nach Mitternacht. Etwa eine Stunde hatte er in dem ungemütlichen, lauten und kalten Frachtraum verbracht, den Kopf auf seinen Rucksack gebettet. Zum Glück fror er in seiner Gestalt als Gargoyle nicht so leicht, denn der Frachtraum wurde nicht beheizt. Es waren schon Menschen gestorben, weil sie als blinde Passagiere mitgereist waren.

Aber er war ja kein Mensch, kein richtiger.

Vince hatte einen Anflug von Eifersucht verspürt, als der Magier die Funktionen des Geräts, das er Noir gegeben hatte, erklärt und sich die beiden umarmt hatten. Dennoch war Vince froh, dass Magnus für Noir da war, auch wenn er es nicht gern zugab. Hier in Paris hatte er seine Hexe hingegen ganz für sich. Allein dieser Gedanke schickte ein Kribbeln durch seine Nervenbahnen.

Er teilte per SMS seiner Bruderschaft den neuen Aufenthaltsort mit, wobei er sich schwer tat, mit den Krallen die Tasten zu treffen, und verstaute das Gerät wieder im Beutel. Vincent wusste jedoch, wohin er sich im Notfall wenden konnte. Er kannte die Standorte der meisten Bruderschaften. In Paris gab es eine größere Gruppe Gargoyles, die in der Kathedrale Notre Dame ihr Quartier bezogen hatten. Falls sich Noir länger hier aufhielt, würde er seine französischen Brüder und Schwestern aufsuchen müssen, um sich von ihnen seine Tabletten zu holen. Sein Vorrat war fast verbraucht. Er tastete im Dunkeln nach dem kleinen Lederbeutel, der an seinem Gürtel hing, und fühlte, dass sich vielleicht noch fünf Pillen darin befanden. Jeden Tag musste er eine nehmen, sie sicherten sein Überleben. Vince wusste nicht, was das für Medizin war und woher seine Brüder diese bezogen. Er hatte so oft danach gefragt, aber nie eine richtige Antwort erhalten. Einmal hatte er versucht, die Pillen abzusetzen, aber schon nach einem Tag hatte er regelrechte Entzugserscheinungen bekommen. Wenn Noir einmal nicht mehr lebte, aus welchen Gründen auch immer, würde Vincent diese „Medizin" garantiert nicht mehr nehmen. Er war ohnehin der Einzige seiner Gattung, der darauf angewiesen war.

Im Moment war es ratsam, dass Amarante, die Klanführerin der Pariser Gargoyles, vorbereitet war. Er hatte sie, wie die anderen Klanobersten, noch nie persönlich gesehen, aber natürlich wusste er von ihnen. Die Gargoyle-Gemeinschaften waren weltweit vernetzt und tauschten Neuigkeiten aus. Früher ging das über Boten, heute gab es Telefone. Es existierten auch verfeindete Klans oder solche, die sich von den anderen abkapselten, aber zum Glück zählte der Pariser Notre-Dame-Klan nicht dazu.

Als die Maschine ausrollte, machte sich Vincent bereit, ungesehen aus dem Bauch des Flugzeugs zu kommen. Er wollte Noir keine Sekunde mehr aus den Augen lassen.

Magnus Thorne hatte für sie ein Zimmer in einem Hotel gebucht, so viel hatte Vincent noch mitbekommen. Er folgte dem Taxi, das Noir vom Flughafen in die Innenstadt brachte, erst auf dem Anhänger eines Lkws, der in dieselbe Richtung fuhr, und später, indem er über die Dächer lief und von Haus zu Haus sprang.

Taxi parisien, leuchtete auf dem Schild, das auf dem Autodach des Renaults angebracht war. Das orange Licht darunter bedeutete, der Wagen war besetzt. Noir wechselte zwei Mal das Taxi und ließ sich im Kreis fahren, bevor sie in die Métro umstieg.

Vincent war noch nie in Frankreich gewesen. Er fühlte sich etwas nervös in einer Stadt, die er nicht kannte. Hier musste er sich wirklich auf all seine Sinne verlassen. Paris roch anders als London oder Aberdeen. Der Boden roch anders, die Vegetation und sogar das Abwasser. Unter den Abgasen erschnüffelte Vincent den Duft von Baguettes und Croissants, die zahlreiche Bäckereien zu dieser frühen Uhrzeit backten. Das Wasser lief ihm im Mund zusammen, denn er hatte seit dem Vortag nichts mehr gegessen.

Weil zu dieser nächtlichen Stunde die Metro-Station verlassen war, folgte er Noir in den Bahnhof und versteckte sich in einer Nische zwischen zwei Fahrkartenautomaten. Ein beleuchtetes Schild auf der digitalen Tafel zeigte ein Uhr dreißig, soeben fuhr der letzte Zug. Wie ein dunkler Blitz huschte Vince in den Tunnel, damit ihn die Überwachungskameras nicht bemerkten. Falls doch, hatte er seine Schwingen so um seinen Körper gelegt, dass er auf den ersten Blick aussah wie ein gewöhnlicher Mann in einem Mantel. Als die Métro den Bahnhof verließ, hängte sich Vince an den letzten Wagen. Er atmete auf, weil diese Wagons nicht so laut quietschten oder ratterten wie die der Londoner Underground. Die französischen Fahrzeuge waren tatsächlich gummibereift. Was für eine Wohltat für seine Ohren.

Einmal war Noir mit dem Zug von London nach Dublin gefahren, da hatte sich Vince erst unter dem Wagon, später im Gepäckraum versteckt. Das war auch kein angenehmes Reisen gewesen. Sein grauenvollstes Erlebnis war allerdings, als Noir in den Katakomben von Prag auf Dämonenjagd gegangen war. Sie hatte den Untergrund durchstreift, war durch stillgelegte U-Bahn-Schächte geschlichen und ständig von einem Ort zum anderen gefahren. Dabei hätte sie Vince einmal fast erledigt, weil er ihr in einem Tunnel zu nah gekommen war. Ein Dämon hatte sich ihr unbemerkt genähert, den Vince kurzerhand getötet hatte. Leider hatte der Unterweltler seine Hexe bereits verletzt gehabt. Im Schein des in Flammen aufgehenden Dämons musste Noir Vincent gesehen haben, denn sie hatte sofort ein Messer nach ihm geschleudert. Es hatte sein Ziel nicht verfehlt, obwohl Noir zusammengekrümmt am Boden gelegen hatte – Vincent hatte eine Narbe am Oberarm davongetragen, wo die Klinge ihn zum Glück nur gestreift hatte.

Hoffentlich setzte sich Noir bald zur Ruhe. Er war wenig zuversichtlich. Noir war jung und voller Elan. In Prag hatte sie nach dem Kampf ein Krankenhaus aufgesucht, das sie erst zwei Tage später verlassen hatte. Vincent wusste heute noch nicht, wie schwer ihre Verletzungen gewesen waren. Diese ständige Angst um sie zermürbte ihn.

Als er hörte, dass Noir aus ihrem Wagen stieg, suchte er nach der nächstbesten Möglichkeit, um aus dem Tunnel nach oben zu gelangen, und hatte die Gunst auf seiner Seite. Er kroch aus einem Belüftungsschacht, dessen Gitter zwar versperrt war, doch mit einem Hieb seiner Handkante sprang das Schloss auf. Vincent kletterte hinaus. Er war in einem kleinen, kaum beleuchteten Park gelandet. Es duftete nach Laub, das ein Luftzug aufwirbelte und in seinen Ohren ein sanftes Rascheln erzeugte. Vince liebte die Zeit, wenn das hektische Leben der Menschen zur Ruhe kam, denn die Stille schonte sein

Gehör.

Er streckte sich, sodass seine Knochen knackten. Die Frau verstand es, einen auf Trab zu halten. Er war schmutzig und sehnte sich nach einem Bach, in dem er sich waschen konnte. Im Park gab es einen Brunnen; viel lieber wäre ihm eine Dusche mit Shampoo, Seife und einer harten Bürste gewesen. Kurz geriet er ins Träumen, während er sich mit dem kalten Nass des Brunnens Schweiß und Dreck von der Haut wusch. Wann hatte er das letzte Mal fließend Warmwasser gehabt? Irgendwann diesen Sommer hatte er sich nachts eine Dusche in einem Freibad gegönnt. Das schien Ewigkeiten her zu sein.

Sein Beschützerinstinkt erwachte wieder, als er Noirs Schritte und ihren vertrauten Duft wahrnahm. Vincent blickte sich um. Auf einem Schild stand: *Champs-Élysées.* Auf der anderen Seite der Straße erkannte er einen beleuchteten Rundbau – es war ein Theater. In der Nähe rauschte ein Gewässer. Das musste die Seine sein. Sie roch anders als die Themse.

Noir kam als einzige Person aus der Metro. Vincent duckte sich hinter einen Busch, um zu beobachten, wie sie im Halbdunkel des Parks verschwand und mit der Umgebung verschmolz. Er folgte ihr in sicherer Entfernung. Sie trug ihre schwarze Perücke, ihren Umhang, den Rucksack. Sie überquerte eine Straße und betrat einen weiteren Park, in dem die Bäume dicht an dicht standen. Scheinbar ziellos streifte sie durch die Anlage, eilte anschließend über die Avenue de Marigny, und verschwand im Eingang eines mehrstöckigen Hauses, über dem grell die Buchstaben HOTEL leuchteten.

Endlich! Vincent seufzte. Er hatte schon befürchtet, sie kämen nie an. Da das Hotel gleich gegenüber dem Park in einer weniger beleuchteten Seitenstraße lag, konnte ihn niemand sehen, als er an der Fassade hinaufkletterte. In der Ferne erblickte Vincent den beleuchteten Eiffelturm und die nächste Metro-Station war auch gleich an der Ecke. Der Magier hatte einen günstigen Standpunkt ausgewählt. Noir konnte mit den öffentlichen Verkehrsmitteln schnell zu der Adresse kommen, die in der Magierzeitung gestanden hatte. Vincent war jedoch äußerst unwohl bei dem Gedanken.

Es machte ihn diesmal aber nur leicht nervös, dass er Noir nicht in das ihm unbekannte Haus folgen konnte, denn er würde es tun, sollte sie seine Hilfe brauchen. Aber seine Sinne registrierten keinen Grund zur Panik. Alles war still und roch normal, also musste er sich nicht in einen Menschen verwandeln. Auf eine Umwandlung, die während der Nacht mit unvorstellbaren Qualen verbunden war, hatte er ohnehin keine Lust. Daher kletterte er weiter an der Fassade hoch. Er schlug seine Krallen tief in die Wand, sodass Putz herabrieselte, und folgte Noir nach oben, indem er ihren Schritten lauschte, die in einem Treppenhaus widerhallten. Seine Sinne waren ganz und gar auf Noir geeicht.

Er sprang auf eine großzügige Dachterrasse, auf der zahlreiche Pflanzen und kleine Bäume, unter anderem Palmen, in riesigen Holzgefäßen standen, als in dem Zimmer auch schon das Licht anging. Erst als er Noir durch den Spalt in einem Vorhang sah und sie durch die angelehnte Balkontür riechen konnte, atmete er auf.

Vincent deponierte den Rucksack mit seinen Habseligkeiten hinter einem großen Blumenkübel, bevor er sich in eine dunkle Ecke hinter den Palmen zurückzog. Es war vorteilhaft, dass der Magier ein Hotel mit einem Dachgarten ausgewählt hatte; auf einem der winzigen Balkone hätte sich Vincent niemals verstecken können.

Die Tür ging auf und Noir trat auf die unbeleuchtete Terrasse. Sie verteilte in jeder der vier Ecken einen magischen Kristall, der etwa die Größe eines Hühnereis hatte. Dabei schritt sie einmal so dicht an Vincent vorbei, dass er befürchtete, sie könne ihn bemerken. Es kam selten vor, dass Noir ihm so nah war. Ihr Duft benebelte seine Sinne und raubte ihm den Atem.

Die Kristalle bauten, sobald sie in einer bestimmten Konstellation lagen, eine Art Schutzschild auf, den kein Dämon so schnell durchdringen konnte. Dann leuchteten die Steine schwach. Ansonsten sahen sie wie gewöhnliche Quarze aus, wie Amethyste oder Achate. Zufrieden betrachtete Noir sie und stellte sich ans Geländer, um über die Stadt zu schauen. Vincent folgte ihrem Blick.

Die Aussicht von hier oben war atemberaubend. Unter ihnen lag der Park, zu ihrer Rechten leuchtete der Eiffelturm. Die Seine zog sich wie ein schwarzes Band durch Paris. Neben dem Park befand sich der Élysée-Palast und weiter hinten sah Vincent einen großen Steinpfeiler, einen Obelisken. Irgendwo links musste ein Bahnhof sein. Der Wind trug das Rattern eines einfahrenden Zuges und eine Lautsprecherdurchsage an seine Ohren.

Notre Dame befand sich etwas über zwei Kilometer entfernt. In der Nähe eines Klans fühlte sich Vincent gleich besser. So musste er keinen weiten Weg auf sich nehmen, um an seine Tabletten zu kommen. Das Hotel lag zentral, doch Noir war nicht hier, um die Pariser Sehenswürdigkeiten anzuschauen. Was schade war. Vielleicht könnte Vincent in einem anderen Leben, in dem er kein Gargoyle war und eine Menschenfrau begehren dürfte, mit ihr hierherkommen, in die Stadt der Liebe.

Vincent musterte Noirs große, schlanke Gestalt, wobei ihn wieder

der Drang befiel, einfach aus seinem Versteck zu kommen und sich ihr zu zeigen. Sie hatte ihren Umhang abgelegt und trug neben ihrer schwarzen Perücke einen dunklen Rollkragenpullover, der sich an ihren Körper schmiegte, sowie eine Hose in derselben Farbe. Sie musste sich im Flugzeug ihre Motorradkleidung ausgezogen haben. Sie sah zum Anbeißen aus.

Vincent bog einen Palmwedel nach unten, um sie noch besser erkennen zu können. Wie sie am Geländer stand, so einsam und verloren … Am liebsten wollte er zu ihr gehen, einen Arm um ihre Schultern legen und sie an sich ziehen; wollte ihr sagen: „Du bist nicht allein.“ Er verzehrte sich unendlich nach ihr. Er fuhr mit seinen Blicken ihre Konturen nach, die sich vor der beleuchteten Stadt abzeichneten. Ein leises Grollen löste sich aus seiner Kehle und er schlug die Krallen in die Steinfliesen, um an Ort und Stelle zu bleiben. Im Moment würde er in seiner Gestalt Noir nur erschrecken. Er wollte sie so sehr. Nicht bloß ihren Körper, nein, einfach alles und am meisten ihr Herz. Ihr kaltes Herz, das nur für die Rache schlug. Allerdings würde er schon wissen, wie er Noir unter sich zum Schmelzen bringen könnte. Auch wenn er noch nie etwas mit einer Frau gehabt hatte, wusste er natürlich, was sich zwischen Liebenden abspielte. Er hatte drei Reihen hinter Noir im Kino gesessen, wenn sie sich die seltenen Male einen Film in der Öffentlichkeit angeschaut hatte. Vince hatte zudem auf seinen nächtlichen Streifzügen über die Dächer Liebespärchen beobachtet, indem er in Fenster gespäht oder auf Balkone geblickt hatte. Auch nachts im Park hatte er schon das eine oder andere Paar überrascht. Theoretisch wusste er, was er zu tun hatte, und das Verlangen, sein Wissen in die Praxis umzusetzen, wurde immer stärker. Wenn es nicht bald passierte, und das würde es natürlich nicht, musste Vince doch noch das tun, was er niemals wollte: sich eine Gefährtin seiner Art suchen.

Schon wieder hatte Noir das Gefühl, beobachtet zu werden. Das musste endlich aufhören. Sie wollte ein normales Leben führen, ruhig schlafen können und vor allen Dingen ein Heim. Am meisten fehlte ihr ein Ort, an den sie sich zurückziehen konnte, an dem sie sich geborgen fühlte und der ihr Sicherheit gab. Wenn sie so über die beleuchtete Stadt blickte und sich vorstellte, dass hinter den dunklen Fenstern Leute schliefen, die am nächsten Tag einem geregelten Leben nachgingen, erfasste sie ein schmerzhaftes Sehnen in der Gegend um ihren Solarplexus. Zu gern wollte sie ihr altes Leben zurück, viel lieber wieder die Schulbank drücken, studieren oder arbeiten, doch das war für immer vorbei.

In letzter Zeit fragte sie sich oft, was aus ihrer besten Freundin Jenna geworden war. Zuletzt hatten sie sich auf der Magierhauptversammlung in Maidstone gesehen. Noir wusste nur, dass Jenna immer Ärztin hatte werden wollen. Was würde sie selbst heute machen, wenn sie ihr Leben nicht der Dämonenjagd gewidmet hätte? Es war nicht so, als würden Hexen oder Zauberer nicht arbeiten. Die meisten lebten normal unter den gewöhnlichen Menschen und gingen ebenso normalen Jobs nach. Magnus hatte eine Softwarefirma und an der Entwicklung von Geräten und Programmen für Überwachungssysteme gearbeitet. Seine Eltern hingegen waren in der magischen Welt zu Hause gewesen und viel gereist, immer auf der Suche nach neuen Zaubersprüchen, Heilkräutern oder Methoden, wie sie am besten gegen Dunkelelfen vorgehen sollten – dem Feind Nummer eins der Hexen und Zauberer. Wenn sich Noir entscheiden müsste, etwas anderes zu tun als den Höllenkreaturen den Garaus zu machen, würde sie bestimmt einen Job wählen, der beide Welten miteinander verband. Wobei sie eher zur magischen Seite tendierte.

Immer noch saß ihr dieses Kribbeln im Nacken. Sie holte das Smartphone, das Magnus ihr gegeben hatte, aus der Hosentasche und schaltete es an. Als sie die Satellitenüberwachung aktivierte, atmete sie auf, weil nichts Rotes aufleuchtete. Keine Dämonen in der Nähe. In einem Radius von zehn Metern sah sie nur einen blauen Fleck, das war wohl sie selbst, und gleich schräg hinter sich einen grünen. Grün?

Sie wirbelte herum, das Herz klopfte ihr bis in den Hals. Im schwachen Lichtschein, der durch die Tür auf die Terrasse fiel, erkannte sie eine Batterie Blumenkübel, in denen Palmen, Gummibäume und andere Pflanzen wuchsen. Irgendwer befand sich dahinter, leider war es zu dunkel, um etwas zu erkennen. Mit einer geschmeidigen Bewegung zog sie ein Messer aus ihrem Stiefel und blieb reglos stehen. Angespannt lauschte sie. Doch der Wind, der hier auf dem Dach um ihre Ohren pfiff, machte es unmöglich, zu hören, ob sich hinter den Pflanzen etwas regte. Jetzt, wo sie wusste, dass sich dort jemand oder etwas versteckte – bedeutete grün vielleicht außerirdisch? –, bildete sie sich ein, einen großen Schatten zu sehen. Rot war ein Dämon, hatte Magnus gesagt, grün war … schon mal kein Dämon. Grün war eine gute Farbe, grün war … Ach verdammt, was, wenn es ein Dunkelelf war?

„Zeig dich!“, rief sie und machte einen Schritt auf die Pflanzen zu, bereit, wem auch immer das Messer mitten ins Herz zu schleudern.

Nur mit Mühe zwang sie sich, genau das nicht zu tun. Sie musste endlich aufhören, überall das Böse zu sehen. Sie könnte Unschuldige töten. Nicht in jeder dunklen Ecke lauerte ein Monster.

Als plötzlich das Handy klingelte, hätte sie es fast fallen gelassen. Sie ging ran, ihr Puls klopfte wild, ihre Hand zitterte. Was war nur los mit ihr? So kannte sie sich nicht. Die Aussicht, bald dem Mörder ihrer Eltern und Jamies Entführern entgegenzustehen, machte sie nervös. „Magnus!"

„Entschuldige, störe ich gerade?", drang es aus dem Lautsprecher.

„Nein, du kommst wie gerufen." Argwöhnisch schaute sie auf die Palme. Hatte sich dahinter etwas bewegt?

„Noir, was ist los? Du klingst aufgeregt. Ich hab deinen Standort auf meinem Monitor. Du bist gut angekommen?"

Sie senkte ihre Stimme. „Ja, es lief bisher alles bestens, aber ich glaube, ich bin hier nicht allein."

„Wie meinst du das?"

Wieso klang der Mann so aufgebracht? Sie war doch diejenige, die Grund zur Nervosität hatte. Bestimmt sah er sie und wahrscheinlich auch den grünen Fleck. Magnus hatte das Überwachungsprogramm entwickelt und konnte zu Hause von seinem Computer auf die Satelliten zugreifen. Noir schwante Übles. „Ich bin der blaue Punkt, hab ich recht?", fragte sie leise. „Blau bedeutet Mensch."

Magnus bejahte.

„Doch hier ist noch ein Fleck, er ist grün. Er befand sich die ganze Zeit vor mir, aber jetzt entfernt er sich."

Räuspernd erwiderte ihr Freund: „Ich sehe ihn auch. Mach dir keine Gedanken. Grün bedeutet keine Gefahr für dich; das ist weder Mensch noch Dämon – wahrscheinlich eine Katze, die über die Dächer streicht. Über jeden roten Punkt solltest du dir allerdings Sorgen machen. Moment, ich überprüfe mal die Adresse, die in der Anzeige stand."

Einen Augenblick herrschte Ruhe am anderen Ende der Leitung. Solange betrachtete Noir immer noch ein wenig argwöhnisch den grünen Punkt auf dem Display. Er bewegte sich nicht mehr. Die Mieze musste sich etwa zehn Meter von ihr entfernt auf dem Dach aufhalten.

Sie stutzte. Es musste hier in der Nähe doch Dutzende Tiere geben, vor allem Vögel. Warum sah sie die nicht? Vor dem Hotel befand sich außerdem ein Park, der bestimmt vielen Tieren Unterschlupf bot. Und hatte ihr Magnus nicht erzählt, dass das Gerät keine kleineren Geschöpfe darstellen konnte? Eine Katze war klein.

Noir machte einige Schritte zurück, bis sie mit dem Rücken an die

Brüstung stieß, und schielte hinunter auf die Straße. Nun gut, um diese Zeit war keine Menschenseele zu sehen, die auf dem Display angezeigt werden könnte. Personen, die sich in geschlossenen Räumen aufhielten, konnten die Satellitenkameras nicht erfassen. Dennoch stimmte hier was nicht. Sie hörte an Magnus' Stimme, dass er nicht die Wahrheit sagte. Handelte es sich bei dem grünen Punkt um einen Aufpasser, den ihr Freund heimlich zu ihrem Schutz engagiert hatte? Und Magnus schwindelte sie an, weil er genau wusste, dass sie niemanden in ihren persönlichen Krieg involvieren wollte? Deshalb hatte er bestimmt genau in dem Moment angerufen, als Noir dabei gewesen war, den heimlichen Beobachter zu entlarven.

Magnus meldete sich wieder: „Ich habe dir den Scan geschickt, kam er an?"

„Ja." Ein neues Bild baute sich auf dem Display auf. Es zeigte einen anderen Stadtteil von Paris, ein Fabrikgelände. Diesmal einen größeren Radius. „Hier sehe ich drei rote Punkte." Noir atmete tief durch.

„Sie warten auf dich", sagte Magnus.

„Mit drei Dämonen werde ich locker fertig."

Sie konnte Magnus' Zähneknirschen förmlich durchs Handy hören. „Noir, ich möchte nicht, dass du heute Nacht schon da hingehst. Ich habe Freunde in Paris, die könnten dich unterstützen."

Wie der auf dem Dach?, dachte sie, sagte jedoch: „Lieb von dir, Magnus, aber ich möchte wirklich niemanden da reinziehen. Hörst du? Nie-man-den." Hatte er den Wink mit dem Zaunpfahl verstanden? „Das ist allein meine Sache."

„Stures Weib", murmelte er. „Bring mir bloß mein Handy heil zurück."

„Ja, ich passe auf mich auf." Schmunzelnd beendete Noir das Gespräch. Sie wurde allerdings sofort wieder ernst. Sie musste los. Drei Dämonen, das war ein Klacks für sie. Sie schenkte der „streunenden Katze" keine Beachtung mehr, da diese ihr sowieso nicht würde folgen können, packte Messer sowie Handy weg und machte sich auf den Weg. Auf ihren Umhang verzichtete sie, dann besaß sie eine größere Bewegungsfreiheit, wenn sie den drei Unterweltlern gleich in den Arsch treten musste. Ihr war ohnehin heiß vor Aufregung.

♥

Vincent atmete auf. Das war verdammt knapp gewesen! Dieses verflixte Ortungsgerät hätte beinahe seine Identität aufgedeckt. Wie durch ein Wunder hatte im letzten Augenblick Magnus angerufen.

Der Magier musste ihn bemerkt haben und dazwischengegangen sein, nur so konnte er sich diesen Zufall erklären. Magnus hatte Noir bestimmt keine Sekunde über Satellit aus den Augen gelassen. Wieso wusste der Zauberer über ihn Bescheid, Noir aber nicht? Das gab ihm ein ziemlich großes Rätsel auf.

Er dachte darüber nach, was sich vor zehn Jahren abgespielt hatte, als es galt, einen Kontrakt zu erfüllen: Eine Familie war ausgelöscht worden und nur eine Tochter hatte überlebt. Ihre Eltern hatten für solch einen Fall vorgesorgt und die Londoner Gargoyles gebeten, die Obhut für die zurückgebliebenen Kinder zu übernehmen. Kara, der Wächter-Engel der Londoner Gargoyles, hatte die Bruderschaft überredet, dass Vincent der Beschützer des Mädchens werden sollte. Weil er der einzige Gargoyle war, der Tag und Nacht über sie wachen konnte. Schließlich verwandelte er sich nicht in Stein. Das Mädchen durfte niemals in die Hände der Dämonen gelangen, das war den Eltern das dringendste Anliegen gewesen. Vincent hatte die Spur der Kleinen aufgenommen, sie allerdings nicht finden können. Kara hatte ihm danach gesagt, sie wäre bei Magnus. Also war Vincent zum Zuhause des Zauberers – einem Schloss in Schottland – geeilt, wo er Noir tatsächlich noch angetroffen hatte. War es möglich, dass der Magier ihn damals irgendwie bemerkt hatte?

Ein Knurren ließ ihn aufhorchen. Es war allerdings nur sein Magen, der sich beleidigt meldete. Vince musste endlich essen. Noir hatte das Hotelzimmer verlassen und war auf dem Weg nach unten. Also schlüpfte er hinein, die Schwingen eng am Körper angelegt, damit er nichts umwarf. Es war dunkel, aber er brauchte kein Licht. Praktisch, dass Noir nicht abgeschlossen hatte, aber wieso auch? Wenn ein Dämon sie aufspüren sollte, hielt ihn eine verschlossene Tür nicht auf, denn er brauchte nur ein Portal zu erschaffen. Allerdings hatte Noir für diesen Fall vorgesorgt. Auch hier lagen verschiedenfarbige Kristalle in einer bestimmten Konstellation, die das Öffnen eines Dämonentors ins Hotelzimmer verhinderten.

Auf einem Tisch neben dem Fernseher fand er eine Obstschale. Noir würde bestimmt nicht merken, falls ein Apfel und eine Banane fehlten. Obwohl … Ihr entging eigentlich kaum etwas. Also zog er zwei Obststücke von unten hervor, sodass die Schale auf den ersten Blick unangetastet aussah. In der Minibar fand er eine Packung Studentenfutter, die er sich in den Mund schüttete. Die leere Tüte entsorgte er lieber unterwegs. Vincent sollte eigentlich mehr essen, denn ein Leben an Noirs Seite und die täglichen Verwandlungen verbrauchten einiges an Energie, deshalb beschloss er, sich einen doppelten Burger mit extra viel Fleisch zu holen, sobald Noir wieder im

Hotel war und er sein menschliches Äußeres besaß.

Vince begab sich nach draußen und schaute über die Brüstung, um abzuwarten, wohin Noir ging. Wenn er sie bewachte, verließ er sich vollkommen auf seine Instinkte, Sinne und Reflexe. Dann verwandelte er sich von dem beschützenden Gargoyle in einen Krieger. Nach dem Kampf, wenn sich sein Puls beruhigt hatte und er seine kleine Hexe, wie er sie liebevoll nannte, in Sicherheit wusste, war es wieder da, dieses Ziehen hinter dem Brustbein und in seiner Leistengegend. Jeder Kampf steigerte seine Libido und hinterließ ihn hungriger als zuvor.

Als Noir ihn auf dem Dach beinahe entdeckt hätte, hatte er ernsthaft mit dem Gedanken gespielt, sich ihr zu zeigen. Doch dann hatte er ihr Messer gesehen und war sich wieder bewusst geworden, was er für sie sein musste: ein Ungeheuer. Er hatte ihre Angst gespürt. Noir zeigte selten Angst, sie hatte ihre Gefühle gut unter Kontrolle. Sie hätte ihn ohne mit der Wimper zu zucken umgebracht. Also hatte er sich schweren Herzens zurückgezogen. Es war besser so. Tot nutzte er ihr nicht.

Vincent beobachtete von der Terrasse aus, wie Noir an der nächsten Haltestelle in den Nachtbus stieg. Er folgte ihr über die Dächer, sprang im Schutz der Dunkelheit von Haus zu Haus, segelte über Straßen, Plätze und schmale Flüsse oder hetzte durch Parks. Er war wieder ihr Schatten, ihr dunkler Schutzengel. Er bestand nur noch aus seinen Sinnen und ließ sich von ihnen leiten.

Am Stadtrand stieg Noir in ein Taxi um und ließ sich zu einem ehemaligen Fabrikgelände bringen. Vince folgte dem Fahrzeug so unauffällig wie möglich. Außerhalb gab es weniger Häuser, dafür konnte er Abkürzungen über Felder nehmen oder sich ungesehen in einem vertrockneten Flussbett, das parallel zur Straße lief, fortbewegen. Als Noir ausstieg und das Taxi in der Nacht verschwand, raste Vincents Herz. Hier stand eine einsame Frau allein in der Dunkelheit, obwohl sie wusste, was für eine Gefahr sie erwartete. Sie musste verrückt sein!

Er würde so dicht wie möglich bei ihr bleiben, sie keine Sekunde aus den Augen lassen. Er kletterte aufs Dach eines Lagerhauses, während Noir über das Gelände schritt, in einer Hand eines ihrer Messer, in der anderen das Handy.

Noir stutzte. Da war er wieder, der grüne Punkt auf dem Display, ganz in ihrer Nähe. Wie hatte ihr Magnus' Bodyguard folgen können? Oder handelte es sich doch um ein Tier? Gut, es gab hier bestimmt viele Streuner, dennoch fand sie das seltsam. Aber sie vertraute auf Magnus' Worte und darauf, dass er nie etwas tun würde, was ihr schadete, und konzentrierte sich auf die drei roten Signale, die an derselben Stelle wie zuvor aufleuchteten.

Der Taxifahrer hatte Noir in einem entlegenen und stillgelegten Industriegebiet abgesetzt und gedacht, sie habe ein heimliches Rendezvous mit ihrem Liebhaber. Wenn es doch so wäre! Sie schritt weiter über das ehemalige Gelände einer Baumwollspinnerei, wie ihr das große Schild einer Baufirma verriet. Von den zwei- bis vierstöckigen Häusern blätterte der Putz ab, die hohen Fenster waren teilweise eingeschlagen. Nur ein paar beleuchtete Baukräne sorgten für schwaches Licht. Noir ging am Hauptgebäude vorbei durch ein baufällig wirkendes Tor, durch das rostige Eisenbahnschienen führten. Die drei anderen Gebäude, die so standen, dass sich in der Mitte ein großer Hof bildete, waren wohl die Lager- und Produktionsgebäude gewesen. Auf dem Schild der Baufirma hatte außerdem gestanden, dass hier in Zukunft eine Wohnanlage entstehen sollte, mit einem Park, Spielplätzen und einem See. Noch sah alles trostlos und verfallen aus, lediglich einige Bagger und Kräne hatten bereits mit Aufräumarbeiten begonnen.

Langsam schob sich Noir an einer Hauswand weiter, die im Dunkeln lag. Sie wünschte sich jetzt ihren Mantel, der ihr ein zusätzliches Gefühl von Schutz vermittelte. Sie liebte die Nacht, daher hatte sie sich nach ihrer Flucht den Namen Noir gegeben.

Vielleicht war heute endlich der Tag gekommen, an dem sie Rache nehmen konnte. Sie erinnerte sich noch genau, wie die beiden Dämonen ausgesehen hatten, die ihr Auto in voller Fahrt kidnappten, bevor ihre Eltern kaltblütig ermordet wurden. Der eine war sehr groß gewesen, beinahe drei Meter, und hatte einen Anzug getragen wie ein Anwalt. Doch sein Schädel hatte an einen Stier erinnert, mit dem fellüberzogenen Gesicht und den dunkelbraunen Hörnern. Wie glühende Kohlen hatten seine Augen in den Höhlen gelegen. Allein sein Anblick hatte Todesängste in ihr ausgelöst.

Der andere, viel kleinere Dämon, hatte wie ein gewöhnlicher Mensch ausgesehen, mit schwarzem Haar, lässig gekleidet in Jeans und ein eng anliegendes T-Shirt. Nur die Augen waren alles andere als gewöhnlich gewesen. Diese leuchtenden blauen Augen hatten etwas Überirdisches. Dieses Blau verfolgte sie in ihren Träumen.

Ihre Erinnerungen schweiften zu jener Winternacht zurück, als ihr Name noch Malou LeMar gewesen war. Ihre Familie fuhr von der Magierhauptversammlung, die vier Mal im Jahr in Maidstone stattfand, zurück nach London. Die mehrspurige M 20 war mit einer hauchfeinen Schneeschicht bedeckt und dicke Flocken wirbelten vor den Scheinwerfern ihres Mustangs auf. Malous Dad, Philippe LeMar, liebte diesen Wagen. Es war ein Shelby Mustang, Baujahr 1968, in Dunkelgrün mit Fünfpunktgurten.

Die Scheibenwischer quietschten leise, während im Radio ein rockiges Weihnachtslied nach dem anderen gespielt wurde. Malou saß neben ihrem dreizehnjährigen Bruder Jamie auf dem Rücksitz, und sie beide summten oder pfiffen die bekannten Popsongs mit. Für ihre fünfzehn Jahre war Malou bereits groß wie eine ausgewachsene Frau, weshalb ihre langen Beine in der hinteren Reihe kaum Platz fanden. Das nächste Mal würde sie mit ihrer Freundin Jenna mitfahren, die bereits einen Führerschein und ein eigenes Auto besaß, das hatte sich Malou geschworen. Doch irgendwie gefiel es ihr, bei ihrer Familie zu sein. Gerade um Weihnachten, wenn Malou nicht in der Schule, sondern zu Hause war, genoss sie es, von ihrer Mum umhegt zu werden, als wäre sie noch ein kleines Kind.

Jamie schubste ihr Bein mit seinem Knie zurück und sagte neckend: „Mach dich mal nicht so fett, Bohnenstange!"

Jamie war total aufgedreht. Ihm stieg wohl zu Kopf, jetzt mit den Großen spielen zu dürfen. Sie boxte ihm scherzhaft auf die Schulter. „Selber Bohnenstange."

Jamie hatte das braune Haar ihrer Mutter Isabelle geerbt, während Malous so hellblond war wie das ihres Vaters. Von ihm hatten Jamie und Malou auch die Körpergröße vererbt bekommen, denn ihr Bruder war ebenso groß und schlank wie sie, während ihre Mum eine kleine Frau war.

Maidstone, die Hauptstadt der Grafschaft Kent, lag fünfzig Kilometer von London entfernt. Allerdings hatten sie den größten Teil des Weges schon hinter sich und würden in etwa zwanzig Minuten zu Hause ankommen. Auf beiden Seiten der Straße erstreckten sich weite Felder, die man wegen des immer heftigeren Schneefalls und der schnell eintretenden Dunkelheit fast nicht mehr sah.

Jamie saß schon während der ganzen Fahrt mit geschwellter Brust neben ihr. Seine grünen Augen funkelten vergnügt, da er heute zum ersten Mal bei einer Magierhauptversammlung dabei gewesen war. Malou wusste noch, dass es ihr vor nicht allzu langer Zeit ebenso ergangen war, immerhin bedeutete das, als richtiger Magier anerkannt worden zu sein. Jamie hatte eine wichtige Prüfung in der Zauberschule mit Bravour geschafft, wie Malou damals. Aber ihre Eltern hatten auch nichts anderes von ihnen erwartet, schließlich waren alle in ihrer Familie großartige Magier. Allerdings hatte Jamie ihnen stets

Kopfzerbrechen bereitet. Er war ihr Sorgenkind, da er oft krank gewesen war und deshalb in der Schule gefehlt hatte. Durch die ersten Klassen der Zauberschule hatte er sich regelrecht durchkämpfen müssen und der Druck, der auf seinen Schultern gelastet hatte, musste enorm gewesen sein. Deshalb war Malou froh, dass er die Kurve noch bekommen hatte.

Sie konnte Gedanken lesen, Jamie Stimmen von Toten oder anderen körperlosen Wesen hören, was ihm als Kind ebenfalls zu schaffen gemacht hatte. Nun hatte er sich damit arrangiert und überlegte, seine Gabe später beruflich zu nutzen. Außerdem konnte er seine Gedanken bereits hervorragend vor Malou abblocken. Sie war stolz auf ihn.

Die Magierhauptversammlungen waren jedoch nicht annähernd so spannend, wie Malou früher immer gedacht hatte. Es ging meistens um den Etat des Magierrates oder wie sie sich am effektivsten vor ihren größten Feinden, den Dunkelelfen, schützten. Diese Geschöpfe boykottierten Hexen und Zauberer schon seit jeher, weil sie der Meinung waren, dass es allein mythischen Wesen zustand, Magie zu wirken. Hexen waren für sie ja nur etwas andere Menschen.

Des Weiteren wurden neue Posten für bestimmte Ämter innerhalb der Magiergilde gewählt, Probleme besprochen, man tauschte sich über die neuesten Zauber oder magische Errungenschaften aus – Erwachsenenkram eben, von dem selbst Malou manches nicht verstand. Jamie schien aber alles begierig in sich aufgesaugt zu haben, war von einer Konferenz zur nächsten geeilt und hatte sich zur Freude seines Vaters an politischen Gesprächen beteiligt.

Grinsend lehnte sich Malou zu ihrem Bruder hinüber und flüsterte ihm ins Ohr: „Streber."

Als sie durch ein Waldstück fuhren, trat ihr Dad plötzlich auf die Bremse, doch der Wagen kam auf der schmierigen Fahrbahn nicht gleich zum Stehen.

Malou, die genau hinter ihrem Vater saß, beugte sich vor. „Was ist?" Sie vermutete ein Reh oder ein anderes Tier, das auf der Straße stand, denn ein Stau konnte es kaum sein. Bei diesem Sauwetter waren sie meist allein auf der Autobahn unterwegs. Doch es war kein Tier, stattdessen sah sie einen riesigen blau leuchtenden Ring, der über die gesamte Breite der doppelspurigen Fahrbahn führte. In dessen Mitte prangte tiefste Schwärze. Malou wusste sofort, was das war, obwohl sie bisher nur im Unterricht etwas davon gehört hatte: „Ein Dämonenportal!"

„Festhalten!", rief Dad, als der Mustang auf das Loch zurutschte.

Weil sie wegen des Schnees nur langsam unterwegs gewesen waren, kam es ihr vor, als würden sie wie in Zeitlupe über die Straße gleiten. Dad versuchte, zu bremsen, und sie kamen auch beinahe zum Stehen, als das Auto über den Rand des Portals kippte. Die Karosserie hing einen Atemzug fest, bis sie quietschend auf dem Teer weiterrutschte und das Fahrzeug in die Öffnung fiel.

Malou schrie auf; auch Jamie und ihre Mutter stießen einen Schrei aus. Sie stürzten allerdings nicht tief, denn nach vielleicht zwei Metern schlug der Wagen mit der Stoßstange zuerst auf und blieb dann schräg stehen. Das Heck hing am Rand des Portals fest. Schon eine Sekunde später gab es einen kräftigen Ruck, als würde jemand am Wagen ziehen, und er rutschte ganz in die Dunkelheit, bis er auf allen vier Reifen aufschlug.

Sofort schloss sich das Portal über ihnen. Eine vollkommene Schwärze sowie unheimliche Stille hüllten sie ein. Aus dem Radio dudelte keine Musik mehr, nur ein Rauschen war zu hören und das Quietschen der Scheibenwischer.

„Ist jemand verletzt?“, fragte Dad.

Noir vernahm ein Klicken, als er seinen Fünfpunktgurt öffnete. Sie tat es ihm mit zitternden Fingern gleich und antwortete mit ihrem Bruder fast unisono: „Es geht mir gut“, aber ihre Mutter erwiderte: „Ich glaube, ich hab mir das Handgelenk geprellt, als ich mich auf der Konsole abgestützt habe.“

Vater stellte den Motor ab, das Licht blieb jedoch an. „Lass mich mal sehen, Isabelle.“

„Lass uns lieber erst schauen, wo wir hier sind. Was ist passiert, Phil?“

Die Stimme ihrer Mutter zitterte. Sie hielt den verletzten Arm gegen ihren Körper gepresst, während Dad ihren Gurt löste. Dann kurbelte er die Scheibe herunter und ließ einen kleinen Lichtball, der sich zuvor in seiner Handfläche gebildet hatte, aus dem Fenster schweben. Malou war erleichtert, dass er solche Zauber beherrschte, ohne den dazugehörigen Spruch laut aufzusagen. Diese bedrückende Dunkelheit und die unnatürliche Stille waren ihr extrem unheimlich. Ihr Herz klopfte wild, Angst kroch wie tausend Spinnen an ihrem Rückgrat entlang und hinterließ eine eiskalte Spur. Sie fror plötzlich, obwohl sie einen Parka trug. Außerdem tat ihr von dem heftigen Aufprall der Kopf weh.

Die leuchtende Kugel knallte gegen ein Hindernis, das wie eine schwarze Felswand aussah, zerstob in tausend Funken und erlosch.

„Ich glaube, wir sind in der Unterwelt, Isabelle“, flüsterte Dad.

Malous Magen verkrampfte sich, als sich ihre Vermutung bestätigte. Etwas huschte durch das Licht der Scheinwerfer, worauf Jamie erneut aufschrie.

„Kinder, macht euch auf einen Angriff gefasst!“ Dad verhängte mit wenigen Worten einen Schutzzauber über das Fahrzeug.

Malou konnte ihn nicht sehen, aber fühlen. Ihre Angst überwog jedoch, denn wenn sie tatsächlich in der Unterwelt waren, und davon ging sie aus, waren sie verloren. Kein Sterblicher kannte den Weg nach draußen, wenn es den überhaupt gab.

Wie von einer unsichtbaren Hand bewegt, begann die Karosserie plötzlich zu schaukeln. Malou kreischte auf, als das Auto ein Stück hochgehoben wurde und wieder auf den Rädern landete. Mum schrie ebenfalls, den verletzten Arm an sich gepresst, während sie zurück auf ihre Sitze plumpsten.

„Isabelle!“, hörte Malou Dads besorgte Stimme.

„Kümmere dich nicht um mich, schau nach den Kindern!“

„Wir sind unverletzt“, sagte Malou. Sie und Jamie rafften sich auf und zogen zeitgleich ihre Zauberstäbe aus den Jacken. Alle Schüler waren verpflichtet, sie immer bei sich zu tragen, solange sie es noch nicht hundertprozentig beherrschten, Magie ohne dieses Hilfsmittel zu wirken. In den Stäben waren Kristalle eingearbeitet, welche die Energie bündelten. Den jungen Hexen und Zauberern fiel es dann leichter, die entfesselte Magie direkt auf ein bestimmtes Ziel zu richten.

Vater versuchte, den Wagen zu starten, doch der Motor stotterte nur. Eine Flucht war ohnehin aussichtslos. Sie und Jamie schrien erneut auf, als eine gewaltige Feuerkugel auf den Mustang zuraste. Die Feuerwand prallte am Fahrzeug, oder besser gesagt an dem unsichtbaren Schutzwall ab, zerstörte diesen allerdings. Die Scheinwerfer gingen klirrend kaputt und erloschen, jede einzelne Scheibe zersprang. Splitter stoben ins Wageninnere. Alle duckten sich und hielten schützend die Arme vors Gesicht. Doch eine Glasscherbe musste Malous Wange gestreift haben. Sie fühlte einen scharfen Schmerz, bevor warme Flüssigkeit über ihr Gesicht lief. Jetzt war es noch dunkler, nur das vor sich hinrauschende Radio gab ein schwaches Licht in die Kabine ab, sodass Malou die Umrisse ihrer Eltern erkennen konnte. Noch bevor Dad einen neuen Zauber ausgesprochen hatte, erschienen zwei glühende, schwebende Kohlen vor der Motorhaube. Doch es waren keine Kohlen, es waren riesengroße Augen mit geschlitzten Pupillen. Schon wurde Dad von einer gigantischen Pranke am Kopf gepackt und durch die zerstörte Frontscheibe aus dem Auto gezerrt. Malou sah, wie er in der Dunkelheit verschwand.

„Dad!“

„Philippe!“, rief Mum.

Sie konnten nichts tun, keine Magie wirken, denn diese könnte vielleicht ihren Vater verletzen. Mum hingegen sprach sofort einen Zauber, der den Wagen vor weiteren Angriffen schützte. Lichtblitze zuckten um sie herum. Malou starrte aus dem Fenster, Jamie in ihrem Rücken, der sich wie ein Äffchen an sie klammerte. Dad kämpfte gegen eine riesige Gestalt, die wie ein Stier auf zwei Beinen aussah. Bläulich knisternde Energie entlud sich aus Dads Handflächen, die er als Blitze gegen den Dämon schleuderte. Dieser öffnete sein riesiges Maul und entließ brüllend eine gigantische Flamme. Dad konnte gerade noch ausweichen.

Malou wollte nach vorn klettern, um auszusteigen, aber Jamie klammerte sich so fest an sie, dass es ihr unmöglich war. „Mum?“, flüsterte Malou. Tränen liefen ihr über die Wangen und brannten wie Säure in ihrer Wunde. „Was sollen wir machen?“ Sie und Jamie saßen dicht aneinandergedrängt. Ihr Bruder zitterte so heftig, dass seine Zähne klapperten. Das Geräusch aufeinandertreffender, sich entladener Energie war nervenaufreibend.

„Ich helfe eurem Vater“, sagte Mum.

Erst jetzt sah Malou, dass Mum auf der Stirn kleine Schnittverletzungen hatte, die wohl von der zerplatzten Scheibe stammten.

„Ihr schaut, dass ihr wegkommt. Egal, was passiert, lauft um euer Leben!“

In dem Moment, als ihre Mutter aus dem Wagen stieg, schrie Dad auf. Die Flamme des Stiers raste erneut auf ihn zu und verfehlte ihn nur knapp.

„Flieht!“, rief er in ihre Richtung, doch Isabelle dachte nicht daran.

Sie begann, Energiekugeln auf den Dämon zu schleudern. Lachend fing dieser sie wie Bälle auf und zerdrückte sie, sodass Funken stoben. Malou vergaß zu atmen. Ihre Eltern waren mächtige Zauberer, aber gegen dieses Monster hatten sie keine Chance. Selbst Malou erkannte, obwohl sie noch nie einen echten Dämon gesehen hatte, dass dieser hier zur besonders widerstandsfähigen Sorte gehörte. Der Durchschnittsdämon sollte sich von der Größe nicht von einem Menschen unterscheiden, dieser hingegen war ein Riese. Außerdem absorbierte er ihre Magie, ohne erkennbar Schaden zu nehmen. Nur sehr mächtige und uralte Kreaturen konnten das.

Es musste Dad schon enorme Kraft gekostet haben, gegen den Dämon zu kämpfen, denn er wurde zusehends schwächer. Der Stierdämon holte mit der Pranke aus und schleuderte Vater gegen die Felswand, wo er reglos liegen blieb.

„Dad!“ Malou schluchzte auf und wollte wieder aus dem Wagen

klettern, aber Jamie hatte sich regelrecht in ihre Jacke verkrallt.

„Lass mich nicht allein", flehte er weinend.

Malou drehte sich zu ihm um. Sie zitterte und fühlte sich schwach. „Ich muss ihnen helfen."

„Er wird dich töten!" Jamie hielt sie noch fester und starrte sie mit aufgerissenen Augen an. „Oh Gott, deine Wange! Du blutest!"

Malou spürte keinen Schmerz mehr. „Er wird uns sowieso umbringen." Jedoch wunderte es sie, warum der Stier sie nicht sofort vernichtete. Er spielte mit ihnen und das machte ihm sichtlich Spaß.

Der Höhlenboden brannte an einigen Stellen, was Malou wieder zeigte, wie mächtig der Stier war. Er konnte Feuer entzünden, wo eigentlich nichts hätte brennen dürfen. Hier gab es nur blanken Fels. Die Flammen sorgten für eine schaurig-höllische Beleuchtung. Rußige Luft drang durch die zerschlagenen Scheiben, woraufhin Malou husten musste.

Ihre Mutter rang damit, zu Dad zu laufen, entschied sich allerdings, wieder ins Auto zu hechten. Malou wusste nicht, welche Formeln sie sprach, die meisten davon hatte sie noch nie gehört. Sie spürte, dass Mum einen Schutz auf Jamie und sie legte.

Als der Stier sich über ihren Vater beugte, materialisierte sich ein weiteres Dämonenportal an der Felswand. Es knisterte, blaue Flammen züngelten am Rand des Tores. Plötzlich war da ein Guckloch, wie ein überdimensional großes Schlüsselloch. Malou nahm durch das Portal die Umrisse eines Hauses wahr. Ihres Hauses! Das erkannte sie an der schmiedeeisernen Lampe, die an der Hausecke angebracht war und ihr gelboranges Licht verbreitete. Der Himmel war dunkel und es schneite leicht, doch Malou sah ihre Hütte im Garten. Das Dämonenportal musste auf dem Nachbarhaus erschaffen worden sein.

Ein Ausgang, nach oben! Sie wollte ihre Mutter und Jamie auffordern, aus dem Wagen zu steigen, um zu fliehen, als sich das Portal schon wieder geschlossen hatte. Ein Mann war hindurchgestiegen, der im Gegensatz zu dem Stier kein bisschen Furcht einflößend aussah. Er war so groß wie ein gewöhnlicher Mensch und wirkte auf den ersten Blick auch wie einer. Er hatte schwarzes Haar und trug Jeans sowie ein T-Shirt. Nachdem er etwas zu dem Stier gesagt hatte, schüttelte er den Kopf. Die Augen des riesigen Dämons leuchteten auf. Er schien zornig zu sein, denn Rauch qualmte aus seinen Nüstern.

Der schwarzhaarige Dämon beeilte sich, ihren auf dem Boden liegenden Vater auf den Bauch zu drehen, um seine Arme auf den Rücken zu binden. Somit konnte Dad keine größeren Zauber mehr wirken. Allerdings beherrschte er es, allein mit Gedankenkraft Magie zu entfesseln.

Während der neu hinzugekommene Dämon bei Dad stehen blieb, war der Stier mit drei großen Schritten beim Auto angelangt. In einer einzigen Bewegung riss er das Dach hinunter. Dabei wurde das Auto in die Höhe gehoben und fiel hart zurück, während der Dämon das Blech in die Dunkelheit schleuderte. Der Schutzzauber hatte ihn kein bisschen abgehalten. Malou erkannte abermals, wie stark er war. Sie und Jamie klammerten sich immer noch aneinander und waren wie zu Salzsäulen erstarrt. Jeden Verteidigungs- oder Angriffszauber, den Malou in der Schule gelernt hatte, hatte sie vergessen. Dafür stand Mum auf und richtete ihre Handflächen auf den Stierdämon. Sie schoss jedoch nicht.

„Was wollt ihr von uns?", rief sie stattdessen. Ihre Stimme zitterte, ihr Gesicht war tränenüberströmt. Ständig warf sie einen Seitenblick auf Dad, der am Boden lag. Er bewegte sich; also war er bei Bewusstsein, was für ein Glück!

Malou konzentrierte sich, um vielleicht etwas von ihm zu empfangen. Tatsächlich konnte sie hören, was er dachte. Dad schlug die Augen auf und schaute Malou an. *Ich werde versuchen, die Dämonen abzulenken. Dann flieht, sucht euch einen schwachen Unterweltler, der euch ein Portal nach oben erschafft. Kennt keine Gnade, foltert ihn, wenn nötig.*

Sie nickte ihm zu und wandte sich an ihre Mutter. Malou hatte nicht vor, Dad allein zu lassen. Fieberhaft überlegte sie, was sie tun könnte. Sie musste Zeit gewinnen. Dad stellte sich bewusstlos, um seine Energiedepots aufzuladen. Magie anzuwenden, kostete viel Kraft.

„Sag schon, warum hast du uns hierher geholt?", fragte Mum.

„Ja, was könnte ich von den mächtigen LeMars wollen?" Der Stier lachte so laut, dass seine Stimme von den Felswänden zurückgeworfen wurde. Staub rieselte von der Höhlendecke. „Die mächtigen LeMars, pah! Ich bin enttäuscht! Und so was wie ihr hütet die Amulette der Seelen?"

Malou stockte der Atem und auch ihre Eltern sahen schockiert aus. Woher wusste der Dämon das?

„Wovon sprichst du?", wollte Mum wissen.

„Ich weiß, dass ihr die Hüter seid", grollte der Stier. „Wenn ihr sie mir aushändigt, verschone ich vielleicht euer Leben. Falls nicht, werde ich euch zeigen, wozu ich fähig bin."

Noch ehe Mum reagieren konnte, hatte der Dämon sie am Kopf gepackt und gegen die Felswand geschleudert. Ein knackendes Geräusch, das Malou durch und durch ging, verriet, dass ihre Mutter sich etwas gebrochen hatte. Mit verdrehten Gliedern blieb sie am Boden liegen. Reglos.

„Isabelle, nein!“, schrie Dad.

„Mum!“ Malous Sicht verschwamm und sie glaubte zu ersticken.

„Wer will als Nächstes?“ Abermals lachte der Stier böse und kam wieder auf das Auto zu. „Vielleicht eines der Kleinen?“

„Hör auf, ich hole dir die Amulette!“, flehte Dad.

Er konnte gar nicht beide Amulette holen, weil er nur wusste, wo eines versteckt war. Was hatte er vor? Er wollte doch nicht die Gelegenheit zur Flucht nutzen? Malou sah den entschlossenen Ausdruck in seinen Augen. Er wollte tatsächlich das Medaillon holen. Das durfte er nicht! Er hatte, wie sie alle, einen magischen Eid geschworen.

Der Stier nickte dem schwarzhaarigen Dämon zu, woraufhin dieser Malous Dad auf die Beine zog. „Wohin?“, fragte er.

Philippe LeMar schaute zu seiner Familie, bevor er flüsterte: „Kensington Gardens.“

Kapitel 6 – nahe Hamburg (wenige Tage in der Zukunft)

Wie so oft, wenn er nachdachte, kehrte Ash an den Ort zurück, wo er einst als mächtiger Herrscher gelebt hatte. Das war viele Jahrhunderte her. Heute war von der prächtigen Festung kaum mehr als ein Haufen Geröll auf einem grünen Hügel übrig. Seine ehemalige Residenz war eine Burgruine, die vielleicht noch ein paar Touristen anlockte.

Flüche vor sich hinmurmelnd kickte Ash Steinchen aus dem Weg, während er zwischen den Überresten der Grundmauern umherspazierte. Sie waren mit Moos bewachsen und Gras sowie Büsche überwucherten alles. Das Gras war nass, die Steine glitschig. Es roch nach Laub. Der verregnete Vormittag passte hervorragend zu Ashs Stimmung. Wegen des unfreundlichen Wetters befand sich kein Spaziergänger auf der leichten Anhöhe, von der aus man einen wunderbaren Blick auf die Alster hatte. Der Fluss schlängelte sich zwischen Bäumen und Feldern hindurch. Auch heute noch sah es hier idyllisch aus. In der näheren Umgebung befanden sich nur wenige Häuser; beinahe glaubte Ash, sich wieder im Mittelalter zu befinden. Wenn doch die Zeit tatsächlich stehen geblieben wäre!

Ash rieb sich über den feuchten Nacken, als ihn wie immer an diesem Ort die Erinnerungen überwältigten. Das hier war sein irdisches Zuhause gewesen. Von hier aus hatte er regiert, Könige und Fürsten nach seiner Pfeife tanzen lassen, Frieden gestiftet und Kriege heraufbeschworen, indem er die Menschen ohne ihr Wissen manipuliert hatte. Ash hatte auf Geheiß des Schicksalsengels Uriel gehandelt, wie die weiteren sechs Herrscherengel, die andere Teile der Welt unter sich hatten. Allerdings hatte Ash nicht immer genau das getan, was man ihm vorgeschrieben hatte. Warum Kriege anzetteln, wenn es andere Lösungen gab? So hatte er damals gedacht und sich lieber den angenehmen Dingen des Lebens zugewandt. Es konnte nicht wirklich Uriels Ernst sein, dass sie als Engel Kriege heraufbeschwören sollten. Sie waren die Guten.

Ash hatte seinen eigenen Willen allerdings teuer bezahlt. Er verlor seine Macht, seine Kräfte und seine wundervollen Flügel.

Aber seine Vergangenheit half ihm, den Hass zu schüren. All die Jahrhunderte hatte er Ceros' Pläne hinter dessen Rücken durchkreuzt. Ash hatte sogar die Hexe laufen lassen und sich anschließend um ihren Bruder gekümmert. Und wofür? Raphael hatte sein Versprechen bis heute nicht gehalten, stattdessen hatte sich der Erzengel Ashs Territorium unter den Nagel gerissen. Raphael residierte in einer Villa, weit weg von hier, in einer anderen europäischen Stadt:

Brüssel. Dieser Heuchler. Hatte wohl nicht den Ort vor Augen haben wollen, an dem er seinen Freund verraten hatte.

Raphael hatte Ash bis heute nicht aus der Hölle geholt. Ash hatte seinen ehemaligen Freund schon öfter in dessen irdischer Residenz besuchen wollen, doch irgendein Schutzmechanismus verhinderte jedes Mal, dass er das Grundstück betreten konnte. Es war, als würde er gegen eine unsichtbare Wand prallen.

Er sprang über eine weitere Mauer und befand sich in seinem ehemaligen großen Saal. Ash ging bis zur Mitte, wo kein Gras wuchs. Hier kniete er sich hin und schloss die Augen, während der Regen über sein Gesicht rann. Seine Kleidung klebte auf der Haut, doch das spürte er fast nicht. Auch die Kälte machte ihm als Dämon kaum etwas aus. Ihm war, als wäre er längst tot. Sein Herz schien aus Eis zu bestehen, nur die Wut brannte lichterloh.

Ash drückte seine Hand auf einen Stein, den er vor langer Zeit freigelegt hatte. Es war ein Überbleibsel vom Boden der großen Halle, der nicht wie damals in Burgen üblich mit Stroh bedeckt gewesen war. Nein, er hatte einen prächtigen Rittersaal besessen, mit einem Boden aus feinstem Marmor. Die Erzengel hatten ihm die Erinnerung an sein altes Leben nicht genommen, wie es sonst Usus war, wenn einer der ihren fiel. Dadurch, dass Ash noch alles haargenau vor Augen hatte, war seine Schmach umso größer. Er, einst Herrscher über einen ganzen Kontinent, war ein Handlanger des Höllenfürsten Ceros. Es gab zahlreiche von diesen äußerst mächtigen Dämonen. Sie stellten in etwa das Pendant zu den Erzengeln dar. Die Dämonenfürsten lebten nur nicht so friedlich miteinander, denn sie kämpften täglich aufs Neue um ihr Territorium. Ceros gehörte zu den Stärksten und wurde immer mächtiger. Seine Lieblingssklaven, wie er Jamiel und Ash immer nannte, hatten im Laufe der Zeit einiges dazugetan. Jamiel und Ash hatten immer gehofft, sich durch ihre Dienste freikaufen zu können. Sie würden allerdings nie ihre Freiheit zurückerlangen, da war Ash sicher.

Er horchte in sich hinein und hörte, wie er vor sechs Jahrhunderten in seinem Saal getobt hatte …

„Das könnt ihr nicht machen!“, rief Ashriel, als die Erzengel Gabriel und Michael ihn auf die Knie drückten. „Schon gar nicht in meinem Zuhause!“

Ashriels Nacken brannte höllisch, denn dort hatte Michael ihm hinterlistig einen Dorn hineingetrieben. Er blockierte Ashriels mentale Erregungsleitung, sodass er keine seiner Fähigkeiten anwenden konnte. Nicht einmal mehr davonfliegen war möglich. Der Dorn hatte den Nerv genau getroffen. Ashriel fühlte sich wie gelähmt.

Michael, der rothaarige Erzengel, hatte ihn unter einem Vorwand in seiner Burg besucht, um ihn dann zu überrumpeln. Ashriel hatte nicht mit so einem Angriff gerechnet. Anschließend hatten drei weitere Engel – Azbuga, Gabriel und Raphael – die Halle seiner Residenz betreten. Ihr langes, wallendes Haar glänzte ebenso prächtig wie ihre Schwingen.

Die Hände hatten sie Ashriel vor dem Körper zusammengebunden, als wäre er ein Schwerverbrecher. Er mochte sich nicht ausmalen, was sie vorhatten; Erzengel waren dafür bekannt, nicht lange zu zögern. Sie wollten ihn gewiss spüren lassen, dass er sich nicht so einfach über Vorschriften hinwegsetzen konnte. Schweiß lief ihm in die Augen und tropfte auf den Marmorboden, auf dem sich sein vor Wut verzerrtes Gesicht spiegelte. Sein nackter Oberkörper war ebenfalls von einem feuchten Film überzogen. Er trug nichts weiter am Leib als eine Leinenhose, die er sich schnell nach seinem unterbrochenen Bad übergezogen hatte, als Michael in die Burg gekommen war.

„Lasst mich los!"

Michaels und Gabriels Griffe um seine Flügel verstärkten sich.

Ashriel schrie und tobte. „Ich bin einer der sieben Herrscher der Erde. Ich verlange eine anständige Verhandlung!"

„Dir wurde eine Gelegenheit zuteil", erklärte Azbuga, der Richterengel. „Doch du hast sie verspielt."

„Ihr Scheinheiligen! Als ob ihr immer alles richtig macht!" Ashriel versuchte zu entkommen, doch es war vergeblich. Der nageldicke Dorn in seinem Nacken schwächte ihn. Außerdem war ein Erzengel einem rangniederen Engel immer überlegen. Ashriel stand zwar im Ansehen nur eine winzige Stufe tiefer, aber gegen so eine Übermacht hatte er keine Chance. Die Erzengel waren die Fürsten unter ihnen und allen anderen Engeln übergeordnet. Er verfluchte sich in diesem Moment für seine Dummheiten, doch noch mehr verfluchte er Raphael. Dieser hatte ihm von allen Erzengeln am nächsten gestanden. Raphael hatte bei seinen irdischen Besuchen oft in seiner Residenz vorbeigeschaut. Sie hatten viel miteinander gelacht, manchmal eine Partie Schach gespielt oder den vorbeifahrenden Booten auf der Alster zugesehen. Ash hatte gedacht, sie wären Freunde. Beste Freunde. Jetzt schien von dem gutmütigen, oft auch witzigen Engel nichts mehr übrig zu sein.

Raphael blickte ihn ernst an. „Es tut mir leid, Ashriel. Ich muss meine Pflicht tun. So lautet das Gesetz."

Aus seinem langen Gewand holte er einen Dolch, der in einem hellen Blau glühte. Ashriels Herzschläge gerieten ins Stocken. Seine Kiefer mahlten so hart, dass er glaubte, seine Zähne zu pulverisieren. „Wenn es wegen der Nymphen ist“, presste er hinaus, ohne den Blick vom Dolch zu nehmen, „so kann ich sie wegschicken. Sie werden nie wieder meine Festung betreten, wenn ihr es wünscht.“ Es erniedrigte ihn zutiefst, sich den Erzengeln zu beugen, aber im Moment sah er keinen anderen Ausweg. Diesmal war er wohl zu weit gegangen. Er hatte sich in den letzten Monaten lieber mit seinen Lieblings-Nymphen vergnügt, als seine Aufgaben als Herrscher ernst zu nehmen. Der Hohe Rat hatte ihn gewarnt, aber er hatte es nicht geschafft, seinen Lebensstil zu ändern. Die süßen Geschöpfe hatten ihn verzaubert. Sie hielten seine Burg sauber, versorgten ihn, trugen ihm Gedichte vor und erfüllten ihm auch sonst den einen oder anderen Gefallen. Soeben im Badezuber hatte Rosella ihn ausgiebig gewaschen. Zuerst hatte sich die blonde Nymphe mit besonderer Sorgfalt seinen ausladenden Schwingen gewidmet, die zu seinen erogensten Zonen zählten, bevor sie sich um einen weiteren, äußerst bedeutenden Körperteil gekümmert hatte.

Er war ein stolzer Herrscher, der sich nicht dem Hohen Rat unterordnen wollte. Er verfolgte seine eigenen Ziele, entschied selbst über Recht und Unrecht in seinem Land. Was erlaubten die vier sich! Niemand hatte ihm vorzuschreiben, wie er Europa regieren sollte.

„Wenn ich mir neben all der Arbeit ein wenig Vergnügen gönne, ist das nur rechtens. Als Engel eines derart hohen Postens darf ich mir solche Freiheiten herausnehmen!“, rief Ashriel. Immerhin kam er in der Rangfolge gleich nach den Erzengeln, und die hatten praktisch Narrenfreiheit.

„Du hast dir zu viele Freiheiten gegönnt, mein Lieber“, sagte Azbuga, der richterliche Thronengel. „Wir haben jahrelang beide Augen zugedrückt, weil du deine eigenen Wege gegangen bist, aber nun wird es Zeit, dass du eine Läuterung erfährst.“

„Läuterung?“, krächzte er. Wollten sie ihm die Federn stutzen? Das magische Messer in Raphaels Händen konnte nichts Gutes bedeuten. Ein Engel ohne Federn erlitt größte Schmach. Es war eine unendlich demütigende Angelegenheit. Aber er würde diese schmerzhafte Prozedur und die Schande über sich ergehen lassen, wenn er nur seinen Posten behalten durfte. Seine Federn würden nachwachsen und sein Ego vielleicht wieder heilen.

„Deine ausgefallenen Spielereien konnten wir tolerieren, aber nicht, dass du deine Pflichten vernachlässigst“, setzte Michael hinzu. „Du kannst dich nicht einfach über das hinwegsetzen, was Uriel dir aufträgt. Auch uns gefallen seine Entscheidungen nicht immer, doch der Lauf der Dinge ist seit jeher vorbestimmt. Wir dürfen die Geschichte nicht eigenmächtig ändern."

Der Erzengel hielt einen seiner Flügel fest, der noch feucht vom Bad war. Wenn sie nicht bald ihre Pfoten von ihm nahmen, konnte Ashriel für nichts mehr garantieren. Er war fuchsteufelswild. Sie wagten es, in seine Festung zu spazieren und ihm einen Dorn in den Nacken zu treiben, sodass er keine Chance hatte, sich zu wehren. „Ich will eine Verhandlung!"

Keiner reagierte darauf. Alle folgten dem Prozedere der Läuterung.

„Hiermit entbinden wir dich von sämtlichen Pflichten. Von nun an wirst du keiner von uns mehr sein", sagte Azbuga. Der Richterengel zog eine Pergamentrolle aus seinem Umhang und verlas Ashriels Verstöße. Er hörte jedoch kaum zu. Keine simple Läuterung … Hier spielte sich etwas völlig anderes ab, etwas, das ihm die Luft nahm. Sie stießen ihn vom Thron und … noch tiefer!

„Was?" Seine Kehle war wie zugeschnürt. Die Umgebung vor seinen Augen verschwamm. Das konnte nicht sein! „Das könnt ihr nicht machen", hauchte er und sank kraftlos zusammen. Als Raphael mit dem Dolch hinter ihn trat, brüllte er erneut auf und stemmte seine Knie gegen den kalten Boden. Seine Lebensgeister waren schlagartig wieder geweckt. Sie wollten ihm nicht das Federkleid stutzen. Sie wollten ihm die Flügel abschneiden!

„Nicht!" Er wollte auf keinen Fall, dass sie ihm das antaten, dass sein bester Freund ihm das antat. „Nein!" Doch Raphael war der Heiler unter den Engeln. Er wusste als Einziger, wie er schneiden musste, damit die Flügel nicht nachwachsen konnten. Raphael musste schon seit jeher diese Prozedur durchführen.

„Raphael!" Ashriel bog den Rücken durch. Tränen der Wut und der Verzweiflung liefen über sein Gesicht und vermischten sich mit seinem Angstschweiß. Das Herz schien ihm aus der Brust zu springen. „Bitte tu das nicht! Ich gelobe Besserung! Nehmt mir mein Land, meine Federn, aber lasst mir meine Flügel!" Ashriel spürte die heiße Klinge am Ansatz einer Schwinge.

„Tut ihm das nicht an!", rief eine hohe Stimme. Rosella und zwei andere Nymphen kamen in den Saal gelaufen, mit nichts am Leib als durchsichtigen Tüchern. Ihre nackten Füßlein hinterließen kaum ein Geräusch auf dem Boden, als würden sie schweben. „Bitte verschont ihn!"

Ashriel zwinkerte sich die Feuchtigkeit aus den Augen. Seine Mädchen! Sie kamen, um ihn zu retten! Sie weinten um ihn. Aber was konnten drei Nymphen schon gegen derart mächtige Engel ausrichten? Zu seinem Entsetzen richtete Raphael seine freie Hand auf die drei Frauen.

„Tu ihnen nichts!“, rief Ashriel, weil er es nicht ertragen würde, wenn diesen süßen Geschöpfen etwas zustieße.

Raphael beachtete ihn nicht. „Verschwindet und lasst euch hier nie wieder blicken!“

Er schleuderte ihnen Blitze entgegen, die zu ihren Füßen in den marmornen Boden einschlugen, sodass Stücke heraussprengten. Kreischend liefen sie aus der Halle.

Ashriel war verloren. Hatte er sich schon einmal so hilflos gefühlt? Resigniert ließ er den Kopf hängen.

Als er die glühende Klinge an seinem rechten Schulterblatt spürte, schrie er erneut auf. „Bitte! Gebt mir noch eine Chance!“ Sein Puls klopfte so hart in den Schläfen, dass ihm beinahe der Schädel platzte. Mehr noch als der pulsierende Schmerz brannte die Demütigung, weil er hier, in seiner Residenz, auf den Knien saß und sich nicht wehren konnte. Er versuchte, seine Hände freizubekommen, aber die Knoten saßen fest. Er war zu geschwächt. Dieser verdammte Dorn in seinem Nacken!

„Wehre dich nicht dagegen, dann hast du es schneller überstanden“, sagte Raphael leise, bevor er den ersten Schnitt machte.

Ashriel brüllte aus Leibeskräften. Niemals zuvor hatte er solche Schmerzen gefühlt. Die scharfe Klinge durchschnitt mühelos Fleisch, Sehnen, Nerven und Knochen. Das feuchte Gewebe zischte und ein heftiger Schlag fuhr durch Ashriels Körper bis in seine Eingeweide, wo der Schmerz explodierte. Nein, nicht seine Flügel! „Nein!!!“

Als der rechte Flügel von seiner Schulter fiel und dadurch Gewicht an seinem Rücken fehlte, mussten die anderen Ashriel fester halten. Sein Mund war zu einem Schrei aufgerissen, doch kein Laut kam aus seiner Kehle. Der Schmerz war so gewaltig, dass ihm die Luft wegblieb. Schwarze Flecken tanzten vor seinen Augen.

Raphael hatte es tatsächlich getan! Ashriel schluchzte auf. Raphael setzte das Messer an seinem linken Schulterblatt an. Ashriel japste nach Luft. Abermals glitt die Schneide mühelos durch das Gewebe. „Nein!“ Verbissen versuchte er, sich zu wehren, doch die anderen hielten ihn in ihrem eisernen Griff. Glühende Wellen der Pein jagten durch seinen Körper, bevor sie in seinem Gehirn explodierten, sodass die Welt vor seinen Augen in schwarzem Nebel verschwand.

Der zweite Flügel fiel beinahe geräuschlos zu Boden. Ashriel wollte nicht hinter sich sehen. Er würde den Anblick nicht ertragen können. Hektisch rang er nach Luft. Auf dem Marmor hatte sich eine Pfütze aus Tränen, Rotz und Speichel gebildet.

Seine Flügel, seine herrlichen Schwingen. Fort! Für immer! Ashriel weinte wie ein kleines Kind. Er wollte nur noch sterben, aber er wusste, das war nicht das Ende. Die eigentliche Qual würde erst folgen.

„Haltet ihn fester", sagte Raphael zu den beiden anderen Engeln, die daraufhin Ashriels Arme umschlossen.

Als Raphael seine Wunden ausbrannte, damit die Flügel garantiert nicht mehr nachwachsen konnten, stieß Ashriel heisere Schreie aus. Die glühende Klinge bohrte sich tief ins Gewebe. Es zischte und stank bestialisch. Langsam breitete sich die Schwärze immer mehr vor seinen Augen aus. Sie bedeutete kurzzeitige Erlösung, aber er wollte auf keinen Fall in Ohnmacht fallen, nicht noch mehr Schwäche zeigen. Der Geruch nach verbranntem Fleisch war übermächtig. Er würgte und hätte sich übergeben, wenn sich etwas in seinem Magen befunden hätte.

Raphael hatte ihm tatsächlich seine Flügel genommen. Ashriel konnte es immer noch nicht begreifen.

Michael und Gabriel griffen ihm unter die Arme, um ihn nach oben zu ziehen. Dann schleiften sie ihn aus der Burg. Er war nicht mehr fähig, auch nur einen Schritt zu machen. Blut lief seinen Rücken hinab bis in den Bund seiner Hose. Auf dem Boden hatte sich eine scharlachrote Pfütze gebildet, auf der seine schillernden Flügel lagen. Ashriel konnte nicht hinsehen. Seine prächtigen Schwingen … Er schluchzte ein letztes Mal auf, bevor er das Bewusstsein verlor.

Als er die Augen aufschlug, fand er sich mit den Händen an einen Pfahl gebunden. Zitternd stellte er sich auf die Füße, weil die einschneidenden Seile und seine nach oben gestreckten Arme schmerzten. Steinchen stachen in seine Fußsohlen. Ashriel sah an sich hinunter und stellte fest, dass er nackt war. Hitze schoss ihm ins Gesicht. Mit dem Verlust seiner Flügel hatte er bereits seinen Engelstatus verloren, weshalb er zum ersten Mal Scham empfand. Es war ein schreckliches Gefühl, derart entblößt zu sein. Engel kannten solche Empfindungen, die sie entkräften konnten, normalerweise nicht, deshalb waren sie auch so starke Persönlichkeiten. Und oft arrogant. Hatte er vielleicht deshalb nicht bemerkt, dass er zu weit gegangen war?

Seine plötzliche Schwäche wurde ihm nur allzu bewusst. Er spürte den Dorn in seinem Nacken. Solange er seine Seele besaß, hatte er noch begrenzte Fähigkeiten. Doch wie sollte er sich aus dieser ausweglosen Situation befreien, wenn er seine Kräfte nicht anwenden konnte? Er konnte sich nicht unsichtbar machen oder einen glühenden Energieblitz in der Hand erscheinen lassen, mit dem er seine Fesseln hätte durchschneiden können.

Wo war er überhaupt? Warmer Wind pfiff um das Felsmassiv, vor das sie ihn angebunden hatten. Gnadenlos schien die Sonne auf seinen nackten Leib. Staub wehte ihm in die Augen, blieb an seinem blutüberströmten Rücken kleben und brannte in seinen Wunden. Die Schmerzen waren immer noch so stark, dass er gegen eine erneute Ohnmacht ankämpfen musste. Ihm war übel, seine Oberschenkel zitterten heftig. Ashriel erkannte verschwommen eine Höhle, die wie ein großes schwarzes Loch direkt vor ihm lag. Das musste der Berg Nebo sein.

Mit wild pochendem Herzen sah er zur Seite. Um ihn herum erstreckte sich eine endlose Geröllwüste. Er hatte von diesem Berg gehört, wusste, was es bedeutete, hier angebunden zu sein. Er befand sich in Jordanien. Es war ein uralter Opferplatz, ein Übergabeort. Der Eingang zur Hölle.

Trotz Hitze lief ihm ein kalter Schauder über den Rücken. Alle dreihundert Jahre forderte der Friedenspakt zwischen Gut und Böse einen gefallenen Engel plus seiner Seele. Nur deshalb ließen sich die Dämonen vor vielen Jahrhunderten auf den Pakt ein. Dafür blieben sie weitgehend in der Unterwelt und versuchten nicht mehr vehement, Menschen und andere Wesen zu unterjochen. Der gefallene Engel musste dann einem Höllenfürsten dienen und ihm seine Seele geben. Die unverwüstliche Seele eines Engels spendete dem Dämon für lange Zeit Kraft, sodass dadurch viele Leben gerettet werden konnten.

Ashriel schnappte nach Luft. Er konnte nicht begreifen, dass sie ihn geopfert hatten, ihn, einen so mächtigen Herrscher.

Er hörte Geräusche hinter sich und drehte den Kopf. Gabriel und Michael erhoben sich in die Lüfte und wurden unsichtbar. Nur Raphael war geblieben. Ashriel hatte nicht bemerkt, dass sie hinter ihm gestanden hatten.

Langsam schritt der Erzengel an seine Seite, ohne ihn anzusehen. Er war bestimmt noch hier, um ihn sämtlicher Gedanken zu berauben. Ashriel durfte auf keinen Fall Wissen mit in die Unterwelt nehmen, das den Engeln schaden könnte. Bald war er keiner mehr von ihnen. Wie die Jungfrau, die einem Drachen geopfert wurde, kam er sich vor. Er war ein wehrloses, unschuldiges Opfer. Eben noch ein stolzer Herrscher und im nächsten Moment ein Nichts.

Sein Zorn flammte erneut auf, heftiger als zuvor. Zudem kehrte seine Angst zurück, denn nun war er nicht nur machtlos. Er hatte alles verloren. Alles! Sein Reich, sein Ansehen, seinen Stolz, seine

Kräfte, seine Flügel … und das zuckersüße, frivole Leben, das er so sehr liebte.

„Wir werden dir nicht alle Erinnerungen an dein Dasein nehmen, weil wir beschlossen haben, dass du noch eine Chance verdient hast“, sagte Raphael dicht neben ihm.

Eine Chance?

„Aber zuerst musst du Buße tun.“

„Wie lange wird das dauern?“, krächzte Ashriel. Durch das viele Schreien besaß er kaum noch seine Stimme.

„Bis du geläutert bist. Du darfst zurück, wenn du deine Lektion gelernt und dich bewiesen hast.“

„Aber warum geht ihr so ein großes Risiko ein und lasst mir Wissen? Was, wenn ich euch verrate?“

„Uriel hat das entschieden. Auch mir gefällt die Vorstellung nicht, aber an seiner Entscheidung gibt es nichts zu rütteln.“

„Oh ja, wie pflichtbewusst“, knurrte Ashriel. Frustriert zog er an den Fesseln. „Wer wird solange mein Reich regieren?“

„Das werde ich übernehmen.“

„Du?“ Ashriels Wut kannte keine Grenzen. Wie ein Feuerball brannte sie in seinem Magen. „Jetzt verstehe ich. Du steckst also dahinter! Deshalb hast du mich nicht gewarnt!“

„Das glaubst du wirklich?“ Raphael schüttelte den Kopf. „Wie oft gab ich dir versteckte Hinweise, aber du hattest nur Augen für deine Nymphen.“

„Raphael!“ Er hatte stets das Gefühl gehabt, dass Raphael froh gewesen war, seinen Verpflichtungen einmal zu entfliehen und es in seiner Burg genossen hatte, auch von den Nymphen verwöhnt zu werden. „Du Heuchler!“

Raphael sah nicht glücklich aus. „Eines Tages wirst du alles verstehen.“

„Was gibt es da zu verstehen? Du hast das eingefädelt, um an meiner statt Herrscher zu werden!“ Ashriel glaubte, jetzt würde auch noch sein Herz herausgeschnitten werden, allerdings mit einer stumpfen Klinge.

Raphael legte eine Hand auf seine schweißnasse Stirn. Er konnte nicht sagen, welcher Erinnerungen der Erzengel ihn beraubte, weil Ashriel sie wenn dann bereits vergessen hatte. Es kam ihm allerdings so vor, als hätte er nichts vergessen. Nichts! Er wusste noch zu gut, wer er war und was sie ihm angetan hatten.

„Warum kannst du mir nicht in die Augen sehen, verdammt?“, knurrte Ashriel.

Raphael nahm die Hand von seiner Stirn und trat hinter ihn.

„Glaubst du, für mich ist das einfach?“, sagte er leise, wobei er beide Hände auf Ashriels Schulterblätter legte, sodass er zusammenzuckte.

Was kam denn jetzt noch? Hatte er nicht bereits genug Schmerz und Schmach ertragen müssen? Leise stöhnend spannte er seinen Körper an. Zu seiner Verwunderung spürte Ashriel angenehme Wärme und ein sanftes Kribbeln. Es juckte ein wenig, als eine beschleunigte Wundheilung einsetzte und die Haut über den Schulterblättern verheilte, bis seine malträtierten Knochen nur noch dumpf pochten.

Überrascht wandte er den Kopf. „Raphael, bitte mach mich los!“

„Ich werde einen Weg finden, dich so schnell wie möglich herauszuholen, mein Freund“, flüsterte der Erzengel, bevor auch er sich in die Lüfte erhob, ohne noch einmal zurückzuschauen.

Mit Tränen in den Augen blickte Ashriel ihm hinterher. Er wusste nicht mehr, ob er auf den Erzengel wütend sein sollte. Immerhin hatte er nur seine Pflicht getan. Im Moment war er jedoch unendlich verzweifelt. „Raphael!“ Ashriel seufzte. „Bitte beeil dich. Mach schnell!“

Schnell … was bedeutete das für einen Engel? Für unsterbliche Wesen tickten die Uhren anders und für Engel sowieso. Jahrhunderte konnten im Nu verfliegen, während Ashriel in dieser Zeit nicht nur sprichwörtlich durch die Hölle ging. Für ihn würde jede Sekunde zur Unendlichkeit werden.

Ein Schnauben lenkte seine Aufmerksamkeit schlagartig auf den Höhleneingang, der nur wenige Schritte vor ihm lag. Ein Höllenfürst kam, um ihn zu holen. Welcher würde es sein? Wen hatte der Rat der Engel auserwählt?

Panisch zerrte er an den Fesseln, die kein bisschen nachgaben. Gleich … gleich würde er in die Unterwelt gehen. Er wäre ein Sklave, ein seelenloser Diener. Verdammt und verbannt.

Abermals wurde er sich seiner Nacktheit bewusst. Er fühlte sich mehr als ausgeliefert, entblößt, verletzlich und seiner Kräfte beraubt. Der Dorn steckte immer noch tief in seinem Nacken. Ashriel war wehrlos und in diesem Zustand kaum stärker als ein Sterblicher. Er war ein Sterblicher. Bald. Gefallene Engel waren Dämonen. Sie konnten zwar sehr alt werden, oft viele Tausend Jahre, aber sie waren nicht unsterblich.

Eine riesige Gestalt trat in geduckter Haltung aus der Höhle. Es war ein Dämon, der einem Stier ähnelte. Nur bekleidet mit einem Lendenschurz. Er ging aufrecht wie ein Mensch, besaß jedoch lediglich einen menschenähnlichen Oberkörper. Ashriel reichte ihm kaum bis zur Brust.

Der Stier scharrte mit einem Huf im Kies, während seine Augen hellrot glühten. Rauch kräuselte sich in winzigen Säulen aus seinen Nüstern, als er den muskelbepackten Körper streckte. Knochen knackten. Seine Oberarme, die dick wie Baumstämme waren, schwollen noch mehr an. Seine Hände waren krallengespickte Pranken und aus dem gewaltigen Schädel ragten zwei riesige Hörner. Ashriel hatte von diesem Fürsten gehört. Er hieß Ceros.

Ausgerechnet dieser Dämon! Konnte es noch schlimmer kommen? Ceros war einer der gefürchtetsten Herrscher der Unterwelt. Bekannt für seine gnadenlose Brutalität, seine gigantischen Kräfte und seine Ausdauer.

„Du bist also der berühmte Ashriel, Herrscher über das Land, das die Menschen Europa nennen." Ein bitterböses Lachen, das wie ein Donnern klang, grollte aus Ceros Kehle. „Mit dir werde ich meine wahre Freude haben."

„Ich werde mich dir niemals beugen, Dämon!" Verächtlich spuckte Ashriel ihm vor die Hufe. Ihn musste der Teufel geritten haben, dass er es sich gleich zu Beginn mit Ceros verscherzte, doch sein Stolz war zu stark.

Knurrend machte der riesige Unterweltler einen Schritt nach vorn und streckte den Arm aus. Die Krallen der Pranke drückten sich in Ashriels Schädel und zogen ihn nach hinten.

„Du Wicht wagst es jetzt schon, deinem Herrn gegenüber aufzubegehren?" Der dicke Arm des Fürsten war so schwer, dass sich Ashriel kaum auf den Beinen halten konnte. Schmerzhaft bohrten sich die Krallen tiefer in seinen Kopf.

„Ich werde niemandes Sklave. Niemals!", presste er hervor.

Das Maul zu einem Grinsen verzogen, beugte sich Ceros zu ihm herunter. „So lange habe ich auf diesen Moment gewartet und nie geglaubt, dass er tatsächlich kommt. Ein Engel, und er gehört mir allein. Für immer."

Für immer? Er schluckte hart. Nein, Raphael würde ihn befreien. Er musste! Schon jetzt hielt es Ashriel kaum noch aus. Er wollte sich keinem beugen, erst recht nicht einem Dämon. Er tat, was in seiner Macht stand, doch er konnte sich nicht gegen sein Schicksal wehren. Er wollte das Gesicht abwenden, aber sein Kopf war wie in einer Schraubklemme gefangen. Der heiße, stinkende Atem drang aus dem Maul des Dämons in seine Lungen, pumpte sie auf und durchbrach sie. So fühlte es sich an. Hitze strömte durch seinen Körper und schien von innen an ihm zu zerren, ihn zu verbrennen. Er wollte schreien, hatte allerdings das Gefühl, zu ersticken. Kein Laut kam aus seiner glühenden Kehle, und als Ceros die Luft einsog und den

Atem aus Ashriel hinausholte, löste sich etwas in ihm. Dieses Etwas war tief verwurzelt und saß in seinen Organen fest, besonders in seinem Kopf und seinem Herzen. Ceros riss es brutal hinaus. Es entwich mit einem Geräusch, das sich wie ein leiser Schrei anhörte, aus Ashriels Körper. Dann ließ der Stierdämon von ihm ab und taumelte mit geschlossenen Augen zurück.

Schwer atmend und unendlich erschöpft hing Ashriel am Pfosten, innerlich leer und tot. Er war nicht mehr eins, nicht mehr im Reinen mit sich. Er fühlte sich … zerstört. Ceros hatte ihm das genommen, was Ashriel ausmachte: seine unsterbliche Seele. Dünne Rinnsale von Blut liefen über Ashriels Kopf. Die kleinen Wunden, die Ceros' Krallen hinterlassen hatten, schmerzten wie giftige Stiche.

Ein zufriedenes Lächeln breitete sich auf Ceros' Gesicht aus. „Ah, das hat gutgetan. So befriedigt war ich schon ewig nicht mehr." Er strich über seinen muskulösen Oberkörper, als hätte er etwas Leckeres gegessen. „Ich fühle mich wie neugeboren."

Ashriel hingegen hätte schreien mögen, weinen, fluchen und toben. Er war allerdings viel zu schwach und verwirrt. Nun war er endgültig ein gefallener Engel. Dieser verdammte Unterweltler hatte seine Seele!

„Hm, was hast du denn da Nettes? Haben sie dich damit geärgert?" Mit einer seiner Krallen zog Ceros ihm den Dorn aus dem Nacken. „Da wird mir sicher etwas Besseres einfallen."

Ashriel stockte der Atem. Raphael hatte ihm nicht das Wissen genommen, wie man einen Engel seiner Kräfte beraubte. Zum Glück schien Ceros nicht so viel Hirn zu besitzen, um herauszufinden, was der Dorn bewirkte. Ashriel versuchte, seine himmlischen Kräfte zu mobilisieren, doch mit seiner Seele waren auch die besonderen Fähigkeiten verschwunden. Jetzt war er selbst ein Dämon, der diesem Furcht einflößenden Höllenfürsten Gehorsam leisten musste.

„Von nun an wirst du Ash heißen", sagte Ceros. „Bis du dir allerdings deinen Dämonennamen verdient hast, werde ich dich deinem Stand gebührend ansprechen, Sklave."

Der Dämonenfürst lachte so laut, dass Steinchen den Berg herabrieselten, als der Schall seiner Stimme auf den Fels traf. Dann schnitt Ceros mit seinen Krallen Ash vom Pfosten und hielt mit einer Pranke seine Armgelenke zusammen.

„Nimm deine Pfoten von mir, du dreckiger Bastard!"

Ceros lachte wieder. „Ich sehe schon, es wird Spaß machen, mit dir zu spielen, Sklave, dich nach meinem Willen zu formen. Bald schon wirst du zu meinen Füßen knien und mir jeden Wunsch erfüllen."

„Niemals!“, rief er, während Ceros ihn hinter sich herzog wie ein Stück Vieh, das zur Schlachtbank geführt wurde. Panik ergriff Ash. Ceros schleifte ihn in die Höhle, bis er nichts mehr sah außer den rot glühenden Augen des Dämons. Dann materialisierte sich ein blauer Feuerkreis auf der Felswand. Grob stieß Ceros ihn durch das Portal. Er war in der Unterwelt.

Ash hatte jahrelange Folter über sich ergehen lassen müssen. Ceros hatte ihn immer wieder, an einem Haken in der Luft hängend, ausgepeitscht, bis Ash das Bewusstsein verloren hatte und in einem winzigen Käfig erwachte. Nackt und hungrig. Er hatte als Engel keinen Hunger gekannt, weil Engel nicht essen mussten. Es war kein Hunger, wie Menschen ihn verspürten. Es war mehr ein dringendes Bedürfnis, die Leere in sich auszufüllen, ein Sehnen hinter dem Brustbein, das umso schmerzhafter wurde, je länger er sich in der Unterwelt befand. Es war der Hunger nach einer Seele, die einem Dämon Kraft gab. Wenn er glaubte, daran zu zerbrechen, kam Ceros und gab ihm wie ein Muttertier ihrem Kind etwas von seiner geraubten Seelenkraft ab, indem er sein Maul auf Ashs Mund drückte und ihm seinen verpesteten Atem hineinpresste. Aber es war kein Teil von Ashs Engelseele, die er ihm überließ, sondern Ceros suchte sich dafür in der Oberwelt Menschen, denen er die Seele aussaugte. Böse Menschen, Verbrecher, Mörder, Vergewaltiger. Ash spürte das Grauen in dem Lebensatem. Ceros fütterte ihn bewusst mit verdorbenem Geist, damit Ash immer mehr der dunklen Seite verfiel. Ceros gab ihm bloß so viel, dass er nicht starb. Sein Leben war nicht nur sprichwörtlich die Hölle. Er lebte nicht mehr, vegetierte vor sich hin. Allein die Hoffnung, dass Raphael eines Tages einen Weg finden würde, ihn hier herauszuholen, hielt ihn am Leben. Allerdings dauerte das zu lange. Sein Stolz geriet ins Bröckeln; er war kurz davor, zusammenzubrechen. Er sah ein, dass er nie aus dieser Spirale von Erniedrigung und Folter herauskam, wenn er sich nicht unterwürfig zeigte. Daher biss er die Zähne zusammen und heuchelte Demut. Als er sich nicht mehr widerspenstig zeigte, verlor Ceros den Spaß am Quälen.

Irgendwann hatte der Höllenfürst ihn zu seinem Handlanger befördert. Doch er war immer noch an ihn gekettet, zumindest mental, weil Ceros seine Seele in sich trug. Sollte Ash sterben, würde auch seine Seele aus Ceros weichen, deshalb hielt der Dämon ihn am Leben. Starb Ceros, wich Ashriels Seele ebenfalls aus dem Stier und Ash könnte sie sich zurückholen.

Im Laufe der Jahrhunderte waren Ashs Dämonenkräfte gewachsen. Ceros gab ihm immer mehr Aufgaben, Ash wurde selbstständiger und schließlich Ceros' engster Vertrauter. Sein ehemaliges Wissen als Herrscher kam ihm zugute. Er konnte Ceros praktische Ratschläge geben, zum Beispiel, wie er sein Reich erweitern und er mehr Sklaven für sich arbeiten lassen konnte, indem er ihnen gewisse Freiheiten erlaubte. So stieg Ash im Ansehen des Fürsten und das Leben war fortan weniger beschissen.

Dann kam der Tag, an dem er an die Oberwelt durfte, um sich von nun an seine eigenen Seelen zu beschaffen. Natürlich bediente sich Ash nicht mehr am Abschaum der Menschheit, sondern suchte sich Menschen mit einem makellosen Charakter. Bevorzugt Frauen, mit denen er sich, während er ihnen nur einen winzigen Teil ihrer Seele nahm, vergnügte, ohne dass die Ladys bemerkten, was mit ihnen geschah. Als er immer stärker wurde, spielte er mit dem Gedanken, Ceros zu vernichten, weil dann seine Seele aus dem Körper des Stierdämons entweichen würde. Ash wäre frei. Er hatte alles bereits bis ins kleinste Detail durchdacht, bis zu dem Tag, als ihm diese Zaubererfamilie einen gewaltigen Strich durch die Rechnung gemacht hatte. Er hatte keine Ahnung gehabt, worum es sich genau bei den Medaillons handelte, die sein Herr so dringend benötigte, bis Ceros böse lachend seine Seele darin einschloss. Der Stier hatte genau gewusst, dass Ash beabsichtigte, ihn zu töten. Nun konnte Ash nur noch frei sein, indem er das zweite Amulett fand, mit dem sich das erste, das Ceros immer um den Hals trug, öffnen ließ. Wenn es einer beschaffen konnte, dann Ash. Er war ein Meister, wenn es darum ging, verschwundene Dinge aufzuspüren, das hatte er immer wieder bewiesen. Das war Ceros bewusst, deshalb ließ er Ash am Leben. Denn würde der Stierdämon ihn umbringen, würde seine Seele auf ewig im Medaillon eingeschlossen bleiben und den Fürsten für immer mit seiner nie endenden Energie versorgen.

Ash hatte sich in der Hoffnung, Bonuspunkte bei denen da oben zu ergattern, des Bruders der Hexe angenommen. Ceros hatte Jamiels Leben nur verschont, weil der Junge es in gewisser Weise gewesen war, der Ceros die Existenz der Amulette verraten hatte. Aber nicht Jamiel selbst, sondern der körperlose Dämon Zorell, der sich in Jamiels Leib eingenistet und mit dem Höllenfürsten einen Pakt geschlossen hatte.

Doch was war ein Pakt mit einem Dämon wert? Würde Ceros sein Versprechen halten und Ashs Seele tatsächlich freigeben, wenn er ihm das zweite Medaillon beschaffte? Ash glaubte es nicht, aber er musste es zumindest versuchen, denn eine andere Chance hatte er nicht.

Er erhob sich. Mittlerweile hatte der Regen seine Kleidung durchtränkt, doch das spürte er kaum. Er fühlte höchstens dieses dumpfe Pochen an seinen Schulterblättern, das ihn ständig daran erinnerte, wer oder was er einmal gewesen war. Aber diese Zeiten waren lange vorbei und würden nie wieder zurückkehren.

Ash ging zu den Überresten eines Turmes, um mit der Hand einen Kreis darauf zu ziehen. Es roch nach Ozon, als sich knisternd ein Portal materialisierte. Ash musste endlich nach London. Ein Informant hatte ihm zugetragen, dass sich die Hexe, die Ash vor zehn Jahren entkommen ließ, bald dort einfand. Diesmal würde er nicht zögern, sie seinem Herrn auszuliefern, denn er hatte genug von den Spielchen, genug vom Leben als Sklave. Er würde von nun an sein Schicksal selbst in die Hand nehmen.

Kapitel 7 – Paris (Gegenwart)

Noir unterbrach ihren geistigen Ausflug in die Vergangenheit. Sie befand sich nicht mehr in der Unterwelt, sondern auf dem Fabrikgelände der ehemaligen Baumwollspinnerei. Jede Nacht erlebte sie in ihren Albträumen, wie der Höllenfürst ihre Eltern ermordet hatte. An vieles konnte sie sich nur schemenhaft erinnern, da sie unter Schock gestanden hatte, aber eines wusste sie mit Gewissheit: Ihr Vater war zurückgekommen, Noir nicht. Er hatte mit dem Leben bezahlt, Noir hatte ihres feige gerettet. Diese Schuld lastete schwer auf ihr, obwohl sie wusste, dass sie richtig gehandelt hatte. Richtig und doch falsch.

Damals waren ihre Haare blond und ihr Gesicht noch nicht entstellt. Inzwischen hatte sie sich mit der Schnittverletzung arrangiert. Sie erinnerte sie stets daran, welche Aufgaben vor ihr lagen. Was würde sie heute tun, wenn ihre Eltern noch lebten? Hätte sie einen Ehemann und Kinder? Nein – keine Kinder, obwohl sie gern welche gehabt hätte.

Seit jener albtraumhaften Nacht hatte sie an ihrem Haar nur noch die Spitzen geschnitten. Es war nicht mehr blond, sondern silberweiß nachgewachsen, und jetzt viel länger als früher, wo sie es kinnlang getragen hatte. Ob das an dem Schock lag, an dem Grauen, das sie durchgemacht hatte?

Sie wusste heute noch nicht, woher die Dämonen die Information hatten, dass ihre Familie die Amulette der Seelen bewachte. Dafür gab es nur eine Erklärung: Jemand aus ihren Reihen musste geredet haben, doch wer? Wer hatte gewusst, dass ihre Familie die Hüter waren? Noir hatte sich als Kind nie darüber Gedanken gemacht. Sie wusste lediglich, was es mit den Amuletten auf sich hatte. Beide zusammen waren ungeheuer mächtig, deshalb durften die Dämonen niemals das zweite finden. Noir hatte es sich zur Aufgabe gemacht, das verschollene Medaillon aufzuspüren, um dann beide zu vernichten. Das erschien ihr die sinnvollste Lösung. Sie wusste nur noch nicht, wie sie das anstellen sollte, denn die Amulette ließen sich nicht zerstören. Ihre Eltern hatten das mehrmals versucht und wären beinahe gestorben. Vielleicht würde Magnus ihr helfen können.

Eine Todesfee, eine sehr mächtige Dämonin, hatte die Amulette vor vielen Jahrhunderten erschaffen. Wenn beide Schmuckstücke gleichzeitig geöffnet wurden, saugten sie die Seelen der Menschen im Umkreis von einer Meile ein. Dämonen ernährten sich von Seelen, doch es war für sie nicht immer einfach, an diese zu gelangen. Aber mit beiden Amuletten …

Bei einem der großen Mythenweltkriege im Mittelalter waren die Amulette in die Hände einiger Zauberer gefallen, die es sich zur Aufgabe gemacht hatten, gefährliche Artefakte zu hüten. Die Schmuckstücke waren schon seit Langem im Familienbesitz der LeMars und Noir hatte immer gedacht, über die Jahrhunderte hätten alle anderen vergessen, wer die Medaillons besaß.

Sie rief sich erneut ins Gedächtnis, was sie alles verloren hatte. Das half ihr, den Hass zu schüren und sich darauf vorzubereiten, zu töten. In ihrem Inneren war sie keine Killerin, mochte es nicht sein.

Rache hatte ihr Herz stumpf werden lassen. Sie schottete es nach außen ab, um nie wieder so schwer verletzt zu werden. Als Kind hatte sie den Dämonen wehrlos gegenübergestanden und Todesängste gelitten – heute war sie nicht mehr wehrlos. Sie war eine mächtige Hexe.

Sie konzentrierte sich, sammelte ihre magische Kraft, sodass es in ihren Fingerspitzen kribbelte und das künstliche Haar ihrer Perücke leicht abhob, als wäre es elektrostatisch aufgeladen. Sie trug Perücken, um nicht erkannt zu werden. Sie hätte ihr Haar färben können, aber das wollte sie nicht. Es sollte sie immer an ihre Aufgabe erinnern. Mittlerweile hatte es sich in der Unterwelt herumgesprochen, dass es eine verrückte Menschenfrau auf Dämonen abgesehen hatte. Das wusste sie von einem Höllenwesen, aus dem sie viele Informationen geholt hatte, nur nicht die, die sie wirklich interessierten.

Noir ging in sich, wie sie es vor jedem anstehenden Kampf machte. Sie hatte keine Angst, hörte sich nur atmen und das leise Knirschen ihrer Schritte, während sie vorwärtsschlich. Sie lugte um die Hausecke. Drei Gestalten standen auf dem Innenhof der Fabrik. Eine kaputte Neonröhre, die gespenstisch an einem Gebäude flackerte, erhellte das Szenario. Noir steckte das Handy in die Hosentasche und schlich hinter einem Bagger weiter, an dem ein Dämon lehnte und rauchte. Kein gewöhnlicher Mensch würde auf den ersten Blick diese Personen als Unterweltler erkennen, die im Abstand von wenigen Metern standen und sich bei den Fahrzeugen versteckten. Die drei Höllenwesen sahen ziemlich normal aus und waren wie Menschen gekleidet. Aber Noir hätte auch ohne das Handy von Magnus gewusst, wen sie vor sich hatte, man musste nur genau hinsehen. Ihre Sprache war derb, die Themen drehten sich um Ansehen, wessen Macht größer war, wo jemand in der Dämonenhierarchie stand und wie viele Menschen sie schon verdorben hatten. Unterweltler gaben ungemein gern an. Außerdem leuchteten ab und zu ihre Augen auf, je nach Gemütslage. Feuerdämonen, sehr gut. Noir hatte genau den richtigen Zauber für diese Spezies auf Lager. Immerhin hatte ein solcher Dämon ihre Eltern auf dem Gewissen. Nie wieder würde sie einem Feuerdämon hilflos gegenüberstehen. Womit bekämpfte man Feuer? Mit Wasser. Der Schwachpunkt dieser Spezies waren ihre entflammbaren Augen. Der Stierdämon war so mächtig gewesen, dass er wie ein Drache hatte Feuer spucken können, doch seine Handlanger beherrschten es bestenfalls, kleine Flammen aus ihren Augen zu schleudern. Daher musste Noir sie nur blenden. Entweder ihnen Wasser in die Augen schütten oder sie ihnen ausstechen.

Im Grunde tötete man alle Dämonenarten zuverlässig, wenn man ihnen den Kopf abtrennte oder das Kleinhirn durchbohrte. Auch diese drei primitiven Gesellen besaßen so etwas wie ein Gehirn. Wenn man es allerdings verfehlte, konnten sich die meisten Unterweltler sehr schnell regenerieren.

Noir sah sich um. Wasser, und befände es sich nur in einer Pfütze, schien es hier auf den ersten Blick nicht in der Nähe zu geben. Noir beherrschte einen Spruch, um flüssige Materie durch die Luft zu schleudern; leider war er ohne Wasser nutzlos. Also blieben ihr nur die anderen Vernichtungsvarianten.

„Ich mach noch mal 'ne Runde", sagte der Dämon, der am Bagger lehnte, warf seinen Zigarettenstummel auf den Boden und marschierte um das Fahrzeug auf Noir zu. „Dieser Scheiß hier ist so was von überflüss…"

Weiter kam er nicht, denn als er für die anderen außer Sichtweite war, flüsterte Noir: „Sei still! Tace! Ne dixeris!", und der Zauberspruch beraubte den Dämon seiner Stimme.

Noir zog ihn am Kragen seines Hemdes in ihre Umarmung. Nun konnte er seine Artgenossen nicht mehr warnen. Einen Arm um seine Kehle gelegt, übte sie Gegendruck aus, während sie das Messer oberhalb seines Nackens ansetzte. „Für wen arbeitet ihr, wer hat euch geschickt?", zischte sie, wobei sie den Dämon mit sich zog, immer weiter von den anderen weg. Erst dann löste sie den Bann mit einem gemurmelten „Finite".

Der Unterweltler blieb stumm, daher drückte ihm Noir das Messer fester an den Schädel, bis Blut aus der Wunde quoll. „Wer ist dein Boss?"

Der Dämon kicherte.

„Ich will Antworten!"

„Hexe!", brüllte er aus Leibeskräften.

Abrupt versenkte Noir den Dolch schräg nach oben in seinem Schädel und trat einen Schritt nach hinten. Der Dämon ging in Flammen auf – zurück blieb ein Häuflein Asche und ein Plastikkärtchen, das sich im Staub drehte, bevor es darauf liegen blieb. Interessant. Noir hob es auf und erkannte, dass es ein Ausweis für einen Klub in Italien war, und steckte es ein. Jeder Hinweis war willkommen.

Sogleich kam Nummer zwei ums Fahrzeug gelaufen und schleuderte Feuerpfeile aus seinen Augen. Eine Flamme streifte Noirs Pullover. Sie schlug mit der Hand das kleine Feuer aus und sah zu ihrer Freude, dass sich in der Baggerschaufel ein wenig Regenwasser befand.

„Aqua per aera!", rief sie und machte eine schwungvolle Handbewegung in die Richtung des Dämons. „Conglacio!" Das Wasser schoss ihm ins Gesicht. Während des Fluges verwandelten sich die Spritzer in Eis. Der Unterweltler schrie auf und hielt sich die Hände vor die Augen, als es sich wie Stacheln in seine Augäpfel bohrte. Er taumelte rückwärts. Seine nasse Haut dampfte. Nun würde sich sein Augenfeuer wie Säure nach innen fressen, direkt in sein Gehirn. Ein paar Sekunden später ging auch er in Flammen auf.

„Yippyyayay, Schweinebacke", murmelte Noir und klopfte sich die Asche von der Kleidung.

Vincent erkannte, dass Noir soweit alles im Griff hatte. Eben hatte sie den zweiten Dämon erledigt, der dritte war in einem Portal verschwunden. Er hatte offensichtlich die Flucht ergriffen. Unterweltler bewegten sich mittels dieser Portale fort. Sie mussten nur mit der Hand einen Kreis auf festen Untergrund zeichnen, schon öffnete sich ein Tor in die Unterwelt oder an einen anderen Ort ihrer Wahl.

Als er aufatmen wollte, weil alles vorbei war und es Noir gut ging, musste er feststellen, dass er sich geirrt hatte. Der dritte Dämon hatte anscheinend in der Unterwelt Alarm geschlagen, denn aus zahlreichen Portalen, die sich überall um Noir an den Hauswänden oder am Boden materialisierten, strömten weitere Höllenkreaturen. Es knisterte und roch nach Ozon. Die bläulichen Feuerkreise der Dämonentore brannten sich in Vincents Netzhaut und hinterließen für einen Moment gelbe Ringe in seinem Gesichtsfeld. Die Dämonen, bestimmt dreißig an der Zahl, umzingelten Noir, drängten sie immer weiter in die Mitte des Platzes. Es waren zu viele. Sie sahen nicht alle menschlich aus, manche hatten rattenähnliche Köpfe, andere Augen wie Schlangen, ein weiterer glich einem riesigen Vogel. Es gab einen Dämon, der Ähnlichkeit mit Vincent aufwies, denn er besaß ebenfalls mächtige Schwingen, Reißzähne und spitze Ohren.

Vincent zögerte keine Sekunde länger. Er sprang vom Dach, wobei er einer nagetierähnlichen Kreatur den pelzigen Schädel zerquetschte. Sie verpuffte mit einer gewaltigen Stichflamme unter ihm und versengte den Stoff seiner Hose, seine Augenbrauen und sein Haar. Doch das bemerkte er kaum. Er sah nur noch rot, wollte lediglich Noir aus diesem Scharmützel herausholen. Er besaß keine Waffen, aber die brauchte er nicht. Er kämpfte mit bloßen Händen, den Krallen und mit Muskelkraft.

Der nächste Dämon in seiner Reichweite ging in Flammen auf, als Vince ihm das Genick brach. Einem anderen riss er in seiner Rage den Kopf ab. Auf diese Weise schlug er eine Schneise in die Reihen der Dämonen. Die Unterweltler hatten ihn natürlich längst bemerkt. Eine Gruppe von mindestens zehn Höllenwesen löste sich aus dem Kreis, der Noir umgab, und lief auf Vincent zu. Brüllend rannte er ihnen entgegen, wobei er ihnen mit seinen Krallen, die er wie Filetiermesser einsetzte, tödliche Verletzungen zufügte. Er war wie im Rausch, pures Adrenalin schien durch seine Adern zu pumpen. Wut und Angst um Noir steigerten seine Kampfkraft.

Ob er diesen Krieg überlebte, war allerdings zweifelhaft. Es waren einfach zu viele, auch zu viele, um sich im Verborgenen zu halten. Er konnte Noir nur beschützen, wenn er sich offenbarte. Sie würde ihn ein einziges Mal sehen, bevor er starb, ohne zu wissen, dass er immer für sie da gewesen war. Doch das war Vince egal. Alles, was zählte, war Noir, ihr Wohlergehen, ihr Überleben.

Sie kämpfte verbissen gegen die Unterweltler, während immer mehr von ihnen aus Portalen kamen oder aus dunklen Ecken hervorkrochen. „Ventus!", schrie sie, während sie sich im Kreis drehte. Sie hatte mit ihren Kräften einen kleinen Wirbelwind erzeugt, der einige Dämonen vom Platz fegte.

Weitere Kreaturen sprangen von den Dächern oder krabbelten wie Insekten von den Hauswänden. Vincent musste näher an Noir heran. Unentwegt schleuderte sie den Höllenkreaturen die übelsten Flüche und Vernichtungszauber entgegen. Manchmal gingen fünf Dämonen zur selben Zeit in Flammen auf. Was für ein Inferno! Die Luft um Noir flirrte. Ihre Lippen waren fest aufeinandergepresst, wenn sie keinen Zauber sprach, ihr Gesicht mit Schweiß überzogen und mit Asche befleckt. Vincent fragte sich, wie lange seine Hexe durchhielt. Noch nie hatte er gesehen, dass sie es mit so vielen Gegnern auf einmal zu tun hatte. Sie stand in der Mitte des Hofes wie auf einem Präsentierteller, und alle Höllenwesen waren begierig darauf, sich das leckere Häppchen zu schnappen.

Vincent schrie vor Zorn, in seinen Schläfen pochte sein erhitztes

Blut. Er würde alles geben, damit die Unterweltler Noir nicht bekamen. Er musste sie da rausholen!

Der Dämon mit den Flügeln erhob sich plötzlich in die Luft. Offensichtlich wollte er Noir von oben angreifen.

Schnell kletterte Vince an der nächsten Fassade hoch, wobei er zwei Dämonen von der Hauswand nach unten riss, und stieß sich vom Dach ab, die Schwingen ausgebreitet. Er traf im Flug auf den Dämon und krallte sich in dessen giftgrüne Haut, die glatt und warm war wie bei einem Reptil. Das Flugwesen brüllte auf, schoss hoch in den nachtschwarzen Himmel und stürzte sich mit Vincent auf ein Baufahrzeug. Vince knallte mit dem Rücken gegen das Dach des Schaufelbaggers, was sämtliche Luft aus seinen Lungen presste. Seine Rippen knackten, sein Schädel dröhnte. Für einen Moment sah er alles verschwommen. Er ließ den Dämon jedoch nicht los, stattdessen verbiss er sich in den Nacken der Kreatur. Bitteres Blut strömte in seinen Mund, das er sofort ausspuckte. Er durfte es nicht schlucken; Dämonenblut war giftig.

Das Höllenwesen kreischte auf und stieß abermals hoch in die Luft, wobei es versuchte, Vince abzuschütteln. Es schlug mit seinen Klauen auf Vincent ein, fügte ihm tiefe Verletzungen zu und riss ein Loch in seine Schwingen. Vincent heulte auf. Jeder Muskel, jeder Nerv tat ihm weh, doch der Schmerz war unbedeutend. Er musste Noir beschützen! Der Flugdämon hielt auf sie zu, wollte sich anscheinend gemeinsam mit Vincent auf seine Hexe stürzen. Die rauchgeschwängerte Nachtluft brannte in seinen Wunden, als sie unaufhörlich tiefer schossen.

Noir kämpfte wie eine Besessene mit Magie und ihren zwei kurzen Klingen. Ein Dämon ging in Flammen auf, ein anderer verpuffte ebenfalls, als sie den Dolch in seinem Nacken versenkte. Noirs Perücke lag längst am Boden, ihr helles Haar war mit Asche bedeckt und klebte ihr wirr im Gesicht. Sie blickte nicht nach oben, weil sie zu sehr damit beschäftigt war, ihre Angreifer in Schach zu halten.

„Motus terrae!“, schrie sie, wobei sie ihre Arme neben dem Körper auf und ab bewegte, als würde sie einen fliegenden Vogel imitieren.

Ein Grollen, das tief unter ihr aus der Erde kam, ließ die Unterweltler innehalten. Um Noir herum breiteten sich kreisförmig Wellen über das Grundstück aus, die höher wurden, je mehr sie sich von ihr entfernten. Sie brachten die Gebäude zum Zittern und zogen den Dämonen die Beine weg.

Noir konnte Mini-Erdbeben heraufbeschwören. Das war sein Mädchen! Immer für eine Überraschung gut.

Während der Dämon nach Vincent schlug und sich dessen Krallen immer wieder in seine Haut bohrten, packte Vince den hässlichen Kopf des Höllenmonsters und drehte ihn mit einem heftigen Ruck um. Knochen krachten und der Dämon verlor das Bewusstsein. Vincent machte sich von ihm los. Bevor er mit dem Dämon auf den Boden stürzte, breitete er seine lädierten Schwingen aus. Er landete neben ihm und beförderte das giftgrüne Geschöpf mit einem Tritt auf den Schädel in die ewigen Jagdgründe.

Immer mit einem Seitenblick auf seine Hexe, riss er allen herannahenden Wesen die Köpfe ab, wobei er ein höllisches Inferno entfachte. Eine Feuersäule nach der anderen schoss aus dem Boden. Weitere Dämonen verpufften. Vincent war bereits mit Asche bedeckt; es roch wie in einem Krematorium.

Natürlich hatte auch Noir ihn längst bemerkt, wenn er wieder einmal kurz im Feuerschein einer vernichteten Kreatur stand, doch sie hielt ihn garantiert für ein Monster. Die Fänge gefletscht, die Krallen ausgefahren, metzelte er wie ein Berserker.

Die Zahl der Angreifer dezimierte sich nicht, im Gegenteil, der Strom versiegte nicht. Ein großer, schlanker Dämon mit braunem Haar lehnte im Schatten zwischen zwei Häusern an der Wand, die Arme vor der Brust verschränkt, und beobachtete das Inferno. Auffällig an ihm waren zwei dicke Narben auf einer Gesichtshälfte. Vincent wollte zu ihm eilen, um ihn zu vernichten, als Noir einen Spruch anwendete, der eine fast unsichtbare Wand auf drei Dämonen schleuderte. Die Höllenwesen gingen benommen zu Boden, während Noir den beiden hinter sich mit ihren Klingen den Garaus machte. Doch sie war nicht schnell genug – die drei Dämonen rappelten sich auf und stürmten auf Noir zu.

„Hinter dir!“, brüllte Vincent, sein Herz überschlug sich vor Panik. Er stürzte seinerseits auf Noir zu. Der schaulustige Dämon konnte warten. Zwei Unterweltler bekam er an den Haaren zu packen. Er riss sie nach hinten, sodass ihre Genicke brachen. Den dritten erledigte Noir mit einem gezielten Hieb ihrer Klinge. Sie schwitzte, das lange Haar klebte ihr im Gesicht. Ihr Atem raste. Ihr Blick streifte ihn kurz, die Augen weit aufgerissen. Hatte sie erkannt, was er war? Vincent hatte keine Gelegenheit, das herauszufinden, denn immer mehr Höllenkreaturen drängten auf sie zu.

Noir sog hektisch rauchige Luft ein und hustete, als das große, geflügelte Wesen die zwei Dämonen von ihr fortriss und allein mit der Wucht seiner Bewegung vernichtete. Sie fühlte sich kraftlos. Es zehrte an ihr, immer mehr magische Energie für ihre Zauber bereitzustellen. Lange würde sie nicht mehr durchhalten. Schweiß lief ihr in die Augen. Hastig wischte sie ihn mit dem Handrücken weg. Die Kleidung klebte ebenfalls an ihrem feuchten Körper.

War dieses geflügelte Geschöpf auch hinter ihr her? Kannte sie es? Es kam ihr bekannt vor. Sein Oberkörper war nackt, es trug nur eine Jeans am Leib, die ihm bis zu den Knien ging. Wer oder was war das? Eine bessere Hulk-Version? Sein Körper war nicht so massig und vor allem nicht grün. Die spitzen Ohren und der breite Nasenrücken erinnerten eher an ein anderes Wesen, das sie aus dem Kino kannte. Diese Kreatur sah einem Na'vi ähnlich und zwar Jake Sully aus James Camerons Science-Fiction-Epos Avatar. Noir war vernarrt in den Film. Jake hatte allerdings keine Flügel gehabt. Diese Schwingen, wo hatte sie die schon einmal gesehen?

Plötzlich wusste sie, was das für ein Wesen war. Dieses unerschrockene, kämpfende Geschöpf war ein Gargoyle! Dieser hier sah jedoch irgendwie anders aus. Menschlicher. Wollte er ihr helfen oder nur sie und seine Widersacher aus dem Weg räumen? Noir beschloss, ihn nicht anzugreifen, denn er dezimierte ihre Gegner erstaunlich schnell. Außerdem wusste sie über Gargoyles, dass sie Menschen beschützten. Und er hatte sie mit einem Ruf gewarnt.

Aber Ausnahmen bestätigten immer die Regeln. Es konnte sich genauso gut um einen Gestaltwandler-Dämon handeln.

Drei Unterweltler griffen ihn an. Der große Gargoyle wirbelte herum, um die Höllenwesen mit seinen fledermausartigen Schwingen umzuwerfen. Dann spaltete er dem ersten Dämon mit einem Handkantenschlag den Schädel, sodass dieser in Flammen aufging. Dem zweiten rammte er die Faust in den Hinterkopf, was dieselbe Wirkung hatte, und dem dritten Unterweltler riss er den Kopf ab. Wahnsinn, wie stark er nur mit bloßen Händen war!

Er schlug sich tapfer, doch immer mehr Höllenkreaturen stürzten auf ihn zu und hackten mit ihren Krallen oder Messern auf ihn ein. Lange würde er das nicht durchstehen. Er sah übel zugerichtet aus, blutete bereits aus zahlreichen Wunden.

Noir wehrte herbeifliegende Geschosse mit einem Zauber ab und wusste, wie schlecht es um sie selbst stand. Sie hätte wirklich nicht herkommen sollen; es war eine Falle und was für eine. Aber sie hatte so sehr gehofft, hier den Dämon zu finden, der ihre Familie auf dem Gewissen hatte, oder zumindest Antworten. Natürlich hatte der Mörder nur seine Handlanger geschickt. Hatte sie ernsthaft geglaubt, er würde persönlich auftauchen?

Noir holte mit einer Hand das Handy heraus, das Magnus ihr gegeben hatte, um ihre Umgebung zu scannen, während sie weiterhin Zaubersprüche murmelte und Energiewellen gegen ihre Feinde aussandte.

Das Navi zeigte einen kleinen Ausschnitt des Grundstücks, auf dem sie sich befand, und so viele rote Punkte, dass das gesamte Display rot aufleuchtete. Dämonen strömten von überall her auf sie zu. Es war sinnlos, sich ihnen zu stellen, sie musste verschwinden. Heute würde sie keine Antworten bekommen, und wenn sie tot war, nutzte sie auch ihrem Bruder nichts mehr, falls er noch lebte.

Plötzlich brüllte der Gargoyle auf. Noir wirbelte zu ihm herum und erkannte, dass sich ein gnomähnlicher Dämon in seinen Brustkorb verkrallt hatte. Zusätzlich hatte der Zwerg sich in seiner Schulter verbissen. Der Gargoyle konnte sich nicht von ihm befreien. Er versuchte, das kleine Biest hinunterzuziehen, jedoch vergeblich. Ohne nachzudenken, schleuderte Noir einen Zauberspruch in seine Richtung. „Mach das bloß nicht! Ne hoc fecistis!"

Der Gnom wurde von ihm fortgerissen und suchte das Weite. Von allen Seiten krochen und liefen neue Dämonen auf sie zu.

„Flieh endlich!", brüllte der Gargoyle, während er gegen zwei neue Feinde kämpfte.

Noir wollte weglaufen, doch die Dämonen hatten sie umzingelt. Sie standen dicht an dicht, bildeten einen Kreis, aus dem es kein Entkommen gab. Aber sie griffen niemals auf eine Art an, die ihr das Leben kosten könnte, und Noir wusste sehr gut, warum. Die Höllenwesen wollten sie lebend, um das Versteck des zweiten Medaillons aus ihr herauszufoltern. Erst dann würde sie eines qualvollen Todes sterben.

„Es ist zu spät!", rief sie. Doch sie würde sich nicht wehrlos ergeben, sondern so viele Dämonen in den Tod reißen wie möglich.

Noir und der Gargoyle standen Rücken an Rücken, sie konnte seine Hitze fühlen. Er hatte die Schwingen weit ausgebreitet, um ihr zusätzlich Deckung zu geben.

„Solange noch ein Funken Leben in mir steckt, werde ich alles tun, um dich zu beschützen!" Er wirbelte zu ihr herum und reichte ihr die Hand.

Es war keine menschliche Hand, anstatt Fingernägel besaß sie Krallen, die scharf wie Rasiermesser aussahen. Er atmete schnell, sein Bauch war blutverschmiert und seine Raubtierzähne wirkten auch nicht gerade einladend. Als er auf seine Hand schaute, zog er sie rasch zurück, und sagte knurrend: „Vertrau mir, Noir."

Noir? Ihr Atem stockte. „Woher kennst du meinen Namen?" Sie war müde und ihr war klar, dass ihr Ende bevorstand. Niemand konnte es mit so vielen Gegnern aufnehmen. Die Dämonen würden sie zu ihrem Anführer in die Unterwelt schleppen. Bevor das geschah, würde sie sich jedoch selbst richten. Sie kannte die manipulierenden Methoden der Höllenwesen. Sie würde sich bestimmt verplappern, ob sie wollte oder nicht. Dann würde sie auch noch Magnus und seine Frau gefährden.

Der Gargoyle stand weiterhin dicht vor ihr, aber er sah sie nicht an, weil er einen Dämon am Schädel packte und diesen davonschleuderte, als wöge er nichts.

„Ich kenne dich seit Ewigkeiten, schon, als du noch Malou LeMar hießt“, sagte er keuchend.

Es traf sie bis ins Mark, als sie ihren Geburtsnamen nach so vielen Jahren zum ersten Mal wieder hörte. „Woher kennst du meinen richtigen Namen?“ War er vielleicht doch kein Gargoyle? Viele Unterweltler konnten das Aussehen anderer Wesen annehmen. Dieses hier wollte ihr Vertrauen erschleichen, damit sie mit ihm ging – in die Hölle. „Du bist … ein Dämon!“ War er einer der Dämonen, der ihre Familie umgebracht hatte? Sie wich einen Schritt zurück.

Der vermeintliche Gargoyle riss die Augen auf. „Ich bin kein … Pass auf!“

Alles Weitere passierte so schnell, dass Noirs Gehirn es kaum erfassen konnte. Die Horde der Höllenwesen stürmte auf sie zu. Jemand ergriff von hinten ihr langes Haar, sodass ihr Kopf zurückgerissen wurde. Im selben Moment packte das geflügelte Geschöpf sie, presste sie an seinen Körper und spaltete dem Dämon hinter ihr mit bloßen Händen den Schädel, sodass Noir die Hitze des Feuers in ihrem Rücken fühlte. Ein Ascheregen rieselte auf sie beide herab. Dann sprang der Gargoyle mit ihr über die Köpfe der Unterweltler hinweg in die Nacht.

„Halte dich an mir fest!“, rief er, was sie längst reflexartig tat, aber sie verstärkte ihren Griff, während er mit ihr davonlief.

Im Moment war er ihre einzige Chance und etwas an ihm kam ihr bekannt vor, daher vertraute sie ihm. Vorerst. Sie schaute über seine Schulter. Einige Dämonen nahmen die Verfolgung auf, aber eine große, schlanke Gestalt, die im Schatten der Häuser stand, fesselte Noirs Blick. Sie konnte nur Umrisse ausmachen, die verdammt menschlich waren. Kannte sie diese Person? Warum schaute sie nur zu und verfolgte sie nicht? War das vielleicht der Dämon mit den durchdringenden blauen Augen? Nein, der war nicht so groß. Noch bevor sie wusste, an wen er sie erinnerte, wurde ihr wieder bewusst, dass sie soeben von einem Gargoyle gerettet wurde. Oder entführt.

Während er mit ihr durch die Straßen hetzte, die Dämonen auf ihren Fersen, erschuf Noir eine magische Wand, die von einer Seite bis zur anderen reichte. Tatsächlich hielt das ihre Verfolger auf und sie konnten sie abschütteln. Noir atmete auf. Obwohl sie vor Erschöpfung kaum mehr bei Sinnen war, spürte sie etwas Warmes durch ihre Kleidung sickern und roch einen metallischen Duft. Sie horchte in sich hinein. War sie verwundet? Sie hatte vielleicht ein paar Kratzer abbekommen. Aber das Wesen war schwer verletzt, verlor viel Blut. Dennoch rannte es mit ihr durch dunkle Seitengassen, kletterte Wände hoch und sprang über Hausdächer, als würde sie nichts wiegen. Noir klammerte sich mit letzter Kraft wie ein Äffchen an seine nackte Brust, ihre Beine um seine Taille geschlungen, während er mit ihr über die Dächer huschte und über Häuserschluchten segelte, Kilometer um Kilometer. Sie traute sich kaum, die Augen zu öffnen. Allein vom Zusehen wurde ihr schwindelig. Alles ging derart schnell und sie waren so weit oben, doch der Gargoyle hielt sie sicher in seinem Griff, bis sie auf der Terrasse ihres Hotelzimmers standen.

Dabei kam sich Noir vor wie die Lady, die von King Kong entführt wurde. Nur dass dieser Kerl hier kein hässlicher, haariger Affe war. Eigentlich schaute ihr Retter gar nicht so übel aus, wenn man von seiner raubtierhaften Erscheinung absah. Er war groß, sein Körper bestand aus sehnigen Kraftpaketen, die sich unter seiner Haut wölbten, und er bewegte sich geschmeidig wie ein Panther.

Mit seiner Pranke drückte er die Terrassentür auf und warf Noir mehr auf das Doppelbett, als dass er sie legte. Sie befürchtete beinahe, dass sich das Wesen jetzt auf sie stürzen wollte, seinen Lohn einfordern, weil es sie gerettet hatte. Es brach jedoch neben ihr auf der Matratze zusammen und blieb auf dem Rücken liegen, die Arme über dem Kopf angewinkelt.

Für einen Moment saß Noir wie erstarrt neben ihm, lauschte ihrem hektischen Atem und dem Pulsieren in ihren Ohren. Dabei starrte sie auf das riesige Geschöpf, das von den hereinfallenden Lichtern der Stadt sanft beleuchtet wurde. Ihr Retter, ihr Engel. Im Halbdunkel sah er wirklich aus wie ein Engel. Noir wurde langsam gewahr, dass sie den Höllenwesen tatsächlich entkommen war. Aber … War das wirklich ein Gargoyle, der neben ihr lag? Warum hatte er sie gerettet? Woher war er plötzlich gekommen? Er atmete heftig, sie konnte es sehen und hören. Doch sein Keuchen ließ immer mehr nach, als würde er das Bewusstsein verlieren. Woher wusste er, wo sie wohnte? Sie hatte gedacht, mögliche Verfolger abgeschüttelt zu haben, als sie bei ihrer Ankunft in Paris im Zickzackkurs durch die Stadt gefahren war.

Mit zitternden Fingern suchte sie den Schalter der Nachttischlampe. Als das Licht aufflammte, erschrak sie. Seine Gestalt füllte das ganze Bett aus. Seine Jeans hingen in Fetzen, der Körper war blutverschmiert und wies tiefe Wunden auf. Sogar seine mächtigen Schwingen hatten Risse davongetragen. Sein Gesicht war entspannt, die Augen geschlossen und der Mund leicht geöffnet, sodass Fänge hervorblitzten. Er hatte mit vollem Körpereinsatz gekämpft, seinen Kopf für sie hingehalten.

Nein, er konnte kein Feind sein. Vorsichtig beugte sie sich über ihn und streichelte durch sein verstrubbeltes braunes Haar, unter dem sie ein Paar winziger Hörner fühlte. Interessant. Der Gargoyle lag auf seinen Schwingen, als wäre er ein geöffneter Mantel. Noir ließ ihre Finger darübergleiten. Sie fühlten sich an wie warmes Leder. Sanft legte sie ihm ihre Hand auf eine geschwollene Wange und fühlte den Puls an seinem Hals. Schwach und unregelmäßig schlug er gegen ihre Fingerspitzen. Konnte sie ihm helfen? Sie beherrschte Heilzauber und kannte Medizin gegen dämonische Verletzungen. Würden diese auch bei einer anderen Kreatur wirken?

„Hörst du mich?“, fragte sie. Behutsam rüttelte sie an seiner Schulter, doch es kam keine Reaktion. Seine Haut war überall leicht gräulich. Lag das an der Asche? Sie musste versuchen, seine Wunden zu reinigen oder sie würden sich entzünden und gemeinsam mit den Sekreten der Unterweltler seinen Körper vergiften. Als Noir seine Verletzungen begutachtete, bemerkte sie eine abgebrochene Dämonenkralle, die zwischen zwei seiner Rippen steckte. Sie zögerte keine Sekunde, legte den Stoff ihres Umhangs, der noch auf ihrem Bett gelegen hatte, um die Klaue, und zog sie mit einem Ruck heraus.

Der Gargoyle bäumte sich stöhnend unter ihr auf und blieb dann wieder reglos liegen. Schwarzes Gift tropfte aus der Kralle, während Noir sie in einen Aschenbecher legte. Verdammt, es musste an dem toxischen Dämonenblut liegen, dass der Gargoyle halb ohnmächtig war. Wie viel hatte sich schon in seinem Körper ausgebreitet?

Hastig holte sie ihren Rucksack unter dem Bett hervor. Daraus zog sie einen Beutel Kräuterpulver, das sie immer einnahm, wenn sie bei Kämpfen verletzt wurde. Sie rannte ins Badezimmer, gab etwas von dem grünen Pulver in zwei Zahnputzbecher und füllte sie mit Wasser. Einen trank sie in hastigen Schlucken, mit dem anderen eilte sie zurück ans Bett. Der Gargoyle lag immer noch da wie zuvor, doch seine Atmung ging wieder schneller.

„Hörst du mich?“, fragte sie hoffnungsvoll ein weiteres Mal. Wenn er bewusstlos war, konnte er nichts zu sich nehmen, aber ein tiefes Stöhnen war Antwort genug.

„Ich werde dir Medizin geben. Du musst das trinken.“ Sie legte eine Hand unter seinen Kopf und versuchte, ihm das Getränk in den Mund zu schütten. Da seine Lippen leicht geöffnet waren, gelang es ihr. Sie bemerkte erneut seine scharfen Eckzähne. Automatisch schluckte der Gargoyle, erst langsam, dann schneller, bis er den Becher geleert hatte. Vorsichtig legte Noir seinen Kopf zurück aufs Kissen und stellte das Gefäß auf den Nachttisch. „Ich muss deine Wunden ausspülen, meinst du, du schaffst es unter die Dusche?"

Seine Lider flatterten. Er drehte den Kopf in ihre Richtung. Sein Gesicht sah menschlich aus, nur der Nasenrücken war etwas breiter, sein Kinn und die Wangenknochen recht markant. Als sich jedoch seine Augen öffneten, erkannte Noir geschlitzte Pupillen wie bei einem Raubtier. Steingrau war die Farbe seiner Iris. Wunderschön.

Etwas zuckte an ihrem Bein und sie wich erschrocken ein Stück zurück. Sie hatte unbemerkt auf seinem Flügel gekniet. „Tschuldigung", murmelte sie, woraufhin sich die Lippen des Gargoyles bewegten; doch nur ein kratzender Laut drang aus seiner Kehle.

Sie starrte auf seinen Bauch, unter dessen Haut sich jeder Muskel abzeichnete. Eine Spur schwarzer Härchen führte von seinem Nabel in den Bund der Jeans. Der Gürtel war zerrissen, ebenso der Stoff der Hose. Ein muskulöser Oberschenkel lag frei und wies ebenfalls Schürfwunden auf. Noirs Herz zog sich zusammen. Dieses Geschöpf war verletzt, ihretwegen.

Sie erkannte sich kaum wieder. Wo war die harte, kühle Frau, die sie sonst gab? So viele Dämonen hatte sie getötet, doch bei diesem Wesen wurde sie weich. Es hat mich gerettet, sagte sie zu sich. Sie war es ihm schuldig, ihm zu helfen.

„Kannst du aufstehen?" Ihr Trank schien zu wirken und das Gift in seinem Körper zu neutralisieren.

Nickend starrte er sie an. Seine spitzen Ohren zuckten. Nicht alle Gargoyles sahen gleich aus, wusste Noir noch aus dem Schulunterricht, Fach: Mythologie. Je nach Klan konnte sich ihr Äußeres unterscheiden. Hatte der Gargoyle, den sie als Kind heimlich beobachtet hatte, nicht einen Tierschwanz gehabt? Noir wusste es nicht mehr, aber es gab solche mit Hörnern und auch welche ohne. Manche Hörner waren nur Stummel, wie bei diesem Gargoyle hier, aber Noir hatte schon Bilder gesehen von Gargoyles mit mächtigen Hörnern, die einen Büffel daneben alt aussehen ließen. Die Schwingen konnten unterschiedlich beschaffen sein. Lederartig, wie die des Gargoyles auf ihrem Bett. Auch netzartig oder mit Fell überzogen. Manche besaßen hässliche Fratzen, die Tieren ähnelten; dieser hingegen hatte ein menschliches Gesicht. Es war beinahe schön.

Hastig wich sie seinem durchdringenden Blick aus. Was hatte sie nur für Ideen? Sie würde doch nicht Gefallen an einem Gargoyle finden, nur weil er sie gerettet hatte? Und wer sagte ihr, dass es sich bei diesem Wesen tatsächlich um einen Gargoyle handelte? Sie blieb lieber wachsam. Ihre Klingen steckten wieder in ihren Stiefeln, sie würde sie im Notfall benutzen, herrliches Geschöpf hin oder her.

Kurz warf sie einen Blick auf ihr Handy, doch kein Punkt leuchtete auf. Mist, Magnus hatte ja gesagt, dass die Anzeige der Signaturen in geschlossenen Räumen nicht funktionierte, weil dort keine Satellitenkamera hineinsehen konnte.

Der Gargoyle drehte sich um, sodass er aus dem Bett fiel und mit allen vieren auf dem Boden landete. Das brachte Noir wieder auf andere Gedanken. Seine Schwingen zitterten, während er sich langsam aufrichtete. Als er stand, die Augen geschlossen und mit einer Hand an der tapezierten Wand abgestützt, erkannte Noir abermals, wie groß er war. Groß und stark. Breite Schultern. Muskulös. Eine Kampfmaschine. Er atmete schwer, sein Körper wehrte sich gegen das Gift. Noir starrte auf die hervorgetretene Vene, die hektisch an seinem Hals pulsierte. Jeder Mensch wäre schon lange dem toxischen Dämonenblut erlegen. Als Noir neben ihm auf die Beine kam, bemerkte sie, wie sehr ihre Knie zitterten. Sie fühlte sich ausgelaugt, vor allem mental. Sie hatte mächtige Zauber angewendet, die sie geistig erschöpft hatten. Dank des Trankes fühlte sie sich ein wenig gestärkt, doch nur Schlaf würde ihre Energie wieder auffüllen.

„Du musst ins Badezimmer." Noir versuchte, ihn am Arm weiterzuziehen, aber als sie ein leises Knurren vernahm, wich sie zurück. Er wollte es selbst schaffen. Wie sehr musste es ein starkes Wesen wie dieses kränken, derart schwach zu erscheinen. Torkelnd machte sich der Gargoyle auf den Weg, wobei seine ausladenden Schwingen alles herunterrissen, was ihnen in den Weg kam. Eine Lampe kippte um, ein Bild fiel von der Wand. Das große Geschöpf passte kaum durch die Tür, deshalb legte es die Schwingen wie einen Mantel um seinen Körper. Im Badezimmer breiteten sie sich plötzlich aus, als wollte der Gargoyle davonsegeln. Er schien kaum Kontrolle über sie zu haben. Die Utensilien auf dem Waschbecken und dem Regal landeten scheppernd auf dem Boden. An der Unterlippe kauend, schlich Noir hinter ihm her. Er würde weder in die Duschkabine noch in die Badewanne passen.

„Verdammt." Sie musste seine Wunden reinigen.

„Tut mir leid", murmelte er.

Offensichtlich dachte er, sie schimpfte ihn wegen der Spur der Verwüstung, die er hinterließ. Es zauberte ihr ein Lächeln auf die Lippen, dass dieses Ungeheuer Manieren besaß. Es wurde ihr immer sympathischer. Seine Stimme klang tief, beinahe grollend, aber er machte Noir keine Angst. Er war zu sehr geschwächt. Im Moment war er beinahe harmlos, so vehement, wie er sich am Waschtisch festhielt. Seine Krallen hinterließen ein quietschendes Geräusch auf der Oberfläche und sahen so scharf aus, als würden sie sich mühelos in die Keramik bohren können. Vielleicht war er doch nicht so schwach, wie Noir glaubte. Sie hielt lieber Abstand. „Wäre nett, wenn das Waschbecken ganz bliebe."

Sofort wich er zurück. Noir versuchte zu ignorieren, wie es um sie herum aussah. Als wäre ein Mord geschehen. Zwischen der Seife, den Cremetuben und all den anderen Sachen auf dem Boden, verteilte der Gargoyle überall sein Blut. Die Wunden würden sich nicht schließen, solange sie infiziert waren.

„Mir leid", hauchte er abermals, als er mit seinen zitternden Schwingen einen Stapel Handtücher umwarf.

„Vergiss das Chaos, ich muss dir den Dreck und das Gift aus den Wunden spülen. Sie können sich sonst entzünden. Aber du bist zu groß."

Schwankend drehte er sich zu ihr um. „Ich sollte gehen, ich bin … okay."

Er wollte tatsächlich das Badezimmer verlassen. Wie stur konnte ein Gargoyle sein?

„Du wirst nirgendwo hingehen!", herrschte sie ihn an und blieb mit in die Hüften gestemmten Händen vor der Tür stehen. Hatte er tatsächlich gezuckt? Gargoyles besaßen empfindliche Ohren. Etwas sanfter sagte sie: „Du brauchst keine Angst vor mir zu haben."

„Hab ich nicht", erwiderte er, wobei ein Lächeln seine Mundwinkel umspielte. „Vielleicht ein bisschen."

Seine Eckzähne blitzten auf, Noirs Atem stockte. Irgendwie war er sexy, auf seine eigene, wilde Art.

„Du bleibst, sonst wirst du sterben." Das wollte sie auf keinen Fall. Sie mochte dieses Wesen, allein dieses wölfische Lächeln ging ihr durch und durch.

„Darf nicht sterben", flüsterte er, die Lider weit geöffnet.

Sein Blick schien sich für einige Sekunden in ihre Augen zu bohren, doch abrupt sah er weg. Na also, ging doch. Die simple Wahrheit hatte ihn wohl überzeugt und seine Lebensgeister aktiviert. Womöglich lag es auch an ihrem Kräutertrank. Vielleicht musste sie seine Wunden gar nicht reinigen, sie sahen ohnehin schon besser aus. Die oberflächlichen Kratzer hatten sich bereits verkrustet. Moment! Suchte sie nur einen Vorwand, um ihn zu berühren? Ihr Teufelchen erinnerte sie an das tagelange Fieber, das sie wegen ein paar

Dämonenkratzer mal gehabt hatte. Es war höllisch gewesen.

„Ob der Duschschlauch bis nach draußen reicht?“, überlegte sie laut. „Das wird eine ziemliche Überschwemmung geben.“ Aber so, wie es hier bereits aussah, machte das auch keinen Unterschied mehr. Die Putzfrau würde ohnehin einen halben Herzanfall bekommen, wenn sie das Durcheinander und vor allem das viele Blut sah, und dann so lange schreien, bis die Polizei eintraf.

„Warte“, murmelte der Gargoyle, seine steingrauen Augen auf sie gerichtet. „Es gibt eine bessere Lösung. Bitte erschreck nicht.“

Als der Gargoyle wieder auf die Knie sank, dachte Noir, er wäre erneut zusammengebrochen. Sie bemerkte aber schnell, dass eine Verwandlung mit ihm vorging, und zwar eine sehr schmerzhafte. Vielleicht stöhnte er auch, weil ihm die Verletzungen wehtaten, doch Noir spürte eine Macht, ein Aufflackern von Magie. Hier stimmte etwas nicht. Jemand hatte diesen Gargoyle verzaubert!

Sie wich einige Schritte zurück und zog ihre Messer aus den Stiefeln, während er sich auf dem Badteppich krümmte. Schweiß lief ihm über das Gesicht; er verdrehte die Augen. Als er sich auf die Seite warf, zogen sich seine Schwingen in den Körper zurück, bis sie verschwunden waren. Anstatt der eingerissenen Flügel waren jetzt die Verletzungen auf seinem Rücken zu erkennen, der wie bei einem gewöhnlichen Mann aussah. Nun ja, nicht ganz, denn er besaß breite Schultern, eine kräftige, definierte Muskulatur und schmale Hüften. Dieses Wesen war ein Mann erster Klasse, attraktiver als der heißeste Cover-Boy. Noir kam aus dem Staunen nicht mehr heraus.

Mit einem unterdrückten Aufschrei rollte er sich zurück und Noirs Puls beschleunigte sich um noch eine Stufe. Der breite Nasenrücken verschwand und eine schöne Männernase formte sich. Aus den spitzen Katzenohren wurden menschliche. Die schräg gestellten Augen begradigten sich leicht. Die raubtierhaften Pupillen wurden rund – die steingrauen Iriden blieben. Noir sah sie jedoch nur kurz, denn das Wesen kniff vor Schmerzen die Lider zusammen. Die Verwandlung ging unaufhaltsam weiter und schnell voran. Aus den Klauen wurden menschliche Hände mit langen Fingern. Es waren schöne Männerhände, schlank, und doch besaßen sie etwas Kraftvolles. Seine Krallen blieben allerdings. Und wie groß der Kerl war. Er füllte immer noch das gesamte Badezimmer aus. Selten gab es Männer, die größer waren als Noir.

Die ausgeprägte Muskulatur ging leicht zurück, dennoch wölbten sich kräftigte Stränge unter seiner Brust, und der Bauch war nur als astreines Sixpack zu bezeichnen. Auch die graue Hautfarbe war verschwunden. Er sah beinahe aus wie ein Mensch, besaß nur noch seine Krallen und die scharfen Eckzähne. Demzufolge konnte er kein Gargoyle sein.

Er brüllte noch einmal auf, wobei Noir sein Raubtiergebiss sah, dann blieb er röchelnd liegen.

„Schaffe es nicht ganz“, flüsterte er und Noir hörte ihn denken: *Keine Kraft.*

Sie ignorierte das Klopfen an der Wand, als sich im Nachbarzimmer jemand über den Lärm beschwerte, den sie veranstalteten. Hatte sie es hier doch mit einem Dämon zu tun? Noir spürte Reste eines Zaubers. Wollte jemand sie manipulieren? Sollte sie durch dieses schöne Geschöpf geblendet werden? Sie hatte eine Schwäche für extragroße Männer. Das wusste allerdings keiner. Ihr Feind würde auch sicher niemanden schicken, der hilfebedürftig war. Oder gehörte das alles zu einer List, einer großen Verschwörung?

„Was bist du?“, wisperte sie, ihre Klinge an seinen Hals gedrückt, wo eine Ader heftig pochte. „Du bist kein Gargoyle.“

„Doch.“ Diese Stimme, die jetzt anders klang, nicht mehr rau und knurrend, kam ihr bekannt vor. Auch sein Gesicht – sie hatte es irgendwo schon einmal gesehen.

„Ich bin ein Gargoyle, dein … Beschützer“, presste er hervor. Seine Lider flatterten.

„Beschützer?“

Er drehte den Kopf weg, sodass sein Hals noch ungeschützter vor ihr lag. „Will nicht, dass du Angst hast.“

„Ich habe keine Angst vor dir, Bestie!“, rief sie aus.

Beim Wort Bestie zuckte er zusammen, als hätte sie ihn geschlagen. *Ich hab gewusst, dass sie mich abstoßend findet*, empfing sie seine Gedanken. *Sogar wenn ich verwandelt bin.*

„Was?“ Was dachte er nur? Sie fand ihn alles andere als abstoßend, der Typ war eine Wucht. Viel zu attraktiv, das konnte nicht alles von Natur aus gegeben sein. Schwer schluckend starrte sie hinunter auf seinen Bauch. Die zerrissenen Jeans, die nun tief auf seinen Hüften hingen und den Ansatz seines Schamhaars zeigten, verhüllten kaum etwas.

Moment – sie konnte hören, was er dachte!

Noir hielt ihm immer noch die Klinge an die Kehle, drückte jedoch nicht mehr so fest zu. Der große Mann, der hilflos und verletzt auf dem Boden lag, berührte ihr Herz auf sonderbare Weise. „Wer hat dich geschickt? Woher kennst du meinen richtigen Namen und für wen arbeitest du?“

„Kenne dich schon, seit du fünfzehn bist“, erwiderte er leise und schwer atmend. „Daher … weiß ich, dass du dir … den Namen Noir erst gabst, als du … vor den Dämonen auf der Flucht warst."

Er wusste verdammt viel. „Du bist kein Gargoyle, die können sich nur in Stein verwandeln." Andererseits musste er ein Mensch sein, denn Noir konnte nur Gedanken von Menschen hören. Verrückt, denn er war gerade noch ein Gargoyle gewesen. Noir verstand nichts mehr. Sie konzentrierte sich, um mehr von ihm aufzufangen. *Sie glaubt mir nicht, sie wird mich töten!*, drangen seine Gedanken schwach in ihren Kopf. *Dann kann ich sie nicht mehr beschützen!*

Das war die Stimme, die sie schon so oft gehört hatte! Er hatte keine Angst, dass sie ihn tötete, sondern er machte sich Sorgen um sie? Noir zog das Messer weg, behielt es aber in der Hand.

„Ich bin zur Hälfte menschlich, nur mein Vater war ein Gargoyle."

Hatte sie sich deshalb oft beobachtet gefühlt? „Du beobachtest mich schon seit zehn Jahren?"

„Deine Eltern …" Aufstöhnend krümmte er sich zusammen.

Noir glaubte ihm, obwohl sie das nicht sollte, aber seine Stimme – sie hatte sie in den letzten Jahren so oft wahrgenommen, ohne zu wissen, zu wem sie gehörte. Und wenn das die Stimme aus ihrem Kopf war, dann war das der Mann, der sich all die lustvollen Dinge ausgemalt hatte, die er mit ihr machen wollte. Dann war das der Mann, dessen Fantasien sie erregt hatten? Grundgütiger!

Und was war mit ihren Eltern? Noir musste wissen, was er hatte sagen wollen; im Moment ging es ihm zu schlecht. „Keine Zeit für Smalltalk, du musst endlich unter die Dusche." Sie steckte die Messer weg und hielt ihm die Hände hin, um ihn auf die Beine zu ziehen. Er zog jedoch seine Arme zurück und versuchte, aufzustehen.

„Vorsicht!" Er zeigte ihr seine Finger mit den scharfen Krallen. „Bin nicht ganz verwandelt. Komm nicht an meine Hände."

Er hatte Angst, ihr wehzutun. Nein, er konnte nicht böse sein. „Du wirst mich nicht verletzen, ich passe auf."

„Das ist es nicht allein."

Er drehte ihr seine Handflächen entgegen und Noir erkannte zwei identische Tätowierungen auf der Lebens-, Herz-, Kopf- und Schicksalslinie. Es war ein schwarzes Hexagon, ein Sechseck, das an eine Kristallstruktur von Gestein oder Eis erinnerte. Lateinische Wörter standen unter jeder der sechs Linien. Die Mitte zierte ein Symbol, das wie ein Auge aussah.

„Du darfst sie nicht berühren", sagte er und torkelte in Richtung Duschkabine. Dabei verlor er seine zerrissene Hose; sie rutschte ihm von den Hüften. Der Mann schlüpfte aus den Resten und ging weiter. Noir konnte nicht wegsehen, sein knackiger Hintern beanspruchte ihre gesamte Aufmerksamkeit. Sie seufzte. In ihrem Leben hatte sie noch nicht oft Gelegenheit gehabt, einen nackten Mann zu sehen. Einen echten nackten Mann. Keinen ihrer Filmhelden. Dieser Kerl war hier, in ihrem Hotelzimmer. Er war real und eine Wucht.

Er stellte sich in die Kabine, ihr den Rücken zugewandt.

„Was passiert, wenn man sie berührt?", fragte Noir. Sie blieb vor der Tür stehen, nahm den Duschkopf und drehte von außen das Wasser an. Warum zitterten ihre Hände? Machte sie Adonis etwa nervös?

„Alles Lebendige, was mit den Tätowierungen in Kontakt kommt, wird zu Stein."

„Unglaublich." Sie ließ Wasser über ihre Finger laufen, bis es angenehm temperiert war, dann setzte sie den Strahl an seinen Füßen an. Der Mann war kaum behaart, seine Beine und Unterarme bedeckte nur ein Flaum dunkler Härchen. Vielleicht hatten die Flammen der getöteten Dämonen sie versengt. Ihr eigenes Haar hatte ebenfalls einiges abbekommen. Auf seiner Haut lag eine Schicht Asche, daher gab sich Noir Duschgel auf die Hand, das sie aus einer an der Wand befestigten Flasche pumpte. Er zuckte, als sie die erste tiefere Wunde auswusch, die auf der Rückseite seines Oberschenkels lag. Vorsichtig seifte sie seine Beine ein und spülte den Schaum gründlich ab. Wie warm und fest seine Schenkel waren.

„Erzähl mir, warum das so ist, warum wird alles zu Stein, was du berührst?", forderte sie ihn auf, um ihn abzulenken. Sie bemerkte jedoch, dass er verdammt hart im Nehmen war. Kein Schmerzenslaut kam über seine Lippen.

„Nur alles Lebendige, alles, was Zellen hat", erklärte er, während sie ihn weiterhin wusch.

Jetzt war sein Rücken dran und sein herrlich festes Gesäß. „Alles, was Zellen hat?" Noir überlegte. „Aber auch im Wasser befinden sich Lebewesen. Einzeller."

„Darüber habe ich mir noch nie Gedanken gemacht", murmelte er.

„Wer hat dich verzaubert?"

„Ein Gargoyle meines Klans."

Gargoyles beherrschten von Geburt an keine Magie, aber sie konnten wie alle anderen Wesen das Zaubern erlernen. Bis zu einem gewissen Grad. „Warum hat er das getan?"

„Darf ich dir … nicht sagen."

Er stöhnte auf, als sie kräftig über sein Gesäß rieb. Hier hatte er keine Verletzungen, nur einen blauen Fleck an der Hüfte. *Keine Frau begehren*, drang durch das Rauschen des Wassers in ihren Kopf.

Sie wusste nicht genau, was er damit meinte. Sie war auch viel zu unkonzentriert, um all seine Gedanken zu empfangen, denn als sie ihre Hand abermals über seinen schönen Hintern gleiten ließ, pochte es sanft in ihrem Schoß. Reiß dich zusammen, ermahnte sie sich. War sie erregt, weil sie einen hilflosen Gargoyle versorgte? Vermutlich lag es daran, dass ihr letztes Mal schon zu lange her war und sie bisher viel zu selten einen nackten Mann gespürt hatte. Aber dieser Gargoyle, dieser sexy Mann … Ihr war bekannt, was er sich ausgemalt hatte, wie er sich nach ihr verzehrt und sich vorgestellt hatte, wie er sie nehmen wollte: mal hart, mal zart, in allen möglichen Stellungen. Durfte sie die Situation ausnutzen? Sie wusste, was er wollte, und sie wollte es auch. Sie hatte wenig Erfahrung mit Männern, jedoch große Lust, ihre Kenntnisse zu erweitern.

„Verrätst du mir, wie du heißt?“, fragte sie.

„Vincent“, hauchte er.

„Ein schöner Name.“ Er passte zu ihm.

Ein leises Knurren entrang sich seiner Kehle, als sie die tieferen Wunden an seinem Rücken ausspülte. Sie sahen jedoch überraschend gut aus. Entweder wirkte ihr Trank super oder Vincent verfügte über außerordentliche Selbstheilungskräfte. Wahrscheinlich beides. Als Noir seine Rückseite versorgt hatte, forderte sie ihn auf, sich umzudrehen. Er zögerte und lehnte sich schwer atmend mit der Stirn an die geflieste Wand.

„Vincent, bitte, ich muss alle Wunden reinigen.“ Schämte er sich, weil er nackt war? Oder war er zu schwach? Noir schlüpfte aus ihren Stiefeln und stellte sich mit Rollkragenpullover und Hose bekleidet zu ihm unter die Dusche. So kam sie besser an ihn heran. Von hinten schäumte sie sein Haar ein, wobei sie die Ansätze seiner Hörner fühlte. Sie waren also auch noch nicht ganz verschwunden.

Bin ein Monster. Hässlich, abstoßend.

Oh Mann, ein Gargoyle mit Minderwertigkeitskomplexen. Sie wollte ihm sagen, dass es ganz und gar nicht so war, dass er das attraktivste Wesen war, das sie jemals gesehen hatte, doch dann würde sie verraten, dass sie wusste, was er dachte. Sie wollte ihr Geheimnis noch nicht preisgeben, solange sie ihn nicht besser kannte.

„Dreh dich bitte um, Vincent. Ich guck dir schon nichts ab. Es gibt nichts an dir, was ich nicht schon gesehen habe“, sagte sie und wusch seine Schultern. „Je schneller wir fertig sind, desto eher kannst du dich ausruhen.“ Außerdem wollte sie so bald wie möglich aus ihrer nassen Kleidung und sich dann nur noch ins Bett fallen lassen.

Vincent zitterte, doch er drehte sich langsam um. Die Augen geschlossen, lehnte er sich gegen die Fliesen, die Handflächen an die Wand gepresst. Noir beeilte sich. Es war offensichtlich, dass er sich kaum auf den Beinen halten konnte. Vorsichtig wusch sie sein Gesicht, fuhr mit den Händen über seine Stirn, die Wangen, das Kinn. Sie konnte kaum den Blick von seinem Antlitz abwenden. Seine dunklen Wimpern sahen wie schwarze Sicheln aus. Den Kopf hatte er zurückgelegt, sodass sein Kehlkopf hervortrat, die Lippen leicht geöffnet. Verdammt war der Kerl sexy. Wäre er nicht verletzt, sie würde ihn sofort nehmen wollen, seine Lippen küssen, über den männlichen Hals lecken und seine Brustwarzen in den Mund saugen. Es war tatsächlich schon zu lange her, seit sie das letzte Mal solches Verlangen empfunden hatte.

Kapitel 8 - London

Fasziniert betrachtete Kara, wie der goldene Sand durch die Taille in den unteren Glaskörper rieselte. Als ein Reißen ihren Körper erfasste, wusste sie, dass die Zeit nun rückwärts lief. In rasender Geschwindigkeit spielte sich vor ihren Augen alles ab, was sich vor dem Antiquitätenladen ereignet hatte. Leider viel zu schnell. Sie konnte daher nicht sehen, wie der Dämon verletzt wurde. Kara erkannte nur die Stichflamme, die ihn hinweggerafft hatte – Ash lag wieder auf dem Boden. Der Gargoyle und die Hexe schienen blitzartig rückwärts aus der Gasse zu laufen.

Als der funkelnde Sand hindurchgeflossen war, zog es Kara beinahe die Füße weg. Um nicht zu stürzen, schlug sie mit den Flügeln. Ihr war schwindelig. Sie stand vor dem Antiquitätenladen, die Uhr in der Hand und für menschliche Augen unsichtbar. Es war heller Tag, doch dicke Wolken schoben sich vor die Sonne. Später würde es in Strömen regnen. Sie hatte es geschafft, es musste Mittag sein!

Plötzlich fühlte sie wieder jene düstere Präsenz des Dämons. Kara drehte den Kopf. Ein alter Mann in einem Holzfällerhemd schaute sie durch das Ladenfenster an, dann entdeckte er das Artefakt in ihrer Hand, worauf er die Augen weit aufriss.

Ash … Er lebte!

Karas Herz überschlug sich vor Freude. Am liebsten hätte sie einen Luftsprung gemacht. Aber sie musste vorsichtig sein. Für Ash war sie nun wieder eine Fremde. Seine Erzfeindin. Daher brachte sie die Sanduhr erneut an den sichersten Ort, den sie bieten konnte. Ash würde die Uhr dort niemals finden.

Ash staunte nicht schlecht, als ein Engel den Laden betrat, und was für einer. Ein weiblicher noch dazu. Ihre schneeweißen Flügel, die aussahen, als würden sie sich wie Plüsch anfühlen, waren einfach hinreißend. Angezogen war sie wie eine junge Menschenfrau, mit eng anliegenden Jeans, Sneakers und einem knappen Oberteil, das gerade so ihre üppigen Brüste verdeckte. Blondes Haar umrahmte ihr herzförmiges Gesicht, was sie unschuldig erscheinen ließ. Kannte er sie? Er überlegte scharf. Aus seinem früheren Leben vielleicht? In seinem dämonischen Dasein war er nicht vielen Engeln begegnet. Er hatte ein paar Mal versucht, Kontakt mit Raphael aufzunehmen, was ihm leider nicht gelungen war. Ob sein alter Freund sie geschickt hatte? Aber warum gerade heute, wo er endlich die Gelegenheit bekam, eigenhändig seine Seele zu befreien?

Sofort verwandelte er sich zurück. Der Engel konnte ohnehin spüren, was er war, also wollte er keine Energien für einen Verwandlungszauber verschwenden. Irgendwas stank hier gewaltig, weshalb er sich keinesfalls durch ihre außergewöhnliche Schönheit blenden lassen durfte.

„Was willst du hier?“, fragte er, als sie die Tür hinter sich schloss.

Das Engelchen sah ihn mit großen Augen an. Sie waren grün wie Malachit. Umspielte ihre Mundwinkel etwa ein Lächeln, als ob sie sich freute, ihn zu sehen? Hey, warum hatte sie keine Angst vor ihm? Okay, Engel und Dämonen waren ziemlich gleich stark, aber ein wenig mehr Respekt hätte er sich schon gewünscht. Er bemühte sich, den Blick woandershin zu richten, aber irgendwie faszinierte ihn jedes Detail an ihr. Allerdings hatte er nicht vergessen, was er soeben in ihrer Hand gesehen hatte. Wenn es das war, was er glaubte, musste er es unbedingt haben.

„Ich bin gekommen, um dich zu warnen“, sagte sie.

Der Klang ihrer Stimme ließ sein Herz schneller schlagen. Ihr Mund fesselte seine Aufmerksamkeit. Er konnte nur noch daran denken, wie sich ihre süßen Lippen anfühlen würden, wenn sie sich um seinen harten Schaft legten. Es zuckte in seinem Schritt. Am liebsten hätte er sich zwischen die Beine gegriffen, um seinen vernachlässigten Freund zurechtzurücken, aber er wollte das Engelchen nicht in die Flucht schlagen.

Verdammt, warum reagierte er so auf sie? Sie war ein Engel – ein Feind! Steckte vielleicht doch noch Gutes in ihm?

„Warnen?“, fragte er heiser.

Ihre Stimme zitterte leicht. „Am besten, du hältst dich heute einfach fern von diesem Ort.“

Ash vermutete sofort eine List. Ihr plötzliches Auftauchen war zu kurios. Er machte drei schnelle Schritte auf sie zu, bis er dicht vor ihr stand. Sie wich nicht zurück. „Hat die Hexe dich geschickt?“ Vielleicht hatte sein Spitzel ihm absichtlich falsche Infos über die Hexe gegeben, um ihn hierher zu locken?

Den Kopf leicht in den Nacken gelegt, weil sie kleiner war als er, antwortete sie: „Nein, die Hexe hat mich nicht geschickt. Aber du darfst nicht auf sie warten.“

Ash warf einen Blick aus dem Fenster. Hier stank es doch gewaltig. War das eine Falle? Wenn nicht die Hexe dahintersteckte, wer dann? „Hat Raphael dich beauftragt, herzukommen?“ Natürlich, der Erzengel wollte verhindern, dass Ash endlich sein altes Leben zurückbekam und somit Raphaels Posten.

„Du kennst Raphael?“

Sie riss ihre Lider auf, die leicht geschwollen und gerötet waren, wie er jetzt aus der Nähe erkannte. Sein Herz verkrampfte sich. Hatte sie geweint? Er wollte nicht, dass sie traurig war. Verdammt, was war nur los mit ihm? Sie war ein Engel. Wenn nötig, brachte er sie selbst zum Weinen. Anstatt auf ihre Frage einzugehen, erwiderte er: „Gib mir die Sanduhr.“

Sie klimperte mit ihren langen Wimpern und tat, als wüsste sie nicht, wovon er sprach. „Was?“

Ash reagierte blitzschnell. Seine Hände schossen vor und legten sich um ihren Hals. Mit dem Zeigefinger drückte er fest in ihren Nacken. „Ich habe die Uhr gesehen, also leugne es nicht. Her damit!“

Aufkeuchend sackte das Engelchen gegen ihn, sodass ihre ausladenden Flügel sein Gesicht kitzelten. Verdammt, wie gut sie rochen. Wie ein frischer Sommerwind. Ash hätte auf der Stelle seine Nase, seinen ganzen Körper in den flauschigen Federn versenken können. Er stellte sich vor, wie er nackt bei ihr lag, sich an ihrer kurvigen Gestalt rieb und sie überall berührte. Was dazu führte, dass er noch härter wurde.

„Woher weißt du, wie du einen Engel wehrlos machen kannst?“, wisperte sie an seinem Hals.

Dabei streiften ihre Lippen seine Haut. Ihre Hände legte sie an seine Hüften, als wollte sie ihn festhalten. Leise seufzte sie an seine Schulter. Sie verhielt sich, als würden sie sich kennen. Ihre Nähe raubte ihm den Atem und ein Prickeln breitete sich an den Stellen aus, an denen sie ihn berührte. Ihr Körper, der sich sanft zitternd an ihn schmiegte, war perfekt. Weich und doch fest. Mit den richtigen Rundungen. Weiblich. Sexy. Wieso hatte Ash das Gefühl, dass sie ihm vertraut war?

„Frag Raphael“, flüsterte er in ihr Haar.

Es war ebenso seidig wie ihre Daunenfedern, nur roch es noch viel besser. Eine Hand ließ er in ihrem Nacken, während er mit der anderen ihre Flügel befühlte. Er stöhnte. Ihre Schwingen waren das Flauschigste, was er jemals berührt hatte. Nicht mal seine eigenen waren so samtig gewesen. Die Erinnerung an das, was er verloren hatte, versetzte ihm einen heftigen Stich. Seine Vergangenheit sorgte ständig dafür, dass er seine Taten abgrundtief bereute. Hätte er allerdings diese Uhr, könnte er mehrere Jahrhunderte in der Zeit zurückreisen und diesmal alles richtig machen. Er würde tun, was der Engel des Schicksals ihm auftrug, und konnte sich nebenher wieder mit seinen

Nymphen vergnügen. Aber wollte er die Nymphen noch, jetzt, wo er dieses himmlische Wesen in den Armen hielt? Vielleicht existierte sie schon zu der Zeit, als er in seiner Burg gelebt hatte, dann könnte er sie suchen.

„Wann bist du gestorben?", fragte er, überrascht über seine spontane Direktheit, während er weiterhin über ihre Flügel streichelte.

„Im Jahre 1511", hauchte sie ihm vertrauensvoll entgegen.

Da war Ash schon fast hundert Jahre ein Dämon gewesen. Aber er könnte sich auch mit ihr vergnügen, wenn sie noch ein Mensch war. Diese zerbrechlichen Wesen hatten etwas an sich, was ihn schon immer fasziniert hatte. Oder er könnte warten, bis sie ein Engel wurde, falls er alles rückgängig machen konnte. Und dann? Er atmete tief durch. Was stellte er sich vor? Sie schien ein einfacher Boten- oder Wächterengel zu sein. Denen standen keine unkeuschen Gelüste zu. Allerdings reagierte dieses Engelchen heftig auf seine Streicheleinheiten. Ihr Atem schlug in hektischen Schüben gegen seinen Hals, an dem sie mit ihren Lippen herumknabberte. Aus ihrer Kehle drangen leise, seufzende Laute, die nach mehr riefen. Irgendetwas an ihr war anders.

„Wieso willst du das wissen?", fragte sie.

Wieder gab er ihr keine Antwort, sondern stellte eine Gegenfrage. „Wie bist du gestorben?"

„Eine Hexe hat mich einem Dämon geopfert."

„Was?" Ash wurde hellhörig. „Und wie bist du dann ein Engel geworden?"

„Ein Erzengel kam, um mich oder besser gesagt, meine Seele, zu retten, bevor der Dämon sie mitnehmen konnte."

Es wunderte ihn, dass sie ihm all das erzählte. Seine Kehle wurde immer trockener. Ein Erzengel hatte sie gerettet. Ihn hatten sie verstoßen. „Warum hat er dich gerettet?"

„Er sagte, ich sei ein guter Mensch gewesen und das Schicksal habe noch einiges mit mir vor."

Sein Engelchen lag weiterhin gegen ihn gelehnt und atmete immer schneller. Ash glaubte nicht, dass sie sich ängstigte. Zumindest hatte die Furcht nicht ihre Zunge gelähmt. Warum erzählte sie ihm das alles so bereitwillig? Warum verhielt sie sich ihm gegenüber dermaßen seltsam, obwohl sie ihren Tod einem Dämon zu verdanken hatte? Oder vernebelte es ihr Gehirn, weil er ihre mentale Leitung abdrückte? Zum Glück hatte Raphael vergessen, ihm das Wissen zu nehmen, wie man einen Engel außer Gefecht setzte. Das war sehr dumm von ihm gewesen. Nein, nicht dumm. Ash erinnerte sich. Raphael hatte pflichtbewusst gehandelt und nur getan, was Uriel ihm aufgetragen hatte. Und er hatte Ash im Stich gelassen.

Bis jetzt hatte sich Ash immer loyal verhalten und die größte Schwäche der Gegenseite nicht an Ceros oder andere Dämonen verraten, aber damit war jetzt Schluss. Nun würde er dieses Wissen gegen die da oben verwenden. Er würde mit der himmlischen Blondine anfangen, ein paar Informationen aus ihr herausholen und die magische Sanduhr an sich nehmen. Dann könnte er die Vergangenheit ändern oder die himmlischen Heerscharen unterjochen. Nur wo hatte sie das Artefakt versteckt? Er war so erregt, dass er kaum noch klar denken konnte und nicht mehr wusste, was er wollte, was ihm wirklich wichtig war. Hätte er nicht ihre Engelspräsenz gefühlt, ihre gütige Macht, als sie zur Tür hereingekommen war, würde er glatt denken, jemand wolle ihn absichtlich verführen, um ihn abzulenken. Sein Blick wanderte zu ihrem Ausschnitt. Bestimmt klemmte die Sanduhr im Tal zwischen ihren üppigen Brüsten.

„Was hat Raphael damit zu tun?“, hauchte sie an seinen Hals.

„Alles.“ Na ja, fast alles. Tief in seinem Innern nagte es an ihm. Der Erzengel hatte sein Versprechen immer noch nicht erfüllt.

Sein Engelchen hörte nicht auf, Fragen zu stellen. „Woher kennst du Raphael?“

„Lange Geschichte“, erwiderte Ash. „Hat er etwas mit deinem Auftauchen zu tun?“

Unverwandt schaute sie ihn an. Ihre grünen Augen, ihr Seelenlicht … Ash verlor sich fast darin. Es hieß, wenn man die Seele eines Engels erblickte, brachte das Frieden. Unwillkürlich beugte er sich ein Stück hinunter.

„Ja, das hat er“, wisperte sie, dicht an seinen Lippen.

Sein Herzschlag beschleunigte sich. Einerseits, weil ihm Raphael endlich ein Zeichen schickte, andererseits, weil Ash voll auf das Engelchen stand. Sie war genau sein Typ. „Also hat er dich hergeschickt.“

„Ja, aber nicht deinetwegen.“

„Verdammt, Weib! Sprich endlich Klartext!“ Ihr süßer Mund lag so nah vor ihm. Er wollte ihn küssen, seine Zunge tief in der feuchten Höhle versenken. Wie würde sie schmecken? „Wo ist die Uhr?“

Ash zog ihren Körper so fest an sich, dass sie aufkeuchte. Ihre Brüste pressten sich an seinen Oberkörper. Er spürte die Hitze, die von ihrer Gestalt ausging, und roch ihren einmaligen Duft intensiver. Berauschend.

„Raphael hat mich zwar hergeschickt, aber die Uhr ist nicht für dich bestimmt.“

„Natürlich ist sie für mich“, knurrte er. Aufregung und Erregung vermischten sich zu einem explosiven Cocktail. Sein ehemaliger Freund hatte vielleicht doch noch Wort gehalten und einen Weg gefunden, ihn aus der Hölle zu holen. Denn wer die Macht über die Zeit hatte, konnte alles ändern: die Vergangenheit, die Gegenwart und die Zukunft. Aber sein Engelchen weigerte sich, das Artefakt herauszurücken. Also musste er nachhelfen. Er könnte sie foltern, ihr jede Feder einzeln ausreißen – aber was, wenn es doch ein Test war? Dann würde das dem Rat der Engel sicher nicht gefallen. Außerdem glaubte Ash nicht, dass er ihr wehtun könnte. Er hatte eher den Drang, sie zu beschützen. Also entschied er sich für die sanfte und zudem lustvolle Variante. Er würde sie mit seinen Verführungskünsten niederstrecken. Wie weit würde sein Engelchen gehen?

„Ich gebe dir noch eine Chance. Rück die Uhr raus oder ich werde dir die Kleider vom Leib reißen, mein Täubchen."

Sie verdrehte die Augen. „Nicht schon wieder."

„Was?" Er hatte ihr schon einmal die Kleider vom Leib gerissen? Daran würde er sich erinnern.

„Du sollst mich nicht Täubchen nennen", wisperte sie an seine Lippen. „Außerdem könntest du zur Abwechslung mal meine Fragen beantworten. Ich bin auch neugierig, Ash."

Er erstarrte, doch sein Blut pulsierte wild durch seine Adern. „Woher kennst du meinen Namen?"

Der Engel verharrte ebenfalls reglos. Mit offenem Mund schaute sie ihn an.

„Was hat dir Raphael über mich erzählt?"

„Nichts."

Dann gab es nur noch eine Möglichkeit. „Du hast die Uhr benutzt." Ihr Duft, ihr Aussehen – deshalb war sie ihm so vertraut! Sie im Arm zu halten war wie ein Déjà-vu-Erlebnis.

„W-wie gesagt, ich bin gekommen, um d-dich zu warnen", stotterte sie.

Ash hielt sie so fest, dass er befürchtete, er könne ihr wehtun. Schnell lockerte er seinen Griff. „Warum hast du die Zeit zurückgedreht?"

„Ich sollte zum Laden kommen, aber dann …" Sie stockte.

Ash hätte sie am liebsten geschüttelt. „Was hast du gesehen?"

Erst nach einigen Sekunden, die ihm wie die Ewigkeit vorkamen, wisperte sie: „Deinen Tod."

„Was?" Vor Überraschung ließ er sie los.

Sein Engelchen taumelte zwei Schritte zurück und rieb sich den Nacken, rührte sich jedoch nicht von der Stelle.

„Meinen Tod?" Sollte das die Erlösung für ihn sein? So hatte er sich das aber nicht vorgestellt. „Wie bin ich gestorben?"

„Ich bin nicht sicher, aber alles spricht dafür, dass es die Hexe gewesen ist." Während sie erzählte, gestikulierte sie mit den Händen, als würde sie alles noch einmal erleben. „Du lagst vor dem Laden auf dem Boden, überall war Blut. Du warst schwer verletzt, und die Hexe hatte ein Messer in der Hand."

Sie klang richtig aufgewühlt. Warum nahm sie sein Tod derart mit? Hatte sie seinetwegen geweint? Alles in ihm war in Aufruhr. Er hatte das sichere Gefühl, vor einem entscheidenden Wendepunkt in seinem verdammten Leben zu stehen. Ihn nahm das Wissen, dass er umgebracht wurde, ebenfalls mit, aber aus anderen Gründen. Er war verflixt wütend, dass er die Hexe damals laufen gelassen hatte. Als Dank wollte sie ihn nun töten? Allerdings verstand er immer noch nicht, warum dieser Engel seinetwegen die Zeit zurückgedreht hatte. Und vor allen Dingen, warum sie noch bei ihm war. Sie hätte längst verschwinden können. Bevor das geschah, näherte er sich ihr wieder blitzschnell und schloss abermals seine Finger um ihren Hals, als wollte er sie würgen. Er traute dem Frieden nach wie vor nicht. Er musste diese Uhr haben. Außerdem wollte er noch mehr Informationen über die Hexe. „Warum hast du die Uhr wirklich benutzt?"

Sie sah ihn mit ihren großen grünen Augen derart vertrauensselig an, dass er sie am liebsten aus seinem Griff entlassen hätte. Sanft legten sich ihre Hände auf seine Unterarme.

„Du kannst mich loslassen. Ich bleibe hier."

Die Berührung ihrer Finger auf seiner nackten Haut sandten Stoßwellen purer erotischer Energie durch seinen Körper. Das war subtile Verführung. Er spürte es genau. Dieser Engel testete ihn. Er ließ nicht los. „Beantworte meine Frage. Warum hast du die Uhr benutzt?"

Ihre Finger schienen seinen Arm auf fast unmerkliche Art zu liebkosen. „Ich habe gefühlt, dass es nicht richtig war, was mit dir geschehen ist."

Ash lockerte den Griff. „Hast du keine Angst vor mir?"

Kopfschüttelnd erwiderte sie: „Du möchtest mir nicht schaden, das spüre ich. Bei unserer ersten Begegnung wusste ich schon, dass du mir niemals wehtun könntest."

Ash war verblüfft. „Du kannst das alles fühlen?"

„Es ist so ähnlich, als hätte ich Visionen."

Aha, das erklärte es. Es gab viele Engel, die besondere Gaben hatten. Er selbst hatte dieselbe Fähigkeit besessen, die ihm jetzt auch zu eigen war: Er konnte die Ängste seines Gegenübers spüren. „Du hast die Uhr also benutzt, wegen … mir, weil dir mein Tod nicht richtig vorkam? Nicht, weil es dir jemand aufgetragen hat?“ Er konnte es kaum begreifen, aber alle Indizien sprachen dafür, dass sein Engelchen sich zu ihm hingezogen fühlte.

Zaghaft nickte sie.

Es prickelte in seinem Magen. Ein Engel rettete einem Dämon das Leben. Das waren doch mal Neuigkeiten. Grinsend zog er sie wieder an seinen Körper und hielt sie nur noch mit einer Hand am Nacken fest. „Da du ja meinen Namen nun kennst und anscheinend nicht magst, dass ich dich Täubchen nenne, verrätst du mir, wie du heißt?“, wisperte er an ihre Lippen.

„Kara.“

Etwas klingelte in ihm, doch bevor er eine längst verschollen geglaubte Erinnerung greifen konnte, drängte Kara zu seiner Überraschung ihren Unterleib so fest an seinen, dass Ash aufstöhnte und alles um sich herum vergaß. Sein Schwanz war steinhart und pochte im Takt seines wild schlagenden Herzens. Ash konnte sich kaum beherrschen, Kara nicht sofort auf dem Tresen zu nehmen.

Sie lenkt dich ab, spielt mit dir, durchfuhr es ihn. Wenn sie es doch ernst meinen würde!

„Wie haben wir uns eigentlich kennengelernt, Kara?“

„Rein zufällig.“ Ihre Finger wanderten höher und verschwanden in seinem Haar. „Ich sollte in den Laden kommen und da warst … bist du.“

„Und was haben wir dann gemacht?“, fragte er rau. Ihre Hände auf seinem Kopf machten ihn noch heißer. Nein, es machte ihn verdammt scharf, wenn sie ihn so abtastete.

„Etwa dasselbe wie jetzt. Du hast mich festgehalten, weil du die Uhr wolltest.“

„Und du wolltest sie mir nicht geben. Richtig?“

Sie nickte.

„Und bekomme ich sie jetzt?“, raunte er an ihre Schläfe, an der er seine Lippen auf und ab wandern ließ.

„Nein.“

Das hatte er sich gedacht. „Wo hast du sie?“

„Nicht an meinem Körper.“ Mit leichtem Druck stemmte sie ihre Hände gegen seine Brust, und auch dort streichelten ihre Finger durch sein Shirt seine Brustwarzen. „Du kannst mich gern durchsuchen.“

Wollte sie, dass er sie berührte? Mistbiene! Oder: Sie wollte nur losgelassen werden, damit sie fliehen konnte. Hinterhältiges Stück!

Kara verwirrte ihn. Ash wusste nicht, woran er bei ihr war und was sie wirklich beabsichtigte. Welcher Engel versuchte schon, einen

Dämon zu verführen? Das war doch sein Part.

„Du bist also gekommen, um mich zu retten", sagte er in einem spöttischen Tonfall. Ts, das sollte er glauben? Doch ein Quäntchen Hoffnung regte sich.

Er brauchte seine Hände frei, um sie abzutasten. Womit konnte er die mediale Erregungsleitung abdrücken? Ash schob Kara vor sich her durch den Laden, wobei er schaute, ob etwas in den Regalen lag, was ihm nützlich sein konnte. Sein Blick blieb an einer Schachtel Nägel hängen. Schlagartig stiegen die furchtbaren Erinnerungen auf und er hatte das dringende Bedürfnis, sich über den Nacken zu fahren. Er erschauderte. Nein, nein … keinen Nagel.

Ash ging weiter. Da! Das würde seinen Zweck erfüllen! Er griff nach einem etwa vier Zentimeter breiten Halsband aus schwarzem Leder, in dessen Mitte ein ovaler Stein eingearbeitet war, der in allen Farben schillerte. Es war ein mystisches Halsband, mit dem man eine Furie bändigen konnte. Nun war sein Engelchen keine Furie und das Halsband würde bei ihr keine Wirkung zeigen, aber wenn er es umdrehte, sodass der Stein nach innen zeigte, erfüllte es seinen Zweck.

Er legte es ihr an, wobei er spürte, wie heftig ihr Puls klopfte. Seinen Finger nahm er erst von ihrem Nacken, als er das Band zuzog und der Stein sich in ihre Haut drückte. Kara keuchte auf und wollte es abmachen, aber Ash hielt ihre Hände fest. Wieso wehrte sie sich nicht? Das ging alles zu einfach. Er witterte immer noch Gefahr; die ganze Situation war zu abstrus. Er konnte jedoch kaum den Blick von dem breiten Halsband nehmen. Es stand ihr. Das Band markierte sie irgendwie als seinen Besitz. Ein erneutes Zucken durchfuhr seine Erektion. Hatte ihn jemals ein Anblick mehr erregt? Seine Erzfeindin, wehrlos und ihm ausgeliefert – das hatte was.

Aus einem anderen Regal zog er ein Tuch, mit dem er ihr die Handgelenke hinter dem Körper zusammenband. Dadurch drückten sich ihm ihre prallen Brüste entgegen. Er schluckte hart. Ash musste sie einfach spüren, also zog er sein Engelchen wieder an seinen Körper. Ihr Busen presste sich an ihn.

„Wieso bist du so verdammt kooperativ?", fragte er, heiser vor unterdrückter Lust.

Sie hauchte ihm unter halb gesenkten Lidern ein „Weil ich dir vertraue" entgegen.

Er konnte kaum glauben, was er hörte. „Du vertraust mir? Einem Dämon?" Bedrohlich flüsterte er ihr die Worte ins Ohr, sodass ein Zittern über ihren Körper lief. „Ein Dämon hat dich getötet, schon vergessen?"

„Du wirst mir nichts tun", sagte sie. Ihre Stimme klang jedoch nicht besonders fest. „Du hast mir beim letzten Mal auch nichts getan.“

Kehrte sie jetzt die Naive raus? „Ich weiß noch nicht, was hier gespielt wird, aber wenn das eine Falle ist, schwöre ich dir, Täubchen, wirst du meine Rache zu spüren bekommen.“ Eine zuckersüße Rache, die ihn sehr befriedigen würde. Noch mehr Blut strömte in seinen Unterleib. Er war bereits so hart, dass es schmerzte. Wie dieses rassige Engelchen dermaßen demütig vor ihm stand, gefesselt und wehrlos … Er unterdrückte ein weiteres Stöhnen und konnte nur noch daran denken, was er am liebsten mit ihr machen wollte. Und es würde ihr ebenfalls Spaß machen, dafür würde er sorgen. Sie würde nach mehr betteln, ihn um Erlösung anflehen und er würde ihr den Orgasmus ihres Lebens schenken.

Aber erst wollte er die Uhr haben. Schnell glitten seine Hände über ihren Körper. Dabei schloss sein Engelchen die Augen. Ash tastete unverfroren ihre Brüste ab und spürte ihre harten Nippel durch den dünnen Stoff. Ihr Atem ging schneller, als er mehrmals darüberstreifte. Das Spiel erregte also nicht nur ihn. Moment, wenn sie derart auf ihn reagierte … „Sag, Kara, hab ich dich schon mal gefickt? Bist du deswegen so geil?“

Sie zuckte, als hätten seine Worte ihr einen Stromschlag verpasst. Sie schüttelte den Kopf, die Augen lustverhangen.

„Dann sollten wir das nachholen“, raunte er, eigentlich mehr, um sie zu ärgern. Aber der Gedanke setzte sich in seinem Kopf fest. Mit einer Hand fuhr er unter ihr Top. Er hielt die Luft an. Wahnsinn, wie prall ihre Brust war. Die Haut war glatt, doch ihre Knospen, die die Größe von Erbsen hatten, waren genauso hart wie sein Schwanz. Kara ließ sich seine Berührungen gefallen. Er hatte fast Mühe, mit der Hand zwischen ihre fülligen Hügel zu fahren, weil ihr Oberteil so eng war, doch schließlich schaffte er es. Dort war sie unsagbar heiß, aber die kleine Sanduhr war nicht da. Dann konnte sie nur noch an einer oder … zwei Stellen sein. Ash wollte seinem Engel am liebsten sofort die Kleider vom Leib reißen, um dann ihre Beine zu spreizen. Mit der Zunge würde er ihre samtigen Falten teilen, ihr Inneres erforschen, während sein Finger ihre andere Öffnung inspizierte … Er könnte seinen Schwanz auch zwischen ihre festen Brüste schieben, oh ja, das würde ihm gefallen. Halleluja, wenn er mit seinen Fantasien nicht sofort aufhörte, würde es eine ordentliche Sauerei in seiner Hose geben.

Schnell rückte er durch den Jeansstoff seinen harten Schaft zurecht, so gut es ging. Wenn er schon wieder nur mit seinem Schwanz dachte, würde er nie aus seiner Misere herauskommen. Die Uhr hatte jetzt oberste Priorität. Er musste Kara genau durchsuchen, aber nicht unbedingt hier im Laden, wo vielleicht ungebetene Gäste hereinplatzen könnten. Er brauchte einen Ort, wo er ungestört mit ihr war. Ein Höhlensystem, in dem heiße Quellen sprudelten, kam ihm in den Sinn. Aber es befand sich in der Unterwelt. Dort könnte er, während sie sich „unterhielten", ein ausgiebiges Bad nehmen. Ash liebte es reinlich, ebenso wie er es liebte, sich mit seinen Ladys im Wasser zu vergnügen.

In seinen Lenden kribbelte es, als hätte sich eine Armee Ameisen eingenistet. Es würde ihm große Lust bereiten, ihre Flügel zu waschen. Sie würde unter seinen erfahrenen Händen schmelzen und ihm alles verraten, was er wissen wollte. Sein Engelchen kannte Raphael. Das galt es, auszunutzen. Es war allerdings zu riskant, einen Engel in die Unterwelt mitzunehmen, denn ihre starke Präsenz war für Dämonen, die sich in der Nähe aufhielten, sofort spürbar.

„Wann soll die Hexe kommen, Süße?", wollte er wissen.

„Gegen Abend."

Dann hätten sie noch viel Zeit. Ash glaubte ihr. Engel waren schlechte Lügner. Karas Körpersprache verriet sie außerdem. Sie blickte ihn mehr als verträumt an. Sein raubeiniger Dämonencharme schien ihr zu gefallen. Vielleicht sollte er sie wirklich … Nein! Er musste sich beherrschen, denn wenn das eine Prüfung von Raphael war und Ash einen unschuldigen Engel verdarb, würde er auf ewig in der Hölle schmoren. Außer … Eine Idee manifestierte sich in ihm: Natürlich, er könnte mit Kara tun, was er wollte. Er brauchte anschließend nur die Zeit zurückzudrehen und es war, als wäre nichts geschehen. Ash würde allerdings die süßen Erinnerungen mitnehmen.

In freudiger Erwartung zog er mit der Hand einen Kreis auf eine Wand des Ladens, wo keine Regale angebracht waren. Knisternd erschien ein Portal wie ein großes Loch. Doch anstatt durch die Mauer einen Blick auf den Hinterhof zu erhaschen, befand sich dort das Paradies: Inmitten einer malerischen Kulisse rauschte ein gewaltiger Wasserfall einen Berg herab. Das schäumende Nass ergoss sich in ein natürliches Becken. Dieses lag auf einer Anhöhe, weshalb man einen Blick auf die darunterliegende Bucht hatte. In der Hitze der tropischen Sonne schillerten das türkisblaue Meer und der weiße Sandstrand. Palmen, bunte Blumen und die verschiedensten Vögel rundeten das Bild ab.

Ash blickte zu Kara, die mit offenem Mund vor dem Durchgang stand. Jetzt würde Adam seiner Eva mal zeigen, wie das mit der Schlange wirklich gewesen war.

Bevor er hindurchstieg, bückte er sich zu dem alten Mann, der schlafend unter dem Ladentisch lag. Ash fuhr mit den Fingern über dessen Stirn und zog dann Kara durch das Portal, ehe Mr. Burke aufwachte.

Kapitel 9 - Paris

Vincent lugte durch die Wimpern und beobachtete Noir, die konzentriert seine Verletzungen ausspülte. Das warme Wasser war einfach herrlich; Noirs Hände auf ihm fühlten sich fantastisch an. Endlich wieder richtig duschen und dann wurde er auch noch von seiner Traumfrau gewaschen! Ihr Gesichtsausdruck verriet jedoch nicht, was in ihr vorging. Ihre Lippen waren zusammengepresst, zwischen ihren Brauen hatten sich zwei Falten gebildet. Sichtlich verkrampft hielt sie den Duschkopf in der Hand.

Ob sie ihn, Vince, abstoßend fand, und deshalb so grimmig schaute? Er glaubte kaum, dass es sie Überwindung kostete, seine Wunden zu reinigen, denn Noir war nicht zimperlich. Blut zu sehen machte ihr nichts aus. Anscheinend fand sie seinen Körper ekelerregend, dennoch half sie ihm. Es beschämte ihn, weil er es nicht geschafft hatte, sich komplett zu verwandeln, aber er war einfach zu schwach gewesen.

Obwohl er Schmerzen hatte, war er erregt wie nie zuvor. Er hatte sich in den letzten Jahren Noirs Berührungen so sehr herbeigesehnt, dass er kaum noch an sich halten konnte. Sein Schwanz war steinhart und die Spitze pochte im schnellen Takt seines Herzens. Immer, wenn Noir, die ganz bei der Sache war, mit ihrem Arm oder ihrer Hose an sein Geschlecht stieß, entfuhr Vince ein leises Knurren. Ihre Hände auf seinem Körper waren unglaublich erregend. Sanft glitten sie über sein Gesicht, die Brust, die Arme, wischten Asche und Blut fort. Als sie ein weiteres Mal seinen Penis streifte, hätte er sich fast ergossen. Seine Erektion tat mehr weh als seine Wunden, weil er sich so sehr nach Erlösung sehnte.

Was dachte Noir von ihm? Vince bemerkte sehr wohl, dass sie es mied, auf seine Körpermitte zu schauen. War ihr seine Erregung ebenfalls peinlich? Vincent jedenfalls hätte am liebsten ein Loch in den Boden gegraben, um darin zu verschwinden. Er wollte nicht nur Sex von ihr, sondern er wollte ihr Herz erobern. Jetzt würde sie ihn für einen sexgeilen Perversen halten. Aber nicht nur Noirs Finger brachten ihn fast über den Rand der Beherrschung, es lag auch an dem Adrenalin, das immer noch in ihm brodelte. Das machte ihn verdammt scharf.

Es stand ihm nicht zu, sie zu begehren; es war ihm verboten. Er war ein Gargoyle, ihr Beschützer.

Im Moment ging jedoch sämtliche Initiative von Noir aus; Vince wusch seine Hände in Unschuld. Er konnte seine Hexe nicht einmal berühren, sosehr er das auch wollte. Seine Hände … Sie krallten sich hinter ihm in die Wand, sodass die Fliesen sprangen. Er musste sich extrem beherrschen, Noir nicht anzufassen. Die Augen schließend, ließ er sich zurückfallen. Die Wand in seinem Rücken hielt ihn auf den Beinen. Er war erschöpft und seine Lust machte ihn zusätzlich schwach, doch das Adrenalin hielt ihn wach. Ihm war schwindelig; außerdem fühlte er sich berauscht. Was hatte sie ihm zu trinken gegeben? Alles drehte sich, alles pochte. Sein Herz klopfte laut in den Ohren; alle anderen Geräusche schienen ausgeblendet. All seine Sinne konzentrierten sich auf Noirs Hände. Die schlanken und flinken Finger waren unglaublich zärtlich.

♥

Noir konnte ihn kaum genug berühren. Vincents Haut war heiß und glatt, obwohl er zahlreiche Verletzungen aufwies, auch viele alte Narben. Trotzdem fand sie seinen Körper sehr ansprechend.

„Was ist mit mir?“, stöhnte er mehr, als dass er sprach.

„Dämonengift“, erwiderte sie. „Aber jetzt kann ich dir vielleicht besser helfen, mit Magie und meinen Heilkräutern. Dein Körper wird hoffentlich wie bei einem Menschen funktionieren.“

Doch als sie tiefer blickte, weil sie seine Erektion spürte, die gegen ihre Hose stupste, wusste sie nicht mehr, was er wirklich gemeint hatte, denn … er war erregt, sehr sogar.

Noir schluckte. Sein Zustand war nicht zu übersehen und sie hatte erst gedacht, es wäre eine völlig normale Reaktion seines Körpers, immerhin passierte Männern so etwas öfter, soweit sie gehört hatte. Im Moment war ihre Behandlung sehr intim. Vincents Geschlecht war allerdings nicht nur leicht angeschwollen, nein, es war knallhart. Sein flacher Bauch bewegte sich hektisch, seine Finger krallten sich tiefer in die Fliesen.

Noir versuchte, sich zu beeilen und tat, als würde sie seine Erektion nicht bemerken. Aber sie musste hin und wieder einen Blick riskieren, denn alles an ihm war einfach wundervoll. Seine Härte zuckte immer, wenn sie besonders nah daran vorbeistrich. Wasser vermischte sich mit den klaren Tropfen, die aus seiner Spitze drängten. Sein Schaft war lang und schlank. Die Eichel hatte eine wunderschöne runde Form, war glänzend und leuchtete dunkelrot. Wie würde es sich anfühlen, wenn er sie damit ausfüllte?

Das Pochen in ihrem Unterleib nahm zu. Ihre Brustspitzen zogen sich zusammen und ihr Atem ging ebenfalls schneller. *Besser als in meinen Träumen*, empfing sie seine Gedanken.

Überrascht blickte sie auf, doch er hatte die Augen immer noch geschlossen. Er hatte von ihr geträumt, von … Sex unter der Dusche? Meinte er das?

Sie wollte ihm gern Erleichterung verschaffen, traute sich allerdings nicht. Es war möglich, dass er berauscht war; der Heiltrank hatte es in sich. Ihr Körper hatte sich an den Trank gewöhnt. Sie spürte kaum etwas, aber Vincent fantasierte vielleicht nur. Noir wollte die Situation nicht ausnutzen. Sie waren praktisch Fremde, auch wenn der Gargoyle sie wohl schon ewig kannte. Doch sie wusste nichts von ihm, außer, dass er sie begehrte.

Er will es, das weißt du, erinnerte sie ihr Teufelchen. Noir versuchte, es zu ignorieren. Sie verging sich bestimmt nicht an einem verletzten Mann. Nun musste sie auch noch einen letzten Kratzer an einer heiklen Stelle auswaschen, weit oben an seinem Oberschenkel, an seiner Leiste, wo eine Ader heftig pochte. Noir beugte sich hinunter, um die Verletzung direkt neben seinem Geschlecht zu inspizieren. Zum Glück ging sie nicht tief, dennoch spülte Noir dort besonders gründlich, wobei ihre Fingerspitzen sanft über die Stelle kreisten.

Vincent stöhnte laut, den Kopf zurückgeworfen. Seine Krallen verschwanden nun ganz in der Wand, sodass Fliesenstückchen absplitterten. Wie scharf sie waren! Noir wollte nicht ihre Bekanntschaft machen. Abrupt wich sie vor ihm zurück.

Da sie alle Wunden gereinigt hatte, stellte sie das Wasser ab und holte ein weiches Frotteehandtuch, mit dem sie Vincents Haut vorsichtig trockentupfte. Dabei streifte sie aus Versehen sein immer noch erregtes Geschlecht, was ihm wieder ein Stöhnen entlockte.

Was denkt sie nur von mir … Noch nie berührt … Kann mich nicht beherrschen … kurz davor, wirbelte es durch seinen Kopf.

Noir wollte Vincent lieber nicht wissen lassen, was sie von ihm dachte, denn sie hatte es ebenfalls sehr erregt, ihn zu waschen. Sie beide würden es später vielleicht bereuen, wenn sie jetzt ihren Trieben freien Lauf ließen. Sie durfte die Situation nicht ausnutzen, auch wenn sie diesen schwachen und von ihrem Gebräu leicht berauschten Mann jetzt am liebsten genommen hätte. Der Gedanke, nackt auf ihm zu sitzen und ihn zu reiten, seine Härte in sich zu spüren, während er wehrlos und stöhnend unter ihr lag, machte sie so an, dass ihr Körper prickelte und ihre Klitoris pochte.

Noirs Wangen erhitzten sich, als sie bemerkte, dass ihr Slip feucht war, und zwar nicht nur vom Wasser, das sie abbekommen hatte. Sie half Vincent aus der Dusche, indem sie ihn am Oberarm packte. Verdammt, wie fest er sich anfühlte und wie weich seine Haut auch dort war!

Sichtlich benommen schwankte Vincent ins Schlafzimmer, auf das Bett zu, wobei seine Erektion leicht wippte.

Der süße Kerl machte es ihr wirklich nicht leicht. Noir konzentrierte ihren Blick auf das Bett. Die Laken waren zerknittert sowie voller Blut und Dreck. Nein, da wollte sie ihn bestimmt nicht mehr drauflegen.

„Bleib einen Moment stehen“, bat sie ihn und reichte ihm das Handtuch.

Vincent blieb, wo er war, die Augen halb geschlossen. Das Handtuch hielt er sich vor seine Lenden, die Wangen gerötet.

Sie beeilte sich, das verschmutzte Laken abzuziehen. Ihre Kleidung klebte klitschnass und unangenehm auf der Haut; langsam begann sie, zu frieren. Sie breitete die saubere Tagesdecke über dem Bett aus, dann winkte sie Vincent heran. Er ließ sich auf die Matratze fallen und streckte sich leise seufzend aus. Er bot einen verführerischen Anblick und war sich dessen anscheinend nicht bewusst. Er lag auf dem Rücken, einen Arm neben seinem Kopf angewinkelt. Auch ein Bein hatte er leicht angezogen. In der anderen Hand hielt er immer noch das Handtuch, das er auf seinen Unterleib presste. Aber seine Hand wurde schwerer, ließ den Stoff los und rutschte auf die Laken. Er musste schon sehr erschöpft sein, dass er auf dem Rücken liegen konnte, wo er Verletzungen hatte.

Als Noir unter die Dusche wollte, klopfte es an der Tür. Sie erstarrte, auch Vincent riss die Augen auf.

„Wer ist da?“, rief sie.

„Der Nachtportier, Madame. Es sind Beschwerden an mich herangetragen worden wegen Lärm“, drang es in gebrochenem Englisch durch das Holz. „Alles in Ordnung?“

„Oui, tout es pour le mieux“, antwortete sie. Ihre Eltern waren Franzosen gewesen und Noir zweisprachig aufgewachsen. Sie hatte seit Jahren kein Französisch mehr gesprochen und wunderte sich, wie leicht es ihr über die Lippen kam. Ihr Herz verkrampfte sich, wenn sie an ihre Familie dachte. Sie musste das endlich zu einem Ende bringen. „Alles bestens!“

„Kann ich mich selbst davon überzeugen?“, hakte der Concierge nach.

Vincent nickte ihr zu. „Ist ungefährlich.“ *Rieche ihn. Penetrantes Aftershave, es ist der Mann von der Rezeption.* Sofort fielen seine Augen wieder zu.

Noir atmete auf. „Oui, un moment, s’il vout plaît.“ Vincent hatte tatsächlich eine Menge Lärm veranstaltet. Die Nachbarn mussten denken, hier wäre etwas passiert. Sie hatte keine Lust, dass vielleicht noch die Polizei antanzte. Wenn die das Badezimmer sahen!

Hastig streifte sie sich den nassen Pullover über den Kopf, unter dem sie nur einen BH trug, und schaute in den Spiegel über der Kommode. Himmel, sah sie scheiße aus! Außerdem klebten in ihrem Gesicht immer noch Blutspritzer und Staub von den getöteten Dämonen. Schnell wischte sie sich mit dem Stoff sauber und warf den Pullover in eine Ecke. Aber auch ihr Haar war eine einzige Katastrophe. Es sah nicht mehr silbrig-weiß aus, sondern grau.

Es klopfte abermals. „Madame?"

„Un moment!" Noir holte eine frische Decke aus dem Schrank und zog sie bis über Vincents Bauchnabel. „Ich leih mir das mal aus", flüsterte sie, weil Vincent zu schlafen schien, und holte diskret das feuchte Handtuch hervor, das sie sich wie einen Turban um den Kopf wickelte. Dann machte sie die Tür einen Spaltbreit auf. Im Flur stand ein junger Mann in einer dunkelgrauen Uniform, die Hände hinter dem Rücken verschränkt, und wippte von einem Fuß auf den anderen. Als sie ihm eine nackte Schulter zeigte und die Tür weiter aufzog, sodass der Junge Vincent sehen konnte, lief sein Gesicht knallrot an.

„Oh, ähm, Herrenbesuch, ich verstehe, Madame." Er räusperte sich und blickte auf seine polierten Schuhe. „Bitte versuchen Sie, etwas leiser zu sein."

„Pardon", stammelte Noir. Dann schmunzelte sie. „Wir werden versuchen, uns zu benehmen", sagte sie, bevor sie die Tür schloss. Wilder Sex, ja, das klang gut. Es machte sie nervös, so ein Prachtexemplar von Mann in ihrem Zimmer zu haben, der mit seinen unanständigen Vorstellungen ihre Lust anheizte. Seufzend schaute sie zu Vincent, der zu schlafen schien. Ruh dich aus, mein Retter, dachte sie. Ich bin gleich wieder bei dir.

Sie begab sich noch einmal ins Badezimmer. Dort löste sie das Handtuch von ihrem Kopf, um damit schnell alle heruntergefallenen Fläschchen und Dosen in eine Ecke zu fegen. Nachdem sie sich ausgezogen hatte, stellte sie sich unter die Dusche. Sie musste Vincents Wunden weiter versorgen und wollte keine zusätzliche Infektion riskieren, nur weil sie noch voller Dämonenasche war. Außerdem tat ihr die Dusche gut, das warme Wasser prasselte auf ihre Haut und spülte nicht nur den Dreck weg, sondern erfrischte auch ihren Geist. Sie musste vielleicht noch den einen oder anderen Zauber anwenden und wollte dafür so fit wie möglich sein. Als sie das Duschgel auf ihrer Haut verteilte und mit den Händen über ihre Brüste fuhr, nahm sie sich seit Langem wieder als Frau wahr, weil dieses sexy Wesen ihr inneres Feuer entfacht hatte. Ihre Brustwarzen waren hart und prickelten. Als ihre Finger zwischen ihre Schenkel fuhren, spürte sie, wie geschwollen und glitschig sie dort war. Hastig wusch sie sich zu Ende, um ihre Lust nicht noch mehr zu schüren. Es reichte schon aus, an den attraktiven Gargoyle in ihrem Bett zu denken. Nachdem sie sich das Shampoo aus den Haaren gespült hatte, wickelte sie ihren Körper in ein frisches Handtuch. Dann tapste sie so leise wie möglich ins Zimmer zurück.

Vincent lag da wie zuvor. Ihm den Rücken zugewandt, holte sie aus ihrem Rucksack ein langes T-Shirt und einen Slip. Als sie das Handtuch fallen ließ, hörte sie plötzlich wieder seine Gedanken. *Meine kleine Hexe … so sexy … Ich liebe ihren süßen runden Po … hat mich gerettet …*

Noir verkniff sich ein Grinsen und zog sich extra langsam an. Vincent schlief also nicht, sondern beobachtete sie. Außerdem hatte er sie „meine kleine Hexe" genannt. Klein war sie nun wirklich nicht, auch nicht neben ihm. Vincent war allerdings ein richtiger Hüne. Als sie sich zu ihm umwandte, hatte er den Kopf in ihre Richtung gedreht, die Augen jedoch geschlossen. Die Zudecke spannte sich an einer gewissen Körperstelle ziemlich auf. Von allen attraktiven Wesen der Welt musste ausgerechnet ein Gargoyle in ihrem Bett liegen. Hoffentlich liebte Vincent bereits eine andere Frau und seine erotischen Gedanken hatten immer nur ihr gegolten, denn Gargoyles lebten monogam, soweit sie das noch aus dem Unterricht wusste. Sie liebten nur einmal und dann für immer und intensiv. Allein deshalb sollte Noir die Finger von ihm lassen.

Leider sah es nicht so aus, als wäre er bereits mit einem Weibchen vereint. Als Vincent die Augen aufschlug, blickte er sie verträumt an. Bitte lass es nur an meiner Medizin liegen, betete sie. Noir würde sich mit Vincent vergnügen wollen, keine Frage, doch sie würde ihm niemals Liebe zurückgeben können. Sie hatte sich einst geschworen, niemandem ihr Herz zu schenken. Sie wusste nicht, ob sie es ertragen könnte, wenn es ihr noch einmal aus der Brust gerissen wurde.

Sie kniete sich neben ihn auf die Matratze und legte ihre Hand auf seine Stirn. Er hatte kein Fieber, sehr gut. „Geht es dir besser?"

Mir ging's noch nie so gut, dachte er, bevor er ein Ja brummte.

Noir wandte sich kurz von ihm ab und beugte sich über die Bettkante, sich nur allzu bewusst, dass sie ihm ihren Hintern geradezu entgegenstreckte.

Hexe, durch und durch, drang es in ihren Kopf.

Grinsend kramte sie in ihrem Rucksack, bis sie den Tiegel gefunden hatte. Vielleicht galt das mit dem ‚einmal verliebt – für immer gebunden' nicht für einen Gargoyle, der zur Hälfte ein Mensch war.

Und wer sagte überhaupt, dass Vincent in sie verliebt war? Vielleicht war er nur geil. Sie beide konnten auch so Spaß haben, ganz unverbindlich … Was dachte sie sich denn? Sie sollte den armen Mann in Ruhe lassen, er war nur high von ihrem Trank!

Ja, das war bestimmt alles. Außerdem musste sie endlich weitermachen mit der Behandlung. Mit dem Tiegel in der Hand kniete sie sich neben ihn, so dicht, dass ihre Knie seinen Arm berührten.

Sofort riss er die Lider auf und legte die Hände über den Kopf. „Nicht anfassen!"

Das hatte sie fast vergessen: der Steinzauber!

Vincent schlug die Augen nieder. „Ich habe Handschuhe in meinem Rucksack, die trage ich sonst tagsüber."

„Rucksack?"

Er nickte. „Er liegt auf der Terrasse, hinter den Pflanzen."

„Dann bist du die Katze!"

Ein Lächeln huschte über seine Lippen, das Noirs Herz noch heftiger zum Klopfen brachte. „Wollte dich nicht erschrecken."

„Von wegen Katze, na warte, Magnus, dir werde ich was erzählen."

„Er weiß von mir", hauchte Vincent, ohne sie anzusehen.

„Was?" Noir beugte sich über ihn, doch als sie bemerkte, dass sie Vincent damit eventuell einen zu tiefen Einblick in ihr Longshirt gebot, richtete sie sich sofort wieder auf.

„Ich hab es selbst erst heute erfahren", sagte er und erzählte ihr, was Magnus ihm mitgeteilt hatte, als er seinen Kopf in den Laderaum gesteckt hatte. „Ich habe sehr gute Instinkte, aber nicht damit gerechnet, dass dein Freund über mich Bescheid weiß. Er hat sich zum ersten Mal an mich gewandt."

Woher wusste Magnus von Vincent? Der Magier würde ihr einiges erklären müssen. „Dann diente die Ladung Whisky also nur als Vorwand, damit du ins Flugzeug schlüpfen konntest", murmelte sie. „Und was weißt du über Magnus?"

„Dass er dein Freund ist. Dein einziger Verbündeter." *Neben mir.*

Normalerweise würde es Noir nicht gefallen, wenn ein fremdes Wesen so verdammt viel über sie wusste, doch bei Vincent war alles anders. Sie vertraute ihm, obwohl das nicht ihre Art war, aber seine Gedanken waren ehrlich. Sie schraubte den Tiegel auf und tauchte ihren Finger in die fettige Salbe, bevor sie damit einen langen Kratzer auf seinem Bauch betupfte. Vincent sog die Luft ein. Die Salbe brannte höllisch, aber nur kurz, danach war die Wunde regelrecht betäubt. Aus einem Reflex heraus wollte Vincent anscheinend ihre Hand wegziehen, besann sich aber und schloss die Finger um die Streben des Bettgestells über seinem Kopf. Noir hatte tatsächlich für einen Moment gedacht, er würde sie berühren. Schnell stand sie auf. „Ich hole deine Handschuhe."

„Danke", murmelte er, wobei er das Gesicht wegdrehte. *Meine Bürde … Darf niemals eine menschliche Frau begehren.*

Auf dem Weg nach draußen zog sich ihr Herz zusammen. Er durfte keine Frau begehren? Warum nicht? Vielleicht wollte er aber nur keine Frau begehren, sondern würde sich lieber mit einem Gargoyle-Weibchen vergnügen. Die waren nicht so zerbrechlich wie Noir. Sie war nur ein Mensch. Rein körperlich war ihr Vincent selbst in seiner menschlichen Gestalt weit überlegen. Würde Noir keine Abwehrzauber beherrschen, hätte sie ziemlichen Respekt vor ihm. Wobei … Sie hatte Respekt, und zwar vor seinen Krallen und den seltsamen Tätowierungen. Ob es wirklich stimmte, dass alles Lebendige zu Stein wurde, was er berührte?

Sie schaltete auf der Terrasse das Licht ein und fand den Rucksack. Er war schwer. Nachdem sie ihn ins Zimmer gebracht hatte, stellte sie ihn aufs Bett und öffnete ihn. Er kam ihr vertraut vor. „Deiner?", sagte sie spöttisch.

Um Vincents Nase breitete sich eine sanfte Röte aus. „Du hast ihn weggeworfen."

Schmunzelnd zog sie eine Jeans heraus, ein Paar Schuhe, zwei T-Shirts und einen dünnen Pullover in Schwarz. Wie ihrer. Sogar einen alten Umhang führte er mit und ein rotes Käppi, das sie an irgendwas erinnerte. Sie kam nicht drauf. Weiter unten fand sie neben einem Handy und weiteren Dingen seine Handschuhe. Es waren solche, wie Radrennfahrer oder Segler sie trugen, aus dünnem Leder und ohne Finger. Diese reichte sie Vincent, der sie vorsichtig überzog, um mit den Krallen das Leder nicht zu zerschneiden.

„Danke." Sie hörte Vincent aufatmen. *Besser so.*

Dann setzte sich Noir wieder neben ihn und fuhr mit der Behandlung fort. „Woher hast du die Narben?", fragte sie, als sie auch die alten Wunden mit der Salbe einrieb. Deswegen würden sie zwar nicht verschwinden, aber sie suchte einen Grund, ihn noch länger berühren zu dürfen.

„Kämpfe", wisperte er, doch Noir fing einen Gedankenfetzen auf: *Dich beschützt.*

Er hatte all die Narben wegen ihr? Sie hatte immer gespürt, dass eine Art Engel über sie wachte, aber dass er ihretwegen so viele Schmerzen erleiden musste, gefiel ihr nicht.

Obwohl er jetzt die Handschuhe trug, hielt er sich wieder an den Sprossen des Bettes fest. Noir fand das sehr erotisch. Sie stellte sich vor, wie es wäre, wenn sie ihn ans Gestell fesselte. Ihr Blick musste wohl zu lange auf seinen Händen verweilt haben, denn er sagte: „Ich werde versuchen, mich ganz zu verwandeln. Möchte dich nicht verletzen."

„Nein!", rief sie sofort. „Du musst deine Kräfte schonen." Sie hatte ja mitbekommen, wie wahnsinnig anstrengend und schmerzhaft die Umwandlung für ihn war.

Seine steingrauen Augen sahen sie ernst an. „Dann binde mich fest."

„Was?" Konnte er etwa auch ihre Gedanken lesen?

„Ich möchte dich nicht aus einem Reflex heraus verletzen", hauchte er abermals, seine Lider flatterten. *Bin … zu gefährlich, zu schwach … hab kaum Kontrolle.*

Nein, er konnte natürlich nicht ihre Gedanken lesen. „O-okay", stammelte sie und überlegte fieberhaft, womit sie ihn festbinden könnte. Ihr Blick schweifte im Zimmer umher und fiel auf eine Kordel mit Quasten, die den Vorhang bei der Tür zusammenraffte. Noir machte sie ab. Sie war nicht sehr lang, aber es gab zwei davon. Sie waren aus einem weichen Material, das nicht zu sehr an Vincents Haut scheuern würde. Vorsichtig band sie seine Gelenke an die Eisenstangen des Betts und machte ein paar ordentliche Knoten in das Seil. Vincent zog daran, sodass sich seine Muskeln anspannten. Wäre er im Besitz seiner vollen Kräfte gewesen, hätte er sie mit Leichtigkeit zerreißen können.

Himmel, er war so verdammt sexy! Noirs Herz kam aus dem Takt, ihre Finger zitterten. Vincent sah unter halb gesenkten Lidern zu ihr auf, rot bis zum Hals. *Ich gehöre ganz dir. Ich vertraue dir.*

Oh, dieser Mann! Er hatte all diese wilden Fantasien, die ihre eigenen Vorstellungen nährten und sie noch um den Verstand brachten. Räuspernd strich sie sich ihre Haare hinters Ohr, bevor sie sich wieder neben ihn auf die Matratze setzte. Das Bettlaken war leicht verrutscht, weshalb sie den Ansatz seines Schamhaars sehen konnte und seine Bauchmuskeln, die sich an dieser Stelle zu einem V verjüngten. Wie sollte sie das ertragen?

Sie schob die Decke nur so viel zur Seite, um den Oberschenkel freizulegen, der einen besonders tiefen Kratzer abbekommen hatte. Die Wunde sah besser aus, nässte jedoch. Vincent brauchte noch einmal ihren Kräutertrank, sicher war sicher. Der erste Becher hatte ohnehin noch nicht seine ganze Kraft entfaltet, denn eigentlich wirkte ihr Trunk zusätzlich wie ein Schlafmittel. Dieser große Kerl hier war allerdings ziemlich wach.

Sie füllte erneut den Becher mit ihrem Pulver und Wasser, bevor sie ihn an Vincents Lippen legte. Er trank, ohne sie anzusehen. Er verzog lediglich kurz den Mund, weil der Trunk bitter schmeckte. Sein Gesicht war immer noch dunkelrot.

Als Noir mit zitternden Händen das Gefäß abstellte und die Salbe zur Hand nahm, witzelte sie: „Diese Mistkerle hätten dich fast zur Frau gemacht.“ Schlagartig hob er den Kopf an, doch Noir drückte ihn lächelnd nach unten. „Ist noch alles dran und voll funktionsfähig.“

Hexe!, fing sie seine Gedanken auf.

Als sie die Decke über seine Leisten zog, streifte ihre Hand durch den Stoff seine Erektion. Keuchend schloss Vincent die Lider und lallte, benommen von ihrem Trank: „Das … Ich weiß nicht, warum ich …“

Noir erlöste ihn. „Schon gut, das ist normal, denk dir nichts dabei.“ Ihre Stimme klang heiser. „Du brauchst dich nicht zu schämen.“ Sie räusperte sich hart, wobei sie überlegte, wie sie das Gespräch in unverfänglichere Bahnen leiten konnte, um Vincent seine Verlegenheit zu nehmen. „Ich hoffe nur, dass deine Gefährtin mir deswegen nicht den Kopf abreißt.“

Vincent sagte nichts. Er lag schwer atmend da, die gefesselten Hände zusätzlich um das Bettgestell geschlungen, während Noir Salbe auf die tiefe Wunde an seinem Oberschenkel auftrug. Er bog den Rücken durch, seine Muskeln spannten sich an. Dabei stöhnte er leise; unter der Decke zuckte es. Er sah so heiß aus! Alles in Noir pochte wild. Sie hatte nicht gewusst, dass es so erregend sein konnte, einen Mann überall zu berühren. Sie hatte nicht viel Erfahrung. Was sie bis jetzt mit Männern erlebt hatte, war nicht annähernd so interessant gewesen.

Fass mich an, bitte! Berühre mich überall.

Noir hustete, weil sie sich an ihrem Speichel verschluckt hatte. Bevor sie tatsächlich in Versuchung kam, sein Geschlecht zu umfassen, zog sie hastig das Laken zurecht, um sich der Stelle an seinen Rippen zu widmen, wo sich die Dämonenkralle verfangen hatte.

„Hast du eine Frau?“ Noir war zu neugierig. Wenn er bereits vergeben war, würde sie auf der Stelle die Finger von ihm lassen. In kreisenden Bewegungen verteilte sie die Paste auf seinem Oberkörper, obwohl das nicht nötig gewesen wäre. Sie bemerkte allerdings, dass es Vincent entspannte, und ihr gefiel es, seine geschmeidigen Muskeln sowie seine warme Haut zu berühren.

Nein, keine Gefährtin, dachte er und sagte: „Darf ich dir nicht erzählen. Darfst nichts über uns wissen. Dürftest nicht mal wissen, dass es mich gibt und wie ich heiße.“ Er klang bedrückt.

„Keine Sorge, ich verrate niemandem deinen Namen oder dass ich dich kenne. Nur Magnus darf mir noch einiges erklären. Ich weiß ohnehin über die Gargoyles Bescheid."

„Tatsächlich?" *Das würde Grimsley nicht gefallen.*

Wer wohl Grimsley war? „Ja, ich habe gehört, dass es in London einen Klan geben soll."

Vincents Gesicht erhellte sich. „Ich komme aus London."

Er sah noch süßer aus, wenn er nicht so grimmig schaute. Sein Blick war entrückt, hoffentlich von dem Trunk, wobei ... Was störte sie daran, dass er sie attraktiv fand und all die lustvollen Dinge mit ihr ausprobieren wollte, die in seinem Kopf rumschwirrten?

Noir grinste zurück. „Ich komme auch aus London, aber das weißt du ja bestimmt." Sie setzte sich auf ihre Unterschenkel, um sanften Druck auf ihre Körpermitte auszuüben. Das Pochen steigerte sich unaufhörlich.

„Woher weißt du von der Londoner Bruderschaft?", lallte er.

Auch wenn er kaum ordentlich sprechen konnte, schienen andere Funktionen seines Körpers sehr gut zu funktionieren. Mit einem Seitenblick auf die aufgespannte Decke bewunderte sie seine Standfestigkeit. Vincent war mit Sicherheit ein ausdauernder Liebhaber. Sollte sie ihren Slip ausziehen und sich auf ihn setzen? Auf ihm reiten, während sie seinen Oberkörper und die langen, kraftvollen Arme massierte? Er war nicht vergeben.

Sie verlor die Kontrolle über sich. Was machte dieser hübsche Fremde bloß mit ihr? Ablenkung! Sie musste an etwas anderes denken. „Meine Eltern kannten einen Gargoyle, ich weiß nur nicht mehr genau, warum. Wir sind ... waren Geheimniswahrer, unsere ganze Familie ... also nur noch ich." Sanft strich sie Salbe über eine Schramme an seiner Wange und sagte: „Dein Geheimnis ist bei mir absolut sicher."

Du kennst nicht all meine Geheimnisse, dachte er und es klang wieder betrübt. Die Augen geschlossen, drehte er den Kopf zur Seite.

Schnell versuchte Noir, ihn auf andere Gedanken zu bringen. „Was meintest du vorher mit meinen Eltern?" Das hatte sie beinahe vergessen.

„Sie hatten einen Kontrakt geschlossen. Mit der Bruderschaft. Falls einem ihrer Kinder etwas passierte, sollten sie und die Medaillons bewacht werden, bis sie ... du ... so weit bist, um für dich selbst zu sorgen."

Noir hielt einen Moment inne; ihre Hände ruhten auf Vincents Bauch. „Ihr wusstet von den Medaillons?"

„Nur Grimsley, unser Klanführer, wusste Bescheid. Und ein Engel."

„Engel?“ Ihre Finger wanderten höher.

Vincent nickte. „Aber sie haben mir nichts Genaues über die Amulette gesagt. Vielleicht kannten sie auch nicht ihre Eigenschaften. Ich hab im Laufe der Jahre, in denen ich dich bewacht habe, herausbekommen, wie gefährlich die Artefakte sein müssen und dass du deinen Bruder noch nicht aufgegeben hast.“

Noir schloss die Augen und ließ ihre Hände auf Vincents Brust liegen. Sein Herz ratterte so schnell wie ihres. Jamie ... Sie hatte ihn allein zurückgelassen. Er war doch erst dreizehn Jahre alt gewesen. Kurz flammte Zorn in ihr auf. Sie wollte nur noch vergessen, also atmete sie tief durch und konzentrierte sich ganz auf den Mann und seine Pflege. Hier lag ein solch herrliches, begehrenswertes Geschöpf in ihrem Bett, das sie brauchte. Er hatte all diese Verletzungen ihretwegen und durch ihre Dummheit wäre er fast gestorben. Sie wollte etwas davon wiedergutmachen, indem sie ihn nun verwöhnte. Das hatte er verdient.

„Was bezahlen sie dir für meine Bewachung?“, wollte sie wissen.

„Bezahlen?“ Vincent keuchte leise. „Ein Gargoyle nimmt keine Bezahlung. Es liegt in unserer Natur, euch zu beschützen. Das tun wir schon seit Urzeiten.“

All die Jahre hatte er irgendwo da draußen einsam über sie gewacht, Stunde um Stunde, völlig selbstlos. Noirs Herz verkrampfte sich. Ihr Heiltrank hatte seine Zunge gelockert, denn er erzählte ihr nun ohne Umschweife von der Bruderschaft. Sie sollte das ausnutzen. „Und was war das für ein Bündnis?“

„Deine Eltern sollten für unseren Klan einen Teil der Schätze verkaufen. Auch wir Gargoyles brauchen Geld, aber wir können schlecht in eine Bank gehen. Daher schließen wir diese Art von Bündnissen.“

Also darum war ein Gargoyle im Haus ihrer Eltern gewesen? Um Waren zu bringen und das Geld abzuholen. Das klang plausibel. „Hast du für sie in deiner menschlichen Gestalt auch Waren verkauft?“

„Nein.“ Vincent sah an ihr vorbei. „Ich habe meinem Klan Hilfe angeboten, aber sie haben sie nicht angenommen.“

„Ich wette, sie sind eifersüchtig auf dich. Ein richtiger Gargoyle sieht nie die Sonne und ist auch sonst eingeschränkt, wenn er tagsüber versteinert.“

„Vielleicht“, flüsterte er. „So hab ich das noch nie gesehen.“

Noir war neugierig, wollte mehr von Vincent wissen. „Alles, was du zum Leben brauchst, bekommst du also von deinem Klan? Aber woher bekommt der das Geld, woher habt ihr die Schätze, wenn ihr nichts für eure Dienste annehmt?“

„Drachen“, hauchte er.

Hatte sie richtig gehört? „Drachen?“

„Wir stammen von den Drachen ab. Unsere Vorfahren hatten Höhlen voller Gold, Edelsteine, Elfenbein … Davon ist noch genug da.“

„Gibt es heute noch Drachen?“ Angeblich sollten diese Wesen längst ausgestorben sein, doch Vincent dementierte das.

„Es gibt noch einige wenige. Sie leben sehr gut versteckt. Kaum einer bekommt sie zu Gesicht.“

Interessant. Sie musste Vincent beizeiten intensiver darüber befragen. „Einer deiner Artgenossen hat dich also verzaubert. Ich dachte immer, Gargoyles verabscheuen Hexerei?“

Vincent drehte seufzend den Kopf in die andere Richtung, die Lider weiterhin geschlossen. „Die meisten schon, aber es gibt in unserem Klan einen sehr alten Gargoyle, der hat sich selbst ein paar Zauber beigebracht.“

„Ein paar mächtige Zauber, würde ich sagen, wenn er so etwas beherrscht. Das kann er nur von einem geschulten Magier beigebracht bekommen haben, denn Magie besteht nicht einfach aus dem Herunterleiern irgendwelcher lateinischen Sprüche. Magie ist ein Zusammenspiel von Geist und Gesten, Sprüchen und Ritualen.“

„Er ist mächtig und ein anerkannter Magier in unserem Klan.“

Ein trauriges Seufzen drang aus seiner Kehle. *Er verbietet mir, so zu sein, wie ich wirklich bin. Ich bin eben zur Hälfte ein Mensch, doch darf ich es niemals sein, mich niemals wie einer verhalten, mich niemals in eine Frau verlieben, oder sie werden mich verstoßen.*

„Was bedrückt dich?“, fragte Noir leise, während sie sich über ihn beugte, um seine nach oben gestreckten Arme einzusalben. Sie wollte nicht in seinem Kopf herumstöbern, sondern es aus seinem Mund hören.

„Wurde noch nie von einer Frau berührt“, lallte er. „Es ist schön.“

Abermals huschte ein Lächeln über seine Lippen und er drehte ihr den Kopf zu, sodass sie seine Fangzähne aufblitzen sah. Himmel, er war düster und gefährlich wie ein Vampir und mindestens genauso attraktiv. Nicht, dass sie jemals einem Blutsauger begegnet wäre, zum Glück nicht. Aber sie hatte schon als Kind Vampirbücher verschlungen. Jetzt wusste sie, warum. Gefährliche, attraktive Geschöpfe hatten Sexappeal.

Sie hatte sich so weit über Vincent gebeugt, dass sich ihre Gesichter ganz nah kamen. Während sie weiterhin seine Arme massierte, schaute sie auf seine Lippen.

„Darf keinen Menschen begehren, werden zu Stein, wenn ich sie anfasse.“ … *eine Frau anfasse. Verboten.* „Ich habe noch nie eine Frau berührt, Grimsley hat unserem Magier befohlen, einen Fluch auf mich zu legen. Steinfluch“, stieß er hervor. *Meine Bürde.* Seine Finger krallten sich um die Metallstreben des Bettes. *Gott, diese Lust!*

Vincents Atem stieß ihr in hektischen Schüben entgegen. Noir war ihm immer noch so nah, dass sich ihre Nasen beinahe anstupsten. Wie gern wollte sie ihn küssen. Vincent war hocherregt, sein Unterleib bäumte sich immer wieder auf, sodass Noir seine Erektion unter der dünnen Decke mehr als nur erahnen konnte. Sie konnte kaum noch an sich halten. Durfte sie ihn küssen, ihm Erlösung verschaffen? Was würde er davon halten, wenn er wieder nüchtern war?

„Vincent“, hauchte sie an seine Lippen.

Plötzlich riss er die Augen auf. *Ich darf nicht!*

Schlagartig wich sie vor ihm zurück.

Sie hat Angst vor mir.

Noir hatte höchstens Angst, die Kontrolle über sich und ihr Handeln zu verlieren. Es war ihm verboten, sich mit ihr einzulassen. Sie wollte nicht dafür verantwortlich sein, dass sein Klan ihn verstieß. Sie blinzelte hinab zu seinen Schenkeln, die sich unruhig unter der Decke bewegten, worauf sich ihre innersten Muskeln zusammenzogen. Wie würde es sich anfühlen, einen jungfräulichen Gargoyle zu verführen? Er verzehrte sich danach. Warum war es ihm verboten, wo er doch ein halber Mensch war?

Sie atmete tief durch. Als wäre nichts gewesen, bat sie ihn, sich auf die Seite zu drehen. Trotz festgebundener Hände schaffte er es mühelos. Dann setzte sie sich hinter ihn, um die Verletzungen an seinem Rücken zu inspizieren. Sie waren bereits alle verkrustet. Ablenken, Noir, ablenken!, leierte sie im Geiste immer wieder herunter. Leider half das nichts. Intensiv widmete sie sich der Bisswunde an seiner Schulter, die ihm der gnomartige Dämon zugefügt hatte.

Vincent hatte also noch nie mit einer Frau geschlafen. Nie eine berührt. Noirs Herz zog sich zusammen. Zugleich pochte es unerträglich heftig in ihrem Unterleib. Sie hatte auf ihrer Flucht auch nicht viele Möglichkeiten gehabt, Erfahrungen mit Männern zu sammeln, doch sie war keine Jungfrau mehr. Mit siebzehn wollte sie es unbedingt hinter sich bringen. Sie lernte vor einem Dämonenklub in Soho einen Kerl kennen, der wie sie Höllenwesen jagte. Mike. Er war kleiner und fast doppelt so alt wie sie, doch gut gebaut. Ein netter Typ, etwas schüchtern. Als Noir ihn fragte, ob er mit ihr in die Kiste wolle, hatte er ohne zu zögern bejaht und sie waren zu ihm nach Hause gefahren. Er war sofort danach eingeschlafen und sie war gegangen.

Während ihrer Zeit im Kloster hatte sie ernsthaft mit dem Gedanken gespielt, den Mönch zu verführen, der manchmal im Garten vor ihrem Fenster arbeitete. Sie sah nie sein Gesicht, weil er seine Kapuze immer bis zu seinem Kinn hinunterzog. Er war groß und seine Bewegungen waren die eines jungen Mannes. Sie ließ es aber lieber bleiben. Ihre Deckung wäre aufgeflogen und sie wollte wirklich keinen unschuldigen Kerl verderben. Diese Gedanken – Vincents Gedanken – hatten sie manchmal wahnsinnig vor Lust gemacht, sodass sie sich unter der Bettdecke öfter Erleichterung verschafft hatte.

Moment – sie stutzte. Der Mönch war wirklich sehr groß gewesen und hatte immer Arbeitshandschuhe getragen. „Du warst der Gärtner!"

„Hm", brummte er.

Jetzt fielen ihr noch mehr Situationen ein, wo sie ihm begegnet war. „Im U-Bahn-Tunnel in Prag, als die Unterweltler hinter mir her waren, hab ich dich auch gesehen. In deiner Gestalt als Gargoyle."

„Ja", hauchte er und lächelte. *Du hast mich für einen Dämon gehalten.*

Ihr Herz klopfte wild, als sie auf die alte Narbe an seinem Oberarm starrte, wo ihr Messer ihn gestreift hatte. „Ich hätte dich beinahe getötet!"

„Berufsrisiko", murmelte Vincent.

Sie hatte ihn noch ein weiteres Mal gesehen. Vor etwa zwei Jahren, im Kino. Ein großer Mann stand an der Kasse dicht hinter ihr, als sie sich Popcorn kaufte. Diese Gedanken der unbekannten Stimme waren so laut, dass Noir dachte, jemand würde für alle hörbar aussprechen, wie er im Kino neben ihr sitzen und ihre Hand halten wollte. Sie wirbelte herum und riss dem Mann das rote Käppi mit ihrer Tüte Popcorn herunter. Der gepuffte Mais ergoss sich halb auf ihn. Stammelnd entschuldigte sie sich und flüchtete in den Kinosaal.

Später, beim Verlassen des Gebäudes, hatte sie den Mann mit der roten Kappe zwei Reihen hinter sich sitzen sehen. Er hatte sie jedoch nicht weiter beachtet. Es war ebenfalls Vincent gewesen. Wenn sie da nicht so schüchtern gewesen wäre! Er hatte ihr auf Anhieb gefallen, auch wenn sie ihm kaum ins Gesicht geschaut hatte. Allein seine Größe hatte sie beeindruckt. Allerdings hatte er bei ihrem Popcorn-Überfall kein Wort gesprochen, sie nur aus großen Augen angesehen. Hätte er etwas gesagt, hätte Noir seine Stimme gleich erkannt. Das Schicksal hatte anscheinend noch nicht entschieden, dass sie sich kennenlernen sollten. Ansonsten lag ihr letzter richtiger Sex ein Jahr zurück. Sie hatte mit einem weiteren wildfremden Kerl eine schnelle Nummer auf dem Rücksitz eines Autos geschoben. Wie romantisch. Erfüllend war das nicht gewesen – im Gegenteil. Er hatte nur seine eigene Lust befriedigt. Noir war drauf und dran gewesen, ihn umzulegen, hatte sich aber gerade noch besonnen.

Oh Gott, ob Vincent ihr dabei zugesehen hatte?

Ihr Puls raste. Jetzt könnte sie Vincent ausfragen, er würde sich später vielleicht nicht mehr an alles erinnern. „Vincent", begann sie vorsichtig, während sie behutsam seinen breiten Rücken einsalbte, „hast du mich jemals nackt gesehen?"

Unzählige Male, schleuderte er ihr seine Gedanken entgegen und brummte ein Ja.

In ihren Schläfen pulsierte es ebenfalls, ihre Hände zitterten stärker. „Hast du mich beobachtet, als ich …" Sie räusperte sich und strich sich eine Strähne hinters Ohr, bevor sie flüsterte: „Sex hatte?"

„Ich hätte den beiden Typen am liebsten den Kopf abgerissen", knurrte er und drehte sich auf den Rücken. Unverwandt schaute er sie an. „Du hast etwas Besseres verdient, meine kleine Hexe." Er bäumte sich auf, zog an den Fesseln. „Dass dich jemand verwöhnt, dir zeigt, wie schön es wirklich sein kann." *Du verdienst jemanden, der für dich sorgt, dich liebt, schätzt, lange Spaziergänge mit dir macht, dir Blumen schenkt, dich ins Theater ausführt und dich auf Händen trägt.*

Ihr Herz machte einen Hüpfer. In einem anderen Leben wäre Vincent der perfekte Mann für sie gewesen.

Seine Atmung beschleunigte sich, die Pupillen wurden schmaler. Fantasierte er?

„Ich würde dir alles geben." *Dich auf alle erdenklichen Arten lieben, bis du einen Höhepunkt der Lust nach dem anderen erlebst.*

Vincent schien plötzlich hellwach zu sein und doch nicht ganz bei sich. Er zerrte an den Seilen. Eine ungezügelte Wildheit funkelte in seinen Augen, die Noir leicht ängstigte, zur selben Zeit aber noch mehr erregte.

Mach mich los, dann zeig ich es dir! Er knurrte so laut, dass Noir versucht war, ihm die Hand auf den Mund zu legen. Nicht, dass wieder Beschwerden kamen.

Sie erkannte, dass sie Vincent nur beruhigen konnte, wenn sie ihm das gab, wonach er sich schon lange sehnte. Niemand müsste davon erfahren, besonders nicht sein Klan.

„Dreh dich bitte wieder auf die Seite. Ich war noch nicht fertig", sagte sie so ruhig wie möglich, obwohl in ihr ein Sturm der Gefühle tobte. Zärtlich fuhr sie ihm durchs Haar. Es war noch leicht feucht.

Grollend kam er ihrem Wunsch nach, wobei ihm die Decke von den Hüften rutschte. Vincent entspannte die Muskeln und Noir legte sich schnell hinter ihn, weil sie seinen wunderschönen nackten Penis nicht wie eine Geisteskranke anstarren wollte. Dann tauchte sie die

Finger wieder in den Tiegel. Er war fast leer. Ihr Herz klopfte bis zum Hals, als sie sich an Vincents Rücken drängte. Eine Hand legte sie um seine Hüfte und sie ließ ihre Finger unterhalb seines Bauchnabels kreisen. Ihren Kopf bettete sie so, dass er an seinem Schulterblatt lag. Sacht strich sie mit den Lippen über die weiche Haut an dieser Stelle. Immer tiefer wanderten ihre Finger und verteilten die Salbe.

Knurrend machte Vincent ein Hohlkreuz. *Wieso quälst du mich so? Findest du mich derart abstoßend?*

In Noirs Brust wurde es eng. Wenn er wüsste … Sie nahm all ihren Mut zusammen – wovon sie nicht viel brauchte, denn sie wollte es ja selbst so sehr – und legte ihre Fingerspitzen an seinen Schaft. Vincents Körper zitterte, er bäumte sich auf und ein lang gezogenes Stöhnen drang aus seiner Kehle. Das Geräusch allein war schon so erregend, dass Noir fühlte, wie Feuchtigkeit ihren Slip benetzte. Vincents Geschlecht schien gegen ihre Hand zu pochen und noch härter zu werden. Es fühlte sich interessant an, wie ein Stab aus Eisen, der mit Samt überzogen war. Vorsichtig betastete sie es, denn sie wollte ihm nicht wehtun. Für Noir war es das erste Mal, dass sie einen Mann an seiner intimsten Stelle berührte. Bisher war es nie dazu gekommen. Sie wusste daher nicht, was sie tun sollte, wie sie es richtig machen sollte. Nun gut, sie hatte viele Filme gesehen, aber das hier war die Realität. Zum Glück verrieten ihr Vincents Gedanken: *Streichle ihn, nimm ihn richtig in die Hand … fester …* Vincents Härte war gigantisch und doch so empfindlich. Sie drängte ihren anderen Arm, auf dem sie halb lag, zwischen ihren Körpern vorbei, damit sie sich selbst Lust verschaffen konnte. Hoffentlich bemerkte Vincent nicht, dass ihre Finger soeben in ihrem Höschen verschwanden.

❤

Als sich Noirs Hand fester um ihn schloss, hörte Vincent für einen Moment auf zu atmen, um sich ganz auf dieses herrliche Gefühl zu konzentrieren. Ihre Faust hielt ihn im Griff und schob die Haut auf seinem harten Kern vor und zurück. Immer, wenn Noir zusätzlich mit dem Daumen über seine Spitze glitt, zitterte sein Körper und ein elektrisierender Schlag schoss in seinen Unterleib. Drängend stieß er in ihre glitschige Hand, weil er wollte, dass sie rauer zu ihm war, ihn noch härter anpackte. Sie sollte ihn richtig malträtieren, denn er wollte Noir spüren, schon so lange!

Er begab sich in ihre Obhut, überließ sich ihrer Führung, gab sich ihr vollkommen hin. Er fühlte sich kein bisschen schuldig. Er lag hier festgebunden. Noir berührte ihn, nicht er sie. Er tat nichts Verbotenes. Es war schlimm für ihn, dass er nach all den Jahren seine Deckung aufgeben musste, aber es hatte sich definitiv gelohnt. Vor Glück lief ihm eine Träne aus dem Augenwinkel. Vince fühlte sich so wohl und glücklich wie noch nie. Ihm war schwindelig von ihrem Gebräu und er war trunken vor Lust. Träumte er auch nicht? Passierte das wirklich? Lag sie tatsächlich hinter ihm, ihren langen Körper an ihn geschmiegt? Sie stieß ihn nicht weg?

Zuvor, beim Kampf, hatte sie sich vor ihm erschreckt und auch im Badezimmer hatte sie ihn ein Monster genannt. Jetzt schien sie ihre Abscheu überwunden zu haben. Vince fühlte ihre Hitze, spürte ihren Atem in seinem Nacken. In Schüben schlug er gegen seine Haut. War sie ebenfalls erregt oder strengte sie der Akt lediglich an?

Noir wusste genau, wie sie ihre Hand bewegen musste, um ihm immens große Lust zu verschaffen, was ihn ein wenig ärgerte. Woher wusste sie, was sie tun musste? Er selbst hätte in diesem Moment keine Ahnung gehabt, wie er sie am besten befriedigen konnte. Noir war so geschickt, dass er jetzt noch eifersüchtig auf die beiden Männer war, die mit ihr geschlafen hatten. Sie wussten, wie es sich anfühlte, in ihr zu sein. Vincent wollte es ebenfalls. So sehr! Er knurrte vor Frust laut auf, doch die Lust vernebelte immer mehr sein Gehirn. Über ihre One-Night-Stands konnte er sich ein anderes Mal Gedanken machen, jetzt wollte er nur den Rausch genießen, der von ihm Besitz ergriffen hatte. Der Druck ihrer Finger steigerte sich, sie strichen immer schneller über seine Härte. Dabei stammelte Noir etwas von Morphin, das der Körper beim Sex ausschüttete und schmerzlindernd wirkte, sowie irgendwelchen anderen Hormonen, die das Immunsystem aktivierten.

Noir tat das also nur, weil es seine Genesung förderte? Im Moment war ihm selbst das egal. Es war ihm sogar höchst willkommen, denn endlich erfüllte sich sein innigster Wunsch: Noir berührte ihn, verschaffte ihm Lust. Vielleicht würde die Erkenntnis, dass sie es nur aus Mitleid tat, später schmerzen, aber jetzt steuerte er auf einen gigantischen Höhepunkt zu. Der gewaltige Druck in seiner Wurzel wollte nach draußen drängen, alles in ihm bäumte sich auf. Und als Noir ein weiteres Mal über seine Erektion strich und den Kranz seiner Eichel zwischen ihren Fingern rieb, kam er. Jeden Muskel angespannt, bog er stöhnend den Rücken durch, während sich sein Samen in pulsierenden Schüben über ihre Hand ergoss. Wie tausend Nadelstiche fühlte es sich in seinem Schaft an, als die dickflüssige Hitze hindurchschoss. Der süße Schmerz brachte ihn über den Rand der Ekstase; Millionen Sterne zerplatzten vor seinen Augen. Beinahe sank er in eine Ohnmacht.

Dann erschlaffte sein Körper. Es war vorbei. Viel zu schnell. Vincent hätte so gern mehr gehabt, aber er hatte den Höhepunkt nicht länger zurückhalten können. Sein rasender Puls beruhigte sich nur langsam. Er fühlte sich schläfrig und rundum glücklich. Nur am Rande bemerkte er, dass sich Noir hinter ihm erhob und seine Arme losband.

Als seine Sinne wieder ordnungsgemäß funktionierten und er die Sauerei auf seinem Bauch fühlte, schämte er sich zu Tode. Brummend legte er sich einen Arm über die Augen. Zum Glück war er unendlich müde. Er wollte nur noch einschlafen, um Vergessen zu finden. *Jetzt werden sie mich verstoßen …*

Er fühlte, wie Noir ihm mit einem warmen, feuchten Lappen die Spuren seiner Leidenschaft vom Bauch wusch, dann hörte er ihre Stimme wie aus weiter Ferne: „Sie werden es niemals erfahren, nicht von mir."

Nicht von ihr … Natürlich nicht. Grimsley würde ihm weiterhin seine Medizin geben. Vincent sank ins Reich der Träume, wo er und Noir glücklich als Paar zusammenlebten, als ihm seine Medikamente in den Sinn kamen. Er riss die Augen auf; sein Herz klopfte wild. „Meine Tabletten!"

Noir, die neben ihm saß und soeben das Nachtlicht hatte ausschalten wollen, starrte ihn entgeistert an. Sie sah so süß aus. Ihr frisch gewaschenes Haar fiel ihr wirr über die Schultern, ihre Wangen waren gerötet. Sie war erhitzt, vielleicht erregt?

Hastig senkte sie den Blick. „Wovon sprichst du?"

Wollte er eben noch dringend den kleinen Lederbeutel mit seiner Medizin, so wollte er nun der peinlichen Situation entfliehen. Schlagartig wurde ihm klar, was zwischen ihnen geschehen war. Er war bei vollem Verstand. Noir hatte ihn mit der Hand befriedigt! Könnte sich doch der Boden unter ihm auftun. Es war Himmel und Hölle zugleich.

Sie sah verstört aus. Nein, er war verstört. Ach, alles wirbelte in seinem Kopf durcheinander. Sie hatte ihm einen gewaltigen Orgasmus verschafft und sie selbst war leer ausgegangen. Wo er ihr doch zeigen wollte, dass er sie glücklich machen konnte. Aber doch nicht auf diese Weise! Nicht nur … Das Leben bestand aus so viel mehr, nicht bloß aus Sex, obwohl er wunderbar gewesen war. Für ihn. Ach, verdammt, auf diese Art hatte er sich das mit Noir für den Anfang nicht vorgestellt. Er hätte sie gern zum Essen ausgeführt, danach mit ihr den Sonnenuntergang angesehen und ihr einen Stern vom Nachthimmel gepflückt.

„Vincent?“

„Ähm … ja, ich brauche … meine Tabletten“, stotterte er. Er musste sich auf das Wesentliche konzentrieren. Schämen konnte er sich später. Er brauchte seine Medizin oder er würde sterben. Dann könnte er Noir nicht mehr beschützen.

Sie hatte ihm gerade einen runtergeholt und ihm kam nichts anderes in den Sinn als irgendwelche Tabletten? Sie kaute an ihrer Unterlippe. Noir war kurz davor gewesen, einen Höhepunkt zu erleben, hatte allerdings über Vincents Schulter spähen müssen. Wie schön und wild zugleich er im Moment höchster Ekstase ausgesehen hatte, als er sich in ihre Hand ergoss. Das Gesicht vor Lust verzerrt, den Mund zu einem stummen Schrei geöffnet. Noir hatte seine scharfen Zähne gesehen. Er war wild, sexy und geheimnisvoll. Ein Mann nach ihrem Geschmack. Ein richtiger Kerl. Stark und doch sensibel.

„Sie waren an meiner Hose, am Gürtel. In einem kleinen Beutel. Ich brauche sie, dringend!“

Noirs Magen zog sich zusammen. „Bist du krank?“ Sie konnte sich kaum vorstellen, dass so ein starkes Geschöpf wie Vincent ein Handicap hatte.

Er senkte den Blick. „Nein, aber … ich brauche sie eben.“

Noir sprang vom Bett, obwohl ihre Beine schwer wie Blei waren. Jetzt fühlte sie wieder, wie erschöpft sie war. Sie eilte ins Badezimmer und wühlte in dem Haufen in der Ecke, wo seine zerrissenen Jeans, die Handtücher und Fläschchen lagen. Kein Beutel. Dann sah sie im Zimmer nach, auf der Terrasse und unter dem Bett. Vincent musste den Beutel während des Kampfes verloren haben. Er starrte sie mit angsterfülltem Blick an. Die Tabletten mussten sehr wichtig sein. Sie verstand, dass er nicht darüber reden wollte. Ein starker Mann wie er hatte eine Schwäche – das war bestimmt demütigend für ihn. Zögerlich hockte sie sich wieder neben ihn. Er hatte sich aufgesetzt und hielt sich die Decke vor die Brust. Als ob das etwas nutzte, schließlich kannte sie nun jeden Zentimeter seines Körpers.

„Es tut mir leid, sie sind weg. Aber wenn du sie so dringend benötigst, kann ich zur Apotheke geh…“

„Nein!“ Er umklammerte ihr Handgelenk wie ein Schraubstock und dachte: *Bist du lebensmüde? Du gehst jetzt nicht ohne mich da raus! Vielleicht lauern sie dir auf.*

Noir schaute hastig auf seine Hand, die zum Glück noch im Handschuh steckte. Die Spitzen seiner Krallen berührten ihre Haut, hatten sie jedoch nicht verletzt.

Vorsichtig öffnete er die Hand und sagte sanfter: „Bitte, bleib. So wichtig sind sie nicht. Außerdem gibt es sie nicht in der Apotheke." *Ich hole mir morgen neue. Sonne hilft auch ein wenig.*

Seltsam, ein Gargoyle, der Medizin brauchte? Aber er war ja kein normaler Gargoyle. Ihm fehlte hoffentlich nichts Ernstes. Oder vielleicht war es so eine Art Medizin wie ihr Kräutermix, der dämonische Verletzungen von innen heilte. Deshalb gab es sie auch nicht zu kaufen. Ja, das musste es sein. Im Moment sah er auf jeden Fall aus, als würde es ihm besser gehen.

„Wozu brauchst du diese Tabletten? Vielleicht kann ich dir mit meinen Kräutern helfen?", fragte Noir und gähnte herzhaft. Sie war so verdammt müde, doch sie wollte erst wissen, was es mit Vincents Tabletten auf sich hatte. Auch wenn er nicht darüber sprechen wollte, würden vielleicht seine Gedanken mehr verraten. Nicht, dass sie neugierig wäre … Verflixt, sie war neugierig. Vincent hatte sie gerettet, er war die letzten Jahre für sie da gewesen und sie wollte sich jetzt revanchieren.

„Weiß nicht, ob deine Kräuter helfen", stammelte er. „Vielleicht."

Sein Geist schien verwirrt, denn Noir konnte kaum noch etwas Klares von ihm empfangen. Er schien ebenso erschöpft wie sie. Aber sein Gedanke über die Sonne erinnerte sie an etwas. Gargoyles fielen am Tag in einen regenerierenden Steinschlaf. Die Sonne lud ihre Körperzellen mit neuer Energie auf und heilte sie. Ob das auch bei Vincent funktionierte? Noir wollte nichts unversucht lassen. In zwei Stunden würde es hell werden.

„Gargoyles brauchen Sonne, um zu heilen. Das stimmt doch?"

Er nickte.

„Funktioniert das bei dir auch?"

„Ein bisschen, ja." Seine Stirn legte sich in Falten. „Woher weißt du so viel über uns? Ihr Menschen wisst nichts von unserer Existenz."

„Die gewöhnlichen Menschen nicht. Ich hingegen bin mit der Geschichte der Wesen aus der Mythenwelt vertraut. Auch wenn ich noch nicht alle mit eigenen Augen gesehen habe, weiß ich es zumindest aus dem Schulunterricht."

Ein lang gezogener Laut der Erleichterung verließ seinen Mund. *Dann kann ich wenigstens offen mit ihr reden.*

Das hast du schon, dachte sie schmunzelnd. Vincent hatte also doch nicht alles mitbekommen. Der Trank wirkte bei ihm anders. Ob er auch schon wieder vergessen hatte, was soeben geschehen war? Sie schaute ihn genau an. Er wich ihrem Blick aus, die Wangen tief gerötet. Nein, er konnte sich daran erinnern. Und verdammt noch mal – er war genauso verunsichert wie sie.

„Ähm … Lass uns schlafen gehen“, sagte sie schnell. Sie wusste nicht, wie sie sich jetzt ihm gegenüber verhalten sollte. Sie hatte ihn gepflegt – okay. Aber sie hatte auch ihre Position missbraucht, oder? Allerdings sah Vincent nicht so aus, als würde er eine Sekunde bereuen. Seine Gedanken verrieten ihn. Außerdem gingen sie schon wieder in eine unanständige Richtung. Daran konnte ein Mann wohl immer denken, egal, wie erschöpft er war.

Aber es war nicht so, dass Vincent immer nur an das Eine dachte, bestimmt nicht. Noir hatte oft auch ganz andere Empfindungen von ihm empfangen. Romantische, sinnliche, alltägliche. Nur seit er in ihrer unmittelbaren Nähe war, sinnierte er fast bloß noch über ihren Körper. Er konnte also ihre Brustwarzen durch das T-Shirt sehen? Sie war versucht, an sich hinunterzuschauen und an ihrem Hemd zu zupfen, beherrschte sich aber.

„Du brauchst Sonne.“ Der nackte Adonis neben ihr machte sie nervös. Es kam ja nicht oft vor … Es war noch nie vorgekommen, dass sie einen Mann in ihrem Bett gehabt hatte. Denk an die Sonne, nicht an nackte Kerle, überlegte sie. Beide waren heiß. Da kam ihr eine Idee. „Hilfst du mir, die Matratze auf die Terrasse zu bringen?“

Seine Brauen hoben sich.

„Bald wird es hell. Dann musst du nicht extra aufstehen und nach draußen gehen. Du schläfst einfach auf der Terrasse.“

Vincent nickte. „Gute Idee.“ *Sie will mich loswerden. Sie will kein Monster neben sich.*

Noir seufzte innerlich. Was dachte er nur immer von ihr? Als er auf die Beine kam, wickelte er sich das Bettlaken um die Hüften. Sie konnte kaum den Blick von ihm abwenden. Er war einfach ein Sahnestück. Der flache Bauch, die langen Arme und Beine und erst sein verwuscheltes Haar. Noir hatte große Lust, es noch mehr zu zerwühlen, ihn zu küssen, mit ihm zu … Sie war kein bisschen besser!

Erst als er die Matratze vom Bett zog und dabei gefährlich schwankte, bemerkte sie, wie schwach er tatsächlich war. „Ich helfe dir.“

Gemeinsam trugen sie eine der schweren Matratzen des Doppelbettes nach draußen. Frische Nachtluft wehte unter Noirs Shirt und brachte ihr eine Gänsehaut ein. Die Bodenfliesen waren ebenfalls kühl. Sie erschauderte.

„Hier bist du genauso sicher wie drinnen“, erklärte sie und deutete auf die Kristalle. Sie platzierten die Matratze in der Mitte der Terrasse und Noir bestand darauf, dass er sich sofort wieder hinlegte. Murrend kam er ihrem Wunsch nach. Er streckte sich auf dem Rücken aus, während sie noch einmal hineinging, um dickere Decken aus dem Schrank zu holen. Diese breitete sie über Vincent aus.

„Danke“, murmelte er. Seine Lider hingen ihm tief über den Augen.

Noir eilte noch ein weiteres Mal hinein, um ein Kissen und Magnus’ Handy zu holen, und setzte sich dann neben Vincent auf die Matratze. Als sie sich fröstelnd über die Arme rieb, rutschte er zur Seite und hob die Decken an. *Sie wird nicht zu mir kommen wollen*, dachte er. Trotzdem schob er ihr das Kissen hin.

Vincent war so süß. Ein starker Kerl, der noch unsicherer und unerfahrener war als sie. Wieso hatte er eine derart schlechte Meinung von sich? Und was dachte er über sie? Okay, er kannte sie bloß als eine Frau, die jede Nacht Dämonen killte. Das konnte einen Mann abschrecken. Sie wollte ihm aber gern zeigen, dass sie nicht nur eiskalt war. Sie sehnte sich nach Geborgenheit wie jeder normale Mensch. Vielleicht sogar ein wenig mehr. Sie war schon zu lange allein. Als ob es das Normalste auf der Welt wäre, schlüpfte sie zu ihm unter die Decken. Wenn sie nicht so unendlich müde wäre, hätte sie sich über sein erstauntes Gesicht herrlich amüsiert.

Diskret rutschte er noch ein Stück von ihr fort, wobei er sie nie aus den Augen ließ.

„Ich stelle nur eben das Handy auf Dämonenüberwachung. Sicher ist sicher.“ Es würde Alarm schlagen, wenn Dämonen in der Nähe auftauchten, und die Kristalle waren auch noch da. Wenn sie so ein Gerät doch schon früher gehabt hätte!

Während sie auf dem Handy herumtippte, fühlte sie Vincents Blicke auf sich. Es gefiel ihr, dass er sie begehrte. Allerdings war es auch ein wenig unheimlich, wie sehr er auf sie fixiert war. Fast ein bisschen zu viel. Einerseits wollte sie ihm gefallen und vor allem diese ganzen sündhaften Dinge mit ihm tun, die er sich all die Jahre ausgemalt hatte, andererseits hatte sie Angst, dass er sein Herz an sie verlor. Sie wollte ihm nicht wehtun.

Sie sollte ins Zimmer zurückgehen, sobald er schlief. Ihm fielen ständig die Augen zu. Der Orgasmus hatte ihn wohl zusätzlich erschöpft. Sie wusste nicht, was sie davon halten sollte, die erste Frau in Vincents Leben zu sein, die ihn auf diese Weise berührt hatte. Irgendwie machte es sie jedoch glücklich. Er war ihr Beschützer. Vielleicht auch bald ihr Liebhaber. Ach, was war das schon wieder für ein Gedanke!

Sie mochte Vincent sehr. Er war ein guter Mann. Noir war sehr froh, dass er sie gerettet hatte. Nun war auch Jamie nicht verloren.

Sie konnte weiterhin nach ihrem Bruder suchen, wissend, dass sie ein starkes Geschöpf an ihrer Seite hatte. Sie war nicht mehr allein. Sie war nie allein gewesen. Hätte sie das doch eher gewusst! Oder hatte sie nicht immer gespürt, dass jemand bei ihr war?

Sie gähnte abermals. Als sie kurz die Augen schloss, wollte sie diese am liebsten nicht mehr öffnen. Sie musste nur so lange durchhalten, bis Vincent schlief, dann würde sie hineingehen. Aber ihr war so kalt. Daher kroch sie tiefer unter seine Decke. Die Matratze war zwar breit genug, aber Vincent ein großer Mann und Noir eine große Frau. Dennoch fand sie wunderbar Platz neben ihm. Lag er etwa halb auf dem Boden? Sie schmunzelte und musste wieder gähnen. Sein Körper strahlte eine angenehme Wärme aus, die sie noch schläfriger machte. Noir versuchte ebenfalls, so viel Diskretion wie möglich zu wahren und ihn nicht zu berühren.

Vincent lag so, dass er ihr das Gesicht zudrehte und sie seinen Atem an ihrer Stirn spürte. Noir rutschte noch tiefer, wagte sich ein wenig näher an ihn. Sie lag ebenfalls zu ihm gedreht und legte ihre Arme vor sich angewinkelt ab. Ihre Finger berührten seine warme Brust. Wie gut er roch. Er besaß einen eigenen Duft, der etwas Animalisches ausstrahlte. Männlich. Verwegen. Sie fühlte sich bei ihm gut aufgehoben. Beschützt.

Ich gehe, sobald er schläft, war Noirs letzter Gedanke, bevor sie einschlummerte.

Kapitel 10 – Seychellen

„Wo sind wir hier?“, fragte Kara. Da der haushohe Wasserfall stark rauschte, musste sie lauter reden. Sie drehte sich um, weil ihr die eigenen Flügel den Blick nach hinten versperrten, sah aber nur eine Felswand. Das Portal zum Antiquitätenladen war verschwunden, dafür befand sie sich mit Ash mitten im Paradies. Die Sonne stand nicht mehr hoch am Himmel, sondern bereits über dem dichten Palmendach – es war Nachmittag. Sie mussten sich auf einem Breitengrad etwas östlicher als London aufhalten.

„Willkommen auf den Seychellen, Darling.“ Ash vollführte mit seinem Arm eine ausladende Bewegung, als er auf die herrliche Landschaft deutete.

„Was hast du vor?“ Ihre Hände waren hinter ihrem Rücken gefesselt und das Lederband um ihren Hals blockierte ihre Fähigkeiten. Ihr Herz pochte heftig. Sie war dem Dämon ausgeliefert. Auch wenn sie ihm vertraute, weil sie sein wahres Gesicht gesehen hatte, als er starb, wusste sie nicht, was jetzt kam. Warum führte er sie an solch einen herrlichen Ort?

„Hier kann ich dich in aller Ruhe durchsuchen“, beantwortete er ihre Frage. „Keiner wird dich hier vermuten, niemand wird deine Schreie hören.“

„Schreie?“, krächzte sie. Ihr Hals war plötzlich wie zugeschnürt.

„Ich meine natürlich Lustschreie, Baby.“ Mit den Fingerspitzen fuhr er über ihr Schlüsselbein. „Ich weiß doch, dass du nur deswegen so kooperativ bist, weil du gevögelt werden willst.“

Kara verschluckte sich fast. Ash sprach direkt aus, ohne rot zu werden, wonach sie sich sehnte, aber … „Es ist verboten.“

„Für dich vielleicht“, raunte Ash ihr ins Ohr, als er sich an sie drängte. Kara konnte seine Erektion an ihrer Hüfte spüren. „Ich hingegen kann mit dir machen, was ich will. Ich bin ja schon in der Hölle.“

Oh ja, und er war der Teufel höchstpersönlich. Ein enorm attraktiver Teufel, ein Lüstling ohnegleichen. Ihr wurde immer heißer; ein Kribbeln lief über ihre Wirbelsäule nach unten. Da ihre Arme auf dem Rücken zusammengebunden waren, drückte es ihre Brüste hinaus, wodurch sie noch größer wirkten. Kara präsentierte sich auf ungewollte Art, doch es gefiel ihr. Weil es Ash gefiel. Er schob ihr Top hoch und legte ihren Busen frei. Kara sog überrascht die Luft ein. Ihre Brustwarzen prickelten, als der warme Tropenwind über ihre empfindlichen Nippel strich. In ihrem Slip wurde es feucht, nur weil sie sich Ash so freizügig anbot.

„Wird Raphael dich wieder retten?", fragte er rau, ohne den Blick von ihrer Oberweite zu nehmen.

Ein Stich durchfuhr ihren Magen. „Du erhoffst dir dadurch, dass er herkommt?"

„So ist es, meine Süße. Ich hab einiges mit ihm zu bequatschen."

Heftige Enttäuschung wollte sich in ihr breitmachen. Ash verführte sie nur, weil er Raphael anlocken wollte. Außerdem würde er sie somit direkt in die Hölle stoßen. Aber als sie ihn genauer betrachtete, bemerkte sie, dass er mehr als nur Gefallen an ihrem Körper fand. Der Stoff seiner Jeans wies in seinem Schritt eine beachtliche Wölbung auf. Feine Tröpfchen glitzerten auf seiner Oberlippe und Stirn. Außerdem schaute er sie an wie ein Betrunkener. Als ob er berauscht wäre. Ihr Herz schlug schneller vor Freude, obwohl sich auch Sorge daruntermischte, dass er die Beherrschung verlieren und ihr tatsächlich die Unschuld rauben würde.

„Warum weißt du, dass es Raphael war, der mich vor dem Dämon rettete?"

„Hab ich geraten."

Er ging um sie herum, als würde er ausgestellte Ware begutachten. Als seine Fingerspitzen über ihre Flügel fuhren, prickelte es wunderbar. Mist, er wusste, wo es guttat. Sie würde ihm niemals widerstehen können.

„Du kannst mir aber auch die Uhr geben." Ash schob ihr Haar zur Seite und hauchte in ihren Nacken, wo sein Atem ebenfalls ein Kribbeln hinterließ. „Ich verspreche dir, dass ich dich dann sofort befreie."

Karas Brustwarzen zogen sich noch mehr zusammen, in ihrem Schritt pochte es angenehm. Schwer atmend erwiderte sie: „Was zählt denn schon, was ein Dämon sagt?"

„Deine Brüste sind wunderschön."

Kara sah das anders, für sie quollen sie wie Honigmelonen hervor. Sie waren viel zu groß, viel zu auffällig.

„Glaubst du mir wenigstens das?" Plötzlich stand er wieder dicht vor ihr.

„Was?"

„Dass ich auf deine Titten stehe, Täubchen."

Sie schrie auf, als er unvermittelt seine Hände rechts und links auf ihre prallen Hälften legte, sie zusammendrückte und über ihre Brustwarzen leckte.

„Meine Güte", krächzte Kara und wäre zusammengesackt, hätte Ash sie nicht festgehalten. Seine Zunge vollführte wilde Tänze auf ihren Knospen, die vor Verlangen schmerzten. Mit den Lippen biss er sie sanft, worauf Kara vor Lust die Augen verdrehte. Was für ein Anblick, einen so attraktiven Mann zwischen ihren Brüsten zu haben. Sie konnte kaum glauben, was sich hier abspielte. Dieser gefährliche Dämon machte sie schwach. Leider erregte seine dunkle Aura sie nur noch mehr. Sie hatte bis jetzt keine Ahnung gehabt, dass sie auf böse Buben stand. Aber sie hatte ihre aufkeimenden Gelüste immer unterdrückt – bis Ash in ihr Leben getreten war und ihre düstere Seite hervorgekitzelt hatte. Sie spielte mit dem Feuer. Er knetete mit einer Hand ihre prallen Halbkugeln, während er sie mit der anderen am Rücken hielt. Seine leicht rauen Hände auf ihrem Körper machten sie halb wahnsinnig.

Ash sah immer wieder nach oben, als ob Raphael tatsächlich gleich auftauchen würde, wobei er ihre Brustwarzen abwechselnd einsaugte. Schwindelig vor Lust stöhnte Kara auf. Ash nuckelte an ihren Knospen wie ein Baby, bis sie noch spitzer abstanden. Wie Nadelstiche fühlte sich der Sog seines Mundes auf ihren Warzenhöfen an. Der erotisierende Schmerz drang bis in ihren Schoß vor, wo er alles zum Glühen brachte. Wenn Ash so weitermachte … „Himmel!", hauchte sie, weil sie auf einen Höhepunkt zusteuerte, nur weil dieser Dämon ihre Brüste bearbeitete. Zumindest glaubte sie, dass es ein Höhepunkt sein musste, denn an ihr Menschsein hatte sie keine Erinnerung mehr, aber all die herrlichen Gefühle konzentrierten sich zwischen ihren Beinen und schwollen immer weiter an. In ihrem Unterleib pochte es wilder, ihr Inneres zog sich zusammen. Ihre Knie gaben nach. Sie schloss die Augen und ließ sich fallen. Ash hielt sie, einen Arm in ihrem Rücken, während sie mit zurückgelegtem Kopf in seinem Griff hing. Sie hoffte, dass Raffi nicht auftauchte. Wenn ihr ehemaliger Mentor sah, wie sie sich mit einem Dämon vergnügte!

Moment – sie vergnügte sich nicht. Sie machte sich nicht schuldig. Sie war wehrlos, ein Opfer. Ash ein Verführer. Er hatte sie ganz in seiner Gewalt … und das machte sie an.

„Ich muss dich spüren", raunte er und ließ sie ins Gras sinken.

Nun lag sie auf ihren gefesselten Armen. Sie drehte sich zur Seite, wodurch sie auf einem ihrer Flügel ruhte wie auf einer weichen Decke. Sie schielte zu Ash, der über ihr stand und sein Shirt über den Kopf streifte, das er achtlos in die Wiese warf. Kara konnte nur auf seinen entblößten Oberkörper starren. Himmel – er war perfekt. Alles harmonierte an ihm. Es war bereits eine Unverschämtheit, wenn diverse Firmen haushohe Werbeplakate an den Gebäuden befestigten, auf denen sich halb nackte Männer präsentierten, nur um ein Duschgel vorzustellen. Kara konnte nie an solch einem Poster vorbeifliegen und schmachtete vom Dach gegenüber minutenlang die traumhaften Männerkörper an. Aber Ash übertraf sie alle. Er besaß wohlgeformte Brustmuskeln und einen flachen Bauch – nicht zu übertrieben muskulös, sondern man konnte die Muskeln darunter erahnen. Es sah natürlich aus. Seine Arme waren schlank, doch Kara erkannte die Kraft in ihnen, als er sich durch sein schwarzes Haar fuhr. Dabei wölbten sich seine Oberarmmuskeln. Das machte er bestimmt absichtlich. Was hatte er jetzt vor? Sie würde ihn so gern berühren.

„Gib mir die Uhr, oder ich werde jetzt damit anfangen, dich zu durchsuchen. Das werde ich sehr gründlich tun." Sein Blick blieb an ihrer Körpermitte hängen. „Bis in die letzten Winkel."

Kara erschauderte. „Du wirst sie niemals finden. Aber tu dir keinen Zwang an. Sieh nach." Hilfe, hatte sie das wirklich gesagt?

Ash zögerte. Wollte er etwa einen Rückzieher machen? Sollte er Kara wirklich ausziehen? Wenn er ihren sexy Körper erst einmal freigelegt hatte, würde er sich nicht mehr zurückhalten können. Er war jetzt schon so scharf auf sie, dass die Vorboten seiner Lust seine Hose befeuchteten.

Er räusperte sich hart. „Na gut, du willst es nicht anders." Ash ging in die Hocke, um ihr die Stoffturnschuhe abzustreifen. Zum Vorschein kamen nackte, zierliche Füße mit hübschen Zehen. Am liebsten hätte er sofort an ihnen gelutscht. Später vielleicht. Das wäre eine nette Art, Kara zu foltern, wenn er sie mit seiner Zunge kitzelte. Er wollte endlich dieses Artefakt!

Als er ihre Hose aufknöpfte, atmete Kara schnell. Seine Finger streiften die weiche Haut an ihrem Bauch, worauf sie zuckte.

„Letzte Chance", flüsterte er, aber sie antwortete nicht.

Mit einem Ruck, der ihr einen Schrei entlockte, zog er ihr die Jeans und den knappen, aber einfachen Baumwollslip von den Beinen. Oh verdammt, sah sie heiß aus! Wie sie so auf der Seite lag, die Flügel gespreizt, die Arme hinter dem Rücken zusammengebunden, mit dem nach oben geschobenen Bustier …

Kara wirkte verwundbar. Ihre Lippen waren leicht geöffnet und glänzten, die Augen hatte sie geschlossen. Aus Scham? Manche Engel kannten dieses Gefühl nicht. Kara hingegen schien sehr viele Gefühle zu besitzen. Das gefiel ihm, wo er immer ein leidenschaftlicher Engel gewesen war. Den Großteil seiner Leidenschaft hatte er allerdings eingebüßt, als Ceros ihm seine Seele ausgesaugt hatte. Natürlich hatte sich Ash in den letzten Jahrhunderten sexuell nicht zurückgehalten und sich mit unzähligen Frauen amüsiert, doch es hatte immer das gewisse Etwas gefehlt. Erst Kara hatte seine Flamme wieder entzündet. Wie auch immer sie das geschafft hatte.

Alles in ihm pulsierte wild, als er um sie herumging. Er begutachtete sie und vor allem ihr winziges Bäuchlein, das neben ihren Brüsten das Weiblichste an ihr war. Weich und sanft gerundet. Ihre schönen, festen Beine zitterten leicht. Am längsten musste er auf ihren Venushügel starren, auf dem nur ein schmaler Streifen blonder Haare stand. Sie war nicht rasiert – nein, sie besaß dort von Natur aus so wenig Haare. So unschuldig …

Er öffnete den obersten Knopf seiner Hose, weil sein steinharter Schwanz sie beinahe sprengte. Jedes andere bezaubernde, weibliche Wesen hätte Ash längst genommen. Für diese Beherrschung hätte er eine Urkunde verdient. Er hob ihre Kleidung auf, doch die Uhr war nicht da. Dann gab es nur eine Lösung: Sie gehörte zu den Engeln, die Dinge teleportieren konnten. Fuck, also würde er nie an das Artefakt kommen! Aber ihm blieb noch die Hoffnung, dass Raphael auftauchte. Was der Erzengel sagen würde, wenn er Kara hier nackt liegen sah? Wahrscheinlich wünschte Raphael ihn sofort wieder zurück in die Hölle. Das war Ash allerdings verdammt egal. Raphael konnte ihm gestohlen bleiben. Er würde sich jetzt ein wenig vergnügen, dann auf die Hexe warten – dank Kara war er ja vorgewarnt –, seinem Boss das Medaillon verschaffen und anschließend seine Freiheit genießen.

Ash hatte sich für diese Insel auf den Seychellen entschieden, weil er nicht an sein Dasein erinnert werden wollte oder wer er war. In der Unterwelt gab es nur kalten Fels, Gewalt, Intrigen und Tod. Aber Ash brauchte das pulsierende Leben. Außerdem würde sich Kara in solch einer Umgebung viel eher entspannen. Sie sollte keine Angst vor ihm haben. Vielleicht konnte er sie abrichten, sie hörig machen, damit sie ihm die Uhr gab.

Nein, lieber nicht. Irgendwie fand er Karas eigenen Kopf bezaubernd. Aber er hatte erlebt, wie Dämoninnen ihn angefleht hatten, er möge mit ihnen schlafen. Klar, für die war er wohl eine Art Unterwelts-Attraktion. Sex mit einem gefallenen Engel musste so was von geil sein.

Sex mit einem echten Engel, das war geil.

Karas freier Flügel schwang plötzlich über sie und hüllte sie ein.

„Nein, Kleines, ich will dich ansehen“, raunte Ash und drückte die flauschige Schwinge wieder nach hinten. „Und ich will dich berühren, jeden Zentimeter deiner Haut, jede noch so versteckte Stelle.“

Er streichelte über ihren Arm und ihre Taille. „Ich werde meine Finger in all deine Öffnungen schieben, ganz tief, denn irgendwo musst du die verdammte Uhr ja haben."

Kara wimmerte, als er sich vor sie auf ihren unteren Flügel legte und seinen Daumen zwischen ihre Lippen schob. „Weiter aufmachen, Täubchen."

Sie gehorchte, worauf er den Finger tiefer in ihren feuchtwarmen Mund gleiten ließ.

Ihm entfuhr ein Keuchen. Das war einfach zu gut. Natürlich hatte sie die Uhr dort nicht versteckt, aber es gefiel ihm, mit Kara zu spielen. Sie war das hingebungsvollste Geschöpf, dem er je begegnet war. Ash kuschelte sich auf ihren Flügel. Er war so samtig weich, dass er sich wie auf einer Wolke fühlte. „Tut es dir weh, wenn ich auf deinen Federn liege?", fragte er leise.

Kara schüttelte den Kopf, die Augen geschlossen.

Ash entspannte sich und legte den Kopf auf ihrem Flügel ab. Hier könnte er auf ewig liegen, mit seinem Engelchen im Paradies, den Daumen in ihrem Mund. Er hatte keinen Blick für die Schönheit der Natur übrig, denn im Moment gab es nur dieses himmlische Geschöpf und ihn.

Plötzlich schlossen sich ihre Lippen fest um seinen Daumen und sie begann, daran zu saugen. Ash stöhnte, seine Erektion zuckte heftig. Sie schwoll so hart an, dass er sich fast ergossen hätte. Hastig zog er seine Hand zurück. „Du Luder! So schnell ist das hier nicht zu Ende, ich bin noch lange nicht fertig."

Seine Finger wanderten an ihrem schlanken Hals hinab über den gerafften Stoff ihres Oberteils zu einer Brust. Sanft zwickte er sie in einen ihrer harten Nippel. Kara bog den Rücken durch und atmete stoßweise.

„Gefällt dir, wenn ich sie quäle?" Er nahm sich den anderen Knubbel vor, den er zwischen zwei Fingern zwirbelte, bis er dunkelrot und heiß war.

Kara stöhnte.

„Antworte mir!"

„Ja", stieß sie hervor. „Es gefällt mir."

„Du bist ein braves Engelchen. Wirklich gut erzogen. Hat Raphael dir das beigebracht?"

„Was?" Ihre Lider öffneten sich. „Ich habe noch nie … Aaah!"

Ash hatte seine Handfläche auf ihren Venushügel gepresst. Mit einem Finger drang er in sie ein und bewegte ihn sanft. Wie eng sie war und so feucht. Er konnte den zarten Widerstand ihrer Unschuld spüren. Kara war total erregt und mehr als bereit für ihn. Er spürte deutlich, dass sie es auch wollte, was verrückt war. Sie war doch ein Engel. Sie wusste, dass es ihr verboten war, sich auf diese Weise zu vergnügen. Er durfte nicht mir ihr schlafen, ihr nicht die Unschuld nehmen. Niemals wollte er, dass es ihr so erging wie ihm. Er wollte sich nicht ausmalen, was sie in der Unterwelt mit Kara anstellen würden.

Obwohl er schon lange ein Dämon war und mit seinem Engeldasein auch seine Seele verloren hatte, besaß er immer noch ein Quäntchen Anstand. Er würde sie nicht entehren. Nur ein bisschen Spaß mit ihr haben. Außerdem genoss sie es ebenfalls. Er ließ seine Fingerkuppe auf dem winzigen Köpfchen zwischen ihren Schamlippen kreisen, bis es hart war, bevor er seine Hand zurückzog und den Finger in den Mund nahm. Wahnsinn, das war besser als der köstlichste Nektar, von dem er je gekostet hatte.

Abermals leckte er über ihre Brustwarzen, wobei ihm seine Fantasie von vorhin in den Sinn kam. Ob er es wagen sollte, seinen Penis zwischen ihre Brüste zu schieben, um dann in ihren Mund …

Nein, nein – das würde zu weit gehen. Er wollte sie nicht als Lustobjekt missbrauchen. Er wollte ihr ebenfalls Freude verschaffen. Erst mal musste er sich vorsichtig herantasten. Kara besaß als Engel keine Erfahrung mit Sex. Er wollte es ihr nicht gleich vermiesen. Allerdings musste er endlich seinen Schwanz befreien. Der Platz in seiner Hose war längst verbraucht. Hastig öffnete er die restlichen Knöpfe und atmete auf, als sein Schaft die Enge verließ. Dann beugte sich Ash über Kara, um ihre Fesseln zu lösen. Mit großen Augen schaute sie zu ihm auf.

„Du lässt mich frei?“ Ihre Stirn legte sich in Falten.

Klang sie etwa enttäuscht? „Nur deine Hände“, sagte er.

„Warum?“

„Darum“, erwiderte Ash und schaute auf sein Geschlecht, das aus der geöffneten Jeans ragte. Die Spitze glänzte dunkelrot und pochte so wild wie sein Herz.

Karas Blick folgte ihm. Ihre Augen wurden noch größer, ihr Mund öffnete sich. Ihr gefiel wohl, was sie sah, was Ash mit Stolz erfüllte.

„Fass ihn an“, befahl er.

Sie nahm die Hände nach vorn, ohne den Blick von seinem Schwanz zu nehmen. Sie zögerte, doch er wartete geduldig. Ihre Hände tasteten sich an seinem Oberkörper hinab, was ihn allein schon wahnsinnig machte. „Ich bin nicht zerbrechlich“, presste er hinaus. Tatsächlich berührte sie ihn mit mehr Druck, ließ ihre Handfläche auf seinem Bauch kreisen und befühlte seine Taille.

Ashs letzter, richtiger Sex lag ein paar Wochen zurück und der war nicht gerade exorbitant gewesen. Er hatte schon gedacht, er würde das Interesse an Frauen verlieren, und befürchtet, Jamiels Neigungen hätten auf ihn abgefärbt. Aber vielleicht hatten ihn lediglich seine Fluchtpläne zu sehr beschäftigt. Im Moment war mehr als deutlich, dass er definitiv nur auf weibliche Wesen stand.

Er stöhnte unterdrückt, als Kara seine Eichel streifte. Sie fasste ihn so zärtlich an, dass er ihre Finger um seinen Schaft kaum spürte – dennoch reichte es, um ihn fast über die Klippe zu stürzen. Ash musste sich ablenken. Er berührte Kara und streichelte sie zwischen den Beinen.

Raphael tauchte nicht auf.

Damit hatte Ash nicht wirklich gerechnet, eigentlich wollte er sich lediglich mit seinem Engelchen vergnügen. Sein Schwanz hatte wieder einmal die Oberhand gewonnen und sein rationales Denken weitgehend lahmgelegt. Dennoch war da noch mehr – ein unbeschreibliches Gefühl hinter seinem Brustbein, ein äußerst zartes Sehnen.

Ash fuhr mit zwei Fingern zwischen ihre nassen Falten und rieb ihren Kitzler, woraufhin sie aufkeuchte und seine Erektion fester umschloss. Während sie sich gegenseitig streichelten, saugte Ash an ihren Brüsten. Er konnte kaum glauben, dass sein Engelchen ihm freiwillig Lust verschaffte.

„Ash", hauchte sie, und es klang beinahe verzweifelt. „Ash … ich …" Schwer atmend schaute sie ihn an.

Er rieb fester. „Komm für mich, Süße. Lass es zu."

Stöhnend warf sie den Kopf zurück, die Augen geschlossen und den Mund geöffnet. Wie losgelöst sie aussah. Ihr Haar war ein einziges Durcheinander, ihre Wangen sanft gerötet, die Lippen glänzten. Ash musste sie einfach küssen. Und als er seinen Mund auf ihre Lippen legte, kam er selbst beinahe, doch er wollte noch warten, bis Kara so weit war. Es knisterte förmlich, als sie sich derart intim berührten. Ash stöhnte in Karas Mund und sie in seinen. Wie gut sie schmeckte.

Plötzlich stieß sie ihm ihre Hüften entgegen. Ihre Zunge drang in seinen Mund, lustvolle Laute entwichen ihrer Kehle. Dabei rieben ihre Finger fester über seinen Schaft, worauf auch Ash ihr Geschlecht immer heftiger rieb. Seine Hand war bereits mit ihrem Saft bedeckt. Als Kara neben ihm zuckte, konnte er sich nicht mehr beherrschen. Während er sich in ihre Hand ergoss, küsste er sie, wie er nie zuvor eine Frau geküsst hatte. Er war mit seinem Herzen bei der Sache, das spürte er deutlich. Ein warmes Gefühl verdrängte die Kälte in seinem Inneren. Sein wild pumpendes Organ schickte auch noch das restliche Blut in seine Lenden, so kam es ihm jedenfalls vor, wo es wie glühende Lava bis in sein Geschlecht schoss.

„Kara", stöhnte er, als er sich ein letztes Mal auf ihre Finger verströmte. Sie zitterte so heftig neben ihm, dass er sie sofort in seine Arme zog. „Was hast du?" Verdammt, was hatte er getan? Sie schien verstört; sie weinte, seinetwegen. Und ihr Seelenlicht … Ash sah ihr tief in die Augen. Es flackerte. Shit, er hatte ihr etwas von ihrer Reinheit genommen! „Das wollte ich nicht."

„Nein, nein", flüsterte sie, wobei sie sich an ihn schmiegte. „Mein Körper macht das von allein, ich … bin nur etwas durcheinander, es war so … überwältigend. So intensiv."

Ash hielt sie fest, streichelte ihre Flügel, ihren Rücken und glättete mit den Fingern ihr Haar. Ihre Hand umschloss immer noch seinen Penis. Vorsichtig zog Ash sie weg. Karas Finger waren verklebt von seinem Saft.

„Komm ins Wasser", sagte er. Langsam stand er auf, entkleidete sich komplett und half Kara nach oben, deren Beine einzuknicken drohten. Kurzerhand hob er sie hoch und trug sie in das natürliche Felsbecken. Dort wusch er ihre Finger, ihren Bauch, der ebenfalls einige Spritzer abbekommen hatte, und zuletzt glitt seine Hand zwischen ihren Beinen hindurch, wo Kara heiß und geschwollen war. Danach hob er sie an den Hüften hoch, um sie an den Rand des Beckens zu setzen. „Bin gleich wieder da."

Ash durchpflügte das hüfthohe Nass, bis er unter dem Wasserfall stand. Als er sich umdrehte, schaute Kara ihn mit einem Gesichtsausdruck an, der verriet, dass sie seinen Rücken gesehen hatte. Ihre Augen waren weit aufgerissen. Vor Entsetzen? Oder konnte sie sich nun zusammenreimen, was ihm zugestoßen war? Die Narben, wo einst seine Flügel gesessen hatten, waren kaum noch zu erkennen, weil Ceros ihn mehrmals so heftig ausgepeitscht hatte, dass ihm die Haut in Fetzen vom Körper gehangen hatte. Deshalb zierten mehrere unschöne Narben seine Rückseite. Eigentlich besaß er wie alle Dämonen eine beschleunigte Wundheilung; seine Haut hätte ohne einen Makel verheilen müssen, aber Ceros liebte es, seine Sklaven zu zeichnen. Dazu benutzte er magische Gegenstände, die seine Opfer auf ewig verstümmelten.

Kara hielt sich die Hand vor den Mund. Kopfschüttelnd stand sie auf, Tränen in den Augen. Wie schön sie war. Nackt. Begehrenswert. Auf ihre Art verletzlich.

Es war allerdings Zeit, sich von ihr zu verabschieden. Er musste zurück in den Laden. Wenn sie ihm schon nicht die Uhr gab, dann konnte ihn nur das Medaillon retten.

„Ich muss los“, rief er ihr zu, wobei ein plötzlicher Stich sein Herz durchzuckte. „Soll ich dich mitnehmen oder fliegst du?“

Von ihren Flügeln tropfte Wasser, was sie wie einen begossenen Pudel aussehen ließ. So verdammt süß.

„Du darfst nicht zurück!“

Ash wusch sich unter den Armen, dann zwischen den Beinen. „Das werde ich aber müssen. Außer, du gibst mir das Artefakt.“

„Dann komm und hol es dir!“

„Was?“ Er musste sich verhört haben. Das Wasser rauschte sehr laut.

„Hier ist die Uhr, komm und hol sie dir!“

Vor seinen Augen löste sich ihr Bauch auf. Zumindest sah es so aus, als würde er plötzlich aus Nebel bestehen. Kara griff in ihren Körper hinein und holte das kleine Glitzerding heraus. Danach sah ihr Bauch wieder normal aus.

Natürlich, da hatte sie das Artefakt die ganze Zeit aufbewahrt! Es gab Engel, die einen festen Körper, eine Hülle besaßen, sich aber dennoch jederzeit unsichtbar machen oder in eine feinstoffliche Erscheinung auflösen konnten, um so blitzschnell von einem Ort zum anderen zu fliegen. Das hatte er in seinem Engeldasein auch beherrscht. Kara hatte einen Teil ihres Körpers dematerialisiert, die Uhr hineingegeben und ihn wieder verfestigt. „Schlaues Mädchen“, brummte er und lief durch das Wasser auf sie zu.

Hektisch machte sie sich an der Uhr zu schaffen. Sie wollte das Artefakt doch tatsächlich wieder benutzen!

„Du gehst nicht ohne mich!“, rief er, als er sie gerade noch zu packen bekam und sich auf sie stürzte, sodass er mit ihr auf der Wiese landete.

„Das hatte ich auch nicht vor.“ Sie grinste ihn schelmisch an, bevor der Zeitstrudel an ihnen zerrte und sie davonriss.

Dieses Luder!

Kapitel 11 - Paris

Gähnend drehte sich Vincent auf den Rücken und streckte sich aus, die Augen geschlossen. Er lag auf etwas Weichem und war zugedeckt. Er hatte es warm und kuschelig. Wann hatte er zuletzt so ein bequemes Lager gehabt? Kein Hausdach, kein Busch, kein Keller, wo er sonst schlief. Er fühlte sich wohl, auch wenn ihm jeder Muskel wehtat. Was für ein Traum, was für eine Nacht!

Vincent horchte, die Lider immer noch geschlossen, auf seine Umgebung. Autos hupten, Vögel zwitscherten, Absätze klackerten leise auf einem Gehsteig. Noirs Herz schlug langsam und regelmäßig, sogar ihren ruhigen Atem nahm er wahr. Sie schlief, ganz in seiner Nähe. Seine Sinne registrierten jede Veränderung, auch wenn er nicht wach war. Er roch ihr Vanille-Zimt-Aroma, das einfach zu Noir gehörte. Es ging ihr gut. Vince konnte noch liegen bleiben und vor sich hindösen. Er witterte auch sonst keine Gefahren. Zwar besaß er jetzt seine menschliche Gestalt und da waren seine Sinne weniger scharf; allerdings hörte, sah und roch er immer noch besser als ein normaler Mensch. Noir jedoch so intensiv wahrzunehmen, konnte nur eines bedeuten: Sie musste sich verdammt nah bei ihm befinden.

Vince riss die Augen auf. Grelles Tageslicht blendete ihn, während er in den wolkenlosen Himmel schaute. Schlagartig war er hellwach. Er konnte sich an alles erinnern. Noir hatte ihn berührt, überall. Sie hatte ihn sogar mit der Hand befriedigt. Das war kein Traum gewesen. Nachdem er sich auf die Seite gedreht hatte, stieß er mit seinen Beinen unter der Decke mit warmen, langen Schenkeln zusammen. Nackten Schenkeln.

Noir war die ganze Nacht geblieben. Er blickte in ihr entspanntes Gesicht, das von ihrem ungebändigten Haar umrahmt wurde. So hatte er sich das immer vorgestellt, wenn er in seinen Tagträumen neben ihr gelegen hatte. Sie sah aus wie eine Amazone. Oder eine Elfe. Eine wilde Amazonen-Elfe. Seine kleine Hexe. Ihre Lippen waren leicht geöffnet, die Augen bewegten sich hinter den Lidern. Ob sie von ihm träumte? Dann schien es jedoch kein angenehmer Traum zu sein, denn ab und an zuckte ein Wangenmuskel und ihre Brauen zogen sich zusammen. Er überlegte, sie zu wecken, als plötzlich ein Lächeln über ihr Gesicht huschte. Nein, sie sollte ausschlafen.

Vorsichtig griff er nach dem Handy, das über ihren Köpfen auf den Fliesen der Terrasse lag. Alles war friedlich, die Satellitenüberwachung zeigte nur zwei Punkte, die beinahe miteinander verschmolzen: einen grünen und einen blauen. Ihn und Noir. In der unteren Ecke des Displays leuchtete die Uhrzeit. Es war fast zehn Uhr vormittags. Eine Zeit, in der Noir normalerweise ohnehin schlief.

Vielleicht sollte er sich auch noch Ruhe gönnen, doch er war viel zu aufgeregt. Außerdem drückte seine Blase. Aber er wollte nicht von Noirs Seite weichen, den Moment so lange wie möglich genießen. Behutsam legte er einen Arm um ihre Taille. Dann hielt er die Luft an. Würde sie aufwachen und ihm an die Gurgel gehen? Noir traute er das zu. Immerhin war sie eine Killerin.

Sie seufzte leise und rollte sich ein wenig zusammen, sodass sie automatisch näher bei ihm lag. Sein Kätzchen. Vincent atmete aus und bemerkte erst jetzt das harte Pochen seines Herzens. Gott, wie gut sich Noir anfühlte! Ihr Körper war warm und fest. Vince war versucht, ihre Haut zu berühren. Er wollte sie nur einmal fühlen, ganz und gar, nicht nur mit den Fingerspitzen. Aber er trug die verdammten Handschuhe! Ohne sie würde Noir zu Stein werden. Das war sein Fluch, ein einziger Albtraum! Er musste wahnsinnig aufpassen.

Noir in seinen Armen war hingegen mehr, als er sich jemals erträumt hatte. Sie so dicht bei sich zu spüren, ein himmlisches Gefühl. Heute Nacht waren sie sich nah gewesen wie Liebende. Er hatte Noir gerochen, gefühlt; sie hatte ihn massiert. Oh Gott, sie hatte ihn mit der Hand befriedigt! Wie erklärte es das der Bruderschaft? Und wie sollte er sich Noir gegenüber verhalten, wenn sie erwachte? Als wäre nichts zwischen ihnen gewesen?

Nichts – das sollte sein Klan nach wie vor denken. Musste er seinen Brüdern und Schwestern sagen, was geschehen war? Nein, er wüsste nicht, dass er dazu verpflichtet wäre. Außerdem würde er es nie freiwillig zugeben. Das wäre sein Todesurteil. Der Klan würde ihn verstoßen. Wer passte dann auf seine kleine Hexe auf? Er wollte nicht daran denken, was passiert wäre, hätte er beim Kampf nicht eingegriffen.

Die Tabletten fielen ihm wieder ein. Noch fühlte er sich den Umständen entsprechend gut. Er war wohl schwer verletzt gewesen, aber Noir hatte ihn erfolgreich mit ihren Hexenkräutern behandelt. Hier und da ziepte es noch ein wenig und er hatte Muskelkater sowie Prellungen – ansonsten ging es ihm wunderbar. Er hatte seine kleine Hexe gerettet und sie ihn. Vince hatte sich ihr zeigen müssen, sie hätte sonst keine Chance gegen die Überzahl der Dämonen gehabt. Für alles andere konnte er nichts. Er hatte sich so sehr gewünscht, dass sie ihn berührte, aber es nie laut ausgesprochen. Sie hatte ihn von selbst berührt, weil sie ihn gepflegt hatte. Er war gefesselt gewesen.

Bei der Erinnerung entwich ihm ein leises Stöhnen. Er hatte sich ihr ergeben, sich ihr ganz und gar ausgeliefert. War er schon mal so erregt gewesen? Wenn sie mit ihm geschlafen hätte – er hätte es zugelassen. Er hätte alles zugelassen. Sie hätte mit ihm machen können, was sie wollte. Er gehörte ihr. Für immer. Es wäre allerdings nicht fair gewesen, es zuzulassen – dann wäre sie für immer an ihn gebunden.

Nein, nicht sie an ihn. Er an sie. Doch war er das nicht ohnehin schon? Wie sie sich um ihn gekümmert hatte, seine Wunden versorgt … Er zog sie fester an sich. Sie war nicht eiskalt. Ihre fürsorgliche Seite hatte ihn überrascht und zutiefst erfreut.

Leise seufzend kuschelte sich Noir an seine Brust, während er ihren Rücken streichelte. Sein Atem stockte abermals, weil das Gefühl, sie so nah bei sich zu haben, mehr als überwältigend war. Ihre Berührungen gingen ihm nicht mehr aus dem Kopf. Zum ersten Mal hatte er seinen Höhepunkt nicht durch die eigene Hand erreicht. Es war fantastisch gewesen, auch wenn er sich stellenweise nur nebulös an alles erinnern konnte. Das lag wohl an dem Trank. Er hatte die Wunden kaum gespürt, umso mehr Noirs Zärtlichkeiten. Wenn er daran dachte, wurde er wieder hart.

Er war splitternackt und Noir trug nur ein T-Shirt und einen Slip, wie gewöhnlich, wenn sie schlief. Ein Großteil seiner Wunschträume hatte sich erfüllt, auch wenn er sich nach mehr als Sex sehnte. Es war herrlich, obwohl sein Herz nicht nur vor Freude klopfte. Da gab es immer noch die Angst, entdeckt zu werden. Er würde Grimsley zutrauen, dass er ihm einen Spion hinterherschickte. Vince musste vorsichtig sein. Er sollte sich nachts nicht in Noirs unmittelbarer Nähe befinden, tagsüber war er allerdings sicher. Dann war er frei!

Vincent versenkte seine Nase in ihrem silberweißen Haar. Es kitzelte sein Gesicht und war tatsächlich weich wie Seide, wie er es sich vorgestellt hatte. Er nahm einen weiteren tiefen Atemzug ihres berauschenden Duftes und wünschte, dieser Moment würde nie vergehen. Leider spürte er, wie Noir unruhiger wurde. Sie würde bald aufwachen.

Die Augen des Stierdämons glommen dunkelrot. „Hast du alles durchsucht?“, rief er dem schwarzhaarigen Mann in Jeans und T-Shirt zu, der gerade durch ein Portal kam. Malou erkannte im Hintergrund das Haus ihrer Eltern mit dem Garten, der voller Schnee war, bevor sich der Durchgang schloss. Zitternd kauerte sie im Auto, während der Dämon mit den blauen Augen sagte: „Ich konnte nicht hinein. Diverse Schutzzauber."

Malou atmete auf. Ihr Zuhause war gegen Dämonen so gut gesichert wie Fort Knox gegen Einbrecher. Möglicherweise hatte der Dämon sie deshalb in die Unterwelt entführt, denn hier waren sie den Höllenwesen schutzlos ausgeliefert.

Malou wusste mittlerweile, dass sie träumte. Sie war längst kein Kind mehr, sondern eine mächtige Hexe – sie war Noir Hadfield. Dennoch fiel ihr nie ein, wie sie sich gegen den Stier zur Wehr setzen sollte. Sie hätte aufwachen können, wenn sie wollte, aber sie nahm sich jedes Mal vor, den Traum so weit zu beeinflussen, dass sie ihre Familie endlich rettete. Egal, wie furchtbar es war, dass sich das Grauen ständig wiederholte.

Die Traumsequenz änderte sich niemals. Der blauäugige Dämon fesselte Dad die Hände auf den Rücken, während der Stier mit ihrer Mutter sprach.

„Ich weiß, dass ihr die Hüter seid", grollte der Stierdämon. „Wenn ihr mir die Amulette aushändigt, verschone ich vielleicht euer Leben. Falls nicht, werde ich euch zeigen, wozu ich fähig bin."

Noch ehe Mum mit einem Zauber reagieren konnte, hatte der Dämon sie bereits am Kopf gepackt und gegen die Felswand geschleudert. Ein knackendes Geräusch, das Malou durch und durch ging, verriet, dass sich Mum etwas gebrochen hatte. Mit verdrehten Gliedern blieb sie am Boden liegen. Reglos.

„Isabelle, nein!", schrie Dad, der wenige Meter neben ihr lag und versuchte, trotz gefesselter Arme zu ihr zu robben.

Doch der menschenähnliche Dämon hielt ihn fest.

„Mum!" Malous Sicht verschwamm. Lebte sie noch? Bitte, bitte, sie durfte nicht sterben! „Mum!" Noir wollte am liebsten aufwachen, doch sie musste sich dem Grauen stellen, so lange, bis sie es endlich verarbeitet hatte.

„Wer will als Nächstes?" Abermals lachte der Stier böse und kam wieder auf das Auto zu. „Eines der Kleinen?"

Noch ehe sie oder Jamie reagieren konnten, hatte er ihnen schon die Zauberstäbe aus der Hand gerissen, um sie in seiner riesigen Pranke wie Zahnstocher zu zerbrechen. Jamie schrie wie am Spieß, während Malou starr vor Schreck neben ihm saß. *Mach, dass er aufhört!*, vernahm sie Dads Stimme in ihrem Kopf, was sie aus ihrer Lethargie riss. Jamie zog mit seinem Geschrei den Zorn des Stieres auf sich. Sie holte aus, um ihm eine Ohrfeige zu verpassen. Abrupt verstummte er und hielt sich mit einer Hand die Wange.

„Ich hol dir die Amulette!", rief Dad. „Aber lass meine Kinder in Ruhe!"

Dad konnte gar nicht beide Amulette holen, weil er nur wusste, wo eins versteckt war. Was hatte er vor? Er wollte doch nicht die Gelegenheit zur Flucht nutzen?

Nein, Malou sah den entschlossenen Ausdruck in seinen Augen. Er wollte tatsächlich das Medaillon holen. Das durfte er nicht, er hatte, wie sie alle, einen magischen Eid geschworen. Wenn er den Schwur brach, würde er sterben!

Der Stier nickte dem schwarzhaarigen Dämon zu, woraufhin dieser Dad auf die Beine zog. „Wohin?", fragte er.

Dad schaute zu seiner Familie und flüsterte: „Kensington Gardens."

Bevor Dad mit dem Dämon durch das Portal schritt, drehte er sich noch einmal um und legte einen Schweigezauber über Malou. Das spürte sie an dem Druckgefühl in ihrer Kehle. Sie erstarrte. Wenn sie nicht reden konnte, würde sie sich auch nicht wehren können.

Heute wusste sie, dass ihr Vater nicht gewollt hatte, dass sie das Versteck des zweiten Medaillons verriet und es ohnehin unmöglich gewesen war, etwas gegen den mächtigen Stier auszurichten.

„Und wie vertreiben wir uns nun die Zeit?" Der Stier lachte.

Als er auf das Auto zuging, richtete Malou ihre Handflächen auf ihn, obwohl das lächerlich war. Sie hatte es erst wenige Male geschafft, ohne ihren Zauberstab Magie anzuwenden. Doch da hatte sie wenigstens noch sprechen können. Nun war sie völlig hilflos.

Plötzlich machte sich Mum bemerkbar. „Verschone meine Kinder. Bitte!"

Malou war überglücklich, dass sie noch lebte. Aber der Stier verschonte sie nicht. Noirs Traumgeschehen bekam Risse, alles wurde kurz undeutlich und sie fühlte sich für einen Moment beschützt und geborgen – leider wachte sie nicht auf. Es ging weiter. Zum Glück kamen die weiteren Ereignisse nur in abgehackten Bildern. Als Dad kurze Zeit später mit dem schwarzhaarigen Dämon wieder erschien und nur ein Amulett dabei hatte, von dem Malou heute noch nicht wusste, wo es versteckt gewesen war, wurde er sehr zornig. Er begann, ihre wehrlos am Boden liegende Mum zu foltern. Der Unterweltler machte sich einen Spaß daraus, ihr jeden Finger einzeln auszureißen, um von Dad ein Geständnis zu erzwingen. Aber allein die weiblichen Mitglieder der Familie wussten, wo das andere Medaillon versteckt war. Noir konnte nur hilflos zusehen.

„Isabelle!", schrie Dad, während er in die Knie ging. Er wurde zusehends schwächer. Ihr Vater starb, das spürte Malou. Er starb, weil er den Schwur gebrochen hatte. Weißer Schaum lief aus seinem Mund, Zuckungen gingen durch seinen Körper, bis er zusammenbrach und Mühe hatte, seine Lider offen zu halten.

„Fahr zur Hölle“, hauchte ihre Mutter dem Dämon entgegen, bevor er ihr mit bloßen Händen das Herz herausriss.

Malou würde diesen Anblick niemals vergessen, obwohl alles, was sich danach ereignete, nur noch wie dunkle Schatten in ihrer Erinnerung existierte. Einzelne Fetzen, Bruchstücke. Sie wusste lediglich, dass Dad mit allerletzter Kraft einen Fluch auf den Stier losgelassen hatte, der dessen Fell in Brand steckte. Aber der Dämon hatte nur gelacht und eine Feuerkugel auf Dad zurückgeschleudert. Er war zum Glück kurz zuvor gestorben, bevor er jämmerlich verbrannt wäre.

Malou übergab sich, als ihr der Geruch von verkohltem Fleisch in die Nase stieg. Danach schrie sie wie am Spieß, während Jamie wie erstarrt im Wagen kauerte. Mit dem Tod ihres Vaters war auch der Schweigezauber gebrochen.

„Ash, stell die Göre ruhig!“, grollte der Stier, woraufhin der schwarzhaarige Dämon zu ihr kam und sie an seine Brust drückte.

Als ihr bewusst wurde, dass sich der Stier nun Jamie vornehmen wollte, versuchte sie, sich loszureißen, doch der Dämon hielt sie eisern in seinem Griff. Malou war jetzt die Einzige, die das Versteck des zweiten Medaillons kannte. Jamie wusste nichts.

„Jamie, süßer Jamie, du bist schon etwas Besonderes“, hörte sie den Stier säuseln.

Ihr Bruder schrie auf, aber Malou konnte nicht richtig sehen, was der Stier mit ihm machte. Der Dämon mit den blauen Augen hielt sie immer noch so gegen seine Brust gepresst, dass sie kaum etwas erkennen konnte, außer, dass der Stierdämon seine Pranke auf Jamies Wange gelegt hatte.

„Wo ist das zweite Amulett?“

„Ich weiß es nicht.“ Jamie weinte und schrie erneut auf, als der Stier mit zwei Fingern über seine Wange strich.

„Ich weiß, wo das zweite Amulett ist, ich hole es, aber tun Sie Jamie nicht mehr weh!“, kreischte Noir.

„Du darfst es ihm nicht bringen, er wird uns ohnehin alle töten!“

Jamie weinte bitterlich, doch er hielt sich tapfer. Blut lief an seinem Hals hinab in die zerfetzte Jacke. In einer Gesichtshälfte erkannte Noir zwei dicke Striemen, die mit Blasen überzogen waren. Teilweise hing die Haut in Fetzen und war feuerrot. Der Dämon hatte ihn mit seinen Fingern verbrannt. Malou weinte ebenfalls. Sie wusste, dass Jamie recht hatte. Sie würden niemals überleben.

Plötzlich schien der Stier mit einer unsichtbaren Gestalt neben sich zu sprechen, denn er wandte den Kopf und fragte ins Nichts: „Weiß er, wo es ist?“ Dann schien er jemandem zu lauschen und murmelte: „Seine Schwester?“

Jamie schrie erneut auf. Noir wollte nur noch zu ihm.

Der Stier wandte sich an seinen Helfer: „Bring sie nach oben, Ash! Sie soll es holen, sofort! Oder ihr Bruder stirbt!“

Weitere, verzerrte Bilder huschten durch ihren Geist. Mum, die ein einziges blutendes Bündel war, daneben Dads verkohlter Körper und Jamie, der in den Pranken des Stierdämons hing und sie flehentlich ansah. Oh Gott, seine Gesichtshälfte, wo der Dämon ihn berührt hatte, sah schlimm aus.

Noir wollte noch einmal zu ihrem Bruder sehen, aber da hatte sie der schwarzhaarige Dämon schon durch ein Portal zurück in ihre Welt gezogen, damit sie das Amulett holen konnte. Eindringlich starrte er sie an, als wollte er sie mit seinen leuchtenden Augen hypnotisieren.

„Sag mir, wo das Amulett ist, Kleine, und ich sorge dafür, dass dir und deinem Bruder nichts geschieht.“

Noir durfte nie vergessen: Wenn beide Medaillons in die Hände eines Dämons fielen, potenzierte sich ihre Macht gewaltig. Außerdem würde sie vielleicht sterben, wenn sie den Eid brach. Angeblich wirkte er nicht bei Kindern, aber sie wollte sich nicht darauf verlassen. Noir war ins Haus gerannt, wo der Dämon nicht hineingelangen konnte, da es mittels Kristallen, die im gesamten Gebäude verteilt waren, gesichert war. Sie hatte Mr. Crispy, ihr Stoffhäschen und einst Lieblings-Schmusetier, von ihrem Bett geholt, ein paar Habseligkeiten sowie das Handy in ihren Rucksack gestopft und war die Treppen in den Keller gelaufen.

Noir wusste im Schlaf, dass sie wieder von ihrer Flucht träumte und dass der Traum seinem Ende zuging. Sie befand sich wie so oft in dem unterirdischen Gang, der vom Keller zu einer Scheune führte, die auf dem Nachbargrundstück stand. Nur ein paar schwach leuchtende Glühbirnen erhellten den Tunnel, dessen niedrige Wände mit Kalk verputzt waren. Ständig drehte sie sich um, weil sie den Dämon mit den blauen Augen erwartete. Er würde wütend sein, wenn sie nicht bald zu ihm in den Garten kam, und sie suchen. Er würde sie zurückbringen, das Medaillon dem Stierdämon aushändigen und sie töten.

Oh Gott, Jamie war noch da unten. Vielleicht lebte er noch?

Ihre Schritte wurden langsamer. Sie überlegte, zurückzulaufen, als sich schlagartig das Traumgeschehen änderte. Das war noch nie zuvor passiert. Jetzt tauchte eine große Gestalt am Ende des Tunnels auf. Gebückt eilte sie auf Malou zu, wobei der Person der offene Mantel um den Körper schlug. Beim Näherkommen erkannte Malou, dass es sich nicht um einen Umhang handelte, sondern um riesige Schwingen. Da kam ein Monster auf sie zugelaufen! Malou presste Mr. Crispy an ihre Brust. Im Inneren des Häschens befand sich das Amulett. Wieso hatte sie keine Angst? Weil es kein Monster war, sondern ein anderes Wesen, eines, das sie beschützen würde. Es war ein Gargoyle.

Er legte die Schwingen wie einen Mantel um sie und drückte sie an seine warme Brust. Malou fühlte sich bei ihm sofort geborgen. Doch sie war nun kein Mädchen mehr, sondern eine erwachsene Frau. Wieso lief ihr Traum diesmal anders ab? Normalerweise kam jetzt die Stelle, wo sie in der Scheune ankam. Dort stand Dads altes Motorrad bereit sowie ihr Mofa. Sie schnappte sich ihren Helm. Ohne nachzudenken, schob sie die schwere Kawasaki ihres Vaters aus der Scheune und fuhr mit ihr aus London hinaus. Es hatte aufgehört zu schneien, aber Malou erfror beinahe auf dem Fahrzeug. Sie war einfach drauflosgefahren, ohne zu wissen, wohin. Als sie glaubte, weit genug aus London heraus zu sein, hatte sie mit ihrem Handy Magnus angerufen.

Nun fror sie nicht. In den Armen des Gargoyles fühlte sie sich warm und geborgen.

Noirs Herz pochte heftig, als sie ihre Lider öffnete. Das Bild war unscharf und das Licht blendete sie. Noir blinzelte, bis sie richtig sehen konnte. Graue Augen leuchteten ihr entgegen. Sie lag neben einem Mann, der sie unverwandt anschaute. Sie kannte ihn … Es war Vincent.

Sie erinnerte sich, was geschehen war. Sie musste wohl doch neben ihm eingeschlummert sein. Sie hatte so gut wie schon lange nicht mehr geschlafen. Wegen Vincent? Oder weil sie jetzt das Handy von Magnus hatte? Sie horchte in sich hinein. Sie hatte sich beschützt gefühlt, weil dieses starke Wesen neben ihr gelegen hatte. Endlose Augenblicke starrten sie sich einfach nur an, bis Vincent den Blickkontakt abbrach. Eine sanfte Röte überzog seine Wangen. Himmel, war er süß. Beinahe Nase an Nase lagen sie auf einem Kissen. Noir bewunderte sein maskulines Gesicht, die Muskeln an den Oberarmen und der Brust. Ob sie seine Haut berühren durfte? Vincent sah wie ein Mensch aus, sogar die Krallen waren verschwunden und die scharfen Eckzähne. Erst jetzt fiel ihr auch auf, dass er eine Strähne ihres langen Haares in der Hand hielt. Er trug seine Handschuhe nicht. Noirs Herz setzte für einen Schlag aus, nur um danach mit doppelter Wucht weiterzuhämmern. Wenn er den Arm nach ihr ausstreckte, würde sie zu Stein werden! In einem Anflug von Panik wollte sie nach ihm schlagen, beherrschte sich aber.

Vincent schien ihre Angst zu wittern, denn sofort ließ er die Strähne los und zog sich seine Kurzfingerhandschuhe über. Dann legte er sich wieder hin.

Noir erinnerte sich. Nur was aus lebendigen Zellen bestand, konnte zu Stein werden. Haare allerdings bestanden aus verhornten, abgestorbenen Zellen. Wie hatte sie nur denken können, er würde ihr etwas antun? Sie musste endlich lernen, jemandem zu vertrauen. Nicht jedes Wesen wollte an ihr Amulett oder sie umbringen. Im Moment traute sie aber nur sich und Magnus, wobei Vincent nah dran war, Kandidat Nummer drei zu werden.

„Guten Morgen", sagte sie leise. Am liebsten wollte sie ihm seine Struwwelfrisur noch mehr durcheinanderbringen. Ob seine winzigen Hörner auch verschwunden waren?

„Guten Morgen", flüsterte er, immer noch rot um die Nase. *Wollte dich nicht schon wieder erschrecken.*

Während Vincent sie anstarrte, als wären ihr Hörner gewachsen, fühlte sie ein Flattern im Magen. Er schien tatsächlich ganz verwandelt zu sein. Sie erkannte keine spitzen Zähne, keine Krallen, und ein Knurren kam auch nicht aus seiner Kehle.

„Hunger?", fragte sie.

„Und wie."

♥

Vincent atmete auf. Noir war nicht wütend auf ihn, weil er sie im Schlaf berührt hatte. Bevor sie allerdings erwacht war, hatte er sie lieber losgelassen. Er hatte ihren Gesichtsausdruck gesehen, als er sie in seiner grauenhaften Gestalt rettete. Er hatte Angst und Abscheu widergespiegelt. Aber nun sah sie ihn anders an. Neugierig. Offen.

Unterschwellig spürte er ihre Befangenheit. Diese Situation, einem anderen so nah zu sein, war neu für sie beide. Sie waren es auch nicht gewohnt, viel mit anderen zu sprechen. Sie hatten immer im Verborgenen gelebt, waren einsame Seelen. Sie hatten wirklich viel gemeinsam.

Ihre nackten Beine berührten sich unter der Decke. Keiner traute sich, sie zurückzuziehen. Allerdings bewegten sich Noirs Zehen leicht. Sie kitzelten sein Schienbein. Es kribbelte an der Stelle. Am liebsten hätte er sich ihren Fuß geschnappt, um an den Zehen zu saugen. Kaum hatte er das gedacht, zog sie zu seiner Enttäuschung ihr Bein weg. Ihr Kopf blieb allerdings auf dem Kissen liegen, sodass sie sich immer noch sehr nah waren.

Noir räusperte sich. „Was isst ein Gargoyle denn so am Morgen?“

„Ganz normal. Was du auch isst.“

Hastig strich sie sich die Haarsträhne hinters Ohr, die er soeben noch in der Hand gehalten hatte. „Kein rohes Fleisch?“

„Nicht in menschlicher Form.“

Ihre Brauen hoben sich. „Als Gargoyle schon?“

„Nur, wenn es sein muss. Ich bin nicht wirklich wild drauf, merke aber, dass mein Körper es braucht.“ Vincent konnte den Blick nicht von ihren Augenbrauen wenden. Noir musste sie zu einem schmalen Streifen gezupft haben. Sie machten ihr Gesicht noch zarter. Und noch nie war ihm aufgefallen, was für lange Wimpern sie besaß.

„Wenn es deinem Körper also guttut, werde ich eine Riesenportion Tatar für dich ordern.“ Sie kräuselte ihre Nase. Anscheinend mochte sie kein ungebratenes Fleisch. „Du hast dir heute Nacht schlimme Verletzungen zugezogen. Wäre ich deine Ärztin, würde ich dir jetzt eine Rohfleischkur verschreiben.“

„Rohes Hacksteak am Morgen?“ Vincent grinste in sich hinein. Wenn es sein musste; für sie aß er alles. Am besten tat ihm jedoch Noir selbst, ihre Anwesenheit. Außerdem führten sie soeben ein richtiges Gespräch.

„Für dich nur das Beste.“

Sie lächelte ihn so zuckersüß an, dass ihm heiß wurde. Ihr Blick traf ihn mitten ins Herz. Was hatte sie nur für eine Augenfarbe? Dunkelgrau? Er erkannte silberfarbene Sprenkel in der Iris. Ihre Augen waren so faszinierend, dass er sie ewig hätte ansehen können. Eigentlich wollte er auch Zeit schinden und sich ablenken. Er musste sein erhitztes Blut abkühlen. Noir sollte seine Erektion nicht sehen. Sie würde sonst denken, er wäre dauergeil, ein primitives Wesen, lediglich auf seine Triebe beschränkt, nach dem Motto: ich Tarzan, du Jane. Tatsächlich war er das, seit sie sich so nah gekommen waren, doch er konnte es nicht abstellen. Sein Körper gehorchte nicht. Lag es vielleicht daran, wie sein Leben in den letzten Jahren ausgerichtet war? Noir beschützen, kämpfen, Gefahren abwehren, notgedrungen essen – bevorzugt in der Imbissbude um die Ecke –, schlafen und seine Tabletten. Mehr war selten passiert.

Dennoch war Sex nicht das Einzige, was er von ihr wollte. Er wünschte sich mehr. Ein gemeinsames Leben, dass sie alles teilten, sich ihre Sorgen anvertrauten, lachten, ausgingen … doch am allermeisten wünschte er sich, ihr Herz zu erobern. Aber er wusste, dass sie es nicht leichtfertig verschenken würde.

Räuspernd setzte er sich auf. „Okay, während du bestellst, was deiner Meinung nach für mich am besten ist, gehe ich unter die Dusche. Ich rieche noch nach deiner Salbe."

Noir setzte sich ebenfalls auf.

„Ähm … und …" Vincent verfluchte die Hitze in seinem Gesicht. Jetzt kannte er Noir schon so lange, warum verhielt er sich wie ein grüner Junge? Weil du einer bist, dachte er. „Ich …" Er atmete tief durch und schaute ihr in die Augen. „Danke, dass du mich gepflegt hast." Sofort wurde ihm noch heißer. Sie hatte noch viel mehr mit ihm getan.

„Ähm …" Noir strich sich eine weitere Strähne hinters Ohr. „Nichts zu danken. Du bist mein Held. Ohne dich wäre ich jetzt tot. Ich danke dir." Sie beugte sich vor, um ihm einen raschen Kuss auf die Wange zu geben. Dann sprang sie auf und eilte hinein.

Grinsend folgte er ihr, das Laken um seine Hüften gewickelt, wobei er das Gefühl hatte, förmlich ins Zimmer zu fliegen.

♥

Noirs Herz hüpfte fast aus ihrer Brust. Wie sollte es nur weitergehen? Sie kramte in ihrem Rucksack nach Anziehsachen, während sie hörte, wie es Vincent ihr hinter ihrem Rücken gleichtat. Doch sie nahm kaum wahr, welche Kleidungsstücke sie aus der Tasche zog, weil sie glaubte, seine Blicke auf ihren Beinen zu fühlen. Zudem lenkten seine Gedanken sie ab. Vincent malte sich gerade aus, wie er sein Frühstück auf ihrem nackten Körper drapieren, wie er süße Obststückchen von ihr naschen und sie anschließend von oben bis unten ablecken würde.

Als sie hörte, dass er ins Badezimmer ging, drehte sie sich um. Sie sah ihn von hinten. Das Laken, das er um die Hüften trug, rutschte ihm bei jedem Schritt weiter nach unten, weil er es nur mit einer Hand festhielt. In seiner anderen trug er einen Slip. Wie gebannt starrte Noir auf die Ansätze seiner muskulösen Pobacken mit den Grübchen darüber. Himmel, er war so ein sexy Kerl! Auf ihrer Unterlippe kauend verfolgte sie, wie er im Badezimmer verschwand. Dann griff sie zum hoteleigenen Telefon, um Frühstück zu bestellen. Sie brauchte jetzt einen extrastarken Kaffee, um wieder zu Verstand zu kommen. Und vielleicht sollte sie dem Hotelangestellten sagen, er solle lieber kein Obst mitschicken.

Kapitel 12 - London (Gegenwart)

Kara wurde mit dem Rücken fest in etwas Weiches gedrückt. Sie registrierte gerade noch, dass es eine Matratze war, als auch schon Ash schwungvoll auf ihr landete. Das Bettgestell knackte gefährlich und sämtliche Luft wich aus ihren Lungen, während sie sich an Ash klammerte. Auch er hielt sie fest. Alles drehte sich vor ihren Augen. Es wurde dunkel und wieder hell um sie herum, dunkel und hell, bis die Stunden nicht mehr rückwärts liefen und der Zeitsprung vorüber war.

Ashs Gewicht raubte ihr nicht nur den Atem. Karas Verstand war im Begriff, sich ein weiteres Mal zu verabschieden. Was sie auf den Seychellen erlebt hatte, war unglaublich gewesen. Es fühlte sich ebenfalls wieder fantastisch an, wie sich Ashs nackter Körper an ihren schmiegte.

Alles hätte fantastisch sein können, bis Kara bemerkte, in welchem Bett sie sich befanden: Es war ihres. Sie hatte den Dämon direkt in ihr Zimmer im Midland Grand Hotel gebracht, in das Gebäude, wo nicht nur sie ihren irdischen Unterschlupf hatte, sondern auch die Gargoyles lebten.

Grundgütiger! Damit brachte sie die Bruderschaft in Gefahr. Gargoyles und Dämonen waren nicht gerade Freunde. Die Unterweltler hießen es nicht gut, dass ihnen die geflügelten Geschöpfe in die Quere kamen, wenn sie auf Seelenfang gingen oder einfach nur Lust hatten, Menschen zu verderben oder sie zu Bösem zu verleiten.

Hastig blickte sich Kara um, so weit sie konnte. Viel Bewegungsfreiheit besaß sie nicht, weil sich Ash auf ihr keinen Millimeter rührte. Erst hatte er sich an ihren Flügeln festgehalten – jetzt lag er ziemlich entspannt auf ihr.

„Hallo? Ich bin kein Kissen“, meckerte sie, aber er reagierte nicht. „Mach dich nicht so schwer!“ Erneut ließ sie den Blick schweifen. Immerhin lag sie hier splitterfasernackt, auf ihr ein Dämon, ebenfalls nackt – Oh Gott, oh Gott, oh Gott! Nur gut, dass niemand sie sah.

Ihr Zimmer war sehr spartanisch ausgestattet. Es gab neben dem Bett nur eine Kommode und einen Kleiderschrank sowie einen Tisch mit zwei Stühlen. Die Einrichtung stammte aus der Zeit, als das Hotel noch geöffnet gewesen war. Die Möbel waren alt, aus dem 19. Jahrhundert, aber noch in gutem Zustand. Für Kara war das völlig in Ordnung. Sie hielt sich nicht oft hier auf und schlafen musste sie auch nicht. Tagsüber machte sie Kontrollgänge im Gebäude und der näheren Umgebung, nachts kümmerte sie sich um verletzte Gargoyles. Mehr durfte sie sich ohnehin nicht in das Leben dieser Wesen einmischen. Besonders Grimsley, der Klanführer, war sehr eigen. Was hatte Kara früher mit ihm diskutiert! Gesprächsthema Nummer eins war meistens Vincent gewesen. Grimsley hätte ihn am liebsten nie in die Bruderschaft aufgenommen, aber Kara hatte den grimmigen Gargoyle überreden können. Vincent konnte nichts dafür, dass sein Vater eine Menschenfrau geliebt und mit ihr ein Kind gezeugt hatte. Wäre Vincent nicht von Grimsley angenommen worden, hätte er bestimmt nicht überlebt. Er war ja erst vier Jahre alt gewesen, als sein Vater starb. Kara hatte Dagur, Vincents Vater, gekannt. Der stattliche Gargoyle hatte sich in die Frau verliebt, die er beschützen sollte. Laura. Sie hatte Dagurs Liebe erwidert. Als Vincent auf die Welt kam, war sie bei der schweren Geburt gestorben, weil sie ihr Kind nicht im Krankenhaus hatte bekommen können. Ihre Beziehung flog auf und Dagur wurde von der Bruderschaft verstoßen. Es war eines der bedeutendsten Gargoyle-Gesetze, dass sich ihre Rasse niemals mit einer anderen kreuzte. Denn nur so konnten diese Wesen derart stark bleiben, wie sie es seit Jahrtausenden waren, um die Menschen zu beschützen.

Dagur kümmerte sich rührend um seinen Sohn, und Kara hatte alles getan, was in ihrer Macht stand, um den beiden zu helfen, aber Dagur wurde sehr krank. Kara vermutete, dass er an gebrochenem Herzen starb.

Ash wurde immer schwerer. Sein Kopf ruhte neben ihrem. Kara konnte in sein Gesicht sehen. Er hatte die Augen geschlossen und sie fühlte seinen Atem, der in gleichmäßigen Zügen ihr Kinn streifte. War er etwa ohnmächtig geworden? „Ash? Hörst du mich?"

Ein Wassertropfen lief aus seinem nassen Haar über seine Wange, was ihn verletzlich aussehen ließ. Beinahe normal. Karas Herzschlag beschleunigte sich. Dieser vermaledeite Dämon sah einfach viel zu gut aus. Das brachte sie wieder dazu, darüber nachzudenken, was jetzt alles passieren könnte. Sie hatte sich von seinem Charme blenden lassen. Wenn Ash nun durch das Hotel laufen würde – sie wollte nicht daran denken. Zum Glück schliefen die Gargoyles tagsüber und würden ihn nicht bemerken. Andererseits waren sie gerade dann der größten Gefahr ausgesetzt. Sie musste dafür sorgen, dass Ash das Zimmer nicht durch die Tür verließ. Was, wenn er den versteinerten Wesen etwas antat? Nein – so schätzte sie Ash nicht ein. Er hatte nicht mal ihr Schaden zugefügt, obwohl sie seine Erzfeindin war.

Wie hatte er überhaupt in ihr Zimmer kommen können? Es war gegen Dämonen und alle anderen Wesen gesichert – nur wen Kara hierher einlud, konnte den Raum betreten. Außer Vincent, ihrem ehemaligen Schützling, war noch nie jemand in ihrem Reich gewesen. Ob es daran lag, dass sie sich unbewusst mit Ash gemeinsam in ihr Zimmer gewünscht hatte? Sie hatte ihn nur an einen sicheren Ort bringen wollen, wo ihm niemand etwas antun konnte. Natürlich – deshalb waren sie hier gelandet.

Sie schalt sich eine blöde Gans, weil sie das Artefakt leichtsinnig und eigennützig verwendet hatte. Oh Himmel, wie sollte sie das dem Hohen Rat erklären? Hoffentlich fanden sie nie heraus, was für eine Dummheit sie begangen hatte. Sie hatte ja gleich gewusst, dass dieser Job nichts für sie war. Das war für heute schon der zweite Fehler, den ein Engel niemals machen durfte, wenn er ein Engel bleiben wollte. Sie hatte sich der sexuellen Lust hingegeben und eigennützig gehandelt. Schon zwei Mal hatte sie die Uhr für ihre Zwecke missbraucht.

Nicht für ihre Zwecke ... Sie wollte doch nur nicht, dass jemand starb. Dass dieser jemand ein Dämon war, machte es allerdings zu einem Problem. Der Hohe Rat würde sie gewiss verurteilen. Weit hinten in ihrem Kopf manifestierte sich eine Idee, die ihr Angst machte. Wollte sie etwa fallen? Weil sie dann eine Dämonin würde und der Liebe mit einem Dämon nichts mehr im Weg stünde?

Liebe? Kara erschrak vor ihren Gedanken. Dämonen konnten gewiss nicht lieben. Sie waren bösartige, hinterhältige Kreaturen, die nur darauf aus waren, Leid herbeizurufen.

„Kannst du mal von mir runtergehen?“, murrte sie, aber Ash reagierte nicht. Dieser Dämon nutzte jede Gelegenheit, um ihr nah zu sein. Vorsichtig befühlte sie mit einer Hand seinen Rücken, der vom Bad unter dem Wasserfall noch feucht war. Sie konnte die alten Verletzungen spüren, die sie zuvor gesehen hatte. Ihr Herz sank. Was war ihm zugestoßen? Bis zur Taille war die Haut mit einem Geflecht aus Narben überzogen. Jemand hatte ihn übel zugerichtet. Sie hatte immer geglaubt, Dämonen hätten eine perfekte Wundheilung, genau wie Engel.

In der anderen Hand hielt sie immer noch die Uhr. Sie musste das Artefakt in Sicherheit bringen, aber wie sollte sie das schaffen, wenn Ash wie ein Sack auf ihr lag? Warum bewegte er sich nicht?

„Ash?“ Sie rüttelte an seiner Schulter; er zeigte absolut keine Regung. Kara wollte ihn auf die Seite schieben, als sie bemerkte, dass sich seine Muskeln anspannten. Nur leicht, aber es war ihr nicht entgangen. Doch das war nicht das Einzige, was sich an seinem Körper verhärtete. Ein anderer Teil lag auf ihrem Schamhügel und wuchs beachtlich in die Länge. Ash war nicht bewusstlos, er spielte ihr nur etwas vor.

Ash hätte noch ewig auf ihr liegen bleiben können, es wurde allerdings Zeit, sich die Uhr zu schnappen. Abrupt setzte er sich auf. Noch bevor er nach dem Artefakt greifen konnte, das Kara fest in der Faust hielt, hatte sie ihn schon von sich heruntergeschubst – mühelos.

Ashs Hinterteil machte unsanft Bekanntschaft mit dem Boden. Verdammt, sie war stärker, als es den Anschein hatte! Er konnte nur hilflos zusehen, wie sie das Artefakt an ihren Bauch presste. Im nächsten Moment war es schon wieder verschwunden – in ihrem Körper.

„Wenn du mich tötest, wird das die Sanduhr zerstören“, warnte sie ihn und setzte sich im Bett auf. Ihre Flügel zitterten.

Er musste sie nicht töten, denn es gab andere Methoden, an das Artefakt zu kommen. Er würde sie foltern. Allerdings auf lustvolle Art. Einen unschuldigen Engel zu verderben würde ihm höchste Freude bereiten. Was gab es Schlimmeres für einen Engel, als zu fallen? Sie musste es herausrücken. Den Anfang hatte er auf der Insel gemacht. Wie weit würde er gehen können, bis sie nachgab?

Nein, nein, nein, so durfte er nicht denken. Er wollte nicht wirklich, dass sie dann dafür büßen musste. Verdammt noch mal, die Kleine verwirrte ihn! Sie konnte aus einem Dämon einen Idioten machen.

Ash stand auf. Er stützte die Hände in die Taille und sah Kara unverwandt an. Er konnte sich an ihrem Körper und ihren wundervollen flauschigen Schwingen nicht sattsehen. Sie starrte zurück, wobei sie sich ein zerknittertes Bettlaken an die Brust drückte. Ihr wohlgeformtes Bein spitzte unter der Decke hervor. Bis zur Taille konnte Ash alles erkennen.

„Wieso hast du die Uhr benutzt?“, wollte er wissen, wobei er sich wieder auf Kara stürzte und sie zurück auf die Matratze presste.

„Das habe ich nur für dich getan, du dämlicher Dämon.“

Ihre kleine Faust landete auf seiner Schulter, was ziemlich wehtat, doch er ließ sich nichts anmerken. Ansonsten wehrte sie sich nicht. „Dämlicher Dämon?“ Ash rollte von ihr hinunter, weil er plötzlich herzhaft lachen musste, und streckte sich neben ihr auf dem Bett aus.

Unter hochgezogenen Brauen und mit ernster Miene schaute sie ihn an. „Was ist daran so lustig, wenn man weiß, dass man umgebracht wird?“ Das blonde Haar hing ihr wirr ins Gesicht, aber Ash hatte nur Augen für ihren süßen Schmollmund.

„Was bist du nur für ein seltsames Engelchen?“, flüsterte er, wieder ernst, bevor er in ihren Nacken fasste und sie sanft auf sich zog. Kara schmiegte sich ohne Widerstand an seinen Körper. Haut an Haut lagen sie aufeinander, Federn kitzelten seine Seiten, während sich ihre Lippen zu einem zärtlichen Kuss trafen. Die Zeit schien stillzustehen. Neugierig tastete sich ihre Zungenspitze in seinen Mund vor, was ihm ein Stöhnen entlockte. Sofort schoss mehr Blut in seinen Unterleib. Alles in ihm pochte im aufgeregten Takt seines Herzens, besonders sein Schwanz. Er wollte nur noch in sein Engelchen gleiten. Karas Schoß rutschte auf seiner Erektion auf und ab, wodurch sie seinen Schaft mit ihrem Saft bedeckte. Wieso war sie so empfänglich für seine Reize? Keuchend zog Ash sie fester auf sich, wobei seine Hände unter ihren Flügeln über ihren Po glitten. Sein Penis rieb durch ihre Spalte. Er brauchte nur zuzustoßen. Kara war so willig und schien derart ausgehungert nach Zärtlichkeiten zu sein, dass Ash in diesem Moment wohl alles mit ihr hätte machen können.

Hör auf! Lass sie los, bevor du dich in etwas verrennst, was euch beiden schadet, ermahnte er sich. Abrupt richtete er seinen Oberkörper auf, sodass Kara neben ihn rutschte. Sie setzte sich hin und mied seinen Blick. Ash versuchte nicht auf ihren vom Küssen feuchten Mund zu sehen und ihre Flügel, die vor Erregung zitterten. An den Schwingen eines Engels konnte man eine Menge ablesen, woraufhin Ash wieder jenes dumpfe Gefühl in seinem Magen spürte. Es erinnerte ihn daran, dass er seine herrlichen Flügel verloren hatte. Hastig fuhr er sich durch sein feuchtes Haar und sah sich um. „Wo sind wir hier?“

Als Kara nichts erwiderte, wusste er, dass es sich bei diesem Zimmer wohl um ihren irdischen Wohnsitz handelte. Er konnte eine mächtige Präsenz spüren, eine Art Schutz, der ihm allerdings nichts anhaben konnte. Das wunderte ihn, auch, dass Kara ihn hierher gebracht hatte. Er hatte sie nicht so naiv eingeschätzt. Er war ein Dämon, verdammt, die brachte man nicht so einfach mit nach Hause. Ash räusperte sich und versuchte nicht auf seinen Schwanz zu achten, der so hart war, dass es schmerzte. „Sind wir in die Vergangenheit gereist?“

Kara nickte. Sie hielt sich wieder die Decke vor ihre üppigen Brüste, doch ein rosa Nippel lugte hervor. Ash schluckte. Unverhohlen starrte sie auf seine Erregung, die Wangen gerötet. „Wie weit?“

„Weiß ich nicht genau“, sagte sie leise.

Tief durchatmend ließ sich Ash auf die Matratze zurückfallen. Er sollte endlich aus diesem Bett raus und verschwinden. Aber er konnte sich nicht von Kara wegbewegen, sein Körper schien wie gelähmt.

So verbrachten sie eine Zeit lang nebeneinander, er liegend, sie sitzend, beide schweigend, bis Musik durch die geschlossenen Balkontüren drang.

Kara krabbelte über ihn aus dem Bett. „Moment, ich glaube, jetzt weiß ich, welchen Tag wir haben."

Zu seinem Bedauern wickelte sie ihren Luxuskörper in die Bettdecke, bevor sie zu einer der zwei bogenförmigen Balkontüren schritt. Ash stand ebenfalls auf und stellte sich neben sie. Da der Balkon sehr schmal war, hatten sie einen guten Blick auf die Straße, die etwa drei Stockwerke unter ihnen lag. Eine Gruppe Musiker zog vorbei, die auf Trommeln, Dudelsäcken, Flöten und Lauten ein altes Lied spielte. Eine vertraute Melodie aus einer Zeit, in der Ash noch Ashriel geheißen hatte. Auf den Fußwegen hatten sich zahlreiche Zuschauer versammelt. Es war eine Mittelalter-Parade. Männer und Frauen folgten den Musikern auf Pferden oder zu Fuß. Sie trugen lange Gewänder, Schnabelschuhe und Blumenkränze auf dem Kopf. Ash ballte seine Hände zu Fäusten. Er musste endlich wissen, ob Raphael sein Versprechen einlöste.

„Diese Parade", unterbrach Kara seine Gedankengänge, „war vor drei Tagen. So weit sind wir also zurückgereist."

„Dann haben wir ja noch drei Tage, um uns besser kennenzulernen", scherzte er und dachte: Noch genug Zeit, um an die Uhr zu kommen.

Raphael wollte bestimmt nicht, dass er zurückkam. Immerhin herrschte der Erzengel über sein Land. Wer gab so einen Posten schon freiwillig wieder ab? Oder hatte Raphael Kara geschickt, um ihn zu testen, ob er schon würdig war, aus der Hölle geholt zu werden? Er wusste es nicht und musste es herausfinden. Auch dazu hatte er jetzt Zeit.

„Hat Raphael irgendwas Seltsames zu dir gesagt? Er spricht ja gern in Rätseln."

Karas Augen wurden groß. „Sag mir doch endlich, woher du ihn kennst!"

„Ich hab zuerst gefragt, Süße." Ash schmiegte seine nackte Gestalt an ihren Körper. Selbst durch die Decke konnte er ihre Wärme spüren.

Kara seufzte. „Na schön. Er hat gesagt: Eure Schicksale sind miteinander verbunden. Und: Die Uhr ist allein für die Hexe bestimmt."

Ash überlegte. Ihre Schicksale waren verbunden? Welche? Ihre beiden? Oder sprach sie von der Hexe?

Kara tippte gegen seine Brust. „Jetzt bist du dran. Woher kennst du Raphael? Und wer hat dich so übel zugerichtet?"

Sofort versteifte er sich. Sie hatte natürlich seine Verletzungen gesehen. Zum Glück überdeckten die Narben der Peitschenhiebe die Stellen, an denen Raphael ihm die Flügel abgeschnitten hatte.

Ihre Schicksale waren miteinander verbunden … Ob Raphael damit angedeutet hatte, dass Kara auch fallen würde? Wenn sich Ash vorstellte, wie Raphael ihre herrlichen Schwingen herausbrannte, welche Qualen sie erleiden musste, wurde ihm übel.

„Äh, ich muss los. Verpflichtungen und so was." Schnell begab er sich zur nächsten Wand. Er sollte ein Portal erzeugen und verschwinden.

„Ash!"

Seine Vergangenheit war ihm unangenehm. Er hatte versagt. Kara sollte nicht denselben Fehler machen.

„Willst du dir das hier wirklich entgehen lassen?", säuselte sie zuckersüß.

Schlagartig drehte er sich um, als würde er von einer fremden Macht geleitet. Dann verschluckte er sich fast an seinem Speichel. War sie nun vollkommen verrückt? Langsam zog sich Kara die Decke vom Körper. Als sie splitternackt vor ihm stand, hielt er die Luft an. Jetzt wollte sie ihn mit Sex um den Finger wickeln. In diesem Moment erkannte er, dass er wirklich bis zum Äußersten gehen könnte – Kara würde es zulassen. Aber er durfte sie nicht noch tiefer hinabreißen. Er war ohnehin schon zu weit gegangen und hatte sie großer Gefahr ausgesetzt. Sie würde fallen. War das der Dank, dass sie ihn gerettet hatte? Er war ihr etwas schuldig.

Verführerisch klimperte sie mit den Wimpern. „Ash?" Sie legte beide Hände auf ihre Brüste, um sie vor seinen Augen zu streicheln. Bald standen ihre Brustwarzen spitz ab.

Ihre Leichtsinnigkeit machte ihn wütend. Sie hatte keine Ahnung, worauf sie sich einließ. Ihm kam es ohnehin schon so vor, dass ihr Seelenlicht schwächer geworden war. Kara war kein Erzengel, verdammt! Die konnten sich vieles erlauben, ohne dass ihr Leuchten jemals erlosch, aber bei niederen Engeln ging das ganz schnell. Wenn ihr Glanz erst verschwunden war, könnte sie fallen.

Er drückte sie an den Schultern zurück, bis sie mit dem Rücken gegen die Wand stieß. Dann umfasste er ihren Po und hob sie hoch. Sein Geschlecht presste sich gegen das erhitzte Fleisch ihres Schoßes, das sich ihm schutzlos präsentierte, weil ihre Beine in dieser Stellung weit geöffnet waren.

„Wenn ich wollte, könnte ich dich gleich nehmen und du würdest mir nichts entgegenzusetzen haben", knurrte er. Wie um ihr das zu beweisen, hielt er ihren Körper mit nur einer Hand oben, während er mit der anderen in ihren Nacken fasste. Keuchend schloss Kara die Augen und Ash bewegte seine Hüften. Seine Erektion glitt durch ihre Spalte. Er brauchte nur zuzustoßen und könnte sie regelrecht pfählen, sich bis zum Anschlag in sie rammen. Bei dem Gedanken wurde er noch härter.

Kara wehrte sich nicht, sondern hing wie immer in seinem Griff. Mit der Spitze seines Geschlechts reizte er ihren Lustpunkt. Wie es sich anfühlen würde, nur einmal kurz in ihre Hitze einzutauchen? Kara würde gewiss eng sein. Ihr Inneres würde sich fest um seinen Schwanz schmiegen. Er konnte sich kaum noch zurückhalten.

Denk einmal nicht mit deinem Schwanz!, ermahnte er sich, worauf er sie abrupt losließ. Was, wenn es doch ein Test von Raphael war? Hätte er die Uhr, würde er sein Engelchen jetzt ficken und dann die Zeit zurückdrehen. Für Kara wäre dann zwischen ihnen nie etwas geschehen, Ash hingegen würde die süßen Erinnerungen mitnehmen.

Schwer atmend und darauf bedacht, sie nicht mehr anzusehen, malte er neben ihr mit der Hand einen großen Kreis auf die Wand. Es knisterte und roch nach Ozon, als sich ein Portal in die Unterwelt öffnete.

„D-du gehst? Jetzt?" Mit offenem Mund starrte sie ihn an.

„Keine Uhr, keinen Sex", sagte er so überheblich wie möglich.

Sie machte einen Schritt auf ihn zu, hielt aber Abstand vom Tor. „Ash! Sehen wir uns wieder?"

„Ich komme zurück, Süße, und dann will ich die Sanduhr", antwortete er, als er durch das Loch stieg.

„Du kannst sie nicht haben!", hörte er sie noch rufen, bevor sich der Durchgang schloss.

Oh doch, er würde an das Artefakt kommen, er musste sich nur eine andere Strategie überlegen. Kara würde ihm die Uhr nicht geben. Aber der Hexe. Also musste er nur warten, bis Kara das Artefakt übergab.

Kapitel 13 – Paris

Wenig später klopfte es an der Tür des Hotelzimmers. Noir hörte, wie Vincent im Badezimmer das Wasser abdrehte. Ob er lauschte? Gewiss checkte er die Lage, was ihr Herz zum Hüpfen brachte. Er passte wirklich immer auf sie auf.

Ein Angestellter – es war zum Glück nicht derselbe junge Mann wie in der Nacht – rollte einen kleinen Wagen herein, der voll beladen war mit den herrlichsten Sachen. Baguettes, Brötchen, Butter, verschiedenen Marmeladen- und Pastetensorten, Obst, Säften, Kaffee und Tee sowie diversen Extras. Vincent und sie mussten wieder zu Kräften kommen. Außerdem war sie sicher, dass ein Gargoyle, oder zumindest ein großer und starker Mann wie Vincent, von Haus aus Appetit für drei hatte. Der Bedienstete fragte, ob er den Tisch decken solle, Noir verneinte jedoch. Als der Mann den Raum verlassen hatte, hörte sie wieder das Geräusch der Dusche. Noir schmunzelte. Wie lange brauchte ihr Gargoyle, um die Paste abzuwaschen? Ob sie ihm helfen sollte? Seine Haut musste schon schrumpelig sein.

„Frühstück ist da!“, rief sie und schob das Wägelchen auf die Terrasse. Vincent sollte noch so viel Sonne wie möglich abbekommen. Noir verteilte die Platten mit den Leckereien neben der Matratze und schenkte Kaffee ein, der in der kühlen Morgenluft dampfte. Noir lief bereits das Wasser im Mund zusammen. Ein leichter Wind blies über die Dächer und unter ihr Schlafshirt. Sie wickelte sich in ihre Decke ein, als sie Vincent im Zimmer bemerkte. Sie wollte noch einmal nach seinen Verletzungen sehen und hatte somit gleich einen Grund, ihn zu berühren.

Mit dem Tuch um ihren Körper ging sie hinein. Vincent stand vor dem Bett, auf dem sein Rucksack lag, ihr den Rücken zugewandt. Er trug einen knappen Slip sowie Handschuhe. Mit einem Handtuch rubbelte er sich die Haare trocken. Wassertropfen perlten über seine Haut und liefen in den Bund seiner Unterhose.

Oh. Mein. Gott. Er war heiß. Seine Fantasien mit dem Obst kamen ihr wieder in den Sinn. Sie sollte schon mal mit Schneiden anfangen, denn gerade jetzt wollte sie von ihm abgeleckt werden. Von oben bis unten. Vincent besaß herrlich lange Beine. Athletisch. Sie waren nur leicht behaart, ebenso seine Arme. Der Rest seiner Haut war glatt. Gestern, im dämmrigen Licht, und wegen ihrer Aufregung und Erschöpfung, hatte sie nicht so genau auf jedes Detail geachtet. Jetzt strahlte die Sonne ins Zimmer, beleuchtete seinen Körper und brachte ihn zum Glitzern, was bestimmt am Wasserdampf lag. Vincent sah zum Anbeißen aus. Das Obst würde sich auch gut auf seinem Körper machen. Obwohl er anhand seiner Sinne spüren musste, dass sie hinter ihm stand, tat er, als würde er sie nicht bemerken, frottierte weiterhin mit einer Hand seine Haare und wühlte mit der anderen in seinem Rucksack. Das Spiel seiner Muskeln brachte sie noch um den Verstand. Sein Bizeps war zu einem beachtlichen Hügel zusammengezogen, nur weil er sich über den Kopf rieb.

Noir räusperte sich. „Frühstück ist da."

„Ich komme gleich", sagte er und drehte sich um. In der Hand hielt er ein Handy. „Ich muss noch schnell eine SMS tippen."

„SMS?" Noir konnte nicht anders, als ihren Blick über seine Vorderseite huschen zu lassen.

„Ich schreib Amarante, dass ich mir heute Nacht bei ihnen meine Tabletten abhole."

„Okay", erwiderte sie, obwohl sie ihm kaum zugehört hatte. Wie gern wollte sie sich an seine Brust kuscheln, unter der sich die Muskeln sanft wölbten. Oder mit ihrer Zunge über seinen flachen Bauch fahren, sie in den Bauchnabel stupsen und mit den Lippen an den Härchen zupfen, die in einer geraden Linie in seinem Slip verschwanden. Die Unterhose wies eine beachtliche Wölbung auf, obwohl er nicht erregt war. Noir hatte ja schon gesehen, dass er gut bestückt war. Wie sich wohl … Nein, nein, nein, nein. Jetzt nicht schwach werden!

Gefällt ihr, was sie sieht?

Darauf kannst du deinen süßen Arsch verwetten, dachte sie und ging auf ihn zu. „Lass mich noch mal schnell nach deinen Verletzungen sehen."

Vincent legte das Handy weg, warf das feuchte Handtuch über eine Stuhllehne und setzte sich auf die Bettkante, die Schenkel leicht geöffnet, sodass sich Noir dazwischenstellen konnte. Auf dem Nachttisch befand sich noch der Tiegel mit Noirs Salbe. Sie deutete darauf. „Gibst du mir den bitte?"

Vincent lehnte sich zurück, wobei sich seine Bauchmuskeln anspannten und ein astreines Sixpack präsentierten. Noir schluckte hart. Mit zitternder Hand nahm sie den Tiegel entgegen. Ihre Finger streiften sich. Noir war, als hätte sie einen Funken abbekommen.

„Okay, wollen wir mal sehen." Sie stand viel zu nah, wie sie wusste, doch sie konnte nicht anders. Sie ließ ihren Zeigefinger in dem Gefäß kreisen. Es war so gut wie leer, aber ein wenig Salbe blieb an ihrem Finger haften. Sie beugte sich hinunter, um sie auf die Stelle an seinen Rippen zu tupfen, wo die Dämonenkralle gesteckt hatte. Die Wunde sah gut aus. Vincent hatte die Hände hinter sich auf der Matratze abgestützt, die Lider gesenkt, aber Noir brauchte nicht zu erraten, was in ihm vorging. Wie immer verrieten ihn seine Gedanken.

Als sie zwischen seinen Beinen in die Hocke ging, um den Rest Salbe auf die Wunde an seiner Oberschenkelinnenseite zu verteilen, schloss Vincent die Augen. Sie hörte, was er sich vorstellte: wie sie ihm den Slip auszog, um seinen Schwanz in den Mund zu saugen, an ihm zu lecken und zu lutschen, bis er kam.

Oh, dieser Mann!

Während sie die Salbe immer noch auf die Kruste tupfte, obwohl sie längst fertig war, hatte sie Vincents Lenden direkt vor Augen. Die Ausbuchtung seines Slips wurde größer, Vincents Atem ging noch schneller. Sie wollte nach dem Bund seiner Hose greifen, als er dachte: *Ich habe mir eben unter der Dusche Erleichterung verschafft, warum reagiere ich schon wieder so auf sie?*

Schnell stand Noir auf, wobei ihr die Decke vom Körper rutschte. Zum Glück trug sie ihr Shirt. „Fertig", krächzte sie. Für Vincent schien die Situation verdammt unangenehm zu sein. Er hatte den knallroten Kopf zur Seite gedreht, daher hob sie das Laken auf und ging auf die Terrasse. Dort beschloss sie, seine Gedanken so gut es ging zu überhören. Sie musste sich auf das Wesentliche konzentrieren. Die Jagd auf die Mörder ihrer Eltern, die Suche nach dem Amulett und Jamie hatten oberste Priorität. Sie durfte sich nicht von ihrer Mission ablenken lassen oder sie würde es früher oder später bereuen. So schwer es ihr auch fiel, Vincent spielte in ihrem Leben nicht die Hauptrolle.

Als er kurze Zeit später auf die Terrasse trat, versuchte sie, ihn nicht zu lange anzuschauen. Er war barfuß, trug ausgewaschene Jeans, die ihm tief auf den Hüften saßen, sowie ein eng anliegendes T-Shirt, unter dessen Stoff sich jeder Muskel abzeichnete.

Verflixter Kerl!

Während er sich ihr gegenüber im Schneidersitz auf die Matratze hocke, reichte Noir ihm eine Tasse Kaffee und nahm selbst die andere. Mittlerweile war das Getränk nicht mehr heiß, sodass sie ein paar kräftige Schlucke machen konnte, ohne sich zu verbrennen. Genießerisch schloss sie die Augen. Das Koffein würde helfen, sich besser konzentrieren zu können. Leider schweiften ihre Gedanken schon wieder ab. Frühstück am Morgen, gemeinsam mit einem Mann. Das war ein äußerst seltenes Ereignis. Zuletzt hatte sie in Gesellschaft gefrühstückt, als sie in einer eisigen Winternacht ihrem Elternhaus den Rücken gekehrt hatte und zu Magnus geflohen war. Er hatte sich um sie gekümmert, ihre Verletzung an der Wange versorgt.

Seufzend ließ Noir den Blick über die Dächer von Paris wandern, die in der Sonne funkelten. Überall, wo Bäume oder Sträucher zu sehen waren, ließen kräftige Rot- und Brauntöne erkennen, dass der Herbst bevorstand. Wieder war fast ein Jahr vergangen, ohne dass sie Erfolg hatte. Wo sollte sie weitersuchen? An dem Platz, wo die Dämonen sie gestern überfallen hatten?

Gedankenverloren biss sie in ein Honigbrötchen, als ihr schlagartig die kleine Plastikkarte einfiel, die einer der Unterweltler verloren hatte. Sie sprang auf und eilte ins Bad. Vincent folgte ihr auf den Fersen.

„Was ist passiert?“ Er klang alarmiert.

Sie wühlte in ihrem Kleiderhaufen. „Ich hab gestern bei der Baumwollspinnerei was gefunden.“ Als sie die blutrote Karte entdeckt hatte, hielt sie Vincent diese vor die Nase. Marmelade klebte an seinem Mundwinkel, die Noir mit dem Daumen wegstrich und ihren Finger dann ableckte, als wären sie ein Paar, das sich schon ewig kannte.

„Desiderio“, las er vor. „Ein Klub in Florenz?“

„Ja, ein Dämonenklub. Die Typen von heute Nacht müssen zu dem Höllenfürsten gehören, der das Medaillon hat. Immerhin haben sie mich gezielt in die Falle gelockt. Vielleicht finde ich im Desiderio mehr Antworten. Ich werde sofort einen Flug buchen.“ Sie lief in den Nebenraum, wo sie das Netbook aus dem Rucksack zog und auf den Tisch stellte.

Vincent hielt sie am Arm fest. „Lass uns nichts überstürzen.“

„Jede Sekunde zählt, wenn Jamie noch am Leben ist.“ Hatte er soeben uns gesagt? Noir fand es schön, dass er ihr weiterhin helfen wollte, aber er hatte ihretwegen schon genug mitgemacht. Wenn sie an die zahlreichen Narben auf seinem Körper dachte …

„Ich brauche erst die Tabletten. Die kann ich mir jedoch erst heute Nacht holen, wenn Amarante aus dem Steinschlaf erwacht.“

„Amarante?“ Stimmt, er hatte diesen Namen vorhin erwähnt.

„Sie ist die Klanführerin der Pariser Gargoyles.“

Eine Frau an der Macht? Interessant. „Vincent, ich kann nicht noch einen Tag verlieren!“ Ihre Stimme überschlug sich beinahe. Sie wollte nur noch weg von hier.

„Wenn ich diese verdammten Tabletten nicht habe, kann ich dich nicht beschützen!“, rief er.

Was meinte er damit? Dass er noch nicht fit genug war, um mitzukommen? Ihr Trank hatte doch ganze Arbeit geleistet. Die Arme vor der Brust verschränkt, hatte er sich neben ihr aufgebaut, sodass seine Muskeln deutlich hervortraten. Ein weiterer Muskel zuckte in seinem

Gesicht. Die Kiefer hatte er zusammengepresst.

Mit zitternden Fingern drückte sie auf den Power-Knopf und das Notebook fuhr leise summend das Betriebssystem hoch. „Das ist mein Krieg, Vincent, nicht deiner." Er sollte ihretwegen nicht noch einmal so schwer verletzt werden. Außerdem war sie es nicht gewohnt, dass jemand Einfluss auf ihre Entscheidungen nahm. Das alles war allein ihre Sache – niemand hatte ihr reinzureden. Auch kein Gargoyle, der sich wie ein Bodyguard aufspielte. Sie brauchte keinen Babysitter.

Seine großen Hände packten sie an den Schultern und wirbelten sie herum. „Du wärst beinahe gestorben, schon vergessen?" Eine Ader an seiner Schläfe trat hervor und pochte wild. „Ich habe unserem Klanführer versprochen, immer auf dich aufzupassen! Deine Eltern wollten Schutz für dich! Du gehst nicht ohne mich!"

Das Blut rauschte ihr in den Ohren. Was erlaubte er sich? Flecken tanzten vor ihren Augen und ein unsichtbares Band schnürte ihr den Brustkorb zu. Wütend schnappte sie nach Luft, während sie ihm den Zeigefinger in die Brust bohrte. Automatisch wich Vincent zurück, bis er mit den Kniekehlen an das Bett stieß. Dieser Mann hatte ihr nichts zu befehlen! „Meine Eltern sind tot und ich bin erwachsen. Außerdem sind wir nicht verheiratet oder sonst was. Ich kann meine eigenen Entscheidungen treffen!"

Aus einem Impuls heraus, weil sie sich unterschwellig bedroht fühlte und plötzlich nur noch rotsah, rief sie: „Vade retro!"

Eine Energiewelle warf Vincent auf den Lattenrost, auf dem er reglos liegen blieb, die Arme über dem Kopf ausgestreckt. Nur seine Beine hingen über den Rand des Bettes. Schlagartig war Noirs Wut verflogen.

„Vincent!" Oh Gott, was hatte sie getan? Sie kletterte auf die Matratze, die auf der anderen Seite des Bettes lag, und beugte sich hinüber zu ihm. Durch die Wucht des Aufpralls waren mehrere Latten unter seinem Körper gebrochen. „Bitte sag doch was!"

Als sie die Hand nach ihm ausstreckte, warf er sich auf sie und drehte sich mit ihr um, noch ehe Noir reagieren konnte. Er hatte nur gespielt! Er hielt ihr mit einer Hand die Arme über dem Kopf zusammen, während er die Finger der anderen Hand auf ihren Mund presste. Ein dunkles Funkeln lag in seinen Augen, die sie bisher immer gütig angesehen hatten.

„Nein, wir sind nicht verheiratet", sagte er gefährlich leise, wobei sich seine Stimme wie ein Knurren anhörte. Dabei lag er so auf ihr, dass seine Lippen ihr Ohr streiften. „Aber ich will dich trotzdem nicht verlieren."

Sie atmete schwer durch die Nase. Was war nur los mit ihr? Sie hätte ihn verletzen können. Die Augen schließend wünschte sie, sie könnte das Geschehene rückgängig machen.

„Wir werden in Ruhe überlegen, wie wir weiter vorgehen“, meinte er. „Allein kannst du es niemals schaffen. Heute Abend hole ich die Tabletten und dann komme ich mit dir. Okay?“

Sie nickte, doch ihr Körper wollte nicht aufhören zu zittern. Vincents große, schwere Gestalt auf ihrer fühlte sich viel zu gut an.

„Kann ich dich loslassen?“, raunte er.

Sie nickte abermals, obwohl sie nicht wirklich wollte, dass er seine Hände von ihr nahm. Eigentlich wollte sie nur noch von ihm festgehalten werden. Er ließ sie frei und stieg von ihr hinunter.

Sie blieb liegen, die Lider immer noch geschlossen. „Es tut mir leid, ich war so aufgeregt und in Rage“, flüsterte sie. Ihre Zähne klapperten. „Ich wollte das nicht. Ich … würde dich niemals verletzen wollen.“ Sie hatte ihn schon einmal beinahe getötet, damals in einem Prager U-Bahn-Tunnel. Wenn sie daran dachte, wurde ihr schlecht.

Vincent erkannte, wie sie mit sich kämpfte. Wie ein Fötus im Mutterleib krümmte sie sich zusammen und presste ihr Gesicht in ein Kissen. In ihrem Schlafshirt sah sie zudem wie ein Kind aus. Verletzlich. Der Anblick ließ sein Herz bluten. Sofort setzte er sich neben sie.

„Das weiß ich doch“, sagte er leise und wischte eine Haarsträhne aus ihrem Gesicht, bevor er ihre Wange streichelte. Es war die mit der Narbe. Er spürte die sanfte Erhebung unter seinen Fingern. Langsam drehte sie ihren Kopf und schmiegte ihre Wange an seine Handfläche.

Wusste sie eigentlich, wie sehr er sie brauchte? Es würde ihn umbringen, wenn ihr etwas passierte.

Behutsam schob er seine Arme unter sie und hob sie an seine Brust. „Lass uns erst mal frühstücken und alles Weitere in Ruhe besprechen.“

Sie kuschelte sich zitternd an ihn, die Arme um seinen Hals gelegt, und ließ sich hinaustragen. Sie weinte nicht, aber es war nicht zu übersehen, dass sie ihre wahren Empfindungen unterdrückte. Seine kleine Hexe war so ein Sturkopf! Warum konnte sie ihren Gefühlen nicht freien Lauf lassen? Er legte sie auf die Matratze, um die ihr Frühstück verteilt war. Immer noch hielt Noir die Augen geschlossen.

„Ich schäme mich so", flüsterte sie. „Normalerweise hab ich mich unter Kontrolle, doch sobald es um Jamie geht …"

Er kuschelte sich neben sie, bevor er die Decke über sie beide zog. „Du brauchst dich nicht zu rechtfertigen. Ich kann nachfühlen, dass du aufgewühlt bist. Es hilft allerdings nichts, wenn du etwas überstürzt."

Er nahm eine Erdbeere und hielt sie Noir an den Mund. Sie blinzelte, dann schnappte sie danach.

„Dieses Kärtchen könnte ebenso gut eine weitere Falle sein", sagte er und genoss es, sie zu füttern. So ließe es sich leben. Zudem prickelte die Sonne angenehm auf seiner Haut. Ihre Strahlen durchdrangen seine Zellen und füllten sie mit Energie. Er fühlte sich gut, obwohl er die Tablette heute noch nicht genommen hatte. Das beunruhigte ihn zunehmend, doch er war optimistisch, dass er bis zum Abend überleben würde. Nur seine Hände zitterten ein wenig.

„Mmm", seufzte Noir, weil Vincent ein weiteres Stück Obst in ihren Mund geschoben hatte. „Daran könnte ich mich gewöhnen."

Er grinste. „Ich bin dein Beschützer, nicht dein Sklave." Wobei der Gedanke, alles für Noir zu tun, etwas Erregendes hatte, insofern sie gewisse Liebesdienste von ihm fordern würde. Es hatte ihm verdammt gut gefallen, festgebunden am Bettgestell zu hängen, während sie …

Abrupt setzte sie sich auf. „Ich werde den Flug für morgen früh buchen."

Erleichterung durchströmte ihn, doch schlagartig wurde ihm etwas klar. „Du meinst einen gewöhnlichen Linienflug?"

Nickend machte sie einen großen Bissen von ihrem Brötchen.

„Fuck!"

„Da kennt der Gargoyle aber ein böses Wort", sagte Noir kauend und grinste breit. Ihre Anspannung schien verflogen.

„Ich habe keinen Ausweis."

„Das haben wir gleich." Sie schnappte sich das Handy und tippte auf dem Display herum.

Vincent schaute ihr über die Schulter zu. „Wen rufst du an?"

„Magnus."

Natürlich, wen sonst.

Während sie warteten, dass der Magier an sein Handy ging, fragte Noir: „Wie hast du mich damals gefunden, als ich untergetaucht bin?"

Vincent dachte zurück an den aufregendsten Tag seines Lebens, an dem sich Kara, der Wächterengel der Londoner Gargoyles, vehement für ihn eingesetzt hatte. „Grimsley, Vincent ist der Einzige, der das Mädchen Tag und Nacht bewachen kann“, hatte der blonde Engel zu seinem Klanführer gesagt. Vince atmete tief durch. Ihm wurde bewusst, wie ewig das zurücklag. Seitdem hatte er selten jemanden aus der Bruderschaft gesehen. Noir war nicht mehr oft in London gewesen. Nicht, dass er deswegen traurig war. Im Klan hatte ihn ohnehin niemand wirklich akzeptiert. „Ein Engel brachte mir etwas, das nach dir roch. So konnte ich deine Fährte aufnehmen, fand dich aber nicht.“

Noir schmunzelte. „Ja, ich hatte an alles gedacht. Schon als Teen war ich unschlagbar.“ Ihre Augen wurden groß. „Warte mal, du hast einen Engel gesehen?“ Offensichtlich war sie beeindruckt, murmelte dann jedoch: „Stimmt, du hattest das erwähnt.“

„Hatte ich das?“ Er konnte sich nicht daran erinnern.

„Äh, ja, heute Nacht mal, da hast du eine Menge zusammenhangloses Zeug gestammelt.“

Oh Mann, er wollte sich nicht ausmalen, was er alles gesagt hatte. „Der Engel heißt Kara und lebt bei uns. Sie sagte mir, dass du dich auf Thorne Castle versteckst. Ich war gerade am Schloss angekommen, als du auch schon wieder untergetaucht bist. Seitdem hab ich deine Spur kein einziges Mal verloren.“ Eigentlich dürfte er ihr das nicht erzählen, aber nun war sowieso schon alles egal. Außerdem vertraute er ihr, obwohl sie zuvor auf ihn losgegangen war. Noirs eiserne Hülle schien langsam Risse zu bekommen. Wenn Provokation die einzige Möglichkeit war, sie aus ihrem Käfig herauszulocken, würde er damit weitermachen.

„Magnus, warum hat das so lange gedauert?“, rief Noir plötzlich in das Smartphone.

„Hallo erst mal“, hörte Vincent die Stimme des Magiers, die leicht rau klang. „Ich hab gesehen, dass du … es dir gutgeht und hab mir auch ein wenig Vergnügen gegönnt.“

Jetzt vernahm Vincent eine weitere Stimme aus dem Gerät, die einer Frau gehörte. „Magnus, mit wem sprichst du?“ Das musste Amalia sein, die Frau des Zauberers.

„Es ist Noir, Liebes, geh wieder ins Bett, ich bin gleich bei dir.“

Noir räusperte sich. „Es tut mir leid, euer Liebesgeplänkel zu stören, aber darf ich dich noch einmal um einen Gefallen bitten?“

„Jederzeit, das weißt du doch. Sogar, wenn ich gerade …“

„Magnus“, unterbrach Noir ihn, denn so genau wollte sie nicht wissen, was er soeben trieb. Das erinnerte sie nur wieder daran, was zwischen Vincent und ihr war. Sie brauchte jetzt einen kühlen Kopf. „Ich möchte dir jemanden vorstellen."

„Du meinst nicht zufällig den grünen Punkt?"

Sie starrte auf das Display, wo ihr Magnus' Gesicht entgegenleuchtete. „Du siehst uns?"

Er grinste. „Ich hab dich quasi nie aus den Augen gelassen. So 'ne vollautomatische Satellitenüberwachung ist was Geniales."

„Und du hast von Vincent gewusst! Du hast gesagt, er wäre eine Katze!" Noir war deswegen ein wenig beleidigt, immerhin war Magnus ihr einziger Vertrauter und engster Freund … gewesen. Bis jetzt. Nun hatte sie jemanden, den sie zwar selbst noch nicht gut kannte – außer das, was in seinem Kopf vorging –, jedoch gern näher kennenlernen wollte. Als Freund, selbstverständlich.

„Vincent heißt er? Das wusste ich nicht. Nur, dass er ein ganz besonderer Gargoyle ist. Er hat dich gerettet, hab ich gesehen. Glaub mir, du hast mir fast einen Herzinfarkt beschert, beinahe hätte ich meine Freunde angerufen, damit sie dich da rausholen!"

„Warum hast du mir nie gesagt, dass er über mich wacht?"

„Weil ich dich zu gut kenne. Ich weiß, du hättest niemals einen Beschützer an deiner Seite geduldet. Ich bin froh, dass Vincent bei dir ist und dich vor größerem Schaden bewahrt hat."

„Ja, Vincent hat mich gerettet. Er wurde dabei verletzt", sagte sie und sah für einen Moment nicht in die winzige Kamera über dem Display, sondern in Vincents Augen. Er senkte schnell den Blick.

„Wie geht es ihm? Warum seid ihr schon die halbe Nacht und den ganzen Morgen draußen?", wollte Magnus wissen.

„Ähm", druckste sie herum. „Das ist eine längere Geschichte. Vincent braucht Sonne und so."

„Aha."

„Es geht ihm wieder gut. Aber du kannst nicht auf Bild-Modus umschalten und die Satellitenaufnahme heranzoomen, oder?" Noir schaute nach oben in den wolkenlosen Himmel.

„Wenn ich wollte …"

„Untersteh dich!", rief sie.

„Wieso, ihr seid doch angezogen."

„Magnus!"

„Trägst du zum Schlafen immer weiße Shirts?", neckte er sie, worauf er von Amalia den Ellbogen in die Rippen gestoßen bekam, wie sie sahen, weil Magnus das Handy weiter weghielt, sodass auch seine Frau mit hineinsehen konnte. Sie winkte in die Kamera und Noir winkte zurück. Sie mochte Amalia sehr, auch wenn sie Magnus' bessere Hälfte noch nie persönlich gesehen hatte. Die beiden waren offensichtlich eine Einheit. Sie teilten alles.

Ein Stich durchzuckte Noirs Brust. „Weswegen ich anrufe … Vincent braucht einen Ausweis. Noch heute. Wir wollen morgen nach Florenz weiterfliegen. Könntest du ihm auch einen besorgen, so wie mir damals?“

„Natürlich. Mach mal ein Foto von ihm.“

Noir streckte die Hand aus und drehte das Gerät herum. Vincent wich zurück. Er fühlte sich anscheinend nicht wohl bei dem Gedanken, fotografiert zu werden. Hastig fuhr er sich durchs Haar, wobei er es noch mehr durcheinanderbrachte. Er sah zum Anbeißen aus.

„Hallo Vincent“, sagte Magnus, der ihn durch die Kamera sehen konnte. Noir hielt das Gerät vor Vincents Gesicht, damit der Magier ein Bild von ihm bekam. „Schön, dich einmal persönlich kennenzulernen.“

„Sir“, erwiderte Vincent nickend. „Ich freue mich auch.“

„Für dich einfach Magnus, Junge.“

Junge? Noir wollte protestieren, wusste aber nicht einmal, wie alt Vincent war. Das würde sie gleich als nächstes in Erfahrung bringen. Doch wie ein Junge sah er wirklich nicht aus. Vincent war ein richtiger Mann mit allem, was dazugehörte.

„Ich brauche noch ein paar Informationen“, sagte Magnus. „Kannst du Vincent bitte das Telefon geben?“

Noir reichte es ihm und Magnus fragte: „Wie ist dein vollständiger Name.“

„Ähm … eigentlich nur Vincent.“

„Wir brauchen einen Nachnamen.“

„Balentine“, kam es wie aus der Pistole geschossen. „Das war der Name meiner Mutter.“

Vincent Balentine … das klang wunderschön.

„Wo wurdest du geboren?“

„In London.“

„Geburtsdatum?“

Vincent antwortete, worauf Noir wusste, dass er dreißig Jahre alt war. Im Juni auf die Welt gekommen … Er war also vom Sternzeichen Zwillinge. Auch das traf irgendwie zu. Super, sie selbst war auch ein Luftzeichen: Waage. Dann passten sie ja optimal zus… Meine Güte, was für Gedanken hatte sie da?

„Und dann brauche ich noch eine Unterschrift“, sagte Magnus. „Seitlich im Handy steckt ein kleiner Stift, ein Touch-Pen. Bitte schreib deinen Namen in das Feld, das du auf dem Display siehst.“

Vincent unterschrieb, wobei Noir seine langen Finger bewunderte, mit denen er den kleinen Stift kaum halten konnte. Er war also

Linkshänder. Nachdem der Touch-Pen wieder an seinem Platz war, bedankte er sich bei Magnus.

„Wenn du nicht an Noirs Seite gewesen wärst", sprach der Magier, „hätte ich sie nie in die weite Welt hinausgelassen."

Hastig zog Noir das Gerät zurück. „Bring ihn nur nicht auf dumme Ideen."

Magnus lachte.

„Und das Bild passt so?"

„Bestens. Ich bearbeite es natürlich, bevor ich es weiterschicke. Hab gedacht, Gargoyles sehen etwas wilder aus."

„Ein hübscher Kerl", sagte Amalia im Hintergrund.

Noir erkannte aus den Augenwinkeln, dass Vincent rot um die Nase wurde.

„Vincent ist ein besonderer Gargoyle", meinte Noir eher schwammig. Sie wusste nicht, wie viel sie ihrem Freund erzählen durfte. „Und sag mal, Magnus …"

„Ja?"

„Um auf die Beschützer-Sache zurückzukommen: Wieso hast du über ihn Bescheid gewusst, aber ich nicht?" Sie hatte nichts bemerkt, obwohl sie eine talentierte Hexe war. Doch sie war auch ein beinahe gewöhnlicher Mensch. Sie hatte keine Supersinne.

„Die Engel hatten eine Suchmeldung nach dir rausgegeben, als sie dich nicht fanden. Da fragte ich nach, worum es ging. Als ich erfuhr, dass sie dir einen Beschützer zur Seite stellen wollten, einen Gargoyle, weil deine Eltern das mit dem Klan so abgesprochen hatten, sagte ich ihnen, du wärst bei mir. Ich habe ihnen aber hoch und heilig versprechen müssen, dir nichts zu sagen."

„Wieso hast du eine Suchmeldung der Engel erhalten?"

„Beziehungen."

„Du hast Kontakt zu Engeln?" Das beeindruckte sie. Schon der zweite Mann, der persönlich einen Engel getroffen hatte!

„Ich bin sogar mit einem verheiratet", sagte Magnus, aber Noir tat es als Scherz oder Wortspiel ab und ging daher nicht weiter darauf ein. Sie wusste, wie sehr Magnus seine Amalia vergötterte.

„Was hast du jetzt vor?", fragte er.

„In Florenz gibt es einen Dämonenklub. Nennt sich Desiderio. Da wollen wir hin."

„Desiderio? Bist du dir sicher?" Magnus klang plötzlich interessiert.

„Ganz sicher. Ich hab so eine Art Eintrittskarte gefunden."

„Das ist ein berüchtigter Laden."

Noir beugte sich vor. „Ich will alle Infos. Ich muss da rein und verdeckt ermitteln. Vincent wird dabei sein, bevor du Einwände erhebst."

„Die Einwände wirst du gleich selbst haben." Magnus räusperte sich. „Ich weiß nicht, ob dir meine Infos gefallen."

„Nun sag schon!"

„Es ist ein Sexklub."

Mist.

„Einer von der härteren Sorte, SM und solche Praktiken." Magnus tat gerade so, als würde er sich mit dem Thema auskennen! „Da kommen nur Doms mit ihren Sklaven rein."

„Doms?"

„Herren oder Herrinnen."

„Natürlich." Noir schluckte. „Okay, das … bekommen wir schon irgendwie hin."

„Da bin ich mir sicher", sagte ihr Freund. „Falls du doch Hilfe brauchst – meine Nummer hast du ja."

Er erklärte ihr, wie sie den Klub fand und am einfachsten hineinkam, ohne aufzufallen. Dann gab er ihr noch ein paar Tipps mit auf den Weg über Dinge, die Noir die Schamesröte ins Gesicht trieben.

Vincent hatte währenddessen emotionslos neben ihr gesessen, doch seine Gedanken sprachen Bände. Der Gargoyle war schon wieder geil.

Kapitel 14 – Unterwelt

Nachdem sich Ash von Kara verabschiedet hatte, erschuf er ein Portal in die Unterwelt, direkt in den Gang zu seinem Quartier, das er sich mit Jamiel teilte. Der junge Mann war ebenfalls ein Sklave von Ceros, nur dass er zusätzlich noch Ashs Befehlen unterstand. Ash hatte Jamiel mehr oder weniger aufgezogen und ihm während der schwierigen Phase, als er zum Mann heranreifte, geholfen, seinen Weg zu finden. Was nicht immer einfach gewesen war. Viel nerviger war allerdings, dass Jamiel seinen Körper mit einem Wesen teilen musste, das Ash kein bisschen leiden konnte.

Ein Zash namens Zorell hatte sich in Jamiel eingenistet. Zashs waren körperlose Lenker-Dämonen, die ihre wahre Stärke nur in einem Wirt entwickeln konnten und mit steigender Macht Besitz von ihm ergriffen. Sie ließen sich nur mit Magie vertreiben, oder wenn das Wesen, das von ihnen besessen war, getötet wurde.

Leider war Jamiel auf den Nesthocker angewiesen, weil Ceros Jamiels Seele ausgesaugt hatte. Ein normaler Mensch überlebte das nicht, falls er nicht zum Dämon gewandelt wurde. Was Ceros deswegen nicht getan hatte, weil er Zorell den Körper des Jungen versprochen hatte.

Als Ash ihre Behausung betrat, lag Jamiel ausgestreckt auf einer einfachen Pritsche, die Hände hinter dem Kopf verschränkt. Die Wohnhöhle, wie Ash ihre Unterkunft nannte, war tatsächlich eine Höhle, kaum größer als ein Bushaltestellenhäuschen. Es passten gerade mal zwei Feldbetten hinein – eines links, das andere rechts, nur getrennt von einem schmalen Gang –, mehr Mobiliar gab es nicht. Eine Fackel, die rußend vor sich hinflackerte, spendete Licht. Beim Anblick seines splitternackten Körpers bekam Jamiel Stielaugen.

„Sollen sich meine Wünsche doch noch erfüllen?“, scherzte er und setzte sich auf, die Augen auf Ashs Körpermitte gerichtet.

Er trug wie Ash am liebsten Jeans und T-Shirt, wobei er sich im Gegensatz zu Ash mit mehreren Laken zudeckte, wenn er schlief. Jamiel war eben kein typischer Dämon, nur von einem besessen, weshalb er wie ein normaler Mensch fror und sich auch normal ernähren musste. Er war ein attraktiver Mann, schlank, hoch gewachsen, gut aussehend und mit dreiundzwanzig Jahren im besten Alter. Selbst die vernarbte Wange, wo Ceros ihn einst verbrannt hatte, entstellte ihn nicht. Jamiel hatte keine Probleme, an Seelen zu kommen, die sein Körperbesetzer brauchte, um am Leben zu bleiben. Starb Zorell, würde auch Jamiel sterben. Allerdings hatte Ash ihm beigebracht, wie man den Menschen nur einen unbedeutenden Teil der Seele raubte, ohne sie zu verderben oder umzubringen. Jamiel hatte sich anfangs vehement geweigert, so etwas Grausames zu tun.

Jamiel, der dank Zorell ewig jung bleiben würde, fuhr sich durch sein braunes Haar. Die Igelfrisur hielt er meist mit Gel in Schach. „Für eine Nacht mit dir würde ich sofort meine Seele geben, wenn ich noch eine hätte."

„Vergiss es, Kleiner." Seufzend zog Ash eine Kiste unter seiner Pritsche hervor, aus der er ein neues Paar Jeans und ein Hemd herausholte – beides gestohlen, denn er hatte es nicht so mit Wäsche waschen, liebte es aber sauber –, bevor er sich zum Anziehen auf sein Bett setzte.

„Du hast dich anscheinend prächtig amüsiert", bemerkte Jamiel, schob die Zudecken zur Seite und schwang seine Beine über die Liege.

Ashs wusste, dass seine Erregung noch nicht ganz abgeklungen war, hielt es jedoch nicht für nötig, seine Scham zu bedecken. Jamiel hatte ihn schon in ganz anderer Verfassung gesehen, zum Beispiel, wenn sich Ceros an Ash abreagierte, weil er einen Auftrag nicht zu seiner Zufriedenheit erfüllt hatte, bis sich Kleidung und Haut von seinem Leib schälten. Dann kümmerte sich Jamiel um seine Verletzungen. Der Junge wusste nicht, dass sich Ash oft auch an seiner statt auspeitschen ließ. Warum sich Ash opferte, war ihm selbst nicht ganz klar. Vielleicht, weil Jamiel es nicht überleben würde. Um Zorell wäre es ihm egal, aber ohne den Jungen wollte er nicht sein, da er sonst niemanden in der Unterwelt hatte, den er auch nur annähernd als Freund bezeichnen konnte. Die vielen Hundert Jahre, die er auf sich allein gestellt gewesen war, waren tatsächlich die Hölle gewesen. Er und Jamiel hatten schon viele amüsante Stunden zusammen verbracht, wenn Ceros keinen Auftrag für sie hatte, wie zum Beispiel magische Artefakte zu stehlen. Meistens hingen sie in Bars oder Klubs herum, wo sie sich betranken oder lustvoll vergnügten. Jeder auf seine Art. Wobei Ash das schon länger nicht mehr befriedigte. Etwas fehlte ihm. Das Gefühl, um seiner selbst willen begehrt zu werden und nicht, weil er gut aussah, die Liebeskünste perfekt beherrschte oder der Handlanger eines der mächtigsten Dämonenfürsten war.

Interessiert beugte sich Jamiel vor. „Was ist passiert?"

„Ich hatte eine Begegnung der anderen Art." Kara … verdammt, er vermisste sie jetzt schon. Er wollte so schnell wie möglich wieder zu ihr.

Jamiel hob die Brauen. Ash wollte dem Jungen gern erzählen, was er wusste, aber er musste immer vorsichtig sein. Zorell hörte vielleicht mit und der würde sofort zu Ceros laufen, wenn er einen Vorteil für sich witterte.

„Spitzt der andere gerade seine Ohren?“, fragte Ash.

Jamiels Gesicht verdüsterte sich. Ash wusste, wie sehr der junge Mann den Eindringling, der für sein Schicksal verantwortlich war, hasste. „Nein, er schläft, hat sich zurückgezogen, meditiert – was auch immer. Ist mir auch egal. Warum?“

„Sag mir, wenn er aufwacht.“ Zum Glück konnte Zorell nicht Jamiels Gedächtnis anzapfen. Andersherum war es nicht so. Jamiel bekam immer mehr Macht über seinen Parasiten. Hoffentlich konnte er ihn bald so weit zurückdrängen und unter Kontrolle bringen, dass er nicht mehr zum Vorschein kam. Allerdings wusste Jamiel: Seine Zeit war nur begrenzt. Ceros und Zorell hatten einen Pakt geschlossen. Der Höllenfürst hatte dem Dämon versprochen, ihm nach hundert Jahren als sein Sklave die Freiheit mitsamt Jamiels Körper zu schenken, als Dank, weil Zorell es gewesen war, der Ceros die Existenz der Amulette und wer sie hütete, verraten hatte. Sollte Zorell ihm jedoch schon eher das zweite Amulett besorgen, würde Ceros seinen Vertrag sofort erfüllen. Deswegen boykottierte Jamiel die Suche nach seiner Schwester, wo es nur ging. Er liebte sie immer noch sehr. Sein eigenes Leben war ihm egal. Wenn sie einmal nicht mehr lebte, würde er sich mitsamt dem Zash umbringen. Das hatte er Ash anvertraut. Nur würde er das mit allen Mittel verhindern, sollte er dann noch in der verdammten Unterwelt feststecken.

Die ersten Jahre als Ceros’ Sklave waren für Jamiel hart gewesen. Der Junge hatte zwar gewusst, dass seine Schwester nicht anders hatte handeln können, aber gehofft, sie würde ihn eines Tages aus der Hölle holen. Bis er eingesehen hatte, dass er sie besser beschützen konnte, wenn er in der Unterwelt blieb.

Wegen der ganzen Sache befand sich auch Ash in einem Zwiespalt. Er kannte natürlich dank seiner Fähigkeit Jamiels Ängste, weshalb er ihm nicht wehtun wollte. Aber Ash brauchte die Hexe oder zumindest das verdammte Medaillon unbedingt. Außer, er käme an die Sanduhr, dann würden sich all seine Probleme in Raum und Zeit auflösen.

„Ich hatte himmlischen Sex mit einem Engel.“

„Was?“ Jamiel bekam große Augen. „Du hast einen Engel verführt? Du Mistkerl!“ Ein ungläubiges Grinsen breitete sich in seinem Gesicht aus.

Jamiel lachte nicht oft, und bald würde er verdammt wütend auf Ash sein. Ihm war jetzt schon schlecht.

„Aber das ist noch nicht alles. Sie sagt …“ Ash machte eine bedeutungsvolle Pause, als er sich sein Shirt überstreifte, „dass deine Schwester mich umbringen wird.“

Jamiel sprang auf. „Malou? Das glaube ich nicht! Wieso sollte sie das tun?“

„Weil ich damals dabei war, als eure Eltern starben? Hey, ich bin Ceros’ rechte Hand, warum sollte sie mich nicht umbringen wollen?“

„Ich werde sie aufsuchen und mit ihr reden, ihr sagen, dass du keiner von den wirklich Bösen bist. Ich habe dir schließlich viel zu verdanken.“

„Du weißt doch gar nicht, wo sie ist.“

„Ich hab sie erst heute Nacht gesehen.“

„Wo?“ Ash stockte der Atem, aber er wollte sich nichts anmerken lassen.

„Auf dem Fabrikgelände in Frankreich, wo Ceros ihr eine Falle gestellt hat.“

„Du warst da?“ Ash hatte nicht damit gerechnet, dass die Hexe dort tatsächlich auftauchte, nachdem Ceros bereits jahrelang versucht hatte, sie über eine Anzeige in einer Magierzeitung zu ködern.

„Natürlich war ich da. Ich war in den letzten Jahren jeden Tag an dem Ort, wenn mich nicht irgendwelche Verpflichtungen davon abgehalten haben.“

Dahin war Jamiel also immer verschwunden. Ash hatte gedacht, er hätte irgendwo einen Liebhaber.

„Stimmen die Gerüchte? Sie hatte Hilfe von einem Dämon?“ Ceros war fuchsteufelswild gewesen, weil die Hexe entkommen war. Als die Schlacht stattfand, war sein Herr mit Ash unterwegs gewesen. Sie hatten die Dämonenfürstin Xira in ihrem Reich besucht. Auch in der Unterwelt gab es mehrere Territorien, die von verschiedenen Herrschern regiert wurden. Ceros strebte schon seit Jahren danach, sich Xiras riesengroßes Reich unter den Nagel zu reißen, um seine Macht zu vergrößern. Er hatte die Dämonin bezirzt, sie mit Geschenken überhäuft und ihr sogar angeboten, sie zur Frau zu nehmen. Dann dürfte sie gemeinsam mit ihm über beide Reiche herrschen. Aber Xira war nicht so dumm und fiel auf das Angebot herein. Es würde früher oder später zum Krieg kommen, aber im Moment hatte Ash andere Probleme als einen habgierigen Stier davon zu überzeugen, dass es friedliche Lösungswege gab. Ceros war außer sich vor Wut, weil seine Handlanger ihren Job versaut hatten. Ceros wäre Malou bestimmt nicht entwischt. Ash hatte in all der Zeit nicht mehr daran geglaubt, dass die Hexe noch auf dem Fabrikgelände erschien.

Jamiel zuckte mit den Schultern. „Malou hatte bestimmt keinen Dämon an ihrer Seite. Aber es war ein verdammt starkes Geschöpf. Es verteidigte meine Schwester bis aufs Blut und floh dann mit ihr."

Die Hexe hatte also tatkräftige Unterstützung. Ash musste Kara unbedingt fragen, ob sie etwas über dieses Wesen wusste. „Hat Zorell sie nicht aufgehalten?"

„Er weiß nicht, dass ich Malou gesehen habe. Er denkt, ich gehe jede Nacht in einen Sexklub für Männer, was ich danach manchmal tatsächlich mache. Da zieht er sich so weit in mich zurück, wie er kann."

Zorell verabscheute Jamiels Neigung zutiefst, wusste Ash. „Aber deine Schwester hat mich umgebracht. So viel steht fest. Ich kann mich nur nicht dran erinnern, weil es für mich noch nicht passiert ist. Ich hab auf jeden Fall keine Lust, dass es doch noch passiert. Oder wieder."

„Jetzt sprichst du in Rätseln. Gerade noch hast du behauptet, sie wird dich umbringen."

„Keine Rätsel", erwiderte Ash. „Mein Engel besitzt ein magisches Artefakt, mit dem sie durch die Zeit reisen kann. Sie hat gesagt, deine Schwester wird in London auftauchen und mich töten. Nein, hat mich getötet." Ash schlüpfte in seine Jeans; dann suchte er unter dem Bett nach Schuhen. Er besaß nur das Nötigste. Wenn er daran dachte, was er früher alles besessen hatte und wie er jetzt lebte, stieg schon wieder Zorn in ihm auf. Er wollte die Uhr, er wollte die Hexe, ihr Amulett … und das Engelchen vögeln. Vielleicht nicht in dieser Reihenfolge, aber er wollte all das. Auch wenn im Moment das eine schwerer zu bekommen war als das andere.

Jamiel klang beinahe ehrfürchtig. „Du kommst also aus der Zukunft?"

„Ja, aber nur wenige Tage. Nachdem ich weiß, dass du deine Schwester einfach so hast laufen lassen und sie mich deswegen umbringen konnte, bin ich ein wenig ungehalten. Ich hab gedacht, wir sind ein Team."

Zwei tiefe Falten bildeten sich zwischen Jamiels Augenbrauen und sein Gesicht verfinsterte sich. „Ich würde sie niemals Ceros überlassen!"

Natürlich nicht. „Sie wird mich umbringen. Ist das der Dank dafür, dass ich dich vor Ceros' Gewaltausbrüchen bewahre, wenn du mal wieder nicht nach seiner Pfeife tanzt?", rief Ash, bereute aber seine Worte sofort, als er in Jamiels aufgerissene Augen schaute.

„D-das wusste ich nicht."

Hektisch fuhr sich Ash durchs Haar und blickte auf den Boden.

„Nein, das wusstest du nicht. Es tut mir leid."

„Ceros hat mit Zorell einen Pakt geschlossen. Er würde doch meinen Körper nicht … verstümmeln wollen, wo der verdammte Dämon ihn will!" Jamiel wirkte unendlich verzweifelt.

Ashs Herz sank. Er setzte sich neben ihn auf die Pritsche und legte ihm einen Arm über die Schultern. „Schon gut. Ich war wütend. Ich weiß, dass Ceros deine Verfehlungen nur als Vorwand nimmt, damit er mich noch mehr quälen kann." Der Dämonenfürst hasste und liebte Ash gleichermaßen. Sie hockten schon viele Jahrhunderte aufeinander. Ash war sein engster Vertrauter und persönlicher Berater. Ceros zeigte meist Reue, nachdem er Ash die Haut vom Leib zog, und ließ ihm danach jedes Mal eine Menge Freiheiten. Tief in Ceros schien es noch ein Gewissen zu geben. Sehr tief drin.

Seufzend stieß Jamiel die Luft aus und schloss kurz die Augen. „Ich hasse dieses Leben."

„Eben. Deshalb sollten wir das schleunigst ändern."

„Natürlich will ich nicht, dass du stirbst", sagte Jamiel, den Blick auf seine Hände gerichtet, die er in die Decke gekrallt hatte. „Ich weiß, was ich dir alles zu verdanken habe. Du warst immer gut zu mir, immer für mich da, wenn ich Trost brauchte. Aber meine Schwester ist der einzige Grund, warum ich noch lebe. Sie vor Ceros zu beschützen ist alles, was ich für sie tun kann."

Hoffnung keimte in Ash auf. Er war verdammt nah dran, endlich frei zu sein. Im Moment würde er alles dafür tun. Falls das mit der Uhr nicht klappte … „Dann sag mir, wo ich Malou finden könnte. Ich habe einen Plan, Jamiel. Hör zu. Der Engel besitzt diese magische Uhr, mit der man durch die Zeit reisen kann. Wenn ich deine Schwester habe und das Amulett, werde ich meine Seele zurückbekommen. Ich werde endlich frei sein! Dann kann ich mit der Uhr die Zeit zurückdrehen und alles rückgängig machen. Ceros wird euch niemals bekommen und Zorell sich nie in deinen Körper einnisten. Dafür werde ich sorgen. Die ganze Geschichte wird sich ändern! Deine Eltern würden nie sterben!"

Jamiels Gesicht erhellte sich. „Das würdest du wirklich tun?"

„Natürlich würde ich. Hey, ich werde wieder ein Engel sein und die halten immer ihre Versprechen." Raphael hatte ihn eiskalt belogen und jetzt tat er dasselbe bei dem Jungen. Nun gut, noch war er ja ein fieser, hinterhältiger Dämon, da war das legitim. Warum fühlte er sich dann so verdammt beschissen?

„Meinst du, dein Engel gibt dir die Uhr?"

Ash grinste. „Sie ist mir rettungslos verfallen." Verflucht, er fühlte sich wie das weltgrößte Arschloch. „Das Täubchen ist total in mich verschossen."

Wie ein kleines Kind fiel Jamiel ihn um den Hals. „Ich danke dir!"

Der Junge vertraute ihm bedingungslos. Verdammt, er wollte Jamiel nicht belügen! Aber die Uhr allein half ihm nichts, sollte er sie irgendwie bekommen. Er brauchte seine Seele, so oder so. Wenn er ohne sie in die Vergangenheit zurückkehrte, würde er sie auch nicht plötzlich zurückbekommen, oder? Darüber nachzudenken machte ihn noch verrückt.

„Ich glaube, Malou wird ins Desiderio kommen", sagte Jamiel. „Ich hab gesehen, wie einer der Dämonen seinen Klubausweis verloren hat. Malou hat ihn aufgehoben."

Ash drückte ihn von sich. „Nein, ich danke dir."

Jamiel hatte zum Glück keine außergewöhnlich starken Dämonenkräfte. Er hatte es in zehn Jahren gerade geschafft, sich Zorells Fähigkeiten so weit zu eigen zu machen, dass er seine eigenen Portale und winzige Energiebälle erzeugen konnte. Wenn der Zash hingegen Jamiels Körper einmal vollständig übernehmen würde, sollte man lieber auf der Hut sein, denn der Dämon war nicht zu unterschätzen. Jamiel konnte allerdings noch ein wenig zaubern, nur hatte er seine Fertigkeiten nie verbessern können, da es Ceros ihm verboten hatte.

Ash packte ihn an den Schultern und schrie ihm ins Gesicht: „Zorell, du verdammter Parasit, zeig dich! Der Boss will mit dir sprechen."

Jamiels Lächeln verschwand schlagartig. „Ash, was tust du? Ceros ist doch gar nicht da." Schon verdunkelten sich Jamiels Augen, als würde sich eine schwarze Flüssigkeit darin ausbreiten. „Du hast mich reingelegt! Du darfst Zorell nicht verraten, wo Malou … Ash, bitte …"

„Tut mir leid, Junge, du musst mir einfach vertrauen, alles wird gut", flüsterte Ash, bevor sich der Dämon nach vorn drängte und Jamiels Bewusstsein überlagerte. Jamiel hatte den Zash in sich immer noch nicht ganz im Griff. Aber Jamiel würde alles mitbekommen, was Ash gleich mit Zorell bereden würde.

Mit veränderter, fast krächzender Stimme, antwortete ihm nun der Dämon. „Was willst du von mir?" Auch Jamiels Gesichtszüge hatten sich verändert. Sie wirkten härter, listiger.

„Stell dir vor, wir wissen, wo die Hexe ist, die das zweite Medaillon hat."

Ein bösartiges Lächeln umspielte Zorells Mundwinkel. „Ich hätte nie gedacht, dass der Tag noch kommen würde und ausgerechnet du mir diese Botschaft überbringst."

Ash wusste, wie sehr der Zash ihn verachtete. „Wirst du sie herbringen?"

Zorells Grinsen schwand. „Warum schnappst du dir die Hexenbrut nicht selbst, wo du immer so scharf drauf warst, die Kleine zu finden? Die Sache stinkt doch."

„Denk mal nach. Sie wird niemals mit mir mitkommen, nach allem, was passiert ist. Jetzt soll sie eine verdammt mächtige Hexe sein, die mich sofort tötet, sobald sie bemerkt, dass wir sie reinlegen. Du hingegen steckst im Körper ihres Bruders. Sie würde dir nie etwas antun."

Zorell verschränkte die Arme und setzte sich aufs Bett. „Und was bekomme ich dafür? Immerhin riskiere ich meinen Hals."

„Jamiels Körper. Ganz für dich allein." Ash ließ sich seine Aufregung nicht anmerken. Wenn Zorell nicht mitspielte, würde das die Sache erschweren. Jamiel war der allerbeste Köder.

Zorells Brauen zogen sich zusammen. „Du willst mich doch linken."

„Wie soll ich das machen?" Ash beugte sich nach vorn. „Wir beschaffen Ceros die Hexe, er bekommt sein Medaillon und wir sind beide frei. Ceros ist der Boss, nur er entscheidet. Außerdem bekommst du Jamiels Körper für dich. So wie Ceros es dir versprochen hat, sobald er die Macht beider Amulette besitzt."

„Das leuchtet ein." Das fiese Grinsen auf Zorells Gesicht wurde wieder breiter. „Wo finde ich sie?"

„Im Desiderio."

Kapitel 15 - Paris

Eine halbe Stunde nachdem Noir einen Linienflug gebucht hatte, verließ sie mit Vincent das Hotel. Sie befanden sich auf dem Weg zu einer Boutique, die spezielles Zubehör für Liebesspiele führte. Noir nannte den Laden vorsichtshalber Boutique, denn natürlich war er nichts anderes als ein Sexshop. Die Adresse hatte sie gegoogelt, allerdings nicht mit ihrem Netbook. Sie hatte herausgefunden, dass sie mit dem Smartphone auch ins Internet konnte, was viel schneller ging. Sehr praktisch. Das Ding könnte ihr neuestes Spielzeug werden, doch leider wollte Magnus es wieder zurück.

Sie war noch nie in solch einem Laden gewesen. Dann auch noch in Begleitung eines Mannes, der ihr ohnehin ständig an die Wäsche wollte. Der Kerl würde in dem Shop durchdrehen. Daher trug sie ihm auf, sich noch ein paar Anziehsachen zu besorgen, solange sie in der Boutique war. Vincent sollte einen möglichst passablen Eindruck machen, um am Flughafen nicht aufzufallen. Das war ihre Ausrede, um ihn für eine Weile anderweitig beschäftigt zu wissen.

Leider fiel er auf, zumindest den Frauen. Aber nicht, weil seine Kleidung schlampig war – im Gegenteil. Beinahe das gesamte Pariser Weibsvolk verrenkte sich die Hälse nach ihm. Er sah in seinen abgewetzten Jeans und dem eng anliegenden Shirt auch zu verlockend aus. Vincent schob sich seine Sonnenbrille ins Haar und holte ein paar zerknitterte Geldscheine aus der Hosentasche. Es waren englische Pfund.

„Die kannst du gleich wieder einstecken." Noir öffnete ihr Täschchen und drückte ihm 200 Euro in die Hand.

„Das zahl ich dir zurück", sagte er.

„Schon gut, sieh es als Bezahlung für deine Dienste."

Vincents Blick verdüsterte sich. „Wir Gargoyles beschützen nicht für Geld, sondern weil es uns ein inneres Bedürfnis ist, die Menschen vor Schaden zu bewahren."

Stolzer Mann. „Na gut, du kannst es ja anderweitig abarbeiten", scherzte sie. „Du kannst meine Einkäufe tragen und später hätte ich gern eine ordentliche Fußmassage."

Ich würde deine süßen Füße mit den Lippen verwöhnen, an deinen Zehen lutschen und sie in meinen Mund saugen, bis du …

„Wie kommst du durchs Leben, wenn du kein Geld nimmst?", unterbrach sie seine frivolen Gedankengänge. Seine Vorstellungen hörten sich zu gut an.

„Was ich benötige, bekomme ich vom Klan."

„Das hattest du erwähnt, aber du bist ja fast nie in London gewesen."

„Wir haben im ganzen Land Bargelddepots", klärte er sie auf. „Grimsley sagt mir, wo ich etwas holen kann, wenn ich was brauche."

Sie warf einen Seitenblick auf Vincent, der dicht neben ihr ging und sich ständig umschaute. Er wirkte nervös. Noir blieb auf dem Gehweg stehen. Sie waren ohnehin am Ziel. „Was ist los?", fragte sie. „Witterst du Gefahr?" Oder sah er den Tussis nach?

„Nein, ich bin nur wachsam. Mir gefällt nicht, dich allein zu lassen."

„Was soll denn passieren? Niemand weiß, wer ich bin." Sie trug eine blonde Kurzhaarperücke. Ihre Narbe verbarg sie unter einer Schicht Abdeckschminke. Außerdem würde sie kein Dämon in Begleitung eines Mannes vermuten. Sie sahen aus wie ein junges Paar auf Shopping-Tour. „Unsere Geschäfte liegen nebeneinander, wenn du etwas bemerkst, bist du ja gleich bei mir." Hoffentlich folgte er ihr nicht in den Sex-Shop.

Unter gerunzelter Stirn, die Hände in den Hosentaschen vergraben, schaute er sie an.

Sie konnte kaum den Blick von ihm abwenden. „Ich bin kein kleines Mädchen mehr."

„Nein, das bist du nicht", erwiderte er mit leicht rauer Stimme, wobei er sie von oben bis unten musterte.

Noir trug schwarze Leggins, darüber einen Minirock und einen ihrer Lieblings-Rollis in dunklem Lila. Dazu hatte sie sich für bequeme Slipper entschieden, die in ihrem Reisegepäck wenig Platz beanspruchten. Die Stiefel hatte sie im Hotel gelassen. Vincent hatte sie in den letzten Wochen hauptsächlich in Mönchskutte oder Motorrad-Kluft gesehen. Ob er sie deshalb so anstierte?

„Wo hast du deine Messer?", fragte er.

Sie hielt ihm ihre Handtasche vor die Nase. Diese benutzte sie selten, hatte aber für alle Fälle vorgesorgt. Auch hier waren zwei Scheiden aus Leder eingearbeitet, in denen Klingen steckten. Die kunstvoll geschmiedeten Griffe lugten heraus und sahen aus, als würden sie zur Handtasche gehören.

Vincent lächelte. „Du bist eine praktisch veranlagte Frau."

Sie hasste es, wenn er so süß grinste, da bekam sie weiche Knie und wollte ihn am liebsten sofort auf den Mund küssen.

„Okay, dann bis gleich", sagte sie und verschwand mutig im Sex-Shop, der zum Glück von außen eher wie eine Videothek aussah. Es war besser, Vincents Nähe für einen Moment zu entfliehen, bevor er sich noch weiter in ihr Herz stahl. Sie sollten überhaupt mehr Abstand halten. Vincent war ohnehin schon verschossen in sie, das durfte sich auf keinen Fall vertiefen. Wenn er genug von einem Gargoyle in sich hatte, sollte er seine wahren Gefühle für eine Gefährtin aufsparen, die zu ihm passte und ihn nicht enttäuschte. Sie wollte keine Liebe. Leider war sie auf dem besten Weg, sich in diesen attraktiven Kerl zu verlieben. Es machte ihr nicht einmal etwas aus, dass er sich in einen Gargoyle verwandeln konnte. Selbst dann sah er noch viel zu gut aus. Er war dann noch größer, animalischer, gefährlicher, stärker …

Denk an etwas anderes, ermahnte sie sich, doch ihre Umgebung machte ihr einen Strich durch die Rechnung.

Erotikartikel türmten sich zu beiden Seiten auf. Was es nicht alles gab! Wie sollte sie denn auf Abstand gehen, wenn sie mit Vince einen Sexklub aufsuchen musste? Interessiert blieb sie bei einer Auswahl an Peitschen stehen. Sie waren teilweise zu kurz, eher Gerten, um als richtige Waffen zu dienen, obwohl sich Noir vorstellen konnte, damit den einen oder anderen schmerzhaften Striemen hervorrufen zu können. Erst Sekunden später wurde ihr bewusst, dass die Peitschen dazu dienten, Lustschmerz zu erzeugen. Es kribbelte in ihrem Schoß. Ob es tatsächlich Spaß machen konnte, jemanden damit zu schlagen oder selbst ausgepeitscht zu werden?

„Kann ich Ihnen behilflich sein?“

Hitze schoss ihr ins Gesicht. Sie wirbelte zu der Frau herum, die ihr bloß bis zur Brust reichte, und stotterte: „V-vielen D-dank, ich seh mich nur um.“

„Scheuen Sie sich nicht, mich zu fragen, wenn Sie etwas wissen wollen. Sie finden mich an der Kasse.“ Aufmunternd lächelnd ging die Verkäuferin weiter.

Kalter Schweiß hatte sich auf Noirs Stirn gebildet. Sie durfte jetzt nicht prüde sein. Sie brauchte die passende Ausrüstung für ihr Vorhaben. Nun kam es ihr zugute, nicht überstürzt aufgebrochen zu sein. Überwinde dich, tu es für Jamie, machte sie sich Mut und griff nach einer Gerte. Sie lag erstaunlich gut in der Hand. Dann schlenderte sie weiter, beäugte skeptisch verschiedene Dildos in allen Formen und Farben und entschied sich lediglich für eine Packung Kondome. Sicher war sicher. Als sie in die nächste Regalreihe einbog, weil sie sich von zwei jungen Frauen gestört fühlte, die mit ihrer Sexualität offen umgingen, brannten ihre Wangen. Die beiden diskutierten, ob es ihnen der Delfin oder die Schildkröte besser besorgen konnte.

Noir atmete tief durch. Für Jamie würde sie undercover in einem

Dämonen-Sexklub ermitteln. Bei dem Gedanken wurde ihr mulmig zumute. Sie und Vincent unter einer Vielzahl sich verlustierender Unterweltler, die keine Hemmungen kannten. Wohin das ganz schnell führen konnte, besonders bei Vincents Libido, war klar. Selbst Noir hatte große Lust auf ein wenig Vergnügen, aber ob Vincent dazu der Richtige war? Sie wollte ihm keine Hoffnungen machen. Sie würde ein paar klärende Worte mit ihm wechseln müssen, bevor sie ins Desiderio gingen.

Weil sie noch einen Tag in Paris blieben, hatte Noir ihre schmutzige Kleidung dem hoteleigenen Wäscheservice übergeben. Was ihr jedoch nicht aus dem Kopf ging, war Vincent, der tatsächlich den Badezimmerboden geputzt hatte. Daher hatte es so lange gedauert. Er hatte, bevor er unter die Dusche gestiegen war, sämtliches Blut fortgewischt und die Unordnung aufgeräumt. Ihr Gargoyle war ein richtiger Hausmann. Und das, obwohl er seit Jahren nichts anderes getan hatte, als sie zu bewachen. Oder hatte er sich die Mühe nur gemacht, um ihr zu gefallen?

Noir blieb vor einem Kleiderständer stehen, auf dem Latex- und Lederpants für Männer hingen. Sie nahm eine der kurzen Hosen in die Hand und stellte sich vor, wie Vincent darin aussehen würde. Wie er nur in diesem knappen Höschen auf allen vieren auf den Fliesen kniete und den Boden wischte. Vincent, in ihrem zukünftigen Heim. Ein Hausmann, der ihre Wohnung putzte.

Ihr Herz schlug bis zwischen ihre Schenkel. Noch besser würde es ihr gefallen, wenn er unbekleidet den Boden schrubbte.

Oh Mann, was hatte sie für Vorstellungen? Ein Gargoyle, ein Alphamann, der nackt putzte – natürlich. Das Ambiente des Ladens färbte definitiv ab. Dennoch nahm sie zwei Hosen in verschiedenen Größen mit. Hoffentlich passte eine davon. Noir suchte noch schnell die restlichen Sachen zusammen, die sie auf der Liste stehen hatte, die Magnus ihr – ohne dass sie danach gefragt hätte – auf das Handy geschickt hatte. Dann bezahlte sie mit hochrotem Kopf und begab sich in das Geschäft nebenan. Sie fand Vincent in einer der Umkleiden. Seine Gedanken hatten ihn verraten, weil er lautlos vor sich hinfluchte. Er probierte ein Hemd an und hatte Probleme, es zu schließen.

„Warte, ich helfe dir." Sie huschte zu ihm in die Kabine, stellte die Tüten ab und schloss die Knöpfe. Dabei berührten ihre Fingerspitzen seine Haut. Ihr inneres Kribbeln nahm zu. Zu dem hellblauen Hemd trug er eine dunkle Stoffhose, die elegant aussah und ihm perfekt passte. Noir machte einen halben Schritt zurück, denn mehr Platz gab es nicht, und musterte ihn von oben bis unten. „Du siehst klasse aus."

Vincent lächelte. „Danke." Räuspernd fuhr er sich über den Kopf. „Hast du alles bekommen?"

Noir schaute auf seine verstrubbelte Frisur, bevor sie sich aus reiner Gewohnheit eine Strähne hinters Ohr streichen wollte, doch die Haare der Perücke waren zu kurz. Wie viele Gemeinsamkeiten sie hatten. Beide waren sie Einzelgänger. Sie waren Jäger. Ihr Leben diente nur einem Zweck. Beide waren sie unerfahren in Liebesdingen.

„Alles in Ordnung?" Vincent trat näher an sie heran.

„Ja", sagte sie. „Hab alles bekommen." Sie dachte an die schwarzen Hosen, die ganz unten in der Tüte lagen.

Plötzlich wurde der Vorhang ein Stück zur Seite gehoben. „Ist alles zu Ihrer Zufriedenh…", sagte die Verkäuferin, die es doch tatsächlich wagte, ihren Kopf in die Umkleide zu stecken.

Was, wenn Vincent nackt gewesen wäre? Die Frau, die Noir gerade mal bis zum Busen reichte, sah sie von unten herauf an.

„Oh, ich wusste nicht, dass jemand bei Ihnen ist. Entschuldigung."

„Ganz recht, Schätzchen, ich übernehme jetzt", sagte Noir auf Französisch und zog demonstrativ den Vorhang wieder zu. „Was erlaubt die sich eigentlich?"

Vincent schmunzelte. „Die Dame hat mir geholfen. Ich wusste nicht, was mir passte und mir steht."

„Dame?" Noir schnaubte. So aufgebrezelt wie die Verkäuferin aussah, wäre Noir beinahe das Wort Flittchen über die Lippen gekommen. Nicht einmal die Angestellte im Sex-Shop war derart freizügig herumgelaufen. „Der fallen ja nicht nur die Augen, sondern auch gleich die Möpse raus", murmelte sie.

Ein breites Grinsen erschien auf Vincents Gesicht. *Sie ist eifersüchtig.*

Bin ich nicht!, wollte sie protestieren, doch dann hätte sie sich verraten. Leise vor sich hinschimpfend trat sie dicht zu ihm, um den Kragen seines Hemdes zu richten. Vincent legte die Arme um sie und zog sie näher, bis sich ihre Gesichter ganz nah waren.

Nur einen Kuss.

Noir starrte auf seine Lippen, die leicht geöffnet waren. Noch nie hatte sie richtig geküsst oder war zurückgeküsst worden. Leidenschaftlich, verlangend. Ein Kuss konnte das Intimste sein, was zwei Menschen miteinander teilten. Ihr Herz vollführte wilde Sprünge. Lieber nicht küssen, dachte sie ein wenig schwermütig. Obwohl sie sich nichts sehnlicher wünschte, würde das ihre Beziehung nur verkomplizieren. Verlieb dich niemals in deinen Bodyguard.

Plötzlich versteifte sich Vincent. Er zog Noir eng an seinen Körper und verharrte reglos.

„Was ist?“, flüsterte sie.

„Pst.“ Vincent schob einen Finger in den Spalt des Vorhangs und spähte in den Verkaufsraum.

„Vincent?“

Er lehnte sich wieder zurück und entspannte sich. „Ich hab gedacht, ich hätte was gehört. Zwei Männer, deren Unterhaltung seltsam war, aber es ist alles in Ordnung.“

„Es ist verdammt anstrengend, mit dir Einkaufen zu gehen.“ Sie grinste vor Erleichterung und lehnte sich an seine Schulter. Es hätte ihr Genugtuung verschafft, wenn sie mit gezückten Messern und einem Kampfschrei durch den Laden gerannt wäre und die Verkäuferin sich deshalb ihr Höschen ruiniert hätte.

Meine Güte, was hatte sie nur für Gedanken? Es gab keinen Grund zur Eifersucht.

„Tut mir leid, aber ich sehe schon an jeder Ecke Dämonen. Die Nacht steckt mir noch in den Knochen.“ Tief durchatmend schloss er die Augen. *Ich hätte es mir nie verziehen, wenn dir etwas zugestoßen wäre.*

Immer noch hing sie in seinen besitzergreifenden Armen. Es war ein gutes Gefühl, festgehalten zu werden. Vincent passte auf sie auf, das gab ihr Sicherheit. Wann hatte sie sich zuletzt so unbefangen gefühlt? Sie genoss seine Wärme und seinen Geruch. Noir musste nur darauf achten, dass ihr die Schwärmerei für Vincent nicht gefährlich wurde. Viel zu wenig konzentrierte sie sich auf ihre Umgebung. Sie musste ebenfalls wachsam sein und sie mussten noch einiges erledigen. Den Ausweis abholen und Vincents Tabletten besorgen. Es galt, keine Zeit zu verlieren. Schwerfällig wand sie sich aus seinem Griff. „Wir sollten los.“

Während Vincent seine neue Kleidung bezahlte, ging sie mit Magnus’ Handy ins Internet. Sie wollte sehen, wo sie in der Nähe etwas essen konnten. Ein einfaches Lokal würde reichen. Sie kannte Vincents Tischmanieren nicht und hatte keine Ahnung, ob er sich in Gesellschaft anderer überhaupt wohlfühlte. Aber er gab sich im Umgang mit fremden Menschen aufgeschlossen. Sie hätte gedacht, dass er eher der menschenscheue Typ wäre. Weit gefehlt. Vincent war ohnehin ein besonderer Fall. Er versorgte sich seit Jahren selbst, brauchte Nahrung und andere Gegenstände des Alltags. Er war allein und musste alles selbst erledigen, wie sie. Das aufgeräumte Badezimmer kam ihr wieder in den Sinn. Er hatte ebenfalls gelernt, keine Spuren zu hinterlassen.

Noir fand ein Bistro in einer Seitenstraße, das hoffentlich nicht zu überlaufen war. Als sie wenige Minuten später dort ankamen, waren sie tatsächlich fast die einzigen Gäste. Das Bistro war urig und gemütlich. Rustikale Möbel und Kerzen sorgten für einen Hauch Romantik. Sie suchten sich einen Tisch in einer Ecke am Fenster, von wo aus sie zugleich die Straße und die Tür im Blickfeld hatten. Automatisch waren sie beide darauf zugesteuert. Sie wussten, wie man sich zu verhalten hatte, wenn man ständig mit Angriffen rechnete. Tagsüber war Noir jedoch ziemlich entspannt. Dämonen waren zwar nicht nur nachtaktiv, aber während des Tages hielten sie sich weniger an der Oberfläche auf oder verhielten sich zumindest unauffälliger.

Vincent stellte die Tüten unter den Tisch und setzte sich auf eine Bank. Noir nahm ihm gegenüber auf einem Stuhl Platz, obwohl sie lieber neben ihm gesessen hätte. Abstand halten, ermahnte sie sich ständig. Nachdem sie eine Kleinigkeit bestellt hatten, brach Noir das Schweigen, das sich zwischen ihnen ausbreiten wollte. Räuspernd blickte sie unter halb gesenkten Lidern zu Vincent. „Du bist fünf Jahre älter als ich. Weißt du das?"

„Ja." Vincent rührte seinen Kaffee um, ohne sie anzuschauen. *Ich bin ihr zu alt.* „Dreißig."

„Ein gutes Alter", erwiderte sie. Es war interessant, ihn auszuhorchen, doch sie kam sich immer schäbiger vor. Sie konnte nicht alles hören, nur Fragmente, Dinge, die ihn besonders stark beschäftigten. Vieles davon verstand sie nicht, besonders seine Tabletten waren wohl wichtig. Leider wusste sie immer noch nicht, wozu sie gut waren, traute sich aber nicht, zu fragen. Vincent wollte offenbar nicht mal darüber nachdenken, also würde sie ihn bestimmt nicht daran erinnern wollen.

Wollte sie ihm nicht längst sagen, dass sie seine Gedanken hörte? Aber würde Vincent dann nicht erst recht Komplexe bekommen? Auch wenn er äußerlich so stark wirkte, schien seine Seele zerbrechlich. Er fühlte sich unwohl und reagierte sich an der armen Speisekarte ab, die er hin und her drehte, immer wieder aufschlug oder die Ecken verbog.

Noir beschloss, seine Gedanken zu ignorieren und sich dagegen abzublocken. Das beherrschte sie gut, ansonsten würde sie wahnsinnig werden. Sie warf einen kurzen Blick über die Schulter. Neben dem Kellner saß nur eine junge Frau an einem Tisch am anderen Ende des Bistros und las eine Zeitung. Als Noir deren Gehirn anzapfte, bekam sie ein paar Schlagworte zu hören, wie *Grubenunglück*, *verschüttet* und *hoffnungslos*. Auf diese Weise konnte Noir auch überprüfen, ob Dämonen in der Nähe waren. Sie konnte nur Gedanken von Menschen auffangen. Was ihr auch zeigte, wie menschlich Vincent sein musste. Sie wandte sich ihm wieder zu. Er war also dreißig

Jahre alt und hatte noch nie Sex gehabt? Und da hatte sich Noir mit siebzehn schon Gedanken gemacht, als alte Jungfer zu sterben. Nur daher hatte sie damals mit diesem Dämonenjäger Mike geschlafen. Um es hinter sich zu bringen.

„Alterst du so schnell wie ein Mensch?", wollte sie wissen.

Er nickte. Wieso gefiel es ihr, dass er nicht unsterblich war? Weil sie es selbst auch nicht war? „Wie alt kann ein Gargoyle werden?"

„Meine Brüder und Schwestern können sehr alt werden, da der Alterungsprozess während des Steinschlafes nicht voranschreitet. Grimsley, unser Klanführer, ist fast zweihundert Jahre alt. Das ist eigentlich das Höchstalter für einen Gargoyle und viele fragten sich schon zu der Zeit, als ich noch im Klan aufwuchs, wie er das schafft. In Rumänien soll es angeblich einen Gargoyle gegeben haben, der es auf vierhundertdreißig Jahre gebracht hat."

Noir pfiff leise durch die Zähne. „Wie hat er das denn angestellt?"

„Angeblich soll er sich viel in Grönland aufgehalten haben, wo im Sommer teilweise zwanzig Stunden am Tag die Sonne scheint. Auf diese Weise wollte er der Zeit ein Schnippchen schlagen."

„Das ist ja fast schon eine Art Zeitreise." Noir würde auch gern durch die Zeit reisen können. Zu oft hatte sie sich das schon ausgemalt. Dann hätte sie den Tod ihrer Eltern verhindert.

Bitte erinnere mich nicht ständig an meinen Klan, dachte Vincent, worauf Noir zu seiner Überraschung das Thema wechselte und ihn bat, ihr die Speisekarte zu reichen, solange man darin noch lesen konnte. Vincent hatte nicht mitbekommen, dass er an den Ecken des Papiers herumspielte. Schnell schob er sie ihr rüber, wobei sich kurz ihre Fingerspitzen trafen. Wie ein Stromschlag schoss ihre Berührung von der Stelle in seinen Körper.

Hastig zog er den Arm zurück. Seine Handschuhe verdeckten zwar die Tätowierung, dennoch hatte er Angst, Noir irgendwie zu schaden. Besser, sie berührte seine Hände nicht.

Wie er auf sie reagierte … Hatte Noir ihn über mehrere Meter Entfernung schon aus der Spur gebracht, so war es in ihrer Nähe beinahe unmöglich, nicht sofort über sie herzufallen, um sie zu der Seinen zu machen. Sobald er allerdings mit ihr schlief, konnte er nicht mehr zurück. Er wäre ihr für immer verfallen. Das hatte er zumindest aufgeschnappt, als er noch im Klan gelebt hatte. Vincent wusste nicht, wie diese Bindung zustande kommen sollte. Darüber hatte ihn nie jemand aufgeklärt. Vielleicht gab es diese Bindung gar nicht und war nur ein Gerücht. Das wäre großartig, denn er war ihr jetzt schon verfallen. Ihr Geruch betörte ihn auch in seiner Gestalt als Mensch. Selbst durch den Apfelduft ihres Tees nahm er Noirs eigene Note wahr.

Ihm wurde schwindelig. Das waren alles eindeutige Zeichen. Sie war die Eine. Die Richtige. Ein Mensch. Er durfte sich niemals mit ihr vereinen, sie nie zur Seinen machen, sosehr er es sich auch wünschte. Grimsley würde ihm vielleicht verzeihen, dass er sich ihr gezeigt hatte. Das war immerhin unvermeidbar gewesen. Aber wenn er Noir zu seiner Gefährtin machte, würde der Klan ihn verstoßen, wie er es mit seinem Vater getan hatte. Dazu würde es ohnehin nicht kommen, Noir würde niemals mit einem Geschöpf wie ihm ins Bett gehen. Sie hatte ihn als Monster bezeichnet. Das brannte jetzt noch in seiner Seele. Sie hatte nur Angst, beruhigte er sich. Nein, sie war bestimmt nur nett zu ihm, weil er sie gerettet hatte. Dennoch wollte er jeden Moment mit seiner kleinen Hexe genießen und nicht immer im Hinterkopf haben, dass sie ihn nicht wirklich wollte oder er seine Tabletten brauchte, um zu überleben. Sollte irgendwer aus der Bruderschaft erfahren, dass er hier mit Noir zusammensaß, gemütlich einen Kaffee trank und einen Snack aß, wäre das sein Aus. Er hätte längst auf Abstand gehen müssen.

„Ich würde so gern mehr über dich erfahren“, sagte Noir, „aber du gibst ungern etwas über dein Leben preis, stimmt's?“

„Ist das so offensichtlich?“

Nachdem sie einen Schluck Tee genommen hatte, erwiderte sie: „Deine Stimme bekommt dann einen seltsamen Klang. Außerdem starrst du bereits seit zwei Minuten schweigend in deinen Kaffee, in den du schon das vierte Stück Zucker getan hast. Du bist mit deinen Gedanken woanders.“

Ihr Grinsen brachte seinen Magen zum Kribbeln. Er lächelte zurück. „Nein, das heißt nur, ich mag Süßes.“

„Weißt du“, erklärte sie hastig, „ich rede ebenfalls nicht gern über mein Leben. Hier in Paris fühle ich mich auch nicht wirklich wohl, obwohl die Stadt wunderschön ist. Frankreich erinnert mich an meine Eltern. Sie waren beide Franzosen, zogen nach meiner Geburt jedoch nach England, weil es dort eine der besten Zaubererschulen Europas gibt. Aber das wusstest du wahrscheinlich schon.“

„Nein, das ist mir neu.“ Vincent hatte kaum etwas über Noir gewusst, als er ihr zum Schutz zugeteilt worden war, außer, dass sie eine Hexe war und ein magisches Amulett besaß, hinter dem Dämonen herjagten. Das hatte ihm Grimsley persönlich anvertraut. Nicht einmal Kara hatte Genaueres gewusst. Damals war auch alles so schnell gegangen. „Deswegen sprichst du so gut Französisch."

„Unsere Eltern haben Jamie und mich zweisprachig erzogen. Mum sprach die ersten Jahre nur englisch mit uns und Dad französisch." Noir schaute ihn über den Rand ihrer Tasse an. „Machen wir einen Deal: Ich erzähle ein wenig über mich und du über dich."

„Einverstanden", sagte Vincent und lehnte sich zurück. Er streckte seine Beine aus, die unter dem schmalen Tisch kaum Platz fanden. Da Noirs Beine nicht weniger kurz waren, berührten sie sich ständig. Vincent fand es angenehm, sie zu spüren, bemerkte aber, dass Noir stets ihre Füße zurückzog. Er verstand das nicht. In einem Moment schien sie seine Nähe zu suchen, und einen Augenblick später verschloss sie sich wieder vor ihm.

Erwartungsvoll sah sie ihn an. „Also, was willst du wissen?"

Wann du mich küssen wirst. Wie wirst du dann schmecken? Nach grünem Tee und Apfel? Wie würde es sich anfühlen, in dir zu sein, ganz tief? Alle anderen Fragen erschienen ihm im Moment unwichtig. Außerdem hatte er Noir in den letzten Jahren schon so gut kennengelernt, dass er wusste, was ihre Lieblingsspeisen waren, dass sie Filme liebte und oft mit ihrem Kuschelhäschen unter dem Kissen einschlief.

Noir begann plötzlich so heftig zu husten, dass Tränen in ihre Augen schossen.

Alarmiert stand Vince auf. „Ist alles in Ordnung?"

„Hab mich nur am Tee verschluckt." Mit zitternden Händen stellte sie die Tasse zurück auf den Tisch.

„Soll ich dir auf den Rücken klopfen?"

Sie räusperte sich hart und betupfte sich mit der Serviette die Augenwinkel. „Danke, aber geht schon wieder."

Seufzend setzte er sich. Es war offensichtlich, dass sie nicht von ihm berührt werden wollte. „Findest du mich abstoßend?" Verdammt, das war ihm rausgerutscht! Er sank tiefer unter den Tisch, wobei sein Herz bis in den Kopf pochte.

Ihre Augen wurden groß. „Wie kommst du nur darauf?"

Nun brannte auch noch sein Gesicht wie Feuer. „Ähm, vergiss die Frage."

„Nein, werde ich nicht." Sie nahm einen großen Bissen von ihrem Sandwich und sah ihn unverwandt an, während sie kaute.

Ihr widersprüchliches Verhalten machte ihn schier wahnsinnig. Im Moment schien sie sich wieder total für ihn zu interessieren. Sie gab sich völlig offen. Wie schön sie war. Wie lang ihre Finger, die das Brot hielten. Vincent erkannte Abschürfungen auf ihren Knöcheln, die wohl von heute Nacht stammten, was ihn daran erinnerte, dass Noir ihn erst seit wenigen Stunden kannte. Sein Blick wanderte tiefer, zu ihrem Rollkragenpullover, der sich über ihre kleinen Brüste spannte. *Die würde ich gern fühlen. Mit den Daumen über die aufgerichteten Spitzen fahren.* Seufzend schaute er auf seine Handschuhe. Verfluchte Hände.

„Vincent, nun sag schon." Noir senkte ihre Stimme. „Warum sollte ich dich abstoßend finden?"

„Sieh mich doch an", entfuhr es ihm lauter als beabsichtigt. Die Frau, die ganz hinten im Bistro saß, schielte kurz über ihre Zeitung. Vincent fuhr sich durchs Haar. Was war nur los mit ihm?

Noir beugte sich ein wenig über den Tisch. Ihr Blick wanderte über sein Gesicht. „Ich sehe dich schon die ganze Zeit an."

„Dann sag mir bitte, was du siehst", flüsterte er, die Augen auf seine Tasse gerichtet.

Noir berührte seinen Handschuh. „Ich sehe einen attraktiven Mann vor mir sitzen." Dann griff sie nach ihrer Tasse.

Vincent hob den Kopf. „Was hast du gesagt?"

Hastig versuchte sie, ihr rotes Gesicht hinter ihrer Tasse zu verbergen. „Vergiss es."

Ein paar Sekunden herrschte Schweigen, bis sie beide zu lachen anfingen. Noir warf einen Blick über ihre Schulter, bevor sie mit gesenkter Stimme sagte: „Ich weiß gar nicht, was du hast. Ich bin doch diejenige mit der Narbe im Gesicht."

„Ich sehe keine Narbe."

„Weil ich sie überschminkt habe."

„Nein, was ich meinte: Die sehe ich schon lange nicht mehr."

„Wir sind schon ein seltsames Gespann, was?" Noir lächelte. „Wir haben viele Gemeinsamkeiten."

Vincent nickte. „Ja." Er atmete tief durch, bevor er leise sagte: „Ich habe auch keine Eltern mehr."

„Möchtest du mir davon erzählen? Manchmal hilft es, wenn man seinen Schmerz teilt. Ich weiß, wovon ich spreche."

„Du hast viel mit Magnus darüber geredet." Vincent hatte sich gewünscht, Noir hätte ihren Schmerz mit ihm geteilt.

Ihr Blick schweifte zum Fenster. „Wenn Magnus nicht für mich da gewesen wäre, wüsste ich nicht, wie mein Leben nun verlaufen würde. Ob ich überhaupt noch leben würde." Ich hätte dich nie sterben lassen, dachte Vincent, bevor Noir sagte: „Aber wir wollen jetzt über dich reden. Du sagtest, deine Mutter war ein Mensch?"

„Sagte ich das?"

„Ja ... unter der Dusche."

Oh Mann, was hatte er alles ausgeplaudert? Er konnte sich an vieles nicht mehr erinnern. Außer an ihre Berührungen. Die wollte er auch niemals vergessen. Er kratzte sich am Kopf und begann zu erzählen. „Mein Vater, sein Name war Dagur, bekam vom Klan den Auftrag, eine Menschenfrau zu beschützen. Laura Balentine.“

„Ein schöner Name.“

Vincent nickte. „Mein Vater verliebte sich in sie und zeigte sich ihr in der Hoffnung, sie würde ihn verstoßen und man würde ihr einen anderen Wächter zuteilen. Er hatte Angst, zwischen ihnen könne sich etwas entwickeln. Denn ein Gargoyle darf sich auf keinen Fall mit einer anderen Rasse kreuzen. Das würde den Klan schwächen. Laura erwiderte jedoch seine Gefühle. Also hielten sie ihre Beziehung geheim. Bis ich auf die Welt kam und meine Mutter bei der Geburt starb.“

„Das tut mir leid“, merkte sie leise an.

„Dagur hatte mehrfach versagt: Er hatte ein Gesetz gebrochen und durch seine Schuld war sein Schützling gestorben.“ Vincent seufzte und sog überrascht die Luft ein, weil sich Noir plötzlich neben ihn setzte.

„Eine traurige Geschichte.“

Sein Herz klopfte schneller. „Sie wird noch trauriger.“

„Gibst du dir die Schuld am Tod deiner Mutter?“

Vincent zuckte mit den Schultern, doch die Frage überraschte ihn. Er überlegte. „Vielleicht. Ganz tief in mir, obwohl ich weiß, dass ich nichts dafür kann. Ich war zu groß, als ich geboren wurde. Meine Mutter verlor zu viel Blut.“

„Du kannst nichts dafür“, sagte Noir, wobei sie ihm fest in die Augen sah.

Ihr Oberschenkel berührte sein Bein. Durch seine Jeans spürte er ihre Hitze. Vincent hatte große Lust, seine Hand auf ihr langes, schlankes Bein zu legen, stattdessen nahm sie seine Hand in ihre.

„Wie ging es weiter?“, wollte sie wissen.

Vincent konnte sich kaum konzentrieren. Ihre Hände ruhten miteinander verschränkt auf seinem Oberschenkel. Er musste ständig hinsehen. Sie beide waren auf eine Art verbunden, die er kaum beschreiben konnte. Es war nicht nur eine körperliche, sondern vor allem eine seelische Verbindung. Noir verstand ihn. Es war ungewohnt, mit jemandem über sein Leben zu reden. Früher hatte er sich bei Kara ausgeheult. Erst jetzt bemerkte er, wie sehr ihm diese Art von Gespräch oder Unterhaltung fehlte.

Er räusperte sich. „Der Klan hat mich und meinen Vater verstoßen. Wir lebten in einem Glockenturm einer geschlossenen Kirche. Kara, der Wächterengel meiner Bruderschaft, hat meinem Vater viel geholfen, besonders tagsüber, als er versteinert war. Normalerweise werden Gargoyle-Junge vom ganzen Klan betreut und aufgezogen. Mein Vater hatte keine Amme und war mit der Situation überfordert. Ich bekam die Flasche, wurde also ernährt wie viele Menschenbabys." Er hatte jedoch nie das Gefühl gehabt, sein Vater würde ihn nicht lieben – im Gegenteil. Das Wenige, an das er sich erinnern konnte, waren liebevolle Momentaufnahmen. Wie sein Vater ihm die ersten Gleitversuche beigebracht hatte. Gemeinsam waren sie vom Glockenturm gesprungen und durch die Nacht gesegelt. Oder wie er auf der Brust seines Vaters lag, wenn er sein Mitternachtsschläfchen hielt.

„Wie bist du in den Klan gekommen?", fragte Noir. Sanft drückte sie seine Finger.

„Als mein Vater starb. Da war ich vier."

Sie schien noch näher zu rücken. „Das ist traurig. Warum ist er gestorben?"

Vincent starrte auf ihren Mund und flüsterte: „Kara erzählte mir später, sein gebrochenes Herz habe ihn umgebracht."

„Aber er hatte doch dich?"

„Mein Vater war ohne Gemeinschaft. Das ist für einen Gargoyle sehr schlimm. Der Klan ist da und gibt uns Halt, auch wenn wir lange nicht in die Bruderschaft zurückkehren. Allein das Wissen reicht uns. Doch bei meinem Vater kam hinzu, dass er versagt hatte. Für einen Gargoyle gibt es nichts Schlimmeres, als wenn er nicht auf seinen Schützling aufpassen kann." Vincent durfte nicht denselben Fehler begehen. Das wurde ihm abermals bewusst. Ohne Noir anzusehen, fuhr er fort: „Außerdem haben Gargoyles in ihrem Leben nur einen festen Partner. Wenn der stirbt, suchen sie sich meist nie wieder einen neuen. Hat sich ein Paar gefunden, bleibt es für den Rest des Lebens zusammen."

Noir ließ schlagartig seine Hand los und griff zu ihrer Tasse. Zufall oder ein Zeichen? Wie konnte er sich auch nur wünschen, dass sie ebenso empfand wie er? Noir würde sich bestimmt einmal einen einflussreichen Magier zum Mann nehmen. Bei ihrem Aussehen würden sich die Zauberer um sie reißen, vielleicht sogar duellieren.

Noir stellte die Tasse zurück auf den Tisch und versuchte sich eine blonde Strähne ihrer Perücke hinters Ohr zu schieben. Doch sie war zu kurz und fiel immer wieder in ihr Gesicht. Als sie sich plötzlich wieder zu ihm beugte, machte sein Herz einen Schlag extra.

„Können Gargoyles eigentlich auch nur so zum Spaß … du weißt schon …" Sie biss sich auf die Unterlippe und flüsterte: „Sex haben?"

Vincent wäre beinahe ein Stöhnen entwichen. Ihre direkte Frage ließ sämtliches Blut in seine Lenden schießen. Diese Frau verwirrte ihn zutiefst. Erst rückte sie von ihm ab, als hätte er eine ansteckende Krankheit, nur um ihm keine Minute später durch die Blume zu sagen, dass sie mit ihm schlafen wollte.

Plötzlich kapierte er. Konnte es sein … sie wollte gern mehr von ihm, aber keine feste Bindung?

„Das ist wohl möglich", sagte er ebenso leise. Wenn er könnte, würde er sie sofort nehmen, hier, auf dem Tisch. Aber das ging nicht, weil er eben schon wusste: Sie war die Eine. „Erst wenn sich ein Paar findet und sie wissen, sie sind füreinander bestimmt, bleiben sie zusammen", erklärte er mit rauer Stimme.

Noir hatte sich mittlerweile so weit zu ihm herübergebeugt, dass sich ihre Schultern berührten. „Und wie wissen sie es?"

„Wenn Gargoyles ihre Gefährten gefunden haben, können sie nur noch an Sex denken, bis sie sich vereint haben. Danach können sie nur noch daran denken, wie lange es bis zur nächsten Vereinigung dauert."

Vincent wandte ihr den Kopf zu. Nur fünf Zentimeter trennten ihn von ihrem Mund. Er hatte noch nie geküsst, weshalb ihn seine Neugier beinahe umbrachte. Außerdem wurde der Platz in seiner Hose eng. Verdammte Jeans. Nur mit Mühe unterdrückte er den Drang, sein hartes Geschlecht in eine angenehmere Lage zu rücken. „Wir können das spüren und am Geruch erkennen."

„Das ist also wie bei den Menschen", wisperte sie an seine Lippen. „Wenn man sich gut riechen kann, kann man sich auch gut leiden."

Sie sah ihn unverwandt an und Vincent ertrank in den dunklen Tiefen ihrer Augen. Als sich Noir mit beiden Händen an seinem Oberschenkel abstützte, zuckte sein Geschlecht.

„Bei Gargoyles geht das mit dem Mögen tiefer. Nur wenn die Chemie stimmt, klappt es mit dem Nachwuchs. Das hängt alles zusammen. Es ist nicht so einfach, den Richtigen zu finden." Seine Stimme klang nun fast heiser. Oh Gott, wie sehr er sie wollte!

„Wenn sich zwei Menschen finden, sind sie am Beginn der Beziehung auch immer ganz scharf aufeinander", erklärte Noir. „Willst du mal Kinder?"

Ihre Hände rutschten an seinem Oberschenkel nach oben und immer weiter in die Mitte. Vincent schloss die Augen, seine Hände in das Sitzpolster gekrallt. Ihre Finger streichelten ihn fast unmerklich. Noir wollte Sex mit ihm, deutlicher konnte sie nicht werden.

„Über Kinder hab ich mir noch nie Gedanken gemacht", krächzte er. Wenn sich ein Paar gefunden hatte, ließ der Nachwuchs meist nicht lange auf sich warten. Vincent gefiel die Vorstellung von Noir mit seinem Baby auf dem Arm, bis ... Oh Gott, er durfte niemals mit ihr schlafen! Wenn sie ein Monster gebären würde wie einst seine Mutter und daran starb – er durfte Noir niemals dieser Gefahr aussetzen!

Jetzt war er es, der schlagartig vor ihr zurückwich. Er schwitzte, sein Körper bebte. Seine Lust, seine Liebe bedeuteten den Tod für Noir.

Sie lächelte sanft und richtete sich ebenfalls auf, ziemlich rot um die Nase. „Ähm, okay, ich glaube, Kinder sind für mich sowieso kein Thema." Ein Schatten huschte über ihr Gesicht. „Solange ich meinen Dämonen hinterherjage, wie Magnus immer so schön sagt, passt ein Kind nicht in mein Leben."

„Viel zu gefährlich", hauchte er.

„Du sagst es." Sie nahm wieder ihre Tasse, doch da sie leer war, spielte Noir mit dem Henkel. „Nur ein wenig Spaß haben ist okay, wenn daraus nichts Ernstes wird. Zum Glück gibt es ja Verhütungsmittel."

Ihre Blicke streiften sich, bevor jeder von ihnen hastig woanders hinschaute. Verhütung, warum hatte er daran nicht gedacht? Gott, er lebte hinter dem Mond. Sofort hob sich seine Laune wieder.

Noir räusperte sich. Ihre Finger trommelten auf das Porzellan. „Kommen wir auf das eigentliche Thema zurück. Wieso nahmen die anderen dich auf, obwohl dein Vater gegen den Kodex verstoßen hat?"

Vincents Erregung war auf einen Schlag verschwunden gewesen, als ihn diese schreckliche Erkenntnis getroffen hatte. Nun war er wieder klar im Kopf. „Kara setzte sich für mich ein." Der Klan sollte ihn erziehen, aber eigentlich hatte Kara diese Aufgabe übernommen. Sie war wie eine Mutter für ihn. Deshalb vermisste er sie. Er hatte während seiner Kindheit mit ihr gespielt, wenn er wach war und seine Brüder und Schwestern ihren Steinschlaf hielten. Die Gargoylekinder hatten ihn ohnehin gemieden. Vincent war froh gewesen, als er eine Aufgabe bekam.

„Kara ist wirklich ein richtiger Engel", murmelte Noir und stützte ihr Kinn auf ihrer Hand ab, den Ellenbogen auf dem Tisch. „Wann wurdest du dann verzaubert?"

Vincent sah aus dem Fenster. „Als ich zum Mann heranreifte." Er ließ den Blick über die vorbeigehenden Passanten huschen, aber er konnte nichts Verdächtiges erkennen. Keine Dämonen. „Grimsley hat wohl befürchtet, ich könne in die Fußstapfen meines Vaters treten." Womit er recht hatte. Für Vince gab es nur Noir. Er würde nie eine andere lieben, auch wenn er sie niemals haben konnte. „Der

Fluch, der Verwandlungsschmerz, soll mich immer daran erinnern, zu wem ich wirklich gehöre." Dadurch hasste er es allerdings erst recht, einer von ihnen zu sein.

In seiner Jugend hatte er begonnen, die Tabletten zu nehmen. Doch er wollte Noir auf keinen Fall sagen, dass er ohne die Einnahme der Medikamente sterben würde. Sein Körper brauche diese Pillen, hatte Grimsley ihm erklärt. Weil Vincent keinen erholsamen Steinschlaf hielt, in dem sich der Organismus eines Gargoyles regenerierte. Im Moment fühlte er bereits innere Unruhe, ein Zittern. Er kam sich vor wie ein Junkie auf Entzug.

Noir griff wieder nach seiner Hand und drückte sie. „Es ist nicht okay, dass dich Grimsley so in deiner Persönlichkeit einschränkt. Ich verstehe nicht, warum er dich nicht akzeptiert, wie du bist."

„Ich bin eben ein Freak", knurrte er, wobei er seine Hand zurückzog.

„Sie sind dumm, gäbe es mehr von deiner Sorte, könnten sie tagsüber selbst auf sich aufpassen."

Überrascht schaute er sie an. „Stimmt, daran hatte ich nicht gedacht."

Noir lächelte. „Und jetzt darfst du mich was fragen."

„Ich hebe mir meine Fragen für später auf." Er hätte gern mehr über ihre Vergangenheit erfahren, ihr Leben in London, mit ihrer Familie. Aber er wollte Noir keine Schmerzen zufügen und sie nicht an Jamie erinnern. Ihr Bruder war ihr wundester Punkt. „Wobei …" Er konnte sie etwas Unverfängliches fragen. „Was ich schon immer wissen wollte: Was macht eine Hexe oder einen Magier aus? Wieso könnt ihr so gut zaubern? Liegt euch das im Blut?"

Noir grinste. „Könnte man so sagen. Ein Gen ist dafür verantwortlich."

„Ein Gen?"

„Eine Information im Erbgut, die dafür sorgt, dass uns Zaubern viel leichter fällt als zum Beispiel einem normalen Menschen, der nur bis zu einem gewissen Grad Magie wirken kann, wenn überhaupt."

„Mal angenommen, eine Hexe und ein Mensch ohne besondere Kräfte bekämen ein Kind. Wäre es magiebegabt?"

„Nicht unbedingt, denn die Fähigkeit wird auf dem X-Chromosom gonosomal dominant vererbt. Ist der Vater ein Magier, wird die Tochter auf jeden Fall eine Hexe. Der Sohn nicht. Ist die Mutter eine Hexe, stehen die Chancen fifty-fifty, dass die Kinder das magische Gen abbekommen."

„Kompliziert."

„Ja, das ist es. Ich hatte eine Freundin, Jenna, die wollte Ärztin werden wie ihr Vater. Sie war wirklich fit in diesen Dingen und hat mir damals Nachhilfe gegeben, als wir in der Schule Genetik durchnahmen."

Noirs leises Seufzen zeigte Vincent, dass sie ihr altes Leben wohl vermisste. Vielleicht kehrte sie irgendwann dahin zurück. Er wünschte es sich so sehr.

„Das ist auch der Grund, warum uns die Dunkelelfen fürchten und bekämpfen", erzählte Noir weiter. „Sie haben Angst, wir würden die Weltherrschaft an uns reißen, weil wir uns angeblich wie die Schmeißfliegen vermehren."

Vincent hatte schon von diesen bösartigen Wesen gehört, war aber noch nie mit ihnen in Berührung gekommen, weil sich Noir immer nur mit Dämonen herumschlug. „Diese Dunkelelfen-Sache musst du mir irgendwann mal genauer erklären."

„Das mache ich. Zum Glück leben sie in einer anderen Dimension, aber sie dringen immer mehr in unsere Welt vor. In Wahrheit wollen die uns nämlich unterjochen." Noir blickte auf ihre Uhr. „Okay, wir müssen bald los, deinen Ausweis abholen. Ich hab gar nicht bemerkt, wie schnell die Zeit vergangen ist."

„Soll ich dem Kellner winken?"

„Warte noch. Würdest du mir einen Gefallen tun?"

Jeden. Er nickte, bevor er sich besann. „Alles, was in meiner Macht steht." Und ihr nicht schadete.

Noir schaute sich kurz um und Vincent folgte ihrem Blick. Der Kellner war hinter dem Tresen mit Gläser polieren beschäftigt und beachtete sie nicht. Die Zeitung lesende Frau hatte das Bistro mittlerweile verlassen. Sie waren ungestört.

Noir senkte die Stimme. „Lass mich mal deine Tätowierungen sehen."

„Warum?"

„Ich habe über die lateinischen Wörter nachgedacht und möchte etwas ausprobieren."

„Okay, aber pass auf, dass du sie auf keinen Fall berührst." Er zog einen Handschuh aus. Dann legte er seine Hand mit der Tätowierung nach oben auf den Tisch.

Unter hochgezogenen Brauen studierte Noir die sechs Linien der geometrischen Figur, auf der jeweils ein Wort stand. „Planta bedeutet Pflanze, daemon ist der Dämon, incubus und succubus sind auch Dämonen, versipellis steht für Werwolf und alle anderen Gestaltwandler. Lamia für Vampir." Noir schaute ihn an, wobei sie den Kopf leicht schräg hielt. „Für einen Gargoyle gibt es nichts Wichtigeres in seinem Leben, als Menschen zu beschützen. Das liegt in eurer Natur."

„Stimmt."

„Warum sollten sie dir daher ein Tattoo verpassen, das Menschen schadet? Das ergibt keinen Sinn. Hier steht auch nirgendwo homo – Mensch. Aber ich werde sie nicht berühren, ehe ich mir nicht sicher bin."

Sofort machte Vincent eine Faust, um die Tätowierung darin einzuschließen. „Berühren? Bist du wahnsinnig?"

„Gut möglich." Noir lächelte so verschmitzt, dass er ihr nicht böse sein konnte. „Und jetzt leg deine Hand bitte auf deinen Oberschenkel, muss ja nicht jeder sehen, was wir machen."

Vincent schluckte. Was hatte sie nun wieder vor?

Sie zog eine Tulpe aus dem Glas, das als Dekoration auf dem Tisch stand. „Ich möchte zu gern sehen, wie du etwas in Stein verwandelst. Wie wäre es mit dieser Blume?"

„Hier?", fragte er und sah sich noch einmal um. „Na gut, aber nur die Blume." Er konnte Noir nichts abschlagen, wenn sie ihn mit ihren dunklen Augen so eindringlich ansah, dass sein Körper allein von ihren Blicken kribbelte.

Noir drehte sich so, dass sie dem Kellner den Rücken zeigte, und beugte sich noch näher zu ihm. Dann ließ sie den Stiel der Tulpe über seine Handfläche gleiten. Erst als sie die Tätowierung streifte, zeigte sich am Stängel eine Veränderung. Er begann von unten herauf zu versteinern. Das Grün verschwand und wurde durch ein helles Grau ersetzt.

„Wow", flüsterte Noir. „Ich kann spüren, wie sie unter meinen Fingern hart wird."

Als sie die Blume wegzog, hörte die Umwandlung sofort auf. Sie begann erst wieder, nachdem der Stiel erneut das Tattoo berührt hatte.

Mit offenem Mund drehte sie die Steintulpe hin und her. „Sie ist wunderschön und für die Ewigkeit."

„Nichts ist für die Ewigkeit", sagte Vincent mit einer Spur Verbitterung, nahm ihr die Blume weg und zerdrückte sie mit beiden Händen. Sie zerbröckelte in unzählige Teile, die er in den Aschenbecher schüttete. Noir sagte nichts. Stattdessen zog sie seinen Arm am Handgelenk in ihren Schoß und pustete den Staub von der Tätowierung. Er war neugierig, was sie nun vorhatte. Als sie jedoch mit ihrem Finger einmal schnell genau in die Mitte seines Tattoos tippte, riss er seinen Arm von ihr fort.

„Bist du verrückt!", rief er, worauf der Kellner zu ihnen blickte.

Vincents Puls klopfte so hart in seinen Schläfen, dass er Kopfweh bekam. „Zeig mir deinen Finger!“

Noir hielt ihn triumphierend lächelnd vor seine Nase und wackelte damit. „Nichts passiert, keine Panik.“

Vincent umfasste mit der anderen Hand, an dem er den Handschuh trug, ihren Unterarm, um akribisch ihre Fingerspitze zu inspizieren. Erleichtert stieß er den Atem aus und ließ Noir wieder los. Er bedachte sie mit einem Blick, der ihr zeigen sollte, wie ungehalten er war. „Wie kannst du so leichtsinnig sein?“

„Das war alles durchdacht. Ich wusste, was ich tue. Und jetzt lass mich noch mal.“

„Noir!“

„Bitte.“

„Du bist wahnsinnig“, murmelte Vincent, doch es keimte Hoffnung in ihm auf. Noir war eine Meisterin auf dem Gebiet der Magie. Er vertraute darauf, dass sie wusste, was sie tat. Zögerlich legte er seine Hand wieder auf ihren Oberschenkel. Vincent zitterte. Noir berührte ihn am Finger an einer sicheren Stelle. Von da aus glitt ihre Fingerspitze immer mehr zu seiner Handfläche. Je näher sie seinem Tattoo kam, desto heftiger klopfte sein Herz.

Er bemerkte, dass Noir die Luft anhielt. Als sie kurz davor war, seine Tätowierung zu berühren, fing sie an, diese zu umkreisen. In seiner Hose begann sich wieder etwas zu regen. Er hatte keine Ahnung gehabt, wie stimulierend es war, wenn sie das tat. Sein Körper kribbelte und stand unter Spannung, nur weil sie mit ihrer Fingerspitze auf seiner Hand herumfuhr. Das lenkte ihn von seiner Angst ab. Immer wieder glitt sie für einen Moment in die Zeichnung, was seine Sinne verwirrte. Hin und her. Bis sie mit ihrer ganzen Handfläche die seine bedeckte.

Sein Atem stockte.

„Vincent, sieh nur“, flüsterte sie. „Es passiert überhaupt nichts.“

Und ob etwas passierte. Tief in ihm. Er konnte kaum begreifen, was soeben geschah. Er schloss die Augen. Alles drehte sich, sein Herz machte Luftsprünge und sein Körper wollte nicht aufhören zu zittern.

„Grimsley hat mich angelogen“, flüsterte er fassungslos, wobei er seine Finger mit ihren verschränkte. Er fühlte Noirs Wärme, ihre schlanken Gelenke, ihre Haut.

Ob er seinem Klanführer sagen sollte, dass er nun die Wahrheit wusste? Aber er beschloss, das erst einmal für sich zu behalten. Es würde nur Fragen aufwerfen.

Langsam öffnete er die Augen und konnte nicht aufhören, Noirs Hände anzusehen. Über Grimsleys Lügen konnte er sich später den

Kopf zerbrechen.

„Darf ich … dich anfassen?“, fragte er.

„Natürlich.“ Noir nickte lächelnd.

Hastig zog er sich den anderen Handschuh ebenfalls aus. Er fuhr über Noirs Finger und ihren Handrücken. Wie zart ihre Haut dort war, obwohl sie von ein paar feinen Narben überzogen wurde. Vincent war überwältigt. „Du bist ganz weich.“

„Du hast noch nie jemanden berührt?“, fragte sie leise. Ihre Stimme klang bedrückt, auch wenn ein Lächeln ihre Mundwinkel umspielte.

„Nur meinen Vater und Kara.“

„Aber das ist ja schon ewig her. Gott, Vincent, wie hast du das so lange ausgehalten?“ Sie führte seine Hand zu ihrem Gesicht und legte sie an ihre Wange. Dabei schloss sie die Augen. „Ich weiß, wie das ist.“

„Wieder eine Gemeinsamkeit“, wisperte Vincent und holte tief Luft. Zum ersten Mal spürte er Noir richtig. Die Haut in ihrem Gesicht war noch viel weicher. Er ertastete durch die Abdeckschminke die zarte Erhebung ihrer Narbe, fuhr mit den Fingern unter ihr Kinn und in ihre Perücke. Vincent wünschte sich nichts mehr, als ihr echtes Haar zu fühlen.

Noir zitterte und holte stockend Luft. Dann lehnte sie sich gegen ihn und legte ihre Arme um seinen Körper. Obwohl sie sich zuvor schon berührt hatten, war dieser Moment der innigste. Weil Vince wusste, dass er sie anfassen konnte, ohne ihr zu schaden. Er konnte sich ganz auf dieses Gefühl einlassen. Unablässig streichelte er ihren Rücken und genoss ihre Umarmung, ihre Nähe, ihren Duft, ihre Körperwärme. Er hätte sie ewig festhalten können. Er drehte den Kopf, sodass ihr falsches Haar seine Nase kitzelte, und roch an ihrer Wange. Sie duftete nach Puder und Noir. Sie drehte ihren Kopf, seine Lippen streiften ihr Kinn.

„Wie geht es dir?“, hauchte sie an seinen Mund.

Er zog sie fester an sich und erwiderte: „Sehr gut.“ Dabei streichelte er ihre schlanke Taille.

Plötzlich räusperte sich jemand neben ihnen.

Vincent ließ Noir sofort los. Es war der Kellner, der neben ihrem Tisch stand und sie angrinste. Vincent hatte nicht bemerkt, dass er sich ihnen genähert hatte. Das war gar nicht gut. Was, wenn es ein Dämon gewesen wäre?

„Darf ich dem hübschen Paar noch etwas bringen?“, fragte er auf Englisch.

Noir versuchte wieder einmal erfolglos, eine blonde Strähne hinter ihr Ohr zu streichen. „Nein danke, wir würden gern zahlen.“

Wenige Minuten später waren sie auf dem Weg, um Vincents Ausweis abzuholen. Dazu mussten sie mehrere Stationen mit dem Bus fahren. Noir saß neben ihm, sodass sich ihre langen Schenkel berührten. Zu ihren Füßen standen die Tüten mit den Einkäufen. Vincent, der am Fenster Platz genommen hatte, schaute nach draußen. Die Sonne stand hoch am Himmel – was für ein herrlicher Tag. Es war einfach alles viel zu gut für Noirs Geschmack. Irgendwie unwirklich.

Sie studierte sein Gesicht, das sie nur von der Seite sah. Es wirkte angespannt. Worüber er wohl nachdachte?

Im Bistro hatte sie seine Gedanken auszublenden versucht, daher hatte sie keine Ahnung, was ihn beschäftigte. Sie wollte nicht ständig in seine Intimsphäre eindringen. Das war nicht fair. Außerdem gingen seine Gedanken oft in eine bestimmte Richtung. Noir würde es schwerfallen, ihn nicht ständig vernaschen zu wollen.

Vermutlich dachte er darüber nach, warum dieser Grimsley ihn angelogen hatte. Sein Klanführer wollte offensichtlich nicht, dass sich Vincent mit einer Menschenfrau einließ. Warum nicht? Er war doch mehr Mensch als Gargoyle. Im Augenblick übte er eine verdammt große Anziehungskraft auf sie aus. Sie verdrängte ständig, dass sie nach Jamie suchte und das zweite Amulett finden musste. Beinahe hatte sie den fürchterlichen Kampf vergessen und den Gargoyle, der das Badezimmer verwüstet hatte.

Sie genoss den Tag mit Vincent und vor allem seine Nähe. Seine schüchterne Art gefiel ihr. Er besaß Manieren beim Essen und benahm sich nicht wie ein wildes Tier. In der Tat verhielt er sich wie ein Gentleman. Sogar im Bistro hatte er sich geweigert, Noir alles bezahlen zu lassen.

„Ich möchte mich revanchieren“, hatte er gesagt und sie hatte geantwortet: „Das hast du doch längst. Du hast mich gerettet, das zählt mehr als alles Geld.“

„Vincent?“ Noir berührte ihn am Arm, um ihn sanft aus seinen Gedanken zu holen.

Er drehte den Kopf in ihre Richtung. „Hm?“

„Wenn ich das Medaillon habe, was wirst du dann tun? Gehst du zurück zu deinem Klan?“

Eindringlich schaute er sie an. „Ich werde dich immer beschützen, Noir. Immer.“ Seine grauen Augen schienen sich zu verdunkeln und seine Stimme klang auf einmal tiefer. „Außerdem liegt es in meiner Natur. Ich kann nicht anders. Das Leben hätte sonst seinen Sinn verloren."

Sie holte tief Luft. Er konnte doch nicht vorhaben, tatsächlich bis zum Rest seines oder ihres Daseins an ihrer Seite zu bleiben? „Du kannst jemanden beschützen, der es dringender nötig hat als ich."

Seine Brauen zogen sich zusammen. „Die Dämonen werden erst recht hinter dir her sein und an die Artefakte kommen wollen. Du wirst in größerer Gefahr schweben denn je."

Da hatte er allerdings recht. Aber wollte er wirklich auf ein eigenes Leben verzichten? „Willst du dir denn nicht mal eine Partnerin suchen? Eine Familie gründen?"

Er öffnete den Mund, schloss ihn jedoch gleich wieder. Dann verschränkte er die Arme vor der Brust und schaute hinaus auf die Straße.

Wie sollte sie ihm nur erklären, dass es kein Immer gab? Im Moment war Noir sehr froh, dass Vincent in ihr Leben getreten war. Sie hatte zum ersten Mal seit dem Tod ihrer Familie wieder Spaß, fand Vergessen und hatte jemanden zum Reden. Sie genoss jede Sekunde, die sie mit ihm zusammen war, dennoch traute sie sich nicht, Vincent in ihr Herz zu lassen. Sie würde es nicht noch einmal verkraften, jemanden zu verlieren, den sie … mochte. Ja, noch mochte sie Vincent nur, mehr durfte nicht sein. Sie wollte sich niemals in ihn verlieben. Ihr Herz klopfte jetzt schon viel zu heftig, wenn sie ihn nur ansah. Er war ein Krieger, der etwas von einem Kind hatte, schüchtern war und doch wieder hart, unerfahren im Bett, aber ein verdammt guter Dämonenjäger. Außerdem durfte er nicht mit einem Menschen zusammen sein; Spaß zu haben schien hingegen erlaubt. Das war doch perfekt! Nun musste sie ihn nur noch davon überzeugen.

Eine halbe Stunde später befanden sie sich in einem Pariser Außenbezirk, dem 16. Arrondissement. Dieser Stadtteil gehörte unverkennbar den Reichen. Hier reihte sich ein schmuckes Häuschen an das andere, es gab Einkaufsstraßen mit exklusiven Boutiquen und teure Restaurants. Am Rande des Viertels lag ein großer Stadtpark, der Bois de Boulogne. Hier könnte es Noir gefallen.

Das Handy lotste sie durch ein Wohnviertel mit wunderschönen alten Häusern im Jugendstil. Viele bestanden aus fünf bis sieben Etagen und waren aus Kalkstein errichtet. Sie hielten vor einem weißen Wohngebäude mit zahlreichen Parteien, hohen Fenstern und schmalen Balkonen.

„Hier soll es sein", sagte Noir.

Sie betraten das Gebäude, in dessen Hauseingang sich viele Briefkästen befanden.

„Wir müssen nach Moulier suchen." Das wusste sie von Magnus. Noir begann, an den Briefkästen entlangzugehen. Vincent startete die Suche vom anderen Ende aus.

„Hier steht Moulier!", rief er.

„Okay, wollen wir mal sehen." Der kleine Metallkasten war nicht abgeschlossen. Noir öffnete das Türchen und holte einen Briefumschlag hervor. „Das ist ja wie im Film." Sie konnte durch das Kuvert fühlen, dass sich darin eine Plastikkarte befand. Neugierig öffnete sie es noch an Ort und Stelle. „Wow, ist der nicht perfekt? Das Ding sieht verdammt echt aus. Magnus hat bemerkenswerte Kontakte." Grinsend hielt sie Vincent den Ausweis unter die Nase. „Bitte schön, Mr. Balentine."

Lächelnd nahm er ihn entgegen. „Danke schön, Mrs. Hadfield."

Ihr blieb der Mund offen stehen. Dieser Mann kannte sogar ihren kompletten Decknamen. Aber sollte sie das wirklich wundern, wo er jahrelang ihr Schatten gewesen war?

Noir hatte nicht widerstehen können und war mit Vincent noch durch zahlreiche Boutiquen im 16. Bezirk geschlendert. Mittlerweile hatte sich die Anzahl der zu tragenden Tüten verdreifacht. Da sie nicht wusste, wo sie die ganze Kleidung unterbringen sollte – reiste sie sonst hauptsächlich mit ihrem Rucksack –, hatte sie sich eine Reisetasche gekauft. Vincent hatte sie ebenfalls noch schicke Schuhe und ein Hemd aufgeschwatzt, auch, weil sie sich für seine Geduld revanchieren wollte. Er hatte Nerven wie Stahlseile. Jeder andere Mann hätte Noir zum Teufel gejagt, weil sie sich nicht zwischen zwei Pullovern hatte entscheiden können. Zumindest glaubte sie das, denn sie kannte solche Situationen nur aus dem Fernsehen. Vincent hatte einfach gesagt, sie solle beide kaufen, er fände, sie sehe in beiden zum Anbeißen aus. Der Mann hatte Charme, keine Frage. Jetzt war Noir doch sehr froh, dass sie erst morgen Früh nach Florenz weiterflogen. Sie hatte mit Vincent einen wunderschönen Tag verbracht, war ausgiebig Shoppen gewesen und hatte außerdem die nötige Ausrüstung für den Dämonenklub erworben.

Als sie noch wenige Meter vom Hotel entfernt waren, atmete sie auf. Ihr taten vom vielen Herumlaufen die Füße und der Rücken weh. Nicht einmal nach den nächtlichen Dämonenjagden fühlte sie sich so ausgepowert. Es war erstaunlich, welche Muskelgruppen beim Einkaufen beansprucht wurden. Noir lächelte – überhaupt schien sie nur noch zu lächeln, weshalb sich ihr Gesicht verspannt anfühlte. Diesen herrlichen Tag würde sie nicht so schnell vergessen. Es dämmerte bereits, daher durfte sie noch nicht auf einen entspannenden Fernsehabend hoffen. Vincents Verwandlung stand an. Sie wollte diesen Fluch, der ihm Schmerzen zufügte, unbedingt von ihm nehmen. Ein so wunderbarer Mann hatte es nicht verdient, täglich aufs Neue bestraft zu werden, nur weil er nicht der Norm entsprach.

Kapitel 16 – London

Kara musste dringend mit Raphael sprechen. Sie hatte in den letzten Stunden viel nachgedacht und war immer wieder bei einem Punkt gelandet: Sie wollte wissen, woher ihr Mentor Ash kannte. Da gab es irgendeine Verbindung.

Unruhig wie ein Tiger im Käfig balancierte sie auf dem Geländer des schmalen Balkons entlang, der sich vor ihrem Zimmer befand – für die Menschen unsichtbar und aus Platzgründen flügellos. Nur das Patschen ihrer nackten Füße auf dem Metall war zu hören. Sollte sie abrutschen und fallen, könnte sie ihre Schwingen sofort hervorbrechen lassen. Deshalb trug sie neben ihren Röhrenjeans auch nur ein Bustier, damit kein Stoff den Vorgang blockierte.

Wenn sie sich mit Raphael traf, dann immer draußen, auf ihrem engen Balkon. Er respektierte die Privatsphäre ihrer irdischen Rückzugsmöglichkeit, weshalb er noch nie ihr Zimmer betreten hatte. Hoffentlich hatte er Zeit für sie. Seine Herrscherpflichten beanspruchten ihn sehr. Zusätzlich hatte er als Erzengel weitere Aufgaben. Raphael war der Heiler unter den Engeln, aber leider auch dafür zuständig, jemandem die Flügel zu stutzen oder sie ihm ganz zu nehmen. Er besaß als Einziger das Wissen, wie man die Schwingen fachgerecht vom Körper trennte, damit sie nie wieder nachwuchsen. Bei dem Gedanken erschauderte sie.

Am Ende des Geländers blieb sie stehen und hüpfte auf den Balkon. Sie blinzelte die untergehende Sonne an, deren letzte Strahlen soeben hinter dem Dach des Gebäudes verschwanden, das dem Midland Grand Hotel gegenüberlag. Seltsamerweise hatte Kara das Gefühl, von dort aus beobachtet zu werden. Sie konnte sich auch gut vorstellen, von wem, denn sie hatte das Aufflackern einer dunklen Präsenz gespürt. Daher hatte sich Kara nicht erst bemüht, sich für dämonische Augen unsichtbar zu machen. Ash konnte sie ebenso spüren wie sie ihn. Außerdem wusste er, wo sie wohnte. Er wollte die Uhr und wartete bestimmt auf eine Gelegenheit, sie sich zu schnappen.

Kara konzentrierte sich. Sie besaß eine mentale Verbindung zu ihrem ehemaligen Mentor. Sie musste nur fest an ihn denken, damit Raffi sie erhörte.

Würde sich Ash auf den Erzengel stürzen, sobald er sich zeigte? Setzte sie Raphael womöglich einer Gefahr aus, wenn sie ihn herbeirief? Ash wollte unbedingt an ihn herankommen. Vielleicht war es genau das, was Ash beabsichtigt hatte? Er hatte Kara so neugierig gemacht, dass er wusste, sie würde mit Raphael reden wollen.

Erste Engelregel: Traue nie einem Dämon.

Doch Ash war nicht wie der Dämon, dem sie einst geopfert worden war und er kannte Raffi. Das deutete sie als gutes Zeichen. Außerdem hatte sie, als Ash vor ihren Augen starb, seine sanfte Seite gesehen.

Kara musste Raphael trotzdem gleich warnen. Sicher war sicher. Sie schickte ihm die Botschaft mit, dass er mit einem Dämonenangriff rechnen musste. Noch ehe sie zu Ende gedacht hatte, materialisierte er sich schon.

Raphael stand vor ihr in der Luft, ihr den Rücken zugewandt, um sie mit seinen mächtigen Flügeln abzuschirmen. Sie machten wie immer kaum ein Geräusch, während sie sich majestätisch bewegten.

„Bist du in Gefahr?", fragte er über seine Schulter, um den Blick gleich wieder über die Straße unter ihnen und den vorbeifahrenden Verkehr gleiten zu lassen.

„Vielleicht."

Raphael sah dermaßen alarmiert aus, dass ihr Herz heftig klopfte. Zudem hatte sie sein plötzliches Auftauchen erschreckt. Er konnte sich verdammt schnell fortbewegen.

„Ich bin, glaube ich, nicht in Gefahr, aber ein Dämon möchte die Uhr."

Raphael drehte sich um und stellte sich auf das Geländer. Der Balkon war so schmal, dass er sich mit einer Hand an einer der schlanken Säulen festhalten konnte, die die Balkontüren zierten. Dann legte er seine Schwingen am Körper an.

„Du hast die Uhr? Aber ich habe sie dir doch noch gar nicht gege…" Ein Schatten huschte über sein Gesicht. „Moment, du hast die Uhr benutzt!" Seine Augen blitzten, als er einen Schritt auf dem schmalen Geländer auf sie zumachte, sodass Kara beinahe durch ihre geöffnete Tür ins Zimmer gestolpert wäre. „Kara, die Sanduhr ist nur für die Hexe bestimmt!"

„Das weiß ich ja!" Schuldgefühle nagten an ihr. Sie wollte Raphael nicht erzürnen und eigentlich kannte sie ihn nicht wütend. Im Moment sah er allerdings alles andere als erfreut aus. Er stieß sich von der Mauer ab und flog unruhig vor dem Balkon auf und ab, die Hände in die Seiten gestemmt. Auch heute trug Raphael einen teuren Anzug und wie immer war der Stoff unversehrt, obwohl seine Schwingen aus dem Jackett herausragten. Wie machte er das nur?

„Welcher Dämon ist hinter dem Artefakt her?", fragte er.

Raphael musste lauter sprechen, weil auf der Straße ein Hupkonzert veranstaltet wurde. Ein ausparkendes Auto forderte die Geduld der Menschen heraus, die nach einem anstrengenden Arbeitstag schnell nach Hause wollten.

„Sein Name ist Ash."

„Ash?" Abrupt geriet Raphaels Flügelschlag aus dem Takt. Sein Gesicht schien so weiß wie die Verzierungen aus Kalkstein zu werden, die einen Kontrast zur roten Mauer des Hotels bildeten. Als er sich wieder zu Kara auf den Balkon stellte, fragte er: „Schwarze Haare, blaue Augen, charismatische Ausstrahlung?"

Kara nickte. Verteufelt charismatische Ausstrahlung.

Seine Hand, mit der er sich an der Säule festhielt, zitterte. „Du hast ihn gesehen?"

Nicht nur gesehen. Besser, Raffi kannte keine Details. An seinem fassungslosen Ausdruck konnte sie ablesen, dass er über Ash bestens Bescheid wusste. „Wer ist er, Raphael? Ich weiß, ihr kennt euch."

„Ja, wir kennen uns", antwortete er, sein Gesicht eine wächserne Maske. „Mehr musst du nicht erfahren."

Kara hatte damit gerechnet, dass er nichts sagen würde, aber seine Reaktion machte sie neugierig. „Warum? Ich möchte gern wissen, mit wem ich es zu tun habe."

„Er soll es dir selbst erzählen."

Raffi war manchmal wirklich eine harte Nuss! Seufzend lehnte sich Kara gegen den Türrahmen. „Er will unbedingt die Sanduhr. Vermutlich beobachtet er uns und hofft auf einen günstigen Augenblick."

Raphael sah kurz über seine Schulter. „Ja, ich habe eine düstere Präsenz gespürt."

Schlagartig richtete sich Kara auf. „Ist er gefährlich?"

Raphael schaute sich nun ständig um. Hatte er Angst, Ash gegenüberzutreten? Er benahm sich, als würde er gleich fliehen wollen.

„Ich kann das nicht beurteilen, Kara mia, habe ihn seit Ewigkeiten nicht mehr gesehen. Er ist ein Dämon, denen …"

„… sollte man nie vertrauen, ich weiß. Zumindest ist er hartnäckig."

Raphael lehnte sich vor, seine Lider weit geöffnet. „Hat er dir wehgetan?"

Vehement schüttelte sie den Kopf. „Nein, er ist sehr … sehr … ähm – charmant."

Raphael verdrehte die Augen. „Er hat sich anscheinend kein bisschen geändert."

Er seufzte und bedachte sie mit einem intensiven Blick. Kara hatte das Gefühl, er würde bis in ihre Seele schauen. Abrupt sah sie weg. Mist, genau das hatte Raffi anscheinend vor. Er wollte wohl sehen, wie stark ihr Seelenlicht noch strahlte. Nach allem, was sie mit Ash erlebt hatte, war es bestimmt nicht mehr besonders hell. Wie viel sollte sie Raffi erzählen? „Kommt drauf an, was du mit kein bisschen verändert meinst."

„Behalte die Details einfach für dich", sagte er. „Was ich nicht weiß, macht mich nicht heiß."

Heiß war es Kara jetzt noch. „Danke."

Raphael riss abermals die Augen auf. „Also habt ihr … Ich bring ihn um!"

„Nein, wir haben nicht!" Hitze überflutete ihr Gesicht wie glühende Lava. „Er hätte bestimmt gern, doch es kam nicht dazu!" Nicht zu erwähnen, wie gern sie hätte.

Raphael musterte sie von oben bis unten. „Du machst es ihm auch nicht gerade leicht, dir zu widerstehen. Er hatte schon immer eine Schwäche für hübsche Frauen."

Die Hitze wollte nicht mehr aus ihrem Gesicht weichen. Derartige Reaktionen ihres Körpers kannte sie nicht. Raphael fand sie hübsch? Doch dann flammte ein wenig Wut in ihr auf. Oder war es Eifersucht? Ash war also ein Frauenheld? Warum wunderte sie das nicht?

„Würdest du mir endlich deinen Flügeltrick verraten, brauchte ich nicht halb nackt durch die Gegend zu laufen", sagte sie verschnupft. „Ich hab nämlich keine Lust, ständig meine Kleidung zu zerreißen."

„Wie machen das nur all die anderen Engel?", neckte Raphael sie.

„Jetzt lenk nicht ab!" Andere Engel – als ob es so viele geben würde, die in einem richtigen Körper steckten. Die meisten Engel waren feinstoffliche Wesen und mussten sich nicht um die Kleiderfrage scheren. Die übrigen mochten auf diese labbrigen Fetzen mit den großen Öffnungen für die Flügel stehen, aber Kara besaß Geschmack. Dann gab es noch Engel, die verzichteten auf ihre Flügel, weil sie sich in Dunst auflösen konnten, um von A nach B zu kommen. Diese Fähigkeit beherrschte Kara, doch wenn sie auf Wache war, wollte sie gemütlich um das Gebäude flattern und nicht wie Wonder Woman in Lichtgeschwindigkeit herumdüsen.

„Wie hast du das gemeint, als du sagtest, unsere Schicksale wären miteinander verbunden?" Kara wollte ihr Gespräch auf das eigentliche Thema zurückbringen. „Bezieht sich das auch auf Ash?"

Er hob die Brauen. „So etwas habe ich behauptet?"

Sie unterdrückte das Bedürfnis, mit dem Fuß aufzustampfen. „Raphael!"

„Ich habe schon zu viel gesagt." Er drehte sich um, um die Umgebung abzusuchen.

„Du sagst nie zu viel. Du machst mich immer nur neugierig oder verwirrst mich abgrundtief."

„Hatte ich dir gesagt, dass du mehr als eine Seele retten kannst?", fragte er über seine Schulter hinweg. „Oder ich werde es dir noch sagen, nehme ich mal an."

Kara nickte. Hoffnung keimte in ihr auf. „Aber wie? Und bezieht sich das auf Ash? Er ist doch ein Dämon, er hat keine Seele. Kann ich ihn trotzdem retten?"

„Das musst du selbst herausfinden."

Dieser Erzengel war unmöglich. „Bitte, Raffi, einen Tipp!"

„Die Uhr … Sie ist wirklich nur für die Hexe bestimmt. Du darfst sie nicht noch einmal aktivieren, hörst du?"

Sie wollte Raphael nicht anlügen, daher gestand sie kleinlaut: „Ich habe sie schon zwei Mal benutzt."

„Was?" Er wirbelte auf dem Geländer zu ihr herum.

Beschwichtigend hob sie die Hände und zuckte mit den Schultern. „Ich hab dir doch gesagt, dass ich für diese Aufgabe nichts tauge!"

„Aber es ist dein Los! So steht es geschrieben."

Wo denn?, wollte sie fragen, tat es jedoch nicht, weil sie ohnehin keine Antwort bekommen würde.

„Nur deshalb habe ich dir dieses Artefakt anvertraut."

„Aha, ansonsten hättest du es nicht gemacht?" Jetzt war sie ein klein wenig beleidigt.

Raphaels Gesichtsausdruck wurde weicher. „So habe ich das nicht gemeint, Kara mia. Ich hätte es dir sonst nie gegeben, weil ich weiß, wie gefährlich die Mission ist. Ich möchte nicht, dass dir etwas zustößt." Sanft zog er sie in seine Arme. „Aber du musst mir versprechen, die Uhr kein drittes Mal zu benutzen."

Kara schmiegte sich seufzend an ihn. Diese Geste überraschte sie – noch nie hatte er sie auf diese Weise gehalten, oder? Eine Vision flackerte in ihrem Kopf auf – oder war es eine Erinnerung? Sie sah sich als Kind, wie sie mit Raphael über eine Wiese tobte. Er warf sie lachend in die Luft, doch er fing sie wieder auf, weil sie nicht richtig fliegen konnte. Ihre Schwingen waren noch nicht kräftig genug. Raphael wirbelte mit ihr herum und küsste sie auf die Stirn.

Seltsam. Kara hatte gedacht, er hätte ihr das Fliegen beigebracht, als sie schon ein Engel in diesem, ihrem erwachsenen Körper gewesen war. Dieser feste Körper war schon immer ausgewachsen gewesen. Sehr, sehr seltsam. Kara wollte sich allerdings nicht den Kopf darüber zerbrechen, wobei es sie wunderte, dass sich diese Vision als Bilder in ihrem Kopf manifestiert hatte und nicht als Gefühl wie sonst immer. Raphael schenkte ihr Geborgenheit und gab ihr etwas von seiner Kraft. Aber Kara bemerkte noch etwas anderes: Himmel, sie lag an seiner nackten Brust, spürte seine Haut an ihrer Wange! Wie ging das, wo er doch Kleidung trug?

Vorsichtig wanderten ihre Finger seinen Rücken nach unten, bis sie Stoff fühlten. Erleichtert registrierte sie, dass er eine Hose trug. Also war das sein Flügeltrick? Raphael hatte gar kein Oberteil an, sondern gaukelte seinen Betrachtern Kleidung vor? Es war alles nur ein Trugbild? Das war ja praktisch! Kara schmunzelte. Ob sich Raffi bewusst war, dass er ihr ungewollt seinen Trick verraten hatte? Er war schon immer großartig im Erzeugen von Illusionen gewesen – eigentlich hätte sie selbst drauf kommen können.

„Du schaffst das, Kara mia", flüsterte er in ihr Haar und drückte sie fester an sich, worauf sie von weiteren Bildern überflutet wurde.

Sie lag nackt auf dem Opferstein, während vier Dämonen sie festhielten. Raphael hatte ihr die Geschichte von ihrem Tod so oft erzählt, wie sie es hören wollte. Aber in ihrer Vision stimmte etwas nicht. Kara sah an sich hinunter auf einen kugelrunden Bauch. Sie war schwanger. Der Dämon mit der hässlichen Fratze, der sich mit einem Messer in der Hand über sie beugte, wollte ihr auch nicht das Herz hinausschneiden, sondern ihr Baby. Kara litt Todesängste sowie unvorstellbare Schmerzen, als die Klinge in ihr Fleisch glitt, auch wenn sie davon jetzt nichts mitbekam. Das Letzte, was sie sah, war Raphael, der mit ausgebreiteten Schwingen und wutverzerrtem Gesicht über ihr auftauchte, bevor seine Worte wie aus weiter Ferne in ihren Kopf drangen: „Aber lass bitte die Uhr in Ruhe. Sie funktioniert nur drei Mal."

Die seltsamen Bilder verschwammen. Jetzt, wo die Eindrücke so nah vor ihrem geistigen Auge gestanden hatten, glaubte Kara, sie schon öfter gesehen zu haben. Warum konnte sie sich nicht mehr daran erinnern? Sie löste sich aus seiner Umarmung und musste erst ein paar Mal zwinkern, um sich wieder zurechtzufinden.

„Was hast du gesagt?"

„Die Uhr funktioniert lediglich drei Mal."

„Nur drei Mal?" Nun steckte sie in der Bredouille. „Das hättest du mir auch gleich sagen können!"

„Hab ich gewusst, dass du die Uhr benutzt?"

Oh Mann, was machte sie denn jetzt? Sie hätte so gern noch mit Ash … um dann … So ein Mist! „Du weißt doch sonst immer alles!"

„Anscheinend nicht", erwiderte er schmunzelnd.

„Ich hab das auch nur getan, weil … Du hast gesagt, ich soll auf mein Gefühl hören."

Raphael runzelte die Stirn. „Das hab ich gesagt?"

Eigentlich hatte er lediglich gemeint, es wäre ihre Aufgabe. Aber das musste er nicht erfahren. Obwohl … wenn es ihre Bestimmung war, würde sie selbst ja am besten wissen, was zu tun war.

Raphael legte eine Hand auf ihre Wange und sah sie eindringlich an. „Du darfst sie Ash auf keinen Fall geben. Sie ist wirklich nur für die Hexe."

„Wo ist die Hexe? Warum kann ich ihr die Uhr nicht gleich geben?" Dann käme sie wenigstens nicht mehr in Versuchung.

„Die Zeit ist noch nicht reif dafür. Die Hexe wird zu einem Antiquitätenladen kommen. In drei Tagen. Dort wird die Übergabe stattfinden. Nicht früher."

Plötzlich hörte sie ein Knistern zu ihrer Rechten. Raphael schirmte sie sofort wieder mit seinem Körper ab, als Ash aus einem Portal an der Mauer trat und auf dem schmalen Balkon stehen blieb. Ashs düsterer Blick traf erst Raphael, dann Kara. Sie schaute zu ihrem Mentor, doch der starrte Ash nur an.

„Hallo Raphael", sagte Ash trocken, wobei er zu ihm aufs Geländer sprang. Dann steckte er die Hände in die Hosentaschen und lehnte sich lässig gegen die Mauer. „Wie geht's, alter Freund?"

Kara drängte sich an Raphaels Flügeln vorbei, packte Ash am Hosenbein und zog ihn von der Brüstung. „Sag mal, bist du verrückt?" Sie war für die Menschen unsichtbar und an diesen Zustand gewöhnt. Auf der Erde durfte sie nicht als Engel auffallen. In der heutigen Zeit würden die Menschen wohl nicht ehrfurchtsvoll staunen, wenn sie einem echten Engel begegneten, sondern er landete eher auf dem Seziertisch. Die Zeiten hatten sich geändert.

Ash war aber im Moment für alle sichtbar. Die Passanten würden noch denken, hier wollte jemand Selbstmord begehen. Leise vor sich hinschimpfend schob sie Ash in Richtung Balkontür.

„Ich will mit dir sprechen, Raphael!", rief er an ihr vorbei.

Raphael breitete seine gigantischen Schwingen aus. „Ich muss los."

„Nein, bitte warte! Ich will schon so lange mit dir reden!" Zu Karas Überraschung klang Ashs Stimme beinahe flehend. „Ich muss wissen, ob meine … Zeit vorbei ist." Hastig sah er zu Kara, dann wieder zu Raphael.

Wovon sprach er? „Keiner geht jetzt irgendwo anders hin als in mein Zimmer!", entschied sie. Zu Ash gewandt sagte sie: „Du machst die Menschen auf das Gebäude aufmerksam."

Ash zuckte mit den Schultern. „Wieso? Was ist an dem alten Hotel besonders? Ich werde keinem verraten, dass du da wohnst."

Erst jetzt schien Raphael aus seiner Starre zu erwachen. „Er war schon einmal hier? Kara, er ist ein Dämon!"

Ashs Blick verfinsterte sich.

„Er ist nicht wie die anderen." Wäre er gefährlich, hätte Raphael ihn sicher längst überwältigt. Stattdessen hielt er immer noch Abstand.

„Da hörst du es, ich bin nicht wie die anderen", plapperte Ash ihr nach, bevor sie ihn durch die geöffnete Tür in ihr Zimmer schubste. „Das stimmt doch, Raphael?", rief er nach draußen.

Kara ging ebenfalls hinein und bat Raphael zu ihnen, aber dieser winkte ab. „Ich muss jetzt wirklich gehen."

„Ja, der liebe Herr Erzengel zieht mal wieder Leine." Ashs Brauen zogen sich zusammen.

Vehement versuchte er, sich an Kara vorbeizudrücken, um nach draußen zu gelangen. Da ließ sie ihre Flügel erscheinen. Mit einem Geräusch, als würde man eine Bettdecke ausschütteln, schossen sie aus ihrem Rücken, Ash direkt vor den Körper, sodass er gegen eine Art weiche Wand ankämpfte.

Das hatten wir schon mal so ähnlich, dachte Kara. „Ihr beide sagt mir auf der Stelle, was los ist!"

Raphael erhob sich in die Luft. Der Wind, den seine Flügel verbreiteten, wehte in den Raum. „Ich gehe. Leb wohl, Ashriel."

Ashriel? Kara spürte Ashs Daumen im Nacken und seinen Arm um ihren Oberkörper. Sie seufzte. „Geht das schon wieder los?"

„Warte!", rief Ash. „Ich will Antworten oder ich rupfe dem süßen Engelchen jede Feder einzeln raus und stopfe sie in mein Kopfkissen!"

Mit einem Satz stand Raphael vor der Balkontür und verdunkelte das halbe Zimmer. Kara erkannte trotzdem den zornigen Ausdruck in seinem Gesicht. „Lass sie in Ruhe!"

„Er wird mir nichts tun", sagte Kara relativ gelassen. Zu Ash meinte sie leise: „Ich weiß, du stehst auf meine Federn, aber … in ein Kopfkissen?"

Ash kam mit seinem Gesicht so nah, dass seine Lippen ihr Ohr streiften. „Du könntest wenigstens ein klein wenig ängstlich aussehen, Täubchen. Ansonsten bekomme ich nie meine Informationen", raunte er, sodass es Kara ganz heiß wurde.

Doch sie wollte sich nicht schon wieder ablenken lassen. „Solange du mir nicht sagst, was hier gespielt wird, tu ich gar nichts", zischte sie und wand sich aus seinem Griff. Ash hielt sie nicht auf.

Raphael flog ein Stück zurück. „Na gut, lass uns reden." Mit verschränkten Armen stand er auf der Brüstung und schaute auf seine eleganten Schuhe.

„Bist du hier, weil ich endlich genug Buße getan habe?", rief Ash.

„Buße?", fragte Kara verwundert und machte einen Schritt zur Seite, sodass Ash den Erzengel sehen konnte. „Raphael!“

Raffi hob den Kopf. „Du bist für dein Schicksal selbst verantwortlich, Ashriel.“

Dieser Name kam ihr bekannt vor. Kara biss sich auf die Unterlippe, wobei sie scharf nachdachte.

„Kommst du schon wieder damit? Dieselbe Leier wie vor sechshundert Jahren?“ Ash fuchtelte mit den Händen in der Luft herum. „Ich kann es nicht mehr hören! Ihr tut alle das, was euch der Engel des Schicksals aufträgt. Und woher nimmt der liebe Uriel seine Weisheiten?“

„Kanchipuram“, flüsterte Raphael mit einem flüchtigen Blick auf Kara, doch sie hatte das Wort trotz des Straßenlärms vernommen.

„Die Stadt der tausend Tempel?“ Ash verharrte, seine himmelblauen Augen starr auf Raphael gerichtet.

Kara hielt die Luft an. Auch sie hatte von jenem ominösen Ort in Indien gehört. Angeblich sollte es dort einen geheimen Tempel geben. Von außen klein und unscheinbar, musste sein Inneres unendlich groß sein, mit riesigen Hallen, in denen sich beschriebene Palmblätterrollen bis unter die Decke stapelten. Eine Decke, die so hoch war, dass man mit bloßen Augen nicht das Ende erkennen konnte. Die Schriftrollen, auf denen das Schicksal aller Wesen geschrieben stand, waren über 5000 Jahre alt. Daher bekamen Raphael und wahrscheinlich all die anderen Herrscherengel ihre Anweisungen?

Ash stürzte zur Balkontür, ging aber nicht hinaus. „Das ist ein Mythos.“

„Nein, ich war da“, sagte Raphael. „Nachdem uns Uriel aufgetragen hatte, dich zu stürzen.“

Kara kombinierte. „Ashriel, natürlich! Du warst der Herrscherengel von Europa. Vor Raphael.“ Himmel, seine Narben am Rücken. Sie hatten die Verletzungen überdeckt. Ihre Knie drohten nachzugeben, daher setzte sie sich rasch auf das Bett. Ash war ein Engel gewesen. Also hatte Raphael ihm die Flügel abgeschnitten. Du liebe Güte!

Ash schien sie nicht zu hören oder wollte sie nicht hören. Er hatte nur Augen für den Erzengel. „Du warst tatsächlich da? Wo ist dieser sagenumwobene Tempel? Wie komme ich da hin?“

„Du würdest nie hineingelangen. Selbst ich habe Uriel lange überreden müssen, mir Zutritt zu den Aufzeichnungen zu gewähren. Die sind übrigens in einer uralten Sprache verfasst. Keiner von uns kann diese verschnörkelte Schrift lesen außer Uriel.“

Mit den Händen stützte sich Ash zu beiden Seiten am Türrahmen ab und lehnte sich ein Stück hinaus. „Und wer garantiert, dass er uns auch wirklich das aufträgt, was dort geschrieben steht?“

Raphael beantwortete die Frage nicht. Wie loyal war ein Engel, der die Macht hatte, die Geschichte zu verändern? Kara wollte nicht darüber nachdenken. Raffi hatte also immer auf Uriels Geheiß gehandelt. Vor einigen Jahren hatte sie sich mit Raffi gestritten, als in mehreren Londoner U-Bahnen Bomben explodiert waren. Sie hatte den Grund nicht verstanden. Der schwerste Anschlag hatte im Tunnel unter dem Hotel stattgefunden, auf der Piccadilly Line zwischen dem Bahnhof King's Cross St. Pancras und Russel Square. Kara konnte sich noch zu gut erinnern, wie die Menschen schreiend aus dem Gebäude gerannt waren. Es war furchtbar gewesen. Sie war sofort unsichtbar in den Tunnel geflogen, um zu helfen, wo sie konnte, aber mehrere Dutzend Menschen hatten bereits den Tod gefunden. Kara konnte nur noch ihre Seelen auf dem letzten Weg begleiten.

Raphael war es gewesen, der den Attentätern den Auftrag zugeflüstert hatte.

Besonders schlimm war es jedoch, als in den Jahren 1664 bis 1666 die Pest in London gewütet hatte. Zehntausende Einwohner waren ums Leben gekommen. Die vielen Leichen mit den schwarzen Schwären waren kein schöner Anblick gewesen. Kara hatte versucht, so vielen Sterbenden wie möglich in ihren letzten Minuten beizustehen, um ihnen die Angst vor dem Tod zu nehmen. Es waren harte Zeiten, auch für Kara, denn es war einer ihrer ersten Einsätze als Engel gewesen. Kurze Zeit später hatte man sie den Londoner Gargoyles zugeteilt. Schon da hatte sie Raphael gefragt, warum er so eine schreckliche Seuche auf die Menschen losgelassen hatte. Er hatte geredet und geredet und sich in fadenscheinige Ausreden verstrickt, Kriege und Krankheiten damit begründet, dass die Welt nicht ins Chaos stürzte, es kein Ungleichgewicht zwischen Gut und Böse gab, es nicht zu einer Überbevölkerung kam … Kara hatte viele Theorien gehört, aber sie klangen nicht wirklich plausibel. Erst nach diesem Bombenanschlag war ihr bewusst geworden, dass sich Raphael bei dem, was er tat, selbst unwohl fühlte. Von da an hatte sie aufgehört, nach dem Warum zu fragen. Nun sah sie alles glasklar. Er bekam einen Befehl von weiter oben und musste ihn ausführen, ob er wollte oder nicht. Kara wollte nicht in Raffis Haut stecken. Was, wenn Uriel es liebte, Schmerz und Leid heraufzubeschwören?

Ash ließ nicht locker. „Was hast du dort über mich herausgefunden? Was hat Uriel dir erzählt?“

„Er sagte, in den alten Schriften stehe geschrieben, wir sollen dir die Erinnerungen an dein altes Dasein lassen. Ansonsten hätte ich dem nie zugestimmt. Aber man darf sich nicht gegen sein Schicksal stellen, die Welt würde sonst im Chaos versinken."

Jeder von Ashs Muskeln schien angespannt. „Hast du gesehen, wie … Wann werde ich erlöst?"

Stockend sprach Raphael weiter, wobei Kara wieder bemerkte, dass er kurz in ihre Richtung blickte. „Uriel hat mir gesagt: Es wird das Ende kommen für Ash, den Dämon. In einem Kampf, in dem fast jeder der fünf von einer anderen Art ist, wird er nicht allein vergehen."

Kara schnappte nach Luft. Es stand also unausweichlich fest, dass Ash und offensichtlich noch jemand sterben würde? Sie hatte schon einmal sein Schicksal abgewendet, doch anscheinend ließ es sich nicht verhindern. Sie durfte die Uhr auch nicht mehr benutzen. Aber was meinte Raffi mit fünf? Wer war noch in den Kampf involviert? Kara hatte nur Vincent und die Hexe bemerkt, das machte mit Ash drei. Vincent hatte ausgesehen, als wäre er verletzt gewesen, doch würde er an den Wunden sterben? Nein, bitte, sie wollte nicht noch jemanden verlieren, der ihr wichtig war.

„Dann werde ich sterben. Es ist beschlossen." Ash schlenderte seufzend zum Bett und setzte sich neben Kara, die Ellbogen auf seine Knie abgestützt. „Wenn das alles war, wenn so meine Erlösung aussieht, hätte ich mich gleich von Ceros umbringen lassen können. All die Jahrhunderte als Sklave eines Dämonenfürsten … für nichts!"

„Nein!" Kara sprang auf und stellte sich vor ihn. „Es mag dein Schicksal sein, aber nicht deine Bestimmung."

Ash sah unter gerunzelter Stirn zu ihr auf. „Worin liegt der Unterschied, Süße?"

„Du kannst dein Schicksal beeinflussen. Mit deinem freien Willen. Sein Schicksal kann man also ändern, seine Bestimmung nicht. Die ist unausweichlich festgelegt, während es sich mit dem Schicksal so verhält wie mit der Zukunft. Sie ist einem ständigen Wandel unterworfen, je nachdem, welche Entscheidungen wir treffen. Wollen wir aber unserer Bestimmung entkommen, können wir tun und lassen, was wir wollen – es wird uns nicht gelingen." Mit heftig pochendem Herz sah sie zu Raphael. „Das stimmt doch, oder?"

Dieser schaute lächelnd zu ihr. „Du hast ja doch was von dem behalten, was ich dir beigebracht habe."

„Raphael! Könntest du einmal eine direkte Antwort geben?"

„Er war schon immer so", murmelte Ash und schaute zu Kara. „Na schön, wenn sowieso alles egal ist …" Ein teuflisches Grinsen breitete sich auf seinen Lippen aus.

Kara wusste genau, was er dachte.

Raphael anscheinend auch, denn er befahl schneidend: „Komm her, Ash!“

Ashs Lächeln verschwand schlagartig. Auch Kara war überrascht wegen der Schärfe in Raphaels Stimme. Ash erhob sich, um zum Erzengel auf den Balkon zu gehen. Kara hätte erwartet, dass ein Dämon sich gegen derartige Befehle sträuben würde. Raffi schirmte ihn mit seinen Flügeln vor neugierigen Blicken ab. Kein Mensch würde Ash sehen können, während Raphael seine Schwingen um ihn gelegt hatte. Die beiden Männer standen so eng beisammen, als wären sie in einem Kokon gefangen. Kara konnte nicht hören, worüber sie redeten. Wenn sie überhaupt redeten, denn Raphael konnte auch mittels Gedanken kommunizieren.

„Vielen Dank für die Info, alter Freund“, hörte sie Ash sagen, wobei es eher wie ein Knurren klang. „Damit lässt sich doch was anfangen.“

„Ashriel!“, zischte Raffi. „Du darfst es ihr nicht sagen!“

Kara spitzte angestrengt die Ohren und vernahm von Ash etwas, das sich wie „Hilf mir und ich werde schweigen“ anhörte.

Plötzlich gab Raphael Ash frei, der zurück ins Zimmer taumelte und neben Kara aufs Bett sank. Mit aufgerissenen Augen gaffte er sie an, als wären ihr plötzlich Dämonenhörner gewachsen. Auch Raffi sah nicht weniger schockiert aus. Er blickte zu Ash, wobei er leicht den Kopf schüttelte, aber Ash schaute nur maliziös lächelnd auf Kara, die Arme vor der Brust verschränkt. Bei seinem Blick wurde ihr abwechselnd heiß und kalt. So, die Herren hatten also ein Geheimnis. Dass es dabei um sie ging, stand unmissverständlich fest, so wie sie jetzt von beiden angestarrt wurde. Raffi wirkte allerdings unglücklich, beinahe ängstlich.

„Ich muss wirklich weg“, sagte er mit so heiserer Stimme, dass Kara sie nicht wiedererkannte.

Alarmiert stand sie auf. „Was ist los, Raphael?“

„Hör nur auf das, was ich dir gesagt habe.“ Mit einem Seitenblick auf Ash fügte er hinzu: „Ich kann nicht abwenden, was geschehen wird, Kara mia. Aber ich werde mein Bestes tun.“

Er entfaltete seine mächtigen Schwingen, sodass es im Raum dunkler wurde. Kara konnte bloß noch die Silhouette des Erzengels sehen. Sie eilte an die Balkontür. „Hast du in Kanchipuram noch irgendetwas anderes erfahren? Raphael!“

„Dein Name stand ebenfalls auf seinem Palmblatt sowie noch ein paar weitere. Eure Schicksale sind alle miteinander verknüpft“, sagte er, bevor er sich in die Lüfte schwang.

„Welche Namen? Raphael! Worüber hast du mit Ash gesprochen?“

Er war fort. Er hätte sie jedoch nie allein mit einem Dämon gelassen, wenn er wüsste, dass Gefahr für sie bestand. Ash konnte nicht böse sein. Er war einmal ein Engel gewesen, einer von den Guten, ein mächtiger Herrscher. Was hatte er angestellt?

Kopfschüttelnd setzte sie sich neben Ash aufs Bett. Etwas wirklich Neues hatte sie von ihrem Mentor nicht erfahren, stattdessen hatten sich noch mehr Geheimnisse aufgetan. „Raphael hat mir gesagt, dass ich mehr als eine Seele retten kann. Er meinte wohl die Hexe, aber vielleicht auch dich."

Mit großen Augen sah Ash sie an. „Du hast mich ja schon gerettet. Vor der Hexe."

„Raphael sprach jedoch von Seelen." Die Ash nicht mehr besaß. „Warum hast du mir nicht gesagt, dass du … ein Gefallener bist?", wisperte sie.

Ash fuhr sich seufzend durchs Haar. Er sah müde aus. „Bin nicht gerade stolz drauf", murmelte er.

„Was ist passiert? Und was war das gerade zwischen Raphael und dir? Es ging doch um mich."

„Ich hab jetzt wirklich keine Lust, darüber zu reden, Süße." Mit einem Blick auf seine Armbanduhr sagte er: „Außerdem muss ich los." Hastig stand er auf, um an einer Wand in ihrem Zimmer ein Portal zu erzeugen.

„Ach ja, das ist ja mal wieder typisch!", schimpfte Kara und erhob sich ebenfalls. „Kaum wird's brenzlig, hauen die Herren ab."

Ashs Kopf wirbelte herum. „Vielleicht möchte ich noch was erledigen, bevor ich sterbe?"

„Ausrede. Typisch Mann!"

Seine Brauen zogen sich zusammen. „Weil du so viel Erfahrung mit Männern hast, um das zu beurteilen."

„Vielleicht hab ich das ja. Was weißt du schon von mir?"

Ash sah plötzlich ebenso ernst aus wie Raphael zuvor. „Mehr als du selbst."

Dann war auch er fort.

Kara hätte aus der Haut fahren können. Was hatte Ash auf einmal? Welches Geheimnis stand zwischen ihm und Raphael? Irgendetwas war eben geschehen, das Ash verändert hatte, und damit meinte Kara nicht die Erkenntnis über seinen Tod.

Kapitel 17 - Paris

War das zu fassen? Dieser eitle Gargoyle hatte sich im Badezimmer eingesperrt. Er befand sich schon seit einer halben Stunde da drin. Das Geräusch der Dusche war längst verklungen – was machte er so lange? Schämte er sich, weil er sich ausziehen musste? Noir hatte ihm gesagt, dass sie direkten Körperkontakt brauchte. Als ob sie nicht schon alles von ihm gesehen hätte.

Energisch klopfte sie gegen die Tür. „Vincent, bitte mach auf! Ich kann den Zauber nur von dir nehmen, während die Verwandlung stattfindet."

Ein paar Sekunden herrschte Stille, bevor seine Stimme durch das Holz drang. „Kannst du vielleicht das Licht ausmachen?"

„Wieso?"

„Meine Augen sind nach der Verwandlung sehr empfindlich."

Das glaubte sie ihm. Allerdings befürchtete er wohl auch, sie könne ihn hässlich finden, obwohl sie ihm im Bistro bereits gesagt hatte, wie attraktiv er war. Nun gut, das hatte sich auf sein menschliches Äußeres bezogen, aber auch als Gargoyle hatte er was.

„Okay, einen Moment." Sie schaltete alle Lichter aus, bis auf die Nachttischlampe, über die sie eines ihrer dünnen Unterhemden warf – zum Glück würde die Energiesparleuchte nicht heiß werden. Ihr Hemdchen war bordeauxfarben, weshalb der Raum in ein schummriges, warmes Licht getaucht wurde.

„Du kannst rauskommen!"

Noir wandte sich um, als sich der Schlüssel im Schloss drehte. Vincent stand in der Tür, nur mit seinen eng anliegenden Shorts bekleidet. Er trug auch seine Handschuhe nicht. Er würde sie in ihrer Gegenwart nie mehr brauchen. Noir konnte kaum wegsehen. Hastig fuhr er sich durch sein feuchtes Haar, das wie immer verstrubbelt war, den Blick auf seine nackten Zehen gerichtet.

„Muss mich eh ausziehen, meine Kleidung geht leider zu oft kaputt, wenn ich mich verwandele", stammelte er.

Noir erinnerte sich daran, dass seine Muskeln extrem anschwollen. „Was haben eigentlich die anderen deines Klans an?"

„Lendenschurze."

„Aha." Noir räusperte sich. Sie konnte sich Vincent sehr gut in einem Lendenschurz vorstellen. Das hatte was Tarzanmäßiges. Sie verstand nicht, warum er ihr gegenüber immer noch so schüchtern war, wo sie sich doch nahegekommen waren. Wenn sie mit ihm in den Sexklub musste, sollte er seine Befangenheit auf jeden Fall abgelegt haben. Vielleicht war die Entzauberung eine gute Gelegenheit, einen vertrauten Umgang mit sich und ihren Körpern zu schaffen, um im Desiderio nicht aufzufallen. Sie wollte es auf jeden Fall probieren, vor allem für Jamie.

Im Moment fühlte sie sich unwohl. Die Szenerie machte den Eindruck, als hätten sich zwei fremde Menschen zum Sex verabredet. Bestimmt fühlte sich Vincent auch deshalb unbehaglich, weil sie noch komplett angezogen war.

„Wie viel Zeit haben wir noch?“, fragte sie ihn. Die Sonne war bereits vor einer halben Stunde untergegangen. Wie ihr Vincent beim Stadtbummel erzählt hatte, verwandelten sich Gargoyles erst bei völliger Dunkelheit und nicht zu einer bestimmten Uhrzeit. Erst, wenn die Sonne hinter dem Horizont verschwunden war. Gargoyles konnten ihre Strahlen selbst viele Meter unter der Erde noch wahrnehmen. Aus diesem Grund sorgte auch eine absolute Sonnenfinsternis bei diesen Geschöpfen für Verwirrung, weil der Mond die Strahlen nicht hindurchließ. Heutzutage wussten die Gargoyles schon im Voraus, wann eine Sonnenfinsternis anstand und konnten sich darauf vorbereiten.

Vincent schloss die Augen. Er schien in sich hineinzuhorchen. „Wir haben vielleicht noch fünf Minuten, bevor es losgeht.“

Noir deutete auf das Bett. „Okay, ähm, leg dich einfach hin und dann fangen wir an.“

Vincent marschierte an ihr vorbei und legte sich auf den Rücken. Währenddessen kramte Noir in ihrem Rucksack. „Kannst du dich noch an das Ritual erinnern, bei dem dich euer Magier verzaubert hat?“

„Es ist lange her. Ich weiß nur noch, dass er etwas auf Latein gesprochen hat und mich dabei an mehreren Körperstellen berührte.“

„Gut, also … so ähnlich wird das jetzt auch ablaufen.“ Sie zog ein Räucherstäbchen aus ihrer Tasche, holte einen Apfel aus der Obstschale und steckte das Stäbchen hinein. Dann entzündete sie es mit einem Feuerzeug und stellte den Apfel auf den Nachttisch.

„Wozu ist das?“, fragte Vincent, den der Rauch anscheinend in der Nase kitzelte, so wie er sie kräuselte.

„Zur Entspannung.“

„Was ist das für ein Duft?“

„Sandelholz.“ Noir schaute auf seinen flachen Bauch. Seine Schlagader pochte so heftig, dass sie das Pulsieren sehen konnte. Noir war auch ziemlich aufgeregt. „Ich versuche jetzt, den Fluch von dir zu nehmen und …“

„Warte! Was ist mit meinen Händen? Ich möchte dich nicht verletzen, wenn … du weißt schon … meine Krallen.“

„Okay, sollen wir deine Arme wieder festbinden?“ Noir hatte immer noch das Bild vor Augen: Vincent wehrlos am Bettgestell.

Ihm gingen in etwa dieselben Gedanken durch den Kopf. *Wie soll ich ruhig bleiben, wenn sie mich gleich wieder berührt?* Er setzte sich auf. „Meine Schwingen! Wenn ich auf dem Rücken liege …“

„Verstehe.“ Verdammt, ihnen lief die Zeit davon. Hastig blickte sie sich um. Konnte sie ihn im Stehen fesseln? Dann könnten seine Schwingen ungehindert hervorbrechen und Noir hätte vollen Zugang zu allen Körperstellen.

Vorhangstange? Die würde er herunterreißen.

Deckenleuchte? Dasselbe Problem.

Am stabilsten war das Bettgestell. Die Kordeln lagen noch auf der Matratze. Noir hatte den Zimmerservice angewiesen, nicht sauber zu machen. Wenn die Angestellten das Bad sahen, die gesprungenen Fliesen …

„Streck deine Arme aus“, befahl sie hastig, während sie sich schnell mit einem Zopfgummi die Haare im Nacken zusammenband. Vincent gehorchte. Er überkreuzte die Handgelenke und Noir fesselte sie. Dann machte sie die zweite Kordel daran fest. Vincent legte sich hin und streckte die Arme über dem Kopf aus. Dort verknotete Noir mit genügend Abstand die dicke Schnur an einer Metallstrebe des Bettes. „Jetzt kannst du dich umdrehen, sobald du bemerkst, dass deine Schwingen zum Vorschein kommen.“

„Noir!“ Vincent verzog das Gesicht. „Es geht los!“

Er hatte gesagt, dass die Verwandlung, wenn er sie nicht erzwang, bei Weitem nicht so schlimm war, aber ganz ohne Schmerzen schien sie nicht über die Bühne zu gehen.

„Gut, hör zu: Ich werde ziemlich ins Schwitzen geraten und den Eindruck erwecken, nicht mehr richtig anwesend zu sein. Ich werde mich in einer Art Trance befinden. Hab keine Angst deswegen.“ Während Noir ihm erklärte, was ihn erwartete, zog sie sich rasch den Pullover über den Kopf und holte einen bläulichen Kristall aus ihrer Tasche. „Ich hab das zwar noch nie gemacht, theoretisch weiß ich aber, wie es funktioniert.“ Sie schlüpfte auch noch aus ihrem Minirock, sodass sie bloß noch in BH und Leggins vor dem Bett stand. „Lass mich einfach nur machen und unterbrich mich auf keinen Fall.“

Vincent sah sie aus großen Augen an und nickte. Schweißtröpfchen glitzerten auf seiner Stirn, die Lippen hatte er fest zusammengepresst. Noir kniete sich neben ihn und legte eine Hand auf seine Brust. Sein Herz ratterte gegen ihre Handfläche. Sie spürte, dass soeben magische Kräfte am Werk waren. Diese galt es zu absorbieren, aus Vincent herauszuholen und dann in den Kristall abzuleiten. Tief atmete sie durch.

„Fangen wir an."

Vincent war aufgeregt. Er zitterte am ganzen Körper. Vielleicht umso mehr, weil er immer dringender seine Tabletten brauchte. Er konnte es kaum bis zum Einbruch der Dunkelheit erwarten, um sie sich zu holen.

Würde Noir es tatsächlich schaffen, ihn von dem Fluch zu befreien? Es war eine verdammt riskante Sache. Hoffentlich geschah ihr dabei nichts. Was, wenn sich die Magie plötzlich gegen sie richtete? Vincent hatte von solchen Unfällen gehört. Oder wenn es danach noch schlimmer war als zuvor? Noir war eine fabelhafte Magierin, dennoch wollte er sich keine Hoffnungen machen, ansonsten wäre er nur enttäuscht, falls es nicht klappte.

„Und … Vincent?"

„Ja?"

„Versuch bitte, an nichts zu denken."

„Okay", antwortete er, obwohl er nicht verstand, warum er das tun sollte. Noir würde schon wissen, wozu das gut war. Leider fiel es ihm verdammt schwer, an nichts zu denken, wenn ihre Hände über seine Haut wanderten.

„Du musst mir immer sagen, welcher Körperteil sich verwandelt."

„Die Schwingen kommen zuerst", presste er zwischen zusammengebissenen Zähnen hervor, weil das die unerträglichste Veränderung war. Er drehte sich um und ging auf alle viere, soweit die Schnüre das zuließen. Sofort fühlte er Noirs Hände sowie den Kristall an seinen Schultern und hörte, wie sie einen lateinischen Singsang begann. Dabei streichelte sie über seinen Rücken. Ihre Stimme klang hoch und fremd, dennoch wunderschön. Er hatte sie noch nie auf diese Art singen hören. Eigentlich hatte er sie noch nie singen gehört. Manchmal pfiff sie unter der Dusche; meistens dann, wenn sie von einer Dämonenjagd zurückgekommen war.

Vincent spürte, wie sich etwas Gewaltiges unterhalb seiner Schultern zusammenballte. Schon platzte seine Haut auf und die Schwingen brachen hervor. Das war jedes Mal ein kurzer, heftiger Schmerz, den er mittlerweile ertragen konnte. Seine Muskulatur verstärkte sich, das Gewicht auf seinem Rücken nahm zu.

Vincent atmete tief ein, als sich seine Schwingen zu voller Größe entfaltet hatten. Noir berührte sie und rieb sie mit dem Stein ab. Das fühlte sich gut an. Ihre Zärtlichkeiten ließen den Schmerz vergessen. Vince hatte keine Ahnung gehabt, dass es ihm gefiel, wenn seine Schwingen gestreichelt wurden. Er legte seine Flügel an und drehte sich wieder um.

„Mein Gesicht, die Zähne", sagte er atemlos, als sich seine Fänge verlängerten.

Ohne Umschweife setzte sich Noir auf seinen Schoß, bevor sie mit dem Zeigefinger in seinen Mund glitt. Oh verdammt, war das geil! Ihr Gewicht auf seiner intimsten Stelle war schon mehr als erregend, aber jetzt noch ihren Finger im Mund zu haben, machte ihn schier wahnsinnig. Vincent stöhnte, vor Lust und Schmerzen.

Die Form seines Gesichtes veränderte sich. Die Wangenknochen traten hervor, seine Augen wurden schärfer, die Ohrmuscheln spitz. Noir, die Lider halb geschlossen, glitt mit beiden Händen über sein Gesicht und fuhr mit den Fingern in sein Haar, wo seine winzigen Hörner gerade hervorbrachen.

Während er sich verwandelte und sie ihn berührte, bemerkte Vincent, dass etwas anders war als sonst. Überall, wo Noir ihn anfasste, kribbelte es und wurde es heiß. Während der Umwandlung fühlte es sich an, als würde sie etwas Unsichtbares aus ihm hinausreißen. Der Stein in ihrer Hand leuchtete in einem pulsierenden Licht auf.

„Brust", keuchte Vincent, bevor sich auch dort die Muskeln hervorwölbten.

Noir schien tatsächlich wie in Trance. Sie wog ihren Körper auf seinem Schoß vor und zurück, wobei sie Vincent unablässig streichelte. Sie schwitzte und Strähnen ihres langen Haares hatten sich aus dem Gummiband gelöst. Ihre Augen waren so nach oben verdreht, dass er fast nur das Weiße erkannte. Sie sah zum Fürchten aus.

Als sie über seine Brustwarzen strich, entfuhr ihm ein Stöhnen. Er mochte es, wenn sie seinen gestählten Gargoyle-Körper auf diese Weise anfasste. Vince konnte im verwandelten Zustand noch besser fühlen, all ihre Berührungen viel intensiver genießen. Sogar sein Geschlecht wurde größer, und weil er erregt war, sprengte sein enormer Schaft beinahe den Slip. Noir schien die Veränderung an ihrem Schoß zu spüren. Ihre Hand schlüpfte kurz in seine Hose, um einmal an seiner Länge auf und ab zu streichen.

Vincent stieß einen heiseren Lustschrei aus. Beinahe hätte er sich ergossen. Wenn Noir weiterhin so auf ihm herumrutschte, würde das bald passieren.

Obwohl die Umwandlung kaum drei Minuten dauerte, wirkte Noir schon sehr erschöpft. Sie zitterte, machte jedoch weiter. Ihr Gesang brach niemals ab.

„Die Krallen“, knurrte Vincent. Seine Stimme hatte sich ebenfalls verändert. Nun war er wieder ein Monster. Gut, dass Noir das nicht sah, weil sie die Augen immer noch geschlossen hielt. Sie beugte sich weit über ihn, sodass ihre Haare sein Gesicht kitzelten. Er roch ihren frischen Schweiß, sah ihre kleinen Brüste in dem BH. Ihre zarten, apfelgroßen Brüste. Er stöhnte; seine Arme spannten sich an. Er bekam von der Verwandlung kaum noch etwas mit. All die Sinneseindrücke ergaben einen hocherregenden Cocktail. Ihr schlanker Körper turnte regelrecht auf seinem Schoß, rutschte auf und ab und stimulierte seine Erektion, während sie seine Arme berührte.

Alles in ihm pochte wild, sein Herz raste und er schwitzte ebenfalls. „Ich bin jetzt …“, seine Stimme brach. Seine Verwandlung war abgeschlossen. Ich bin ein Gargoyle, hatte er sagen wollen, doch war er das tatsächlich? Niemals hatte er sich lebendiger, mehr als Mensch gefühlt als jetzt, obwohl er wusste, wie Furcht einflößend er aussah.

Noirs Gesang brach ab, der Kristall hörte auf zu leuchten. Er war nicht mehr blau, sondern pechschwarz, weil Noir die magische Energie in ihn abgeleitet hatte. Flatternd öffneten sich ihre Lider. Sie atmete schwer.

„Hat es geklappt?“, fragte sie und wischte sich die klebrigen Haarsträhnen aus dem Gesicht.

„Ich weiß nicht, aber ich hab eine Veränderung bemerkt.“

Plötzlich brach sie auf ihm zusammen. Seine Lust erlosch schlagartig. „Noir!“ Vincent zog an dem Seil. Mühelos zerriss es. Auch seine Handgelenke hatte er bald befreit, doch er traute sich nicht, Noir zu berühren. Seine verdammten Krallen! „Noir!“

Wie ein Baby lag sie auf seiner Brust. „Alles okay, nur müde“, hauchte sie. „Probier mal, dich zu verwandeln. War ’ne Mischung aus Fluch und Schadenszauber. Sehr verzwickt.“

Vincent atmete tief durch. Er konzentrierte sich auf seine Hände. Tatsächlich gelang es ihm, die Krallen verschwinden zu lassen. Es kribbelte und drückte bloß ein bisschen, als sie sich in seine Finger zurückzogen und seine normalen Nägel zum Vorschein kamen. Die Tätowierungen auf seinen Handflächen blieben verschwunden. Sie kamen lediglich bei seiner komplett-menschlichen Gestalt zum Vorschein. Ansonsten hatte sich an seinem restlichen Körper nichts verändert. Seine Arme und Hände waren größer, stärker als sonst, beinahe Pranken. Jedoch ohne Krallen.

Vincent hatte gewusst, dass es möglich war, sich partiell zu verwandeln, er hatte es wegen der zu befürchtenden Schmerzen allerdings nach der Verzauberung nicht mehr ausprobiert. Aber seine

Faszination musste warten. Sein Körper war ihm gerade reichlich egal. Noir ging es nicht gut. Schnell setzte er sich auf und drückte sie an seine Brust. Ihre Haut war von einem Schweißfilm überzogen, ihre Muskeln zitterten leicht. Zärtlich strich er ihr das Haar aus der Stirn.

Sie öffnete die Lider und sah ihn erwartungsvoll an. „Hat es geklappt?"

Vincent wackelte vor ihren Augen mit den Fingern. „Also bei den Händen funktioniert es schon mal."

Ihr sanftes Lächeln brachte sein Herz zum Hüpfen. „Probier den Rest."

„Okay."

Während sich Noir gegen das Bettgestell lehnte, konzentrierte sich Vincent auf seinen Körper. Er horchte in sich hinein. Er wollte unbedingt zuerst sein menschliches Gesicht wieder. Er brauchte es sich nur genau vorzustellen – und es funktionierte. Seine Schwingen zitterten, weil er sich so scharf konzentrierte. Vincent spürte, dass er auch sie ohne den magischen Schmerz zurückverwandeln konnte, aber er ließ sie da. Er musste gleich los.

Er transformierte seine Hände, hin und her, und sah fasziniert zu, wie seine Krallen hervorbrachen und sich wieder zurückzogen. Noir hatte es tatsächlich geschafft! Er war sprachlos. Seine Sicht war verschwommen, als er zu Noir blickte, die neben ihm saß. Müde lächelte sie ihn an.

„Ich weiß nicht, wie ich dir danken kann."

„Das brauchst du nicht. Endlich kann ich mich revanchieren. Du hast so viel mehr für mich getan, mein Leben gerettet." Sie beugte sich zu ihm und fuhr ihm durchs Haar.

Vincent schloss die Augen, wobei er sich an ihre Hand schmiegte. Die Finger in seinem Haar streichelten ihn zärtlich.

„Ich spüre deine winzigen Hörner", sagte sie leise.

Vincent wusste, dass sie noch da waren, denn es fühlte sich fantastisch an, wenn Noir sie berührte. Waren Schwingen und Hörner erogene Zonen eines Gargoyles? Er hatte sich nie dort angefasst, sondern immer nur seinen Schwanz, der in seinem Slip schon wieder reichlich Platz beanspruchte. Seine Erektion zuckte, wenn Noir seine Hörner zwischen zwei Finger nahm und daran rieb.

„Gefällt dir das?", fragte sie.

Ein Stöhnen war die einzige Antwort, die er ihr geben konnte. Er musste Noir einfach in seine Arme ziehen. „Danke", hauchte er, bevor er sie küsste. Er drückte ihren schlanken Körper gegen seinen und ließ sie seine Härte spüren, während er die Lippen auf ihren

Mund presste. Er wollte Noir bloß noch ganz nahe sein, sie fühlen und schmecken. Ihre Lippen waren so weich, ihre Haut duftete einmalig – Vincent befiel das dringende Bedürfnis, sich seinen Slip und Noirs Leggins herunterzureißen, um sie endlich als die Seine zu markieren. Ihre Finger in seinem Haar hatten ihn so heiß gemacht, dass er nur noch daran denken konnte, in ihr zu sein. Er glitt unter ihren BH und legte die Hand auf ihre kleine, weiche Brust. Das Gefühl war überwältigend. Wie oft hatte er sich schon vorgestellt, sie auf diese Weise zu berühren. Er nahm ihre Knospe zwischen zwei Finger und drückte sanft zu. Noir keuchte auf und versteifte sich unter ihm. Oh Gott, was war bloß in ihn gefahren? War er zu grob gewesen? Wollte sie ihn nicht?

Schockiert über sich selbst ließ er sie los. „Entschuldige, ich … bin nur so glücklich und … gerade ziemlich verwirrt."

Noirs Blick wirkte entrückt. Ihre Lippen waren leicht geschwollen. Sie atmete stoßweise. Ihre harten Nippel zeichneten sich deutlich durch den Stoff ihres BHs ab. Wunderschön. „Es ist alles in Ordnung", sagte sie. „Ich bin genauso verwirrt wie du." Sie legte ihre Hand in seinen Nacken und zog ihn zu sich. „Komm her, süßer Gargoyle. Küss mich. Berühre mich."

Süß? Hatte sie tatsächlich süß gesagt? In seinem Magen schlug ein Männchen Purzelbäume. Vincent war noch nie glücklicher gewesen. Sanft drückte er die Lippen auf ihren Mund und genoss ihre Weichheit. Er schmeckte Noir, als ihm ihre Zunge zögerlich entgegenkam. Vorsichtig stupste er seine Zungenspitze dagegen. Es fühlte sich wie ein elektrischer Schlag an, der direkt in seinen Unterleib schoss. Gigantisch. Vincent vergrub seine Finger in ihrem Haar und öffnete den Mund weiter, um Noir hereinzulassen. Er hatte noch nie geküsst und wusste nicht, ob er es richtig machte.

„Ich auch nicht", hauchte sie in seinen Mund.

„Was?"

„Ich habe auch noch nie jemanden richtig geküsst."

Woher wusste sie das von ihm? „Bin ich wirklich so schlecht?"

„Was?" Ihre Augen wurden groß. „Oh … nein. Du küsst wunderbar. Ich hab das nur … erraten, weil du … heute beim Essen sagtest, dass dich noch nie jemand auf diese Weise berührt hat."

Vor Erleichterung seufzte er. Vincent legte ein Bein über ihres, während seine Hand die nackte Haut an ihrer Taille befühlte. Er musste sie überall anfassen. Ihr schlanker Körper, der ihm bis jetzt immer verwehrt gewesen war, übte eine enorme Anziehungskraft auf ihn aus. Möglichst unauffällig rieb er seine Erektion an ihrem Oberschenkel. Ihre Hand wühlte immer noch in seinem Haar und spielte an seinen Hörnerstummeln. Wenn sie nicht bald damit aufhörte, würde er sich ergießen.

„Du hast noch einen Körperteil nicht zurückverwandelt“, wisperte sie in seinen Mund, während ihre Finger in seine Shorts schlüpften.

„Noir!“, stieß er, trunken vor Lust, hervor. Als sie seinen Schaft umschloss, schossen seine Hüften nach vorn. Sein Geschlecht besaß immer noch Gargoyle-Ausmaße. Er freute sich, dass sich Noir nicht daran erschreckte. Aber ihre massierenden Hände würden ihn gleich zum Tier werden lassen. Er durfte diesen letzten Schritt nicht gehen.

„Ich möchte dich spüren, Vincent.“

Gott, ihre direkten Worte raubten ihm den Verstand. Seine Finger glitten wie von selbst an ihrem flachen Bauch abwärts, bis unter den Bund ihrer Leggins. Sie schlüpften in ihr Höschen, wo sie auf ihrem weichen, weiblichen Hügel lagen. Verdammt, ihre Haut an dieser Stelle war so zart und glatt. Kein einziges Haar stand dort. Vincent wusste, dass sie sich rasierte, hatte er sie schon öfter beobachtet, wenn sie aus der Dusche kam; aber sie jetzt dort zu fühlen, wo sie so nackt und verletzlich war, machte ihn schier verrückt.

Sein Schwanz in ihrer Hand zuckte heftig, mehr Blut strömte in ihn. Vince küsste Noir erneut, diesmal weniger zurückhaltend.

Keuchend bog sie sich ihm entgegen. Er spielte an ihrem empfindsamen Fleisch und tauchte immer wieder in ihre Hitze, bis seine Finger mit ihrer Creme überzogen waren. Er widerstand der Versuchung, sie abzulecken. Was würde Noir von ihm denken? Aber er wollte sie so gern kosten. Der Duft, den sie verströmte, war wie eine Droge, aphrodisierend. Noir küsste und leckte seinen Mund, die Wange und schließlich seinen Hals. An der Stelle unter seinem Ohr war er besonders sensibel. Eine angenehme Gänsehaut sowie ein wohliges Prickeln breiteten sich auf ihm aus. Das Gefühl durchdrang jede Pore und explodierte schließlich in seinem Unterleib.

„Noir, nicht“, keuchte er und hielt ihre Hand fest. Er stand kurz vor einem gigantischen Orgasmus und wollte auf keinen Fall schon wieder kommen, ohne seiner kleinen Hexe vorher den Gipfel der Lust zu schenken. Daher zog er ihre Finger weg. Erleichtert atmete er auf. Das war knapp.

„Schlaf mit mir“, hauchte sie und knabberte an seinem Ohrläppchen, bevor sie es zwischen ihre Lippen saugte. „Aber verlieb dich nicht in mich. Ich weiß nicht, ob ich solch ein starkes Gefühl jemals erwidern kann.“

„Keine Sorge, ich darf mich sowieso niemals in einen Menschen verlieben“, sagte er, während sein Herz wie verrückt wummerte. Verzweifelt dachte er: Ich will es, will es, so sehr! Solange er nicht mit ihr schlief, war alles in Ordnung, redete er sich ein. Doch es würde auch alles schlimmer machen; er würde immer mehr und mehr wollen, bis er sich vielleicht wirklich nicht mehr beherrschen konnte. Schon jetzt wollte er nur noch in ihren feuchten Schoß gleiten.

Hastig wich er vor ihr zurück. Die Haut um seine Erektion spannte beinahe schmerzhaft, so hart war er. Die Spitze, aus der reichlich Lusttropfen flossen, klopfte im wilden Takt seines Herzens. Vince zog den Slip über seine pochende Männlichkeit. Allerdings schaute die hochrote Eichel noch heraus, daher bedeckte er sich mit seiner Hand.

„Nein, du musst … dich ausruhen. Und ich muss zu Amarante", sagte er mit so heiserer Stimme, dass er sich selbst kaum verstand. Dann eilte er zu seinem Rucksack, um sich seine knielangen Jeans überzuziehen, die er nachts immer trug.

Noir setzte sich auf, ihr Gesicht glühte regelrecht. „Ja, und i-ich muss dringend unter die Dusche."

Sie wankte, als sie in Richtung Badezimmer ging. Anscheinend hatte die Entzauberung sie erschöpft. Vincent hatte Angst, dass sie unter der Dusche zusammenklappte. Also wartete er, bis sie kurze Augenblicke später mit ihrem Schlafshirt bekleidet wieder ins Zimmer kam und unter die Decken schlüpfte.

Zwischenzeitlich hatte er sich in einen Gargoyle verwandelt, bis auf die Krallen.

„Vincent?", murmelte Noir mit geschlossenen Lidern und gähnte.

Er stellte sich neben das Bett. „Hm?"

„Bleib nicht zu lange."

„Ich bin so schnell ich kann wieder hier." Sanft wischte er ihr feuchtes Haar zur Seite, das nach Shampoo duftete, und gab ihr einen Kuss auf die Stirn. Dann griff er nach Magnus' Handy, das auf dem Nachttisch lag. Er vergewisserte sich, dass es angeschaltet war, damit es Noir rechtzeitig warnen konnte, falls Dämonen in der Nähe waren.

Kurz bevor er auf die Terrasse schritt, warf er einen Blick zurück auf Noir, die fast schon eingeschlafen war. Hatte Vincent vor Kurzem sein Dasein noch verflucht, konnte er sich sein Leben momentan nicht besser vorstellen. Endlich war er bei Noir; sie mochte ihn, das fühlte er deutlich. Sie war nicht so kalt, wie er gedacht hatte, im Gegenteil. Sie verbarg ein warmes, fürsorgliches Wesen unter ihrer rauen Schale. Niemals zuvor hatte er sie so oft lächeln sehen wie heute.

Ihren Duft einzuatmen, ihr weiches Haar und ihre Haut zu spüren, hatten ihn so scharf auf sie gemacht, dass er sich kaum hatte zügeln können. Sein Mangel an Beherrschung lag gewiss an seiner schwindenden Gesundheit. Er fühlte ständig eine innere Unruhe. Er brauchte seine Pillen.

Wieder ganz ein Wesen der Nacht, sprang er vom Dach, die Schwingen ausgebreitet, und machte sich auf den Weg zur Kathedrale Notre Dame. Jetzt war es nicht mehr schlimm, ein Gargoyle zu sein. Noir fand ihn süß!

Nun würde er sich die Tabletten holen, die hoffentlich dafür sorgten, dass er seine Libido in den Griff bekam, und dann würde er sich mit seiner kleinen Hexe auf die Suche nach ihrem Bruder und dem Amulett machen.

Kapitel 18 - Paris

„Willkommen, Bruder“, begrüßte ihn Amarante, die Anführerin des französischen Klans, mit einem Nicken.

Weibchen und Männchen waren bei den Gargoyles gleichgestellt, deshalb war eine Klanführerin nichts Ungewöhnliches. Amarantes Äußeres unterschied sich allerdings von den Gargoyles seiner Bruderschaft. Sie besaß das Aussehen eines Fabeltieres. Obwohl Amarante aufrecht ging und ebenfalls Schwingen auf dem Rücken trug, glich ihr Unterkörper dem eines Pferdes. Ihre Haut war mit einem weißen Fell überzogen, der Oberkörper jedoch dem eines Menschen ähnlich, bis auf die vierfingrigen Klauen. Amarante hatte ein langes schwarzes Kleid aus Leder an, unter dem ihre Hufe hervorlugten. Am auffälligsten war ihr Kopf, der Maul und Nüstern besaß und eine pferdeartige, langgestreckte Schnauze. Mittig aus ihrer Stirn ragte ein langes Horn und eine schwarze Mähne umwallte ihr Gesicht. Das schneckenhausartig gedrehte, fast einen halben Meter lange Horn war neben ihren Krallen ihre gefährlichste Waffe.

Vincent verbeugte sich ehrfürchtig. „Ich grüße dich, Schwester.“ Er befand sich im südlichen Turm von Notre Dame, in dem lediglich eine einzige, riesengroße Glocke hing: der Emmanuel. Diese wurde nur zu besonderen Anlässen geläutet. Am hölzernen Treppenaufgang brannte die schwache Lampe der Notbeleuchtung, aber seine scharfen Augen erfassten selbst die dunkelsten Winkel, in denen es außer Staub und Spinnweben nicht viel zu sehen gab.

Ob Amarante immer hier ihre Besucher empfing? Ein anderer Gargoyle, der ausgesehen hatte wie ein Greif, hatte an einem geheimen, nur den Bruderschaften bekannten Seiteneingang der Kathedrale Wache geschoben. Er hatte Vincent hierher geführt. Nichts deutete darauf hin, dass in dieser Kirche geflügelte Wesen lebten bis auf die zahlreichen Wasserspeier, die überall auf dem Bauwerk saßen. Tatsächlich sollte sich der Großteil des Pariser Klans unterhalb der Kathedrale in den Katakomben verstecken und sich nachts vom Dach schwingen.

„Grimsley hat mir schon Bescheid gegeben, dass du in unserer Stadt bist, bevor ich deine SMS erhielt“, sagte Amarante, die neben der wuchtigen Glocke stand.

Vincent versuchte, sich seine Nervosität nicht anmerken zu lassen. Er hatte Grimsleys Nähe schon immer unangenehm gefunden, besonders, weil der Klanoberste ihn nicht ausstehen konnte. Bei Amarante hatte Vince dieselbe Befürchtung, so abschätzend, wie sie ihn mit ihren tiefschwarzen Pferdeaugen anschaute.

Respektvoll hielt er den Blick gesenkt. „Ja, ich brauche meine Tabletten, Schwester."

„Grimsley hatte mir auch diesbezüglich Informationen gegeben. Wir sind mit deinem Fall betraut."

Er atmete auf. Gleich könnte er eine Pille schlucken, die seine innere Unruhe hoffentlich vertreiben würde, und dann sofort wieder verschwinden. Er musste stark sein, für sich und Noir und vor allem für ihr Vorhaben. Hoffentlich hatte Grimsley eine genügend große Anzahl Tabletten nach Paris bringen lassen. Es gab eine Art Botendienst, der heute noch so funktionierte wie früher. Die Läufergargoyles überbrachten an bestimmten Übergabeorten wie Staffelläufer Dokumente, Geld oder andere Dinge, die so relativ schnell über große Entfernungen transportiert werden konnten. Nur nachts, natürlich. Vincent hatte sich seine Tabletten allerdings noch nie bei einem Klan abholen müssen. Bisher hatten sie immer in einem Depot gelegen.

Langsam ging Amarante um ihn herum. Dabei klapperten ihre Hufe auf dem Holzboden. „Grimsley hat mir die Geschichte über deinen Vater erzählt und dass ich bei dir besonders gut aufpassen soll."

Sie beugte sich nah zu ihm, um an ihm zu schnüffeln, wobei Vincent ihrem Horn auswich. Ihre Nüstern blähten sich auf. Als sie schnell zwei Schritte vor ihm zurückwich, blitzte es in ihren schwarzen Augen.

„Ich rieche einen Menschen an dir!"

Vincents Magen zog sich zusammen, seine Ohren zuckten.

„Ich werde dir die Tabletten nicht geben", grollte sie.

Vincent schluckte schwer, sein Puls dröhnte ihm laut in den Ohren, doch er versuchte, sich seine Panik nicht anmerken zu lassen. Keine Tabletten bedeuteten: keinen ausreichend guten Schutz für Noir. Mit möglichst ruhiger Stimme sagte er: „Ja, ich rieche nach einem Menschen, denn ich habe einen Schützling. Es ließ sich nicht vermeiden, in ihre Nähe zu geraten, ansonsten wäre sie gestorben."

„Du warst mit dieser Frau zusammen!", rief sie, sodass ihre Stimme an der großen Glocke widerhallte. „Leugne es nicht!"

Vincent senkte den Kopf. Einem Gargoyle, der außerordentlich gute Sinne besaß, konnte man eben nichts vormachen. Auch wenn er nicht mit Noir geschlafen hatte, so war er über und über mit ihrem Duft bedeckt.

Amarante ließ ein Schnauben hören. „Trenne dich von ihr, augenblicklich, und du bekommst deine Tabletten. Ansonsten verbannt Grimsley dich. Du wirst bei keinem Klan mehr Unterschlupf finden, dafür wird er sorgen."

Lieber wollte er sterben, als das, was er mit Noir teilte, aufzugeben.

„Was sind das für Medikamente? Warum muss ich sie nehmen?" Er hoffte, endlich etwas über seine mysteriöse Medizin zu erfahren.

Amarante wich seinem Blick aus. „Das darf ich dir nicht sagen. Außerdem weiß ich es nicht genau."

„Wie lange kann ich ohne sie überleben?", fragte er, ein Kratzen im Hals. Er fühlte sich plötzlich krank.

Amarante machte eine wegwerfende Handbewegung und sagte in einem sehr überheblichen Tonfall: „Vielleicht ein paar Tage."

Fast unmerklich zuckte Vincent zusammen. Ein paar Tage ... Würde das ausreichen?

„Trenne dich von ihr!", schmetterte sie ihm kaltherzig entgegen. „Du hast bis Sonnenaufgang Zeit, deine Entscheidung zu überdenken."

Eine plötzliche Wut erfasste ihn, die sich wie ein Feuer durch seinen Körper fraß. „Sie war in ernsthafter Gefahr! Hätte ich nicht eingegriffen, wäre sie gestorben!" Er durfte nicht erwähnen, welch katastrophale Auswirkungen es hätte, würden die Dämonen an Noirs Amulett kommen. Er war zur Verschwiegenheit verpflichtet. Aber er wünschte, er hätte etwas sagen dürfen. Ob Amarante dieses Argument hätte zählen lassen, glaubte er dennoch nicht. Eine weitere Ausrede erschien ihm zwecklos.

„Dann werden wir ihr einen anderen Beschützer zuteilen. Du wirst zurück nach London gehen, aber nicht verstoßen werden", erwiderte sie schneidend.

Zurück nach London? Weg von Noir? Schwarze Flecken tanzten vor seinen Augen, er konnte kaum atmen. Was sollte er tun? Wenn er die Tabletten nicht bekam, würde er sterben und konnte Noir nicht mehr beschützen. Trennte er sich von ihr, würde ein anderer sich ihrer annehmen, jemand, der überhaupt nicht wusste, wie er seine kleine Hexe optimal bewachen konnte.

„Denk dran, du hast bis Sonnenaufgang Zeit!", sagte Amarante noch einmal und drehte ihm den Rücken zu. „Dann will ich eine Antwort. Ansonsten muss ich dich verbannen. Ich habe Grimsleys Erlaubnis dazu."

Da gab es nichts zu überlegen. Vincent richtete sich zu voller Größe auf und hob den Kopf. Er hatte soeben eine Entscheidung getroffen, die sein restliches Leben grundlegend beeinflussen würde. „Dann melde Grimsley, dass wir uns nicht mehr hören oder sehen werden. Ich verlasse den Klan freiwillig."

Amarante blieb kurz vor den Treppen stehen und wirbelte so

schnell herum, dass ihr schwarzes Kleid nachschwang. „Das ist nicht dein Ernst!“ Ihre Pferdeaugen waren weit aufgerissen. „Du verrätst deine eigene Rasse?“

„Eigene Rasse?“ Vince schnaubte. Kopfschüttelnd zischte er: „Ich war doch noch nie einer von euch.“

Er würde alles daransetzen, in der kurzen Zeit, die ihm noch blieb, Noir zu helfen. Lieber wollte er glücklich sterben, vielleicht in ihren Armen. Sie war die erste Person nach Kara und seinem Vater, die sich wirklich um ihn gekümmert hatte. Nur noch ein wenig Zeit mit Noir, um ihr zu helfen. Mehr wollte er nicht.

Amarante reckte das Kinn in die Luft, bevor sie die Hand ausstreckte. „Nun gut, wie du willst, so soll es geschehen. Gib mir dein Handy.“

Vincent zog es aus der hinteren Gesäßtasche und reichte es ihr, ohne zu zögern. Somit hatte er keinerlei Verbindung mehr zum Orden. Er wollte an ihr vorbeigehen, aber sie versperrte ihm den Weg.

„Ich muss dich zeichnen“, sagte sie in einem scharfen Ton.

Vincent stockte für einen Moment der Atem. Was meinte sie? Dann fiel es ihm ein. Ausgestoßenen Gargoyles wurde ein Mal verpasst, damit man sie erkannte. Auch das würde er über sich ergehen lassen. Normalerweise schnitt man einem Verstoßenen ein Horn ab oder stutzte seinen Schwanz. Da er Letzteres nicht besaß, machte er sich innerlich bereit, sich von einem Hörnerstummel zu trennen. Aber Amarante musterte ihn nur mit verengten Augen von oben bis unten.

„Du bist wirklich keiner von uns“, zischte sie. „Allen Gargoyles der Londoner Bruderschaft ist zu eigen, dass sie kleine Hörner besitzen. Nicht mal die hast du.“

Vincents Herz machte einen Satz. Amarante konnte die Stummel in seinem störrischen Haar anscheinend nicht sehen. Kam er ungeschoren davon?

„Komm näher“, forderte sie.

Ein Stich durchfuhr seine Brust. Ihr Arm schnellte vor. Eine ihrer Krallen bohrte sich durch die Spitze seines Ohres, durch Haut und Knorpel, bevor sie ihre Hand mit einem kräftigen Ruck nach oben wegzog und es einriss.

Vincent zuckte nur; kein Laut kam aus seiner Kehle, obwohl der Schmerz heftig war. Die Genugtuung würde er ihr nicht gönnen.

„Und jetzt lass dich hier nie wieder blicken!“

Vincent ging ohne weitere Worte, den Kopf erhoben, obwohl sein Ohr höllisch pochte und Blut an seinem Hals hinablief.

Er stieß sich vom Dach der Kathedrale ab und segelte im Schutz der Nacht über die Dächer von Paris, wobei er Amarantes Blick noch lange im Nacken spürte. Die Tabletten oder Noir. Er wusste, er hatte sich richtig entschieden. Niemals könnte er Noirs Sicherheit in die Hände eines anderen legen.

Er hatte sich nie einen Kopf um Geld machen müssen; alles, was er brauchte, hatte er von der Bruderschaft bekommen. Nun war er ein Ausgestoßener. Mittellos. Was sollte er tun? Er war ein Spezialist, wenn es darum ging, jemanden zu beschützen, aber konnte er damit Geld verdienen? Vincent wusste, was es für Jobs gab, die mit der Observierung oder Bewachung von Menschen zusammenhingen, doch wer würde so eine Missgeburt wie ihn beschäftigen? Was würden die Menschen mit ihm machen, wenn sie wüssten, was er war?

Vielleicht könnte er Privatdetektiv werden. Das würde ihm gefallen. Tagsüber nahm er in seiner Gestalt als Mensch die Aufträge an, um nachts, im Schutz der Dunkelheit ... Nein, das ging nicht. Verdammt! Immer machten ihm diese scheiß Tabletten einen Strich durch die Rechnung. Er würde längst tot sein, bevor er auch nur einen Cent verdient hatte.

Als er auf der Dachterrasse des Hotels ankam, war alles still. Im Zimmer brannte kein Licht. Vincent sah dank seiner scharfen Augen, dass Noir friedlich schlief. Das Handy hatte sie neben sich auf dem Kopfkissen liegen. Alles war ruhig und sie würde gewarnt werden, falls sich ihr Dämonen näherten. Die Kristalle beschützten sie zusätzlich. Er atmete auf. Noir war im Moment gut aufgehoben.

Er gab ihr einen sanften Kuss auf die Stirn, bevor er sich auf den langen Weg zurück zum Gelände der Baumwollspinnerei machte, in der Hoffnung, dort seinen Beutel mit den Pillen zu finden. Das würde ihm noch einige Tage mehr an Noirs Seite gewähren. Wenn er irgendwann fühlte, dass es mit ihm zu Ende ging, konnte er immer noch die Bruderschaft bitten, Noir einen anderen Beschützer zuzuteilen.

Jetzt, da er wusste, dass er keine Medizin mehr bekam, hatte er das noch dringendere Gefühl, sie unbedingt zu brauchen. Während er fast denselben Weg zur Baumwollspinnerei lief, den er Noir zurückgebracht hatte, bekam er Schweißausbrüche. Seine Oberschenkelmuskeln zitterten, ihm war schwindelig und er fühlte sich schwächer als sonst. Gut, das konnte mit dem Dämonenangriff zusammenhängen und mit dem Zauber, den Noir angewandt hatte, aber das glaubte er nur bedingt.

Als das abseits gelegene Gelände in Sicht kam, verlangsamte er das Tempo und schlich im Schutz der Dunkelheit näher heran. Er wollte keinem Dämon in die Arme laufen. Doch als er den Innenhof erreichte, schien alles verlassen. Er versuchte, die Pillen anhand ihres scharfen Geruches zu finden, doch alles, was er roch, waren Asche und Dämonenblut. Der Gestank war übermächtig. Daher musste er sich auf seine anderen Sinne verlassen.

Die flackernden Neonröhren an den Gebäuden spendeten seinen empfindlichen Augen genug Licht, und nachdem er etwa eine Viertelstunde umhergestreift war, fand er seinen Beutel neben dem Baufahrzeug, auf das er gemeinsam mit dem Flugdämon geknallt war. Der kleine Sack war zerdrückt, weil Vince wohl darauf gefallen war, während der Dämon ihn attackiert hatte. Eine winzige orangerote Pfütze hatte sich unter dem Leder gebildet.

Sein Herz sank. Jetzt nahm er den stechenden, bitteren Geruch wahr, den die Medizin verströmte. Wie viele von den wenigen Pillen hatten überlebt? Mit zitternden Fingern öffnete er den klebrigen Beutel und drehte das Innenfutter nach außen. Eine einzige unversehrte Tablette fiel in seine Hand.

„Verdammt!", fluchte er, dass seine Stimme an den Hauswänden widerhallte. Vincent zuckte zusammen. Er fühlte sich unwohl an diesem Ort, als ob die Geister der Dämonen, die er getötet hatte, mit unsichtbaren Händen an ihm zerrten. Was Unsinn war, denn die Höllenwesen besaßen nicht einmal eine Seele.

Sollte er die Pille noch aufbewahren? Er entschied sich, sie jetzt zu nehmen und schluckte sie hastig hinunter, aus Angst, sie könnte ihm auch noch abhandenkommen. Sofort glaubte er, sich besser zu fühlen, obwohl das natürlich nicht sein konnte. Dennoch atmete er auf. Soeben hatte er etwas Zeit gewonnen.

Er wollte zu Noir zurückkehren, als seine Sinne eine Veränderung in der Atmosphäre registrierten. Instinktiv duckte er sich hinter das Fahrzeug. Keine Sekunde zu früh, denn er hörte das verräterische Knistern, das entstand, wenn sich ein Dämonenportal öffnete, gefolgt von dem Duft nach Ozon. Vorsichtig lugte er an dem Baufahrzeug vorbei. An einer Hauswand hatte sich ein Tor gebildet. Ein Mann stieg hindurch und die Öffnung schloss sich hinter ihm.

Irgendwie kam Vincent der Typ bekannt vor. Groß, schlank, braunes Haar – das war der Unterweltler, der in der letzten Nacht das Kampfgeschehen beobachtet hatte. Was suchte er hier? War er in der Hoffnung zurückgekommen, Noir noch einmal anzutreffen? Allerdings benahm sich dieser Dämon seltsam. Anstatt das Gelände nach Spuren abzusuchen, setzte er sich auf einen Stapel Holzbretter. Er lehnte den Kopf zurück gegen die Wand, wobei er seine Jacke fest um sich zog, als würde er frieren. Er wirkte betrübt, was eine lächerliche Vorstellung war. Ein trauriger Dämon?

Vincent überlegte, ob er ihn töten oder verschwinden sollte, als sich ein weiteres Portal in der Wand öffnete. Noch ein Dämon stieg heraus, der ebenfalls von einem Menschen nicht zu unterscheiden war. Er trug Jeans sowie ein T-Shirt und hatte schwarzes Haar. Er setzte sich neben den jüngeren Mann, der daraufhin die Arme vor der Brust verschränkte und den Kopf abwandte.

Der Schwarzhaarige räusperte sich. „Lass uns reden, Jamiel. Bitte."

Vincents Krallen bohrten sich in die Kunststoffstoßstange des Fahrzeugs und er vergaß fast sein pochendes Ohr. Konnte es sein? Jamiel – Jamie. War das Noirs Bruder? Vincent riskierte einen weiteren Blick. Der Mann war so groß wie Noir, vielleicht noch größer, ebenfalls schlank – eine Ähnlichkeit war vorhanden. Vince kletterte an dem Bauwagen nach oben, um am Fahrerhaus vorbei einen besseren Blick auf die Szenerie zu bekommen. Dann spitzte er die Ohren.

„Lass mich in Ruhe, Ash! Ich will nichts mehr mit dir zu tun haben!", rief der vermeintliche Jamie und stand auf.

Der andere Mann hielt ihn an der Schulter fest. „Du bist mir unterstellt, Jamiel. Du wirst tun, was ich dir befehle!" Seine eisblauen Augen blitzten im Schein der Neonröhren, dennoch wirkte er verzweifelt. „Vertrau mir bitte, ich will dir nichts Böses."

Vincent hielt die Luft an. Es war Noirs Bruder, bestimmt! Und er war ein Gefangener der Dämonen. Vincent hatte nun die einmalige Gelegenheit, ihn zu retten. Wie glücklich er Noir machen könnte! Vielleicht wäre dann endlich alles vorbei. Vincent checkte die Lage. Außer den beiden schien niemand hier zu sein. Mit zwei Dämonen könnte er es locker aufnehmen, schließlich hatte er letzte Nacht gegen eine ganze Horde gekämpft. Doch er musste aufpassen, Jamie nicht zu verletzen.

„Ich werde Zorells Vorhaben vereiteln", murmelte Noirs vermeintlicher Bruder. „Ich werde nicht zulassen, dass er deine Pläne ausführt."

Der andere klang aufgebracht, dennoch hörte sich die Stimme jetzt sanfter an. „Lass es einfach, ich weiß, was ich tue. Bitte, Jamiel. Ich will nicht, dass dir etwas zustößt. Du bist nicht stark genug."

Vincent wollte sich zurückziehen, um sich von einer anderen Seite anzuschleichen, als die Stimme des jungen Mannes plötzlich ganz anders klang, irgendwie rau und eine Spur verächtlich.

„Dafür bin ich umso stärker." Er lachte böse.

Als er sich in Vincents Richtung drehte, unter der flackernden Neonröhre, sah Vince, dass Jamies Augen komplett schwarz waren. Das Augenweiß war verschwunden. Eine furchtbare Ahnung erfüllte Vincent. Verdammt! Er hatte solche Augen schon öfter gesehen.

Jamie war kein Mensch mehr.

Das verkomplizierte die Sache.

Sein Brustkorb wurde eng. Er spürte einen tiefen Schmerz, weil er wusste, wie sehr das Noir mitnehmen würde.

„Ich will wieder mit Jamiel sprechen." Jetzt klang der schwarzhaarige Dämon nicht mehr sanftmütig.

„Der kleine Hosenscheißer hat sich verpisst", sagte Jamie. „Er ist verdammt wütend auf dich."

Vincent wusste nicht, was er tun sollte. Er konnte unmöglich gegen die beiden kämpfen. Noirs Bruder war ein Dämon, er würde sich wehren. Vincent könnte ihn töten, wenn er sich verteidigte. Verdammt, verdammt, verdammt!

Noch während er überlegte, erledigte sich die Sache von selbst. Jamie und der andere Dämon verschwanden diskutierend durch ein Portal. Dabei ging es darum, dass Jamie nicht gerade erfreut war, ins Desiderio zu müssen, weil sich da zu viele Schwanzlutscher herumtrieben, gegen die er offensichtlich eine Allergie hatte.

Vincent blieb eine Weile wie erstarrt hinter dem Baufahrzeug sitzen. Er hatte tatsächlich Noirs Bruder gesehen. Aber er war nicht mehr der Junge, den sie einst gekannt hatte. Wie sollte er ihr das beibringen? Doch vielleicht hörte sie dann endlich auf, ihn zu suchen. Nein, gewiss nicht. Noir würde niemals ruhen, bis sie sich mit eigenen Augen von Jamies Zustand überzeugt hatte.

Vincent beschloss, Noir erst einmal nichts zu sagen. Er wollte sie nicht noch mehr belasten. Aber er würde es ihr spätestens sagen müssen, bevor sie in den Klub gingen. Er musste sie vor ihrem Bruder warnen. Allerdings nicht heute Nacht. Sie war zu erschöpft. Außerdem hatte Noir einen so unbeschwerten Tag erlebt, dass er ihre gute Laune auf keinen Fall ruinieren wollte.

Noir erwachte in Vincents Armen. Daran könnte sie sich gewöhnen. Es fühlte sich gut an, von einem starken Mann gehalten zu werden, der noch dazu so verführerisch roch. Am liebsten wollte sie ihn aufessen. Sie hatte vage mitbekommen, wie er irgendwann nach Hause gekommen war, geduscht hatte und dann zu ihr unter die Decken geschlüpft war.

Vorsichtig, um ihn nicht zu wecken, streckte sie ihre Hand nach dem Handy aus, das neben ihr lag und leise piepte. Es war fünf Uhr früh. In drei Stunden ging ihr Flug nach Florenz. Obwohl es noch dunkel war, lag Vincent in seiner menschlichen Gestalt neben ihr. Sie sah das, weil das Display des Handys helles Licht verströmte. Sie knipste die Nachttischlampe an, da sie Vincent noch eine Weile betrachten und ihn sanft mit vielen Küssen wecken wollte, bevor sie unter die Dusche ging. Es dauerte eine Weile, bis die Energiesparleuchte ihre volle Helligkeit entfaltet hatte. Allerdings schien Vincent schon halb wach zu sein, denn er kniff die Lider zusammen, murmelte etwas Unverständliches und zog Noir fester an sich. Als sie sah, dass sein Kopfkissen voller Blutflecken war, rüttelte sie an seiner Schulter. „Vincent!"

Schlagartig setzte er sich auf und blickte sich hastig um, die Augen weit aufgerissen. „Was … ist?"

Sie ergriff seinen Arm. „Du blutest."

Er führte die Hand zum Ohr, an dem eine Kompresse klebte, die er wohl aus ihrem Gepäck geholt hatte. Noir zog seinen Arm sowie den blutdurchtränkten Verband weg. Oh Gott, seine Ohrmuschel war gut einen Zentimeter eingerissen. „Was ist passiert? Wurdest du in einen Kampf verwickelt? Hast du noch mehr Verletzungen?" Sie war schon dabei, in ihrem Rucksack zu wühlen und nach dem kleinen Verbandsset zu suchen, um ihn ordentlich zu verarzten. „Das gehört eigentlich operiert. Deine Haut und der Knorpel sind komplett durchtrennt."

„Nein, es äh … war kein Kampf."

Während Noir die Wunde desinfizierte, konnte sie der Versuchung nicht widerstehen, in seinen Gedanken zu stöbern, da er ihr offensichtlich etwas verschwieg. Aber wie sollte sie ihm vertrauen, wenn er nicht ehrlich zu ihr war?

Amarante … vernahm sie, bevor ihm ein „Autsch" entwich.

„Entschuldigung, ich habe die Kruste entfernt, damit wenigstens die Haut wieder zusammenwachsen kann. Wird aber 'ne ziemlich üble Narbe geben."

„Damit kann ich leben."

Noir klebte den Riss mit speziellen Wundpflastern zusammen, die man für Platzwunden benutzte. „Hat Amarante das getan?", fragte sie, doch er sagte nichts, schaute nur an ihr vorbei. Zärtlich umfasste sie sein Kinn und zwang ihn so, sie anzusehen. „Du kannst mir alles sagen, Vincent."

Er senkte den Blick. „Ja, sie war es."

„Warum? Gab es ein Problem mit den Tabletten?"

„Nein, alles bestens", meinte er hastig.

Selbst wenn sie des Gedankenhörens nicht fähig gewesen wäre, hätte sie gewusst, dass er log. „Vincent, bitte sag mir, was passiert ist."

Keine Tabletten ...

„Sie wollte dir die Pillen nicht geben, stimmt's?"

Seine Augen wurden groß. „Du hast es erraten."

„Und was willst du nun tun?"

„Vielleicht kannst du mir mit deinem bitteren Zaubertrank aushelfen?" Er lächelte matt und sah unglücklich aus.

Noir wurde es schwer ums Herz. „Aber was hast du denn für eine Krankheit? Und warum hat Amarante dir wehgetan?"

Die Klanführerin hatte ihn verstoßen. Weil Vincent mit Noir zusammen gewesen war. Jetzt war sie es, die den Blick senkte. Oh Gott, die Gargoyles hatten Vincent aus ihrer Gemeinschaft ausgeschlossen und sie war schuld daran. Sie hatte doch gewusst, dass er mit keiner Menschenfrau zusammen sein durfte!

„Es tut mir leid", sagte sie leise. „Das wollte ich nicht."

Vincent griff nach ihren Händen. „Was wolltest du nicht?"

„Dass sie dich verstoßen und mit einem Schandmal zeichnen, wegen mir."

Sofort hob er die Hand zu seinem Ohr, wo nun die Pflaster klebten. „Woher weißt du das?"

Noir atmete tief durch. „Ich muss dir etwas sagen, Vincent, und ich hoffe, du bist mir nicht böse."

Sanft lächelte er sie an und zog sie in seine Arme. „Ich könnte niemals böse auf dich sein."

Noir kuschelte sich seufzend an seine Halsbeuge und legte eine Hand an seine Taille. Vincent war nackt bis auf einen Slip. Sein Körper strahlte eine angenehme Wärme aus. Noir fühlte sich extrem geborgen. Das gab ihr Mut. „Was ich dir jetzt erzähle, wird dir trotzdem nicht gefallen. Ich besitze die Gabe, Gedanken zu hören, von Menschen, die sich in meiner Nähe aufhalten." So, endlich war es raus. Sie spürte, wie sich seine Muskeln anspannten.

„Du kannst nur die Gedanken von Menschen hören? Dann also nicht von mir?", fragte er, obwohl er die Antwort bereits kannte.

Und sie gefiel ihm offensichtlich nicht, wie Noir an seinem Tonfall bemerkte. Sie löste sich aus seinen Armen. Sein Lächeln war verschwunden. „Wenn du kein Gargoyle bist, kann ich hören, was du denkst", erwiderte sie zerknirscht. „Also nicht wirklich ununterbrochen, sondern nur, wenn ich mich konzentriere oder dich etwas sehr beschäftigt. Deine Gedanken, deine Fantasien, haben mich all die letzten Jahre begleitet. Ich dachte manchmal, ich werde verrückt, bis ich wusste, dass es deine Stimme war, die ich hörte. Dann war ich erleichtert."

Vincent starrte sie an. Eine Ader an seinem Hals pochte. Er musste innerlich sehr aufgewühlt sein.

Oh Gott, wenn sie das mit Jamie erfährt!

„Jamie?" Noir fasste Vincent an den Schultern. „Was ist mit Jamie?" Eine plötzliche Übelkeit erfasste sie. „Vincent! Was weißt du?"

„Ich … hab ihn gesehen."

„Was?" Noir konnte kaum glauben, was sie hörte.

Hastig sprach er weiter. „Das erste Mal wusste ich noch nicht, wer er war. Da war ein großer Mann, der in einer Gesichtshälfte zwei dicke Narben hatte, als wir gegen die Dämonen kämpften. Er hat uns beobachtet."

Jamie hatte auch Narben im Gesicht, wie sie. Sie hatte gesehen, wie der Stier ihm das Gesicht verbrannt hatte.

„Dann, als Amarante mir meine Medizin nicht geben wollte, bin ich noch mal zur Baustelle zurück, um nach meinem Beutel zu suchen. Da tauchte er plötzlich wieder auf, zusammen mit einem anderen Dämon."

„Anderen Dämon?", stammelte sie und griff sich an die Wange.

„Er sah aber wie ein Mensch aus. Schwarzes Haar, eisblaue Augen."

Noir erstarrte. Sie glaubte, keine Luft mehr zu bekommen. „Ash", hauchte sie.

„Du kennst ihn?"

„Er war der Handlanger des Dämons, der unsere Familie entführte." Sie sprang aus dem Bett und schlüpfte hastig in ihre Kleidung. Sie musste sofort noch einmal zur Baumwollspinnerei. „Wieso hast du mich nicht gleich geweckt?" Plötzlich wuchs ein immenser Zorn in ihr, der sich gegen Vincent richtete. Er hatte kein Recht, ihr solch wichtige Informationen vorzuenthalten.

Vincent stand ebenfalls auf. „Er war weg. Außerdem wollte ich dich nicht belasten."

Sie wurde immer wütender. „Du hattest die Chance, diesen Bastard von einem Dämon zu töten und Jamie zu retten, hast es aber nicht getan! Warum?"

Hilflos gestikulierte er mit den Händen. „Weil das nicht mehr Jamie war. Ich hab's an seinen Augen gesehen. Er hätte mich sicher angegriffen und dann hätte ich ihn womöglich verletzt. Jamie ist jetzt ein anderer."

„Er ist immer noch mein Bruder! Und ich werde dir nie verzeihen, dass du mir diese Nachricht verschweigen wolltest!"

„Und was hast du mir verschwiegen?", rief er. „Habe ich keinen Grund, auf dich sauer zu sein? Ich habe mich zum Affen gemacht, als du meine intimsten Gedanken ausspioniert hast und ich mich nicht mal dagegen wehren konnte!“

„Ich musste erst wissen, ob ich dir trauen kann! Aber anscheinend kann ich das nicht.“

„Das ist nicht fair, Noir! Ich kann verstehen, dass du sauer bist, aber ich wollte es dir sagen, nur in einem günstigeren Moment.“

„Und wann wäre der gewesen?“ Rasend vor Wut sammelte sie ihre Sachen ein und warf sie in die Taschen.

„Ich wollte dir nicht wehtun, nachdem du … Verdammt, ich habe mich gerade für dich … Ach, vergiss es!“

Noir bemerkte, wie es in Vincent kochte. Dreißig Jahre lang durfte er keinen Augenblick „ich“ sagen. Er war entweder unerwünscht oder der einsame Beschützer gewesen. Sie wusste, dass er dasselbe Recht hatte, wütend zu sein, wie sie, dennoch hatte sie große Lust, irgendetwas in die Luft zu sprengen. Es fehlte nicht viel und die Situation würde eskalieren. Das Thema Jamie war bei ihr seit jeher hochbrisant. „Ich werde noch mal da rausfahren.“

„Noir, hör mir zu!“ Vincent hielt sie fest, seine Brauen tief nach unten gezogen. „Er wird ins Desiderio kommen. Ich hab gehört, wie die beiden darüber geredet haben. Er taucht heute bestimmt nicht noch mal da draußen auf.“

Unwirsch schüttelte sie seinen Arm ab. „Okay, dann packe ich jetzt.“

Sie hörte Vincent aufatmen. Er sollte jedoch nicht glauben, dass sie sich seinem Willen beugte. Immer noch redete er auf sie ein, um sie zu beschwichtigen.

„Ich weiß, dass du wütend auf mich bist, aber glaube mir, ich wollte dich schützen!“

Damit hatte er nur das Gegenteil erreicht. „Es ist wohl besser, wenn sich unsere Wege trennen“, sagte sie so kühl wie möglich, nur um ihm wehzutun. Schon einen Moment später bereute sie ihre Worte. Sie zitterte und das Blut pochte wild in ihren Schläfen.

„Was?“ Alle Farbe wich aus Vincents Gesicht. „Ohne mich kommst du nicht in den Klub und dann wirst du auch Jamie nicht sehen. Ich komme mit!“

Da hatte er recht. Sie brauchte ihn. Und er brauchte sie. Wenn Noir ihn nun auch verstieß, hatte er niemanden mehr, zu dem er gehen konnte. Warum war sie plötzlich so gemein zu ihm, jetzt, wo er ausgerechnet ihretwegen aus dem Klan verbannt worden war? Weil er über ihren Kopf entschieden hatte und sie das überhaupt nicht ausstehen konnte?

„Er ist ein Dämon, Noir!“, rief er. „Ich lasse dich garantiert nicht allein.“

Jamie sollte ein Dämon sein? Ihr Magen zog sich zusammen. „Ich brauche jetzt einen Moment für mich, Vincent.“ Bevor sie sich die Blöße geben konnte und vor ihm in Tränen ausbrach, ging sie ins Badezimmer.

Kapitel 19 - London

Kara saß in der Dunkelheit neben Molto auf dem Turm des Hotels und ließ die Beine über den Sims baumeln. Obwohl sie sich mit dem hundeähnlichen Gargoyle neben ihr unterhielt, bewegten sich neben seinem schwarzen Haar – mit dem der Wind spielte – nur sein Mund sowie die Augen, die wachsam um sich blickten. Ansonsten könnte Menschen, die nach oben schauten, eine Bewegung auffallen, was Molto verraten würde. Kara war für menschliche Augen unsichtbar, nur Geschöpfe aus der Mythenwelt konnten sie sehen.

Seufzend lehnte sie sich zurück und kuschelte sich in ihre Federn. „Du wirst das mit Ash doch nicht Grimsley erzählen?"

„Bist du verrückt?", erwiderte Molto, dessen Stimme sich wie ein entferntes Donnergrollen anhörte. „Grimsley würde sofort dafür sorgen, dass du deine Sachen packen kannst, und mit wem soll ich mich dann jede Nacht unterhalten? Wenn du sagst, der Dämon tut uns nichts, dann glaub ich dir das."

„Danke, Molto." Das nahm eine große Last von ihr. Sie war froh, sich wenigstens bei Molto ausheulen zu können, der all ihre Geschichten kannte. Kara streckte den Arm aus, um seinen Kopf zu kraulen. Das hatte er besonders gern, vor allem um seine kurzen Hörner. Es dauerte nicht lange und er ließ ein Schnurren hören, das an einen Kater erinnerte.

„Hmm, und deine Streicheleinheiten würden mir auch fehlen."

Sie lachte und gab ihm einen Stupser auf die Schnauze. „Du bist ja leicht zu manipulieren." Molto liebte ihre Neckereien und es war ihm offenbar nicht peinlich, ihre Tätscheleien zu genießen. Zumindest vor Kara. Ein waschechter Gargoyle sollte, wenn möglich, seine softe Seite nicht zeigen. Vincent hatte auch eine sehr sanfte Art besessen. Allein deshalb war er Grimsley schon immer ein Dorn im Auge gewesen.

„Der alte Grimsley hat sich ohnehin verändert, findest du nicht?", kam Molto auf das Thema zurück.

„Inwiefern?" Kara versuchte, dem Klanführer soweit wie möglich aus dem Weg zu gehen.

„Er ist in den letzten Jahrzehnten zunehmend eigenartiger geworden."

„Er ist nicht mehr der Jüngste. Wann wird ein neuer Führer gewählt?"

„Wenn der alte stirbt."

Bevor Kara erfahren konnte, was Molto an Grimsley anders vorkam, lenkte eine Bewegung ein paar Stockwerke tiefer ihre Aufmerksamkeit auf sich. Jemand stand auf ihrem Balkon. „Ich glaube, Raphael wartet auf mich“, sagte sie zu Molto und starrte hinunter auf den großen Schatten. „Ich schau mal eben, was er von mir möchte.“

„Hmm“, brummte der Gargoyle. „Aber mach nicht zu lange, mich juckt es ganz furchtbar an den Hörnern.“

„Ach du!“ Grinsend wirbelte sie Molto das Haar durcheinander, bevor sie ihre Flügel ausbreitete, um nach unten zu segeln. Sie war zu neugierig, was Raphael wollte. Vielleicht gab er ihr jetzt endlich ihre heißersehnten Antworten.

„Raphael? Was machst du so schnell wieder hier?“ Sie musterte ihn skeptisch. Er trug einen anderen Anzug und seine Flügel waren nicht sichtbar.

Raphael stand auf der Balustrade und grinste sie schief an. „Ist er weg?“

„Wer?“ Für einen Moment war sie verwirrt, da sie erneut eine düstere Präsenz fühlte.

Raphael sah sich um. „Ash.“

„Du spürst es also auch?“

Er runzelte die Stirn, bevor er anscheinend verstand, was sie meinte. „Ja.“

„Er ist eine Plage“, murmelte sie.

Raphaels Brauen zogen sich zusammen. „Wirklich?“

Kara stutzte. Etwas stimmte hier nicht. Sie spürte, dass die Person, die vom Balkongeländer in ihr Zimmer sprang, nicht der Erzengel war, den sie kannte. Diese Raphael-Version sah zwar genauso aus, jedoch hatte Kara Raffi noch nie ohne seine Schwingen gesehen. Außerdem würde er es niemals wagen, ihr Zimmer zu betreten. Raphael respektierte ihre Privatsphäre. Ein Dämon … Von ihm ging diese dunkle Macht aus!

Möglichst unauffällig ging sie auf Abstand. „Was machst du hier?“

„Wir müssen über Ash reden, Kara mia.“

Der vermeintliche Raphael schritt durch den dunklen Raum, wobei er sich viel zu neugierig umsah. Besonders für einen Bilderrahmen, der auf der Kommode stand, schien er sich zu interessieren. Es zeigte Vince und sie, auf vier Aufnahmen in Passfoto-Größe. Vincent war darauf knapp zwanzig Jahre alt und sah einfach süß aus. Kara hatte das Bild erst vorhin aus der Schublade geholt, weil sie über Vincent und die Hexe nachgedacht hatte. Sie liebte diese Fotos, die sie heimlich in einem Automaten gemacht hatten. Grimsley durfte das nie erfahren. Der Klanführer hatte eine seltsame Einstellung, was Vincent anging.

Kara vermisste ihren Schützling. Es grummelte in ihrem Magen, als sie daran dachte, wie sie ihn mit der Hexe vor dem Antiquitätenladen gesehen hatte. Vince war für sie fast so etwas wie ein Kind, wenn sie das als Engel mal so sagen durfte. Daher tat es besonders weh, dass er sich anscheinend verändert hatte. Kara hatte ihn kaum wiedererkannt, weil er so wild ausgesehen hatte.

Als der Dämon ihr den Rücken zudrehte, ließ Kara einen Energieblitz in ihrer Hand erscheinen, der den Raum gespenstisch erhellte. Von hinten hielt sie ihm den Blitz an den Hals. Dabei musste sie sich auf Zehenspitzen stellen. „Wer bist du? Was willst du hier?" Der Anzug war echt, keine Illusion.

Je schneller ihr Herz schlug, desto mehr spürte sie die düstere Präsenz des Mannes. Karas Körper kannte mittlerweile diese Macht und vor allem diesen unwiderstehlichen Geruch, den er verströmte. Deshalb hatte sie den vermeintlichen Raphael erst nicht für bedrohlich gehalten und er hatte ihre Wohnung betreten können. Oh, dieser Dämon!

Er hob abwehrend die Hände. „Ist ja gut! War einen Versuch wert."

Vor ihren Augen verwandelte er sich in Ash, nur diesmal nicht in Jeans sowie T-Shirt gekleidet, sondern weiterhin im Anzug. Verdammt, sah er darin sexy aus. Aber sie wollte sich nicht blenden lassen. Nie mehr!

Grinsend drehte er sich zu ihr um. „Überraschung!"

Kara hingegen war kein bisschen nach Lachen zumute. Nur widerwillig ließ sie ihren Blitz verschwinden, den sie Ash am liebsten um die Ohren gehauen hätte. Sie durfte ohnehin in ihrem Zimmer keine Lampe anmachen – was sie als Engel auch nicht brauchte, denn sie sah genau wie Dämonen oder Gargoyles im Dunkeln wunderbar. Licht in einem offiziell geschlossenen Gebäude würde die Menschen neugierig machen.

„Was soll das? Ich hätte dich beinahe getötet!" Sie war verdammt sauer, weil Ash versucht hatte, sie auszutricksen. Hinzu kamen ihre Gefühle für Vincent, seine Sorge um ihn und das Wissen, dass er wohl ein Lakai der Hexe war, der Kara auch noch das Artefakt bringen musste. Ihr Leben war im Moment alles andere als angenehm.

„Ich hielt es für sicherer, in Raffi-Gestalt aufzutauchen, weil ich dachte, wenn deine Gargoyle-Freunde Ash, den unbekannten Dämon sehen, werden sie mir gleich an die Gurgel springen."

„Ausrede", murmelte Kara. Er hatte sie bestimmt nur aushorchen wollen. „Du siehst als Dämon ja nicht gerade Furcht einflößend aus."

„Danke", sagte er trocken, bevor sein Blick zu ihrem Bett schweifte.

Kara folgte dem Weg seiner Augen. Der Karton mit Vincents Comics stand ein Stück hervor. Auch die Hefte hatte Kara vorhin kurz in der Hand gehabt.

Ash bückte sich, um einen Comicband aus der Schachtel zu ziehen. „So was liest du?" Stirnrunzelnd sah er an sich hinunter. „Wenn ich gewusst hätte, dass du auf Helden in Strumpfhosen stehst, hätte ich mir was anderes angezogen."

Kara riss ihm das Heft aus der Hand und legte es wieder in den Karton. „Die gehören mir nicht. Ich hebe sie lediglich für einen guten Freund auf."

„Aha, dann liest dein Raffi so was."

„Nein. Und er ist nicht mein Raffi." Kara schnaubte. „Woher weißt du, dass ich ihn so nenne?" Aber dann wusste sie es. „Natürlich, du hast uns beobachtet und sicher auch belauscht. Wahrscheinlich vom Gebäude gegenüber."

Ash leugnete nicht, stattdessen legte er ihr eine Hand auf die Wange und säuselte: „Kara mia."

Sie schlug seinen Arm weg. „Was soll das?"

„Ihr scheint euch gut zu verstehen, du und Raffi."

„Er war mein Mentor."

„Nur dein Mentor?" Ash hielt sie an den Schultern fest und sah ihr tief in die Augen. „Dein Seelenlicht müsste schwächer geworden sein, nach allem, was du … was wir miteinander getan haben. Erst dachte ich, es würde erlöschen, doch nun strahlt es wieder so kräftig wie zuvor. Nicht so hell wie bei anderen Engeln, aber es leuchtet unübersehbar."

Kara machte sich von ihm los und schob den Karton mit einem Fuß unter das Bett. „Was willst du damit sagen?"

„Du weißt es tatsächlich nicht?" Unter hochgezogenen Brauen schaute er sie an, die Hände in die Seiten gestemmt.

„Du redest genauso wirres Zeug wie Raphael. Kannst du vielleicht mal deutlicher werden?"

Fast unmerklich schüttelte er den Kopf, bevor er zu ihrer Kommode schlenderte. „Andere Frage: Weißt du eigentlich, welches Wesen die Hexe begleitet, die mich umbringen wird?"

Kara erstarrte und warf einen flüchtigen Blick auf Vincents Fotos. „Woher weißt du von ihm?"

„Habe meine Quellen."

Eine plötzliche Angst brauste sturmartig in ihr auf. „Du wirst ihn in Ruhe lassen, verstehst du?"

Ash wirbelte herum. „Aha! Du kennst ihn also!“

„Ja, ich kenne ihn und ich will nicht, dass du ihn anfasst.“

Sein Gesichtsausdruck verdüsterte sich schlagartig. „Wieso?“

„Ich werde dir keine Auskunft geben, bevor du mir nicht sagst, was hier gespielt wird.“

Doch anstatt zu antworten, nahm er das Bild von der Kommode. „Wer ist das?“

Mit einem ernsten Blick, der ihn hoffentlich Respekt lehrte, entriss sie ihm den Holzrahmen und presste ihn an ihre Brust. „Geht dich nichts an. Und jetzt erzähl mir endlich, was los ist! Was war da vorhin zwischen Raphael und dir? Warum wurdest du ein Gefallener? Und was habt ihr über mich geredet?“

Ash ging nicht auf ihre Fragen ein. „Wer ist das?“ Seine Stimme klang beinahe wie ein Knurren.

Zwei Furchen hatten sich zwischen seinen Brauen gebildet, unter denen er Kara weitere düstere Blicke schenkte, die sie wie Nadeln in ihr Herz trafen. Was war nur los mit ihm? Sie wich einen Schritt zurück. „Ich werde dir gar nichts mehr erzählen, wenn du nicht endlich meine Fragen beantwortest!“

Ash deutete auf das Bild, das Kara immer noch an sich drückte. „Bedeutet er dir etwas?“

Seine Reaktion verdutzte sie. „Das geht dich nichts an.“ Moment. Ob er sich unterschwellig erinnern konnte, dass Vincent oder die Hexe ihn getötet hatten? Machte ihn das so sauer?

„Geht mich sehr wohl etwas an!“, rief er, wobei er ihr den Bilderrahmen aus der Hand riss.

In hohem Bogen flog dieser durch das Zimmer und prallte gegen die Wand. Klirrend ging das Glas zu Bruch und der Rahmen zersplitterte in mehrere Teile.

Karas Atem stockte. „Was hast du getan?“, flüsterte sie mit erstickter Stimme. Sie eilte auf die am Boden verstreuten Fotos zu und kniete sich hin, um eins nach dem anderen aufzuheben. Dabei bohrten sich Glassplitter durch ihre Hose, doch das störte sie nicht. Vorsichtig strich sie über die Bilder. Sie waren alle unversehrt. Gott sei Dank.

„Es tut mir leid“, hörte sie Ash leise sagen. Sanft berührte er sie an der Schulter. „Ich weiß nicht, was in mich gefahren ist.“

Kara wollte ihn anschreien, dass er sich dahin scheren sollte, wo die Sonne nie schien, als sie wieder diese seltsamen Bilder überfluteten. Erneut erblickte sie Raphael, der das Baby rettete, das die Dämonen aus ihrem Bauch schnitten. Dann sah sie sich selbst als Kind. Abermals war es keine von ihren gefühlten Visionen, sondern es waren deutliche Bilder, Erinnerungen gleich. Verschollene Erinnerungen. Sie sah sich sterben und Raphael, der das leblose, blutüberströmte Baby in den Armen hielt. Eine goldene Kugel – ihre Seele – löste sich aus ihrem Körper. Doch Raphael fing sie ein und übertrug sie in den Körper des Kindes.

Zitternd holte Kara Luft und schüttelte Ashs Arm ab. Für einen Moment war sie verwirrt und wusste nicht, wo sie sich befand, bis sie sich erinnerte, was soeben geschehen war. Erneut hatten sich diese seltsamen Bilder in ihr Bewusstsein gedrängt. Was war los mit ihr?

„Verschwinde, du mieser Betrüger!", zischte sie, ohne Ash anzusehen. Wie hatte sie nur glauben können, ihm läge etwas an ihr? Er war ein Dämon. Hatte sie erwartet, ein Dämon könnte sich ändern? Er wollte lediglich an das Artefakt und eben hatte er sie über Vincent und Raphael ausfragen wollen.

Und was war mit Raphael? Hatte auch er sie belogen? Was hatte es mit ihren seltsamen Erinnerungen auf sich? Sie entsprachen nicht der Version der Geschichte, die Raffi ihr erzählt hatte.

Vincent war anscheinend nicht mehr der Alte und Ash war nie der gewesen, für den Kara ihn gehalten hatte. Auch Raphael stand ihr nicht bei, sondern betonte immer nur, was sie zu tun hatte. Jetzt erfuhr sie auch noch, dass er sie anscheinend ihr ganzes Leben lang belogen hatte. Doch sie hatte keine Lust mehr, von allen verarscht zu werden.

„Kara, bitte …", sagte Ash.

Sie war so blind. Sie hätte aus der Erfahrung lernen sollen. Ein Dämon hatte ihr einst das Herz herausgeschnitten oder war es ihr Kind gewesen? Egal – sie wusste plötzlich nicht mehr, was richtig war, wer sie war. Eines wusste sie hingegen mit Gewissheit: Ash hatte ihr Herz herausgerissen und es in seiner Faust zerquetscht. Du liebe Güte, nein, daran war sie selbst schuld! Wie dumm sie war. Sie hatte sich tatsächlich etwas vorgemacht, geglaubt, da wäre etwas zwischen ihnen, obwohl Ash ihr nie direkt versprochen hatte, dass da mehr war.

Mit Tränen in den Augen stand sie auf, die Fotos fest an sich gedrückt. „Verschwinde und lass dich hier nie wieder blicken!"

Als sie merkte, dass er immer noch hinter ihr stand, wirbelte sie herum. „Raus hier! Sofort!" Sollte er doch zu seinen Höllenbräuten zurückkehren. Die hatten keine Herzen, die dieser Frauenheld zerstören könnte. Sie war für ihn nur eine von vielen. Wer wusste, wie viele Engel er schon ins Verderben gestoßen hatte? Er hatte sich bloß an sie herangemacht, sie mit seinem Charme um den Finger gewickelt, weil er an das Artefakt wollte.

Mit hängendem Kopf schritt Ash auf die Wand zu, zog einen Kreis und stieg durch das Portal. Dann war er fort und Kara stand allein zwischen den Scherben, die ihr Leben symbolisierten.

Kapitel 20 – Flug nach Florenz

Als das Taxi vor dem Flughafenterminal hielt und Vincent das Gepäck aus dem Kofferraum holte, nahm Noir ihm ihren Rucksack sowie die beiden Koffer ab. Sie wollte ihm zeigen, dass sie ohne ihn zurechtkam. Seit ihrem Streit hatten sie kein Wort mehr gewechselt. Noir war immer noch ein wenig sauer auf ihn, weil er ihr die Sache mit Jamie nicht gleich hatte erzählen wollen.

Schweigend gaben sie ihr Gepäck auf, wobei Noir diesmal Vincents Rucksack übernahm. Er hatte offensichtlich keine Ahnung, was er beim Check-in tun musste. Obwohl sie sich geschworen hatte, nicht mehr in seinem Kopf zu stöbern, ließ es sich nicht vermeiden. Seine Gedanken schrien sie förmlich an.

Vincent war enorm aufgeregt. Er war bisher ausnahmslos im Gepäckraum mitgeflogen, noch nie an Bord. Außerdem machten ihm die vielen Menschen zu schaffen, die wie Ameisen in der Halle herumwuselten. Aus allen Richtungen witterte er Gefahr und mehr als ein Mal überlegte er, Noir in seine Arme zu ziehen, obwohl kein Grund zur Besorgnis bestand. Nur ein düsterer Blick ihrerseits hielt ihn davon ab, worauf er ihr einen ebenso düsteren zurückschenkte, weil sie schon wieder in seinen Gedanken herumwühlte.

Am nervösesten war er jedoch beim Passieren der Sicherheitskontrolle. Während Noir keine Bedenken hatte – ihre Messer hatte sie mit dem Gepäck aufgegeben, inklusive Zertifikat, dass es sich um Schmuckstücke handelte –, schien Vincent schon an die Decke zu springen, als ein Sicherheitsbeamter einen Schäferhund an ihnen vorbeiführte. Ihr großer, starker Gargoyle hatte Angst vor Hunden? Aus einem Reflex heraus hätte sie fast Vincents Hand ergriffen.

Plötzlich kam Noir ihr Verhalten kindisch vor. Sie versuchte, nicht mehr ganz so abweisend zu sein. Nachdem sie sich fürs Boarding in der Menschenschlange angestellt hatten, rückte sie nah an Vincent heran. Die vielen Leute machten ihm ernsthaft zu schaffen. Sie selbst machte das Stimmengewirr der sprechenden und denkenden Leute konfus. Sie wusste, warum sie es bevorzugte, in Magnus' Privatjet zu reisen.

Erst im Flugzeug atmete sie ein wenig auf. Vincent saß am Fenster, sie auf dem Platz daneben. Auch er schien sich endlich zu entspannen, als die Maschine abhob. Er hatte seine empfindlichen Augen mit seiner Sonnenbrille bedeckt und schaute hinaus. Selbst als sie durch die Wolkendecke brachen und es außer Zuckerwattehügeln und dem endlosen Blau des Himmels kaum etwas zu sehen gab, blickte er immer noch nicht in ihre Richtung.

Dafür musste Noir die ganze Zeit zu ihm schauen. Intensiv betrachtete sie seine lange Gestalt, die in der Sitzreihe kaum Platz fand. Ihre Beine berührten sich leicht, da auch Noir nicht wusste, wohin mit ihren langen Schenkeln. Normalerweise buchte sie stets einen Platz ganz vorn, wo man sich herrlich ausstrecken konnte, doch leider waren diese begehrten Sitze schon vergeben gewesen.

Bei Vincents Anblick wurde ihr das Herz schwer. Hier saß ein attraktiver Mann, der sein Leben gab, um sie zu beschützen, der alles für sie tat, um sie glücklich zu sehen. Eine Frau konnte sich keinen besseren Mann an ihrer Seite wünschen und dennoch wollte sie ihn verstoßen. Wie dumm sie war. Sie sollte sich wohl entschuldigen, doch dafür wollte sie mit ihm allein sein. Die vielen Stimmen der Passagiere raubten ihr die Konzentration; zusätzlich zum Gemurmel hörte Noir noch deren Gedanken: *Wann sind wir endlich da? Wann kommt die Stewardess mit dem Kaffee? Hat er sich schon wieder dieses alte Hemd anziehen müssen? Mir reicht's langsam mit ihr, ständig hat sie was an mir auszusetzen.*

Noir fühlte sich müde und ausgelaugt. Die Entzauberung hatte sie mehr angestrengt, als sie gedacht hatte, und die vielen Stimmen machten sie fast wahnsinnig, weil sie kaum noch Kraft hatte, sie auszublenden. Sie lehnte sich zurück und rieb sich über die Schläfen.

„Möchten Sie eine Aspirin oder ein Kissen haben?", fragte eine Stewardess.

„Ein Kissen wäre wunderbar", antwortete sie und seufzte erleichtert, als sie das weiche Polster in ihrem Nacken spürte. Sofort wurden ihre Lider schwer wie Blei und das Stimmengewirr im Kopf verschwamm zu einem monotonen Rauschen. Ein wenig dösen und alles um sich herum ausblenden, wäre fantastisch.

„Darf ich Ihnen etwas zu trinken anbieten?", fragte dieselbe Flugbegleiterin Noir kurze Zeit später, als sie mit ihrem Getränkewagen neben ihrer Sitzreihe stand.

Wasser, vernahm sie Vincents Gedanken, bevor sie erwiderte: „Ein Wasser, bitte."

Die Stewardess reichte Noir den Becher, dann wandte sie sich an Vincent. „Und für den Herrn?"

„Dasselbe, bitte", antwortete er.

„Welches Sandwich hätten Sie gern: Käse oder Schinken?"

Noir liebt Käse, dachte Vincent, woraufhin ihr wieder bewusst wurde, wie gut er sie kannte. Er selbst nahm Schinken.

„Du weißt genau, was ich möchte, und ich weiß so wenig von dir", sagte Noir, als die Flugbegleiterin den Wagen eine Reihe weiter geschoben hatte.

Vincent schaute sie unter hochgezogenen Brauen an, bis er anscheinend verstand, was sie meinte. „Es ist nur gerecht, dass du in meinem Kopf herumschnüffeln kannst, immerhin habe ich dich die letzten zehn Jahre fast ununterbrochen beobachtet", murmelte er. *Hilfe, hoffentlich will sie nicht wissen, wie oft ich sie nackt gesehen habe!*

Eine sanfte Röte überzog seine Wangen. Er war so süß. Süß und unschuldig. Sie wollte ihn haben, jetzt! Sein Bein streifte ihren Oberschenkel. Einerseits beruhigte es sie, seine Körperwärme zu spüren, andererseits machte es Lust auf mehr. Noir beugte sich zu ihm, um ihm ins Ohr zu flüstern: „Ich muss mal. Kommt mein Beschützer mit?"

„Bitte?" Vincent wurde erneut rot um die Nase. Beinahe hätte er sich das Wasser über die Hose geschüttet, so sehr zuckte seine Hand. Er verschluckte sich fast an seinem Sandwich, worauf er den Becher in einem Zug leerte und ihn dann auf die Tablettablage stellte. „Warum?"

„Weil ich dich besser kennenlernen möchte."

„Auf der Toilette?" Er schloss die Augen und stöhnte leise.

Noir sah die Beule, die sich in seinem Schritt gebildet hatte. Kurz fuhr sie über die Ausbuchtung, was ihm ein noch lauteres Stöhnen entlockte.

„Ich sehe doch, wie geil du bist, Vince. Du willst mich, das weiß ich. Komm mit, lass uns ein wenig Spaß haben, wo uns keiner stört." Hilfe, hatte sie das gesagt? Was machte der Mann bloß aus ihr? Eine Nymphomanin! Sex hatte noch nie einen hohen Stellenwert in ihrem Leben genossen. Nur Vincents Gedanken hatten sie immer heiß gemacht. Ihn jetzt in ihrer Nähe zu haben, ließ ihr rationales Denken aussetzen. Ihr Unterleib pulsierte vor Verlangen. Sie öffnete Vincents Gurt und zog ihn an der Hand nach oben.

Als sie durch den engen Gang in den hinteren Teil des Flugzeuges gingen, erntete Noir nicht nur freundliche Blicke. *So ein hübsches Paar*, sinnierte eine ältere Frau lächelnd, während eine griesgrämig dreinschauende Brünette dachte: *Der Süße hat so eine Hexe nicht verdient.*

Ich geb dir gleich 'ne Hexe, wollte sie rufen, aber da hatten sie die Kabine erreicht.

Ein Blick links, einer rechts – und als niemand hersah, schlüpfte sie schnell mit Vincent in die Toilette. Dort war es so eng, dass es dauerte, bis die Schiebetür im Schloss einrastete. Noir kam sich ein wenig schäbig vor, weil sie den Mann einfach benutzte, um ihre Lust zu befriedigen. Dann auch noch auf einem Klo. Sie wusste selbst nicht, was mit ihr los war. Doch diesen attraktiven Kerl wollte sie – er hatte etwas an sich, was sie mit aller Macht zu ihm hinzog. Erst war sie nicht sehr erfreut gewesen, zu erfahren, dass er sie jahrelang beobachtet und sie nichts davon bemerkt hatte. Jetzt wusste sie, dass nur ehrbare Absichten dahintersteckten. Zudem waren es ihre Eltern gewesen, denen sie Vincent gewissermaßen zu verdanken hatte. Schnurrend wie ein Kätzchen rieb sie sich an ihm.

Offensichtlich überraschte Vincent ihre Leidenschaft.

„Ich dachte, dein Herz ist kalt wie Stein."

„Ich kann vielleicht nicht lieben, aber ich bin immer noch eine Frau mit Bedürfnissen", wisperte sie in sein Ohr, bevor sie es ableckte.

Vincent zitterte. „Du kannst lieben, du musst es nur zulassen."

„Denk nicht mal dran, Gargoyle, küss mich."

Sein Mund traf sie mit solcher Gier, dass ihr die Luft wegblieb. Hart drückte Vince sie gegen die Wand der Kabine und rieb seine Erektion an ihrem Unterleib. Ihre Perücke landete auf dem Waschbecken; dann versenkte er die Finger in ihrem Haar. Mit dem Daumen streichelte er ihr Gesicht und fuhr über die feine Narbe. Für immer erinnerte sie Noir an die grausame Nacht, die ihr Leben veränderte. Sie hielt sich nicht für besonders schön, allein schon wegen ihrer Größe, die viele Männer abschreckte, aber Vincent fand sie hübsch, sexy, begehrenswert.

„Verlieb dich nicht in mich", sagte Noir zwischen ihren wilden Küssen, obwohl sie ihm das bereits in der Nacht klargemacht hatte. „Ich kann dieses Gefühl leider nicht erwidern. Ich möchte, dass du das weißt, weil ich dich nicht verletzen will. Das zwischen uns ist nur Sex, verstehst du?"

„Nur Sex", hauchte er an ihre Lippen, bevor er den Mund wieder so fest auf sie drückte, dass ihr fast die Luft wegblieb.

Vincent drängte sich an sie, worauf sich ihr Rücken gegen die Kabinenwand presste. Sie spürte überdeutlich die Härte in seiner Hose und wünschte sich nichts sehnlicher, als von ihr ausgefüllt zu werden. Es war allerdings viel zu eng. Auch Vincent wollte mehr, sie hörte es an seinen Gedanken. Er wusste jedoch nicht, was er tun sollte. Er wollte nichts falsch machen.

„Öffne deine Jeans", befahl sie ihm atemlos. Ihre Lippen schienen miteinander verschmolzen zu sein; sie verloren den Kontakt zueinander nur selten. Der winzige Raum war erfüllt von ihrem Keuchen. Vincent tat, was sie ihm gesagt hatte, und Noir zog sich ihre Hose ebenfalls ein Stück nach unten.

„Fass mich an", forderte sie ihn auf, wobei sie das gar nicht hätte sagen müssen – seine Hand lag schon an ihrer Scham. Seine Finger glitten in sie, tasteten sie aus und rieben über ihren empfindsamsten Punkt. Sie selbst umschloss seinen Penis, der warm in ihrer Hand pulsierte.

„Du bist verrückt“, erklärte er und knurrte leise, als sie fester zudrückte. „Was werden die Leute denken?“

Je schneller sie ihre Hand bewegte, desto härter wurde sein Schaft. Vincent warf den Kopf zurück und stöhnte. Wie wunderschön er aussah.

Plötzlich klopfte es an die Kabine. Noir und Vincent erstarrten für eine Sekunde, bevor sie sich hastig anzogen.

„Wir landen in wenigen Minuten“, tönte die Stimme der Stewardess durch die dünne Falttür. „Bitte gehen Sie auf Ihren Platz zurück und schnallen Sie sich an.“

Noir und Vincent grinsten. „Ob sie weiß, dass wir zu zweit hier drin sind?“, fragte sie.

Doch noch bevor Vincent etwas erwidern konnte, klopfte es erneut. Diesmal fester. Es klopfte und klopfte. Die ganze Tür wackelte, bevor fünf riesengroße Krallen hindurchbrachen.

Noir stockte der Atem.

Mit einem kräftigen Ruck wurde die Tür aus den Angeln gerissen. Als Noir sah, wer dafür verantwortlich war, drohten ihre Knie einzuknicken. Nein, das war unmöglich!

Maliziös grinste der Stierdämon sie an. Aus seinen Nüstern qualmte es, seine Augen glühten dunkelrot.

„Endlich habe ich dich gefunden, Hexe!“ Er lachte so laut, dass das Flugzeug ins Wackeln geriet.

Sofort schirmte Vincent Noir mit seinem Körper ab, doch der Dämon schlug seine Pranke einfach in Vincents Brustkorb und riss ihn auf.

„Vincent!“, kreischte Noir. Ihr Herz raste.

Sie öffnete die Augen und wusste im ersten Moment nicht, wo sie sich befand, bis sie einen vertrauten, männlichen Duft wahrnahm. Sie lehnte an Vincents Schulter, und er hielt sie fest. Noir sah, dass sie sich im Landeanflug befanden. Keine Wolke trübte den Blick. Unter ihnen lag Florenz. Sie waren in Italien.

Sanft streichelte Vincent ihren Arm. „Hast du schlecht geträumt?“, fragte er und seine Stimme vibrierte an ihrer Schläfe.

Es war nicht real, Gott sei Dank! Erleichtert umarmte sie ihn. Er lebte, was war sie froh. Aber er war zu einer Schwachstelle in ihrem Leben geworden. Der Mann hatte sich schon viel zu tief in ihr Herz gestohlen. „Es tut mir leid, Vincent. Ich war furchtbar gemein zu dir.“

„Ja, das warst du", antwortete er.

Seine Ehrlichkeit, die ihr ohnehin lieber war, überraschte sie. Noir hob den Kopf. Vincent hatte seine Sonnenbrille ins Haar geschoben, das wie immer ein wenig durcheinander war. So sexy. Der Ausdruck in seinen Augen war sanft, ebenso seine Stimme.

„Du warst aufgebracht. Wegen Jamie. Ich kann deine Reaktion verstehen."

Aufatmend lehnte sie sich wieder gegen ihn. „Es tut mir auch leid, dir so lange nichts über meine Gabe erzählt zu haben. Es war nicht richtig."

Er hatte so unglücklich ausgesehen und sie hatte seine Unsicherheit gespürt, als sie durch die Sicherheitsschleuse gingen, und als der Hund an ihm vorbeilief, war sie so kalt gewesen und hatte ihm nicht mal die Hand gegeben. Sie war wirklich eine bösartige Hexe. Sie wollte Vincent endlich wieder nahe sein, ihm zeigen, wie es in ihr aussah, damit er sie verstand. „Es tut mir leid", murmelte sie. „Ich war so vor den Kopf gestoßen, weil du Jamie gesehen hast. Ich hab mich so gefreut, dass er lebt, und war eifersüchtig, weil du ihn gesehen hast, zwei Mal, und ich nicht. Verzeihst du mir?"

Vincent seufzte und küsste sie auf die Stirn. „Das habe ich doch längst." *Kannst du mir auch verzeihen?*

Sie umarmte ihn noch fester. „Ja, ich verzeihe dir", sagte sie und lächelte ihn an. „Und jetzt bringe ich dir bei, wie du deine Gedanken abschirmen kannst."

Kapitel 21 – Unterwelt / London

Ash lag auf seiner Pritsche, die Hände hinter dem Kopf verschränkt, und starrte die nackte Höhlendecke an. Eigentlich war es gut, dass sie sich im Streit getrennt hatten und Kara nun wütend auf ihn war. Er hatte genau das provozieren wollen. Seine bescheuerte Aktion mit Raphael hatte ihm bei Kara Minuspunkte eingebracht und ihn weiter von dem Artefakt weggeführt. Sehr gut.

Wieso fühlte er sich dann miserabel? Ihm ging das Bild nicht aus dem Kopf, wie Kara zwischen all den Scherben gekniet hatte. Er hatte sie verletzt, als er den Rahmen gegen die Wand schleuderte – was ihm sofort unendlich leidgetan hatte. Aber er musste sich wie ein Arschloch benehmen, damit Kara ihm nicht noch mehr verfiel und ihr dasselbe Schicksal blühte wie ihm.

Wobei Ash nicht mehr sicher war, ob das passieren konnte. Er hatte ihr Seelenlicht gesehen, das sich erstaunlich schnell regeneriert hatte. Also musste es stimmen, was Raphael ihm offenbart hatte:

Kara war dessen Tochter.

Sie war das Kind eines Erzengels, gezeugt mit einem Menschen. So etwas geschah äußerst selten.

„Wenn du ihr auch nur eine Feder krümmst, wirst du ewig in der Hölle schmoren“, hatte Raphael ihm ins Ohr geflüstert. Aber warum hatte der Erzengel ihm überhaupt dieses Geheimnis verraten? Damit sich Ash von Kara fernhielt? Wenn er das nur könnte.

Außerdem musste Raphael doch wissen, dass Ash seiner Tochter niemals ein Leid zufügen konnte; er hätte ihn sonst gewiss nicht mit Kara alleingelassen.

„Es muss etwas mit Kanchipuram zu tun haben“, murmelte er. „Ganz bestimmt.“ Ash sollte nicht die Finger von Kara lassen, sondern von dem Artefakt.

Wie er es auch drehte und wendete – das alles war zu mysteriös. Aber nun hatte er etwas in der Hand, womit er Raphael erpressen konnte. Es musste einen Grund geben, warum er Ash das erzählt und Kara die Erinnerung genommen hatte, wer sie wirklich war. Raphael hatte ihn angefleht, ihr nicht zu sagen, dass sie ein Halbengel war. Ein ganz besonderer Engel, der besondere Privilegien genoss.

Seufzend sah Ash zu dem leeren Bett, das seinem gegenüber an der anderen Seite der kleinen Höhle stand. Es war leer. Jamiel war mit Ceros unterwegs. Sein Herr hatte für sein neuestes Vorhaben jemanden gebraucht, der die Stimmen Toter hören konnte, und da war Jamiel Wahl Nummer eins. Ash sollte hier solange die Stellung halten. Ceros hielt mittlerweile eine Menge auf ihn, auch wenn er sich noch ab und zu an ihm abreagierte. Es war wohl so etwas wie eine Hassliebe, die der Fürst für ihn empfand. Er wusste, dass er Ash viel zu verdanken hatte, immerhin hatte er Ceros eine Menge Tipps gegeben, wie er sein Reich besser führen konnte. Wenn Ash aus vollster Überzeugung Dämon wäre, hätte er kein übles Leben. Dennoch hätte er lieber sein altes zurück.

Hoffentlich verriet der Junge Ceros in seiner Wut nichts über Ashs Pläne. Wobei – Jamiel würde nie etwas tun, das seiner Schwester in irgendeiner Weise schadete. Eher plauderte Zorell. Ash traute dem Zash nicht. Er ging über Leichen, wenn es zu seinem Vorteil war.

Gern hätte er mit Jamiel über seine Situation gesprochen, doch der hätte ihm im Moment sicher nicht zugehört. Ash wünschte sich irgendeine Antwort darauf, was er nun tun sollte. Er kam sich vor, als stünde er in einem tiefen Brunnen, aus dem er sich nicht befreien konnte. Raphael zu erpressen war sinnlos, weil er dadurch offensichtlich nur Kara in Gefahr brachte. Der Erzengel musste einen triftigen Grund für seine Verschwiegenheit haben.

Vielleicht gelangte er zu einer Lösung, wenn er sich all die Ängste der Personen vor Augen rief, mit denen er zu tun hatte.

Raphael fürchtete, dass Kara die Wahrheit über sich erfuhr.

Karas Angst war es, bei ihrer Aufgabe zu versagen. Aber das würde sie, wenn Ash ihr die Sanduhr abluchste. Außerdem hatte er gefühlt, dass sie sich um den jungen Schönling auf den Fotos sorgte. Mann, das hatte ihn rasend gemacht, er hatte kaum etwas spielen müssen. Er war eifersüchtig. Das hieß wohl, Kara bedeutete ihm mittlerweile so viel, dass er ihr unmöglich schaden konnte.

Dann war da noch Jamiel. Ash könnte ihm tatsächlich helfen und die Zeit so weit zurückdrehen, um auch dem Leben des Jungen eine neue Richtung zu geben. Andererseits, wenn es schief ging und Ash getötet wurde – was im Moment stark danach aussah –, wäre Jamiel ungeschützt Ceros' Grausamkeiten ausgeliefert. Ceros würde sich bestimmt nicht zurückhalten, bloß weil er mit Zorell ein Abkommen hatte. Hinzu kam Jamiels Furcht, erneut zu versagen und seine Schwester in Gefahr zu bringen.

Ash stieß frustriert die Luft aus. Falls er die Uhr nicht bekam, brauchte er zumindest das zweite Amulett, um seine Seele zu befreien. Wenn es jedoch blöd lief, würde das Ceros zum mächtigsten Dämon der Unterwelt machen. Das Einzige, was der Fürst fürchtete, war sein Fall. Es würde Ash höchste Genugtuung verschaffen, Ceros am Boden liegen zu sehen oder besser: vernichtet. Aber wie er das ohne Hilfsmittel schaffen sollte, war ihm ein Rätsel. Kaum jemand konnte es mit Ceros aufnehmen. Er besaß nicht nur außerordentliche Kräfte, sondern auch uralte magische Waffen, die seine Macht gewaltig potenzierten.

Von welcher Seite er auch die Situation beleuchtete – im Moment wusste er nicht, wie er handeln sollte. Wenn Kara die Uhr der Hexe gab, blieb Ash bloß das Medaillon, und wenn er das nie fand, würde er ewig Ceros' Sklave sein. Und das war seine größte Angst.

Verdammt, er brauchte das Amulett, so oder so, die Uhr allein half ihm überhaupt nichts. Fuck! Wenn er seelenlos in die Vergangenheit reiste, blieb er weiterhin ein Dämon. Deshalb bekam er seine Seele nicht plötzlich zurück. Oder? Diese Zeitreiseproblematik machte ihm echt zu schaffen.

Nachdem ihn seine Gedanken und die bedrückende Dunkelheit der Unterwelt fast wahnsinnig gemacht hatten, beschloss Ash, noch einmal bei Kara vorbeizuschauen. Sie wollte ihn bestimmt nicht mehr in ihrer Nähe haben, aber er musste zu ihr. Alles zog ihn zu ihr hin. Sie durfte seinetwegen nicht traurig sein. Das sollte er geradebiegen und sich mit Anstand von ihr verabschieden, ihr das Artefakt lassen – und dann würde er weitersehen. Also erschuf er ein Portal von seinem Wohnloch direkt in ihr Zimmer. Er blinzelte ein paarmal, bis er sich an die Helligkeit gewöhnt hatte, weil es hier oben Tag war, und sah sich um. Doch Kara war nicht da. Was hatte er erwartet? Dass sie auf ihn wartete? Sie hatte als Engel Aufgaben zu erledigen.

Ash ging zur Kommode, wo der Bilderrahmen gestanden hatte, den er zerstört hatte. Er war weg. Kurzerhand zog er die große Schublade auf und fand – neben weißen Baumwollschlüpfern – die Bilder. Ihr Anblick versetzte ihm einen Stich in sein schwarzes Herz. Kara sah darauf glücklich aus. Ihr musste viel an dem jungen Mann liegen.

Mal sehen, was sie noch alles zwischen ihrer Unterwäsche versteckt, dachte Ash grimmig und wühlte in der Schublade herum, obwohl er sich dabei nicht wohlfühlte. Er konnte bloß hoffen, dass Kara nicht plötzlich wirbelwindartig auftauchte und ihn überraschte. Dann hätte er es endgültig mit ihr verscherzt. Wenn er das nicht ohnehin schon hatte.

Er fand weitere Bilder in Passfotogröße. Auf manchen war nur der Schönling zu sehen, auf anderen Kara. Ohne lange zu überlegen, nahm er ein Bild von seinem Engelchen und steckte es sich in die Hosentasche. Anschließend legte er alles wieder an seinen Platz und schob die Schublade zu.

Ob sich Kara irgendwo im Gebäude aufhielt? Er würde sie suchen. Vorsichtig öffnete er die Tür und streckte den Kopf in den langen, düsteren Gang. Alles war ruhig und schien verlassen. Weil er keine Gefahr witterte, schritt er hinaus und beschloss, sich durch alle Stockwerke vorzuarbeiten. Sobald Kara in der Nähe war, würde er sie spüren und finden.

Er schlich durch das Hotel, wobei er sich wie ein einsamer Geist vorkam. Seine Schritte wirbelten Staub auf, hinterließen jedoch kaum ein Geräusch auf dem Teppichboden. Dafür klopfte ihm sein Puls hart in den Ohren. Zu wissen, dass er Kara nahe sein konnte, ohne ihr zu schaden, trieb ihn schneller voran. Wo war sie nur, verdammt? Und warum wohnte sie in diesem verlassenen Gebäude?

Er versuchte es in den oberen Stockwerken und stieg das gigantische Treppenhaus hinauf. Hier war überhaupt alles sehr ausladend. Hohe Decken, endlos lange Flure, Stiegen mit kunstvoll geschmiedeten Geländern. Das hier war ein faszinierendes Haus. Die Wände waren mit teuren Tapeten ausgekleidet oder in demselben kräftigen Rot gestrichen wie die Ziegeln der Außenmauer. Zahlreiche Ornamente, Säulen oder Stuckarbeiten rundeten das Bild ab. Der Erbauer hatte einen außergewöhnlich guten Geschmack. Die Zimmer in den oberen Stockwerken waren abgeschlossen. Ash zog mit der Fingerkuppe einen Kreis von etwa dreißig Zentimeter Durchmesser auf eine Tür. Es kribbelte in seiner Fingerspitze, als seine dämonische Energie hindurchfloss und er sich wünschte, der Durchgang möge sich in dem Raum öffnen. Ein kleines Portal materialisierte sich, gleich einem Guckloch. Jetzt hatte er einen wunderbaren Blick hinein und sein Atem stockte.

Riesige Steinfiguren saßen in einer Reihe an der Wand, als hätte man sie einfach dort abgestellt. Sie zogen schreckliche Fratzen oder zeigten ihre Krallen. Ash wusste sofort, dass es sich bei diesen Kreaturen um Gargoyles handelte. Er konnte ihren Herzschlag hören.

Befand er sich etwa in deren Nest? Da Kara hier wohnte, war sie wohl der Schutzengel der Gargoyles, die in diesem Hotel lebten. Ash hatte keinerlei Interesse an diesen Geschöpfen – Ceros hingegen schon. Wenn sein Herr von dieser Unterkunft wüsste, würde er bestimmt den einen oder anderen Gargoyle, vielleicht alle, entführen, um sie zu seinen Sklaven zu machen. Nur um sie zu demütigen. Ceros hasste diese Wesen, weil sie die Menschen beschützten, auch vor Dämonen.

In der Unterwelt herrschte ewige Finsternis, dort gab es weder Tag noch Nacht. Diese Wesen spürten so tief unter der Erde die Strahlen der Sonne nicht. Sie würden dort niemals zu Stein werden und nicht lange überleben, weil sie ohne heilsamen Schlaf bald starben. Da es helllichter Tag war, konnte ihn zum Glück kein Gargoyle bemerken. Sonst befand sich hier nur die übliche Einrichtung: ein Bett, ein Tisch, Stühle und ein Kleiderschrank. Diese Wesen waren sehr vorsichtig.

Ash wagte weitere Blicke in die anderen Zimmer, wo er meist dasselbe Bild vorfand. Also ging er den Flur durch bis zum letzten Raum. Diese Tür führte in ein winziges Treppenhaus. Die Gargoyles benutzten anscheinend nicht die normalen Wege, sondern die kleineren, versteckten Aufgänge, die einst für das Personal gedacht gewesen waren. Das erkannte Ash an der Abnutzung der Stufen und des hölzernen Handlaufes. Teilweise befanden sich tiefe Kratzer darin.

Neugierig geworden, lief er die Treppen nach unten und landete schließlich im Keller. Hier wirkte auf den ersten Eindruck ebenfalls alles verlassen. Es roch muffig. Der Steinboden war zerkratzt, als würden täglich viele Klauenfüße über ihn laufen. Ash folgte der Spur durch den finsteren Gang, bis sie vor einem mächtigen Schrank endete. Vorsichtig öffnete er ihn. Außer Mäusekot und Spinnweben enthielt er bloß Gerümpel. Die Einlegeböden waren herausgefallen oder hingen schief in dem Möbelstück. Es wäre ein Leichtes für Ash, den massiven Schrank auf die Seite zu rücken, doch auch hier erschuf er wieder ein Portal. Das ging schneller und machte keine Geräusche. Diesmal stieg er hindurch auf die andere Seite.

Wie er vermutet hatte, befand sich hinter dem Möbelstück ein weiterer Gang. Er führte tiefer unter das Gebäude. Entferntes Rattern sowie ein seichter Luftzug verrieten ihm, dass es wohl einen weiteren Ausgang zu den U-Bahnschächten gab. Hier war es beinahe so dunkel wie in der Unterwelt. Für seine an die Finsternis gewöhnten Augen gab es keine Probleme, etwas zu erkennen. Auch seine anderen Sinne waren geschärft. Irgendwo tropfte Wasser und neben ihm raschelte etwas. Es war ein Mäuschen, das fiepend vor ihm in einen Mauerspalt flüchtete.

Er ging weiter. Seine Schritte hallten von den engen Wänden, bis sich vor ihm ein Gewölbe auftat, womöglich ein ehemaliger Bauschacht der U-Bahn. Es roch seltsam hier unten, nach feuchtem Stein und Moder. Ash hörte ein beständiges, schwaches Klopfen, das von überallher zu kommen schien. Es klang wie unzählige, rhythmische Trommelschläge, ganz leise. Erst, als er die versteinerten Wesen in der Dunkelheit ausmachen konnte, bestätigte sich seine Vermutung: Es waren ihre verlangsamten Herzschläge.

Ash erschauderte. Hunderte Gargoyles standen oder saßen hier zusammen. In manchen Räumen schienen nur die Kinder zu leben, in anderen Pärchen, die auf Decken oder Matratzen in enger Umarmung beieinanderlagen. Wäre es jetzt Nacht, würde er keine zwei Sekunden überleben. Die Gargoyles würden ihn auf der Stelle zerfleischen.

Hier unten sah es aus wie in einem Armeelager. Er entdeckte eine Küche, Waschräume und Vorratskammern, wo sich Lebensmittel, Verbandszeug und andere Gegenstände bis unter die Decke stapelten. Am meisten beeindruckte ihn ein Raum, der mit einer massiven Holztür abgesperrt und von zwei stämmigen und fast drei Meter großen Geschöpfen bewacht wurde. Ein Blick durch ein Portal zeigte, er war über und über mit Schätzen angefüllt, wie Aladins Wunderhöhle.

„Ts", machte Ash in die Stille und zog seinen Kopf aus dem Dämonentor. So etwas hatte er noch nie gesehen. Wenn Ceros davon wüsste. Unter den Wertsachen befand sich bestimmt das eine oder andere Artefakt. Ceros war ganz heiß auf magisches Spielzeug. Früher hätte Ash nicht gezögert und den Haufen danach durchsucht oder Ceros vielleicht direkt hergeführt, aber die Zeiten waren vorbei. Hier hielt ihn nichts. Er wollte endlich sein Engelchen finden. Er würde auch nichts unternehmen, was Karas Zorn heraufbeschwören oder ihr wehtun könnte. Sie schützte diese Wesen.

Schnell machte er sich auf den Rückweg und beschloss, sich jetzt die unteren Stockwerke vorzunehmen. Er ging durch Speise- und Tanzsäle, prachtvolle Gemeinschaftsräume und Badezimmer mit marmornen Becken und verspiegelten Wänden. Schade, dass das Wasser abgedreht war. Hier hätte er es sich wunderbar mit Kara vorstellen können. Oder ... Moment, was war das? In einem separaten Bereich, in dem es mehrere Duschkabinen gab, war der Boden nass. Also führten die Leitungen doch Wasser. Ob sich die Gargoyles hier ebenfalls wuschen? Aber nichts deutete darauf hin. Es gab keine Handtücher, kein Duschgel. Nur ein feiner, blumiger Geruch lag in der Luft.

Als er ein riesiges Treppenhaus betrat, über das sich eine gewaltige Kuppel wölbte, die in blauer Farbe gestrichen und mit gelben Sternen verziert war, spürte er eine himmlische Präsenz. Ashs Herz überschlug sich vor Freude. Kara musste in der Nähe sein, ganz bestimmt! Zumindest hoffte er, dass es Kara war und kein anderer Engel.

Vorsichtig beugte er sich über das Geländer und blickte ein Stockwerk nach unten.

Er sah nur eine ältere Frau, die in Decken eingewickelt unter der

Treppe schlief. Ihr Atem ging röchelnd. Neben ihr lag zusammengerollt eine schwarz-weiß gestreifte Katze. Diese hob ihren Kopf und schaute aus großen Augen zu ihm auf.

„Beachte ihn nicht, Henry", hörte Ash Karas Stimme. „Das da oben ist bloß ein dämlicher Dämon."

Ash grinste breit und ein verrücktes Männchen tobte in seinem Bauch herum. Kara hatte ihn also auch bemerkt und sie war noch da. Das erkannte er an den Decken, die sich ein Stück hoben und wie von einer unsichtbaren Hand bis zu den Schultern der Obdachlosen gezogen wurden.

Ein Stich durchzuckte seine Brust. Kara war viel zu gut für einen erbärmlichen Dämon wie ihn. Er sollte wieder gehen und sie in Ruhe lassen. Stattdessen stieg er die Stufen nach unten.

„Wird sie sterben?", fragte Ash leise und blieb lieber im Hintergrund auf dem Treppenabsatz stehen, weil er für Menschen sichtbar war.

„Nein, sie ist lediglich erkältet und schläft tief und fest. Sie wird wieder gesund. Nora ist robust", sagte Kara.

Ash sah sein Engelchen immer noch nicht. Er trat näher, bis er vor der liegenden Frau stand. „Heißt sie so?"

„Ja. Nora lebt schon lange hier. Und das ist ihr Kater Henry. Mit ihm ist nicht gut Kirschen essen. Er ist wählerisch, was seine Freunde betrifft."

„Hallo Henry." Ash ging in die Hocke, um dem Tier den Kopf zu kraulen.

Henry ließ sich das hörbar gefallen, denn er schnurrte und schmiegte sein Köpfchen in Ashs Hand.

„Henry, du bist ein hinterhältiger Schurke", hörte Ash Kara murmeln, worauf sein Grinsen noch breiter wurde.

Sie musste direkt neben ihm stehen, er konnte sie riechen. Er vermisste sie, ihren Duft, ihre Gespräche, die Neckereien … einfach alles an ihr.

„Wissen die Gargoyles, dass sie hier lebt?", fragte Ash, wobei er Henrys Kinn kraulte. Glücklich sabberte der Kater auf seine Hand.

„Du hast es also herausgefunden."

„Hm", machte er. „Aber ich werde niemandem etwas erzählen."

Ash hörte Kara seufzen. „Natürlich wissen die Gargoyles von Nora. Aber weil sie sich nur hier unten aufhält, tolerieren sie sie. Außerdem gibt es Touristenführungen durch diesen Teil des Gebäudes. Das macht Grimsley ziemlich nervös. Er hat gehört, dass die Menschen überlegen, das Hotel zu renovieren und wiederzueröffnen. Grimsley ist wohl schon ganz konfus deswegen, was Molto mir so erzählt."

Grimsley? Molto? Ash konnte sich darauf keinen Reim machen. Es war ihm im Moment auch verdammt egal. Er war froh, Kara gefunden zu haben und sich mit ihr zu unterhalten. Das Thema war absolut zweitrangig.

„Bist du gekommen, um mir wieder die Uhr abzuschwatzen?" Karas Stimme klang sanft, jedoch ein wenig traurig.

„Eigentlich wollte ich mich bei dir entschuldigen." Ash streichelte Henry ein letztes Mal über das seidige Fell, bevor er aufstand. „Kannst du dich vielleicht sichtbar machen?"

„Ich glaube, das wäre keine gute Idee."

„Warum?" Ash machte einen Schritt in die Richtung, aus der ihr Duft kam. Sie roch heute so verdammt gut. Frisch, nach einer Blumenwiese.

Er hörte sie erneut seufzen und kurz darauf ein „Komm mit" murmeln.

Gehorsam folgte Ash dem leisen Tapsen ihrer Schritte. Anscheinend war sie barfuß. Der Weg führte sie bis in Karas Zimmer.

„Dreh dich bitte um", sagte sie und Ash gehorchte.

Im Moment würde er alles tun, Hauptsache, er durfte bei ihr bleiben. Er stellte sich vor die Kommode, über der ein großer Spiegel hing. Das alte Glas war leicht ergraut, doch immer noch glänzend genug, um zu erkennen, wie sich Kara hinter seinem Rücken sichtbar machte. Ihr Anblick ließ ihn glatt das Atmen vergessen. Sein Engelchen war fast nackt. Sie trug nichts weiter als ihre einfache, weiße Baumwollunterwäsche – einen BH sowie einen Slip –, in der sie so verdammt unschuldig aussah. Ihre Federn und die Haare waren feucht, wobei sich einzelne Strähnen sanft wellten. Sie musste geduscht oder gebadet haben.

Ash schluckte hart. Die herrlichen Bäder kamen ihm wieder in den Sinn. Er hatte Kara wohl knapp verpasst.

Seufzend griff sie nach der Hose, die auf ihrem Bett lag. Ihre Hand zitterte, ihre Flügel bebten. Tränen liefen ihr über die Wangen.

Sofort wirbelte er auf dem Absatz herum. „Was hast du?"

Als sie ihn ansah, bemerkte er ihre geschwollenen und rot umrandeten Lider. Sie hatte schon länger geweint. Egal, ob sie ihn gleich wieder schimpfen würde oder nicht – in diesem Moment musste er sie einfach halten. Er eilte zu ihr, um sie in seine Arme zu ziehen.

Ohne Widerstand ließ sie es zu und schmiegte sich an ihn. „Ich bin froh, dass du wieder da bist", flüsterte sie. „Hilf mir, ich weiß nicht mehr weiter."

„Was ist? Was hast du?" Behutsam streichelte er ihren Rücken und genoss ihre Nähe. Es bedrückte ihn, sie derart traurig zu sehen. „Kara?“

Sie antwortete nicht. War sie so verzweifelt, weil er gemein zu ihr gewesen war oder ihr Bild gegen die Wand geschleudert hatte? „Es tut mir so leid, ich war nur so ekelhaft, weil ich dich schützen wollte. Du solltest mich hassen, weil ich dich nicht mit in meinen Abgrund reißen wollte. Aber dann habe ich erkannt, dass ich das gar nicht kann, und da hielt mich nichts mehr; ich musste zurück zu dir. Bitte verzeih mir.“

Wieder antwortete sie nicht, lediglich ihr Zittern nahm zu. Immerhin stieß sie ihn nicht weg. Sie war am Boden zerstört gewesen und sicherlich immer noch sehr enttäuscht von ihm. Ash konzentrierte sich, um herauszufinden, was sie bedrückte. Er versuchte, sich in sie hineinzufühlen und spürte neue Ängste in ihr. „Bitte sprich mit mir.“

„Ich bin total durcheinander. Ich habe plötzlich seltsame Visionen, als wären es reale Erinnerungen. Sie sind erschütternd.“ Sie machte einen zitternden Atemzug, schien sich jedoch zu beruhigen, denn sie hatte aufgehört zu weinen. „Ich weiß nicht mehr, wer ich bin.“

Ash wollte ihr so gern alles erzählen: über sich, seine Gabe und Raphael, der ihm die Wahrheit aus Sorge um sein Kind offenbart hatte. Kara hatte ein Recht, es zu erfahren. Vielleicht könnte er damit zwischen ihnen alles wiedergutmachen. Aber irgendetwas hielt ihn zurück. Ash hatte die Angst in Raphaels Augen gesehen. Dem Erzengel lag viel daran, dass seine Tochter nicht erfuhr, wer sie tatsächlich war. Ash würde lieber schweigen. Niemals wollte er durch seine Schuld Kara ein Leid zufügen.

Aber das waren nicht die einzigen Ängste, die sie belasteten. Ihre größte Sorge war, dass Ash lediglich die Uhr wollte, nicht Kara, und ihr nur etwas vortäuschte. Das machte sie traurig, denn sie wollte echte Leidenschaft erleben. Um ihretwillen.

„Ach, Süße …“ Er zog sie fester in die Arme, woraufhin sie einen tiefen Seufzer ausstieß. Ash vergrub seine Nase in ihrem duftenden Haar, während er sie weiterhin beruhigend streichelte. „Ich weiß, wer du bist. Du bist die wundervollste Frau und der schönste Engel, den ich kenne. Stark, selbstbewusst und mitfühlend.“

Kara legte ihren Kopf zurück und drückte ihm ihre Hand auf die Stirn. „Können Dämonen Fieber bekommen?“

Lachend erwiderte Ash: „Du hast Humor und einen beachtenswert eisernen Willen.“ Sie hatte ihm die Uhr partout nicht geben wollen, egal, was er versucht hatte.

„Wenn ich falle, können wir vielleicht zusammen sein“, sagte sie so nüchtern, als hätte sie soeben eine Entscheidung getroffen.

Ihre Worte trafen ihn wie ein Vorschlaghammer. Vehement schüttelte er den Kopf. „Der Preis ist zu hoch, glaube mir. Du hast keine Ahnung, was dich erwartet. Das da unten *ist* die Hölle! Ich hab dir doch gerade erklärt, warum ich erst so gemein zu dir war, weil ich auf keinen Fall möchte, dass du dasselbe erleben musst wie ich."

Kara hatte Angst, in die Unterwelt verbannt zu werden, das spürte er. Sie war also doch nicht so leichtsinnig, wie er gedacht hatte. Aber sie würde das alles auf sich nehmen, ihm zuliebe. In seiner Brust wurde es warm. Und verdammt eng. „Außerdem bleiben mir nur noch wenige Stunden. Ich werde sterben, schon vergessen? Dann wärst du ganz allein in dieser Hölle." Tief holte er Luft. Die bloße Vorstellung verursachte Übelkeit.

Kara legte ihre Wange an seine Schulter und spielte am Kragen seines Shirts. Unter halb gesenkten Lidern sah sie zu ihm auf. „Vielleicht ist das ja mein Schicksal. Womöglich hat Raffi das gemeint, als er sagte, unsere Schicksale wären miteinander verbunden. Vielleicht sollen wir einfach zusammen sein. Dann werde ich das alles auf mich nehmen. Wir könnten gemeinsam sterben."

Ashs Herz setzte einen Schlag aus. Er drückte Kara von sich und hielt sie an den Schultern fest. Unverwandt sah er ihr in die Augen. „Nein. Sag so was nicht. Das würde ich niemals zulassen! Es gibt einen anderen Weg. Du wirst weder sterben noch fallen und trotzdem können wir zusammen sein. Vertrau mir." Seine Hände glitten zu ihrer Taille, wo ihre Haut warm und so weich wie Seide war.

Ein Funkeln stahl sich in das wunderschöne Grün ihrer Iris. „Wirklich?"

„Wirklich. Wir werden zusammen sein. Jetzt."

Kara riss die Augen auf. „Was?"

Bevor sie etwas erwidern konnte, zog er sie erneut an sich, um ihre Lippen mit einem Kuss zu verschließen. Es war ein sanfter Kuss, wohl der zärtlichste, den er jemals gegeben hatte. Er legte all seine Gefühle für Kara hinein, die dermaßen heftig waren, dass ihm schwindelig wurde. Er hatte noch nie so stark empfunden. Kara versteifte sich in seinen Armen, doch dann erwiderte sie den Kuss ebenso sanft. Ashs Herz wurde noch wärmer. Sein Körper erhitzte sich, bis er glaubte, in Flammen zu stehen.

„Vertraust du mir?", hauchte er in ihren Mund.

„Du bist ein Frauenheld. Warum sollte ich?", wisperte sie an seine Lippen.

Sie hatte recht und die Erkenntnis tat ihm weh. Ja, warum sollte sie ihm trauen, einem Frauenheld und Dämon? „Weil …" Er schluckte hart und hielt sie fest an sich gepresst. Dabei spürte er, wie ihr Herz gegen ihren Brustkorb ratterte. „Weil ich nicht mehr der bin, der ich einmal war. Weder der Dämon noch der Engel. Ich habe mich verändert", flüsterte er. „Und ob du mir glaubst oder nicht … ich liebe dich."

Ash schloss die Augen und stöhnte innerlich. Hatte er das jetzt tatsächlich gesagt? Er, dessen Motto schon seit jeher geheißen hatte: Eher würde die Hölle zufrieren, als dass er sich verliebte. Er hatte immer geglaubt, gut und gern auf Liebe verzichten zu können. Er war eine Kreatur des Bösen und nie ein folgsamer Engel gewesen. Wie gern wäre er gefühllos – das würde ihm eine Menge ersparen.

Als sich Kara erneut versteifte, öffnete er die Augen. Bei ihrem ernsten Blick fürchtete er sich vor ihrer Antwort. Kara hatte ein Weichei aus ihm gemacht. Aber verdammt, er liebte dieses zauberhafte Geschöpf, das seinem freudlosen Dasein endlich ein Ende bereitet hatte. Sie war sein Licht in der Dunkelheit.

Ihre Mundwinkel zuckten. Langsam breitete sich ein Lächeln auf ihrem Gesicht aus. Mit beiden Händen umschloss sie seine Wangen. „Und ich liebe dich, du süßer Schurke."

Diesmal war ihr Kuss nicht zurückhaltend, sondern leidenschaftlich. Ihre Zunge tauchte in seinen Mund, worauf es bis in seine Lenden prickelte. Aufatmend vertiefte er den Kuss und drängte den Unterleib an ihren Bauch. In seiner Jeans wurde es schlagartig eng. Da unten funktionierte also doch noch alles, nur dass sich seine Gefühle nicht mehr allein auf diesen Körperteil beschränkten. Plötzlich war da mehr, eine starke Zuneigung, Wärme, tief in seinem Herzen. Dieses himmlische Wesen liebte ihn. Das bedeutete ihm mehr als seine Freiheit. Liebe war etwas, das man nicht kaufen konnte, umso mehr freute es ihn, dass ein richtiger Engel ihn begehrte, mit allem, was er war.

„Schurke ist harmlos ausgedrückt", sagte er heiser und drängte Kara so weit zurück, bis ihre Kniekehlen gegen das Bett stießen.

„Niemand ist perfekt." Ihre Hände fuhren unter sein T-Shirt und legten sich auf seinen Bauch.

Ash stöhnte auf, jede Ader in seinem Körper pulsierte heftig. „Kara, ich …" Er wollte ihr mitteilen, wie glücklich sie ihn machte. Doch dann hätte er sich gleich zum Frauenbeauftragten aufstellen lassen können.

„Lass uns später reden, küss mich jetzt lieber", sagte sie keuchend und zog an dem Stoff.

Dagegen hatte er nichts einzuwenden. Er begriff kaum, was hier geschah. Darüber konnte er sich ein anderes Mal den Kopf zerbrechen. Im Moment hatte er es verdammt eilig, aus seinen Schuhen und Hosen zu kommen. Er streifte beides hektisch ab, Kara half ihm beim T-Shirt und er ihr bei der Unterwäsche – bis sie splitternackt voreinander standen. Kara war perfekt, so wunderschön – Ashs Herz schmerzte vor Zuneigung. Ihre vollen Lippen, die üppigen Brüste, der sanft gewölbte Bauch … all das machte ihn dermaßen an, dass er Kara am liebsten auf der Stelle genommen hätte. Aber er wollte genießen, jede Sekunde voll auskosten; und das tat er, als sie begann, seine Brustwarzen zu küssen. Sie zupfte mit den Lippen an den harten Kügelchen, wanderte dann weiter nach unten, leckte über seinen Bauchnabel und stupste ihre Zunge hinein.

Er stöhnte auf und vergrub seine Finger in ihren Schwingen. „Kara, du bist verdorben."

„Das war erst der Anfang, Dämon", erwiderte sie, bevor sie einen Kuss auf seine geschwollene Spitze hauchte. So sanft wie der Flügelschlag eines Schmetterlings, dennoch zog es ihm fast die Beine weg.

Ein Knurren entrang sich seiner Kehle, weil er seine ganze Länge zwischen ihren Lippen versenken wollte, sich jedoch nicht traute. Aber Kara erlöste ihn. Sie nahm ihn in den Mund, immer tiefer, bis zum Anschlag, und saugte zaghaft. Das war fast zu viel für ihn. Ihre Unerfahrenheit und Neugier waren eine wunderbare Mischung, der er nicht lange würde widerstehen können. Bereits jetzt stand er kurz davor, sich zu ergießen. Sein schöner Engel kniete mit zitternden Flügeln vor ihm und sah unschuldig zu ihm auf, während sie an ihm lutschte. Was für ein Anblick! Seine feuchtesten Träume hatten sich soeben erfüllt, aber verdammt, er konnte ihr doch nicht in den Mund …

Ash hob sie unter den Armen hoch und legte sie auf das Bett. Er streckte sich auf ihr aus, die Ellbogen neben ihrem Kopf abgestützt. Dann küsste er sie, wobei er seinen Unterleib an ihrer Scham rieb.

Kara zerwühlte sein Haar und streichelte seinen vernarbten Rücken. Sein Engelchen hüllte sie beide mit ihren Schwingen ein und schirmte die Außenwelt vor ihnen ab. Es gab nur noch Kara und ihn. Er schämte sich nicht mehr vor ihr, weil er als Engel versagt hatte. Ash fühlte sich glücklich und beinahe vollkommen. Er wollte endlich mit Kara schlafen. Ihr würde nichts geschehen. Sie war die Tochter eines Erzengels. Tatsächlich durfte er sich seinen innigsten Wunsch erfüllen, bevor er getötet wurde. Er wollte lieben und geliebt werden und am besten gleich hier, in ihren Armen, sterben.

Immer schneller rieb er seine Erektion über ihre Mitte. Er nahm die Finger hinzu, ließ sie in ihrer feuchten Spalte verschwinden und tastete sich zu ihrem Lustzentrum vor.

„Kara …", wisperte er an ihre Lippen. „Ich will dich ganz."

Unter seinem Wunsch keuchte sie auf. Sie wand sich und stöhnte in seinen Mund. „Ich dich auch."

Das brachte ihn noch höher. Er umschloss sein hartes Geschlecht, weil er nicht mehr länger warten konnte, und drang mit der Spitze in sie ein. Kara unter ihm versteifte sich. Ash verharrte. Wahnsinn, wie nass sie war. Und so eng, so … unschuldig. Er wollte ihr auf keinen Fall wehtun. Aber sie hatte keine Schmerzen, sondern Angst. Dank seiner Gabe konnte er ihre Unsicherheit spüren, als würde er sie selbst erleben. „Ich fang dich auf", flüsterte er und küsste ihre Nasenspitze. „Dir wird nichts passieren."

„Ich weiß." Plötzlich lächelte sie befreit. „Ich weiß, ich kann es fühlen, klar und deutlich."

Ihre Hände legten sich auf seine Hüften, um sie zu sich zu ziehen, und Ash glitt in sie, Millimeter um Millimeter. Es war gigantisch, Kara war gigantisch und so heiß, dass er glaubte, in ihrem Schoß zu verbrennen. Als er den Widerstand durchbrach, keuchte sie auf. Ash hielt erneut inne. „Ist … tut es … hast du Schmerzen?" Verdammt, es sollte schön für sie sein!

Sie lächelte verschmitzt. „Hey, ich bin kein Porzellanengel. Ich hab fast nichts bemerkt."

Er grinste und drückte sich ein wenig tiefer in sie. „Aber ich hoffe doch, dass du das hier merkst?"

„Oh ja", hauchte sie. „Er fühlt sich sehr groß an."

„Er ist sehr groß." Ash gluckste und sein Herz überschlug sich vor Glück, weil er sein Engelchen lieben durfte.

„Überheblicher Dämon", schimpfte sie ihn zärtlich, die Wangen vor Leidenschaft gerötet.

Himmel, sie sah einfach sexy aus! Er liebte sie so sehr. Es fühlte sich richtig an, der Erste für sie zu sein. Er war tatsächlich in ihr, Körper und Geist schienen mit Kara verschmolzen. Sie küsste und streichelte ihn ununterbrochen, atmete immer schneller. Ihr Keuchen und die leisen Schreie riefen nach mehr. Ash bewegte sich schneller, wobei er immer tiefer in sie glitt.

„Tu ich dir auch wirklich nicht weh?"

Kara verdrehte die Augen. „Ich dachte, nur Frauen reden so viel."

Sie verschloss seinen Mund mit weiteren, heißen Küssen. Dabei stieß sie ihm ihre Hüften regelrecht entgegen, sodass er bis zum Anschlag in sie rutschte. Ash presste die Kiefer aufeinander und musste eine kurze Pause einlegen, ansonsten würde er sich sofort in sie verströmen. Sie wollte es also wild. Gut, das konnte er ihr bieten … in etwa zehn Sekunden. Er schob eine Hand unter ihren Hintern, die andere legte er auf eine ihrer Brüste, um den süßen, harten Nippel zu zwirbeln. Den anderen leckte er, bis er steif und dunkelrot war.

Kara japste nach Luft und rieb sich an ihm. Sie wollte mehr, und endlich konnte er es ihr geben. Er hatte sich wieder so weit heruntergebracht. Gemächlich begann er, sich in ihr zu bewegen. Er fühlte, wie ihr Inneres um ihn herum pulsierte und ihn massierte. Dabei saugte er ihre Brustwarzen abwechselnd ein und drückte seine Wangen auf ihre weichen Hügel. Oh Mann, hier war er zu Hause. Der Duft ihrer Haut berauschte ihn.

Plötzlich bog sie den Rücken durch und warf den Kopf zurück. „Ash! Da passiert etwas, mir ist so …" Stöhnend rieb sie sich schneller an ihm.

„Lass dich einfach davon überrollen. Genieße es", presste er hervor, weil er sich kaum noch zurückhalten konnte. Ihre Leidenschaft war mehr als ansteckend. Er nahm wieder seine Hand hinzu, um Kara zusätzlich zwischen den Beinen zu stimulieren – da schloss sich ihr Inneres fest um ihn. Es fühlte sich an, als wollte sie ihn melken. Das war zu viel für ihn. Nach drei weiteren, kräftigen Stößen kam auch er. Während sich ihre Finger in seinen Hintern krallten, ergoss er sich in ihre wundervolle Enge.

Er küsste Kara lange und tief und rollte sich mit ihr herum, sodass sie auf ihm lag. Wow, fühlte er sich fantastisch! Wie im Himmel, umgeben von flauschigen Federn und einem erregenden Duft. Dem Geruch ihrer Liebe. Sein Grinsen wollte nicht mehr verschwinden. Er war immer noch in ihr und fühlte sich geborgen. Seine Hände ruhten auf ihrem Hintern, ihr Busen presste sich bei jeder ihrer hektischen Atembewegungen an seine Brust – einfach perfekt.

Es störte nur die Erkenntnis, dass er bald tot sein würde.

„Wie fühlst du dich?", fragte Ash, wobei er unablässig in ihre Augen sehen musste. Ihr Seelenlicht war noch da. Das beruhigte ihn ungemein.

„Es geht mir sehr gut." Zärtlich strich ihm Kara ein paar Strähnen aus der Stirn. „Aber war das jetzt alles?"

Sein Lächeln verschwand schlagartig. Dafür grinste nun Kara breit und ließ ihre Hüften auf seinem Schoß kreisen. „Ich hätte gern einen Nachschlag."

„So, die Lady hat noch nicht genug?", sagte er so überheblich wie möglich, obwohl sein Herz überfloss vor Zuneigung zu dieser Frau. „Ich glaube, da kenne ich noch jemanden." Sein Schwanz war schon wieder auf dem besten Weg, sich erneut ins Vergnügen zu stürzen. Nur gut, dass er ein Meister der Gelüste war. Sein Engelchen konnte sich auf einiges gefasst machen. Jetzt würde er nicht mehr so zurückhaltend sein.

Kapitel 22 – Florenz

Vincents Nervosität strahlte bis in seine Zehenspitzen, denn bald sollte es in den Dämonenklub gehen. Noir saß in einem Sessel, der in einer Ecke des Hotelzimmers stand, und schlug mit der Gerte in ihre Handfläche. Offensichtlich war sie froh, dass ihm eine der Latex-Hosen passte, die sie für ihn besorgt hatte. Mit einem zufriedenen Lächeln musterte sie seine fast nackte Gestalt.

Vince hatte nur ein „Das ist nicht dein Ernst“ für sie übrig. Er sah in den kurzen, viel zu engen Pants einfach lächerlich aus. Bei Noirs Anblick wurde ihm jedoch abwechselnd heiß und kalt. Sie trug einen schwarzen BH und einen ledernen Stringtanga und hatte beschlossen, ihren gemeinsamen Auftritt zu proben, bevor sie sich ins Desiderio aufmachten. Alles musste so authentisch wie möglich wirken. Vince sollte einen dämonischen Dom spielen und sie seine menschliche Sklavin. Allerdings war es Noir, die wesentlich mehr Dominanz ausstrahlte als er.

Körperlich ging es ihm besser. Er hatte soeben noch einmal Noirs Kräutertrunk zu sich genommen. Die Strahlen der Nachmittagssonne, die durch die offene Balkontür hereinfielen, durchdrangen seine Zellen und gaben ihm zusätzliche Energie. Er fühlte sich zu allen Schandtaten bereit, auch wenn ihm vor Aufregung das Herz bis in den Hals klopfte – nur diese verdammte Hose störte ihn. Es zeichnete sich jedes Detail seiner beginnenden Erektion durch den Latex ab.

Noir erhob sich aus dem Sessel und schloss die Balkontür. Sofort verstummte das lebhafte Stimmengewirr der Menschen auf den Straßen. Jetzt waren sie wieder in ihrer Welt, nur Noir und er. Vince versuchte sich daran zu erinnern, was sie ihm erzählt hatte, als sie von Bord der Maschine gegangen waren. Sie hatte erklärt, wie er seinen Geist vor ihr abschirmen konnte. Vielleicht wäre es nicht schlecht, gleich damit anzufangen. Er sollte sich eine Mauer vorstellen, an der die Gedanken abprallten. Aber Noir hatte leicht reden. Wie sollte er sich auf eine Mauer konzentrieren, wenn sie halb nackt vor ihm stand?

Er schluckte, als sie ihm die kleine Peitsche in die Hand drückte und sich ein Lederhalsband anlegte. Die hellen Haare hatte sie sich im Nacken zu einem Knoten gebunden, damit ihr „Herr“ immer ihr Gesicht sehen konnte. Das sei wichtig, habe Magnus ihr erklärt.

„Okay, ähm …“ Noir blickte sich im Hotelzimmer um. „Dann fangen wir mal an.“

„Soll ich mich verwandeln, damit ich wie ein Dämon aussehe?"

„Im Klub auf alle Fälle, jetzt überlasse ich das dir. Wir üben ja erst mal. Lieber keine unnötigen Energien verbrauchen."

Da fiel ihm ein Stein vom Herzen. „Dann bleibe ich normal."

„Normal?" Sie drehte sich zu ihm um, die Stirn gerunzelt. „Ich mag dich so, wie du bist. Verwandelt oder nicht. Ich steh auf große, starke Männer."

Vince stemmte die Hände in die Hüften und setzte sein verwegenstes Lächeln auf. Noir wirkte so erhaben, so selbstsicher – trotz ihrer Unruhe – und da sollte er den Herrn spielen? Noir müsste, wenn sie die Sklavin spielte, keine Magie verschwenden. Ansonsten müsste sie einen Verschleierungszauber auf sich legen, damit sie etwas mehr wie eine Dämonin erschien, daher versuchte er, sein Bestes zu geben. „Okay, lass uns anfangen. Was soll dein großer, starker Mann tun?"

Noir positionierte sich mit auseinandergestellten Beinen an der Wand, streckte den Po heraus und sagte: „Schlag mich."

„Was?" Vince starrte auf die kleine Gerte in seiner Hand, dann auf Noirs herrlich runde Backen. Oh Mann, er sollte auf ihr sexy Hinterteil einprügeln? Er ließ die Klatsche zu Testzwecken durch die Luft sausen. Wenn er richtig ausholte, könnte er Noir verletzen. Allein der Gedanke trieb ihm den Schweiß aus allen Poren. Sein Puls raste, seine Erregung schwand. „All die Jahre habe ich versucht, dich vor Schaden zu bewahren. Wie soll ich dir da wehtun können?"

„Sieh es als Spiel." Herausfordernd wackelte sie mit dem Po und schenkte ihm über die Schulter einen lasziven Blick. „Das tut nicht wirklich weh. Bei meinen Dämonenkämpfen muss ich ganz andere Schmerzen aushalten. Da wird das sicherlich ein Zuckerschlecken."

Demonstrativ legte er die Gerte auf den Tisch und verschränkte die Arme vor der Brust. „Ich werde dich nicht mit diesem Ding schlagen."

Noir richtete sich seufzend auf. „Okay, dann erst mal mit der Hand."

Kopfschüttelnd stellte er sich neben sie und betrachtete eingehend ihren süßen Po. „Das ist das Schwerste, was ich jemals tun musste."

„Anderen gefällt es", sagte Noir und stellte sich wieder an die Wand, die Beine leicht gespreizt.

Sie bot einen solch verführerischen Anblick in ihrem String, dass er mit dem Gedanken spielte, das bisschen Stoff einfach auf die Seite zu ziehen, um … Er räusperte sich. „Magst du es, wenn ich dich versohle?" Dann würde es ihm bestimmt leichter fallen.

„Ich weiß nicht, probieren wir es endlich aus."

„Okay." Er holte tief Luft und platzierte einen leichten Klaps auf ihre linke Backe.

„Wo ist mein starker Mann hin?", fragte sie grinsend. „Los, schlag zu. Die Dämonen merken sonst, dass wir niemals …"

Mit geschlossenen Augen holte Vincent aus. Es klatschte laut, als seine Handfläche ihr weiches Fleisch traf. Noir schrie unterdrückt auf und zuckte, worauf ihm beinahe das Herz stehen blieb. Seine Finger hatten auf ihrer hellen Haut einen roten Abdruck hinterlassen.

„Siehst du!", rief er und fuhr sich durchs Haar. Er zitterte und ihm wurde beim Anblick ihres geröteten Pos übel. „Das hab ich gewusst!"

„Ich bin nur erschrocken", rechtfertigte sie sich, wobei sie sich ihm zuwandte und mit den Händen gestikulierte. „Das hat nicht wirklich wehgetan."

Vincent drehte Noir an den Schultern um und ging hinter ihr in die Hocke. Der Abdruck war immer noch zu sehen. „Verdammt", zischte er. Vorsichtig ließ er seine Finger über ihre erhitzte Haut fahren und pustete auf die Stelle. Vince stand kurz davor, auszuflippen. Warum hatte er auf sie gehört?

Kopfschüttelnd erhob er sich. „Ich kann das nicht."

Plötzlich begann Noir zu kichern.

„Was ist so lustig?"

Noir lachte immer heftiger, bis Tränen kamen. Ihre gute Laune war so ansteckend, dass selbst Vincent grinsen musste. Sie hielt sich an seiner Schulter fest, weil sie kaum noch stehen konnte. „Schau uns doch an. Wie wir uns anstellen, wie wir angezogen sind." Mit dem Handrücken wischte sie sich über die Augen, beruhigte sich langsam. „Stell dir vor, jemand sieht uns zu."

Ihm entging nicht der flüchtige Blick, den sie auf das Handy warf. Vince traute dem technikerfahrenen Magier zu, dass er sie durch die Kamera des Smartphones beobachtete, allerdings zeigte die Linse nach unten auf den Tisch.

Jetzt begann Vincent ebenfalls laut zu lachen, doch eher aus Erleichterung, weil es Noir gutging. Er mochte es, wenn sie lachte.

„Ich mag es auch, wenn du lachst." Sie atmete tief durch. „Aber jetzt muss ich aufhören, sonst werde ich hysterisch. Ich bin so aufgeregt wegen Jamie und total durcheinander."

„Meine Gedanken hören kannst du noch", scherzte er, wobei er ihre nackten Arme streichelte.

Noir küsste ihn schmunzelnd auf die Nasenspitze. „Okay, erwischt. Du gibst dir aber auch keine Mühe, sie vor mir abzuschirmen.“

„Ich war abgelenkt.“ Er drückte sie kurz an sich.

„Ich bin für eine neue Rollenverteilung“, sagte Noir.

Dagegen hatte er nichts einzuwenden. „Gut, probieren wir, ob es andersrum besser klappt.“

„Okay, du wirst mein Lustsklave sein. Das lenkt mich wenigstens ab, doch dazu muss ich mich umziehen. Zum Glück hab ich einige Dinge mehr eingekauft.“ Vor seinen Augen entledigte sie sich ihres BHs und wühlte im Koffer. Dabei bewegten sich ihre kleinen Brüste auf und ab. *Das machst du absichtlich.*

Grinsend zog sie eine Korsage aus dem Gepäck, an der ein kurzes schwarzes Kleidchen befestigt war, und legte sie sich an. „Kannst du mir bitte helfen?“

Vincent half beim Schnüren. Anschließend befestigte sie das lederne Band um seinen Hals.

„Wozu ist das gut?“, wollte er wissen.

„Das soll den Sklavenstatus unterstreichen, oder so.“

„Aha.“ Er kam sich wie ein an die Leine gelegter Hund vor.

Noir wurde ernst. „Es tut mir sehr leid, ich weiß, dass du keine Hunde magst. Ich nehme das Band wieder ab.“

Er hielt ihre Hand fest. „Vielleicht hilft es mir, meine Ängste zu überwinden, wenn ich mich in einen Hund hineinfühle.“ *Wuff.*

Noir lacht erneut. „Hör auf damit!“

Wuff, wuff!

„Ich merke schon, ich muss dich erst mal anständig erziehen.“ Sie schlüpfte in hochhackige Stiefel, die ihr bis zu den Knien gingen; dann streckte sie die Hand aus. „Gib mir die Peitsche!“

Vincent deutete auf den Tisch. „Sie liegt neben dir.“

Noir seufzte theatralisch, bevor sie die Gerte an sich nahm. „Als Sklave musst du alles tun, was ich dir befehle.“

„Okay, das bekomme ich eher hin, als dich zu schlagen.“

„Schön.“ Mit strengem Blick taxierte sie ihn, wobei sie wie zuvor die Klatsche in ihre offene Hand sausen ließ. „Womit wollen wir beginnen?“

Schulterzuckend erwiderte Vincent: „Keine Ahnung.“

„Wir könnten an deiner Gedankenabblockung arbeiten. Immer, wenn ich etwas von dir höre, werde ich dich bestrafen.“

Vincent schluckte. Aber nicht, weil er sich vor Noir fürchtete, sondern weil ihm ihre Ausstrahlung gefiel. Dieses Dominante stand ihr ausgezeichnet. Es war die richtige Entscheidung, die Rollen zu tauschen.

„So? War es das?“, sagte sie in einem überheblichen Tonfall. „Stell dich an die Wand. Sofort!"

Vincent trabte zu der Stelle, an der Noir zuvor gestanden hatte, und wusste nicht, ob er über ihren Auftritt lachen sollte.

„Du bist nicht mit dem nötigen Ernst bei der Sache, Sklave!" Die Spitze der Gerte klatschte auf seine Hosen. „Arme an die Wand, Beine auseinander, Po rausstrecken."

Der Schlag – obwohl er nicht besonders hart war – und ihr Befehlston vertrieben das Grinsen aus seinem Gesicht. Dafür stellte sich ein neues Gefühl ein. Es ängstigte Vince ein wenig, weil er kaum glauben konnte, was soeben geschah: Wenn Noir ihn herumkommandierte, machte ihn das verdammt scharf.

„Davon wirst du also geil?" Sie strich mit dem Ende der Gerte über Vincents Rücken. Die Stellen prickelten; in seiner Hose wurde es wieder enger. *Mauer, Mauer …*

„Ich kann dich immer noch hören!"

Erneut sauste die Gerte auf Vincents Haut. Diesmal traf sie seinen Oberschenkel. Den Hieb spürte er kaum, aber als Noirs Finger an seinen Seiten entlangfuhren, keuchte er auf. Tiefer, dachte er, worauf er prompt erneut einen Schlag erntete – diesmal auf seine andere Pobacke. Seine Erektion zuckte. Verdammte enge …

„So, dir gefällt deine Hose nicht?" Noir beugte sich nah zu ihm hin und hauchte ihm ins Ohr: „Antworte."

„D-doch, sie ist wunderbar."

„Sie ist wunderbar, Herrin!", rief sie.

„Sie ist wunderbar, Herrin", wiederholte er artig, fing sich aber gleich einen weiteren Schlag ein. Wofür war der jetzt?

„Für deine Lüge", zischte sie in bester Domina-Manier, „und weil ich immer noch deine Gedanken höre!"

Noir war ganz in ihrem Element. Es erregte sie anscheinend, einen starken Mann zu beherrschen. Vince vernahm ihren leicht keuchenden Atem und roch den süßen Duft ihrer Lust. Er schloss die Augen, damit er sich besser auf die Abblockung konzentrieren konnte. Er stand kurz davor, Noir einfach zu packen, aufs Bett zu werfen, ihr die Kleidung vom Leib zu reißen und sich endlich seinen größten Wunsch zu erfüllen.

Anscheinend hatte sie das auch gehört, denn ihre Stimme bebte, als sie ihn anherrschte: „Deine Gedanken lenken mich ab! Du wirst dich verwandeln, wenigstens einen Teil von dir, damit ich dich nicht mehr so gut höre."

„Welchen Teil, Herrin?", brachte er mühsam zwischen zusammengebissenen Zähnen hervor. Er wusste, je mehr er zum Gargoyle wurde, desto schlechter konnte sie in seinen Kopf vordringen. Er stand immer noch in der gewünschten Position an der Wand, die Beine geöffnet und den Po herausgestreckt. Er spürte, wie Noirs Gerte von hinten zwischen seine Schenkel fuhr. Sie streichelte damit über seine Hoden und weiter hinauf, über seinen knallharten Schaft.

„Den hier", flüsterte sie ihm zu.

„Was?" Vincent glaubte, sich verhört zu haben. Seine Finger krallten sich in die Tapete. Nur gut, dass er gerade keine Klauen besaß. Unverfroren rieb sie mit der Gerte an ihm. Das Gefühl war unbeschreiblich. Er kam ihr mit den Hüften entgegen, weil er fester berührt werden wollte. Aber Noir klopfte zur Strafe sanft gegen seine Erektion und nahm das Instrument anschließend weg. Enttäuscht keuchte er auf. Als sie einmal über sein Ohr leckte, warf er den Kopf zurück. Diese Frau brachte ihn gleich um den Verstand. Noir lachte leise. Ihr gefielen offensichtlich die Reaktionen, die sie bei ihm auslöste.

„Bei der Entzauberung habe ich bemerkt, dass sich wirklich alles an dir verwandelt."

Er ist ihr zu klein, dachte er frustriert. Noir griff in sein Haar, um Vincents Gesicht nah an ihres zu ziehen. Lasziv hauchte sie: „Ganz und gar nicht. Ich bin nur neugierig." Dann presste sie ihre Hand auf seinen Schritt. Vincent stockte der Atem. Seine Knie wollten nachgeben, sein Herz raste.

„Na los, Sklave. Tu es!", befahl sie.

„Ich kann nicht, wenn du mich ablenkst", stöhnte er mehr, als dass er es sagte. Dabei berührten sich fast ihre Lippen. Noir massierte ihn durch die Hose hindurch, wobei es fast schmerzte, dermaßen hart wurde er.

„Bitte, Noir, ich kann mich nicht mehr lange zurückhalten." Wenn sie weitermachte, würde er über sie herfallen. Kurzerhand fuhr sie in seine Hosen. Ihre Finger umschlossen seine pulsierende Männlichkeit und drückten zu, sodass ihm ein Knurren entwich. Noir massierte ihn, knetete ihn sanft. In seinem Unterleib baute sich ein gewaltiger Druck auf. Hechelnd holte er Luft und sammelte all seine Konzentration, die er auf sein Geschlecht lenkte. In Noirs Hand wurde es länger und dicker. Aber anstatt ihren Griff zu lockern, beließ sie ihn so. Vince kam sich vor wie in einem Schraubstock gefangen. Das Gefühl war überwältigend.

„Brav, Sklave", schnurrte sie an seine Lippen.

Mit der Zungenspitze fuhr sie die Konturen seines Mundes nach, während sie zeitgleich begann, seine Erektion wieder zu streicheln. Sie fand keinen Platz mehr in der Hose, deshalb ragte sie ein gutes Stück aus dem Bund heraus. Mit dem Daumen neckte Noir die empfindliche Spitze, aus der seine Lust in klaren Tropfen perlte. Vince wollte Noir küssen, aber sie entzog sich ihm wieder, nur um ihn erneut zu reizen. *Miststück!* Ihre Hand wanderte noch weiter weg. Also verwandelte er heimlich weitere Körperteile, ließ seine Hörner unter seinem Haar hervorbrechen und seine Muskeln anschwellen.

Miststück!, dachte er noch einmal. Diesmal reagierte sie nicht darauf. Vince lächelte zufrieden. Jetzt konnte sie nicht mehr seine Gedanken hören, denn all die erotischen Fantasien, die er jahrelang mit sich herumgetragen hatte, brachen mit einem Mal hervor. Er erblickte vor seinem geistigen Auge nur noch Noir, mit gespreizten Beinen unter ihm, ihre empfindsamste Stelle schutzlos seiner Gier ausgeliefert. Knurrend drehte er sich von der Wand weg, packte sie an den Hüften und zerrte sie zum Bett. Kommentarlos ließ sie sich von ihm auf die Matratze drücken.

„Das macht mich wahnsinnig. *Du* machst mich wahnsinnig“, zischte er, während er über sie krabbelte.

Wie im Delirium kam er sich vor, als er Noir hemmungslos küsste. Vincent nahm nur noch die Süße ihres Mundes, ihre Hitze, den duftenden Körper und ihre weiche Haut wahr. Er zerrte die Verschnürungen ihres Korsetts auf, bis ihre Brüste freilagen, um auch diese zu küssen und zu lecken. Ihre Knospen waren klein und hart – einfach perfekt. Sie wand sich unter ihm, zerzauste sein Haar – wobei ihre Augen kurz groß wurden, als sie die Hörner bemerkte – und hielt sich an seinen Schultern fest. „Vincent …“, stöhnte sie, drückte ihn tiefer.

Er riss ihr den Tanga von den Hüften und spreizte ihre Beine. Vince war wie in Trance. Er zerrte sich die enge Hose hinunter, bevor er sich zwischen ihren Schenkeln niederließ, für ein paar Sekunden ihre gerötete und geschwollene Weiblichkeit bewunderte, die zart und verletzlich aussah, und dann die Lippen auf ihren Schamhügel presste. Vorsichtig leckte er über die weiche Haut und ließ die Spitze seiner Zunge in ihren Spalt gleiten. Ihr Duft wirkte wie ein Aphrodisiakum. Aufschreiend bog sich Noir ihm entgegen. Sie wollte ihre Beine schließen, aber er drückte sie an den Knien auseinander.

„Jetzt bin ich dran, Herrin“, sagte er. Er bemerkte, dass seine Fänge hervorgetreten waren wie bei einem Vampir, den es nach Blut dürstet. Ihn gelüstete es jedoch nur nach Noirs Creme, die reichlich aus ihr herauslief. Mit einem leisen Knurren bohrte er einen Finger in sie, nahm ihre Feuchtigkeit auf und leckte sie ab. Ihr Geschmack übertraf alles, was er kannte.

Er brauchte mehr!

Seine Zunge tauchte tief in ihre Hitze, wobei Vince höllisch darauf achtete, sie mit seinen Reißzähnen nicht zu verletzen. Während er sie ausleckte wie ein Verdurstender und an ihrer harten Perle spielte, legte sich ein Schalter in seinem Kopf um. Ihn konnte nichts mehr aufhalten. Es war zu spät, all seine Sicherungen durchgebrannt. Er wollte nur noch mit ihr schlafen, sie zu der Seinen machen. Er rutschte auf ihren Körper, der von einem feinen Schweißfilm bedeckt war, wie seiner.

„Kondom", grollte er. Ein letzter Funke Verstand sagte ihm, dass es nicht ohne Verhütung ging. Die Gefahr war zu hoch für Noir. Ein Gargoylekind könnte sie töten.

Unter wilden Küssen gestand sie: „Ich kann nicht schwanger werden."

„Warum?" Ihr Aussage überraschte ihn.

„Später", presste sie hervor und rieb sich an seiner gewaltigen Erektion.

Die Pille nimmt sie nicht, das wüsste ich, geisterte noch durch seinen Kopf, bevor seine Triebe erneut die Oberhand gewannen. Mit allerletzter Kraft verwandelte er sich komplett in einen Menschen zurück, um Noir nicht zu verletzen. Sie würde ihn allerdings wieder hören können.

Keine Gefahr – hemmungsloser Sex!

„Stimmt, es ist nur Sex, Vincent. Keiner kann dich mehr verstoßen, richtig?"

„Richtig." Er war auf sich gestellt, ohne Klan. Endlich durfte er Noir lieben.

Sie umfasste seine Wangen und sah ihn mit verklärtem Blick an. „Dann nimm mich endlich!"

So lange hatte er auf diesen Moment gewartet, dennoch zögerte er. Sein erstes Mal. Jede Zelle in ihm vibrierte vor Freude. Er ließ seinen Penis mehrmals in ihrem feuchten Schoß auf- und abgleiten, bevor er langsam in sie eindrang. Aufstöhnend legte Noir die Beine um ihn. Die Lider halb gesenkt, den Mund leicht geöffnet, sah sie wunderschön aus. Wie sehr er sie liebte. Ihr Inneres war samtig und heiß – Vincent fühlte sich geborgen. So hatte er sich das immer vorgestellt. Umschlossen von Noirs Körper, um in ihrem Duft zu ertrinken. Ihr geschmeidiger Leib unter ihm fasste sich besser an als in seinen Träumen. Vince massierte ihre Brüste, saugte an ihrem Hals und fuhr mit der anderen Hand unter ihren Po. Oh Mann, dieser Hintern!

„Ich möchte auf dir liegen, Vincent", hauchte sie unter vielen Küssen in seinen Mund.

Dass sie sagte, wie sie es gern hatte, gefiel ihm. Vince drehte sich mit ihr um, bis sie auf ihm saß. Diese Stellung war ganz nach seinem Geschmack, weil er jetzt ihre Apfelbrüste direkt vor Augen hatte und mit beiden Händen ihr Gesäß kneten konnte.

„Hmm, ich mag, wenn du das tust." Noir begann einen sanften Ritt, entließ seine Erektion bis zur Spitze und senkte sich dann wieder auf ihn, die Augen geschlossen.

„Du liebst es, mit mir zu spielen, was?", raunte er, fasziniert in die Betrachtung ihres gelenkigen Körpers versunken.

Noir lächelte lasziv. „Es gibt nichts Besseres als einen starken Kerl zwischen den Schenkeln."

Vincent knurrte, sein Schwanz zuckte in ihr. Sie redete wie eine Frau, die schon viele Männer in ihrem Bett hatte. Doch er wusste es besser.

„Ich höre nur auf meinen Körper", meinte sie.

Hitze schoss in sein Gesicht. „Verschwinde aus meinem Kopf, das ist nicht fair."

„Aber so weiß ich, was du möchtest." In Zeitlupentempo leckte sie sich über die Lippen. „Du brauchst es hart."

Sie presste ihre flache Hand auf seine Wange, um seinen Kopf seitlich auf die Matratze zu drücken. Natürlich hätte er sich wehren können, doch gerade dieses spielerische Ausgeliefertsein gefiel ihm. Am halb geschlossenen Vorhang schaute er vorbei nach draußen auf das gegenüberliegende Haus. Wenn hinter einem dieser Fenster jemand säße und mit einem Fernglas herüberspähen würde, könnte er genau sehen, was sie hier trieben. Das war Vince im Moment völlig egal. Sollte ruhig alle Welt wissen, dass er mit der begehrenswertesten Frau des Universums schlief.

Er streckte die Arme über sich aus und rekelte sich unter ihr. Noir ritt ihn härter und setzte ihre inneren Muskeln ein, um ihn zu massieren, wobei sie sich an ihm rieb wie eine Schlange. Sie besaß wirklich einen natürlichen Umgang mit sich. Sie war einfach eine Klassefrau. Seine Frau.

Ihr Keuchen vermischte sich mit seinen Stöhnlauten, der Geruch ihrer Leidenschaft waberte durch das Zimmer. Für einen Moment schienen die unzähligen Staubflocken, die in der Sonne glitzerten, in der Luft stillzustehen. Ein Ziehen im Unterleib kündigte seinen Höhepunkt an. Sein Schwanz wurde noch härter. Vince hechelte, sein Körper bebte – und als sich Noirs heißer Schoß in pulsierenden Wellen um ihn schloss, ließ er sich gehen. Den Mund zu einem stummen Schrei geöffnet, spürte er, wie sein Sperma aus ihm schoss.

Noirs Finger krallten sich in seine Seiten, aber das registrierte er kaum. Sie rieb sich zuckend auf ihm, bis ihr Höhepunkt verebbt war. Dann legte sie sich auf ihn, den Kopf an seiner Schulter. Ihr heißer Atem schlug gegen seinen Hals.

Er umarmte sie, wobei sich seine Gedanken überschlugen. Oh Gott, er hatte es tatsächlich getan! Es war passiert. Er war jetzt mit Noir verbunden. *Meine Gefährtin, für den Rest meines Lebens.*

„Was? Deine Gefährtin?!" Noir hob den Kopf, die Lider aufgerissen. Das Haar hing ihr wirr vors Gesicht. „Aber es war doch nur Sex! Schöner, hemmungsloser Sex ohne Verpflichtungen."

Sein Herzschlag geriet ins Stocken. „Für mich hat es alles bedeutet. Du bist jetzt mein", wisperte er. Hatte er tatsächlich geglaubt, sie hätte ihre Meinung geändert? Offensichtlich nicht. Sie wollte nicht auf dieselbe Art mit ihm zusammen sein, wie er sich das vorstellte. *Mein …*

„D-das geht nicht, Vincent, das wäre ja so, als wären wir verheiratet!" Sie rutschte von seinem Schoß und setzte sich neben ihn. Die Decke zog sie bis zu ihren Brüsten hoch. „Ich hab dir doch gesagt, du sollst dich nicht in mich verlieben!"

„Ich habe mich schon in dich verliebt, als ich dich das erste Mal gesehen habe", gestand er leise und drehte ihr den Rücken zu. War er wirklich so abstoßend? So wenig liebenswert? Er zog sich die Zudecke über den Kopf und horchte in sich hinein. Seltsamerweise fühlte er sich nicht anders als zuvor. Wo war dieses Band, von dem er immer gedacht hatte, es würde sie unwiderruflich zusammenschmelzen? War er doch so menschlich? Oder lag es an Noir? Weil sie ihn nicht wirklich wollte? Oder weil sie zu verschieden waren? Seine Liebe für sie war so stark wie immer, auch wenn er verwirrt und enttäuscht war. Sie wollte ihn nicht. „Keine Sorge, ich werde sowieso bald sterben", sagte er. Wie hatte er auch nur ansatzweise glauben können, sie würde genauso empfinden wie er? Sie kannte ihn ja erst seit Kurzem. Er konnte also nichts von ihr erwarten. Vielleicht brauchte sie einfach nur Zeit? Ach, mach dir doch keine Hoffnungen, dachte er.

„Was redest du da?" Vorsichtig zog sie das Laken von seinem Kopf und berührte ihn an der Schulter. „Wieso wirst du sterben?"

Vincent schloss die Augen. „Die Tabletten. Sie sicherten mein Überleben. Mir bleiben wahrscheinlich nur noch wenige Tage."

„Was? Du darfst nicht sterben!" Sie kletterte über ihn und kuschelte sich zu ihm unter die Decke. „Du wirst nicht sterben, Vincent, das lasse ich nicht zu!"

„Du kannst nichts dagegen tun. Ich weiß nicht, welche Medizin ich genommen habe, und werde es nie erfahren."

Als ihre Hand sein Gesicht berührte, schoss die Wärme ihrer Haut direkt in sein Herz. Hoffnung regte sich in ihm. *Empfindest du mehr für mich, als du zugibst?*

Ihre Lippen zitterten, als wollte sie ihm etwas mitteilen. Die Sekunden, in denen sie stumm blieb, kamen ihm wie Ewigkeiten vor. Schließlich gestand sie ihm leise: „Ich wollte dich so sehr, daher habe ich dich provoziert, dich verführt. Ich wusste doch nicht, was es für dich bedeutet."

Er wischte ihr eine gelöste Haarsträhne aus der Stirn. *Wärst du traurig, wenn ich nicht mehr da wäre?*

Ihre dunklen Augen füllten sich schlagartig mit Tränen. Noir versuchte, sie wegzublinzeln, doch dicke Tropfen kullerten über ihre Wangen. Mit dem Daumen strich Vincent sie weg. Noir wollte seinem intensiven Blick ausweichen, aber er hielt ihren Kopf fest. Er musste endlich wissen, woran er war.

„Du bedeutest mir mehr, als du denkst", hauchte sie ihm entgegen. Ihre Tränen wollten nicht versiegen.

Seine Sicht verschwamm. „Und du bedeutest mir alles." *Ich liebe dich.*

Noir umarmte ihn fest und flüsterte ihm mit erstickter Stimme ins Ohr: „Okay, ich werde deine Gefährtin sein."

Jetzt legte auch er die Arme um sie und zog sie an sich. Obwohl er wusste, dass er nicht mehr lange leben würde, war er nie glücklicher gewesen.

Kapitel 23 – London

Kara betrat auf Zehenspitzen ihr Zimmer und machte sich erst dort wieder sichtbar. Ihre Flügel ließ sie verschwinden – sie waren beim Sex teilweise hinderlich, doch Ash war ganz wild auf ihre Federn. Sie grinste. Wenn er sie verwöhnte, so wie sie es wünsche, würde sie ihn damit belohnen.

Eben hatte sie ein weiteres Mal nach Nora und den Gargoyles gesehen – splitternackt. Sie war nicht dazu gekommen, sich zwischen ihren Rundgängen anzuziehen, weil sich Ash und sie noch mehrmals geliebt hatten. Jetzt lag ihr sexy Dämon im Bett und schien zu schlafen. Er hatte sich auf den Bauch gedreht; sein schwarzes Haar hing ihm ins Gesicht. Vorsichtig setzte sie sich neben ihn, zog die Decke bis zu seinen Schultern hoch und strich ihm ein paar Strähnen aus der Stirn.

„Alles klar?“, murmelte Ash mit geschlossenen Augen.

„Alles ruhig.“ Sie hätte Lust auf eine weitere Runde, aber er sah erschöpft aus. Während sie seinen Kopf kraulte, betrachtete sie ihn eingehend. Er wirkte blass um die Nase; dunkle Schatten hingen unter seinen Augen.

„Wann hast du das letzte Mal etwas zu dir genommen?“, fragte sie und meinte keine gewöhnliche Nahrung, sondern Seelen. Das machte ihr erneut bewusst, einen Dämon zu lieben, der anderen schadete, um zu überleben.

„Sehe ich so scheiße aus?“ Er schlug die Lider auf und zog Kara in seine Arme. Sein Blick traf sie wie eine Wand aus Feuer.

„Ash …“, seufzte sie und kroch zu ihm unter die Laken. „Im Ernst.“

„Ist schon ’ne Weile her.“ Er gab ihr einen Kuss auf die Stirn, bevor er flüsterte: „Ich war aber immer brav und habe den Menschen nur einen unbedeutenden Teil ihrer Seele genommen. Sie kamen nie zu Schaden.“

„Du brauchst dich nicht zu rechtfertigen“, erwiderte sie, war jedoch froh, dass seine edelmütige Seite stets überwogen hatte. Dieser Dämon war viel zu gut für die Unterwelt. Sie fragte sich, warum der Rat ihn nicht längst erlöst hatte. Was hatte er bloß verbrochen? Sanft streichelte sie seinen Rücken und befühlte die schrecklichen Verstümmelungen. Ash genoss ihre Liebkosungen sichtlich, denn er schloss brummend die Augen. Ein Lächeln huschte über seine Lippen, die sie am liebsten schon wieder küssen wollte.

„Wieso hast du diese furchtbaren Narben? Ich dachte, Dämonen haben außerordentlich gute Selbstheilungskräfte.“

„Eigentlich schon, aber Ceros hat Folterinstrumente, die die Wundheilung verhindern. Er sammelt schwarzmagische Gegenstände wie andere Briefmarken.“

Ihr Herz verkrampfte sich. Warum musste so ein wunderbarer Mann wie Ash derart leiden? Die Welt war nicht gerecht. Am liebsten hätte sie ihm sofort die Uhr gegeben, damit er endlich frei war. Dann fiel ihr ein, dass seine Qualen ohnehin bald ein Ende hatten. Mühsam unterdrückte sie ein Schluchzen. Sie fühlte sich bereits jetzt wieder allein. Sie hatte große Lust, das Artefakt für sie beide zu verwenden, damit sie gemeinsam ein neues Leben beginnen konnten. Noch nie war ihr Drang, eigenmächtig zu handeln, stärker gewesen als jetzt. Aber sie musste nicht nur auf Raffis Worte hören, sondern ebenfalls ihrem Gespür vertrauen. So, wie sie gewusst hatte, dass Ash zu den Guten gehörte, so wusste sie ebenfalls, was sie weiterhin tun musste, auch wenn es unwahrscheinlich schwer war. Ashs Gefühle für sie waren echt, das fühlte sie mit jeder Faser ihres Seins. Außerdem sprach sein Blick Bände. Kara erkannte eine tiefe Zuneigung darin. Er liebte sie und sie liebte ihn. Obwohl ihre gemeinsame Zeit nur noch kurz währte, war sie nie glücklicher gewesen. Sie wusste aber auch, dass er etwas Bedeutsames verschwieg. Er tat das jedoch, um sie zu schützen. Was für ein Dämon!

„Wieso bist du gefallen, Ash?“

Er drehte sich auf den Rücken und zog sie auf seine Brust. „Ich habe nicht immer getan, was der liebe Uriel mir aufgetragen hat.“

„Die Palmbättergeschichte.“

„Genau.“

Ash hatte also eigenmächtig gehandelt und teuer dafür bezahlt. Sie konnte ihn verstehen. Im Moment sogar ausgezeichnet.

Kara streichelte seine Arme. Ihre Nähe tat ihm gut. Ash seufzte. „Ich hab es wohl verdient. Ich war ungehorsam, hab mich lieber vergnügt, als meine Pflichten zu erfüllen.“

„Es war Raphael, nicht wahr?“, flüsterte sie. „Und er würde dasselbe auch mit mir machen.“

Ash riss die Augen auf. „Er würde dir niemals ein Leid antun können.“ Er war ihr Vater! Eher würde er selbst für seine Tochter in die Hölle gehen.

„Aber dir hat er das angetan, und du warst sein Freund.“

„Sein bester Freund.“ Er dachte nach und etwas tief in ihm Verborgenes kam zu Tage. Raphael hatte ihn mehr als einmal gewarnt, weil er sich nicht an die Regeln hielt. Immer wieder hatte er ihm verdeckte Hinweise gegeben. Ash hatte sie nur nicht sehen wollen. „Er musste es tun. Er hatte keine Wahl. Ihn trifft keine Schuld." Plötzlich war seine Wut verflogen. Es tat gut, mit sich ins Reine zu kommen, wenn man wusste, dass es bald zu Ende ging.

„Verdammtes Schicksal", zischte Kara, was Ash zum Grinsen brachte.

„Nicht fluchen, Täubchen, sonst gehe ich. Mein Einfluss soll nicht auf dich abfärben."

„Ich lass dich nicht gehen", flüsterte sie und schmiegte sich fest an ihn. „Wie kannst du nur so entspannt sein, wo du weißt, dass du bald …"

„Weil ich noch nie glücklicher war", unterbrach er sie. „Ceros ist ein grausamer Herr, und die ewige Finsternis der Unterwelt macht mich zusätzlich fertig. Jetzt habe ich den Himmel auf Erden gefunden. Nur gut, dass mein Boss mit Jamiel unterwegs ist und mich nicht braucht."

„Wie weißt du, wenn er dich braucht?", fragte Kara. Mit ihren Lippen knabberte sie an seinem Hals.

„Alle Sklaven haben eine mentale Verbindung zu ihren Herrn. Ceros kann mich herbeirufen, sozusagen."

„Und wer ist Jamiel?" Ihr Mund spielte an seinem Kinn. Sie brauchte es anscheinend schon wieder.

„Der Bruder der Hexe."

Kara richtete sich auf. „Er lebt? Es hieß, alle Mitglieder der Familie LeMar sind gestorben."

Ash hielt sie an den Hüften fest, wobei er ihre Figur bewunderte. Ihre Brustwarzen standen spitz ab und leuchteten dunkelrot. Er hatte vorher wie ein Weltmeister an ihnen gesaugt. „Na ja, er ist eigentlich so gut wie tot. Ein Dämon, auf den er leider angewiesen ist, lebt in seinem Körper."

„Oh", machte sie und sah betrübt aus.

Ash überlegte, ob er sie noch mal nach der Uhr fragen sollte, aber er wollte sie nicht mehr zu einer Entscheidung zwingen – was sie wiederum noch unglücklicher machen würde. Er würde sterben, das stand unausweichlich fest, und da hatte er keine Lust, sich mit ihr zu streiten. Er wollte jede Sekunde mit ihr genießen. Eines musste er allerdings noch aus dem Weg räumen. „Übrigens – ich wollte den Bilderrahmen nicht zerstören."

Kara streckte ihren Arm aus, um ihre Hand auf seine Wange zu legen. Ash schmiegte sich in ihre Berührung. „Du hast ihn vielleicht unterschwellig erkannt und deshalb so reagiert", sagte sie.

„Wen erkannt? Den Mann auf dem Bild?“

Kara nickte und senkte den Blick. Ihre Stimme klang eine Spur verbittert. „Er könnte es gewesen sein, der dich getötet hat … wird. Oder die Hexe, der ich die Uhr geben muss. Zumindest war er … wird er dabei sein.“

„Was?“ Ashs Kehle wurde trocken. Ceros' Handlanger hatten von einem geflügelten Wesen mit Fangzähnen und Klauen gesprochen. „Aber … ist er ein Mensch?“

„Nur zur Hälfte. Zur anderen Hälfte ist Vincent ein Gargoyle.“

„Vincent.“ Den Namen musste er sich merken.

Wie hatte sein Engelchen gemeint? *Du kannst dein Schicksal beeinflussen. Mit deinem freien Willen. Sein Schicksal kann man ändern, seine Bestimmung nicht.* Also stand vielleicht noch nicht fest, dass er starb. Die Zukunft war noch nicht geschrieben. Schließlich hatte Kara ihn auch schon einmal vor dem Tod bewahrt, wobei … Mist, verdammter! Sie hatte ihn sterben sehen und war danach in die Vergangenheit gereist, um ihn zu warnen. Genau, jetzt war er vorbereitet!

Als ob sie wüsste, was in seinem Kopf vorging, sagte Kara: „Denk nicht mal dran. Du hältst dich von dem Antiquitätenladen fern. Dann kann dir nichts passieren.“

Als ob er Angst um sein erbärmliches Leben hätte. Die einzige Alternative zum Tod wäre seine Erlösung. Die lag unmittelbar vor seinen Augen und war doch unerreichbar. „Im Moment denke ich nur daran, in dir zu sein.“ Tatsächlich war er schon wieder hart und mehr als bereit. Ihr Gewicht auf ihm zeigte Ash, dass er noch lebte und keine Sekunde von seiner restlichen Zeit verschwenden wollte.

„Okay, das ist nicht mal gelogen.“ Kara lächelte und legte sich auf ihn, wurde jedoch sofort ernst. Zärtlich streichelte sie über sein Gesicht. „Du siehst so müde aus. Du brauchst Nahrung.“

„Wozu? Ich bin bald tot – da ist mir das jetzt relativ egal. Ich möchte nur mit dir kuscheln und mich nicht darum kümmern müssen, wo ich etwas zur Stärkung herbekomme.“ Er bewegte seinen Unterleib auf und nieder, um seine Erektion an ihrer Scham zu reiben. Er fühlte sich ein wenig erschöpft, doch seine Kraft würde allemal ausreichen, Kara zu lieben.

„Kuscheln nennst du das?“, fragte sie, bevor sich ihre Lippen trafen.

Ihre Küsse brachten ihn höher und ließen ihn alles um sich herum vergessen. Er bestand nur noch aus einem berauschenden Gefühl. Pures Adrenalin schien durch seine Adern zu pumpen.

„Was wäre, wenn du einen Teil von meiner Seele nimmst?“, sagte Kara zwischen ihren Küssen. „Egal, was ich tue – mein Seelenlicht hört nicht auf zu leuchten. Ich weiß zwar nicht, warum das so ist, doch das werde ich bald herausfinden."

„Dir steigt wohl der Sex zu Kopf, dass du auf so verrückte Ideen kommst." Ja, er könnte ihr einen Teil ihrer Seele nehmen und es würde ihr wahrscheinlich nichts ausmachen, weil sie sich regenerierte. Das machte sie ja derart besonders. Kara war ein Halbengel, der verdammt viele Eigenschaften eines Erzengels besaß. Sie durfte nie in die Hände von Dämonen fallen. Sie würden sie schänden und ihr so lange die Seele aussaugen, bis sie nur mehr ein Schatten ihrer Selbst wäre. Zerstört, gebrochen, aber am Leben. In einem ewigen Albtraum gefangen, als nie versiegende Nahrungsquelle der Höllenwesen, bis eines Tages das Licht in ihr erlosch, weil sie sich selbst aufgeben würde. Deswegen musste er sie unbedingt beschützen, solange er noch dazu in der Lage war. Er würde sie garantiert nicht mit der Hexe und dem Gargoyle allein lassen. Außerdem bestand noch die reale Chance, an das zweite Medaillon zu kommen. Ash hatte Zorell schon genaue Anweisungen gegeben, was er der Hexe sagen sollte.

„Ash." Sie rutschte ein Stück tiefer.

„Ich bin nicht müde, zumindest mein Kumpel ist sehr wach und allerbester Laune." Zur Bestätigung rieb er sich wieder an ihr, aber Kara blieb stur. Sie wich ihm immer wieder aus.

„Sag mir endlich die Wahrheit, Ash. Was hast du als Engel so getrieben?"

„Eine Menge." Frustriert stöhnte er auf, weil sie ihn einfach nicht hineinließ. „Kara, bitte, ich muss dich spüren!"

Plötzlich umschloss sie seine Handgelenke und drückte ihm die Arme über dem Kopf in die Matratze. Es zuckte um ihre Mundwinkel. „Ich will Antworten!"

Halbherzig versuchte er sich aus ihrem Griff zu winden, aber sie war zu stark. „Die Antworten werden dir nicht gefallen, ebenso wie sie Uriel nicht gefielen."

„Ich wusste, da war noch mehr." Ihre Brauen zogen sich zusammen. „Rede!"

„Ich hab's total vermasselt. Habe mich geweigert, einen Krieg zu führen und ..."

„Und?" Kara kitzelte ihn unter den Armen. „Ich will Details."

„Okay, okay. Ich hab's wohl ein wenig zu heftig krachen lassen und darüber meine Aufgaben vernachlässigt. Partys, Orgien, Nymphen ..."

„Nymphen?"

„Ja, das sind diese hübschen, wollüstigen Wesen."

Sie boxte ihm spielerisch auf die Brust. „Ich weiß, was Nymphen sind.“

Kara war tausend Mal besser als all seine früheren Eroberungen zusammen. Was hatte er nur für ein Leben geführt? Hätte er Kara doch schon als Engel gekannt.

Sie zwinkerte. „Du warst ein Wüstling.“

„Ja, sogar ein schlimmerer als jetzt.“ Obwohl sie seine Arme losgelassen hatte, blieb er weiterhin wie wehrlos liegen, denn sie schien nun das zu wollen, was allein ihr zustand. Dagegen hatte er absolut nichts einzuwenden. Er war ohnehin zu schwach, sie ein weiteres Mal wie ein Tier zu nehmen, aber das würde er ihr niemals gestehen.

Er war unendlich froh, dass sie nicht auf sein früheres Leben eifersüchtig war. Wenn sie sich mit Satyrn vergnügt hätte, würde er wohl jedem einzelnen von ihnen die Hörner umdrehen.

„Aber ein liebenswerter Wüstling.“

Sie nahm seine Erektion in die Hand und massierte sie, bis sich Ash stöhnend unter ihr wand, dann führte sie sich sein Geschlecht ein.

„Ich werde dafür sorgen, dass du deine Nymphen vergisst. Jede einzelne von ihnen“, sagte sie gefährlich leise und begann einen sanften Ritt, der immer wilder wurde. Dabei zwickte sie ihn leicht in die Brustwarzen. „Hast du mich verstanden?“

„Jaaa.“

Er war im Himmel!

Kapitel 24 ~ Im Desiderio

Noir klopfte das Herz bis zum Hals, als sie mit Vincent vor einem älteren Gebäude stand, das offensichtlich schon lange nicht mehr benutzt wurde. Es war wohl mal ein Wohnhaus gewesen, mehrstöckig, mit dem typischen flachen Zeltdach, wie es hier auf unzähligen Häusern zu sehen war. Sie befanden sich in der Nähe der Altstadt von Florenz in einem Geschäftsviertel, das zu dieser Stunde gut besucht war. Viele Touristen oder Einheimische nutzten den milden Abend, um vor den Bistros zu sitzen, sich mit Freunden zu treffen oder einzukaufen. Wie gern wollte Noir mit einen von ihnen tauschen.

Vincent trug, genau wie sie, einen leichten Mantel, um nicht aufzufallen, weil sie darunter bereits ihre Montur anhatten. Noir folgte Magnus' Anweisungen. Sie mussten in den Keller gehen, wo sich der Eingang zum Desiderio befand. Der Dämonentreff konnte nur auf diesem Weg betreten werden, weil es den Höllenwesen und anderen Geschöpfen unmöglich war, ein Portal direkt in das Etablissement zu öffnen. Jeder Besucher musste an einem Türsteher vorbei. So gab es keine bösen Überraschungen. Nicht jeder durfte in den Klub.

Sie holte tief Luft. Hoffentlich würden sie es schaffen. Im Moment war es ihre einzige Chance, Jamie wiederzusehen. Vincent nahm sie im stockdunklen Haus an die Hand. Sie zogen sich in eines der zahlreichen düsteren Kellerabteile zurück, weil er sich erst verwandeln musste. In der Stadt hätte er zu viel Aufmerksamkeit erregt.

Noir stellte ihr Smartphone auf einen staubigen Karton und schaltete die integrierte Taschenlampe ein. Weiter hinten im Gang, wo sich wahrscheinlich der Eingang befand, gab es zwar eine Lichtquelle, aber die Helligkeit drang kaum bis zu ihnen vor. Ihre Knie zitterten. „Gib mir deinen Mantel“, sagte sie leise. Auch sie legte ihren Umhang ab und verstaute die Kleidungsstücke hinter dem Karton. Sie durften nichts mit in den Klub nehmen, was sie verraten könnte. „Und noch deine Schuhe, bitte.“

Vincent gab sie ihr und stand nun lediglich in seiner Latex-Shorts vor ihr. Er fühlte sich offenbar nicht wohl, denn er schaute sich immer wieder um und verlagerte sein Gewicht von einem Bein aufs andere, wobei er sich ständig über den Nacken fuhr.

„Versuch, deine Nervosität abzulegen“, schlug sie vor, obwohl es ihr nicht besser ging. Er konnte bestimmt ihr Herz durch die enge Korsage schlagen sehen. Bevor sie hergekommen waren, hatte Vincent ihr geholfen, künstliche schwarze Strähnen in ihrem Haar zu befestigen. Sie bildeten einen wundervollen Kontrast zu ihrem natürlichen Weiß. Noir sah verdammt dämonisch aus. Die Augen mit Kajal umrahmt, das Gesicht hell gepudert – damit ihre Narbe nicht auffiel –, und die Lippen dunkelgrün geschminkt, die Fingernägel in derselben Farbe lackiert. Ihre Frisur trug sie zu einem engen Knoten aufgesteckt, nur einzelne Strähnen fielen über ihre Schultern. Natürlich hatte sie ihre kniehohen Stiefel an und hielt die Peitsche in der Hand. Vincent legte sie noch ein Halsband mit Leine an, was ihm – seinem Gesichtsausdruck nach zu urteilen – immer noch missfiel.

Noir drängte sich an ihn und er umarmte sie fest. Seufzend schmiegte sie ihren Kopf an seine Schulter. „Ich habe Angst“, gestand sie. „Angst, dass dir etwas passiert und Angst, weil ich nicht weiß, was ich tun soll, wenn ich Jamie treffe.“

„Um mich brauchst du dir die wenigsten Sorgen zu machen“, murmelte Vincent in ihr Haar. *Ich sterbe sowieso bald.*

„Das hab ich gehört“, flüsterte Noir bedrückt. „Wie fühlst du dich?“

„Dein Trank und die italienische Sonne tun mir gut.“

Er zog sie fester in seine Arme. Ihm machte das Thema sehr zu schaffen. Nun, da sie wusste, dass er nicht mehr lange lebte, war sie von einer tiefen Traurigkeit erfüllt. Noir hätte nur noch weinen und jede Sekunde an seiner Seite verbringen mögen, nur sie beide, an einem Ort, wo sie niemand störte. Aber sie musste zuerst an ihren Bruder denken und an das Medaillon. Auch wenn sie nichts weiter für Vincent tun konnte, als ihm ihren Kräutertrank zu geben, so konnte sie vielleicht Jamies Leben retten.

Plötzlich räusperte sich Vincent und sagte leise: „Warum kannst du nicht schwanger werden?“ *Ich habe nicht mitbekommen, dass du verhütest.*

Hitze schoss in ihr Gesicht. Aber nicht aus Scham, sondern weil seine Worte sie an die schreckliche Wahrheit erinnerten. „Kannst du dich an den Kampf in Prag erinnern, als ich dich verletzt habe?“

„Der Dämon im U-Bahntunnel. Ich erinnere mich zu gut. Ich hatte solche Angst um dich und dachte, ich würde zu spät kommen, als ich dich am Boden liegen sah. Danach bist du ins Krankenhaus gegangen und hast es erst zwei Tage später wieder verlassen.“

„Ich bin abgehauen, weil ich es nicht aushielt, stundenlang im Bett zu liegen.“ Ein trauriges Lächeln huschte über ihr Gesicht. „Die Ärzte sagten mir, dass ich wohl nie Kinder bekommen kann. Ich habe innere … Vernarbungen davongetragen.“ Jetzt wünschte sich Noir, einen Teil von Vincent für immer bei sich zu haben, ein Kind von ihm zu bekommen. Doch sie war keine vollwertige Frau mehr. Sie hätte ohnehin nie als seine Gefährtin getaugt. Sie hatte noch nicht eine Beziehung gehabt, wusste nicht, wie das überhaupt war, und dann sollte sie gleich auf ewig Vincents Partnerin sein? Wahrscheinlich war sie gar nicht beziehungsfähig.

Umso stärker war der Drang, Jamie aus der Hölle zu holen, damit er eines Tages das Erbe der Familie LeMar fortführen konnte. Sie hatte versucht, ihre Gefühle für Vincent seit ihrer ersten Begegnung so gut es ging zu unterdrücken, und das war gut. Sie hatte den Verlust ihrer geliebten Familie schon nicht ertragen, wie sollte sie es überleben, den einzigen Menschen zu verlieren, den sie liebte? Leider spürte sie etwas, ganz tief in ihrem Herzen. Vehement versuchte sie, diese Emotionen zu ignorieren. Sie musste sich schützen. Musste stark bleiben. Ansonsten würde sie sich für Dämonen angreifbar machen und der Schmerz noch größer werden.

Noir zuckte zusammen, als sie ein Geräusch im benachbarten Kellerraum hörte. Sofort schaltete sie das Handy aus und legte es ebenfalls hinter den Karton. Vincent zog sie hinter sich. Beide verharrten sie im Schutz der halb geöffneten Tür, die schief in den Angeln hing. Noir roch Ozon, dann schlurfte jemand an ihrer Tür vorbei. Ein Dämon hatte ein Portal in der Nähe erschaffen, weil er in den Klub wollte. Weiter entfernt hörte sie Stimmengemurmel, wo die Lichtquelle lag.

Die Unterweltler kamen ins Desiderio, um sich zu vergnügen. Nach Magnus' Aussage fanden hier auch Spiele statt, Wettbewerbe und Shows. Es sollte wie in einem menschlichen Stripklub zugehen, bloß heftiger. Auf was für Gestalten würden sie da drin wohl treffen?

„Du musst dich verwandeln“, flüsterte sie Vincent ins Ohr. „So, wie wir es abgemacht haben.“

Langsam gewöhnte sie sich an die düstere Umgebung. Sie erkannte, wie sich seine Augen veränderten. Aus den runden Pupillen wurden geschlitzte wie bei einem Raubtier. Seine Ohren wurden spitz, Hörner wuchsen unter seinem Haar und seine Eckzähne verlängerten sich zu scharfen Fängen. Keine Schwingen und Krallen, hatten sie ausgemacht. Nicht, dass ihn ein Dämon erkannte, der eventuell bei der Schlacht auf dem Fabrikgelände dabei gewesen war. Noir strich das Haar neben seinen kurzen Hörnern zur Seite, sodass diese freilagen. Zuvor hatte er sich Gel in die Frisur gegeben, so blieb jede Strähne an seinem Platz. Er sah einfach teuflisch gut aus.

Da Noir wusste, wie unwohl sich Vincent ihr gegenüber fühlte, wenn er verwandelt war, meinte sie vorsichtig: „Vielleicht noch dein Gesicht insgesamt etwas mehr verändern, damit es …“ Sie wollte nicht „damit es dämonischer aussieht“ sagen. Aber er tat ihr den Gefallen. Seine Augen stellten sich leicht schräg und der Nasenrücken wurde breiter. Anschließend überraschte er sie mit einem Grinsen.

Dabei leuchteten seine Fänge im schwachen Kellerlicht.

„Du schaust mich an, als würdest du mich gleich auffressen wollen.“ Sogar seine Stimme klang animalischer, rauer.

Noir blinzelte eine aufsteigende Träne weg und holte tief Luft. Dann lächelte sie tapfer. „Du bist viel zu sexy für einen Sklaven. Ich werde im Klub ein wachsames Auge auf dich haben müssen.“ Dieser Mann tat alles für sie und ihre Sache. Sie wollte ihn nicht daran verlieren. „Danke. Danke für alles.“ Sie umfasste seine Wangen, zog ihn zu sich und küsste ihn. Vorsichtig erwiderte er die Zärtlichkeiten, denn er wollte sie nicht mit seinen Fängen verletzen. Dann lächelte er verschmitzt.

„Gern geschehen, meine Herrin.“

Er versuchte, die Stimmung aufzulockern. Noir war froh darum. Ihr Herz raste immer noch. Nachdem sie tief durchgeatmet hatte, nahm sie die Leine in die Hand. „Okay, es geht los.“ Dann traten sie aus dem Kellerabteil und schritten durch den düsteren Gang auf das Licht zu, wobei sie Vincent hinter sich herzog. Es musste authentisch aussehen, falls sie jemand überraschte. Von jetzt an war er ihr Sklave.

Plötzlich machte es einen Ruck und ihre Hand wurde nach hinten gerissen. Vincent war stehen geblieben. Sie drehte sich zu ihm um. „Was ist los?“, fragte sie leise.

Seine Nasenflügel blähten sich, während er schnupperte. Seine Ohren legten sich eng an den Kopf und er riss die Augen auf. „Ich wittere ein Tier, aber ich kann es nicht einordnen. Es riecht bestialisch.“

Noir nahm einen tiefen Atemzug, bemerkte jedoch nur den typisch muffigen Geruch eines Kellers. Als ein tiefes Knurren erklang, zuckten Vincents Ohren. Er sah alarmiert aus. Auch sie fühlte sich zunehmend unwohler. Irgendetwas lauerte in der Nähe. Jetzt konnte sie es ebenfalls spüren.

Sie hörten eine grollende Stimme. „Liegt Ärger in der Luft, Gorm?“

Das Knurren wurde lauter.

„Okay, ich sehe mal nach“, flüsterte Noir und spähte um die nächste Ecke. Vincent hielt sie am Arm fest, aber sie hatte ohnehin nicht vor, in die Höhle des Löwen zu stolpern. Schon gar nicht, als sie das Ungeheuer sah. Oh Mann, das würde Vincent ganz und gar nicht gefallen.

Ihr Herz schlug wild, als sie sich ihm zuwandte. „Da steht ein hässlicher Typ, mindestens zwei Meter fünfzig groß, und neben ihm angekettet ein riesiger zweiköpfiger Hund.“

Sie konnte seine Gedanken nicht hören, da er zu sehr verwandelt war, aber sie wusste auch so, was er fühlte. Angst stand ihm ins Gesicht geschrieben. Noir erinnerte sich an die Szene am Flughafen, nur diesmal würde sie Vincent nicht mit seiner Furcht allein lassen.

„Ich mag keine Hunde, doch zweiköpfige Höllenhunde hasse ich besonders", zischte er. Gänsehaut breitete sich auf seinem Körper aus.

Noir streichelte ihm über die nackten Arme. „Warum eigentlich?"

„Als Kind hat mich mal ein Straßenköter gebissen. Davon hab ich heute noch ein Trauma."

„Ich dachte immer, die meiste Angst haben Gargoyles vor Tauben, weil sie euch auf den Kopf kacken, wenn ihr am Tag versteinert auf den Dächern sitzt."

„Ha, ha", erwiderte er trocken, doch ein Lächeln huschte über seine Lippen.

„Ich werde Fiffi einen kleinen Zauber aufbrummen. Danach ist er fromm wie ein Schoßhündchen." Sie steckte ihren Kopf wieder um die Ecke und murmelte einen Spruch. Sofort hörte das Monster auf zu knurren.

„Und jetzt auf die Knie mit dir, Sklave." Sie zwinkerte, obwohl die innere Anspannung sie fast zerriss. Nun wurde es ernst. „Es wird Zeit, dich deinen Ängsten zu stellen", sagte sie zu Vincent, bezog es jedoch auch auf sich selbst.

„Auf die Knie?" Vincent verschränkte die Arme vor der Brust. „Vergiss es. Ich schau diesem Vieh bestimmt nicht auf gleicher Höhe in die Augen."

„Dann zieh deinen Kopf ein. Ein Sklave drückt seine Demut immer in der Haltung aus."

Ein Grollen löste sich aus seiner Kehle, das sich fast so furchterregend wie das des Hundes anhörte, dennoch nahm er eine geduckte Haltung ein.

„Braver Sklave", flüsterte Noir und zog wieder an der Leine. Mutig schritt sie um die Ecke und ging die nächsten Meter erhobenen Hauptes voran. Als sie bei dem Hünen ankam, versuchte sie, möglichst arrogant auszusehen. Was nicht einfach war, wenn Herr und Hund rochen wie frisch einer Kloake entstiegen. Vincent hatte recht. Hier stank es bestialisch. Der zweiköpfige Hund mit dem fransigen Haar reichte Noir bis zur Hüfte. Die eine Schnauze schnupperte an ihr, die andere an Vincent. Dabei klirrte die Kette, die zum Glück stabil wirkte. Die Lefzen des Tieres hoben sich. Höllisch scharfe Zähne kamen zum Vorschein und grüner Speichel tropfte auf den Boden.

Noir sah aus den Augenwinkeln, wie sich Vincents Körper anspannte und er einen Schritt zurückwich. Schnell machte sie eine unscheinbare Handbewegung, worauf sich das Vieh neben seinen Herrn hockte. Je geringer die Intelligenz ihres Gegenübers war, desto leichter konnte Noir sie mit einem Zauber beeinflussen.

„Losung“, krächzte der Dämon und stemmte die Pranken in seine breiten Hüften.

Er trug einen Anzug, der aus allen Nähten platzte. Anscheinend imitierte er einen menschlichen Türsteher, wie sie vor Nobeldiskos zu finden waren. Nur mit der Körperpflege haperte es.

„Backfisch“, sagte Noir mit fester Stimme. Was für ein bescheuertes Passwort.

Der Dämon kratzte sich an seinem fettigen Kopf. „Hm“, brummte er und zog die buschigen Brauen zusammen. „Das ist ein älterer Code.“

Noir straffte die Schultern. „Ich komme aus dem Hadschar-Gebirge. Da ist man nicht immer up to date.“ Sie hielt die Luft an. Natürlich hatte sie die Parole von Magnus. Keine Ahnung, woher er seine Informationen bezog, doch leider war diese wohl nicht mehr auf dem neuesten Stand.

„Wie ist dein Name?“, wollte der Unterweltler wissen.

„Salamandra.“

Er zog ein zerknittertes Papier aus seiner Jackentasche und steckte die Nase hinein. Offenbar hatte er nicht mehr die besten Augen. Und so einer durfte Türsteher sein? Verstand einer dieses Pack. Als er das Blatt umdrehte, schaute Noir genauer hin. Viele Namen standen in verschnörkelten Buchstaben darauf. In roter Schrift. Ob es sich um Gestalten handelte, die Hausverbot hatten?

Der Hüne faltete den Fetzen wieder zusammen und steckte ihn weg. Puh, ihr Name war anscheinend nicht drauf. Sie hatte sich einen ausgedacht, der ihr spontan in den Sinn gekommen war. Dann hatte sie gegoogelt. Salamandra salamandra war der lateinische Name des Feuersalamanders. In der Mythologie symbolisierten diese Tiere das Element Feuer. Wenn Noir die Schule beendet hätte, würde sie das bestimmt wissen, ohne im Internet nachsehen zu müssen.

Der Riese beugte sich zu ihr herunter. „Was für ein Dämon bist du?“

„Eine Dschann“, erwiderte sie schnippisch. Dschanns waren das weibliche Pendant zu Dschinns, die zu früheren Zeiten gern in Flaschen gesperrt worden waren, um ihren Besitzern Wünsche zu erfüllen. Oh Mann, hoffentlich musste sie jetzt diesem Fettsack nichts vorzaubern.

Der Dämon kratzte sich erneut am Kopf, bevor er kurz auf seinen

Köter schaute, der friedlich zu seinen Füßen schnarchte. „Und welchem Gebieter bist du unterstellt?“

Noir plusterte sich auf. „Ich bin meine eigene Herrin! Hast du echt noch nie etwas von Salamandra gehört?“

Räuspernd richtete der Türsteher den Blick auf Vincent, der mit gesenktem Kopf neben Noir stand. „Was ist dein Sklave für einer?“

Anscheinend wollte er sich Noir gegenüber mit seinem Unwissen keine Blöße geben. Sehr gut.

„Er ist ein Gestaltwandler.“

„Beweise.“

Noir stöhnte innerlich. Schweißtropfen liefen ihren Rücken hinunter. Der Kerl war eine harte Nuss. „Zeig es ihm, Sklave“, herrschte sie Vincent in bester Domina-Manier an. „Verwandle dich in einen Menschen!“

„Jawohl, Herrin“, erwiderte er in einem unterwürfigen Ton und gehorchte. Seine Hörner, die spitzen Ohren und die Fänge verschwanden.

„Und jetzt mach es wieder rückgängig!“

Nachdem sich Vincent erneut verwandelt hatte, sagte plötzlich eine sonore Männerstimme mit italienischem Akzent hinter ihnen: „Hywel, gibt es ein Problem?“

Noir und Vincent drehten sich um. Eine große Gestalt in einem Mantel schritt aus dem Dunkel des Kellers auf sie zu. Noir zersprang beinahe vor Ungeduld. Was kam denn nun noch?

„Hey Nick!“ Der Türsteher entblößte seine schiefen Zähne. „Lange nicht mehr gesehen.“

Erst als der Neuankömmling direkt vor ihr stand und vom Licht einer alten Glühbirne angestrahlt wurde, erkannte sie, wie groß er war – einen halben Kopf größer als Vincent – und dass er keinen Mantel trug. Er besaß mächtige Schwingen, die eng an seinem Körper anlagen. Noir schaute kurz zu Vincent. Ob er dasselbe dachte wie sie? Sie musterte den Fremden eindringlich. Sein langes blondes Haar war zu mehreren Zöpfchen geflochten. Das erinnerte an einen Indianer. Sein Gesicht war kantig, sein Körper muskulös. Wild sah er aus, vor allem in der Lederhose. Ansonsten trug er nichts am Leib, nicht einmal Schuhe.

„Darf ich mich vorstellen? Nicolas Tremante, mein Name.“ Er verbeugte sich vor Noir, dann warf er einen flüchtigen Blick auf Vincent. Kurz verengten sich Nicks Augen.

Noirs Herz raste. Wusste er, was Vincent war? Wenn ja, ließ er sich nichts anmerken. „Ich heiße Salamandra!“, sagte sie laut, was Nicolas' Aufmerksamkeit wieder auf sie lenkte.

„Sehr erfreut." Er verbeugte sich noch einmal, bevor er Hywel fragte: „Soll ich sie für dich checken?"

„Gern."

Checken? Noir erstarrte und Vincent neben ihr knurrte leise.

Beschwichtigend hob Nicolas die Hände. „Darf ich nur meine Fingerspitzen an Ihre Schläfen legen? Ihnen wird nichts geschehen."

Noirs Mut sank. „Was wollen Sie machen?"

Als Nicolas lächelte, blitzten seine Fänge auf. „Bloß ein wenig in Ihrem Kopf stöbern."

Jamiel saß in einem unbeleuchteten Separee, von wo aus er den Eingang des Klubs im Auge hatte. Alle möglichen Gestalten wuselten durch sein Blickfeld: Gnome, Werwesen, Walküren ... aber hauptsächlich Dämonen, die unterschiedlicher nicht aussehen konnten. Sie alle suchten hier das schnelle Vergnügen: Sex, Glücksspiele, Drogen. Nur keine Vampire. Die hatten Hausverbot. Vampire und Dämonen führten schon seit Urzeiten Krieg miteinander. Jede Partei glaubte, mehr Anrecht auf die Menschen zu besitzen.

Das italienische Flair der Stadt hatte auch auf das Desiderio abgefärbt. An vielen Stellen stützten marmorne Säulen und Bögen die hohen Wände; die Mauern besaßen eine Natursteinoptik und waren mit künstlichem Efeu verziert. Ein riesiger Brunnen mit blutrotem Wasser plätscherte in der Mitte des Saales vor sich hin. Darin hatten es sich ein paar Satyrn gemütlich gemacht. Mannshohe schwarze Vasen mit fleischfressenden Pflanzen rundeten das Bild ab. Jamiel war schon mehrmals hier gewesen, aber sein Lieblingsklub befand sich in London.

Ob Malou tatsächlich kam? Wie würde sie reagieren, wenn sie ihn hier sah? Er hatte sich seiner Schwester nie gezeigt, weil er sich für sein Versagen schämte. Lieber sollte sie glauben, er wäre tot. Jamie war tot. Er war jetzt Jamiel, eine seelenlose Hülle, die nur dank des Zashs in ihm noch funktionierte. Nun ging es jedoch nicht mehr anders, er musste Malou warnen, sie beschützen. Er hoffte inständig, dass Ceros ihn für längere Zeit nicht brauchte. Jamiel fühlte sich erschöpft, weil sein Herr ihn bis an die Leistungsgrenze getrieben hatte. Jamiel hatte Geistwesen aufspüren müssen, die Ceros in Artefakte bannte, um diese noch gefährlicher zu machen. Macht und Grausamkeit – das war das Einzige, was seinen Gebieter erfreute. Und Malou – die wollte er natürlich auch.

Jamiel hatte nicht sein ganzes beschissenes Dasein lang Ceros auf eine falsche Fährte gelenkt, nur damit Zorell jetzt alles zerstörte. Aber im Grunde war bloß Ash an allem Schuld. Jamiel hatte ihm vertraut, verdammt! Und nun machte sein einziger Freund gemeinsame Sache mit seinem Wirt. Ash durfte das Medaillon niemals bekommen! Seine Eltern waren dafür gestorben.

Jamiel erinnerte sich noch gut an den Tag, als Zorell in sein Leben getreten war. Da er keine Lust auf Lernen hatte, ließ er sich von einem vermeintlichen Geist dazu verleiten, bei den Klassenarbeiten zu betrügen. Zorell hatte ihm das richtige Ergebnis eingeflüstert. Außer Jamie hatte in seiner Klasse niemand die Fähigkeit, Geister zu hören, daher hatte er nie einen Dämon vermutet. Das Schummeln ging über viele Wochen und Jamie wurde Klassenbester. Aber Zorell forderte einen Preis. „Eines Tages musst du mir einen Gefallen tun", hatte er gesagt. Jamie hatte zugestimmt, nicht ahnend, dass er einen Pakt mit einem Dämon geschlossen hatte.

Jamiel war so blind gewesen, so naiv. Und was war der Preis gewesen? Seine Eltern waren tot, Malou auf der Flucht, er der Wirt eines Dämons. Und alles nur, weil er unvorsichtig gewesen war. Er hatte nicht daran gedacht, Zorell könnte in der Nähe sein, als er und sein Vater wieder einmal einen sicheren Ort für ihr Amulett der Seelen gesucht und darüber geredet hatten. Er und Dad waren für das eine Medaillon verantwortlich gewesen, Malou und Mum für das andere. Zorrel hatte nicht gewusst, dass sie das Artefakt in der berühmten Peter-Pan-Statue in Kensington Gardens versteckt hatten, weil Dad vorher einen Zauber gesprochen hatte, der für kurze Zeit alles Böse von ihnen fernhielt. Doch Zorell hatte wohl seine einmalige Gelegenheit gewittert und sich an Ceros gewandt. Als körperloser Zash besaß Zorell keine Möglichkeit, eine Seele auszusaugen und den Wirt zu übernehmen. Er ernährte sich lediglich von negativer Energie, indem er Menschen einflüsterte und sie auf diese Art verdarb. Ceros versprach Zorell, ihm Jamies fleischliche Hülle zu schenken, wenn er seine Familie in eine Falle lockte. Leider ging Ceros' Plan nicht ganz auf – er hatte nur ein Artefakt bekommen. Zur Strafe musste Zorell ihm hundert Jahre dienen. Oder er kaufte sich frei, indem er auch das zweite Amulett beschaffte. Nachdem Jamie mit seinen toten Eltern in der Unterwelt zurückgeblieben war, hatte Ceros als Erstes seine Seele ausgesaugt und Zorell seinen Körper übernommen. Natürlich hatte Jamie oft an Flucht gedacht, aber als Sklave eines Höllenfürsten war er mental an diesen gebunden. Ceros würde ihn immer aufspüren können.

Jamie wollte niemals, dass seiner Familie etwas passierte, er war jedoch zu schwach gewesen. Heute wollte er stark bleiben.

Seufzend rutschte er tiefer auf die Couch. Er musste diesen verdammten Zash ablenken, ihn zurückhalten, und da gab es nur eine Lösung: die lief Jamiel direkt vor die Nase.

Dich schickt der Himmel!, dachte er und rief dem jungen Mann, der mit hängendem Kopf an den Separees vorbeischlich, zu: „Hey, Alessandro! Al!"

Als der Jamiel bemerkte, huschte ein Lächeln über seine Lippen. „Meister Jay."

„Lass das Meister und leiste mir ein wenig Gesellschaft." Er winkte den braunhaarigen Jungen zu sich. Er war achtzehn oder neunzehn Jahre alt, doch schon seit Ewigkeiten im Desiderio. Alessandro war das Eigentum des Klubbesitzers, ein Lustsklave, der die Gäste unterhalten musste. Daher war er nackt. Ein Brandmal an der Leiste zeichnete ihn als Malestus' Eigentum. Es hatte die Form eines Auges. Jamiels Herz verkrampfte sich jedes Mal, wenn er an Alessandros Schicksal dachte. Dagegen ging es ihm richtig gut. Er zog Alessandro neben sich auf die Couch. Al war viel zu dünn und sah dadurch noch jünger aus.

Der schlanke Mann schmiegte sich an seine Schulter. „Darf ich einen Moment meine Augen zumachen?"

„Natürlich." Jamiel streichelte ihm über den Kopf. „Ruh dich aus."

Alessandro wusste, dass er ihm niemals wehtun würde. Er setzte sich mit geöffneten Beinen auf Jamiels Schoß und knöpfte dessen Jeans auf. „Ich mag es, wenn du Al zu mir sagst."

„Lass gut sein", raunte Jamiel. Dennoch genoss er die erfahrenen Handbewegungen. Aber ihm war nicht wirklich nach Sex zumute. Er musste wachsam sein.

Alessandro umarmte ihn. „Ich danke dir." Er gähnte ihm ins Ohr, bevor sein Kopf auf Jamiels Schulter sackte. „Ich bin zwar müde, aber immer, wenn ich mit dir zusammen bin, möchte ich verrückte Dinge mit dir tun."

Jamiel lächelte. „Gönn dir mal fünf Minuten Pause." Er hielt ihn fest und bewegte leicht seine Hüften, damit es aussah, als würde er mit dem jungen Mann schlafen. Alessandro sollte keine Probleme bekommen. Sein Herr war sehr streng. Tatsächlich stellte sich Jamiel vor, Sex mit Al zu haben, um Zorell zurückzuhalten. Der Zash verabscheute seine Neigung. Sanft strich er Alessandro über den Rücken und küsste ihn auf die Stirn. Er hatte in den letzten Wochen viele leidenschaftliche Stunden mit ihm verbracht, um Vergessen zu finden. Keine Narbe, außer dem Brandmal, verunzierte die junge Haut. Malestus mochte sein Eigentum in bestem Zustand und jeder, der Al verletzte, musste mit einer grausamen Strafe rechnen. Doch wie es in Alessandros Innerem aussah, wollte Jamiel nicht wissen. Ob jemand nach ihm suchte? Al hatte ihm erzählt, er wäre in einem Waisenhaus aufgewachsen, daher würde es zumindest keine Familie geben, die ihn vermisste.

Schlagartig hielt Jamiel in seinen Bewegungen inne, als die Tür aufging und drei große Personen den Klub betraten. Eine davon war unverkennbar seine Schwester. Er hielt die Luft an, seine Finger gruben sich in Alessandros Pobacken. Sie war also gekommen.

„Vielen Dank für Ihre Hilfe, Nick", sagte Noir mit möglichst arroganter Stimme, als sie in den Laden gingen.

Feuchtwarme Luft sowie ein penetranter Geruch schlugen ihr entgegen. Außerdem spielte Musik, die sich seltsam anhörte. Wie das harmonische Zusammenspiel mehrerer Didgeridoos. Die tiefen Vibrationen gingen durch und durch.

Nicolas schien durch Noirs hochmütigen Ton kein bisschen verstimmt – er wirkte gut gelaunt und grinste ständig vor sich hin.

„Keine Ursache. Man sieht sich." Er tippte sich an die Stirn und verschwand durch einen Rundbogen in einen Nebenraum, aus dem schummrig rotes Licht strahlte.

Sofort beugte sich Vincent nah zu ihr. „Hast du seine Schwingen gesehen?"

„Sie waren den deinen verdammt ähnlich. Meinst du, er ist ein Gargoyle?"

„Das dachte ich auch erst, aber ich wüsste nicht, dass sie in den Geist anderer eindringen können. Das ist es doch, was er mit uns gemacht hat, oder?"

Noir nickte und zog an Vincents Leine, als ob sie ihm befehlen würde, ihren Hals zu küssen. „Ich weiß zwar nicht, was er gesehen hat, doch wir sind drin, das ist alles, was zählt."

„Ich hätte dem Kerl jedes Zöpfchen einzeln ausgerissen, wenn er dich nicht so schnell wieder losgelassen hätte." Vincents Atem wehte wie ein kühler Hauch über ihre Haut. Dann knurrte er. „Der Typ hat mich danach angesehen, als wüsste er alles über mich." Vincent schaute über die Köpfe der Klubbesucher und Noir folgte seinem Blick, aber Nicolas Tremante war nicht zu sehen. „Es könnte eine Falle sein."

„Er war nett. Fast schon zu nett", bestätigte sie und hatte das Gefühl, keine Luft zu bekommen. Puh, wonach stank es hier nur? Nach Schweiß und anderen Körpersäften? Auch die zahlreichen Räucherstäbchen konnten die Ausdünstungen nicht übertünchen. Wie schlimm musste es für Vincent riechen; und erst diese Hitze! Sie zog erneut an seiner Leine. „Lass uns erst mal eine Runde gehen. Sag mir sofort, wenn du Jamie siehst.“

„Ja, Herrin“, erwiderte er, was Noir zum Schmunzeln brachte.

Den Mittelpunkt des hohen Raumes bildete ein großer Brunnen mit scharlachroten Fontänen. Hoffentlich war das kein Blut. Als sie näherkamen, roch sie süßen Wein. Alkohol. Die jungen Männer, dem Aussehen nach Satyrn, die in dem Brunnen badeten, waren ziemlich überdreht. Offensichtlich hatten sie zu viel getrunken.

Sie gingen um das Bauwerk herum, an finster dreinschauenden Werwölfen und übermütigen Furien vorbei, und Noir erblickte zahlreiche Nischen. In einigen ging es für alle gut erkennbar zur Sache, bei anderen waren die schwarzen Vorhänge zugezogen. Stöhnlaute oder Schläge drangen durch den Stoff. Wer wollte, konnte es sich gegenüber der Separees auf Sesseln bequem machen, um dem bunten Treiben zuzusehen. Weil zwei düstere Gestalten mit langem schwarzem Haar – vielleicht zwei weibliche Dunkelelfen – Vincent schon die ganze Zeit begierig ansahen und sich die knallroten Lippen ableckten, beschloss Noir, sich hinzusetzen. In dem hohen Sessel fühlte sie sich gleich weniger beobachtet. Vincent musste sich zu ihren Füßen niederlassen. Das Kinn legte er auf ihren Oberschenkel. Sie fuhr in sein Haar und kraulte ihn, als wäre er ihr Schoßhündchen. Als er einen verstohlenen Blick zu den Dunkelelfen riskierte, verpasste sie ihm einen Klaps mit der Gerte auf die Schulter. Sie beugte sich vor, um den Weibern ihren finstersten Augenaufschlag zu schenken, bis sie sich ein anderes Opfer suchten, das sie anstarren konnten.

Noir atmete auf und streichelte Vincents Schulter, auf der sich der Abdruck der Klatsche abzeichnete. Der Schlag tat ihr leid und sie wollte ihm das gern sagen, aber das Spiel musste echt wirken. Vincent schien allerdings kein bisschen verärgert. Sein Kopf ruhte entspannt auf ihren Schenkeln, sein Atem streifte ihre Haut. Zärtlich fuhr sie ihm über den Nasenrücken. Auch wenn sie seine Nähe genoss, blieb sie wachsam. Sobald nur ein Höllenwesen herausfand, dass sich unter ihnen eine Dämonenkillerin befand … Sie schluckte. Den Gedanken führte sie lieber nicht zu Ende.

Plötzlich atmete Vincent tief ein und drehte den Kopf zu einer der Nischen, in denen zwei Männer miteinander beschäftigt waren. Noir erkannte im Halbdunkel nur einen Kerl in Jeans und einen nackten Mann, der auf seinem Schoß saß. Die Gesichter blieben ihr verborgen. Vincent machte ihr ein unauffälliges Zeichen mit den Augen.

Ihr Pulsschlag verdoppelte sich auf der Stelle. Einer der Männer sollte Jamie sein? Etwa der nackte, schmächtige Typ? Ihr Bruder hatte braunes Haar, ja, aber er war viel größer. Dann musste er die Person auf der Couch sein, über der an dicken Eisenketten Handschellen hingen. Oh Gott, was machte Jamie denn da? So hatte sie sich ihr Wiedersehen nicht vorgestellt. Sie wollte gewiss nicht zuschauen, wie ihr Bruder mit einem Mann verkehrte. Er war doch ihr kleiner Jamie, der machte so was nicht.

Er ist längst erwachsen, dachte sie und wollte sich erheben, um zu ihm zu gehen, aber Vincent legte noch zusätzlich seine Arme in ihren Schoß.

„Bleib. Er ist nicht mehr der alte."

Sie versuchte, sich ihre Anspannung nicht anmerken zu lassen. „Ich muss zu ihm." Sie wollte ihren Bruder endlich in die Arme schließen. Stattdessen schaute sie wie eine Irre den beiden Männern zu, die sich streichelten und küssten. Auf einmal spähte Jamie über eine nackte Schulter und blickte Noir direkt an. Sie erstarrte. Er hatte sie bemerkt. Oh Gott, was war mit seinen Augen? Sie schienen sich zu verdunkeln, als würde sich eine schwarze Flüssigkeit in ihnen ausbreiten. Nein, sie musste sich täuschen, sie konnte ja kaum etwas erkennen.

Da packte ihr Bruder den anderen Mann am Haar und küsste ihn lange und so gierig, dass Noir den Blick abwenden musste. „Was soll ich denn jetzt tun?", flüsterte sie Vincent nach einer Weile zu.

„Aufpassen, Adam und seine Schlange sind im Anmarsch."

Sie sprang auf. Auch Vincent kam auf die Beine und stellte sich vor Noir, doch sie befahl ihm, sofort wieder seine Haltung einzunehmen. Als der nackte Mann, der sehr jung aussah, vor ihnen zu stehen kam, bemerkte Noir, dass er eine halbe Erektion hatte. Krampfhaft versuchte sie dem Kerl ins Gesicht zu sehen.

„Bitte kommen Sie", sagte er höflich. „Jamiel erwartet Sie." Dann ging er wieder.

Jamiel? Noirs Füße waren wie festgewurzelt, ihr Herz raste. Sie gab sich einen mentalen Schubs und setzte ein Bein vor das andere. Dabei zog sie Vincent hinter sich her, stark darauf konzentriert, in ihren hohen Stiefeln nicht umzuknicken, so weich waren ihre Knie. Zu ihrer Erleichterung war ihr Bruder vollständig bekleidet, in Hemd und Jeans. Auch seine Augen sahen wieder normal aus. Auf seiner Wange zeigten sich zwei dicke Narben. Dort hatte der Stierdämon ihn verbrannt.

Als sie das Separee betraten, schloss der Junge die Vorhänge. Die Musik drang gedämpft durch den dicken Stoff, aber die Vibrationen der Melodie waren immer noch zu spüren. Noir machte sich auf alles bereit. Sie wollte unbedingt ihren Bruder umarmen, doch sie musste auf der Hut sein. Vincents Hand hielt ihren Oberarm fest umklammert. Er knurrte leise, seine Fänge waren gefletscht, aber Jamie zeigte sich nicht beeindruckt.

Ihr Bruder stand langsam auf, den Blick starr auf Noir gerichtet. Seine braunen Haare waren sehr kurz. Dadurch kamen seine Gesichtszüge besser zur Geltung. Sie wirkten im Halbdunkel wie gemeißelt. Er war viel zu dünn. Da sah sie plötzlich diesen großen Schatten vor ihrem inneren Auge, diese Gestalt, die ihr nachgeschaut hatte, als Vincent mit ihr vom Fabrikgelände floh. Ja, das war ihr Bruder gewesen.

„Jamie“, flüsterte sie, bevor sie den Kloß in ihrem Hals wegräusperte. „Du bist gewachsen.“ Er war fast so groß wie Vincent.

„Du auch, Malou“, erwiderte er und seine Stimme klang beinahe wie früher. Nur ein wenig dunkler. Alles an ihm war dunkler. Seine ganze Ausstrahlung.

„Es tut mir so leid“, flüsterte er und wirkte derart niedergeschlagen, dass sie nicht anders konnte.

Mit einem Schluchzer und alle Vorsicht außer Acht lassend, wand sie sich aus Vincents Griff und warf sich ihrem Bruder in die Arme. „Jamie!“

Vincent war sofort an ihrer Seite und stieß Warnungen aus, aber sie hatte alle Gedanken an Sicherheit fallengelassen. „Du lebst!“ Ihr Herz überschlug sich vor Freude und Tränen liefen über ihre Wangen. So lange hatte sie auf diesen Moment gewartet, ihn sich unendlich oft in ihren Gedanken ausgemalt – aber so hatte sie sich ihr Wiedersehen nicht vorgestellt. In einem Sexklub. Egal, Jamie war da, er lebte! Vor Glück vibrierte ihr Körper. Jamie, ihr Jamie … Gott, wie dünn er war; sie spürte seine Rippen, als sie über seinen Rücken streichelte.

Er drückte sie an sich und gab ihr einen Kuss auf die Wange.

„Der knurrende Mann neben mir ist übrigens Vincent“, meinte Noir.

Jamie nickte ihm mit ernster Miene zu. „Ich erinnere mich. Wir haben uns schon gesehen. Freut mich, dass du so gut auf meine Schwester aufgepasst hast, ansonsten hätte ich selbst eingegriffen.“

„Das hättest du?“ Noirs Puls raste. Er war doch kein Dämon, wie Vincent gesagt hatte, er war ein guter Junge. Ihr Jamie.

Vincent schienen Jamies Worte zu besänftigen, denn er hörte auf, ihn böse anzustarren.

„Wir haben nur wenig Zeit“, sagte Jamie plötzlich hastig und löste sich viel zu früh von ihr.

Er wirkte kühl und nicht wirklich erfreut, sie wiederzusehen. Hatte sie etwas anderes erwartet? Immerhin hatte sie ihn im Stich gelassen. In ihrer Brust wurde es verdammt eng.

Jamie wandte sich dem jungen Mann zu. „Al, mach mich fest."

Jamie setzte sich auf die Couch und streckte die Arme nach oben, wo die Handschellen an den Ketten hingen. Entsetzt bemerkte sie die Narben an seinen Gelenken. Hatte er versucht, sich umzubringen?

Als der junge Mann Jamie fesselte, schnappte Noir nach Luft. „Was tust du denn?" War er verrückt? Wollte er ihnen jetzt eine Sex-Show abliefern?

Traurig schaute Jamie sie an. „Ein Dämon lebt in mir, Malou. Ein Zash namens Zorell. Er kann jeden Moment hervorkommen. Er ist gefährlich und du darfst auf keinen Fall auf das hören, was er dir sagt!"

Ein Zash? Vincent hatte also recht. Sie hatte allerdings noch nie etwas von solch einem Dämon gehört. „Komm mit mir!", bat sie Jamie und wollte ihn am liebsten sofort wieder losmachen. Er wirkte absolut hilflos. Ihr kleiner Bruder …

Seufzend senkte er den Kopf. „Das geht nicht. Ich bin Ceros' Sklave. Er kann mich überall aufspüren."

„Dann werde ich diesem Dämon mal gehörig in den Arsch treten!" Sie ballte die Fäuste. „Ich hab sowieso noch eine Rechnung mit ihm offen."

„Nicht, Malou. Er ist zu mächtig und ich habe die gerechte Strafe bekommen."

Sie hielt die Luft an. Was redete er da? „Gib dir nicht die Schuld am Tod unserer Eltern."

„Es ist aber meine Schuld!", rief er aus und zerrte an den Ketten. Plötzlich begann wieder diese schwarze Flüssigkeit in seine Augen zu laufen. „Egal, was ich dir gleich erzähle, hör nicht drauf, das bin nicht ich!"

Schatten schienen über sein Gesicht zu huschen. Flüssige Schwärze überschwemmte das Weiß seiner Augäpfel, bis das ganze Auge pechschwarz war. Jamie entblößte seine Zähne und keifte Noir an: „Mach mich sofort los, Schwesterlein!"

Vincent zog sie ein Stück von der Couch weg und zeigte Jamie knurrend seine Fänge.

„Das ist der Dämon in ihm", flüsterte Al. Noir hatte gar nicht bemerkt, dass der junge Mann noch da war.

Jamie riss an den Ketten, das Gesicht zu einer Fratze verzogen, und lehnte sich zu Al vor. Aber die Fesseln waren zu kurz, um ihn zu erreichen. „Du widerlicher Schwanzlutscher! Warte nur, bis ich dich zwischen die Finger bekomme!"

„Verschwinde aus meinem Bruder, Dämon!", zischte Noir den vermeintlichen Jamie an. Sein Anblick schockierte sie zutiefst.

Jamie lachte böse. „Wenn du deinen Bruder zurückwillst, bring das Medaillon mit. Morgen Abend bei Sonnenuntergang in London. In der Lambeth Street gibt es einen Antiquitätenladen, da werde ich auf dich warten. Und komm allein. Ansonsten wird Jamie sterben."

„Hör nicht auf ihn", wisperte Al.

„Ach ja", fuhr Jamie sie an, „wenn du Rache an Ceros willst – auch dabei kann ich dir helfen."

Seine Worte klangen verlockend, doch Noir wusste, es waren alles Lügen. Sie jagte diese Wesen schon zu lange, um sich von ihnen täuschen zu lassen. Sie beugte sich vor. „Ich will mit meinem Bruder sprechen", sagte sie scharf.

Da der Dämon sie nicht erreichen konnte, spuckte er Noir ins Gesicht. Dann lachte er schallend. „Dein Bruder ist schwach."

„Du hast auch eine Schwäche", warf Al plötzlich ein. Grinsend setzte sich der junge Mann genau wie zuvor auf Jamies Schoß.

„Was tust du da?", fragte Noir.

„Diesen Mistkerl vertreiben", zischte Al, packte Jamies Kopf und leckte ihm über die Wange.

Der Dämon wehrte sich, versuchte, zuzubeißen und schlug mit den Füßen aus, ohne einen Treffer zu landen. Es sah aus, als hätte Al diese Situation schon häufiger durchgespielt. Er küsste und streichelte Jamie, bis dieser aufhörte zu zappeln.

Atemlos schaute ihr Bruder Noir über Als Schulter an. Seine Augen sahen wieder halbwegs normal aus. „Du darfst nicht auf Zorell hören!"

„Ich werde dich nicht noch mal im Stich lassen."

„Bitte … Malou!"

Sie küsste ihn auf die Stirn und strich ihm über das kurze Haar. „Ich liebe dich, Jamie." Erneut liefen ihr Tränen über das Gesicht. Es tat so weh, ihn in seiner Verzweiflung zu sehen. „Und ich werde dich da rausholen. Mitsamt dem Widerling, der in dir steckt. Versprochen!"

„Ich werde mich solange um ihn kümmern, Ma'am", versprach Al.

Noir nickte ihm dankbar zu. Bevor der Zash wieder hervorbrach, nahm Noir Vincent an der Leine und verließ schweren Herzens das Separee, ohne sich noch einmal umzublicken. Sie konnte hier nichts mehr für Jamie tun.

Nachdem sie so schnell wie möglich – sie wollten ja keine Aufmerksamkeit erregen – aus dem Klub heraus waren, holte sie zuerst das Handy hinter dem Karton hervor. Als sie aus dem Gebäude eilten, schaltete sie es an. Sie brauchte Magnus, seine Maschine. Sie musste so schnell wie möglich nach London.

Kapitel 25 - Reise nach London

Wenn es drauf ankam, klappte natürlich nie etwas. Noirs Nerven waren doppelt gespalten, ihre innere Anspannung kaum mehr auszuhalten. Magnus hatte für seine Superjet erst am nächsten Tag in den frühen Morgenstunden eine Starterlaubnis bekommen, weil sein Verbindungsmann am Aberdeen Airport ausgerechnet jetzt krank sein musste und sich seine Vertretung anfangs quergestellt hatte. Die ganze Nacht hatte Noir deswegen kein Auge zugemacht und ständig mit Magnus telefoniert, obwohl sie ihre Kräfte brauchte. Auch Vincent, der ihr immer wieder gesagt hatte, dass das Treffen ja erst am Abend sei, hatte sie nicht beruhigen können.

Noir hatte versucht, einen regulären Flug zu bekommen – ohne Erfolg. Alles war wie verhext gewesen und ihre eigenen Kräfte hatten sie in diesem Fall nicht weitergebracht.

Als sie Mittags endlich in Aberdeen angekommen waren, hatte Magnus sie eigenhändig zum über hundert Meilen entfernten Flughafen in Edinburgh gefahren, weil – wie sollte es auch anders sein – sein Flugzeug in London keine Landeerlaubnis bekommen hatte. Dank seiner Beziehungen hatte Magnus allerdings einen Flug von Edinburgh nach London organisieren können.

Es war, als hätte sich die ganze Welt gegen sie verschworen. Passend zu ihrer Stimmung regnete es fast den ganzen Weg von Aberdeen bis zur schottischen Hauptstadt, und Magnus versuchte Noir zu belehren, nicht allein zum Treffpunkt zu gehen. Dass er sie nicht davon abhalten konnte, war ihm ohnehin klar.

„Vincent wird dabei sein, ansonsten möchte ich nichts riskieren. Ich habe nur diese eine Chance“, hatte Noir bestimmt hundert Mal gesagt. „Und ich möchte niemanden in diese Sache hineinziehen.“ Natürlich hatte sie das Medaillon nicht dabei. Das lag immer noch sicher verwahrt irgendwo im Zuhause ihres Freundes. Aber eine Replik – eine wertlose Kopie – hatte Magnus ihr mitgegeben. Noir drehte den kreisrunden Anhänger ununterbrochen zwischen ihren Fingern. Es war ein goldenes Schmuckstück, das sich öffnen ließ wie diese Medaillons, in die man Fotos seiner Liebsten stecken konnte. Nur dieses war leer. Ein Kreis war auf dem Deckel eingraviert, darin ein Dreieck und in dessen Mitte ein Torbogen.

Kaum ein Symbol wurde so oft verwendet wie der Kreis. Er bedeutete Unendlichkeit, Vollkommenheit, Schutz, Ewigkeit, Ruhm und Sieg, aber auch Tod. Das Dreieck stand für Körper, Seele und Geist. Das Tor symbolisierte den Übergang von einer Stufe zur nächsten, den Eintritt in ein neues Leben oder eine verborgene Welt. Unglaublich, dass dieser Anhänger derart mächtig war. Natürlich nicht dieser, sondern der echte. Noir würde niemals wagen, das Original zu öffnen. Ihre Seele könnte darin eingeschlossen und erst wieder befreit werden, wenn sie das Pendant genau gegenüber hielt, sodass die Seele von einem Tor zum nächsten wandern konnte. Die Person, die ihre Seele zurückhaben wollte, musste dann zwischen diesen Toren stehen. So hatte sie es von ihren Eltern gehört.

Am späten Nachmittag landeten sie endlich in London – ausgepowert und mit den Nerven am Ende. Sie riefen sofort ein Taxi, um zu der Adresse zu fahren, die Zorell ihnen mitgeteilt hatte.

Vincent schaute immer wieder nach oben in den grauen Himmel. Er sah genauso erschöpft aus, wie sich Noir fühlte. Er hatte bereits zwei Gläser Kräutermix getrunken und sehnte sich jetzt nach Sonne, die seine Zellen mit Kraft betankte. Sie hörte es aus seinen Gedanken. Aber laut Wetterbericht sollte es auch in London regnen. Ihre Mission schien zum Scheitern verurteilt, alle Vorzeichen standen auf Sturm und sie kam sich hilflos vor.

Sie ließ den Fahrer zwei Straßen vom Treffpunkt entfernt halten und machte sich mit Vincent auf den Weg. Erste Tropfen fielen auf den Asphalt, auf Noirs Mantel und die Kapuze, die sie sich über den Kopf gezogen hatte. Das trübe Wetter drückte die Stimmung immer tiefer hinab. Die Menschen, die an ihnen vorbeiliefen, die Autos auf den Straßen, das Hupen, der Lärm eines vorüberfliegenden Hubschraubers – das alles kam ihr plötzlich unwirklich vor, als befände sie sich nicht mehr auf dieser Welt. Sämtliche Geräusche drangen gedämpft an ihr Ohr, die Bilder vor ihren Augen verschwammen. Ob es an der Erschöpfung lag? Oder waren das schon Vorzeichen ihres Todes? Quatsch, sie hatte einfach eine beschissene Angst, weil sie wusste, dass sie sich auf direktem Weg in die Hölle begaben.

Vincent griff nach ihrer Hand. Ihre war eiskalt und seine so warm.

„Bist du wirklich sicher?“, fragte er.

„Ganz sicher.“ Noir zog das Smartphone aus ihrer Manteltasche, um nachzusehen, ob es in der Nähe Dämonenaktivität gab. Aber das Display zeigte nichts an. „Mist.“ Magnus hatte ihr erzählt, dass die Satellitenkameras bei starker Bewölkung Probleme hatten, die Erdoberfläche zu scannen.

Immerhin wussten sie dank Magnus, wo die Lambeth Street war, denn Noir hatte sie auf dem Stadtplan nicht gefunden. Die Dämonen besaßen ihre eigenen Karten und Magnus kannte die natürlich – was sonst. Noir fragte sich schon lange nicht mehr, woher ihr Freund über all diese Dinge Kenntnis besaß. Sie glaubte, dass er eine

Art Geheimagent oder Unterweltspion war. Anders konnte sie sich sein Wissen nicht erklären.

Laut dämonischem Stadtplan lag das Antiquitätengeschäft zwischen zwei Häuserzeilen in einem Hinterhof. Sie bogen in eine düstere Seitenstraße ein, die nach hundert Metern einen Knick machte. Dahinter ging es noch einmal ein Stück weiter durch eine schmale Gasse bis zum Hof. Dort mussten sie hin.

Vincent blieb am Eingang der Seitenstraße hinter einer großen Mülltonne stehen, streifte sich sein Hemd über den Kopf und die Schuhe ab, sodass er nur noch mit der Jeans bekleidet war. Noir gab ihm ihr Handy, das er – eingewickelt in sein Shirt – hinter einem Stapel Kisten versteckte. So konnte Magnus sein Telefon orten, falls ihnen etwas passierte. Ob sie ihren Freund jemals wiedersah? Alles würde sich hier und jetzt entscheiden. Das fühlte sie tief in sich.

Sie schaute in die dunkle Straße, die mit Müll verdreckt war und heruntergekommen aussah, und eine Gänsehaut kroch über ihren Rücken. Es gab auf der Welt einige Orte wie diesen hier, an denen man das Böse spüren konnte. Die Menschen mieden solche Gegenden unbewusst. Es waren besondere Plätze, an denen sich Dämonen gern aufhielten oder versammelten.

Noir erschauderte und schmiegte sich an Vincents nackte Brust. Von nun an musste sie allein weiter.

„Ich werde über dich wachen. So wie früher“, sagte er und fuhr mit beiden Händen unter ihre Kapuze, um ihre Wangen zu umschließen.

Dann küssten sie sich. Sie wollte den Kuss am liebsten nie enden lassen, sog Vincents Wärme und seinen Geruch in sich auf und versuchte, sich jedes Detail seines Gesichts einzuprägen. Sie wusste nicht, ob es vielleicht ihr letzter gemeinsamer Moment war.

Vincent umarmte sie fest und hob sie an ihrem Po ein Stück hoch. „Tu nichts Unüberlegtes.“

„Hmm.“ In ihrer Brust wurde es eng. Sie wollte sich nicht von Vincent trennen. Sie hatte Angst, unvorstellbar große Angst. Was, wenn sie Jamie nie wiedersah? Oder wenn sie bei dem Versuch, ihn zu retten, starb? Wer würde ihn dann aus der Unterwelt und von Ceros befreien? Sie wollte so gern Vincent darum bitten, aber das konnte sie nicht von ihm verlangen. Von niemandem. Außerdem sollte er den Rest seines Lebens mit schönen Dingen verbringen, insofern er das noch konnte, wenn sie tot war. Zu wissen, dass er bald starb, schmerzte sie zusätzlich und machte einen Abschied schwerer.

„Mein Schutzengel“, hauchte sie an seinem Mund, bevor sie sich mit einem dumpfen Gefühl, das ihren Körper in seinen Klauen hielt, von ihm löste.

Vincent verwandelte sich komplett in einen Gargoyle, weil er so am stärksten war, und trieb seine Klauen in die Hauswand. Putz und Ziegelstückchen rieselten herab, als er in Windeseile bis zum Dach kletterte. Wie stark er war. Noir schaute fasziniert dem Spiel seiner Muskeln zu und bewunderte seine Geschmeidigkeit. Er blickte noch einmal kurz nach unten und winkte ihr, dann war er verschwunden.

„Okay“, flüsterte sie und atmete die verpestete Luft ein. Langsam ging sie die düstere Straße entlang, die ihr endlos vorkam. Sie hatte keine Ahnung, was gleich geschehen würde, aber ihre sensiblen Sinne meldeten Gefahr. Es stank nach Abfall, und eine verwahrlost aussehende Katze stöberte im Müll. Noir blieb wachsam und zog beide Messer aus ihren Stiefeln. Diese verbarg sie in den langen Ärmeln ihres Umhangs.

Der Regen wurde stärker. Das Prasseln der dicken Tropfen auf die Blechtonnen zerrte an ihren Nerven. Sie würde nicht hören, wenn sich ihr jemand näherte. Ständig sah sie sich um, weil sie glaubte, verfolgt zu werden. Es war jedoch nur das Geräusch ihrer Schritte, das von den Wänden zurückgeworfen wurde.

Endlich erreichte sie die Gasse – das letzte Stück bis zum Ziel –, in der es noch dunkler war, weil die Häuser dicht beieinanderstanden. Sie konnte den Hinterhof erkennen, aus dem es keinen anderen Ausgang gab als diesen schmalen Weg. Sie würde in der Falle sitzen, wenn ihr jemand diese Passage versperrte.

Noir schaute sich noch einmal um, doch alles wirkte gespenstisch verlassen. Zu ruhig, bis auf den Regen und das Trommeln ihres Pulses in den Ohren. Dann schritt sie weiter. Kurz darauf erschrak sie und wirbelte zur Seite herum, weil sie einen Schatten neben sich bemerkte – aber es war nur ihr Spiegelbild in einem verschmutzten Fenster. Ihr Herz raste, Flecken tanzten vor ihren Augen. Diesen Weg entlangzugehen war das Schwerste, was sie jemals getan hatte.

Als sie es endlich in den Hof geschafft hatte und den Antiquitätenladen vor sich sah, tauchte wie aus dem Nichts eine Frau vor ihr auf, mit blonden Haaren und … weißen Flügeln.

Noir japste nach Luft und wollte schon ihre Messer auf die Erscheinung schleudern. Rechtzeitig hielt sie sich zurück. Das hier war definitiv kein Dämon.

Noir zwinkerte – die Frau verschwand jedoch nicht. In zwei Meter Entfernung blieb sie vor der Gestalt stehen. Sie wusste, was sie war, denn sie strahlte etwas Reines und Gütiges aus, dass Noir keine Angst mehr spürte.

„Du bist ein Engel“, wisperte sie ehrfurchtsvoll.

Das geflügelte Wesen nickte. Wow, sie hätte nie gedacht, einmal persönlich einem Engel zu begegnen. Ob Vincent sie in diesem Moment auch sehen konnte? Noir war versucht, nach oben zu schauen, aber sie wollte niemandem einen Hinweis darauf geben, dass sie nicht allein war.

Sie hatte sich Engel immer als kleine, dickliche Kinder vorgestellt, gleich den Putten, wie sie in Kirchen zu finden waren. Auf keinen Fall so sexy und in ein Top sowie Röhrenjeans gekleidet. Der Regen prallte an ihr ab, als wäre sie von einem unsichtbaren Schutzschild umgeben. Ihr Haar und ihre Federn blieben trocken.

„Bist du mein Schutzengel?“

Ihr Gegenüber schüttelte den Kopf.

Noirs Mut sank. Ihr Todesengel? „Wo ist mein Bruder?“

Das Wesen runzelte die Stirn. „Dein Bruder?“ Ihre Stimme klang glockenrein.

„Seinetwegen bin ich hier.“ Oh Mann, war das alles abgefahren!

„Und ich bin hier, weil ich dir die Uhr geben soll.“

Noir stutzte. „Welche Uhr?“

Der Engel blickte sie genauso ratlos an, wie sich Noir fühlte.

„Ich soll dir eine magische Sanduhr geben.“

„Wo ist diese Uhr?“ Vielleicht konnte sie etwas damit anfangen, wenn sie das Artefakt sah.

„Noch an einem sicheren Ort“, erwiderte der Engel.

„Ich weiß leider absolut nichts von einer Uhr. Ich bin nur wegen meines Bruders hier.“

Der Engel nickte, als wüsste sie, von wem sie sprach. „Jamie.“

Noir wurde es abwechselnd heiß und kalt. Oh Gott, sie kannte ihn! Was, wenn Jamie bereits tot und der Engel nur hier war, um ihr das zu sagen? Und die Uhr war irgendwie seine abgelaufene Lebenszeit?

„D-du kennst Jamie?“ Sie hatte ihn doch gerade erst gefunden und wollte ihn auf keinen Fall schon wieder verlieren.

„Ich kenne ihn nicht persönlich“, antwortete der Engel. „Aber ich weiß, dass er in der Unterwelt lebt.“

„Immer noch?“ Noir hielt die Anspannung kaum mehr aus.

„Soweit ich weiß, schon.“

„Gott sei Dank!“, rief sie aus.

„Erkläre mir“, forderte der Engel sie auf, „was es mit deinem Bruder auf sich hat.“

„Ich sollte ihn hier treffen. Also nicht ihn, sondern den Dämon, der sich in seinem Körper eingenistet hat. Ich habe ein Medaillon bei mir, mit dem ich ihn aus der Hölle holen will.“

Plötzlich ging die Ladentür auf und ein schwarzhaariger Mann stürmte heraus. Neben dem Engel blieb er stehen. „Du hast das Medaillon dabei?", fragte er leicht außer Atem.

Das blondhaarige Himmelswesen sah ihn unter zusammengezogenen Brauen an. „Ash, was soll das?" Sie wirkte erschrocken und ihre Stimme wurde lauter. „Verschwinde sofort von hier! Ich habe doch gesagt, du sollst nicht herkommen!" Schützend stellte sie sich vor den Mann, der an ihren Schwingen vorbeischaute.

Vor Noirs Augen drehte sich auf einmal alles. Sie starrte dem Mann in die eisblauen Augen und ein Schalter legte sich in ihrem Kopf um. Ash ... Sie kannte ihn und eine heftige Übelkeit erfasste sie. „Dämon", hauchte sie. „Du hast meine Eltern auf dem Gewissen!" Wut raste durch ihren Körper wie ein glutroter Ball. Sie krampfte sich in ihrem Bauch zusammen und entlud sich in einem Schrei: „Mörder!"

In einer blitzschnellen Bewegung holte sie mit beiden Armen aus, doch bevor sie die Klingen auf den Unterweltler schleudern konnte, hatte der Engel ihr die Dolche aus der Hand gerissen. Das Himmelswesen war schneller als ein Tornado!

„Du wirst ihm kein Haar krümmen oder du bekommst es mit mir zu tun, Hexe!", rief der Engel.

„Du machst gemeinsame Sache mit einem Dämon?" Noir wollte sich irgendwo festhalten, da sie glaubte, gleich umzukippen. Plötzlich schien alles aus dem Lot zu geraten.

„Ash ist nicht ..."

Weiter kam das vermeintliche Himmelsgeschöpf nicht, denn schlagartig ertönte ein markerschütternder Schrei, eine Mischung aus Grollen und Knurren, das in Noirs Ohren vibrierte. Der halbe Hof verdunkelte sich, als ein riesiges Wesen auf sie herabstürzte. Vincent!

„Nein!", schrie der Engel und warf eine von Noirs Klingen in seine Richtung.

„Vincent!" Noir konnte kaum begreifen, was geschah. Sie fühlte sich einer Ohnmacht nah, weil sie mit einem Mal begriff, dass sie und Vincent gegen ein so mächtiges Geschöpf nichts ausrichten konnten. Nicht nur die Hölle, auch der Himmel hatte sich gegen sie verschworen.

Vincent hatte den Angriff anscheinend kommen sehen und sich im Sturzflug gedreht. So pinnte der Dolch eine Schwinge an seinem Schulterblatt fest wie eine überdimensional große Stecknadel. Vincent konnte den Flügel nicht mehr benutzen und landete hart auf dem Boden.

Noir war sofort an seiner Seite. Er lag hektisch atmend auf dem

Bauch. Noir riss ihm die Klinge heraus, was er mit einem Aufschrei quittierte. Blut sprudelte aus der Wunde.

Nun kam auch der Engel angelaufen. „Vince!“

„Vade retro!“, schrie Noir ihr entgegen, doch der Zauber war bei dem Engel anscheinend wirkungslos. Sie wurde nicht einmal langsamer. „Du fasst ihn nicht an!“ Noir bedrohte sie mit dem blutigen Dolch, bereit, ihr diesen und alle Flüche, die sie kannte, entgegenzuschleudern.

Der Engel blieb vor ihr stehen und gab ihr die zweite Klinge zurück. Noir zögerte kurz, aber dann nahm sie das Messer an sich.

„Okay“, sagte der Engel unter zusammengezogenen Brauen, „du lässt meinen Freund in Ruhe und ich tue Vincent nichts.“ Ihre Hand zitterte.

Hatte das verrückte Huhn etwa Respekt vor ihr? „Du kennst Vincent?“ Das wurde alles immer wahnsinniger.

„Schon seit er ein Baby war“, zischte Blondie.

Eine plötzliche Eifersucht stieg in Noir auf. Das Gefühl wurde schlimmer, als Vincent die Augen aufschlug und den Engel anlächelte. „Kara.“

Noir stand kopfschüttelnd daneben und riss ein Stück Stoff von ihrem Mantel ab, um es auf die blutende Wunde zu pressen. „Sie wollte dich töten!“ Kara hieß dieser Vollbusenflügler also. Noir kochte. Dann fiel es ihr wie Schuppen von den Augen. Natürlich, das war der Engel, von dem Vincent ihr erzählt hatte. Desto unfassbarer war es, dass sie ihn umbringen wollte.

Kara beugte sich zu ihm herunter. „Es tut mir so leid, Vince, ich dachte, du wolltest Ash töten.“

„Das hatte ich vor“, erwiderte Vincent grimmig.

Der Dämon hielt sich im Hintergrund. Er stand am Laden und starrte zu ihnen. Noir war noch nicht fertig mit ihm. Aber erst mal galt ihre Aufmerksamkeit Vincent. Er war verletzt und sie musste irgendwie diese verdammte Blutung stillen. Kara streichelte durch sein Haar, wobei sie sich an den Händen hielten wie ein verliebtes Pärchen.

„Er wird Malou nichts tun. Versprochen“, sagte Kara.

Noir sah sie an. „Woher kennst du meinen Namen?“

Der Engel schaute zu ihr, diesmal weniger feindselig. „Ich war es, die den Klanführer der Gargoyles überredete, dass Vincent dein Beschützer wird.“

Nun wusste sie wirklich nicht mehr, was sie sagen sollte. Sie kam sich vor, als wäre sie Teil eines Puzzles, das sich langsam zusammensetzte – nur das Motiv war noch nicht klar zu erkennen.

„Nimm den Fetzen weg“, befahl Kara.

Noir gehorchte wie in Trance. Vielleicht war das alles nur ein Traum. Ja, so wie der im Flugzeug. Wahrscheinlich befand sie sich auch diesmal in irgendeiner Maschine, in Vincents Arme gekuschelt, und schlief. Die Vorstellung war verlockend.

Ein goldenes Leuchten unter Karas Hand, die auf die Verletzung gepresst war, lenkte Noirs Aufmerksamkeit auf Vincents Rücken. Als Kara den Arm wegzog, hatte sich die Wunde geschlossen. Nur eine rosa Narbe war zu sehen. Vincent setzte sich auf und ließ den Arm kreisen.

„Ich wusste gar nicht, dass du das kannst“, sagte er.

Dann zog er Kara an sich. Noir hätte sie am liebsten auseinandergerissen.

„Ich auch nicht“, flüsterte Kara, wobei sie über Vincents Schulter einen ungläubigen Blick auf den Dämon warf. „Aber mir fiel gerade ein, dass ich es kann. Wie seltsam.“ Dann löste sie sich von Vincent. „Lass mich nach deinem Flügel sehen.“

„Kaum der Rede wert, meine Schwingen sehen ohnehin aus wie ein Schweizer Käse.“

Nachdem Vincent aufgestanden war, drückte er Noir an sich. Gemeinsam schauten sie hinüber zu Ash, der mit vor der Brust verschränkten Armen am Haus lehnte.

„Mit dem da drüben bin ich noch nicht fertig“, sagte Noir zu Kara. „Auch wenn er unter deinem Schutz steht, hat er trotzdem meine Eltern auf dem Gewissen, und dafür will ich Rache.“

„Hab ich nicht.“ Der Dämon stieß sich von der Wand ab und kam auf sie zu. „Ceros hat sie umgebracht.“

„Ash!“, rief Kara.

Fauchend schob sich Vincent vor Noir. Kara versperrte dem Unterweltler mit ihren Schwingen den Weg, aber der drückte die flauschigen Flügel zur Seite.

„Nein, ich will das jetzt klären.“

„Er ist nicht böse“, wiegelte der Engel ab, während sie Ashs Hand nahm, um ihn zurückzuhalten.

Der Dämon zog sie zu sich und legte einen Arm über ihre Schultern. „Hey, ich kann für mich selbst sprechen.“

Noir war immer noch nicht ganz überzeugt. Gut, Ash hatte ihre Eltern nicht getötet, aber er war dabei gewesen.

„Er hat auf Jamie aufgepasst“, stieß Kara hervor. „Ash hat Jamie geholfen, ihn beschützt.“

„Stimmt das?“ Verdrängte Bilder flackerten in Noirs Kopf auf.

Der Unterweltler nickte.

Kara redete, ohne Luft zu holen. „Er ist einer von den Guten. Er war einmal ein Engel, wie ich."

„Liebes", säuselte Ash mit zuckersüßer Stimme und sah Kara unter gerunzelter Stirn an. „Was hältst du davon, wenn wir uns in ein gemütliches Café setzen und du unseren neuen Freunden meine Lebensgeschichte erzählst?"

Mit einem Faustschlag in den Magen machte sich Kara von ihm los. Ash krümmte sich leicht, aber es schien ihm nicht wirklich wehgetan zu haben.

„Ihre Art, mir ihre Liebe zu zeigen", sagte er grinsend, doch sofort wurde er ernst und richtete das Wort an Noir. „Wenn ich etwas hätte tun können, hätte ich es getan."

Noir erinnerte sich. Ash hatte sie damals in der Unterwelt an seine Brust gedrückt, damit sie nicht mitansehen musste, was der Stierdämon Jamie antat. Ash hatte jedes Mal gezuckt, als ihr Bruder aufgeschrien hatte.

„Ich konnte nicht eingreifen, sonst hätte mich der Fürst sofort getötet", sagte er. „Ceros ist unendlich stärker als ich. So konnte ich wenigstens auf Jamiel aufpassen und dein Leben retten, als ich dich laufen ließ. Ich hab gewusst, dass du mit dem Motorrad aus der Scheune geflohen bist, bin dir aber nicht gefolgt."

Noir war sprachlos. Doch nach und nach sickerten weitere Erinnerungen in ihr Bewusstsein, die sie bis heute verdrängt hatte. „Bring mir die kleine Hexe, Sklave!", hatte der Stier Ash zugerufen, als er die Information über die Amulette von Zorell bekommen hatte. Der Zash war also der Unsichtbare gewesen, mit dem Ceros sprach.

Ash hielt sie fest an sich gedrückt. „Sie hat mir gesagt, wo das Medaillon ist, sie wird mich hinbringen."

Noir hatte ihm nichts gesagt, er hatte es einfach behauptet. Auf diese Art verschonte er sie vor Folter und rettete ihr Leben. Ash hatte sie aus der Unterwelt gebracht. Warum hatte sie diese bedeutenden Details in ihren Träumen bisher ausgeblendet? Weil sie die Wahrheit nicht hatte sehen wollen? Weil es in ihrer Welt keine guten Dämonen gab?

Kapitel 26 - Das Schicksal nimmt seinen Lauf

Ash studierte angestrengt das Gesicht der Hexe. Erst las er Unglauben darin, aber dann schien sie zu begreifen, dass er die Wahrheit sagte. Tief atmete er durch. Sie machte nicht mehr den Eindruck, als würde sie ihn töten wollen. Auch der Gargoyle sah besänftigt aus.

Das war er also, der Mann auf dem Foto, auch wenn er jetzt viel animalischer aussah. Vincent. An seiner Stelle würde sich Ash ebenfalls wie im Himmel fühlen. Kara kümmerte sich rührend um ihn und flickte mit ihrer neu entdeckten Gabe seine Schwingen zusammen.

Ash presste die Kiefer aufeinander. Wie lange würde es dauern, bis sie herausfand, wer sie wirklich war? Ihre neue Fähigkeit beruhigte Ash jedoch. Sie war äußerst nützlich. Kara musste sie von Raphael geerbt haben.

Als sie sich endlich von dem Gargoyle löste und zu ihm kam, sagte er triumphierend: „Siehst du, ich lebe noch. Gut, dass ich hergekommen bin, sonst hätte ich die Show verpasst."

Plötzlich schien sich die Hexe wieder zu erinnern, weshalb sie hier war. „Jamie!" Sie schaute zum Himmel. Regentropfen benetzten ihr Gesicht. Im Hof war es richtig düster geworden. „Zorell wollte sich am Abend hier mit mir treffen. Ich sollte allein auftauchen. Wenn er uns alle hier sieht, werde ich meinen Bruder nie mehr zurückbekommen."

„Das wirst du ohnehin nicht. Zorell ist ein linker Hund", sagte Ash und ein Stechen durchzuckte seine Brust. War er denn besser? Alles in ihm schrie danach, sich das Artefakt zu schnappen und seinem Herrn zu bringen, damit er endlich frei war. „Hast du das Medaillon dabei?"

Die Hexe zog einen goldenen Anhänger aus der Manteltasche. Als Ash ihn erblickte, wollte er ihn nur noch an sich reißen. Er schaute in Noirs verzweifeltes Gesicht, dann zu Kara. Erwarteten sie etwa von ihm, dass er eine Lösung wusste?

Ash machte einen Schritt auf Noir zu und das Medaillon verschwand wieder in ihrer Manteltasche. Er stutzte. Ash kannte nur das Artefakt, das Ceros besaß, doch dessen magische Aura konnte er spüren, sobald er in der Nähe war. „Ceros wird sofort merken, dass du nicht das echte Amulett hast."

„Was?" Noirs ohnehin bleiches Gesicht wurde noch weißer.

„Das Medaillon, das Ceros um seinen Hals trägt, strahlt eine fühlbare Energie ab. Es gibt Ceros Kraft und schärft seine Sinne. Wenn ich es schon spüre, weiß er es sofort."

„Das liegt bestimmt daran, dass seines voller Seelen ist. In diesem hier ist keine Seele gefangen", erklärte Noir, aber es klang nicht überzeugend. Sie senkte den Blick. „Hätte ich doch das echte mitgenommen!"

„Nein, auf keinen Fall!" Ash schluckte. Was redete er da? „Du hast genau richtig gehandelt."

Kara trat an seine Seite und nahm seine Hand. „Ich sollte Noir nun die Uhr geben."

Ash nickte.

„Wieso?" Die Hexe runzelte die Stirn. „Ich weiß nicht, was ich damit soll."

„Ich auch nicht", erwiderte Kara. „Der hohe Rat der Engel hat mich beauftragt, dir die magische Sanduhr zu übergeben und zwar heute. Nur du und kein anderer darf sie bekommen."

„Was kann man mit ihr machen?"

Kara schaute kurz auf ihre Füße. „Man kann mit ihr durch die Zeit reisen. Aber nur ein Mal."

Wie sehr Ash sein liebenswertes Bengelchen begehrte. Sie konnte lügen, ohne rot zu werden. Na ja, sie schwindelte nicht wirklich, sie erzählte nur nicht alles.

„Durch die Zeit?" Die Augen der Hexe wurden groß.

Plötzlich spürte Ash, dass in der Nähe ein Portal geöffnet wurde. Seine Nackenhaare stellten sich auf. „Ich glaube, Zorell kommt!", rief er und drehte sich, bis er den Kreis aus blauem Feuer sah, der sich an einer Hauswand in der Gasse materialisierte. „Versteckt euch!"

Der Gargoyle warf einen gehetzten Blick auf die Hexe. Sie nickte, worauf ihr Begleiter die nächstbeste Mauer hinaufkletterte und auf dem Dach verschwand.

Ash wurde in Karas Umarmung gerissen und löste sich sofort mit ihr in Rauch auf. Er hatte das Gefühl, sämtliche Luft würde aus seinen Lungen gepresst und er würde nur noch aus Gedanken bestehen. Er kannte diese Art zu reisen aus seiner Zeit als Engel, aber wenn man lediglich der Passagier war, fühlte es sich nicht gerade angenehm an. Einen Wimpernschlag später materialisierten sie sich. Als sich die Umgebung vor seinen Augen nicht mehr drehte, fand er sich auf einem Hausdach wieder. Er sah auch den Gargoyle, der auf dem gegenüberliegenden Gebäude kauerte. Ash duckte sich und zog Kara mit nach unten auf das regennasse Dach.

„Wird Zorell mich spüren können?", fragte sie.

„Ich glaube nicht." Ash lugte über die Dachrinne in den Innenhof, wo die Hexe im Laden verschwand und zur Tür hinausspähte. „Zorell hat Jamiels Körper noch nicht ganz übernommen. Solange ist er in seinen Fähigkeiten beschränkt.“

„Dann kann ich bleiben?“

Ash nickte. „Mach dich unsichtbar und reich mir deinen Flügel.“

Karas ulkiger Blick hätte ihn in jeder anderen Situation zum Schmunzeln gebracht, aber die Lage war verdammt ernst. Sie gehorchte, ohne nachzufragen, und Ash tastete nach ihrer Schwinge. „Komm an den Rand und leg deinen Flügel darüber.“

„Warum?“

Sie lag halb auf ihm. Für einen Moment erlaubte sich Ash, diese Nähe zu genießen. Vielleicht war es das letzte Mal, dass sie sich so nah waren. „Wenn ich zwischen deinen Federn hindurchsehe, kann Zorell mich nicht bemerken. Hinter deinen Schwingen bin ich ebenfalls unsichtbar.“

„Schlauer Dämon“, hauchte sie ihm ins Ohr.

„Ich bin nicht so dämlich, wie du dachtest, stimmt's?“

Kara blieb ruhig. Wahrscheinlich beobachtete sie gebannt, was sich einige Stockwerke tiefer abspielte. Sie lag mucksmäuschenstill auf ihm; nur ihr Atem schlug gegen seine Wange.

Jamiel stieg aus dem Tor, das sich allerdings nicht hinter ihm schloss. Anscheinend hielt sich der feige Zash seinen Fluchtweg offen. Selbst aus dieser Entfernung erkannte Ash seine schwarzen Augen. Zorell bewegte sich keinen Meter vom Portal weg.

„Hast du es dabei?“, rief er Noir zu, die aus der Ladentür schaute.

„Ja. Wie abgemacht.“ Noir hielt das Schmuckstück kurz heraus. „Wie soll dieser Tausch ablaufen?“, fragte sie. „Ich will meinen Bruder. Jetzt!“

„Erst das Medaillon!“, forderte der Zash.

Ash war klar, dass keine Seite gewinnen würde. Hatte er ernsthaft geglaubt, sein Plan würde funktionieren? Zähneknirschend lugte er über das Dach und wusste nicht weiter. Der zunehmende Regen hatte seine Kleidung bis auf die Haut durchgeweicht und auch der Gargoyle auf dem gegenüberliegenden Gebäude war bereits pitschnass. Es war beinahe Nacht – sie verschmolzen perfekt mit der Dunkelheit. Dennoch hatte Ash ein seltsames Gefühl. Irgendetwas Schlimmes würde gleich passieren.

Sein Atem stockte, als Ceros im Portal erschien.

Kara auf ihm versteifte sich und flüsterte: „Verdammt!“

Der Stierdämon trug nicht, wie so oft in den letzten Jahren, einen Anzug, sondern stand im Lendenschurz im Dämonentor. Dadurch wirkte er viel bedrohlicher. Allein seine gewaltigen Muskelpakete schüchterten jeden Feind ein. In einer seiner Klauen hielt er eine brennende Peitsche und um seinen Hals baumelte das Amulett.

Ash schluckte. Mit diesem Feuerding hatte sein Herr ihm mit Vorliebe die Haut vom Rücken gezogen. Zwischen seinen Schulterblättern prickelte es unangenehm.

Der Dämonenfürst wagte es nicht, auch nur einen Schritt aus dem Portal zu machen. Regen bekam dem Feuerdämon nicht sonderlich. Das war ihr aller Glück. Ashs Glück.

Plötzlich trat die Hexe aus dem Laden. Sie hatte ihren Mantel abgelegt und war in einen goldgelben Overall gekleidet; anscheinend trug sie einen Spezialanzug aus Aramid. Diese Fasern waren extrem hitze- und feuerbeständig, außerdem kugelsicher.

Noir hielt ihre Klingen bedrohlich auf den Stier gerichtet, der ungefähr zehn Meter vor ihr stand. „Ich will meinen Bruder, Ceros!"

Der Fürst lachte so schallend, dass die alten Fenster des Ladens im Rahmen vibrierten. „Sieh an, das Hexenmädchen ist tatsächlich gekommen!"

Unglaubliche Wut stieg in Ash auf. Dieser verdammte Zash hatte ihren Plan an Ceros verraten. Ash stieß innerlich die übelsten Flüche aus. Ihm hätte klar sein müssen, dass Zorell, der Feigling, zu seinem Herrn lief.

„Du hast es nicht dabei!", rief der Stierdämon.

Mit zitternder Hand hielt Noir das Schmuckstück vor ihren Körper. „Da ist es! Gib mir meinen Bruder zurück!"

Ceros' laute Stimme ließ die Hauswände erbeben. „Denkst du, du kannst mich täuschen, Hexe?"

Ash schaute kurz zum Gargoyle. Er sah aus, als würde er gleich vom Haus springen. Er würde sterben, dieser Narr! Noir hingegen war relativ sicher, solange Ceros sie nicht in die Klauen bekam. Er wollte die Hexe lebend. Sie war seine einzige Chance auf das echte Medaillon.

Schlagartig richtete Ceros den Blick auf das Dach, als könnte er Ash sehen. „Du bist nicht allein gekommen!"

Ash erstarrte. Verdammt, der Fürst konnte Karas Präsenz spüren. Und ihn. Er war so ein Idiot!

Ceros schleuderte einen Feuerball aus seiner Pranke direkt in ihre Richtung.

„Zurück!", rief Ash und riss Kara gerade noch rechtzeitig von der Dachkante weg, als auch schon der Feuerball einschlug und die Rinne nunmehr ein geschmolzenes, glühendes Stück Metall war, auf dem die Regentropfen zischend verdampften. Kara machte sich in seinen Armen sichtbar. Sie zitterte, ihr Gesichtsausdruck wirkte allerdings entschlossen.

„Ich würde diesem Dämon am liebsten …" Sie sprach nicht weiter, sondern riss die Augen auf, als sie die Hexe schreien hörte: „Aqua per aera!"

Ein grauenvolles Brüllen ertönte, was ihnen zeigte, dass Ceros fürchterliche Schmerzen litt. Zeitgleich mit Kara robbte Ash zur verkohlten Dachrinne. Ceros taumelte tiefer ins Portal, über und über mit unzähligen kleinen Wunden bedeckt.

„Das wird ihn nicht lange aufhalten", meinte Ash. Diese Hexe versuchte doch tatsächlich, allein gegen Ceros anzukämpfen. Sie war wirklich verdammt mächtig. Ein Hoffnungsfunke entzündete sich. Ash schaute zum Gargoyle, der sich bereits über die Dachkante schwang, dann zu Kara. Sie waren zu viert und jeder auf seine Art sehr stark. Zorell war ein Nichts, er konnte vernachlässigt werden. Außerdem war da immer noch Jamiel in dem Körper. Niemand würde ihn verletzen. Vielleicht konnten sie gemeinsam Ceros das Amulett entwenden. Sie mussten ihn nicht einmal töten, nur austricksen.

„Du bleibst hier oben, verstanden!", befahl er Kara. „Ich werde der Hexe helfen."

„Ash!" Kara hielt ihn am Arm zurück.

„Du kannst mich ja heilen, falls mir was passiert."

„Aber ich kann bestimmt keine Toten wiedererwecken", schimpfte sie, bevor sie Ash umarmte und in einem sanfteren Ton sagte: „Pass auf dich auf. Ich gebe dir von hier oben Rückendeckung."

„Braves Engelchen." Er küsste sie kurz und leidenschaftlich, und erschuf dann ein Portal auf dem Dach, das sich in der Unterwelt öffnen würde. Direkt hinter Ceros.

♥

Kara holte zitternd Luft, als sich der blaue Feuerkreis auflöste. Nachdem sie sich unsichtbar gemacht hatte, stieß sie sich vom Dach ab und flog hoch in die Luft, damit sie einen guten Blick auf das Geschehen hatte und rechtzeitig Ceros' Angriffen ausweichen könnte. Ash war weg und sie konnte ihn im Hof auch nirgendwo erkennen.

„Aqua per aera!", schrie Noir erneut und vollführte mit den Händen Bewegungen, als wollte sie ihre Messer auf den Stier schleudern. Stattdessen lenkte sie den Regen auf den Dämon. Das musste sie zuvor schon gemacht haben.

„Glacies!", hörte Kara die Hexe und die Tropfen verwandelten sich während des Fluges in winzige Eispfeile.

Wie Nadeln würden sie in Ceros' Haut dringen. Im letzten Moment riss er jedoch Jamie an sich, um ihn als Schutzschild zu missbrauchen. Die meisten Tropfen durchsiebten wie winzige Kugeln seinen Körper.

Noir kreischte. „Jamie!"

Leblos hing der junge Mann im Arm des Dämons und blutete aus unzähligen Wunden. Ceros hatte erneut etwas abbekommen, aber diesmal viel weniger. Er regenerierte sich in Sekundenschnelle.

„Jamie!" Die Hexe wollte zu ihrem Bruder stürzen, doch Vincent hielt sie fest und zog sie in seine Arme.

„Nicht, Noir!"

Fieberhaft überlegte Kara, wie sie helfen konnte, ohne selbst verletzt zu werden. Sie musste die Uhr beschützen, die sie wie immer in ihrem Magen versteckte. An Jamie konnte sie nicht heran, um ihn zu heilen.

Wo war Ash?

Plötzlich bog Ceros den Rücken durch und heulte auf. Sofort flog Kara tiefer, um besser sehen zu können. Als der Dämon sich im Tor umdrehte, erkannte Kara im Hintergrund Ash, der bläuliche Energiekugeln auf den Stier abschoss. Kara nutzte die Gelegenheit, Blitze auf Ceros' Rücken zu schleudern. Die Hexe hatte ebenfalls die Chance ergriffen und lenkte erneut den Regen auf den Dämon.

Ceros stieß Jamie zur Seite, sodass er aus Karas Gesichtsfeld verschwand, da er irgendwo hinter dem Portal in der Unterwelt landete. Dann holte der Dämon mit seiner gewaltigen Feuerpeitsche aus. Sie wickelte sich um Ashs Körper, wo sie sich tief in seine Kleidung bis auf die Haut brannte.

„Du hast also die Seiten gewechselt?" Ceros wirkte überrascht und verletzt.

Kara schoss und schoss – auch die Hexe gab alles, doch Ceros zuckte nur bei jedem Einschlag. Das Fell auf seinem Rücken war an einigen Stellen aufgeplatzt. Blasen bildeten sich, es stank nach verbrannten Haaren und Fleisch, aber die Wunden regenerierten sich in Windeseile. Was für ein starker Gegner!

„Verräter!", schrie Ceros, bevor er an seiner Peitsche riss, sodass Ash in den Hof geschleudert wurde.

Ceros warf die brennende Peitsche hinter sich und schnaubte. Rauch stieg aus seinen Nüstern empor bis zu Kara in den Himmel. Er roch nach Schwefel. Karas Atem stockte. Die Sekunden, in denen Ash reglos liegen blieb, kamen ihr wie Stunden vor. Sie wollte zu ihm, sehen, ob er ihre Hilfe brauchte, als er zu ihrer grenzenlosen Erleichterung die Augen aufschlug.

„Ich habe dir vertraut, Ash! Deinen Verrat werde ich dir nie verzeihen!“ Ceros hob die Arme.

Vincent lief an Ashs Seite, um ihn aus dem Schussfeld zu ziehen, denn der Dämon war schon dabei, aus beiden Pranken Feuerkugeln auf Ash abzuschießen.

Noir hielt mit dem eisigen Regen dagegen, sodass die brennenden Bälle erloschen, bevor sie ankamen, aber einer traf sie an der Schulter und sie taumelte zurück. Der Anzug hatte sie jedoch vor Schaden bewahrt.

Ceros schrie vor Zorn. „Stirb, du Verräter!“

Er öffnete sein Maul und eine gigantische Stichflamme schoss heraus, genau auf Vincent und Ash zu. Ash stieß Vince aus seiner Nähe und hob die Hände. Eine Wand aus purer blauleuchtender Energie entlud sich vor seinem Körper. Das Feuer prallte daran ab, aber die Wucht schleuderte Ash nach hinten gegen die Fassade des Gebäudes.

„Ash!“

Es knackte, als ob jeder Knochen in ihm zu brechen schien. Mit verdrehten Gliedern rutschte Ash von der Wand und blieb am Boden liegen. Rasend vor Wut gab Kara alles und zielte mit Blitzen auf Ceros’ Kopf. Der Stier taumelte einen Schritt zurück und bekam sofort eine Ladung eisiger Pfeile von Noir hintendrauf. Blubbernde Schwären bildeten sich gleich Pestbeulen auf seinem Gesicht.

„Wenn du deinen Bruder zurückwillst, bring mir das echte Medaillon. Morgen zur selben Zeit hier. Enttäuschst du mich erneut, bist du tot!“, rief der Dämon, bevor sich das Portal schloss.

Kara blieb keine Zeit zum Aufatmen. Sie schoss zu Ash hinunter und kniete sich neben ihn. Vorsichtig strich sie ihm das feuchte Haar aus der Stirn. Regentropfen klatschten auf sein fahles Gesicht und spülten das Blut von seiner Haut. Seine Kleidung dampfte. Er regte sich nicht.

„Bitte, Ash …“ Kara schluchzte auf. Sie fuhr über seinen Körper und bemerkte, dass sich die Knochen an die richtigen Stellen schoben und die Wunden verheilten. Allerdings unendlich langsam. Ash lebte, aber er war schwach. Er musste sich endlich nähren.

Flatternd öffneten sich seine Lider und ein sanftes Lächeln huschte über sein Gesicht. „Siehst du, immer noch nicht gestorben.“

Kara wollte ihm gegen die Schulter boxen, stattdessen half sie ihm mit ihrer neu entdecken Fähigkeit, damit er sich schneller regenerierte. „Darüber macht man keine Witze.“ Ihre Handflächen erwärmten sich und leuchteten golden. Sie kannte das Gefühl, wenn ihre heilende Energie aus dem Körper strömte. Sie hatte geheilt, schon öfter.

Schlagartig sah sie die Pestkranken, denen sie während der großen Seuche beigestanden hatte, und die schwerverletzten Menschen nach dem Anschlag im U-Bahntunnel. Auch dort hatte sie geheilt. Sie erinnerte sich wieder. Als sie deswegen völlig aufgelöst mit Raphael gesprochen hatte, war er nicht überrascht gewesen. „Du bist ein ganz besonderer Engel", hatte er gesagt, „aber das darfst du jetzt noch nicht wissen." Dann hatte er die Hände an ihre Schläfen gelegt und sie … vergessen lassen! Du liebe Güte! Was spielte Raffi für ein Spiel? Wer war sie?

Schwer atmend und mit schweißüberströmten Gesicht gesellte sich Noir zu ihnen, an ihrer Seite Vincent. „Wie geht's dem Dämon?", fragte sie.

„Sein Name ist Ash", erwiderte Kara leicht verschnupft. „Und es geht ihm nicht so toll."

Ash grinste breit. „Hey, Süße, wenn du bei mir bist, geht's mir immer gut."

Kara war froh, dass er seinen Humor noch besaß. Das war ein gutes Zeichen. Sie löste ihre Hände und half ihm, sich hinzusetzen.

„Warum hat er mich nicht angegriffen?", wollte Noir wissen.

Ash lehnte sich an die Hauswand. „Weil nur du ihm das zweite Medaillon besorgen kannst."

„Und genau das werde ich jetzt tun." Noir wandte sich an Vincent, der dicht neben ihr stand. „Würdest du mir bitte das Handy holen? Ich muss Magnus anrufen."

Bevor Vincent etwas erwidern konnte, sprang Ash auf. „Nein! Ceros darf niemals das zweite Amulett bekommen."

Er schwankte und Kara legte sofort ihren Arm um seine Hüften.

Tränen liefen aus Noirs Augen, ihre Stimme klang erstickt. „Ich will endlich meinen Bruder zurück! Ich hab ihn schwer verletzt, vielleicht ist er schon tot!"

Ash schüttelte den Kopf. „Er ist bestimmt am Leben. Zorell wird ihn heilen. Glaub mir, Jamiel sah schon beschissener aus."

Plötzlich straffte sich Noir und hörte auf zu weinen. „Dann werde ich mich Ceros in der Unterwelt stellen. Er wird mich nicht töten, solange er nicht hat, was er will. Bringst du mich runter, Dämon?"

„Noir!", zischte Vincent und schaute sie mit einem derart finsteren Gesichtsausdruck an, dass Kara sofort erkannte, wie sehr er die Hexe liebte.

Erneut schüttelte Ash den Kopf. „Er wird dich foltern, bis du es ihm freiwillig gibst. Glaub mir, Hexe, du wirst deinen Bruder nicht so einfach zurückbekommen."

Räuspernd meldete sich Kara zu Wort, auch wenn ihr die eigene

Idee überhaupt nicht gefiel: „Aber du kannst ihnen helfen, Ash. Jetzt rechnet Ceros niemals mit einem Angriff. Ihr könntet ihn überraschen, während er seine Wunden leckt."

Ash zog sie näher an sich, um ihr ins Ohr zu raunen: „Schlaues Mädchen. Ich liebe deine dunkle Seite."

„Sie werden es nun mal nicht ohne dich schaffen", erwiderte sie, den Tränen nahe. Sie schickte Ash ins Verderben, aber ein Gefühl verriet ihr: Es war die einzige Lösung.

„Sind alle damit einverstanden?", fragte Ash in die Runde.

Vincent antwortete als Erster. „Egal, wie sich Noir entscheidet – ich bin immer an ihrer Seite."

„Vincent …" Noir senkte die Stimme. „Ich habe Magnus versprochen, dass du mit zum Laden kommst. Das zählt jedoch nicht für die Unterwelt."

„Ich komme mit dir."

Während Noir und Vincent diskutierten, zog Kara Ash ein Stück von ihnen weg. „Wir sind gleich wieder da", versprach sie und betrat mit Ash den Laden. Sie erinnerte sich, wie sie ihm hier zum ersten Mal begegnet war. So wenig Zeit war seitdem vergangen, doch Ash hatte sich tief in ihr Herz gestohlen.

„Ich würde gern mit dir gehen", sagte sie und schloss die Tür.

Ash streifte sich das halb verbrannte Hemd über den Kopf und rubbelte sich mit den Überresten die Feuchtigkeit aus dem Haar. Auf seinem Bauch zeichnete sich die verheilende Spur der Feuerpeitsche ab. „Du darfst auf keinen Fall mit. Du würdest in der Unterwelt wie ein Magnet wirken und alle Dämonen anziehen." Er warf das Hemd in den kleinen Mülleimer, der hinter dem Tresen stand. „Außerdem musst du auf die Uhr aufpassen. Sie darf nicht auch noch in Ceros' Hände gelangen. Das wäre die ultimative Katastrophe."

„Das weiß ich doch. Es fällt mir nur schwer, dich allein zu lassen." Seufzend schmiegte sie sich an ihn. „Aber so lasse ich dich nicht gehen. Nimm wenigstens einen Teil von mir mit. Du musst dich endlich stärken, sonst wirst du nicht lange …"

„Pst." Er hob sie hoch und setzte sie auf der Theke des Ladens ab, unter der Mr. Burke seelenruhig schlummerte.

Ash stellte sich zwischen Karas Beine und zog sie an sich. Nun waren ihre Köpfe auf gleicher Höhe.

„Wenn du unbedingt drauf bestehst, genehmige ich mir einen kleinen Snack." Er saugte ihre Unterlippe in den Mund.

„Du sollst mich nicht aufessen", murmelte Kara.

„Das würde ich aber gern." Mit den Fingern fuhr Ash in ihr Federkleid, was Kara herrliche Schauder durch den Körper trieb.

„Wird es wehtun?“, fragte sie leise.

Ash verneinte. „Vielleicht wird dir ein bisschen schwindelig werden.“

Sanft umschloss sie seine Wangen. „Ich liebe dich.“ Ein wenig mulmig war ihr schon zumute.

„Und ich liebe dich.“

Er presste seine Lippen auf ihren Mund. Aber nicht so, als wollte er sie küssen, sondern eher ein Vakuum schaffen. Seine Hände legten sich an ihren Hinterkopf, um sie noch fester an sich zu drücken. Dann atmete er tief ein. Kara spürte ein Ziehen im Gehirn, dann ein leichtes Reißen in der Brust. Sie hörte das Rauschen ihres Blutes, den Puls in ihren Ohren. Etwas Warmes löste sich in ihr, stieg ihren Hals hinauf und entwich aus ihrem Mund. Es kribbelte in ihrer Kehle, als ob eine Armee Ameisen hindurchmarschieren würde. Ashs Wangen begannen zu leuchten und aus seiner Nase drang ein Glitzern. Es war tatsächlich ihre Seele, die er sich nahm.

Die ganze Zeit sah ihr Ash in die Augen. Ob er ihr Seelenlicht beobachtete? Fasziniert bemerkte Kara, dass es hinter seiner Pupille ebenfalls zu leuchten begann. Das Blau seiner Iris strahlte wie ein Diamant. Sie hörte und fühlte ihren Herzschlag in ihrem Kopf und krallte die Finger in Ashs Schultern, weil sich alles vor ihren Augen drehte. Abrupt brach er den Kontakt ab.

„Das reicht“, sagte er schwer atmend.

„Hast du genug?“ Kara bekam ebenfalls kaum Luft.

„Mehr als ich brauche. Deine Seele ist wahnsinnig stark.“

„Ich bin kein gewöhnlicher Engel“, sagte Kara. Sie wusste es jetzt mit Gewissheit. Immer mehr Erinnerungen traten zutage. Noch lagen sie alle in einer Art Nebel, doch auch der würde sich bald lichten.

Ash öffnete den Mund, als wollte er ihr etwas sagen, dann küsste er sie erneut und hob sie vom Ladentisch. Sie hielten sich fest, wobei Kara jede Sekunde bewusst auskostete.

„Küss mich noch mal“, bat sie flüsternd und er tat ihr den Gefallen. Sie liebte diesen Dämon über alles.

Ein Klopfen an der Tür beendete ihre traute Zweisamkeit.

„Seid ihr fertig?“, drang die Stimme der Hexe hindurch.

„Wir kommen gleich!“, rief Ash.

Er zog ein Holzfällerhemd aus dem Regal, das Mr. Burke neben seinen Kuriositäten verkaufte, und schlüpfte hinein.

Kara zwinkerte ein paar aufsteigende Tränen weg und half Ash, die Knöpfe zu schließen. Es war an der Zeit, Abschied zu nehmen. „Komm zu mir zurück. Versprich es.“ Kara war noch nie so schwer ums Herz gewesen.

„Ich verspreche es."

Sie küssten sich noch einmal tief, bevor sie Hand in Hand den Laden verließen.

Vincent und Noir blickten sie erwartungsvoll an, wobei die Hexe Ash gegenüber noch sehr vorsichtig wirkte. Was Kara nicht wunderte. Sie hatte ihm all die Jahre die Schuld für den Tod an ihren Eltern gegeben.

„Dann mal los", sagte Ash und ging zu einer fensterlosen Hauswand in der Nähe.

Alle folgten ihm. Als er den Arm heben wollte, um ein Tor aufzuzeichnen, trat Noir vor ihn.

„Weißt du, wo Jamie jetzt sein könnte?"

Ash zuckte mit den Schultern. „Möglicherweise ist er in unserer Unterkunft."

„Kannst du uns zuerst dorthin bringen? Ich möchte unbedingt sehen, wie es ihm geht."

Ash kratzte sich am Kopf. „Vielleicht können wir ihn ja als Verbündeten gewinnen. Obwohl er nicht gut auf mich zu sprechen ist."

„Nein!", erwiderte Noir hastig. „Ich will ihn nie wieder einer Gefahr aussetzen."

Kara umarmte Vincent, nickte der Hexe zu und wünschte ihnen allen viel Glück. „Passt auf euch auf!"

Ash drehte sich noch einmal herum, um Kara zu küssen. „Pass du auf dich auf."

Dann erschuf er ein Portal, durch das Kara nur eine schwarze Felswand erblickte. Nacheinander verschwanden alle im Durchgang, der sich sofort hinter ihnen schloss.

Ihre Brust verkrampfte sich vor Kummer. Ob sie diejenigen, die sie liebte, je wiedersehen würde? Vincent und Ash? Auch der Hexe sollte nichts passieren. Kara fühlte, wie viel sie Vince bedeutete, und sie selbst hegte mittlerweile keinen Groll mehr gegen sie. Sollte Noir zurückkehren, würde Kara ihr sofort die Uhr aushändigen.

Sie flatterte zurück aufs Hausdach und setzte sich an die Kante. Hier würde sie so lange auf die anderen warten.

Kapitel 27 - Der finale Kampf

Noir klopfte das Herz bis zum Hals. Zehn Jahre war sie nicht mehr in der Unterwelt gewesen, doch nach all der Zeit den Ort des Grauens erneut zu betreten, war schlimmer, als sie sich vorgestellt hatte. Nachdem sich das Portal hinter ihr geschlossen hatte, kam sie sich gefangen vor und eine Art Klaustrophobie beschlich sie. Ohne dämonische Hilfe würden sie von hier nie wieder wegkommen.

Im Dunkeln griff sie nach Vincents Hand. Er hatte in ihrer Nähe immer seine Krallen eingefahren. Stets dachte er an ihr Wohlergehen – und sie führte ihn direkt in die Hölle. Er und der Dämon sahen in dieser Finsternis gut, aber Noir war verloren. Sie könnte eine magische Flamme entzünden, traute sich jedoch nicht, aus Angst, Knochen oder andere Leichenteile zu sehen. Das wäre für ihre Gemütsverfassung nicht förderlich. Sie bildete sich ein, dass ihr Verwesungsgeruch in die Nase stieg. Es war seltsam warm und schwül hier unten, wo auch immer dieses Unten war.

„Ich möchte dich nicht verlieren, Vincent, nicht so. Nicht für meine Sache“, sagte sie leise, während er sie durch die Finsternis zog. „Noch kann der Dämon dich hochbringen.“

„Ich dachte, das hätten wir vorhin schon geklärt?“, grollte er.

Sturer Gargoyle!

„Ich muss alles regeln, bevor ich sterbe. Lass mir das bitte, Noir. Es ist das Einzige, was ich noch für dich tun kann. Vorher werde ich keinen Frieden finden. Ich muss wissen, dass du keiner Gefahr ausgesetzt bist, wenn ich nicht mehr da bin.“

Ihre Kehle wurde eng. Fest drückte sie seine warme, große Hand. „Falls wir das überleben, verspreche ich dir, nicht mehr von deiner Seite zu weichen und dir alle Wünsche zu erfüllen, bis …“

„Wir sind gleich da“, unterbrach Ash.

Noirs Anspannung wuchs. Sie sah jetzt etwas – ein Flackern an den Wänden, das stetig heller wurde. Sie näherten sich also Jamies Unterkunft. Der Geruch von Ruß kitzelte ihre Nase, und als der Weg eine Biegung machte, erkannte sie eine Fackel an der Wand. Darunter befand sich eine Pritsche, auf der jemand lag. „Jamie!“

Abrupt setzte er sich auf und fluchte: „Verdammt, Malou! Was machst du hier?“

Seine Augen wirkten normal, ebenso sein Gesicht. Es war, bis auf die beiden alten Narben, ohne jeden Makel, nur seine Kleidung war regelrecht durchsiebt.

Noir atmete auf. Ash hatte recht gehabt. Der Zash hatte ihn geheilt. Aber gleich traf sie der nächste Schock. Oh Gott, hier lebte Jamie? In diesem dreckigen Loch? Sie wollte weinen, erlaubte sich jetzt allerdings keine derartigen Emotionen. Sie musste stark bleiben für das, was noch kam. Zu viert standen sie in der winzigen Höhle und fanden kaum Platz darin. Die Enge machte anscheinend nicht nur ihr zu schaffen. Vincent entschuldigte sich und ging in den Gang zurück.

„Ich pass auf, dass uns keiner überrascht."

„Gute Idee", sagte der Dämon.

Jamie wandte sich, weiterhin finster dreinblickend, an Ash. „Du bist wahrhaftig ein Verräter! Warum hast du Malou hergebracht?"

„Ja, ich hab die Seiten gewechselt, aber ich kämpfe nicht gegen dich." Ash fuhr sich über den Nacken. „Wir werden gegen Ceros antreten und deine Schwester möchte dich von hier fortbringen."

„Was?" Jamie sprang auf. „Ihr seid doch voll bescheuert!"

Auf Ashs Gesicht breitete sich ein sarkastisches Lächeln aus. „Ich bin ohnehin auf seiner Abschussliste. Ich hab keine Lust, plötzlich von ihm überrascht zu werden. Lieber schau ich ihm in die Augen, wenn ich sterbe."

Vorsichtig berührte Noir ihren Bruder am Arm. Ihr saß immer noch der Schock in den Knochen, weil sie dachte, sie hätte ihn umgebracht. „Bist du mir böse, weil ich dich so schwer verletzt habe?"

„Natürlich nicht, du wolltest mich retten." Sein Gesichtsausdruck wurde weicher. „Komm her." Jamie zog sie in eine Umarmung. Seine Kleidung war feucht, wahrscheinlich von ihrem Eisregen. Er roch nach Ruß, aber auch ganz leicht nach dem Bruder von einst. „Ich werde mit euch kommen. Ich lass dich nicht allein, Schwester."

Hastig hob sie den Kopf. „Nein, das ist zu gefährlich!"

„Einer mehr erhöht eure mageren Chancen. Zuerst mal hat er es auf Ash abgesehen, wie er schon sagte, und wenn der nicht mehr da ist, werde ich Ceros' Prügelknabe sein, darauf kann ich verzichten. Dann lieber gleich tot."

Jamie warf einen Seitenblick auf Ash, bevor er die Augen auf den Boden richtete. Oh Gott, was hatten die beiden bis jetzt durchstehen müssen? Nun war Noir sehr froh, dass Ash für ihren Bruder da gewesen war.

„Wo ist der … andere?", fragte sie.

„Zorell muss sich erst wieder regenerieren. Er hat sich tief zurückgezogen, dieser Widerling."

Darüber war Noir mehr als erleichtert. „Ich werde einen Weg finden, ihn aus deinem Körper zu vertreiben."

„Das geht nicht, Malou. Ceros hat meine Seele genommen. Ohne

Zorell wäre ich längst tot."
Noir schluckte ihren Kummer hinunter. „W-wo ist deine Seele?"
„Ceros hat sich von ihr genährt."
Jamies Seele war also für immer verloren, umgewandelt in dämonische Energie, vielleicht eine Feuersbrunst oder einen anderen bösen Zauber. Ihr Bruder war wirklich ein Dämon. Noir wollte es einfach nicht begreifen. Alles hatte sich verändert. Er würde nur sehr langsam altern, und falls sie das beide überlebten und Noir eines Tages alt und faltig war, würde er immer noch wie zwanzig aussehen.
„Malou gibt es nicht mehr", sagte sie und ergriff Jamies Hand. „Ich heiße jetzt Noir." Abermals fielen ihr die Narben an seinen Handgelenken auf.
Jamie schien es zu bemerken, denn er flüsterte: „Ich brauche den Schmerz."
Noirs Herz verkrampfte sich. „Warum verheilen sie nicht ganz? Mein Eisregen hat keine Narben hinterlassen."
„Weil ich mir diese Schnitte mit einem Messer zugefügt habe, das mit Schwarzer Magie verzaubert wurde. Dann heilen die Wunden sehr, sehr langsam."
Hatte Jamie sich umbringen wollen? Oder verletzte er sich selbst, weil er seiner Familie gegenüber Schuldgefühle hatte?
„Oh Jamie ..." Sanft strich sie ihm über die gesunde Wange. „Es wird alles gut werden. Das verspreche ich dir."
Ein Hüsteln hinter ihr erinnerte sie daran, wo sie eigentlich war. Es war Ash. „Also hilfst du uns, Jamiel?"
„Nein!", sagte Noir, aber ihr Bruder widersprach ihr.
„Ich hab sowieso nichts zu verlieren. Ceros braucht mich nicht mehr. Er ist überzeugt, dass Ma... Noir ihm diesmal das echte Medaillon bringt. Er hat nicht vor, mich noch einmal zum Treffpunkt mitzunehmen."
„Hat er dir das gesagt?", fragte Noir.
„Er hat so einiges gesagt, als er das Portal schloss und wütend davonstapfte", erwiderte er und holte die Fackel aus der Halterung an der Wand. „Er dachte wohl, ich bin ohnmächtig."
Ash hob die Brauen. „Weißt du, wo er jetzt ist?"
„Garantiert in seinem Waffenlager. Er bereitet sich auf den nächsten Kampf vor und fährt alle Geschütze auf."
„Verdammt!", fluchte Ash. „Ich hab keine Ahnung, wo das ist."
„Aber ich, oder woher glaubst du, hab ich das Messer?"
Jamie übergab Noir die Fackel. Dann ging er zur Felswand, löste einen Stein und zog eine goldene Klinge hervor, auf der Edelsteine glitzerten. Sie sah orientalisch aus und schimmerte schwarz. Ashs

Mund klappte auf. Er konnte wohl nicht verstehen, warum so ein alter Dämon wie er darüber keine Kenntnis besaß. Noir war ein wenig stolz auf Jamie.

„Das verursachte also immer diese unheilvolle Aura, die ich manchmal hier gespürt habe“, rief Ash aus.

Auch Noir spürte ein kaltes Kribbeln, das über ihr Rückgrat wanderte. Sie schüttelte sich.

Ash besah sich das Messer, gab es Jamie jedoch sofort zurück, als könnte er sich daran verbrennen. „Daher also deine Verletzungen.“ Er atmete tief ein. „Mich wundert es, dass Zorell dich nicht bei Ceros verpetzt hat.“

Jamie hob die Schultern. „Wieso sollte er? Wenn Ceros mich bestraft, ist Zorell mit dran. Außerdem ist er eine feige Sau.“

„Da hast du recht“, murmelte Ash und fuhr sich durchs Haar. „Woher weißt du, wo seine Waffenkammer ist?“

„Ceros hat Zorell mitgenommen, als er ihm meinen Körper überließ. Die beiden waren sich so sicher, dass ich nichts davon mitbekomme.“ Jamie steckte den Dolch in seinen Gürtel und verdeckte ihn mit seinem durchsiebten Hemd.

„Du hast es die ganzen Jahre gewusst und mir nichts gesagt?“, fuhr Ash ihn an.

„Du hättest bestimmt nur eine Dummheit begangen. Ich wollte dich nicht verlieren!“, rief Jamie zurück.

Noir verschluckte sich beinahe. „Seid ihr beide … Wart ihr mal …“

„Nein!“, erwiderten Ash und Jamie wie aus der Pistole geschossen. Sofort wurde ihr Bruder rot um die Nase und schaute erneut auf den felsigen Boden. „Ich hatte mich in Ash verliebt. Leider hat er meine Gefühle nie erwidert.“

Plötzlich zog Ash ihn in die Arme. „Ich liebe dich, Jamiel, das hab ich immer. Aber wie einen Bruder.“

„Das weiß ich doch“, flüsterte er und wischte sich hinter Ashs Rücken über die Augen.

„Es tut mir leid, dass ich dich ausgetrickst habe. Ich dachte erst wirklich nur an mich, wollte dir aber niemals wehtun. Ich habe mich verändert. Mein Engelchen hat mich verändert.“

Es hatte für Noir etwas Befremdliches, den Dämon, dem sie all die Jahre die Mitschuld an ihrem Schicksal gegeben hatte, in enger Umarmung mit ihrem Bruder zu sehen. Aber auch etwas Tröstliches. Jamie schien ihm zu vertrauen und er war hier unten nicht allein gewesen.

„Du warst noch nie einer von den Bösen“, murmelte Jamie an seine Schulter, bevor er zurückwich. „Mir tut es auch leid, dass ich nicht stark genug war, um Zorell davon abzuhalten, zu Ceros zu gehen und dich zu verpfeifen, gleich als Noir das Desiderio verließ und ich sie erst mal in Sicherheit wusste. Ich war so verletzt und sauer auf dich – da hab ich es wohl geschehen lassen." Jamie ließ den Kopf hängen, doch Ash klopfte ihm auf die Schulter.

„Ist gut. Vergeben und vergessen."

Jamie straffte sich und nahm Noir die Fackel wieder ab. „Lasst uns diesem Bastard endlich in seinen fetten Stierarsch treten!"

Krampfhaft hielt Noir ihre Messer fest. Vincent ging dicht neben ihr, voll verwandelt und die Krallen ausgefahren. Er drehte ständig den Kopf und streckte die Nase in die stickige Luft.

„Warum sind wir bisher noch keinen anderen Dämonen begegnet?", fragte Noir Jamie flüsternd, der vor ihnen schritt und die Fackel trug. Ash bildete die Nachhut.

„Ceros' Streitkräfte sind in einem anderen Teil der Unterwelt untergebracht, weit weg von ihm. Er hat Angst vor Attentaten, von außerhalb und aus den eigenen Reihen. Nur die Wenigsten wissen, wo er sich aufhält. Ash und ich sind seine einzigen Diener, die er so nah an sich heranlässt. Er will uns immer in der Nähe haben, weil wir die Einzigen sind, die von dem Medaillon wissen. Die meisten seiner anderen Untertanen bewachen seine Grenzen, aber wir sind praktisch im Herzen seiner Behausung."

„Gemütlich hier", sagte Noir und versuchte, nicht auf die Felswände des Ganges zu sehen. Überall hingen Totenköpfe von den verschiedenartigsten Wesen wie Trophäen. Auch menschliche Schädel waren darunter. Der schwarze Felsenboden war mit weißem Kies bedeckt, der unter ihren Schritten knirschte. Wahrscheinlich, damit Ceros jeden, der sich ihm näherte, hörte.

„Silentium", flüsterte Noir einen Zauber, der ihre Tritte geräuschlos machte. „Wie weit ist es noch?" Schweiß lief ihr an den Schläfen hinab und sammelte sich in ihrem Schutzanzug. Magnus hatte ihn ihr besorgt. Er war einfach der Beste. Neben Vincent. Sie hoffte, ihren Freund bald wiederzusehen.

„Wir sind da." Jamie steckte seine Fackel in eine Halterung an der Wand, neben der das Skelett eines Reptils hing.

Ash trat neben ihn. „Ich sehe nichts."

Vor und hinter ihnen lag nur der endlos lange Gang, der sich durch den Fels schlängelte. Sie waren an unzähligen Abzweigungen vorbeigekommen und Noir fühlte sich wie im Labyrinth des Minotaurus gefangen.

Jamie legte seine Finger an die Lippen. „Ich werde nachsehen, ob er da drin ist." Kurzerhand steckte er seinen Kopf in den Felsen.

Er war bis zum Hals verschwunden! Vorsichtig berührte Noir die Wand. Ihr Finger glitt in den Stein, aber sie fühlte lediglich ein Kribbeln. Schnell nahm sie die Hand zurück. Sie war unversehrt. „Eine durchgängige Wand", flüsterte sie.

Als Jamie den Kopf zurückzog, strahlten seine Augen. „Der Bastard ist tatsächlich da drin." Kampfeslust funkelte in seinen grünen Iriden.

Noir hatte keine Ahnung, welche Dämonenkräfte ihr Bruder besaß, sie hoffte jedoch, dass er sehr stark war.

Ash zerschlug ihre Wünsche allerdings sofort. „Du bleibst immer hinter mir, Jamiel. Du bist für Ceros das leichteste Ziel."

Sein Blick verfinsterte sich. „Ich mag vielleicht nur ein paar lächerliche Energiebälle produzieren können, aber ich kann verdammt gut mit dem Messer umgehen." Trotzig zog er die Klinge hervor.

Verflixt, dachte Noir. „Was ist mit Magie?"

Jamie richtete den Blick starr auf den Boden. „Ich hab nicht mehr viel gezaubert, seit … Ceros hat's mir verboten. Ich bin auf dem Stand von damals stehengeblieben."

„Die Magie steckt in dir. Du musst sie nur herauslassen", sagte Noir, aber selbst in ihren Ohren klang es nicht überzeugend. Jamie würde tatsächlich ein leichtes Ziel sein. Sie würde ein zusätzliches Auge auf ihn haben müssen.

„Wollen wir noch länger ein Schwätzchen halten?", grollte er.

„Gehen wir", sagte Ash. „Wie sieht's da drin aus? Wo ist Ceros und gibt es Deckung?"

„Ähm …" Jamie räusperte sich. „Also die Höhle ist ungefähr so groß wie ein Zirkuszelt."

Ash runzelte die Stirn.

„Ein nicht ganz so großes Zirkuszelt. Eher Wanderzirkus, wenn ihr versteht, was ich meine."

Noirs Magen verkrampfte sich. „Wie hoch?"

„Zirka drei Stockwerke und rund. In der Mitte häufen sich Ceros' Errungenschaften auf. Die Säule, die etwa fünf Armeslängen Durchmesser hat, bietet die einzige Möglichkeit, sich zu verstecken."

„Verdammt ungünstig", murmelte Ash.

Vincent nickte zustimmend. Er hatte bisher kein Wort gesprochen, sondern wie ein wachsamer Krieger die Umgebung im Auge behalten. Auch jetzt zuckten seine spitzen Ohren und seine Nasenlöcher blähten sich auf.

„Wir müssen ihn irgendwie austricksen", sagte Noir.

„Genau." Jamie versteckte sein Messer wieder unter dem Hemd. „Ich gehe zuerst rein. Allein. Noch weiß er nicht, was los ist. Er wird mich für Zorell halten. Ich verwickle ihn in ein Gespräch, sodass er dem Eingang den Rücken zudreht. Dann kommt ihr und versteckt euch hinter der Säule."

Noir wusste, dass es die sinnvollste Möglichkeit war, auch wenn sie ihr nicht gefiel. „Und diese Säule besteht lediglich aus Waffen?"

Jamie schüttelte den Kopf. „Nicht nur. Da drin lagert Ceros alle schwarzmagischen Gegenstände."

„Na, was für ein Glück", sagte sie sarkastisch und umarmte ihn. „Pass auf dich auf und lass dich nicht noch mal als Schutzschild missbrauchen."

„Kommt in einer Minute nach!", befahl er, dann war er im Fels verschwunden.

Noir ging zu Vincent und lehnte sich gegen ihn. Jetzt hieß es: alles oder nichts. Würden sie es schaffen, den Stierdämon zu besiegen? Sie wollte Vincent noch so viel sagen, doch sie brachte keinen Laut hervor. Ihre Kehle war wie zugeschnürt. Sie sollte sich jetzt sammeln, denn sie würde all ihre Kräfte mobilisieren müssen. Vorsichtig küsste sie Vincent auf den Mund, um sich nicht an seinen Fängen zu schneiden.

„Ich liebe dich", flüsterte er mit seiner rauen Gargoylestimme, die angenehme Schauder durch ihren Körper schickte, und stupste seine Nase gegen ihre.

Sie wollte etwas erwidern, doch in diesem Moment wurde sie von Ash unterbrochen. „Die Minute ist um."

Lächelnd wuschelte sie durch Vincents Haar und ging einen Schritt zurück. Dort ließ sie ihre Arme kreisen, um ihre verspannten Muskeln zu lockern.

„Ich seh mal nach", sagte Ash und steckte seinen Kopf in den Fels wie Jamie zuvor. Ziemlich schnell zog er ihn zurück. „Los geht's!"

Nacheinander liefen sie durch die Wand. Erst Ash, dicht gefolgt von Noir und Vincent. Als sie die kuppelartige Höhle betrat, glaubte sie sich in einer Arena. Rundherum brannten Fackeln, der Boden war mit hellem Sand ausgelegt und in der Mitte befand sich ein seltsam anmutender Turm, der bis an die Decke ragte. Er schillerte in allen Farben und Formen. Beim Näherkommen erkannte Noir die einzelnen Gegenstände – Schwerter, Rüstungen, Bücher und vieles mehr –, konnte sich aber nicht darauf konzentrieren, weil sie sich beeilen mussten. Ceros drehte ihnen den Rücken zu. Er trug wie vorhin einen Lendenschurz. Jamie stand vor ihm und redete auf ihn ein. Was er ihm erzählte, verstand Noir nicht, denn ein unerträgliches Kreischen erfüllte den Raum.

„Haltet endlich die Klappe!“, brüllte Ceros plötzlich und schleuderte einen Feuerblitz über seine Schulter, ohne sich umzusehen.

Noir duckte sich, doch der Angriff galt einem goldenen Käfig, der weit oben an der Säule befestigt war. Ceros' Geschoss zerplatzte kurz davor, ohne Schaden anzurichten, aber die Schreie verstummten.

„Todesfeen“, flüsterte Ash.

Es waren drei Stück, jede in ein weißes Gewand gekleidet und so groß wie dreijährige Kinder. Sie pressten ihre zierlichen, aber bösartigen Gesichter an die Gitterstäbe und schauten mit blitzenden schwarzen Augen zu ihnen herunter.

„Sie haben uns gesehen“, sagte Noir leise, während sie sich alle hinter der krummen Säule versteckten. Sie erinnerte sich: Eine Todesfee war es gewesen, die einst die Amulette der Seelen erschuf. Auch wenn diese Dämoninnen unscheinbar aussahen, besaßen sie gewaltige, dunkle Kräfte.

Ash schaute ebenfalls kurz nach oben, dann begann er, mit seinen Blicken im Stapel nach einer brauchbaren Waffe zu suchen. „Die verraten uns garantiert nicht. Sie können sich wahrscheinlich denken, was wir vorhaben. Wenn Ceros stirbt, sind sie frei.“

Jetzt, wo die Feen verstummt waren, konnte Noir hören, was Jamie sagte. Seine Stimme klang anders, er imitierte Zorell. Hoffentlich macht er ihn wirklich nur nach, dachte sie und lugte um den Turm. Sie beobachtete, wie sich Ceros auf jede seiner Klauen eine Kralle aus einem dunkel schimmernden Metall steckte.

„Was ist das für eine Waffe, mein Herr?“, fragte Jamie.

„Diese Aufsätze enthalten schwarzes Dämonenblut, eines der tödlichsten Gifte überhaupt. Es wird mir höchste Freude bereiten, die Hexe damit aufzuschlitzen und mit ihr Ash, diesen Verräter.“ Ceros lachte grollend.

Jamie grinste böse. „Nun ja, er war einmal ein Engel. Denen sollte man nicht trauen.“

„Ich bin zutiefst enttäuscht von ihm.“

Der Dämon hörte sich gekränkt an. Ihm musste tatsächlich viel an Ash gelegen haben, so unglaublich das auch klang.

„Aber Herr“, sagte Jamie, „Ihr wollt wirklich schwarzes Dämonenblut für diesen Verräter verschwenden?“

„Für Ash nur das Beste“, grollte Ceros.

Noir schluckte. Sie hatte von diesem Gift gehört. Es lähmte Feinde innerhalb von Sekunden und tötete sie schließlich, indem das Herz immer langsamer pumpte und schließlich aufhörte zu schlagen. Es wurde auf dem Schwarzmarkt zu horrenden Preisen gehandelt, wenn überhaupt etwas davon in Umlauf kam, so selten war es. Magier, die sich der dunklen Seite ergeben hatten, lechzten danach. Von welchem Dämon es stammte, wusste bis heute niemand.

Noir hielt es vor Anspannung kaum noch aus. Vincent schien ebenfalls nervös zu sein, denn die Krallen seiner Zehen gruben sich in den Sand. Ash wollte vorsichtig einen stählernen Handschuh aus dem Stapel ziehen, doch es zischte, als er ihn berührte. Hastig riss er den Arm weg. Blasen hatten sich auf seinen Fingerkuppen gebildet.

„Verdammt, Ceros hat vorgesorgt."

Ein ganzer Turm voller Waffen lag vor ihren Augen, war jedoch nutzlos für sie.

Auf einmal grollte die Stimme des Stierdämons durch die Höhle. „Was war das?"

„Was war was, Herr?", fragte Jamie.

„Hier ist jemand! Ich spüre eine vertraute Präsenz!"

„Meine, mein Herr. Ganz bestimmt."

Jamie klang nun ganz und gar nicht mehr nach Zorell. Noirs Mut schwand. Mit zitternden Fingern strich sie sich die Haare hinters Ohr und schaute zu Vincent, der ein grimmiges Gesicht machte. Ash gab ihnen durch Handzeichen zu verstehen, dass er rechts um den Turm herumgehen würde und Noir mit Vincent von der anderen Seite angreifen sollte.

Sie zögerte keine Sekunde und lief los, bis sie Ceros' breiten Stierrücken vor Augen hatte. Zielgenau schleuderte sie ihr Messer auf seinen Schädel, oberhalb des Nackens. Sie musste sein Kleinhirn durchbohren. Doch bevor es die richtige Stelle traf, wirbelte Ceros herum und die Klinge zischte knapp an seiner Schnauze vorbei.

„Hexe!", brüllte er und war im Begriff, sich Jamie zu schnappen, doch der hatte sich längst außer Reichweite gebracht.

Ash warf Energiebälle auf Ceros und Jamie die magische Klinge. Lachend fing Ceros das Messer in der Luft auf.

„Das hatte ich schon vermisst!" Dann wandte er sich an Ash, der ihn immer noch bombardierte. „Schön, dass du auch hier bist. Dann kann ich euch alle auf einen Schlag vernichten!"

„Verflucht!", rief Jamie, als der Stier seinen Feueratem nach ihm aussandte, während Ashs Geschosse lediglich Funken auf Ceros' Haut hinterließen und dessen Fell ansengten.

Gerade noch rechtzeitig warf sich Noir auf Jamie, sodass der heiße Hauch nur ihren Schutzanzug streifte. Schreiend rannte Ceros auf sie zu, wobei Ash unermüdlich Energiebälle auf ihn schleuderte, die dem Dämon nach wie vor kaum schadeten. Da stürzte plötzlich Vincent von oben auf den Stier. Wie eine gewaltige Fledermaus war er aus dem Dunkeln gekommen. Er landete mit den Füßen auf Ceros' Schultern und hielt sich an dessen Hörnern fest.

Der Dämonenfürst versuchte nach ihm zu schlagen, aber Vincent riss Ceros' Kopf so stark herum, dass ein deutliches Knacken von Knochen zu hören war und der Fürst für einen Moment innehielt. Der Schädel löste sich jedoch nicht vom Körper. Vincent schaffte es, einen Arm auszustrecken, um dem Stier ein Auge aus der Höhle zu reißen. Er heulte auf, aber sofort bildete sich ein neues. Ceros war zu groß, zu stark, zu mächtig.

„Vincent!", schrie Noir, als die Giftkrallen ihn nur knapp verfehlten, und schleuderte ihr letztes Messer auf das Monster.

Vincent stieß sich von Ceros' Schultern ab und verschwand wieder in der düsteren Felsenkuppel, während Noirs Klinge die Schulter des Stiers traf. Brüllend riss er sich die Waffe heraus und warf sie in den Sand. Er blutete nicht einmal, so schnell heilten seine Wunden. Nur eine enorme Verletzung könnte ihn schwächen, aber Noir fiel nicht ein, wie das zu bewerkstelligen war.

„Das ist alles, was ihr zu bieten habt?" Er lachte schallend.

„Arena per aera!", rief Noir und lief im Kreis. „Tempestas!" Der Sand in ihrem Radius erhob sich wirbelnd in die Luft. Immer höher stieg die sich drehende Säule aus Sand, die einem Tornado glich. „Ventus!" Der seltsame Wirbelwind raste auf Ceros zu und schleuderte ihn herum. Der Sand schmirgelte ihm Fell und Haut vom Körper.

„Du bist tot, Hexe!", brüllte er und hielt sich die Arme vors Gesicht.

Leider verbrauchte dieser gewaltige Zauber sehr schnell Noirs Magie. Sie wurde immer schwächer. „Jamie, hilf mir!", rief sie ihrem Bruder zu, der aus dem Staunen offensichtlich nicht mehr herauskam. Sein Mund klappte zu und er lief zu ihr herüber.

„Was soll ich tun?"

„Fühle die Magie, füttere den Wirbel damit!"

Jamie stellte sich neben sie, streckte die Hände vor und rief: „Ventus!"

Noir spürte, wie neue Energie floss und sie sich weniger anstrengen musste. Mit einer Hand öffnete sie den Reißverschluss ihres Schutzanzugs ein wenig und holte einen kleinen Ballon heraus, der mit Wasser gefüllt war. Sie schleuderte ihn in den Sandsturm. Die Gummihülle zerplatzte und Wasser ergoss sich auf Ceros. Er schrie erneut auf, seine Haut dampfte und vereinzelt konnte man das Fleisch darunter erkennen.

Vincent und Ash schauten aus sicherer Entfernung dem grausamen Schauspiel zu. Es sah tatsächlich so aus, als würde Noir es schaffen, Ceros zu besiegen. Da griff er sich plötzlich an das Amulett und stieß einen gellenden Schrei aus. Der Sand zerstob in alle Richtungen und Noir hatte keine Kraft mehr, einen neuen Sturm zu entfesseln. Auch Jamie wirkte erschöpft.

Da begannen die Todesfeen, erneut zu kreischen. Ceros taumelte und presste sich die Handflächen auf die Ohren. Anscheinend störte dieser hochfrequentierte Laut seinen Gleichgewichtssinn. Ash und Jamie schien er weniger zu stören. Die Feen wussten offensichtlich genau, was sie taten.

Ceros sank auf die Knie und schleuderte einen Feuerball auf den Käfig, doch Noir lenkte das Geschoss mit ein wenig Magie aus seiner Bahn.

„Du stirbst als Erste, Hexe!“, brüllte Ceros, bevor er sich aufraffte und wankend auf sie zurannte. Seine Haut war schon wieder dabei, sich zu regenerieren.

Noir lief um den Turm herum, damit dieser immer zwischen ihnen stand. „Und wer holt dir dann das zweite Amulett?“

„Zuerst auf die Schwachen, was, Ceros?“, hörte Noir plötzlich Ash rufen. „Ich hab dich nicht für so feige gehalten.“

Ein markerschütterndes Brüllen, das sich von ihr entfernte, verriet, dass sich Ceros soeben ein neues Opfer gesucht hatte. „Du hast recht, Sklave. Ich werde mir dich und Jamiel zuerst vornehmen!“

Oh nein, Jamie! Noir lief wieder zurück. Ceros versuchte, Ash und ihren Bruder mit unzähligen Feuerblitzen zu erwischen. Die Flammen schlugen vor ihren Füßen ein, wo sie im Sand glasähnliche, glühende Brocken bildeten. Auch Noir glühte regelrecht und sie hatte das Gefühl, unter ihrem Schutzanzug zu schmelzen.

Jamie und Ash gaben alles, schleuderten eine Energiekugel nach der anderen auf Ceros, doch den meisten wich er aus, manche fing er sogar, als wären es Schneebälle, und zerdrückte sie in seiner Hand.

„Habt ihr wirklich gedacht, ihr könnt mich besiegen? Jämmerliches Pack!“

Ein weiteres Mal stürzte Vincent von oben herab direkt auf den Stierkopf, sodass der Dämon in die Knie gezwungen wurde. Die Todesfeen verstärkten ihre Schreie und Ceros brüllte wie von Sinnen, als würde ihm gleich der Schädel platzen. Aber er stand wieder auf, zog etwas aus dem Turm, das aussah wie ein Spiegel, und hielt es über sich, die Glasscheibe auf Vincent gerichtet.

„Hierher, du Kakerlake!“ Ash winkte Ceros übermütig zu. Der Dämon legte es direkt darauf an, zu sterben.

Noir schnappte sich Jamie und rannte mit ihm hinter die Waffensäule, in der Hoffnung, dass Vincent ihnen folgte.

Wenige Sekunden später war auch er wieder in Deckung und sagte schwer atmend: „Ich weiß nicht, was ich gegen Ceros ausrichten kann. Er ist ein Gegner, dem man nicht zu nahe kommen kann, ohne draufzugehen."

Plötzlich hörten sie einen gellenden Schrei. „Ash!", rief Jamie und wollte losstürmen, aber Vincent hielt ihn am Arm fest.

Noir lugte um den Turm und erschrak. Ceros hielt den Spiegel vor seinen Körper, während sich Ash die Handflächen auf die Augen drückte. Blut lief an seinem Gesicht herab. Als Ash die Arme wegnahm, ging sein Blick ins Leere.

Oh Gott, Ceros hatte ihn mit dem magischen Spiegel irgendwie geblendet!

Der Stier richtete nun den Gegenstand auf Noir, doch bevor sie ihr Spiegelbild sehen konnte, schloss sie die Augen und warf sich hinter die Säule. Durch das Geschrei der Todesfeen hörte sie ein Splittern, dann Jamies Jubel: „Eins zu null für uns, Arschloch!"

Noir riss die Lider auf und sah, wie sich ihr Bruder über seine Handfläche pustete wie ein Cowboy in den Lauf seines Revolvers. Dann schaute sie zu Ceros. Der Spiegel war zerstört.

Aber verdammt, was war mit Ash, warum heilten seine Augen nicht? Er tastete sich ziellos an der Felswand entlang; Ceros folgte ihm auf den Fersen.

Vincent versuchte ihn mit einem neuen Angriff zu stoppen, wurde aber mit Ceros' Ellbogen gegen den Fels gestoßen, als wäre er ein lästiges Insekt.

Noir drehte sich zu Jamie um. Sie hatte nicht bemerkt, dass sich Vincent längst wieder ins Kampfgetümmel begeben hatte. Er würde noch sterben! Er hatte keine Chance gegen den Dämon. Keiner von ihnen.

Der Stier schlug mit seinen Klauen nach Ash und erwischte ihn am Rücken. Das Hemd zerriss, schwarzes Blut lief aus den tiefen Wunden. Das Gift – schwarzes Dämonenblut – aus den künstlichen Krallen würde Ash schnell lähmen. Tatsächlich taumelte er und fiel auf den Boden, doch Ceros riss den Körper nach oben. Wie eine Puppe hing Ash in seinem Griff. Böse lachend bohrte Ceros eine giftige Kralle in Ashs Bauch. Ash schrie auf, doch es klang nicht mehr so laut wie zuvor. Verdammt, er würde sterben!

Als sich Noir zu den anderen umdrehte, versetzte Vincent sie erneut in Schrecken. Er hatte sich komplett in einen Menschen verwandelt.

„Bist du wahnsinnig!“, zischte sie. In diesem Zustand war er viel verwundbarer.

„Es gibt nur eine Möglichkeit, dieses Monster zu besiegen“, sagte er. „Lenkt ihn ab! Ash hat sich nicht umsonst schnappen lassen.“ Er rannte los, um sich Ceros von hinten zu nähern.

„Er hat sich absichtlich erwischen lassen?“, rief Jamie und lief zeitgleich mit Noir von vorn auf Ceros zu.

Jamie schleuderte wieder seine Bälle nach dem Stier, allerdings gezielter, da er Ash nicht treffen wollte. Der Fürst ließ sich davon nicht stören, zerriss Ashs Hemd und machte sich dann mit den Krallen an seinem Bauch zu schaffen. Er weidete ihn regelrecht aus!

„Ich habe dir vertraut“, grollte Ceros und riss ein weiteres Stück aus Ash. Dieser röchelte, ein Schwall Blut lief aus seinem Mund.

Jamie heulte auf. „Hör auf! Er hat seine Strafe bekommen!“

„Diesmal werde ich dafür sorgen, dass er sich nicht mehr erholt!“ Ceros’ Augen glühten blutrot. „Und du wirst der Nächste sein, Jamiel!“

„Du willst doch in Wahrheit mich!“, rief Noir ihm zu, als sie sah, dass Vincent bereits dicht hinter dem Dämon war. Ceros hatte ihn noch nicht bemerkt.

„Keine Sorge, Hexe, du bist …“

Vincent hatte ihn erreicht und hielt sich an seinem Arm fest, dort, wo das Fell verbrannt war und sich noch nicht ganz regeneriert hatte, sodass er Ceros’ Haut berührte.

„Was?“ Mit starrem Blick und aufgerissenem Maul schaute Ceros auf seinen Arm, der langsam vom Handgelenk aufwärts versteinerte. „Verdammt, was bist du?“, rief er zu Vincent und schleuderte ihn gegen die Wand, ohne ihn loszulassen. Beim Aufprall zerbröselte der versteinerte Arm bis zur Schulter.

Ceros ließ Ash brüllend in den Sand fallen und wandte sich Vincent zu, der wie der Teufel davonlief. Seine Krallen fuhren aus – schon kletterte er an der Felswand nach oben ins Dunkel.

Wütend schleuderte Ceros Feuer hinterher.

Bitte, bitte!, flehte Noir, schnappte sich Jamie und dankte dem Himmel, als Vincent hinter dem Turm wieder heruntersegelte.

Zu Noirs Entsetzen begann Ceros’ abgefallener Arm nachzuwachsen. Verdammt, er schien tatsächlich unbesiegbar zu sein!

Die Todesfeen hatten mittlerweile einen nervenaufreibenden Singsang begonnen, der Noir zu schaffen machte. Aber wie es schien, war das Geheule für Ceros viel schlimmer. Er taumelte und versuchte, den Käfig zu treffen, aber seine Bälle verfehlten das Ziel.

„Ich muss seinen Kopf erwischen“, sagte Vincent und verschwand wieder nach oben.

„Ash!“ Jamie schluchzte. „Ich muss ihm helfen.“

„Wir können gerade nicht viel für ihn tu…“ Noirs Herz klopfte rasend, als sie Ashs Stimme hörte, zwar nicht laut, aber deutlich: „Das war schon alles, Herr?“

„Du lebst immer noch?“, grollte Ceros und wankte auf Ash zu.

Da fiel Vincent von oben herab; während des Sturzes verschwanden seine Krallen. Er war wieder ein Mensch. Wie durch ein Wunder landete er auf den Schultern des Dämons. Mit einer Hand klammerte er sich an ein Horn, während er die andere tief im Ohr versenkte. Horn und Haare bestanden aus toten Zellen, da würde der Steinfluch vielleicht nicht wirken. Vincent ging auf Nummer sicher. Sehr gut! Zuerst erstarrten die glühenden Augen des Stiers, dann seine Schnauze und schließlich der Schädel.

Noirs Herz raste. Würde es diesmal klappen?

Als Ceros zusammenbrach, verstummte das Geschrei der Todesfeen.

Eine unheimliche Stille breitete sich aus. Noir hörte ihren hektischen Atem, Jamies Schluchzen und ein Knacken, als sich die Versteinerung über den ganzen Körper des Dämons zog wie Raureif über einen Baum. Erst als der letzte Zentimeter zu Stein geworden war, riss ihm Vincent das Medaillon vom Hals und überreichte es Noir. Dann lief er zu Ash.

Das Amulett der Seelen. Endlich war es wieder im Besitz der LeMars. Noir konnte es kaum begreifen.

„Nimm das, du Wichser!“, schrie Jamie und schleuderte wütend Energiebälle auf den erstarrten Körper. Steinchen splitterten ab, sonst geschah nichts. Sie sollten ihn ganz vernichten. Ceros war ein uralter und sehr mächtiger Dämon – Noir traute ihm glatt zu, dass er wieder aufstand. Sie legte sich das Amulett um den Hals und rief: „Motus terrae!“ Dazu bewegte sie die Arme neben dem Körper auf und ab. Ein Grollen, das aus der Erde zu kommen schien, war zu hören und um Noir herum breiteten sich kreisförmig Wellen auf dem Sand aus, die umso höher wurden, je mehr sie sich von ihr entfernten. Der Turm zitterte gefährlich und geriet schließlich ins Wanken.

Jamie und Vincent packten Ash unter den Armen und liefen mit ihm in Richtung Ausgang. Sie hatten es gerade zu Noir geschafft, als die Säule scheppernd auf den Stierdämon fiel und ihn zermalmte.

Es war endgültig vorbei.

Der Käfig mit den Todesfeen rollte ihnen vor die Füße. Die Tür sprang auf und die Wesen flatterten freudekreischend heraus. Noir machte sich auf einen Angriff bereit, denn diese Geschöpfe galten als sehr hinterhältig, doch anscheinend konnten sie es kaum erwarten, von hier wegzukommen. Nacheinander verschwanden sie durch die geheime Felsentür.

Vincent und Jamie nahmen Ash in ihre Mitte. Er stöhnte, als sie ihn aufhoben, und blutete stark, sogar aus dem Mund. Er konnte nicht mehr laufen. Sein Bauch war eine einzige blutende Masse.

Als Jamie gleich ein Portal erschuf, sobald sie Ceros' Waffenkammer verlassen hatten, bat er Noir und die anderen, allein durchzugehen. „Ich muss noch etwas erledigen."

Noir bekam es mit der Angst zu tun. „Aber du kommst doch gleich?", fragte sie und hielt ihn am Arm fest.

Jamie nickte. „Kümmert euch um Ash." Er wartete, bis Noir ihn hatte, dann gab er ihr einen Kuss auf die Wange. „Ich komme gleich nach. Versprochen. Kümmert euch bitte um Ash."

„Kara wird ihn heilen", sagte Vincent.

Zu dritt traten sie in den Innenhof. Es war dunkel bis auf das Licht, das durchs Ladenfenster fiel, und es regnete noch immer.

„Kara!", rief Noir, doch der Engel war schon im Anflug.

Kapitel 28 - Bestimmungen

„Nein!“ Als drei blutüberströmte Gestalten aus dem Portal wankten, wurde Kara kurz schwarz vor Augen. Aber sie lebten, und auch Jamie erblickte sie wohlauf, bevor sich der Durchgang wieder schloss.

Dann bemerkte sie allerdings, wie schwer es Ash getroffen hatte. Von seinem Hemd waren nur noch Fetzen übrig und genauso sah sein Bauch aus.

„Ash!“ Das Schwindelgefühl und die Ohnmacht nahmen zu. „Nein, nein …“ Sie landete vor ihm und legte ihre Hand auf seine blutverschmierte Wange. „Oh Ash …“

„Ich hab doch gesagt, dass ich … zurückkomme“, wisperte er. Sein Blick ging ins Leere, Blut lief aus seinen Augenwinkeln. Er war blind.

„Nein!“ Kara schluchzte auf. Er hatte dieselben Verletzungen wie damals, als sie Noir und Vincent dafür verantwortlich gemacht hatte. „W-war das Ceros?“, fragte sie.

Ash nickte. „Er ist vernichtet.“

Schlagartig erinnerte sich Kara an Raphaels Worte. *Es wird das Ende kommen für Ash, den Dämon. In einem Kampf, in dem fast jeder der fünf von einer anderen Art ist, wird er nicht allein vergehen.* Kara schnappte nach Luft. Plötzlich wusste sie, was Uriel gemeint hatte. Jeder der fünf – das waren Ceros, Ash, Jamie, Noir und Vincent. Ceros war tot und nun würde auch Ash sterben. Das würde sie nicht zulassen!

„In den Laden!“

Mr. Burke war aus seinem schlafähnlichen Zustand erwacht, sobald Ash und die anderen in der Unterwelt verschwunden waren, und bereits nach Hause gegangen. Niemand würde sie stören, hoffte Kara. Im Moment konnte sie nicht mehr klar denken.

Als Noir und Vincent Ash auf die Verkaufstheke legten, stellte sich Kara sofort neben ihn und drückte ihre Hände auf den aufgeschlitzten Bauch. Sie spürte die Hitze von Ashs Gedärmen und konnte den Kupfergeruch seines Blutes riechen, das unaufhaltsam über ihre Finger lief. Ihr Magen hob sich, aber sie musste jetzt stark sein. Sie sammelte all ihre Konzentration und brachte ihre Hände zum Leuchten.

Ash krümmte sich zusammen. Er litt furchtbar – das war nicht zu übersehen. Ein normaler Mensch wäre längst an den Schmerzen gestorben oder verblutet, aber Dämonen waren viel widerstandsfähiger. Doch sosehr Kara es versuchte – die Wunde schloss sich kein bisschen.

Ihre Panik wuchs, ihre Hände zitterten. „Bitte, bitte! Vorhin hat es doch auch geklappt!"

„Lass gut sein, Süße", sagte Ash mit röchelnder Stimme. „Heile den Gargoyle. Er hat uns alle gerettet."

„Du bist wohl wahnsinnig!", rief Vincent und trat neben ihn. „Ich hab nur Kratzer. Mir geht's gut."

Obwohl Kara spürte, dass das nicht ganz der Wahrheit entsprach, würde sie um nichts auf der Welt von Ashs Seite weichen, solange Vincent noch aufrecht gehen konnte. Ash verlor immer mehr Blut. Ihre Fähigkeit nutzte nichts.

„Verdammt, warum klappt es nicht?" Verzweiflung schürte ihre Panik.

Ash blutete so stark, dass die dunkle Flüssigkeit bereits von der Theke auf den Boden tropfte. Sie lief ihm sogar aus den Ohren.

„Kümmere dich … um die anderen", sagte er röchelnd. „Ich bin … verloren. Du kannst nicht heilen, was eine schwarzmagische Waffe … zerstört hat."

„Ich lass dich nicht sterben!" Kara bemerkte kaum die Tränen, die ihr in Strömen über das Gesicht liefen. „Die Uhr! Sie kann dich retten!"

„Nein!" Ash tastete nach ihrer Hand und hielt sie fest. „Sie gehört … Noir!"

Vehement schüttelte Kara den Kopf, bis ihr abermals bewusst wurde, dass Ash blind war. Erneut schluchzte sie auf. Es musste doch eine Möglichkeit geben, ihn zu retten.

„Du musst meine Bestimmung akzeptieren", hauchte er. „Du hast bereits versucht, mich zu retten. Wie du siehst, holt mich mein Schicksal immer wieder ein."

„Nein!"

„Aber du kannst etwas anderes für mich tun", wisperte er.

„Alles", sagte Kara. „Ich tue alles für dich."

„Ich möchte meine Seele wiederhaben, bevor ich sterbe. Sie ist …" Er hustete und ein neuer Schwall Blut ergoss sich aus seinem Mund. „ … in dem Medaillon gefangen."

Noir stellte sich neben ihn. Ihr liefen ebenfalls Tränen über die Wangen. Sie trug das Amulett um ihren Hals und drehte es zwischen den Fingern hin und her. „Um es zu öffnen, brauche ich das Gegenstück. Es ist aber in Schottland!"

In diesem Moment bemerkte Kara ein Leuchten durch das Fenster. Auch Noir hatte den blauen Schein gesehen. Ein neuer Feuerkreis erschien an der Hauswand. Kara machte sich zum Kampf bereit, doch es war Noirs Bruder, der aus dem Durchgang stieg. In den

Händen trug er eine große Holzkiste mit schmiedeeisernen Beschlägen.

Kara schaute zu Noir und wusste, dass sie beide in diesem Moment dasselbe dachten.

„Jamie!“, rief Noir durch die offenstehende Tür und winkte ihrem Bruder, „wir müssen zu Magnus!“

„Warum?“, fragte er, wobei er die Kiste scheppernd auf dem Boden abstellte und ebenfalls an Ashs Seite eilte. „Verdammt, Ash! Ich dachte, du wärst längst wieder okay!“

„Kara kann nichts für ihn tun“, erklärte ihm die Hexe. „Ihre Kräfte sind bei schwarzmagischen Verletzungen wirkungslos.“

„Verfluchte Scheiße!“

Noir berührte ihn am Arm. „Aber wir können Ash noch einen Wunsch erfüllen. Ich erzähl dir alles unterwegs. Kannst du ein Portal in der Nähe von Thorne Castle öffnen?“

„Klar. Aber warum nicht direkt in Onkel Magnus' Haus?“, fragte Jamie und drückte Ashs Schulter.

„Das geht nicht. Es ist dämonengesichert. Es muss etwas außerhalb sein.“

„Okay, eben auf seinem Friedhof.“ Er beugte sich über Ashs Kopf und flüsterte: „Ich lass dich nicht im Stich. Meine Schwester wird wissen, was dir hilft.“

Wenn es doch so wäre, dachte Kara.

Ash lächelte in seine Richtung. „Ceros ist … vernichtet. Alles wird gut und ich wäre schon glücklich, wenn … ich endlich meine Seele wiederbekomme.“

„Ja, alles wird gut.“ Nachdem Jamie die Kiste aufgehoben hatte, lief er auf die Wand zu. „Dann kann ich das gleich bei Onkel Magnus abliefern.“

„Was ist da drin?“, wollte Noir wissen.

Jamie senkte den Blick. „Die Überreste unserer Eltern.“

„Oh Jamie, ich danke dir!“

Noir freute sich aus tiefstem Herzen, das war nicht zu übersehen. Aber es blieb keine Zeit, sich zu freuen. Im Augenblick zählte für sie alle nur Ash. Das erfüllte Kara mit Frieden. Gemeinsam würden sie eine Lösung finden.

Noir wandte sich zu Vince um. „Vincent?“

„Ich bleibe hier. Beeilt euch.“

Vincent küsste sie schnell, während Jamie bereits ein Tor auf einer Wand im Laden erschuf. Kara sah durch die Öffnung mehrere Grabsteine, die im Schein einer Laterne geisterhaft aufleuchteten, und im Hintergrund ein prächtiges Schloss, hinter dessen hohen

Fenstern Licht brannte.

Als die beiden durch das Portal schritten, erklang ein schrilles Klingeln, das in Karas Ohren schmerzte und von den Wänden des Ladens hin- und hergeworfen wurde. Auch Vincent zuckte zusammen und einige Gegenstände in den Regalen klirrten.

„Magnus' Dämonenalarm“, hörte Kara die Hexe, bevor sich der Durchgang schloss und wieder Stille einkehrte.

„Kara, ich muss dir was sagen“, wisperte Ash und hustete erneut Blut.

„Du wirst still sein, bis sie mit dem Medaillon zurückkommen.“ Aus den Augenwinkeln sah sie, dass sich Vincent respektvoll ein Stück zurückzog und den Blick aus dem Fenster richtete.

„Nein. Ich muss dir dringend etwas sagen.“ Ash holte röchelnd Luft. „Die Hexe war nur meinetwegen hier, weil ich unbedingt … das Medaillon wollte. Ich habe Zorell auf die Hexe angesetzt.“

Vince wirbelte herum, doch er blieb, wo er war.

Ash hustete wieder. Er wurde immer schwächer. „Verzeih mir, Kara. Ich bin nicht so gut, wie du glaubst.“

Wie sehr sie diesen Dämon liebte. Sie befürchtete, gleich wahnsinnig vor Schmerz zu werden. Sanft streichelte sie sein Gesicht. „Du bist gut, Ash. Du hast das Medaillon nicht genommen.“

„Weil ich wusste, dass es das falsche war.“

„Du hast geholfen, Jamie zu befreien. Ceros ist tot.“

Er schmiegte seine Wange in ihre Hand und sagte lange nichts. Kara befürchtete schon, er wäre bewusstlos geworden, als er hauchte: „Ich liebe dich, Kara, weil du nie an mir gezweifelt hast, obwohl ich erst ganz andere Absichten hatte.“

„Hattest du nicht“, protestierte sie schwach. Sie legte ihre freie Hand auf seine Brust, dort, wo sein Herz bloß noch schwach schlug. „Ganz tief in dir drin warst du immer nur du. Ein liebenswerter Dämon.“ Er hatte schon einmal gegen Ceros gekämpft, als Kara ihn blutend vor dem Laden fand und die Hexe verdächtigt hatte. So musste es gewesen sein. Damals war er gestorben.

Ihr Herz hatte sich mittlerweile zu einem harten Klumpen zusammengezogen, der nur mühsam das Blut durch ihren Körper pumpen konnte. „Wo bleiben die denn?“ Kara wusste, dass Noir und Jamie nicht so schnell zurück sein konnten. Das Amulett war bestimmt gut geschützt und es würde seine Zeit brauchen, daran zu gelangen. In ihrer Verzweiflung wünschte sie sich Raphael herbei. Vielleicht wusste er, was zu tun war, immerhin war er ein Heiler. Ja, warum war sie nicht gleich darauf gekommen?

„Nimm noch ein Stück von meiner Seele“, sagte Kara und legte ihre Lippen auf seinen blutigen Mund.

Ash drehte den Kopf weg. „Dazu hab ich keine Kraft mehr. Außerdem würde es meinen Tod nur ein wenig hinauszögern.“

„Ich würde dich auf diese Art ewig am Leben halten.“ Kara glaubte, ihr Herz würde zerspringen. Wenn sie das täte, hätte Ash immer grauenvolle Schmerzen. Nein – lieber starb er und wurde von seinem Leid erlöst. Vorsichtig legte sie einen Arm um seinen Oberkörper und schmiegte ihren Kopf an seine Schulter. „Ich würde alles für dich tun, Ash.“

„Lass mich nur nicht allein.“

„Niemals.“ Sie versuchte stark zu sein, doch ihre Tränen wollten nicht versiegen. Sie kullerten über ihre Wangen bis auf Ashs Haut, wo sie sich mit seinem Blut vermischten.

„Ich muss dir noch etwas sagen“, hauchte er.

„Du brauchst deine Sünden nicht aufzuzählen. Sie seien dir alle verziehen. Schone deine Kräfte. Ich habe nach Raffi gerufen, er kann dir bestimmt helfen.“

„Keine Sünden.“ Ash machte einen tiefen, pfeifenden Atemzug. „Du bist Raphaels Tochter.“

„Was?“ Kara glaubte, sich verhört zu haben. „Was redest du da? Raphael soll mein Vater sein? Aber er ist doch ein Engel. Wer war meine Mutter?“

„Ein Mensch.“

Schlagartig wurde Kara so vieles klar. Ihre Schwächen … Der menschliche Anteil in ihr hatte sie dazu verleitet, die Uhr zu benutzen. Sie war kein reiner, perfekter Engel. Sie war … Ja, was war sie dann? „Woher weißt du das?“

Kara hob den Kopf, als jemand durch die Tür kam. Auch Vincent drehte sich um.

Braune Schwingen streiften den Rahmen und berührten die Zimmerdecke. „Er weiß es von mir.“

Es war Raphael, diesmal jedoch nicht tadellos gekleidet wie sonst. Er trug lediglich eine lange, helle Stoffhose. Sein Oberkörper war nackt und sein Haar sowie seine Federn wirkten durcheinander, als wäre er gerade dem Bett entstiegen. Die Augen aufgerissen, eilte er mit großen Schritten an Ashs Seite, um sich seine Verletzungen anzusehen.

„Ashriel!“

„Schwarzmagisch“, hauchte Ash, der die Lider bei seiner Ankunft nicht geöffnet hatte.

Raphael nickte. „Ich spüre das Böse.“

„Ceros ist vernichtet.“

„Hör endlich auf zu reden“, schalt ihn Kara sanft. „Der Hohe Rat wird früh genug erfahren, was passiert ist.“ Mit neuer Zuversicht wandte sie sich an den Erzengel, von dem sie immer geglaubt hatte, er wäre ihr Mentor. „Wirst du ihm helfen können?“

Seufzend schüttelte er den Kopf. „Das geht nicht so einfach.“

„Raphael, bitte! Du bist meine letzte Hoffnung!“ Kara wollte nicht mehr aufhören zu weinen. Wo blieben nur Jamie und Noir? „Helden sterben doch nicht!“

Ein Lächeln huschte über Ashs Gesicht. „Die Realität sieht leider anders aus, Täubchen.“

Als sich erneut ein Portal im Laden materialisierte, hüpfte Kara von einem Bein auf das andere. Ihr Puls raste. „Sie sind zurück!“

Nacheinander stiegen Noir, Jamie und ein großer Mann mit schulterlangem braunen Haar aus dem Dämonentor, das sich sofort hinter ihnen schloss.

Raphael reichte dem Unbekannten die Hand. „Magnus.“

Das war also Noirs und Jamies Verwandter.

Der Mann nickte respektvoll und erwiderte den Handgruß. „Raphael. Wir haben die Amulette der Seelen dabei.“

Magnus nickte auch kurz in Vincents Richtung, der bereits wieder Noir im Arm hielt.

„Diesmal konnte ich ihn nicht abhalten, mitzukommen“, sagte die Hexe zu Vince.

Woher kannte Raffi diesen Sterblichen? Kara wunderte sich und auch Noir wirkte erstaunt. Sie trat jedoch vor, nahm das Medaillon von ihrem Hals und ließ sich von Magnus das andere reichen. Die beiden Schmuckstücke sahen absolut identisch aus. Sie leuchteten golden auf, als Noir sie nebeneinanderhielt.

„Damit die Seele in den Körper zurück kann, muss ich die Medaillons zu beiden Seiten an Ashs Kopf halten“, erklärte Noir.

Raphael nickte und stellte sich neben sie.

Noir öffnete ihre Handflächen, in denen die Amulette lagen, und hielt sie jeweils neben Ashs Ohren. „Entweiche, Seele. Anima vade! Valeas! Ave atque vale.“

Ein goldleuchtender Bogen spannte sich zwischen den Amuletten über Ashs Kopf, auf dem eine goldene Kugel aus einem Amulett bis zu Ashs Stirn wanderte.

Das war seine Seele. Karas Herz überschlug sich vor Aufregung.

Tränen liefen aus Ashs Augen. „Ich kann sie spüren“, flüsterte er.

Er sah glücklich aus. Kara freute sich mit ihm. Er würde nicht als Dämon sterben, sein Körper würde nicht in Flammen aufgehen. „Oh Ash!“ Sie nahm seine Hand, die sich kalt anfühlte. „Deine Seele ist wunderschön."

Die goldene Kugel strahlte heller, wurde größer und war dabei, durch Ashs Stirn in seinen Kopf einzudringen, als Raphaels Hand hervorschoss und die Seele in seiner Faust einschloss.

Eisige Schauder liefen über Karas Rücken. „Was tust du da?" Alles drehte sich vor ihren Augen, und die Zeit schien stillzustehen. Oh Gott, warum gönnte Raphael Ash nicht seine Seele? Er hatte doch längst genug gebüßt.

„Er war einmal einer der Herrscherengel, sein Körper und seine Seele gehören dem Hohen Rat. Der muss erst entscheiden, ob Ashriel seine Seele zurückbekommt."

„Aber … Du siehst doch, dass er gleich stirbt!" Das konnte doch alles nicht wahr scin.

„Dann muss ich mich beeilen." Das Leuchten immer noch in der Faust, schob Raphael seine Arme unter Ashs Körper und hob ihn hoch.

„Raphael!" Ihre Finger krallten sich in seinen Arm. „Wo bringst du ihn hin?"

„Darf ich dir nicht sagen."

„Ich muss mit!"

„Nein, du hast hier noch etwas Wichtiges zu erledigen." Sein Blick fiel auf Noir.

„Die Uhr", wisperte Kara. Ihre letzte Rettung!

„Aber ich weiß nicht, was ich damit soll!", rief die Hexe.

In ihren Händen hielt sie immer noch die Amulette, die nun nicht mehr leuchteten.

„Die magische Sanduhr wird dein Problem lösen." Er deutete mit dem Kinn auf die Schmuckstücke und nickte den anderen zu. „Ich muss los."

Blut tränkte Raphaels weiße Hose und tropfte auf den Boden. Kara hörte dieses schauderhafte Geräusch trotz des Regens, der gegen die Fensterscheibe trommelte. „Ash!"

Er streckte zitternd die Hand nach ihr aus, Kara ergriff sie und schmiegte ihr Gesicht daran. „Ich liebe dich, Ash. Vergiss das nie. Ich liebe dich." Sie konnte kaum sprechen, sosehr musste sie weinen. Wie gern wollte sie noch einmal in seine wunderschönen blauen Augen sehen, sein Lachen hören und von seinen Armen gehalten werden.

„Wir werden uns wiedersehen", hauchte er.

Sie weinte bitterlich. „Keine leeren Versprechungen."

„Hab ich dir gegenüber noch nie gemacht", sagte er, bevor seine Hand schlaff nach unten sackte.

„Ash!“ Sie riss sich eine Feder aus und legte sie zwischen seine Finger. Kaum hatten sie sich darum geschlossen, löste sich Raphael in eine Rauchsäule auf, die lautlos aus der Tür schoss und in der Nacht verschwand.

Kara fühlte sich, als hätte man ihr das Herz hinausgerissen. Sie hatte sich nicht mal richtig von Ash verabschieden können. Er war einfach weg.

„Wir sprechen uns noch, Raphael!“, schrie sie in die regennasse Nacht hinaus, während sie in den Hof stolperte. Sie hatte eine Menge Fragen und war verdammt wütend auf ihren Vater. Wie konnte er ihr das antun? Was war er bloß für ein Erzengel, der seine Tochter jahrhundertelang belog?

Ach, und wie sehr sie diesen Regen hasste!

Jemand berührte sie an der Schulter.

„Kara?“

Es war Vincent. Schluchzend fiel sie in seine Arme. Er streichelte über ihren Rücken und die Federn, die der Regen durchtränkte. Kara war so unglücklich, so schwach, dass sie nicht die Kraft aufbrachte, ihre Aura aufrechtzuerhalten, die sie vor allen Umwelteinflüssen schützte. Im Moment wünschte sie sich nur noch zu sterben, aber selbst das würde sie nicht zulassen, solange Hoffnung bestand, dass Ash überlebte und zu ihr zurückkehrte. Doch dazu brauchte es ein Wunder.

Ihr Magen ballte sich zusammen. Die Uhr! Sie war immer noch da. Kara löste sich von Vincent. Seine Nähe erinnerte sie ohnehin zu sehr an Ash. Sie dematerialisierte ihre Körpermitte und holte das Artefakt heraus. Es glitzerte in ihrer Hand. Wenn sie sich ein letztes Mal in der Zeit zurückwünschte, könnte sie noch einmal mit Ash zusammen sein. Ihn noch einmal riechen, mit ihm lachen, mit ihm schlafen. Die Verlockung war zu groß.

„Es tut mir sehr leid“, drang plötzlich Noirs Stimme an ihr Ohr.

Alle hatten sich im Regen um Kara versammelt und schauten sie mitleidsvoll an. Jamie weinte und Magnus sah auf seine Schuhe. Kara fühlte ein kurzes Aufflackern einer Vision, als ob Magnus aus eigener Erfahrung wüsste, wie sie sich jetzt fühlte. Zitternd holte sie Luft. Sie musste sich jetzt genau überlegen, was sie tat. „Es war seine Bestimmung. Das wusste ich. Das Leben geht weiter.“

Vincent schüttelte den Kopf. „Du musst nicht tapfer sein, Kara. Wir alle verstehen dich.“

Noir streichelte ihren Arm und schaute dann auf die Uhr. „Ist sie das?“

Kara nickte. Zugleich fühlte sie, dass die Hexe sie auf andere Gedanken bringen wollte. Gemeinsam gingen sie zurück in den Laden, wo es warm und trocken war. Doch als Kara das Blut auf dem Tresen sah, kam sie erneut in Versuchung. „Die Uhr funktioniert nur noch ein Mal." Ihre letzte Chance.

„Ich weiß jetzt, was ich zu tun habe!", rief die Hexe. „Du hast gesagt, mit der Uhr könne man durch die Zeit reisen. Ich werde die Amulette drumwickeln und sie mit dem Artefakt in der Zeit zurückschicken, zu keinem bestimmten Ziel. Sie werden irgendwo in der Vergangenheit, im Zeitenstrudel, verschollen sein; niemand wird sie finden und wieder benutzen können."

Kara hielt die winzige Uhr fest in der Faust. Noir brauchte sie bloß, um diese zwei Schmuckstücke zu vernichten? War das ihr Ernst?

„Schon meine Eltern und ihre Vorfahren haben es nicht geschafft, die Artefakte zu zerstören. Wenn sie jemals wieder in die falschen Hände gelangen, könnten damit Welten ausgerottet werden, Völker unterjocht und das Gleichgewicht der Mächte würde ins Wanken geraten. Das Universum könnte ins Chaos stürzen."

So mächtig waren diese Medaillons? Kara schluckte. Sie durfte ihre eigenen Interessen nicht über alles andere stellen. Nie wieder! Aber was war mit Ash? Niemand würde mehr Seelen gefangen nehmen können, sollte Kara der Hexe die Uhr geben.

Ach verdammt, sie war durcheinander.

Plötzlich wankte Vincent neben ihr und stützte sich an der Wand ab. Alle liefen zu ihm. Kara berührte seinen Arm. „Vincent, geht's dir nicht gut?"

„Er wird sterben." Noir schluchzte auf und fiel in Vincents Arme.

„Noch lebe ich", sagte er matt. „Ich bin nur erschöpft, das ist alles. Ich sehne mich nach Sonne."

„Lass mich deine Wunden heilen." Kara fühlte sich schäbig, weil sie nur an sich gedacht und das Leid um sie herum kaum noch wahrgenommen hatte.

„Er wurde von seiner Bruderschaft verstoßen", erzählte Noir, während Kara ihre Hände über Vincents Körper gleiten ließ, bis auch der letzte Kratzer verschwunden war.

„Was?" Kara hatte ja keine Ahnung gehabt! „Wann?"

Eine einzelne Träne lief über Noirs Wange. „Erst vor Kurzem. Und jetzt bekommt er seine Tabletten nicht mehr."

„Danke", sagte Vincent, aber Kara hatte nur Ohren für Noir. „Welche Tabletten?"

„Die er zum Überleben braucht."

„Er braucht keine Tabletten." Kara wandte sich an Vincent. „Ich weiß nichts von Tabletten. Nur von dem Steinfluch."

„Ich durfte nie etwas darüber erzählen. Niemandem. Auch dir nicht, oder Grimsley hätte mich sofort verstoßen." Er senkte den Blick. „Tut mir leid."

„Ohne diese Medizin wird er sterben", schluchzte die Hexe.

Magnus berührte ihre Schulter. „Wenn ich was tun kann …"

Noir straffte sich. „Danke, aber du hast schon so viel getan und ich glaube auch nicht, dass deine Magie hier wirkt. Ich habe keine Ahnung, was er nehmen muss."

„Ich werde sofort zu Grimsley fliegen und das klären." Karas Herz pochte wild. Sie würde nicht zulassen, dass heute noch jemand von ihr ging, den sie liebte.

„Nein, Kara." Vincent schüttelte den Kopf. „Zuerst die Uhr. Das ist wichtiger."

Vince hatte recht. Hier stand das Leben eines Einzelnen gegen das aller. Er war bereit, sich zu opfern. Und er war nicht mal ein Engel. Kara kam sich noch schäbiger vor und überreichte Noir die Uhr. Wie hatte sie auch nur eine Sekunde daran denken können, sie für sich zu benutzen?

„Wie funktioniert sie?", fragte Noir, als sie das Artefakt entgegennahm. Niemals zuvor hatte sie etwas so Wunderschönes gesehen. Der Sand in dem winzigen Glaskörper sah erst aus wie eine glitzernde Flüssigkeit, im nächsten Moment schien es, als wären unzählige Glühwürmchen darin gefangen.

„Du musst am oberen Kolben drehen und dich nur in der Zeit zurückwünschen, das ist alles." Dann löste sich Kara vor ihren Augen auf und war verschwunden.

Noir war überglücklich, weil Kara mit dem Klanführer reden würde und sie außerdem endlich die gefährlichen Medaillons vernichten konnte. Na ja, nicht direkt vernichten, aber für alle Zeiten aus dem Weg schaffen. Endlich schien sich alles zum Guten zu wenden, zumindest für Noir. Es war schrecklich mitanzusehen gewesen, wie Kara um Ash gekämpft und schließlich verloren hatte.

Magnus half ihr, die Amulette an der Sanduhr zu befestigen. Gemeinsam wickelten sie die Ketten darum und verknoteten sie fest. Dabei spielte Noir mit einem gefährlichen Gedanken. Sie hätte nun die einmalige Chance, in der Zeit zurückzureisen, um ihre Eltern zu warnen oder noch besser, Jamie von dem Dämon fernzuhalten. Er wäre jetzt noch ein Mensch und ihre Eltern am Leben. Oder etwa nicht? Aber hätte sie dann jemals Vincent kennengelernt?

Noir warf einen Blick auf ihn. Gegen die Wand gelehnt stand er da und schaute ihnen zu. Er wirkte mitgenommen, dennoch strahlte er allein durch seine Größe und die Muskeln eine übernatürliche Stärke aus. Er war ein Mann, der sie beschützen konnte, ein Mann zum Anlehnen, zum Lachen und sie konnte mit ihm stundenlang auf Shoppingtour gehen. Würde sie wieder jemanden wie ihn finden, wenn sie die Geschichte manipulierte? Sie könnte ihn suchen, ja, aber was war, wenn er jemand anderen beschützte und sich in diese Person verliebte? Allerdings wäre nicht Noir dran schuld, wenn ihn sein Klan ausstieß. Vincent würde weiterhin seine Tabletten bekommen und … Verdammt! In ihrem Kopf wirbelte alles durcheinander. Jamie, ihre Eltern, Vincent, ihr eigenes furchtbares Leben.

„Noir“, sagte Magnus. „Ich glaube, das hält.“

„Okay.“ Tief atmete sie durch. Sie durfte nicht mal dran denken, die Vergangenheit zu manipulieren. Vielleicht würde alles noch schlimmer werden, als es schon war. Sie schloss die Augen und stellte sich vor, viele Jahrhunderte durch die Zeit zurückzureisen. Dann drehte sie am Kolben. Als sie ein Reißen erfasste, warf sie die Uhr hastig in die Luft, um nicht vom Zeitstrudel mitgerissen zu werden. Vor ihren Augen lösten sich alle Artefakte auf. Es war geschafft.

„Ich bin so glücklich, dass nun alles vorbei ist.“ Jamie umarmte sie, um ihr zu danken. „Warum hast du die Uhr nicht dazu benutzt, alles ungeschehen zu machen?“

„Nichts passiert ohne Sinn“, antwortete Noir, froh darüber, wie sie sich entschieden hatte. Allerdings fühlte sie sich ein wenig zerrissen, denn sie hatte die Gelegenheit gehabt, alles zu ändern. Jamie würde für immer ohne Seele sein. Ein Dämon. „Ich glaube, es ist gefährlich, die Vergangenheit zu manipulieren.“

„Da gebe ich Noir recht“, sagte Magnus und wandte sich an Vincent. „Wie fühlst du dich?“

„Soweit ganz gut. Kara hat meine Verletzungen geheilt. Dennoch habe ich den Drang, meine Tabletten unbedingt nehmen zu müssen.“

In diesem Augenblick tauchte Kara wieder auf.

„Wo ist der Klanführer?“, wollte Noir wissen.

Kara wirkte leicht außer Atem, doch es sprudelte sofort aus ihr heraus. „Grimsley begibt sich nicht in Gesellschaft von Menschen.“ Sie schnaubte. „Er hält sich wohl für was Besseres.“

Noir lief auf sie zu. „Wo sind die Tabletten?“

Kopfschüttelnd erwiderte Kara: „Keine Tabletten. Nie mehr.“

Noir wurde schwarz vor Augen. Sie taumelte zurück in Vincents

Umarmung und verbarg ihr Gesicht an seinem Hals. „Er ist mein Gefährte, er darf nicht sterben!“ Sie wollte nicht noch jemanden verlieren den sie … liebte! Noir hob den Kopf und streichelte sein Gesicht. „Ich liebe dich, Vincent. Ich glaube, mich hat es schon erwischt, als ich dich auf dem Fabrikgelände zwischen all den Dämonen kämpfen sah. Ich möchte deine Gefährtin sein.“ Ihre Stimme brach. „Für den Rest unserer Tage.“

Feuchtigkeit sammelte sich in Vincents grauen Augen. Er schaute sie mit so viel Liebe an, dass ihr Herz noch schwerer wurde.

Vincent räusperte sich. „Noir, ich …“

Sie legte einen Finger an seine Lippen. „Lass mich ausreden. Ich hatte Angst, mein Herz zu öffnen, nachdem ich alle verloren hatte, die ich liebte.“

„Noir!“ Kara klopfte ihr auf die Schulter.

„Nicht jetzt, wo ich mich endlich traue, zu meinen Gefühlen zu stehen und Vincent das zu zeigen!“ Was sollte das denn? Wieso unterbrach der Engel sie? Noir musste ihm erzählen, wie es in ihrem Inneren aussah.

„Ich weiß doch längst, dass du mich liebst“, sagte er zärtlich. „Du weißt gar nicht, wie glücklich du mich machst.“

Weinend schmiegte sie sich in seine Arme. „Lass uns die restliche Zeit, die uns gemeinsam bleibt, irgendwo verbringen, wo wir …“

„Hey, Hexe!“, rief Kara. „Vincent wird nicht sterben!“

Ihr Kopf schnellte herum, Vincents Griff verstärkte sich. „Was?“, sagten sie beide gleichzeitig.

Noir atmete tief ein. „Aber du sagtest doch: keine Tabletten.“

Kara legte Vincent eine Hand auf die Schulter. „Diese Medizin war nur eine gemeine List von Grimsley, um dich zu quälen. Er wollte dich auf diese Art von Menschenfrauen fernhalten. Du solltest für die Verfehlungen deines Vaters büßen. Die Tabletten und der Steinfluch waren nur Mittel zum Zweck, damit du die Bruderschaft nicht verrätst.“

„Was?“ Vincent schnaubte. „Das hätte ich doch nie getan!“

Kara nickte. „Ich weiß. Du warst schon als Kind mehr Gargoyle als manche anderen. Ich kenne keinen aus dem Klan mit so einem starken Beschützerinstinkt.“

„Ich kann nicht glauben, was du mir erzählst!“ Vincent machte sich von Noir los und tigerte im Laden auf und ab. „Das kann doch alles nicht wahr sein!“

Kara sah ihm traurig zu. „Es kommt noch schlimmer. In den letzten Jahren hat sich Grimsleys Einstellung geändert. Er hat anscheinend nur auf eine Gelegenheit gewartet, dich endlich verstoßen zu

können."
„Was?" Abrupt blieb er stehen.
„Ja, leider. Er duldet keine … Mischlinge in seinem Klan."
„Und was ist denn jetzt mit den Tabletten?", drängte sich Noir dazwischen.
„Wirkungslos", sagte Kara.
„Bitte?" Vincent ging auf sie zu.
Schulterzuckend erklärte Kara: „Na ja, beinahe. Es sind Vitamintabletten."
„Vita…" Noir starrte zu Vincent und wusste nicht mehr, was sie sagen sollte.
Seine Augen wurden groß. „Ich werde also nicht sterben?"
Lächelnd schüttelte Kara den Kopf.
„Aber …" Er zeigte ihr seine Hände. „Schau nur, wie ich zitterte. Ich brauche die Tabletten."
„Nein, wirklich nicht."
Magnus, der bis jetzt nichts gesagt hatte, gesellte sich zu ihnen. Seine Stirn legte sich in Falten. „Du hast so fest daran geglaubt, sterben zu müssen, dass du dir die Entzugserscheinungen vielleicht nur eingebildet hast."
„Nein", meinte Kara. „Grimsleys Quacksalber hat tatsächlich ein Mittel untergemischt, das abhängig macht. Er nannte es Lozeram, oder so."
„Lorazepam?", fragte Magnus.
„Ja, das war es."
Magnus kratzte sich am Kopf. „Es wird hauptsächlich als Beruhigungsmittel eingesetzt."
„Ich habe keine solche Wirkung feststellen können", sagte Vincent.
„Wahrscheinlich, weil bei Gargoyles unsere Medizin ganz anders wirkt", warf Noir dazwischen. Ihr Herz klopfte heftig. „Dich hat es vielleicht bloß abhängig gemacht, ansonsten war es bei dir wirkungslos."
Vincent ließ den Kopf hängen. Er wirkte geknickt. „Ich hab immer gewusst, dass Grimsley mich nicht mag, aber dass er mir all das angetan hat, nur weil er ein Rassist ist. Unfassbar."
„Du wirst leben", hauchte Noir.
Vincent strahlte plötzlich über das ganze Gesicht und Noir hätte weinen können vor Freude. Sie fiel in seine Arme und wollte ihn nie wieder loslassen. „Ich liebe dich so sehr." Sie nahm einen tiefen Atemzug seines Geruchs – nach Schweiß und Mann – und fühlte sich wie auf Wolken. Vincent würde leben. Ihr Gefährte. Ihr Partner.

„Geht nach Hause. Es ist vorbei", drang Karas Stimme leise an ihr Ohr.

Jamie machte sich schniefend bemerkbar. „Ich hab jetzt wirklich keine Lust, in Ashs und mein Wohnloch zurückzukehren, wo mich alles …" Seine Stimme brach.

Auch er hatte geweint und eine neue Träne floss über seinen Lidrand.

Noir ließ Vincent los und zog ihren Bruder an sich. „Du wirst doch nicht ernsthaft glauben, dass ich dich noch einmal in die Unterwelt lasse. Du wirst bei mir wohnen."

„Im Haus unserer Eltern?" Lächelnd schaute er sie an.

„Nein, ich weiß noch nicht, wo. Ich bin noch nicht bereit, zu dem Ort zu gehen, wo mich alles an sie erinnert."

Magnus räusperte sich verhalten, worauf sich alle zu ihm umdrehten. „Ihr könnt natürlich erst mal alle mit zu mir kommen."

Noir war so froh, ihn als Freund zu haben. Sie liebte Thorne Castle. Es war ein großartiges Schloss, das auf dem Fundament einer Ritterburg erbaut worden war. „Ich danke dir. Wir werden uns auch so schnell wie möglich etwas Eigenes suchen."

Magnus schüttelte den Kopf. „Müsst ihr nicht. Mein Haus ist so groß, dass wir uns kaum in die Quere kommen werden."

„Kara?", fragte Vincent. „Kommst du klar?"

Sie nickte. „Natürlich, geht ihr nur. Ich muss zurück zur Bruderschaft."

„Dein Handy!", rief Noir. Plötzlich erinnerte sie sich wieder, dass Magnus es unbedingt zurück wollte. „Ich hab es in der Nähe versteckt."

Ihr Freund lächelte. „Um das kann ich mich später kümmern. Ihr braucht jetzt dringend alle ein heißes Bad, trockene Kleidung, Essen und Schlaf. Und Vincent noch eine Extradosis UV-Licht. Ich hab noch irgendwo eine Speziallampe, die eigentlich dazu dient, Vampire zu vernichten."

Vampire … Engel … Magnus würde für Noir auf ewig ein einziges Rätsel bleiben. Sie griff nach Vincents Hand und lächelte ihn an. Der Kampf war vorbei, ihr Leben würde sich jetzt von Grund auf ändern. Ein bisschen bange war ihr schon.

„Das hört sich alles ganz wunderbar an, Onkel Magnus", sagte Jamie.

Magnus legte einen Arm über seine Schulter. „Das finde ich auch. Meinst du, du könntest ein Portal erschaffen?"

„Logisch." Grinsend malte Jamie mit dem Finger einen großen Kreis an die Wand. „Wenn du keine Probleme mit einem schwulen

Dämon hast, komm ich gern für längere Zeit bei dir unter."

„Wenn du wüsstest", murmelte Magnus und stieg durchs Tor.

Noir und Jamie sahen sich unter gerunzelter Stirn an. Dann waren alle vier verschwunden und Kara allein. Nein – sie war nicht wirklich allein. Sie hatte ein ganzes Hotel voller Gargoyles, um die sie sich kümmern musste, auch wenn der Klanführer ein ausgesprochenes Ekelpaket war.

Seufzend erhob sie sich in die Luft. Sie wollte jetzt dennoch am liebsten allein sein. Sie würde ein paar Runden fliegen, nach dem Rechten sehen und dann Molto Gesellschaft leisten. Seine Nähe könnte sie jetzt noch am ehesten ertragen.

Epilog

Kara saß für alle anderen unsichtbar neben Molto auf dem Turm des Hotels und versuchte, Schneeflocken auf ihrem großen Zeh landen zu lassen. Schnee war viel besser als Regen. Sie hatte den Regen schon immer gehasst, aber jetzt verband sie solche Schlechtwettertage immer mit Ashs Schicksal.

Es war Dezember, eisiger Wind wehte um das Gebäude, doch sie spürte die Kälte kaum. Seufzend verfolgte sie die dicken Flocken, die durch die Nacht schwebten, als hätte jemand im Himmel ein Daunenkissen ausgeschüttet. Eigentlich war der Winter eine Jahreszeit, die sie liebte. Heute war Weihnachten, London festlich geschmückt, überall leuchteten bunte Lichter, es duftete nach Plätzchen … nur die Menschen waren unausstehlicher als sonst. Die Feiertage bedeuteten Stress. Viele setzten sich zusätzlich einem Erwartungsdruck aus. Anstatt Harmonie gab es Streit und Gewalt.

Für manche war Weihnachten die schlimmste Zeit des Jahres, weil zum Fest der Liebe und des Lichts Ängste und Einsamkeit besonders intensiv erlebt wurden. Auch Kara erging es so. Unerfüllte Wünsche und Hoffnungen machten ihr zu schaffen. Sie sehnte sich nach Geborgenheit und emotionaler Nähe. Sie vermisste Ash.

„Kara, könntest du vielleicht mal …“, sagte Molto, der wie immer völlig bewegungslos neben ihr hockte.

Automatisch streckte sie ihren Arm aus, um den hundeähnlichen Gargoyle hinter dem Ohr zu kraulen.

„Mm, das tut gut.“

Molto gab Laute von sich, die eher von Noras Kater Henry stammen könnten, wobei sein Atem in der kalten Luft kondensierte und Wölkchen bildete. Nora war längst wieder genesen und verbrachte die Feiertage in einem Heim für Obdachlose. Dort hatte sie es warm, ein Bett und genug zu essen. Spätestens im Frühling würde Nora wieder ihr Quartier im Hotel aufschlagen. Sie war eben eine Einzelgängerin.

„Vielleicht noch ein wenig weiter links …“, murmelte Molto, was Kara kaum registrierte.

Sie wartete auf Raphael. Hoffentlich kam er bald und sagte ihr endlich, was aus Ash geworden war. Nachdem Raphael Ash und seine Seele mitgenommen hatte, wollte er ihr keine Auskunft mehr geben. Raffi hatte sie seitdem ein paarmal besucht, aber nichts über Ash erzählt. War er tot? Wieder ein Engel? Oder hatten sie ihn zurück in die Unterwelt geschickt?

„Ach", seufzte sie. „Wo bist du nur, Raffi?" Er hielt sie schon ewig hin. Vielleicht, weil er nicht wollte, dass sie sich Hoffnungen machte. Wenn sie doch wenigstens wüsste, ob Ash noch lebte.

„Bitte etwas mehr nach links", brummte Molto.

Sie zuckte zusammen. „Tut mir leid, ich war mit meinen Gedanken woanders."

„Das bist du schon seit Wochen."

„Hm", machte sie und versank bereits wieder in Erinnerungen. Raffi hatte sie ihr alle zurückgegeben. Sie wusste jetzt genau, was geschehen war und wie sie als Kind bei ihm in seiner irdischen Residenz in Brüssel aufgewachsen war. Ihre Kindheit und Jugend hatte nur wenige Jahre gedauert, weil Engel schneller heranwuchsen als Menschen. Raphael hatte sie mit Nektar und Ambrosia gefüttert, ihr das Fliegen beigebracht; wann immer er konnte, mit ihr gespielt und sich stets vorbildlich um sie gekümmert. Er war ein guter Vater gewesen, auch wenn Kara ihn wegen seiner Verpflichtungen oft nicht gesehen hatte. Dann war immer jemand von Raphaels Angestellten – eine Gefolgschaft von Engeln, die für ihn arbeiteten – für sie da gewesen. Ansonsten hatte keiner von ihrer Existenz gewusst, damit sich später niemand verplappern konnte. Als Karas Körper ausgewachsen war, hatte sie keine Nahrung mehr bekommen, was den Alterungsprozess stoppte, und Raphael hatte ihr sämtliche Erinnerungen genommen. Ebenso seinen Angestellten.

Jetzt wusste Kara, dass sie nie getötet wurde. Raphael hatte sie gerettet, als Dämonen sie aus dem Bauch ihrer menschlichen Mutter schnitten. Kinder von Engeln und besonders von Erzengeln waren bei den Höllenwesen beliebt. Sie wurden gern zum Bösen verleitet – weil es den Unterweltlern Spaß machte, etwas Reines zu verderben –, als Machtinstrument eingesetzt oder als Druckmittel missbraucht. Die Dämonen forderten von den Engeln immer eine Menge, um den Waffenstillstand einzuhalten. Außerdem waren Engelkinder genau wie Erzengel mit einer schier unerschöpflichen Seele ausgestattet – einem niemals schwindenden Leckerbissen für Dämonen.

Kara wollte gern mehr über ihre Mutter erfahren, aber sie hatte den Schmerz in Raphaels Augen gesehen. Er hatte sie anscheinend sehr geliebt. Ihr Name war Minna gewesen. Als sie vor Raffis Augen verblutete, hatte er Kara aus reiner Verzweiflung die Seele ihrer Mutter gegeben, weil Babys noch keine Seele besaßen. Erst, wenn die Zeit für ihre Geburt gekommen war, wurde ihnen eine zugeteilt. Kara wäre deshalb auch ein perfekter Wirt für einen Dämon gewesen.

Kara schüttelte sich, sodass der Schnee von ihren Federn rieselte. Sie besaß also die Seele ihrer Mutter, leider nicht ihre Erinnerungen.

Aber eines Tages würde sie Raphael fragen, wer Minna war. Wenn Raffi nicht gewesen wäre … Sie wollte nicht darüber nachdenken. Er hatte ihr ebenfalls erzählt, was alles auf den Palmblättern gestanden hatte. Raphael hatte nicht nur Ashs Ende gesehen, sondern auch, dass sein Kind Ash einmal retten würde, jedoch nur, wenn es frei von allen Erinnerungen wäre. Bloß eine Entscheidung, die reinen Herzens war, lediglich eine unbewusste Reaktion hatte zum Ziel führen können.

Aber das war nicht der einzige Grund, warum er ihr Gedächtnis gelöscht hatte und ihr nicht sagen durfte, dass sie seine Tochter und ein Halbengel war. Es war eine Prüfung gewesen, ob sie zu einem höheren Engel berufen war. Sie hatte auf Raphael gehört und die Uhr schlussendlich nicht für sich benutzt. Durch Sex hatte sie nicht fallen können, doch das hatte Kara nicht wissen dürfen, das hätte ihre Entscheidung beeinflusst.

Sie hatte Raphael außerdem gefragt, ob er keine Probleme bekäme, weil er ein Kind mit einem Menschen gezeugt hatte. Aber ein Akt der reinen Liebe war für einen Erzengel keine Sünde.

Kara hatte verstanden, warum er geschwiegen hatte. Nur so hatte sie alles richtig machen und uneigennützig handeln können. Aber welchen Preis sie dafür gezahlt hatte … Ash – sie vermisste ihn so sehr. Alle hatten das bekommen, was sie sich gewünscht hatten, nur sie war leer ausgegangen. War das ihre Bestimmung? Waren sie alle wirklich nur Marionetten in einem bereits geschriebenen Theaterstück? Irgendwie glaubte sie das nicht.

„Ach“, machte Kara wieder. Es wird das Ende kommen für Ash, den Dämon … Sie grübelte schon ewig über diese Worte. Das Ende von was? Das Ende von dem Einen konnte der Anfang zu etwas Neuem sein.

„Zähl die Schneeflocken, das lenkt dich ab“, sagte Molto. „Oder konzentriere dich ein wenig mehr aufs Kraulen.“

Kara gab ihm einen Stupser mit dem Ellbogen. „Ich möchte mich nicht ablenken. Ich will endlich Antworten.“

„Wenn dein Dämon tot wäre, würdest du das nicht wissen?“, fragte er. „Ich meine, du hast doch so eine Gabe.“

Kara seufzte. „Das ist es ja. Ich fühle nichts. Ich bin so durcheinander, dass ich mich auch nicht auf meine Fähigkeit konzentrieren kann.“ Immer, wenn Raffi kam, versuchte sie, ihn zu berühren, um vielleicht irgendetwas zu erspüren, aber er ließ das nicht zu. Im Moment sprach er nicht mal mehr in Rätseln.

Immerhin war sie jetzt offiziell zu einem höheren Wesen aufgestiegen – Hurra! –, aber glücklich war sie deshalb nicht. Sie hatte Raffi gebeten, ihren Posten als Wächterengel behalten zu dürfen – nachdem er sie gefragt hatte, ob sie ihn bei der Herrschaft über Europa unterstützen wolle. Kara gefiel jedoch ihr alter Job. Außerdem war sie auf diese Weise Vincent nah.

Sie verspürte plötzlich den dringenden Wunsch, ihren Lieblingsgargoyle zu besuchen. „Ich fliege mal eben zu Vincents Klan und sehe nach dem Rechten“, sagte sie zu Molto und verdrückte sich eine Träne. Hatte sie sich deshalb Vincent immer so verbunden gefühlt, weil sie ähnliche Schicksale besaßen? „Falls Raphael auftaucht, könntest du ihm dann bitte sagen, dass ich dringend mit ihm sprechen muss?“

„Hm, mach ich“, erwiderte Molto sanft, aber dann schnaubte er. „Vincents Klan … Lass das bloß niemals Grimsley hören. Der würde dich sofort rausschmeißen, wenn er davon erfährt, und dann müsstest du doch noch diesen Herrschervertreterposten annehmen.“

Sie lächelte. „Nur gut, dass ich auf deine Verschwiegenheit zählen kann. Sonst hättest du ja niemanden mehr, der deine Hörner krault.“

Molto brummte einvernehmlich, bevor sich Kara vom Uhrenturm abstieß und über das verschneite London flog. Die Dächer sahen aus, als wären sie mit Zuckerguss überzogen worden und der Schnee dämpfte alle Geräusche. Sie schwebte über eine Gruppe Kinder, die in einem Hinterhof eine Schneeballschlacht machten und die höchste Freude hatten. Kara schmunzelte. Ihr Herz war jedoch immer noch so schwer, dass ihr nur selten nach Lachen zumute war. Immer wieder stahl sich Ash in ihre Gedanken.

Schon von Weitem sah sie das Hochhaus, dessen oberste Etage rundherum verglast war und eine ausladende Dachterrasse besaß. Dort hatte Noir ein Büro eingerichtet. Sie hatte kurz nach Ceros' Sturz gemeinsam mit Vincent eine Detektei für paranormale Fälle gegründet. Mit ihrem letzten Geld. Das hatte ihr Vincent erzählt. Noirs Freund Magnus hätte sie gern unterstützt, aber er hatte schon so viel für sie getan, und Noir wollte es unbedingt allein schaffen. Da Noir die Gedanken der Menschen hören konnte, wusste sie immer, wenn jemand log. Diese Gabe kam ihr bei den Aufträgen zugute, ebenso Vincents ausgeprägte Sinne. Er war ein prima Fährtenleser, Noirs Spürhund.

In dem oberen Teil des Gebäudes lag nicht nur das Detektivbüro, sondern hier lebten die beiden mit Jamie und vier weiteren Gargoyles, die Noir mittels Magie und ein wenig Unterstützung von ihrem Freund Magnus auf der ganzen Welt aufgespürt hatte. Allesamt waren es Geschöpfe wie Vincent, denn jeweils ein Elternteil war kein Gargoyle gewesen. Vincent war nun ihr neuer Anführer. Alle waren sichtlich froh, wieder ein Heim, eine Familie, einen Klan zu haben.

Kara landete auf der verschneiten Dachterrasse und blickte durch die riesigen Fensterscheiben, hinter denen die meisten Räume hell erleuchtet waren. Geschmückt mit Misteln, Stechpalmen und Girlanden, verbreiteten sie ein weihnachtliches Flair. Noir saß hinter einem großen Schreibtisch in zahlreiche Unterlagen vertieft, die auf der Arbeitsplatte verstreut waren. Vincent stand hinter ihr, über den Stuhl gebeugt, und hielt ihr mit einer Hand die Augen zu. In der Beuge seines anderen Arms befand sich ein undefinierbares dunkelgraues Bündel.

Noir zog seine Hand weg, drehte ihren Kopf und lächelte Vincent an. Kara bemerkte das Leuchten in den Augen der beiden, immer, wenn sie sich ansahen. Eine Berührung hier, ein Kuss da – die zwei waren ein Herz und eine Seele. Kara freute sich sehr für Vincent und war auch nicht mehr eifersüchtig auf Noir. Warum auch – die junge Frau hatte ein schreckliches Leben hinter sich.

Endlich war auch Vincent nicht mehr allein. Er war sehr bedrückt gewesen, keiner Gemeinschaft mehr anzugehören, auch wenn er nie wirklich einer von Grimsleys Klan gewesen war. Darum hatte Noir heimlich nachgeforscht und erfahren, dass sich andere Gargoyles an Hexen und Magier gewandt hatten, um diverse Klan-Flüche von ihnen zu nehmen. Wie viele Ausgestoßene mochte es noch geben?

Plötzlich bewegte sich das dunkelgraue Knäuel in Vincents Armbeuge. Was war das? Kara drückte sich fast die Nase an der Scheibe platt, bis sie es erkannte. Ihr Herz machte einen Sprung. „Nein, das kann unmöglich sein!"

„Fröhliche Weihnachten, mein Schatz", vernahm sie Vincents Stimme dank ihres guten Gehörs durch das dicke Glas.

Er setzte den Welpen, der sofort ein paar tollpatschige Schritte versuchte, vor Noir auf den Tisch. Die riss die Augen auf und drückte das Tier vorsichtig an ihre Brust.

„Oh Vincent!"

Sie zog Vince zu sich, um ihn lange zu küssen, was ihm sichtlich gefiel. Er bekam einen ganz verträumten Blick.

„Du magst doch keine Hunde", sagte Noir.

„Aber du, und du hast gesagt, ich soll mich meinen Ängsten stellen."

Noir lachte und wirkte so glücklich, dass es schon wieder in Karas Brust zog. „Oh ja, der Kleine sieht wirklich Furcht einflößend aus."

Sie konnte es nicht glauben. Ihr Vincent, der weltgrößte Hundeschisser, hatte Noir tatsächlich einen Welpen geschenkt. Wenn das mal nicht das Wunder des Abends war.

„Aber die Überraschungen gibt's doch erst morgen", sagte Noir. Ihre Wangen glühten und ihr Blick wanderte zwischen Vincent und dem kleinen Tier hin und her.

Vincent streichelte über das Köpfchen des Hundes. „Diese Überraschung konnte nicht länger warten."

Kara fühlte sich plötzlich nicht wohl dabei, das traute Glück zu beobachten, daher flog sie gemächlich um das Gebäude herum, bis sie die anderen Gargoyles im Gemeinschaftsraum erspähte: Nicolas, Kyrian, Dominic und ein weiblicher Gargoyle namens Akilah. Sie spielten eine Runde Billard.

Aber wo war Jamie? Kara flog weiter, bis sie in sein Wohnzimmer schauen konnte und auch prompt seine dämonische Kraft fühlte. Dort lag der junge Mann auf der Couch und starrte auf den Fernseher. Aber Kara erkannte, dass er dem Programm kein bisschen folgte, sondern seinen Gedanken nachhing. Jamie wirkte genauso traurig wie Kara. Ob sie ihm Gesellschaft leisten sollte?

Plötzlich ging die Tür auf und Nicolas, von den meisten Nick genannt, trat ein. Er war einen Kopf größer als Jamie und besaß mächtige Schwingen, die er eng an seinem Körper trug. Er strahlte wie Jamie eine dunkle, beinahe dämonische Präsenz und etwas von einem Krieger aus. Nicolas hatte langes blondes Haar, das zu Zöpfchen geflochten sowie mit Perlen verziert war, ein eher kantiges Gesicht und einen muskulösen Körperbau. Seine Lederhose unterstrich den wilden Eindruck.

„Essen ist fertig. Kommst du?" Nicolas' Stimme klang tief, aber sanft.

„Hab keinen Hunger", brummte Jamie und setzte sich auf.

Nick schloss die Tür, dann hockte er sich zu Jamie auf die Couch. „Du musst etwas essen. Auch wenn der Dämon in dir Seelen braucht, ist dein Körper immer noch auf herkömmliche Nahrung angewiesen. Ein paar Kilo mehr auf den Rippen würden dir nicht schaden."

Jamie schnaubte, griff nach der Fernbedienung und zappte wahllos durchs Programm.

Nicolas nahm ihm das Bedienteil aus der Hand, um das Gerät abzuschalten. „Wir werden einen Weg finden, Zorell loszuwerden. Aber Hungerstreik ist keine Lösung, außer, du willst sterben."

Jamie erwiderte nichts.

Kara hatte die Verletzungen an Jamies Handgelenken längst bemerkt. Wie oft mochte er schon versucht haben, sich umzubringen? Aber der Zash in ihm heilte seine Wunden. Es musste schrecklich sein, mit einem Monster im eigenen Körper gefangen zu sein.

Kameradschaftlich legte ihm Nicolas einen Arm über die Schultern. „Weißt du eigentlich, dass wir etwas gemeinsam haben? Ich bin sozusagen auch zur Hälfte ein Dämon."

Karas Zehen gruben sich in den Schnee. Er war ein Dämon? Also deswegen fühlte sie diese zusätzliche dunkle Kraft. Sie war bei Nicolas jedoch sehr schwach.

Endlich sah Jamie ihn an, die Augen aufgerissen. „Weiß meine Schwester das?"

Nicolas nickte, wobei sein Blick kurz zum Fenster huschte, als könnte er ebenfalls spüren, dass sich eine besondere Präsenz in seiner Nähe aufhielt. „Mein Vater war ein Inkubus. Das habe ich ihr gleich bei unserer ersten Begegnung gesagt. Na ja, eigentlich bei unserer zweiten." Er lächelte und seine scharfen Eckzähne kamen zum Vorschein, was seinem kantigen Gesicht etwas Verwegenes gab.

Ein Inkubus – ein Sexdämon. Du meine Güte! Da hatte sich Noir jemanden ins Haus geholt. Hoffentlich war sein dämonischer Anteil nicht allzu ausgeprägt. Kara studierte Nicolas genauer. Er war auf seine Art äußerst attraktiv, das musste sie zugeben. Aber in ihren Augen bei Weitem nicht so sexy wie Ash. Ob Jamie in diesem Moment auch an ihn dachte? Immerhin hatten sich die beiden nahegestanden. Vielleicht konnte er in Nick einen neuen Freund finden. Es huschte sogar ein Lächeln über Jamies Lippen.

„Ich bin aber einer von den Guten, also komm!" Nicolas stand auf, reichte Jamie die Hand und zog ihn ebenfalls auf die Beine. „Lass uns was essen. Der Gargoyle in mir hat einen Bärenhunger. Es gibt Truthahn und Pudding, das lasse ich mir bestimmt nicht entgehen."

Zusammen schlenderten sie aus dem Zimmer und ließen Kara wieder allein mit ihren Gedanken. Sie überlegte, sich sichtbar zu machen, um mit ihnen Weihnachten zu feiern. Sie fühlte sich verlassen. Allerdings wollte sie nicht stören und keinen mit ihrer Traurigkeit anstecken. Daher setzte sie sich auf das Geländer der Dachterrasse und schaute hinunter auf das beleuchtete und verschneite London. Ihre Flügel zitterten. Das taten sie schon, seit Raphael Ash mitgenommen hatte. Nicht mal richtig verabschieden hatte sie sich von ihm können.

Plötzlich fühlte sie einen Luftzug hinter sich und hörte das sanfte Schlagen von Schwingen.

„Wenn du immer noch keine Infos für mich hast, kannst du gleich wieder verschwinden", sagte sie mürrisch. Sie wollte nicht gemein zu Raffi sein, aber es frustrierte sie zutiefst, derart im Ungewissen gelassen zu werden.

„Ich habe gedacht, du freust dich, mich zu sehen", sagte jemand, der garantiert nicht Raphael hieß. „Oder hast du irgendwelche Ansprüche auf meinen Posten angemeldet?"

„Was?" Kara wirbelte auf dem Geländer herum. Sie zwinkerte mehrmals, doch der wunderschöne Engel mit den rabenschwarzen Flügeln und den eisblauen Augen war immer noch da. Ihr Herz klopfte wie wild. „Ash?", flüsterte sie. War er es wirklich? War es keine Vision?

Hinter seinem Ohr steckte eine weiße Feder. Ihre Feder!

Ash … Sie brauchte nur den Arm nach ihm auszustrecken, um ihn zu berühren, doch sie traute sich nicht. Was, wenn es nur Einbildung war?

Er stand einfach nur da, die Hände in den Jeanstaschen vergraben, und strahlte sie an. Außer der Hose trug er nichts am Leib. Die dicken Schneeflocken verfingen sich in seinem Haar und den dunklen Federn. Er sah atemberaubend aus.

„Du hast Flügel", wisperte sie.

Ash drehte sich einmal im Kreis, worauf Kara sah, dass die Haut an seinem Rücken frei von jedem Makel war. Keine Narben. Nur diese wundervollen schwarzen Schwingen.

Ash lächelte schief. „Raphael hat mich gut hinbekommen, was?"

Gut war gar kein Ausdruck. Er breitete seine Arme aus und sah sie mit einem solch verlangenden Blick an, dass es Kara heiß bis in die Zehenspitzen wurde. War er wirklich echt?

„Willst du mich nicht endlich mal begrüßen?", fragte er.

Aufschluchzend rutschte sie vom Geländer und ließ sich direkt in seine Umarmung fallen. Sie spürte seine Körperwärme, roch seinen unverkennbaren Duft und genoss seinen festen Griff … „Oh, Ash!" Kara holte zitternd Luft und konnte ihre Tränen nicht mehr zurückhalten. Sie fühlte sich plötzlich unendlich geborgen. „Du bist es wirklich!" Da sie für alle anderen unsichtbar war, aber Ash sie sehen konnte, musste er ein waschechter Engel sein. „Ich hab dich so vermisst!"

„Und ich dich erst, Täubchen", wisperte er in ihr Haar.

Sie berührte seinen Oberkörper, fuhr über seine Federn und umschloss schließlich seine Wangen. Sie musste erst ihre Tränen wegzwinkern, um ihn richtig zu erkennen. „Ash …"

„Eigentlich wieder Ashriel, aber du darfst mich nennen, wie du willst", sagte er.

Seine Finger glitten unter ihre Haare und hielten ihren Kopf fest. Es tat so gut, ihn zu spüren. Aber es übertraf alles, als er seine Lippen auf ihren Mund presste. Ihn zu schmecken, ihn mit allen Sinnen zu genießen, war das schönste Geschenk. Sie öffnete die Lippen, um seine Zunge hineinzulassen, und schmolz vor Glück fast in seinen Armen. Himmel, wie sehr hatte sie seine Küsse vermisst!

„Ich hab gedacht, du wärst tot“, hauchte sie in seinen Mund.

„Viel hat nicht gefehlt.“

Sie unterbrach ihre Küsse und streckte die Hand aus, um über seine Flügel zu streicheln. „Schwarz wie die Nacht.“

„Die weißen muss ich mir wohl erst noch verdienen“, scherzte er, denn Kara wusste, dass er schon immer schwarze Schwingen gehabt hatte.

Sie hatte Raphael gründlich ausgefragt.

„Kannst du vielleicht noch mal über meine … hmm, ja …“ Ash schnurrte, während sie erneut über seine Schwingen strich. Er spreizte seine Federn und legte den Kopf in den Nacken. Sein Körper bebte. „Das fühlt sich einfach zu gut an.“

Lachend ging Kara um ihn herum. Ash hörte sich fast wie Molto an. „Männer“, murmelte sie und schmiegte sich wieder an ihn. Ihre Hände glitten über seine Seiten und den Rücken, während ihr Kopf auf seiner Brust ruhte. Alles an ihm war makellos. „Raffi hat dich wirklich gut hinbekommen.“

„Er hat alles getan, was in seiner Macht stand“, erklärte Ash und erzählte Kara von der schmerzhaften Prozedur. „Die Wunden wollten nicht heilen und die Flügel nicht nachwachsen. Erst als der Rat zustimmte, mich wieder aufzunehmen, und ich meine Seele sowie die Engelskräfte zurückbekam, wurde ich langsam gesund.“ Raphael hatte die Stellen, an der seine Schwingen einst gesessen hatten, wieder aufschneiden müssen, erzählte er. „Es war eine sehr komplizierte Operation. Raphael war erst nicht sicher, ob er mich wieder hinbekommt und ob ich es überhaupt schaffe. Die Verletzungen, die Ceros mir zugefügt hat, waren sehr schwerwiegend.“

„Wegen der dämonischen Waffen?“

„Ja, sie waren alle verseucht mit Schwarzer Magie.“

„Raffi hätte mir doch etwas sagen können.“ Warum hatte er ihr all seine Bemühungen verschwiegen?

Ash zog sie abermals in seine Arme. „Er wollte dir keine voreiligen Hoffnungen machen.“

„Aber ich hätte dich besuchen können.“

„Kein anderer als Raphael darf den Ort der Heilung betreten.“

„Immer diese Regeln“, empörte sich Kara und schmiegte sich an Ash. „Ich bin so glücklich.“

„Einen Teil meiner Genesung verdanke ich auch Magnus.“

Kara war erstaunt. „Noirs Freund?“

„Ja, er hat Raphael ein Fläschchen mit Phönixtränen geschenkt, die meine Heilung unterstützten."

„Was hat Magnus mit uns zu schaffen?"

„Das ist eine andere Geschichte und soll ein andermal erzählt werden", erwiderte Ash geheimnisvoll.

„Hör auf, wie Raffi zu sprechen."

„Oh ja, es war sehr anstrengend mit ihm, das kann ich dir sagen." Er schmunzelte verschwörerisch. „Doch was Magnus mit uns zu tun hat, weiß ich nicht. Aber ich weiß, warum ich so ewig auf meine Erlösung warten musste."

„Los, erzähl schon!"

„Weil es meine Aufgabe war, Ceros zu vernichten. Meine Bestimmung. Er hatte das Mächteverhältnis empfindlich gestört."

„Kanchipuram", murmelte Kara.

„Genau", bestätigte Ash. „Ich kann das Wort nicht mehr hören." Er steckte seine Nase in ihr Haar und atmete tief ein. „Ich habe deinen Duft vermisst. Zum Glück hast du mir eine Feder mitgegeben. Die hielt mich die ganze Zeit am Leben. Und das hier." Er zog ein zerknittertes Passfoto aus seiner Hosentasche.

„Wo hast du das her?", fragte sie scheinheilig, obwohl sie es genau wusste.

„Ausgeliehen."

„Ich schenke es dir." Kara hob den Kopf und streichelte über Ashs Gesicht. „Jetzt kannst du ja wieder über Europa herrschen. Ich glaube, Raffi hasst den Job."

„Ich muss mich erst noch weiter beweisen, um meinen alten Job zurückzubekommen", erklärte Ash. „Aber um ehrlich zu sein, möchte ich kein Herrscher mehr sein. Irgendwie war das langweilig. Es macht keinen Spaß, Kriege anzuzetteln und Menschen in ihr Unglück zu stürzen, nur weil es irgendwo geschrieben steht."

„Du hast ein Problem damit, das zu tun, was andere sagen."

„Das auch." Sein Grinsen ließ ihre Knie ganz weich werden. „Und ich glaube, nicht nur ich."

Kara hob die Brauen. „Was hat Raffi dir gesagt?"

Ash blickte sich um und senkte die Stimme. „Wortwörtlich?"

„Wortwörtlich."

Ash beugte sich zu ihr herunter, um ihr ins Ohr zu hauchen. „Seit ich deine Aufgabe übernommen habe, verstehe ich, was du durchmachen musstest, Ashriel. Ich war mehr als einmal versucht, Uriels Bestimmungen zu widersprechen. Kein Wunder, dass du mit deinen Nymphen Ablenkung suchtest."

Kara riss die Augen auf. „Das hat er gesagt?"

„Genau so, und dann hat er mir zugezwinkert."

„Nein!" Kara war beinahe empört, doch dann musste sie kichern. Bedeutete das, Raphael tat es Ash gleich? Hatte er irgendwo eine oder mehrere Frauen, mit denen er sich vergnügte? Kara erinnerte sich an sein derangiertes Aussehen, als er gekommen war, um Ash mitzunehmen.

Grinsend bohrte sie Ash den Finger in die Brust. „Mit den leichten Mädchen ist jetzt Schluss. Keine Orgien mehr mit Nymphen oder sonstigen Wesen."

„Na, ich hab ja jetzt zum Glück eine andere Beschäftigung."

„Spann mich nicht auf die Folter!"

„Ich hatte um eine Aufgabe gebeten und dieser Job war noch frei."

„Dieser Job? Wovon sprichst du? Jetzt redest du schon wieder wie Raffi."

„Nein." Er lachte. „Ich muss mich erst als Engel beweisen und ganz unten anfangen. Also entschied ich mich, der Wächterengel für Vincents Klan und diesen Stadtteil zu werden."

Kara wich vor ihm zurück. „Aber dann dürfen wir nicht … Du bist kein … Du könntest wieder fallen."

Ash schüttelte den Kopf. „Ich hab das schon mit dem Rat besprochen. Vom Stand her gehöre ich wieder zu den höheren Engeln."

„So ein Glück! Ich kann es nämlich kaum erwarten, mit dir zu …" Sie biss sich auf die Lippe. War sie schon wieder bereit, so direkt mit ihm zu sprechen? Hitze schoss ihr ins Gesicht.

„Ah, ah", machte er mit erhobenem Zeigefinger. „Was hast du gerade zu mir gesagt? Keine Orgien mehr mit Nymphen oder sonstigen Wesen."

„Halbengel, die Kara heißen, ausgenommen", wisperte sie, bevor sie ihn küsste.

„Das ist doch mal eine Regel, mit der ich leben kann", erwiderte Ash und zog Kara noch fester in seine Arme.

Die Autorin

Inka Loreen Minden, die auch unter den Pseudonymen Lucy Palmer sowie Mona Hanke Erotik und Loreen Ravenscroft Romantasy schreibt, ist eine bekannte deutsche Autorin erotischer Literatur.
Neben einer spannenden Rahmenhandlung legt sie viel Wert auf eine niveauvolle Sprache und lebendige Figuren. Erotik, gepaart mit Liebe, Leidenschaft und Romantik, ist in all ihren Storys zu finden, die an den unterschiedlichsten Schauplätzen spielen.

Weitere Informationen auf der Autorenhomepage:
http://www.inka-loreen-minden.de